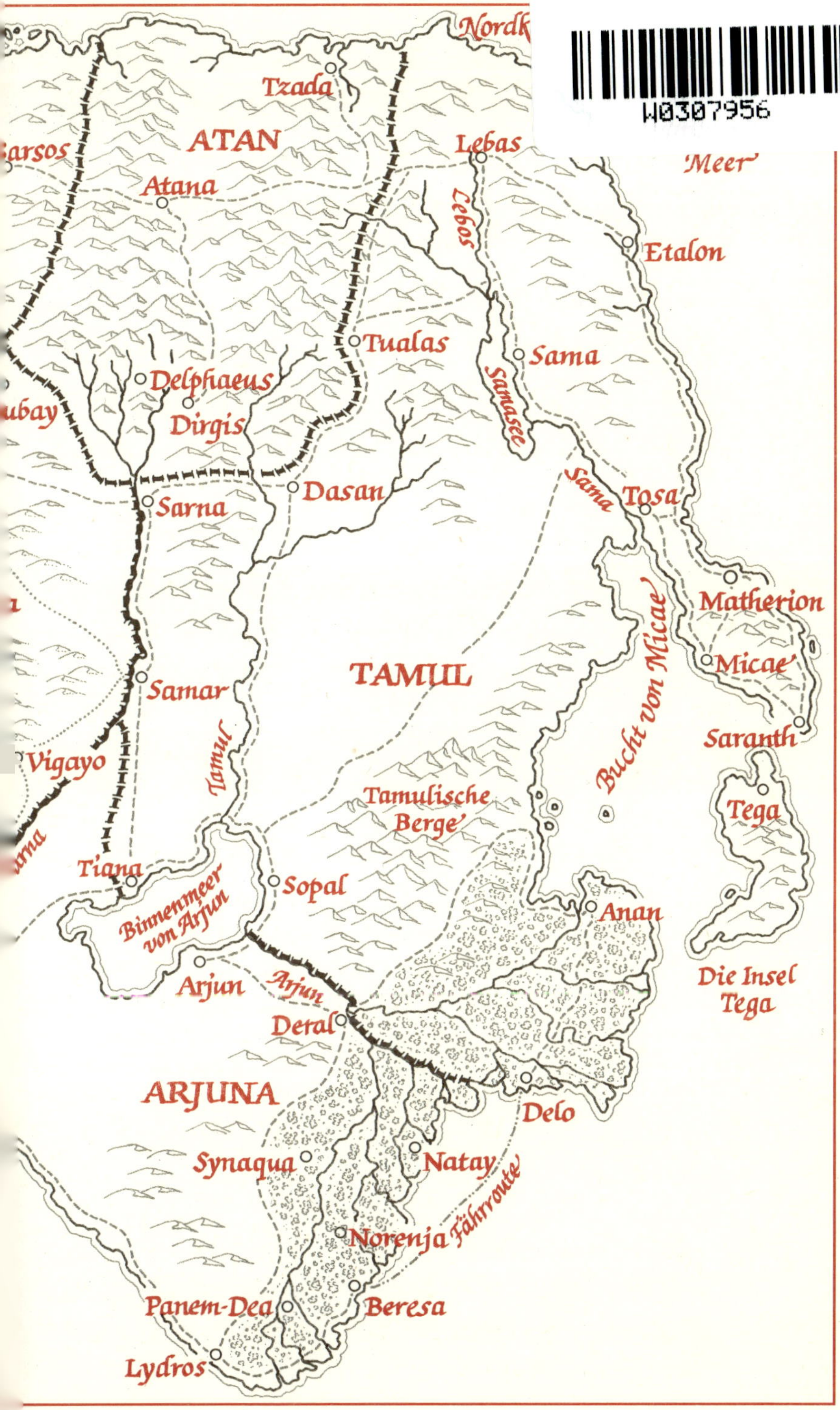
Nordk
Tzada
ATAN
Atana
Lebas
Lebos
'Meer'
Etalon
Tualas
Sama
Samasee
Delphaeus
Dirgis
Dasan
Sarna
Sama
Tosa
Matherion
Micae
Saranth
Bucht von Micae
TAMUL
Samar
Vigayo
Tamul
Tamulische Berge
Tega
Tiana
Binnenmeer von Arjun
Sopal
Anan
Arjun
Arjun
Deral
Die Insel Tega
ARJUNA
Delo
Synaqua
Natay
Fährroute
Norenja
Panem-Dea
Beresa
Lydros

David Eddings

DIE SCHIMMERNDE STADT

DIE TAMULI-TRILOGIE
Band 1

David Eddings

DIE SCHIMMERNDE STADT

ROMAN

Aus dem
Amerikanischen
von
Lore Straßl

GUSTAV LÜBBE
VERLAG

Titel der Originalausgabe: Domes of Fire
Originalverlag: Ballantine Books, a division of Random House, Inc.,
New York / Random House of Canada Limited, Toronto

Aus dem Amerikanischen von Lore Straßl
Redaktionelle Bearbeitung: Wolfgang Neuhaus
Karten: Helmut W. Pesch
Einbandentwurf und Illustrationen: Axel Bertram, Berlin
Umschlagentwurf unter
Verwendung eines Gemäldes von Albert Belasco,
Frühling, Kunstverlag Reich's British Art, Baden-Baden
Satz: Kremerdruck GmbH, Lindlar
Gesetzt aus der 10 Punkt ITC Berkeley Oldstyle
der Linotype-Hell AG, Eschborn/Ts.
Druck und Einband:
Offizin Andersen Nexö Leipzig GmbH, Leipzig

Printed in Germany
ISBN 3-7857-0789-4

1 3 2

INHALT

Prolog

Auszug
aus dem zweiten Kapitel von
Die Cyrga-Affäre: Eine Untersuchung der kürzlichen Krise.

Herausgegeben von der Fakultät für Zeitgeschichte
der Universität von Matherion.

Der Reichsrat erkannte zu diesem Zeitpunkt, daß dem Imperium ernste Gefahr drohte – eine Gefahr, auf welche die Regierung Seiner Kaiserlichen Majestät kaum vorbereitet war. Seit langer Zeit verließ das Imperium sich auf die Streitkräfte Atans, seine Interessen zu vertreten, wenn es zu periodischen Unruhen kam, mit denen in einer gemischten Bevölkerung unter einer starken Zentralregierung stets zu rechnen ist. Doch die Situation, der sich die Regierung Seiner Majestät diesmal gegenübersah, schien nicht von spontanen Demonstrationen einiger unzufriedener Hitzköpfe auszugehen, die sich zu Beginn der Semesterferien, nach den Abschlußexamen, aus den verschiedenen Universitäten auf die Straßen drängen. Solcherlei Demonstrationen ist man gewöhnt, und die Ordnung läßt sich fast immer mit einem Minimum an Blutvergießen wiederherstellen.

Der Regierung wurde bald bewußt, daß es sich diesmal um etwas anderes handelte. Die Demonstranten waren keine jugendlichen Heißsporne, und der bürgerliche Friede kehrte auch nicht wieder ein, als die Universitäten ihre Pforten zu Semesterbeginn wieder öffneten. Die Obrigkeit hätte die Ordnung vielleicht wiederherstellen können, wären die verschiedenen Unruhen das Ergebnis revolutionären Fanatismus' gewesen. Schon die Anwesenheit von Atankriegern kann unter normalen Umständen die Begeisterung selbst der Besessensten dämpfen. Diesmal überschritten die mutwilligen Zerstörungen im Zuge der Demonstrationen jedoch jedes bisher gewohnte Maß. Natürlich bedachte die Regierung des Imperiums zuerst die Styriker in Sarsos mit mißtrauischem Blick. Eine Untersuchung durch styrische Mitglieder des Reichsrats, deren Loyalität zum Thron über jeden Verdacht erhaben war, ergab jedoch zweifelsfrei, daß das Styrikum absolut nichts mit den Unruhen zu tun hatte. Die paranormalen Vorfälle gingen offenbar von noch unbekannten Quellen aus und waren so weitverbreitet, daß unmöglich vereinzelte styrische Renegaten dafür verantwortlich sein konnten. Die Styriker vermochten nicht, die Urheber ausfindig zu machen, ja, sogar der legendäre Zalasta, obwohl der hervorragendste Zauberer im ganzen Styrikum, mußte verlegen zugeben, daß er ratlos war.

Zu seiner Ehre sei gesagt, daß Zalasta den Weg vorschlug, dem Seiner Majestät Regierung schließlich folgte. Er riet, auf dem eosischen Kontinent Unterstützung zu suchen, im besonderen die eines Mannes namens Sperber.

Sämtliche diplomatischen Vertreter des Imperiums auf dem eosischen Kontinent wurden sogleich beauftragt, alle Arbeit ruhen zu lassen und ihre Aufmerksamkeit voll und ganz auf diesen Mann zu richten. Es sei unabdinglich, daß Seiner Majestät Regierung alles über diesen Sperber erfahre. Als die Berichte aus Eosien eintrafen, bekam der Reichsrat ein umfassendes Bild von Sperber, von seiner äußeren Erscheinung, seiner Persönlichkeit und seinem Lebenslauf.

Ritter Sperber, wie sich herausstellte, war Angehöriger eines der halbreligiösen Orden der elenischen Kirche. Der seine nennt sich »Orden der Pandionischen Ritter«. Sperber ist ein großer, fast hagerer Mann am Anfang seiner mittleren Jahre, mit einem von Narben gezeichneten Gesicht, scharfer Intelligenz und unbeherrschter, manchmal gar kränkender Offenheit. Die Ritter der Elenischen Kirche sind furchteinflößende Recken, und Ritter Sperber steht an ihrer Spitze. Einmal in der Geschichte des eosischen Kontinents – zu einer Zeit, als die vier Kriegerorden der Kirche gegründet wurden –, befanden die Elenier sich in einer so verzweifelten Lage, daß sie gar ihre althergebrachten Vorurteile ablegten und den Kriegerorden Unterricht in den geheimen Künsten des Styrikums gestatteten. Dieses Wissen half den Ordensrittern damals, vor gut fünf Jahrhunderten, sich im Ersten Zemochischen Krieg zu behaupten.

Ritter Sperber hatte ein Amt inne, dessengleichen in unserem Imperium unbekannt ist. Er war der erbliche »Streiter« des elenischen Königshauses. Die westlichen Elenier haben eine ritterliche Kultur, die viele Altertümlichkeiten aufweist. Die »Herausforderung« (im wesentlichen eine Aufforderung zum Zweikampf) ist die übliche Entgegnung von Edelleuten, die sich in ihrer Ehre gekränkt fühlen. Es ist erstaunlich, daß nicht einmal Monarchen davor gefeit sind, Herausforderungen annehmen zu müssen. Um die Unannehmlichkeit zu meiden, auf die Unverschämtheiten irgendwelcher Querköpfe eingehen zu müssen, ernennen die regierenden Häupter Eosiens für gewöhnlich einen überragenden – und meist weithin als unübertrefflich gerühmten – Kämpfer zu ihrem Vertreter. Ritter

Sperbers Wesen und Ruf sind von der Art, daß selbst die streitsüchtigsten Edlen des Königreichs Elenien nach genauerer Überlegung zu dem Schluß kommen, auf eine Herausforderung verzichten zu können, da sie gar nicht *wirklich* beleidigt worden seien. Es ist Ritter Sperbers Waffengeschick und seiner Besonnenheit zuzuschreiben, daß er sich selten gezwungen sah, jemanden zu töten, der dennoch auf einen Kampf bestand, da nach altem Brauch ein schwerverwundeter Gegner sein Leben retten kann, indem er sich ergibt und seine Herausforderung zurücknimmt.

Nach dem Tod seines Vaters nahm Ritter Sperber bei König Aldreas, dem Vater der derzeitigen Königin, seine Pflichten auf. König Aldreas war jedoch ein schwacher Monarch. Er wurde vollkommen von seiner Schwester Arissa und Annias beherrscht, dem Primas von Cimmura, der Arissas heimlicher Liebhaber und Vater ihres unehelichen Sohnes Lycheas war. Der Primas von Cimmura – de facto Herrscher von Elenien – erhoffte sich, zum Erzprälaten der Elenischen Kirche in der Heiligen Stadt Chyrellos aufzusteigen. Aus diesem Grund betrachtete er die Anwesenheit des sittenstrengen Ordensritters am Hofe als Gefährdung. Er überredete König Aldreas, Ritter Sperber ins Exil in das Königreich Rendor zu schicken.

Alsbald wurde Annias auch der König unbequem, worauf er und die Prinzessin den Monarchen vergifteten. Prinzessin Ehlana, Aldreas' Tochter, bestieg den Thron. Zwar war die Königin Ehlana noch sehr jung an Jahren, doch hatte sie in ihrer frühen Kindheit Ritter Sperber zum Lehrer gehabt, und sie erwies sich als weit stärkerer Monarch als ihr Vater es gewesen war. Deshalb betrachtete Primas Annias sie als mehr denn nur lästig. Er vergiftete auch Ehlana, doch Ritter Sperbers Kameraden aus dem Pandionischen Orden schützten sie mit Hilfe ihrer Lehrerin in den geheimen Künsten, einer Styrikerin namens Sephrenia. Dieser Schutz war ein Zauber, der Ehlana in Kristall hüllte und sie, wenngleich nur für begrenzte Zeit, am Leben hielt.

So war die Lage, als Ritter Sperber aus seinem Exil zurückkehrte. Da die Kriegerorden allesamt gegen eine Ernennung des Primas von Cimmura zum Erzprälaten waren, wurden bestimmte Streiter der drei übrigen Orden abgestellt, Ritter Sperber bei der Suche nach einem Gegenmittel oder einer sonstigen Heilmethode zu unterstützen, die Gesundheit Königin Ehlanas wiederherzustellen. Da die Königin dem Annias den freien Zugang zur Reichsschatzkammer verwehrt hatte, folgerten die Ordensritter, daß Ehlena dem Primas auch nach ihrer Genesung nicht jene Mittel überlassen würde, die für seine Kandidatur unabdingbar waren.

Annias verbündete sich mit Martel, einem aus dem pandionischen Orden ausgestoßenen Renegaten. Dieser Martel war in styrischer Magie bewandert, wie alle Pandioner. Er behinderte Sperber mit natürlichen wie übernatürlichen Mitteln, doch der Ritter und seine Kameraden fanden schließlich heraus, daß Königin Ehlanas Gesundheit nur mit Hilfe eines magischen Steins wiederhergestellt werden konnte, der als »Bhelliom« bekannt war.

Westliche Elenier sind ein eigenartiges Volk. In weltlicher Hinsicht hochentwickelt, sind sie uns in manchen Dingen sogar überlegen, jedoch von einem beinahe kindlichen Glauben an Schwarze Magie geprägt. Dieser »Bhelliom« ist, wie wir erfuhren, ein sehr großer Saphir, der vor langer Zeit mit größter Sorgfalt und Kunstfertigkeit in Form einer Rose geschliffen wurde. Die Elenier sind davon überzeugt, daß es sich bei dem Künstler um einen *Troll* gehandelt hat – ein so absurder Gedanke, daß wir nicht näher darauf eingehen wollen.

Jedenfalls gelang es Ritter Sperber und seinen Gefährten, zahlreiche Hindernisse zu überwinden und schließlich diesen eigenartigen Talisman an sich zu bringen, der (wie sie behaupten) Königin Ehlana errettete. Doch wahrscheinlicher ist, daß ihre Lehrerin Sephrenia, die Lehrmeisterin der Ordensritter, dies ohne jedes Hilfsmittel bewerkstelligte, und daß die angebliche Benutzung des Bhellioms nicht mehr denn eine List war, die sie vor der schrecklichen Bigotterie der Westelenier schützen sollte.

Als Erzprälat Cluvonus im Sterben lag, begab sich die Hierokratie der Elenischen Kirche nach Chyrellos, um an der »Wahl« seines Nachfolgers teilzunehmen. Eine Wahl ist ein eigenartiger Vorgang, bei der jeder seinen Wunschkandidaten nennt. In das betreffende Amt wird erhoben, wer die Stimmen des Großteils der Wähler bekommt. Ein solches Verfahren ist wider die Natur; doch da die elenische Geistlichkeit das Zölibat auf ihre Fahnen geschrieben hat, gibt es keine Möglichkeit, das Erzprälatenamt zu vererben. Der Primas von Cimmura hatte eine beachtliche Zahl hoher Kirchenleute bestochen, sich während der Beratungen der Hierokratie für ihn zu entscheiden, dennoch gelang es ihm nicht, die Mehrheit zu erringen. Zu diesem Zeitpunkt führte sein Helfer, der bereits erwähnte Martel, eine Armee gegen die Heilige Stadt, um die Hierokratie unter Druck zu setzen, auf daß sie Annias wähle. Ritter Sperber und einer kleinen Schar von Ordensrittern gelang es, die Basilika vor Martels Horden zu schützen, während die Hierokratie beriet. Der Großteil der Stadt Chyrellos wurde jedoch während der Kämpfe stark beschädigt oder zerstört.

Als die Situation gefahrvoll wurde, kamen den Belagerten die Streitkräfte der Westelenischen Königreiche zu Hilfe. (Elenische Politik, wie vermerkt werden muß, ist kein allzu zartes Pflänzchen.) Die Verbindung zwischen dem Primas von Cimmura und dem Renegaten Martel kam ans Licht, ebenso die Tatsache, daß diese beiden eine geheime Abmachung mit Otha von Zemoch hatten. Empört über den Hochverrat des Primas' distanzierte sich die Hierokratie von diesem Kandidaten und wählte statt dessen einen gewissen Dolmant, den Patriarchen von Demos, einen tüchtigen Mann, wie es scheint. Doch wäre es verfrüht, Näheres zu schließen.

Königin Ehlana von Elenien war kaum dem Kindesalter entwachsen, schien jedoch eine energische junge Frau mit festem, eigenem Willen zu sein. Sie hegte seit langem starke Zuneigung zu Ritter Sperber, wenngleich dieser zwanzig Jahre älter ist als sie; und bald nach ihrer Genesung gab Ehlena ihre Verlobung mit Ritter Sperber kund. Erzprälat Dolmant traute die beiden kurz nach seiner Amtseinsetzung. Merkwürdigerweise behielt die Königin ihr Herrscheramt. Indes müssen wir davon ausgehen, daß Ritter Sperber beachtlichen Einfluß auf sie ausübt, sowohl was Staatsgeschäfte als auch häusliche Angelegenheiten betrifft.

Die Verwicklung des Kaisers von Zemoch in die inneren Angelegenheiten der Elenischen Kirche war natürlich ein *casus belli*, und die Armeen von Westeosien marschierten unter der Führung der Ordensritter ostwärts durch Lamorkand, um gegen die an der Grenze harrenden zemochischen Horden zu kämpfen. Der lange befürchtete Zweite Zemochische Krieg begann.

Ritter Sperber und seine Kameraden jedoch ritten gen Norden, um nicht in die Schlachten verwickelt zu werden, bogen dann nach Osten ab, überquerten das Gebirge von Nordzemoch und begaben sich unerkannt zu Othas Residenz, der Stadt Zemoch, offenbar auf den Fersen von Annias und Martel.

Trotz aller Bemühungen gelang es unseren Agenten im Westen nicht, Genaueres über die Ereignisse in Zemoch herauszufinden. Es besteht jedoch kein Zweifel, daß Annias, Martel, ja, sogar Otha dort den Tod fanden, indes sind sie für die Geschichte von geringem Interesse. Viel bedeutsamer ist die Tatsache, daß Azash, ein Älterer Gott vom Styrikum und die treibende Kraft hinter Otha und dessen Zemochern, *ebenfalls* sein Ende fand. Es besteht kein Zweifel, daß Ritter Sperber dafür verantwortlich war. Wir müssen gestehen, daß wir die Art von Zauber, die in Zemoch ausgeübt wurde, nicht begreifen, und daß Ritter Sperber über eine Macht verfügt wie noch kein Sterblicher vor ihm. Als Beweis für die ungeheuren Kräfte, die bei dieser Konfrontation eingesetzt wurden, soll nur darauf hingewiesen werden, daß die Stadt völlig zerstört wurde.

Zweifellos hatte Zalasta, der Styriker, recht. Nur Ritter Sperber, Prinzgemahl der Königin Ehlana, hätte die Krise in Tamuli bewältigen können. Doch bedauerlicherweise war Sperber kein Bürger des Tamulischen Imperiums; aus diesem Grunde konnte der Kaiser ihn nicht wie einen Untertanen in die Reichshauptstadt Matherion zitieren. Die Regierung Seiner Majestät befand sich in einer Zwickmühle: Zum einen hatte der Kaiser keine Befehlsgewalt über Sperber, zum anderen wäre es eine undenkbare Erniedrigung gewesen, den Bürger eines fremden Reiches um Hilfe zu bitten.

Die Lage im Imperium verschlechterte sich von Tag zu Tag, es wurde immer dringlicher, daß Ritter Sperber einschritt. Andererseits war es unerläßlich, die Würde des Imperiums zu wahren. Der fähigste Diplomat der kaiserlichen Gesandtschaften, Minister Oscagne, fand schließlich einen Ausweg aus diesem Dilemma. Wir werden den brillanten diplomatischen Schachzug seiner Exzellenz im folgenden Kapitel näher beleuchten.

Erster Teil

EOSIEN

1

Der Frühling war noch jung, und noch trug der Regen die anhaltende Kälte des Winters mit sich. Ein weiches, silbriges Nieseln sank aus dem Nachthimmel herab. Es umwob Cimmuras quadratische Wachtürme mit Schleiern, ließ die Fackeln zu beiden Seiten des breiten Tores zischen und verlieh den Pflastersteinen der zum Tor führenden Straße einen schwarzen Glanz. Ein einsamer Reiter näherte sich der Stadt. Er hatte einen schweren Reiseumhang um sich geschlungen und ritt einen hochbeinigen zottigen Fuchshengst mit langer Nase und wilden Augen. Der Reiter war ein großer Mann mit schwerem Knochenbau und kräftigen Muskeln, doch ohne eine Spur überschüssigen Fettes. Sein Haar war dicht und schwarz, und seine Nase verriet, daß sie irgendwann einmal gebrochen worden war. Er ritt lässig, doch mit der eigentümlichen Wachsamkeit eines ausgebildeten Kriegers.

Der mächtige Fuchs schüttelte abwesend die Nässe aus Mähne und Zottelfell, als sie sich dem Osttor der Stadt näherten und schließlich im rötlichen Fackelschein unmittelbar außerhalb der Mauer hielten.

Ein stoppelbärtiger Torwächter in rostbeflecktem Harnisch und Helm und einem nachlässig über eine Schulter hängenden, mit Flicken besetzten grünen Umhang trat aus der Wachstube, blieb schwankend stehen und blickte den Reisenden fragend an.

»Bin nur auf der Durchreise, Nachbar«, sagte der große Mann ruhig. Er schob die Kapuze zurück.

»Oh!« sagte der Wächter. »Ihr seid es, Prinz Sperber. Hab' Euch nicht erkannt. Willkommen zu Haus.«

»Danke«, antwortete Sperber. Er roch den billigen Wein im Atem des Mannes.

»Möchtet Ihr, daß ich dem Schloß Eure Rückkehr melde, Hoheit?«

»Nicht nötig. Ich kann mein Pferd selbst versorgen.« Sperber konnte Zeremonien nicht ausstehen – schon gar nicht mitten in der Nacht. Er lehnte sich aus dem Sattel und steckte dem Wächter eine kleine Münze zu. »Geht wieder in die Wachstube, Nachbar. Ihr erkältet Euch nur, wenn Ihr im Regen stehenbleibt.« Er stupste sein Pferd und ritt durchs Tor.

Das Stadtviertel gleich hinter der Mauer war ärmlich. Die heruntergekommenen, armseligen Häuser kauerten dicht beieinander, ihr erster Stock ragte über die schmutzigen, nassen Straßen. Sperber ritt eine schmale Kopfsteingasse entlang. Das Klappern der beschlagenen Hufe seines Fuchses hallte von den Häuserwänden wider. Ein Wind war aufgekommen, der an Fensterläden rüttelte und die primitiven Aushängeschilder an ihren rostigen Haken schüttelte.

Ein streunender Hund kam aus einer Seitengasse gerannt und bellte Sperber und sein Pferd wichtigtuerisch an. Der Hengst drehte den Kopf und bedachte den Köter mit einem drohenden Blick. Der Hund hörte zu bellen auf, zog den dünnen Schwanz ein und wich ein Stück zurück. Herausfordernd stapfte das Pferd auf ihn zu. Der Hund winselte, dann warf er sich jaulend herum und ergriff die Flucht. Sperbers Hengst schnaubte abfällig.

»Fühlst du dich jetzt besser, Faran?« fragte Sperber den Fuchs.

Farans Ohren zuckten.

»Können wir dann weiterreiten?«

An einer Kreuzung brannte flackernd eine Fackel. Eine vollbusige junge Hure in billigem Kleid stand durchnäßt im rötlichen Lichtkreis. Ihr dunkles Haar klebte am Kopf, Streifen durchzogen ihre Schminke, und sie wirkte niedergeschlagen.

Sperber zügelte sein Pferd. »Was machst du hier mitten im Regen, Naween?«

»Ich habe auf Euch gewartet, Sperber«, antwortete sie kokett mit verschmitztem Blick.

»Oder auf sonst jemand?«

»Natürlich. Das ist schließlich mein Gewerbe, Sperber. Aber ich schulde Euch noch etwas. Soll ich meine Schuld nicht endlich begleichen?«

Sperber ging gar nicht erst auf die Bemerkung ein. »Wieso arbeitest du auf der Straße?«

»Shanda und ich hatten Streit.« Sie zuckte die Schultern. »Da beschloß ich, mich selbständig zu machen.«

»Du bist nicht ausgekocht genug für ein Straßenmädchen, Naween.« Er steckte die Finger in den Beutel an seiner Seite, fischte mehrere Münzen heraus und gab sie ihr. »Nimm dir eine Kammer in irgendeinem Gasthaus und bleib ein paar Tage von der Straße weg. Ich werde mit Platime reden. Mal sehen, ob wir nicht etwas für dich finden.«

Sie kniff die Augen zusammen. »Das braucht Ihr nicht, Sperber. Ich kann für mich selbst sorgen.«

»*Natürlich* kannst du das. Deshalb stehst du ja im Regen. Tu jetzt erst einmal, was ich sage, Naween. Für Diskussionen ist es zu spät und zu naß!«

»Jetzt schulde ich Euch noch mehr, Sperber. Seid Ihr wirklich sicher ...«

»Ganz sicher, kleine Schwester. Ich bin jetzt verheiratet, du erinnerst dich doch?«

»Na und?«

»Schon gut. Sieh zu, daß du ins Trockene kommst.« Sperber ritt kopfschüttelnd weiter. Er mochte Naween, aber sie war nie und nimmer imstande, für sich selbst zu sorgen.

Er ritt über einen stillen Platz, an dem alle Läden und Verkaufsstände geschlossen hatten. In dieser Nacht waren nur wenige Leute unterwegs; so gab es kaum Gelegenheiten, Geschäfte zu machen. Sperbers Gedanken schweiften zurück in die vergangenen anderthalb Monate. Niemand in Lamorkand war bereit gewesen, mit ihm zu reden. Erzprälat Dolmant war ein weiser Mann, erfahren in Politik und Kirchenlehre, aber er wußte bedauerlich wenig darüber, was das einfache Volk dachte. Geduldig hatte Sperber ihm zu erklären versucht, wie sinnlos es war, einen Ordensritter auszuschicken, sich umzuhören. Dolmant jedoch hatte darauf bestanden, und Sperbers Eid verpflichtete ihn zum Gehorsam. So hatte er sechs Wochen in den häßlichen Städten von Südlamorkand vergeudet, wo niemand bereit gewesen war, sich über mehr als das Wetter mit ihm zu unterhalten. Und was das Schlimmste war, Dolmant gab ganz offensichtlich Sperber die Schuld für seine eigene Fehleinschätzung.

In einer dunklen Nebenstraße, wo das Wasser von den Traufen eintönig auf das Kopfsteinpflaster tropfte, spürte Sperber, wie sich Farans Muskeln plötzlich spannten. »Tut mir leid«, sagte er leise,

»ich hab' nicht aufgepaßt.« Jemand beobachtete ihn. Er konnte ganz deutlich die Feindseligkeit spüren, die sein Pferd alarmiert hatte, denn Faran war ein Streitroß und reagierte instinktiv darauf. Sperber murmelte einen Zauber in styrischer Sprache, die dazugehörenden Handbewegungen verbarg sein Umhang. Langsam gab er den Zauber frei, um zu verhindern, daß der Fremde es bemerkte, wer immer er sein mochte.

Der heimliche Beobachter war kein Elenier. Das spürte Sperber sogleich. Er forschte tiefer. Dann runzelte er die Stirn. Es waren mehrere, und keine Styriker. Geduldig wartete er auf einen Hinweis, was die Identität der Fremden betraf.

Die Erkenntnis traf Sperber wie ein Schock. Er fröstelte. Die Beobachter waren nichtmenschlich. Sperber verlagerte sein Gewicht im Sattel und ließ die Hand unmerklich zum Schwertgriff gleiten.

Abrupt schwand das Gefühl, beobachtet zu werden, und Faran erschauderte vor Erleichterung. Er drehte seinen häßlichen Kopf und warf seinem Reiter einen argwöhnischen Blick zu.

»Frag mich nicht, Faran«, sagte Sperber, »ich weiß es auch nicht.« Aber das stimmte nicht ganz. Die Geistberührung in der Dunkelheit war ihm vage vertraut gewesen. Doch diese Vertrautheit weckte Fragen in Sperber, denen er sich lieber nicht stellen wollte.

Am Schloßtor hielt Sperber nur kurz inne und wies die Soldaten streng an, nicht das ganze Haus zu wecken. Dann saß er im Hof ab.

Ein junger Mann trat aus der Stallung auf den regennassen Hof. »Warum habt Ihr nicht Bescheid geben lassen, daß Ihr heimkommt, Sperber?« fragte er leise.

»Weil ich Paraden und wilde Feiern mitten in der Nacht nicht mag«, antwortete Sperber seinem Knappen, während er die Kapuze zurückwarf. »Was machst du so spät noch? Ich habe deiner Mutter versprochen, dafür zu sorgen, daß du genügend Schlaf bekommst. Du wirst mich in Schwierigkeiten bringen, Khalad.«

»Soll ich darüber lachen?« Khalads Stimme war schroff. Er nahm Farans Zügel. »Kommt herein, Sperber. Ihr werdet rosten, wenn Ihr so lange im Regen bleibt.«

»Du bist genauso schlimm wie dein Vater war!«

»Das ist eine alte Eigenart unserer Familie.« Khalad führte den Prinzgemahl und sein übellauniges Streitroß in den nach Heu duftenden Stall, den der goldene Schein von zwei Laternen erhellte. Khalad war ein stämmiger Bursche mit borstigem schwarzem Haar und einem kurzgestutzten Bart. Er trug eine enge Kniehose und ärmellose Weste, beides aus schwarzem Leder. Von seinem Gürtel hing ein schwerer Dolch, und um seine Handgelenke trug er stählerne Armreifen. Er hatte ganz die Art seines Vaters und sah ihm so ähnlich, daß die wehmütige Erinnerung Sperber einen Stich gab. »Ich dachte, Talen würde mit Euch zurückkommen«, sagte Sperbers Knappe, während er Faran den Sattel abnahm.

»Er ist erkältet. Seine Mutter – und deine – war dagegen, daß er sich bei diesem Wetter ins Freie begibt, und *ich* hatte wahrhaftig keine Lust, mich mit ihnen anzulegen.«

»Kluge Entscheidung.« Khalad klatschte Faran abwesend auf die Nase, als der mächtige Fuchs ihn zu beißen versuchte. »Wie geht es ihnen?«

»Euren Müttern? Gut. Aslade bemüht sich immer noch, Elys ein paar Pfunde anzufüttern, aber damit hat sie nicht viel Glück. Wie hast du erfahren, daß ich in der Stadt bin?«

»Einer von Platimes Gaunern sah Euch durchs Tor kommen und gab sofort Bescheid.«

»Das hätte ich eigentlich wissen müssen. Du hast doch nicht etwa meine Gemahlin aufgeweckt?«

»Das würde ich nie, solange Mirtai vor ihrer Tür Wache hält! Gebt mir Euren nassen Umhang, Hoheit. Ich werde ihn in der Küche zum Trocknen aufhängen.«

Sperber brummte und nahm den durchgeweichten Umhang ab.

»Das Kettenhemd ebenfalls, Sperber«, fügte Khalad hinzu, »bevor es sich ganz in Rost auflöst.«

Sperber nickte, öffnete den Schwertgürtel und plagte sich aus dem Kettenhemd. »Wie kommt ihr mit eurer Ausbildung voran?«

Khalad brummelte etwas Unverständliches. »Ich habe noch nichts gelernt, was ich nicht bereits konnte. Unser Vater war ein viel besserer Lehrmeister als der beste Ausbilder des Ordenshauses. Eure Idee wird sich nicht verwirklichen lassen, Sperber. Die anderen Novizen sind allesamt Edelleute, und wenn meine Brüder und ich sie auf dem Übungsplatz besiegen, nehmen sie es krumm. Wir machen uns jedesmal Feinde, wenn wir uns nur umdrehen.« Er hob den Sattel von Farans Rücken und über eine Boxenabtrennung. Flüchtig legte er die Hand auf den Rücken des großen Fuchses, dann bückte er sich, hob eine Handvoll Stroh auf und begann ihn abzureiben.

»Weck irgendeinen Stallburschen und überlasse ihm das«, wies Sperber ihn an. »Ist in der Küche noch irgend jemand wach?«

»Ich glaube, die Bäcker sind bereits auf.«

»Bitte einen, daß er mir etwas zum Essen herrichtet. Es ist lange her seit dem Mittag.«

»Wird erledigt. Was habt Ihr so lange in Chyrellos getan?«

»Ich mußte einen kleinen Abstecher nach Lamorkand machen. Der Bürgerkrieg dort wird immer erbitterter, und der Erzprälat hatte den Wunsch, daß ich mich ein bißchen umsehe.«

»Ihr hättet Eurer Gemahlin eine Botschaft senden sollen. Sie hat vorhin beschlossen, Mirtai nach Euch suchen zu lassen.« Khalad grinste. »Ich fürchte, Ihr müßt wieder mit einer Standpauke rechnen, Sperber.«

»Daran bin ich gewöhnt. Ist Kalten im Schloß?«

Khalad nickte. »Das Essen ist hier besser und man erwartet nicht, daß er dreimal am Tag betet. Außerdem hat er ein Auge auf die Kammerzofen geworfen, glaube ich.«

»Das überrascht mich nicht. Schick ihn in die Küche, ich möchte mit ihm reden. Aber vorher will ich noch ins Badehaus.«

»Ich fürchte, das Wasser ist kalt. Hier läßt man die Feuer nachts ausgehen.«

»Wir sind Soldaten Gottes, Khalad. Man erwartet von uns, daß wir alle Unbilden tapfer ertragen.«

»Ich werde versuchen, mir das zu merken, Hoheit.«

Das Wasser im Badehaus war tatsächlich ziemlich kalt, und Sperber blieb nicht lange. Er schlüpfte in einen weichen weißen Morgenrock und schritt durch die dämmrigen Korridore des Schlosses zur hellerleuchteten Küche, wo Khalad mit dem verschlafen aussehenden Kalten wartete.

»Heil, edler Prinzgemahl«, begrüßte Kalten ihn trocken. Der alte Freund war offenbar nicht sehr erfreut darüber, daß man ihn mitten in der Nacht aus dem warmen Bett geholt hatte.

»Heil, edler Jugendgefährte des edlen Prinzgemahls«, entgegnete Sperber.

»Also, das ist ein umständlicher Titel«, brummte Kalten säuerlich. »Was ist so wichtig, daß es nicht warten könnte?«

Sperber setzte sich an einen der Tische, und ein Bäcker in weißem Kittel brachte ihm eine Platte mit Roastbeef und einem noch dampfenden Brotlaib, frisch aus dem Ofen.

»Danke, Nachbar«, sagte Sperber zu ihm.

»Wo warst du, Sperber?« Kalten setzte sich ihm gegenüber an den breiten Tisch; er hielt eine Weinkaraffe in der einen, einen Zinnbecher in der anderen Hand.

»Sarathi hat mich nach Lamorkand geschickt«, erwiderte Sperber und riß ein großes Stück Brot vom Laib.

»Deine teure Gemahlin hat inzwischen jedem im Schloß die Hölle heiß gemacht, weißt du.«

»Schön, daß sie sich um mich sorgt.«

»Wir waren hier weniger darüber erfreut. Was wollte Dolmant denn aus Lamorkand?«

»Informationen. Er hatte Zweifel an der Wahrheit einiger Berichte.«

»Zweifel? Verstehe ich nicht. Die Lamorker gehen doch nur ihrem üblichen Zeitvertreib nach, dem Bürgerkrieg.«

»Diesmal scheint es ein bißchen anders zu sein. Erinnerst du dich an Graf Gerrich?«

»Der uns in Baron Alstroms Burg belagerte? Ich habe ihn nie persönlich kennengelernt, aber seinen Namen hab' ich mir gemerkt.«

»Es hat den Anschein, als wäre Gerrich der große Nutznießer aller Streitigkeiten in Westlamorkand, und fast jeder dort ist überzeugt, daß er ein Auge auf den Thron geworfen hat.«

»Na und?« Kalten bediente sich von Sperbers Brotlaib. »Jeder Baron in Lamorkand würde gern auf dem Thron sitzen. Was beunruhigt Dolmant in diesem Fall?«

»Gerrich hat Bündnisse außerhalb der lamorkischen Grenzen

geschlossen. Ein paar von diesen pelosischen Grenzbaronen sind mehr oder minder unabhängig von König Soros.«

»In Pelosien ist jeder unabhängig von Soros. Man kann ihn nicht gerade als guten König bezeichnen. Für meinen Geschmack betet er ein bißchen zuviel.«

»Ein seltsamer Standpunkt für einen Soldaten Gottes«, murmelte Khalad.

»Alles Übertriebene ist ungesund, Khalad«, erklärte Kalten ihm. »Zu viel beten trübt den Verstand.«

»Wie dem auch sei«, fuhr Sperber fort, »falls es Gerrich gelingt, diese pelosischen Barone ins Schlepptau zu nehmen, wenn er nach König Friedahls Thron greift, wird dem König nichts anderes übrigbleiben, als Pelosien den Krieg zu erklären. Die Kirche ist bereits in einen Krieg in Rendor verwickelt, und Dolmant legt keinen Wert auf eine zweite Front.« Er machte eine Pause. »Aber ich bin noch auf etwas anderes gestoßen«, fuhr er fort. »Zufällig hörte ich ein Gespräch, das nicht für meine Ohren bestimmt war. Dabei fiel der Name ›Fyrchtnfles‹. Sagt er euch etwas?«

Kalten zuckte die Schultern. »Er war einst der Nationalheld der Lamorker, aber das ist schon lange her. Angeblich war Fyrchtnfles etwa zwölf Fuß groß, aß jeden Morgen einen Ochsen zum Frühstück und trank jeden Abend ein großes Faß Met. Der Sage nach konnte er Felsen mit einem einzigen Blick zerschmettern und die Sonne mit einer Hand anhalten. Aber das könnte natürlich ein bißchen übertrieben sein.«

»Sehr komisch. Die Gruppe, die ich belauschte, sprach davon, daß er zurückgekehrt sei.«

»Na, das wär' was! Man erzählt, daß sein engster Freund ihn umgebracht hat. Stach ihn in den Rücken und stieß einen Speer durch sein Herz. Ihr wißt ja, wie Lamorker sind.«

»Es ist ein merkwürdiger Name«, meinte Khalad. »Was bedeutet er?«

»Fyrchtnfles?« Kalten kratzte sich am Kopf. »›Furchteinflößender‹, würde ich sagen. Lamorker Mütter lassen sich so was einfallen, wenn ihre Kinder nicht artig sind.« Er leerte seinen Becher und hielt die Kanne darüber, bis sie auch die letzten paar Tropfen hergab.

»Sprechen wir noch länger darüber?« fragte er. »Wenn wir auch den Rest der Nacht hier sitzen, gehe ich noch Wein holen. Aber um ehrlich zu sein, Sperber, ich würde lieber in mein kuscheliges warmes Bett zurück!«

»Und zu Eurer kuscheligen warmen Kammerzofe?« fügte Khalad hinzu.

»Sie wird sich einsam und verlassen fühlen.« Kalten zuckte die Schultern. Dann wurde er ernst. »Wenn die Lamorker wieder von Fyrchtnfles zu reden anfangen, fühlen sie sich bedroht. Fyrchtnfles wollte die Welt beherrschen. Jedesmal, wenn die Lamorker ihn beschwören, ist es ein Anzeichen dafür, daß sie sich außerhalb ihrer Grenzen Ellbogenfreiheit verschaffen wollen.«

Sperber schob seine Platte zur Seite. »Jetzt, mitten in der Nacht, ist es zu spät, sich darüber den Kopf zu zerbrechen. Geh wieder ins Bett, Kalten. Du auch, Khalad. Morgen reden wir weiter darüber. Ich sollte meiner Gemahlin jetzt wirklich einen Höflichkeitsbesuch abstatten.« Er erhob sich.

»Mehr nicht?« Kalten blickte ihn an. »Nur einen Höflichkeitsbesuch?«

»Es gibt viele Arten von Höflichkeit, Kalten.«

Die Korridore im Schloß wurden von den Kerzen, die in großen Abständen in Wandhalterungen steckten, schummrig beleuchtet. Sperber ging leise am Thronsaal vorbei zu den königlichen Gemächern. Wie üblich döste Mirtai in einem Sessel vor der Tür. Sperber blieb stehen und betrachtete die tamulische Riesin. Wenn sie schlief, war ihr Gesicht von ergreifender Schönheit. Die Haut sah im Kerzenschein golden aus, und ihre Wimpern waren so lang, daß sie die Wangen berührten. Sie hatte ihr Schwert auf dem Schoß und die Rechte leicht um den Griff gelegt.

»Glaubt nicht, daß Ihr Euch unbemerkt anschleichen könnt, Sperber«, sagte sie, ohne die Augen zu öffnen.

»Woher habt Ihr gewußt, daß ich es bin?«

»Ich kann Euch riechen. Ihr Elenier vergeßt offenbar, daß wir Nasen haben.«

»Aber wie konntet Ihr riechen, daß *ich* es bin? Ich habe eben erst gebadet!«

»Auch das ist mir nicht entgangen. Ihr hättet Euch die Zeit nehmen sollen, das Wasser ein bißchen mehr aufzuheizen.«

»Manchmal versetzt Ihr mich wirklich in Erstaunen, wißt Ihr das?«

»Dann seid Ihr leicht in Erstaunen zu versetzen, Sperber.« Sie hob die Lider. »Wo seid Ihr gewesen? Ehlana war der Verzweiflung nahe!«

»Wie geht es ihr?«

»Wie immer. Wollt Ihr sie denn nie erwachsen werden lassen? Ich bin's allmählich leid, einem Kind zu gehören.« Mirtai betrachtete sich als Eigentum Königin Ehlanas – was sie jedoch nicht daran hinderte, die königliche Familie von Elenien mit eiserner Hand zu regieren und zu entscheiden, was für sie gut war und was nicht. Brüsk hatte sie alle Versuche der Königin unterbunden, sie zur Gefährtin zu machen. Eine atanische Tamulerin und ihre Rasse, behauptete Mirtai, sei vom Wesen her ungeeignet für die Freiheit. Sperber neigte stark dazu, Mirtai beizupflichten, denn er bezweifelte nicht, daß Mirtai binnen kürzester Zeit ganze Städte entvölkern könnte, wenn man sie ihren Instinkten folgen ließ.

Mit unbeschreiblicher Anmut erhob sie sich. Sie war gut vier Zoll größer als Sperber, und wieder hatte er das seltsame Gefühl zu schrumpfen, als er zu der Riesin aufblickte. »Weshalb habt Ihr so lange gebraucht?« fragte sie.

»Ich mußte nach Lamorkand.«

»War das Eure Idee?«

»Nein. Dolmant hat mich geschickt.«

»Sagt das Ehlana. Klipp und klar! Falls sie glaubt, Ihr hättet Euch selbst zu der Reise entschlossen, wird die Streiterei wochenlang dauern, und dieses ständige Gezänk geht mir auf die Nerven.« Sie brachte den Schlüssel zum königlichen Schlafgemach zum Vorschein und blickte Sperber durchdringend an. »Seid *sehr* nett zu ihr, Sperber. Sie hat Euch unbeschreiblich vermißt und braucht jetzt einen greifbaren Beweis Eurer Zuneigung. Und vergeßt nicht, die innere Tür des Schlafgemachs zu verriegeln. Für gewisse Dinge ist Eure Tochter noch ein wenig zu jung.« Sie schloß die Tür auf.

»Mirtai, müßt Ihr uns wirklich jede Nacht einsperren?«

»Ja. Bevor ich nicht sicher bin, daß keiner von euch hier draußen herumwandert, kann ich nicht schlafen.«

Sperber seufzte. »Ach übrigens«, sagte er. »Kring war in Chyrellos. Wahrscheinlich taucht er in einigen Tagen hier auf, um wieder mal um Eure Hand anzuhalten.«

»Wird auch Zeit!« Sie lächelte. »Seit seinem letzten Heiratsantrag sind drei Monate vergangen. Ich dachte schon, er liebt mich nicht mehr.«

»Werdet Ihr ihn je erhören?«

»Das wird sich zeigen. Weckt jetzt Eure Gemahlin, Sperber. Ich werde Euch am Morgen wieder herauslassen.« Sie schob ihn sanft durch die Tür und verschloß sie hinter ihm sogleich wieder.

Sperbers Tochter, Prinzessin Danae, lag zusammengekuschelt in einem großen Sessel am Kamin. Danae war jetzt sechs. Sie hatte schwarzes Haar, eine Haut so weiß wie Milch, große dunkle Augen und ein rosiges Mündchen. Sie war ganz junge Dame, gab sich ernst und sehr erwachsen. Dennoch war ein arg mitgenommenes Plüschtier namens Rollo ihr ständiger Begleiter. Prinzessin Danae hatte Rollo von ihrer Mutter geerbt. Wie üblich hafteten Grasflecken an den zierlichen Füßen des kleinen Mädchens. »Du hast dir Zeit gelassen, Sperber«, tadelte sie ihren Vater.

»Danae«, rügte er sie seinerseits, »du weißt genau, daß du mich nicht beim Namen nennen sollst! Wenn deine Mutter das hört, wird sie anfangen, Fragen zu stellen.«

»Sie schläft.« Danae zuckte die Schultern.

»Bist du ganz sicher?«

Sie bedachte ihn mit einem niederschmetternden Blick. »Natürlich bin ich sicher! *Ich* mache keine Fehler! Wie du weißt, kann ich dafür sorgen, daß niemand uns hört. Wo warst du?«

»Ich mußte nach Lamorkand.«

»Und auf den naheliegenden Gedanken, Mutter Bescheid zu geben, bist du wohl nicht gekommen? Die letzten paar Wochen war sie unerträglich!«

»Ich weiß. Das habe ich inzwischen von mehreren Seiten gehört. Aber ich wußte nicht, daß ich so lange fort sein würde. Ich bin froh, daß du wach bist. Vielleicht kannst du mir helfen.«

»Ich werd's mir überlegen – wenn du lieb zu mir bist.«

»Ich will es versuchen. Was weißt du über Fyrchtnfles?«

»Er war ein Barbar. Aber schließlich war er Elenier; da kann man ja nichts anderes erwarten.«

»Deine Vorurteile kommen wieder mal durch!«

»Niemand ist vollkommen. Woher rührt dein plötzliches Interesse an alten Geschichten?«

»In Lamorkand geht das Gerücht, daß Fyrchtnfles zurückgekehrt ist. Dort sitzt alle Welt mit ehrfürchtiger Miene herum und wetzt die Schwerter. Was steckt wirklich dahinter?«

»Fyrchtnfles war vor drei- oder viertausend Jahren ihr König. Kurz nachdem ihr Elenier das Feuer entdeckt hattet und aus euren Höhlen gekrochen seid.«

»Ein bißchen mehr Respekt, bitte.«

»Gewiß, Vater. Dieser Barbar, Fyrchtnfles, schmiedete die Lamorker zu einer Art Einheit zusammen. Dann machte er sich daran, die Welt zu erobern. Die Lamorker waren sehr beeindruckt von ihm. Er betete jedoch die alten lamorkischen Götter an, und deine elenische Kirche fühlte sich nicht wohl bei dem Gedanken, daß ein Heide auf dem Thron der ganzen Welt sitzen könnte. Deshalb ließ sie ihn ermorden.«

»So etwas würde die Kirche niemals tun!« sagte Sperber entschieden.

»Möchtest du die Geschichte hören oder ein theologisches Streitgespräch führen? Nachdem Fyrchtnfles beseitigt war, schlitzten lamorkische Priester ein paar Hühnern den Bauch auf und spielten mit ihren Eingeweiden herum, um die Zukunft daraus zu lesen. Ein wirklich abscheulicher Brauch, Sperber. Und der Geruch!« Sie schauderte.

»Was siehst du mich an? Ich hab's nicht erfunden.«

»Ihre *Augurien*, wie die Lamorker es nannten, sagten ihnen voraus, daß Fyrchtnfles eines Tages zurückkehren und dort weitermachen würde, wo er aufgehört hatte, und daß er die Lamorker zu den Beherrschern der Welt machen würde.«

»Soll das heißen, sie glauben wirklich daran?«

»Früher haben sie's geglaubt.«

»Es gibt auch Gerüchte über eine Rückkehr zur Anbetung alter heidnischer Götter.«

»Damit ist zu rechnen. Wenn ein Lamorker über Fyrchtnfles nachzudenken beginnt, holt er dabei die alten Götter aus der Versenkung. Ist das nicht töricht? Gibt es denn nicht genügend *echte* Götter für sie?«

»Die alten lamorkischen Götter sind also nicht *echt*?«

»Natürlich nicht! Wo hast du deinen Verstand gelassen, Sperber?«

»Die Trollgötter sind echt. Was ist da für ein Unterschied?«

»Ein riesiger, Vater. Das weiß doch jedes Kind.«

»Wenn du es sagst, wird es schon stimmen. Wie wär's, wenn du jetzt wieder ins Bett verschwindest?«

»Erst, wenn du mir einen Kuß gegeben hast.«

»Oh, entschuldige. Ich war in Gedanken.«

»Achte lieber auf die wirklich wichtigen Dinge, Sperber. Oder möchtest du, daß ich dahinwelke?«

»Natürlich nicht!«

»Dann gib mir einen Kuß.«

Er tat es. Wie immer duftete sie nach Gras und Bäumen. »Wasch dir die Füße«, riet er ihr.

»Muß das sein?«

»Möchtest du deiner Mutter diese Grasflecken eine Woche lang erklären müssen?«

»Ist das alles, was ich von dir bekomme?« protestierte sie. »Einen dürftigen Kuß und Badeanweisungen?«

Er lachte, hob sie hoch und küßte sie wieder – mehrmals. Dann setzte er sie zu Boden. »Und jetzt marsch, ab mit dir!«

Sie verzog schmollend den Mund, dann seufzte sie. Sie kehrte zu ihrem Schlafgemach zurück und zog Rollo an einem Bein hinter sich her. »Halt Mutter nicht die ganze Nacht wach«, sagte sie über die Schulter. »Und *bitte*, versuch wenigstens leise zu sein. Warum müßt ihr überhaupt immer so laut dabei herumpoltern?« Sie blickte verschmitzt drein. »Wieso wirst du rot, Vater?« fragte sie unschuldsvoll. Dann lachte sie, ging in ihr Zimmer und schloß die Tür hinter sich.

Sperber war nie ganz sicher, ob seine Tochter wirklich begriff, was solche Bemerkungen andeuteten, wenngleich er natürlich nicht im geringsten daran zweifelte, daß sie es auf einer Ebene ihrer eigenartig vielschichtigen Persönlichkeit durchaus verstand. Er schob den Riegel vor ihre Tür, dann begab er sich ins Schlafgemach, das er mit seiner Gemahlin teilte. Auch diese Tür schloß er hinter sich und verriegelte sie.

Das Feuer war fast bis zur Glut heruntergebrannt, spendete aber noch genügend Licht, daß Sperber die junge Frau sehen konnte, die der Mittelpunkt seines Lebens war. Die üppige Fülle ihres aschblonden Haares bedeckte ihr Kopfkissen, und im Schlaf sah sie unsagbar jung und verwundbar aus. Er blieb am Fuß des Bettes stehen und blickte sie an. In ihrem Gesicht konnte er immer noch das kleine Mädchen sehen, das er ausgebildet und geformt hatte. Er seufzte. Solche Gedanken stimmten ihn stets melancholisch, denn sie erinnerten ihn daran, daß er im Grund genommen viel zu alt für Ehlana war. Sie hätte einen jungen Gemahl haben müssen – einen, der nicht so zernarbt und von Kämpfen gezeichnet war, einen, der besser aussah als er. Sperber fragte sich müßig, wann und wie er jenen Fehler begangen hatte, der Ehlanas Zuneigung so sehr auf ihn lenkte, daß sie sich weigerte, die Wahl eines anderen Gatten auch nur in Erwägung zu ziehen. Wahrscheinlich war es etwas Geringfügiges – ja Unbedeutendes – gewesen. Wer konnte schon wissen, welche Wirkung selbst die kleinste Geste auf einen anderen Menschen haben mochte?

»Ich weiß, daß du da bist, Sperber«, sagte auch Ehlana, ohne die Augen zu öffnen. Ihre Stimme klang ein wenig gereizt.

»Ich habe die Aussicht bewundert.« Ein bißchen Schmeichelei konnte das heraufziehende Gewitter vielleicht vertreiben, obwohl Sperbers Hoffnung nicht sehr groß war.

Ehlana schlug die grauen Augen auf. »Komm her!« befahl sie und streckte ihm die Arme entgegen.

»Ich war immer schon Eurer Majestät gehorsamster Diener.« Er grinste sie an und trat an die Seite des Bettes.

»Ach, ja?« Sie legte ihm die Arme um den Hals und küßte ihn. »Meinst du, wir könnten den Ehekrieg auf morgen früh verschieben, Liebling?« fragte Sperber. »Ich bin ein bißchen müde. Wie wär's, wenn wir uns zuerst mit dem Versöhnen und erst dann mit dem Streiten beschäftigen?«

»Mach dich nicht lächerlich! Dann würde ich ja meinen ganzen Ärger überspringen müssen. Was glaubst du, was ich mir alles an Vorwürfen für dich zurechtgelegt habe!«

»Ich kann es mir vorstellen. Aber weißt du, Dolmant hat mich nach Lamorkand geschickt, und die Reise hat leider länger gedauert, als ich erwartet habe.«

»Das ist nicht fair, Sperber«, sagte sie schmollend.

»Was meinst du damit?«

»Du solltest damit warten, bis ich eine Erklärung von dir verlangt hätte. Jetzt hast du mir die ganze Freude verdorben!«

»Kannst du mir je verzeihen?« Er bemühte sich um eine übertrieben zerknirschte Miene und küßte seine Gemahlin auf den Hals. Er hatte entdeckt, daß sie diese kleinen Spielchen liebte.

»Ich werde darüber nachdenken.« Ehlana lachte und erwiderte seinen Kuß. »Na gut«, ließ sie sich schließlich herab. »Nachdem du mir den Spaß nicht gelassen hast, kannst du mir gleich erzählen, was du getan und warum du mich nicht benachrichtigt hast, daß es länger dauern würde.«

»Politische Erwägungen, Liebling. Du kennst Dolmant. Die Lage in Lamorkand ist sehr bedrohlich. Sarathi wollte eine fachmännische Einschätzung der dortigen Situation. Aber es durfte niemand erfahren, daß ich auf seine Anweisung dorthin reiste. Er hat untersagt, Botschaften zu schicken, da sie abgefangen werden könnten.«

»Ich glaube, ich muß mit unserem hochverehrten Erzprälaten mal ein klärendes Gespräch führen«, stellte Ehlana fest. »Er hat offenbar Schwierigkeiten, sich zu erinnern, wer ich bin.«

»Davon rate ich dir ab, Ehlana.«

»Oh, ich habe nicht vor, einen Streit mit ihm anzuzetteln, Schatz. Ich werde ihn lediglich darauf aufmerksam machen, daß er es an der nötigen Höflichkeit mangeln läßt. Dolmant soll mich gefälligst erst fragen, bevor er meinen Gemahl in der Welt herumschickt. Ich werde Seiner Erhabenheit ein wenig müde. Jawohl, ich werde ihn Manieren lehren!«

»Darf ich dabeisein? Das möchte ich um nichts in der Welt versäumen.«

Sie funkelte ihn an. »Wenn du dir nicht auch eine Rüge einfangen möchtest, dann fange jetzt lieber mit der Versöhnung an.«

»Das wollte ich gerade«, versicherte Sperber und drückte sie fester an sich.

»Warum hast du so lange gewartet?« hauchte sie.

Es war viel später, und der Unmut der Königin von Elenien war spürbar geschwunden. »Was hast du in Lamorkand herausgefunden, Sperber?« fragte sie und streckte sich genüßlich.

»Westlamorkand ist zur Zeit in hellem Aufruhr. Ein Graf steckt dahinter – er heißt Gerrich. Wir sind ihm auf unserer Suche nach dem Bhelliom begegnet. Er war in einen dieser verschlagenen Pläne verwickelt, mit denen Martel während der Wahl des neuen Erzprälaten die Ritterorden von Chyrellos fernhalten wollte.«

»Das spricht Bände über den Charakter dieses Grafen.«

»Vielleicht. Aber Martel war ein Meister, wenn es um die Beeinflussung der richtigen Leute ging. Jedenfalls gelang es ihm, einen kleinen Krieg zwischen Gerrich und Patriarch Ortzels Bruder vom Zaun zu brechen. Dieser Krieg hat den Horizont des Grafen offensichtlich ein wenig geweitet. Jetzt interessiert er sich sogar für den Thron.«

»Armer Freddie.« Ehlana seufzte. König Friedahl von Lamorkand war ein entfernter Vetter. »*Ich* möchte seinen Thron nicht geschenkt. Aber worüber macht die Kirche sich Sorgen? Freddies Streitkräfte sind stark genug, sich eines ehrgeizigen Grafen zu erwehren.«

»So einfach ist das nicht, Liebling. Gerrich hat Bündnisse mit anderen Edlen in Westlamorkand geschlossen und inzwischen eine Armee um sich geschart, die fast so mächtig ist wie die des Königs. Und er hat offenbar Gespräche mit den pelosischen Baronen um den Vennesee geführt.«

»Diese Banditen!« sagte Ehlana abfällig. »*Jeder* kann sie kaufen!«

»Du kennst dich in der Politik dieser Region gut aus, Ehlana.«

»Es bleibt mir gar nichts anderes übrig, Sperber. Pelosien liegt hinter der Nordostgrenze des Reiches. Stellen diese Unruhen eine Bedrohung für uns dar?«

»Im Moment nicht. Gerrich hat den Blick begehrlich nach Osten gerichtet – auf die Hauptstadt.«

»Vielleicht sollte ich Freddie unsere Unterstützung anbieten«, überlegte sie laut. »Falls es dort tatsächlich zu einem Krieg kommt, dann könnte ich ein schönes Stück von Südwestpelosien für uns abzweigen.«

»Haben wir territoriale Ambitionen, Majestät?«

»Nicht heute nacht, Sperber«, versicherte sie ihm. »Da beschäftigt mich ganz etwas anderes.« Und sie schlang wieder die Arme um ihn.

Es war viel später, fast schon Morgen. Ehlanas regelmäßiger Atem verriet Sperber, daß sie schlief. Er glitt aus dem Bett und trat ans Fenster. Seine Jahre militärischer Ausbildung hatten es ihm zur Gewohnheit gemacht, jeden Tag, noch vor Sonnenaufgang, einen Blick aufs Wetter zu werfen.

Der Regen hatte nachgelassen, doch der Wind blies stürmischer. Das Frühjahr war gerade erst angebrochen, und in den nächsten Wochen konnte man noch kaum mit schönem Wetter rechnen. Sperber war froh, daß er bereits zu Hause war, denn der kommende Tag sah nicht sehr vielversprechend aus. Er blickte hinaus auf die flackernden, unregelmäßig brennenden Fackeln auf dem windigen Hof.

Wie immer bei schlechtem Wetter wanderten Sperbers Gedanken zurück zu den Jahren, die er in der heißen Stadt Jiroch an der von Dürre heimgesuchten Nordküste Rendors zugebracht hatte, wo die verschleierten und schwarzvermummten Frauen im ersten stahlgrauen Licht des Morgens zum Brunnen pilgerten, und wo die Frau, die sich Lillias nannte, ihm jede Nacht die Zeit mit ihrer Liebe vertrieben hatte – dem, was sie für Liebe hielt. Auch an die Nacht in Cippria, als es Martels Henkersknechten beinahe gelungen wäre, ihm den Lebensfaden zu durchschneiden, dachte Sperber zurück. Doch er hatte die Rechnung mit Martel in Azashs Tempel in Zemoch beglichen; deshalb bestand kein Grund, sich den Viehhof in Cippria oder die Klosterglocken in Erinnerung zu rufen, die ihn aus der Dunkelheit gerufen hatten.

Das flüchtige Gefühl, beobachtet zu werden, das Sperber auf der engen Gasse befallen hatte, ließ ihm noch immer keine Ruhe. Irgend etwas ging vor sich, das er nicht verstand. Sperber wünschte sich inbrünstig, mit Sephrenia darüber reden zu können.

2

»Majestät!« rief Graf von Lenda bestürzt. »Ihr könnt Euch doch dem Erzprälaten gegenüber nicht einer solchen Sprache bedienen!« Lenda starrte stirnrunzelnd auf das Schreiben, das die Königin ihm soeben zu lesen gegeben hatte. »Fehlt nur noch, daß Ihr ihn einen Dieb und Schurken schimpft!«

»Ach, habe ich das vergessen?« fragte Ehlana. »Wie konnte ich nur!« Sie hatten sich in der blauen Ratskammer eingefunden, wie üblich zu dieser Vormittagsstunde.

»Könnt Ihr nicht mit ihr reden, Sperber?« flehte Lenda.

»O Lenda!« Ehlana lachte und schenkte dem gebrechlichen alten Mann ein Lächeln. »Das ist doch bloß ein Entwurf! Ich war ein wenig verärgert, als ich ihn verfaßte.«

»Ein *wenig*?«

»Ich weiß, daß wir das Schreiben nicht in dieser Form absenden können, Graf. Ich wollte lediglich, daß Ihr meine Gefühle in dieser Angelegenheit kennt, ehe wir es umformulieren und uns einer diplomatischen Sprache bedienen. Ich will nur deutlich machen, daß Dolmant seine Befugnisse überschreitet. Er ist Erzprälat, nicht Kaiser. Die Kirche hat ohnedies bereits zu viel Autorität in weltlichen Dingen, und wenn Dolmant nicht gezügelt wird, sind die Monarchen Eosiens bald nur noch seine Vasallen. Tut mir leid, meine Herren. Ich bin zwar eine wahre Tochter der Kirche, aber ich werde mich vor Dolmant nicht auf die Knie werfen und eine Krönungszeremonie über mich ergehen lassen, die keinen anderen Zweck hat, als mich zu demütigen.«

Sperber staunte insgeheim über die politische Reife seiner Gemahlin. Die Machtstruktur auf dem eosischen Kontinent war schon immer von dem empfindlichen Gleichgewicht zwischen kirchlicher Autorität und königlicher Macht bestimmt worden. Geriet dieses Gleichgewicht ins Schwanken, kamen die Dinge aus dem Lot. »Es spricht einiges für den Standpunkt Ihrer Majestät, Lenda«, sagte Sperber nachdenklich. »Die letzte Generation eosischer Monarchen war alles andere denn stark. Aldreas war ...« Er suchte nach einem angemessenen Wort.

»Unfähig«, charakterisierte Ehlana ihren Vater kühl.

»Na ja, ganz so kraß hätte ich es nicht ausgedrückt«, murmelte Sperber. »Wargun ist launenhaft, Soros ein religiöser Hysteriker, Obler ein Greis, und Friedahl ist nur eine Marionette seiner Barone. Dregos tut, was seine Sippschaft entscheidet, König Brisant von Cammorien ist ein Lüstling, und vom derzeitigen König von Rendor weiß ich nicht einmal den Namen.«

»Ogyrin«, warf Kalten ein.

»Jedenfalls«, Sperber lehnte sich in seinem Sessel zurück und rieb sich nachdenklich die Wange, »gerade in Aldreas' Amtszeit hatten wir einige sehr tüchtige Kirchenmänner in der Hierokratie. Cluvonus' Siechtum ermutigte die Patriarchen, mehr oder weniger selbständig vorzugehen. Stand irgendwo ein Thron leer, hätte man eine viel schlechtere Wahl treffen können, als Emban darauf zu setzen – oder Bergsten. Ja sogar Annias war politisch außerordentlich geschickt. Wenn Könige schwach sind, wird die Kirche stark – manchmal zu stark.«

»Nur heraus mit der Sprache, Sperber«, brummte Platime. »Wollt Ihr damit sagen, wir sollen der Kirche den Krieg erklären?«

»Nicht sofort, Platime. Wir sollten den Gedanken jedoch für den Notfall in Erwägung ziehen. Momentan halte ich es für angebracht, Chyrellos einen Wink zu geben, und unsere Königin ist vielleicht genau die Richtige dafür. Nach dem Aufruhr, den sie bei Dolmants Wahl in der Hierokratie verursacht hat, könnte ich mir vorstellen, daß die Kirchenleute alles, was sie sagt, sehr sorgfältig bedenken werden. Ich glaube nicht, daß wir dieses Schreiben allzu sehr entschärfen sollten, Lenda. Schließlich gilt es, die Kirchenfürsten auf unsere Sorgen aufmerksam zu machen.«

Lendas Augen glänzten. »Ja, *genauso* muß dieses Spiel gespielt werden, meine Freunde!« rief er begeistert.

»Euch ist doch klar, daß es Dolmant möglicherweise gar nicht bewußt war, daß er seine Befugnisse überschritt«, gab Kalten zu bedenken. »Vielleicht hat er Sperber als den Interimspräzeptor des Pandionischen Ordens nach Lamorkand gesandt und dabei völlig übersehen, daß der gute Mann auch Prinzgemahl ist. Der Sarathi hat momentan ziemlich viel um die Ohren.«

»Wenn er *so* vergeßlich ist, hat er auf dem Erzprälatenthron nichts verloren«, sagte Ehlana fest. Sie kniff die Augen zusammen, was bei ihr immer ein bedrohliches Zeichen war. »Wir müssen ihm deutlich klarmachen, daß er meine Gefühle verletzt hat. Dann wird er sich mit allen Kräften bemühen, mich zu besänftigen. Das kann ich vielleicht dazu nutzen, mir dieses Herzogtum nördlich von Vardenais zurückzuholen. Lenda, gibt es irgendeine Möglichkeit, die Leute daran zu hindern, ihre Ländereien der Kirche zu vermachen?«

»Das ist ein sehr alter Brauch, Majestät.«

»Ich weiß, aber das Land gehörte ursprünglich der Krone! Sollten wir da nicht ein Wörtchen mitzureden haben, wer es erbt? Man sollte meinen, daß das Land an mich zurückgeht, wenn ein Edelmann ohne Nachkommen stirbt. Aber jedesmal, wenn ein Edler kinderlos bleibt, scharen sich die Kirchenmänner wie Geier um ihn und tun ihr möglichstes, daß er *ihnen* das Land vermacht.«

»Schafft ein paar Titel ab«, schlug Platime vor. »Macht es zum Gesetz, daß ein kinderloser Adeliger keine testamentarischen Verfügungen über seine Land treffen kann.«

»Die Aristokratie würde rebellieren!« keuchte Lenda.

»Um Aufstände niederzuschlagen, haben wir die Armee.« Platime zuckte die Schultern. »Wißt Ihr was, Ehlana? Ihr erlaßt das Gesetz, und ich sorge dafür, daß den lautesten Schreihälsen einige sehr öffentliche und sehr blutige Unfälle zustoßen. Aristokraten sind nicht besonders klug, aber ich glaube, das werden sie begreifen.«

»Was meint Ihr?« wandte Ehlana sich an den Grafen von Lenda. »Käme ich damit durch?«

»Aber Majestät! Das könnt Ihr doch nicht ernsthaft in Erwägung ziehen!«

»*Irgend etwas* muß ich tun, Lenda. Die Kirche verschlingt mein Land Morgen um Morgen, und kaum übernimmt sie einen Landbesitz, sehe ich keinen Heller Steuer mehr dafür!« Sie hielt nachdenklich inne. »Das könnte eine Möglichkeit sein, die Aufmerksamkeit der Kirche zu erlangen, wie Sperber vorschlug. Wie wär's, wenn wir ein übertrieben entrechtendes Gesetz entwerfen und dafür sorgen, daß eine Kopie ›zufällig‹ in die Hände eines Kirchenmannes mittelhohen Ranges fällt? Ich glaube, wir können davon ausgehen, daß Dolmant sie in den Fingern hat, noch ehe die Tinte trocken ist.«

Lenda schüttelte den Kopf. »Das ist skrupellos, Majestät!«

»Freut mich, daß Ihr mir beipflichtet, Graf.« Ehlana schaute sich um. »Sonst noch etwas, meine Herren?«

»Bei Cardos treiben sich ein paar Banditen ohne Genehmigung im Gebirge herum, Ehlana«, brummte Platime. Der fette, schwarzbärtige Mann hatte im Sitzen die Füße auf den Tisch gelegt. Sein Wams war zerknittert und wies eine ganze Speisekarte von Flecken auf. Sein zotteliges Haar hing über Stirn und Augen. Er brachte einfach keine Titel über die Lippen, doch die Königin hatte sich daran gewöhnt.

»Banditen ohne Genehmigung?« fragte Kalten amüsiert.

»Ihr wißt, was ich meine«, knurrte Platime. »Sie haben keine Erlaubnis des Diebesrats, in der Gegend ihrem Gewerbe nachzugehen, und verstoßen gegen sämtliche Regeln. Ich weiß es nicht mit Sicherheit, aber ich glaube, es sind ehemalige Helfershelfer des Primas' von Cimmura. Da habt Ihr einen Fehler gemacht, Ehlana. Ihr hättet sie festnehmen lassen sollen, bevor Ihr sie für gesetzlos erklärt.«

»Na ja«, Ehlana zuckte die Schultern, »niemand ist unfehlbar.« Ehlanas Beziehung zu Platime war höchst ungewöhnlich. Sie hatte erkannt, daß er beim besten Willen keine höfischen Phrasen über die Lippen brachte; deshalb erlaubte sie ihm eine Offenheit, ja, Vertraulichkeit, die sie bei jedem anderen als Beleidigung erachtet hätte. Trotz seiner vielen Fehler entwickelte Platime sich zu einem wertvollen Ratgeber, dessen Meinung sie sehr schätzte. »Es überrascht mich nicht, daß Annias' alte Kumpane in ihrer Notlage zu Wegelagerern geworden sind. Banditen waren sie im Grund genommen von Anfang an. Doch es hat in diesen Bergen immer schon Gesetzlose gegeben. Da bezweifle ich, daß eine Bande mehr oder weniger viel ausmacht.«

»Ehlana«, er seufzte, »ich könnte eine kleine Schwester nicht mehr lieben als Euch, aber manchmal seid Ihr schrecklich unwissend. Ein Bandit mit Genehmigung kennt die Regeln. Er weiß, welche Reisenden ausgeraubt oder getötet werden dürfen und von welchen er die Pfoten lassen muß. Niemand regt sich übermäßig auf, wenn einem feisten Kaufmann der pralle Beutel geraubt und die Gurgel durchgeschnitten wird. Findet man jedoch einen Regierungsbeamten oder hohen Edelmann tot im Gebirge, müssen die Ordnungshüter einschreiten und zumindest den Eindruck von Zuständigkeit erwecken. Eine derartige behördliche Aufmerksamkeit ist sehr schlecht fürs Geschäft. Völlig unschuldige Banditen werden festgenommen und aufgehängt. Wegelagerei ist nichts für Amateure.

Aber da gibt es noch ein weiteres Problem. Diese Banditen machen den Landleuten weis, daß sie gar keine wirklichen Räuber sind, sondern Patrioten, die sich gegen einen grausamen Tyrannen auflehnen – gegen Euch, kleine Schwester. Unter den Bauern herrscht stets ein wenig Unzufriedenheit, so daß einige dergleichen begrüßen. Ihr Edelleute habt kein Recht, Verbrechen zu begehen. Ihr vermischt das immer mit Politik!«

»Aber mein lieber Platime«, sagte Ehlana verschmitzt, »ich dachte, Ihr wüßtet es: Politik *ist* ein Verbrechen.«

Der Fette brüllte vor Lachen. »Ich liebe dieses Mädchen!« sagte er zu den anderen. »Macht Euch keine allzu großen Sorgen, Ehlana. Ich werde versuchen, ein paar Männer in ihre Bande einzuschleusen, und mir einen Plan ausdenken, wie ich diese Leute brotlos machen kann.«

»Ich wußte, daß ich mich auf Euch verlassen kann.« Ehlana erhob sich. »Wenn das für heute vormittag alles ist, bitte ich Euch, mich zu entschuldigen, meine Herren. Ich habe eine Anprobe bei meiner Schneiderin.« Sie blickte sich um. »Kommst du, Sperber?«

»In ein paar Minuten«, antwortete er, »ich möchte noch etwas mit Platime besprechen.«

Sie nickte und ging zur Tür.

»Worum geht es, Sperber?« fragte Platime.

»Letzte Nacht, als ich durch die Stadt ritt, habe ich Naween gesehen. Sie arbeitet auf der Straße.«

»Naween? Das ist lächerlich. Meist vergißt sie sogar, Geld für ihre Dienste zu nehmen.«

»Das habe ich ihr auch gesagt. Sie und Shanda hatten Streit. Jedenfalls stand Naween an einer Ecke beim Osttor. Ich habe sie in einen Gasthof geschickt, damit sie nicht mehr im Regen herumstehen mußte. Können wir irgend etwas für sie tun?«

»Ich kümmere mich darum«, versprach Platime.

Ehlana hatte die Ratskammer noch nicht verlassen. Sperber vergaß mitunter, wie scharf ihre Ohren waren. Sie drehte sich an der Tür um. »Wer ist diese Naween?« fragte sie schroff.

»Eine Hure.« Platime zuckte die Schultern. »Eine besondere Freundin Sperbers.«

»Platime!« entrüstete sich Sperber.

»Stimmt das etwa nicht?«

»Nun, ich glaube schon. Aber so, wie Ihr es sagt ...« Sperber suchte fieberhaft nach den richtigen Worten.

»Oh! *So* habe ich es nicht gemeint, Ehlana. Soviel ich weiß, ist Euer Gemahl Euch absolut treu. Naween ist eine Hure. Das ist ihr Gewerbe, aber es hat nichts mit der Freundschaft zu Sperber zu tun. Gewiß, sie hat sich Sperber angeboten, aber das tut sie bei jedem. Sie ist ein sehr großzügiges Mädchen.«

»Bitte, Platime«, stöhnte Sperber, »hört lieber auf, mich zu verteidigen.«

»Naween ist ein braves Mädchen«, fuhr Platime fort, an Ehlana gewandt. »Sie arbeitet fleißig, nimmt sich ihrer Kunden von Herzen an und bezahlt ihre Steuern.«

»Steuern?« rief Ehlana. »Soll das heißen, daß meine Regierung dieses Gewerbe gutheißt? Daß sie es legitimiert, indem sie es besteuert?«

»Habt Ihr auf dem Mond gelebt, Ehlana? Natürlich bezahlt Naween Steuern. Das tun wir alle. Dafür sorgt schon Lenda. Naween hat Sperber einmal geholfen, als Ihr krank wart. Er suchte nach diesem Krager. Naween hat ihm dabei geholfen. Wie ich schon sagte, sie bot Sperber auch andere Dienste an, doch er lehnte ab – sehr höflich natürlich. Er hat sie damit ein bißchen enttäuscht.«

»Wir werden uns eingehend darüber unterhalten müssen, Sperber«, sagte Ehlana bedeutungsvoll.

»Wie Majestät wünscht.« Er seufzte, als sie kühl aus der Kammer rauschte.

»Sie hat nicht viel Ahnung, wie's da draußen zugeht, nicht wahr, Sperber?«

»Das liegt an ihrer wohlbehüteten Erziehung.«

»Ich dachte, *Ihr* habt sie erzogen.«

»Stimmt.«

»Dann seid Ihr selbst schuld. Ich werde Naween zu ihr schicken, damit sie ihr alles erklärt.«

»Habt Ihr den Verstand verloren?«

Talen kehrte am nächsten Tag aus Delos zurück, in Begleitung von Ritter Berit. Sperber und Khalad empfingen sie an der Tür des Pferdestalls. Der Prinzgemahl versuchte, sich so unauffällig wie möglich zu machen, bis die Neugier der Königin nachließ, was Naween betraf.

Talens Nase war rot, die Augen verquollen. »Ich dachte, du würdest auf dem Hof bleiben, bis deine Erkältung auskuriert ist«, sagte Sperber.

»Ich hab' diese Bemutterung nicht mehr ausgehalten.« Talen rutschte aus dem Sattel. »Eine Mutter ist schlimm genug, aber meine Brüder und ich haben jetzt gleich zwei. Ich glaube nicht, daß ich je wieder auch nur einen Löffel Hühnerbrühe hinunterbringe. Hallo, Khalad.«

»Talen«, brummte Sperbers stämmiger junger Knappe. Er musterte seinen Halbbruder. »Deine Augen sehen ja furchtbar aus!«

»Du solltest sie mal von innen sehen!« Talen war jetzt etwa fünfzehn und machte gerade eine dieser »Phasen« durch. Sperber war überzeugt, daß der junge Dieb in den vergangenen sechs Wochen um gut drei Zoll gewachsen war. Ein beachtliches Stück Arm und Handgelenk ragten aus seinen Wamsärmeln. »Glaubt ihr, die Köche haben noch etwas zu essen?« fragte der Junge. Seines schnellen Wachstums wegen entwickelte Talen einen unglaublichen Appetit.

»Ich habe einige Schriftstücke zum Unterzeichnen für Euch, Sperber«, sagte Berit. »Nichts Dringendes, aber ich dachte, ich reite am besten gleich mit Talen.« Berit trug ein Kettenhemd und ein Breitschwert am Gürtel. Seine Lieblingswaffe war jedoch nach wie vor die schwere Axt, die von seinem Sattel hing.

»Kehrst du ins Ordenshaus zurück?« fragte Khalad, der sich mit Berit angefreundet hatte.

»Ja. Es sei denn, Sperber hat hier etwas für mich zu tun.«

»Dann komme ich mit dir. Ritter Olart will heute nachmittag noch ein paar Lanzenübungen mit uns machen.«

»Warum hebst du ihn nicht einfach ein paarmal aus dem Sattel, dann läßt er dich in Ruhe«, riet ihm Berit. »Du kannst es, das weißt du. Du bist jetzt schon besser als er.«

Khalad zuckte die Schultern. »Ich würde seine Gefühle verletzen.«

Berit lachte. »Ganz zu schweigen von seinen Rippen, Schultern und dem Rücken.«

»Es wirkt ein wenig angeberisch, wenn man den Ausbilder übertrumpft«, gab Khalad zu bedenken. »Die anderen Novizen sind ohnehin schon verärgert, weil sie sich mit meinen Brüdern und mir nicht messen können. Wir haben versucht, es ihnen zu erklären, aber sie nehmen es uns übel, weil wir nur einfache Bauern sind. Du weißt ja, wie das ist.« Er blickte Sperber fragend an. »Braucht Ihr mich heute nachmittag, Hoheit?«

»Nein. Geh nur und verbeul Ritter Olats Rüstung ein bißchen. Er bildet sich ohnehin zu viel auf seine Geschicklichkeit ein. Lehr ihn die Tugend der Demut.«

»Ich habe *wirklich* Hunger, Sperber«, beklagte sich Talen.

»Dann wollen wir in die Küche gehen.« Sperber betrachtete seinen jungen Freund kritisch. »Danach werde ich wohl wieder nach dem Schneider schicken müssen. Du wächst wie Unkraut.«

»Ich kann nichts dafür.«

Khalad machte sich daran, sein Pferd zu satteln, während sich Sperber und Talen zur Schloßküche begaben. Etwa eine Stunde später, als die beiden die königlichen Gemächer betraten, fanden sie Ehlana, Mirtai und Danae vor dem Kamin vor. Die Königin blätterte einige Schriftstücke durch, Danae spielte mit Rollo, und Mirtai wetzte einen ihrer Dolche.

Ehlana blickte von den Dokumenten auf. »Ah«, sagte sie, »da sind ja mein edler Gemahl und mein wandernder Page.«

Talen verbeugte sich, dann zog er die Nase hoch.

»Nimm ein Taschentuch!« befahl ihm Mirtai.

»Jawohl, Herrin.«

»Wie geht es deinen Müttern?« fragte Ehlana den jungen Mann. Jeder, der mit Talen und seinen Halbbrüdern redete, stellte unwillkürlich diese seltsam anmutende Frage, die die tatsächlichen Umstände jedoch treffend charakterisierte. Denn Aslade und Elys überhäuften Kuriks fünf Söhne ohne Unterschied mit mütterlicher Liebe.

»Sie übertreiben, meine Königin«, antwortete Talen. »In ihrem Haus krank zu werden, ist schlimmer als die Krankheit selbst. In der vergangenen Woche wurde ich mit jeder nur erdenklichen Schnupfenmedizin traktiert.« Ein seltsam quiekender Laut erklang aus dem Bauch des jungen Mannes.

»Ist das dein Magen?« fragte Mirtai ihn. »Hast du schon wieder Hunger?«

»Nein, ich habe gerade erst gegessen. Dauert bestimmt noch eine Viertelstunde, bis ich wieder Hunger kriege.« Talen schob eine Hand unter sein Wams. »Die kleine Bestie war so ruhig, daß ich sie fast vergessen hätte.« Talen ging zu Danae hinüber, die sich bemühte, die Bänder eines kleinen Hutes unter dem Kinn ihres Plüschtiers zuzuknoten. »Ich habe dir etwas mitgebracht, Prinzessin«, sagte er.

Danaes Augen leuchteten auf. Sie legte Rollo zur Seite und blickte Talen erwartungsvoll an.

»Aber küß mich nicht«, mahnte er. »Ein Dankeschön genügt. Ich habe Schnupfen und möchte nicht, daß du dich ansteckst.«

»Was hast du mir mitgebracht?« fragte sie aufgeregt.

»Ach, nur eine Kleinigkeit, die ich unter einem Busch am Straßenrand entdeckt habe. Sie ist ein bißchen naß und schmutzig, aber ich nehme an, du kannst sie trocknen und den Schmutz herausbürsten. Sie ist nichts Besonderes. Aber ich dachte, sie würde dir gefallen – ein bißchen wenigstens.« Talen war bemüht, die Sache herunterzuspielen.

»Was ist es denn? Darf ich es sehen?« bettelte Danae.

»Aber sicher.« Er zog ein ziemlich mitgenommenes Kätzchen unter seinem Wams hervor und setzte es auf den Boden. Das Kätzchen war grau-schwarz getigert, hatte einen spitzen Schwanz, und die noch blauen Babyaugen blickten neugierig drein. Es macht einen vorsichtigen Schritt auf sein neues Frauchen zu.

Danae quietschte vor Begeisterung. Sie hob das Kätzchen in die Höhe und drückte es an die Wange. »Oh, das muß man ja liebhaben!« rief sie.

»Ade ihr schönen Vorhänge!« murmelte Mirtai resigniert. »Alle jungen Katzen benutzen Vorhänge für ihre ersten Kletterversuche.«

Talen wehrte Sperbers glückstrahlende kleine Tochter ab. »Ich habe einen Schnupfen, Danae!« warnte er. »Hast du das schon vergessen?«

Sperber bezweifelte nicht, daß seine Tochter mit der Zeit geschickter wurde, so daß Talen sich ihren Beweisen der Zuneigung nicht mehr so leicht entziehen konnte. Das Kätzchen war nicht mehr als eine Geste, dessen war Sperber sicher – ein plötzlicher Einfall, über den der Junge nicht einen Moment nachgedacht hatte, der jedoch sein Schicksal unweigerlich besiegelte. Vor ein paar Tagen hatte Sperber sich gefragt, welchen Fehler *er* einst gemacht hatte, dem er die unerschütterliche Zuneigung seiner Frau verdankte. Und nun erkannte er, daß dieses zerzauste feuchte Kätzchen Talens Fehler war – oder zumindest einer davon. Sperber zuckte unmerklich die Schultern. Talen würde einen brauchbaren Schwiegersohn abgeben – nachdem Danae ihn erzogen hatte.

»Ihr habt doch nichts dagegen, Majestät?« wandte Talen sich nun an die Königin. »Daß ich ihr das Kätzchen mitgebracht habe, meine ich.«

»Stellst du diese Frage nicht ein wenig verspätet, Talen?« entgegnete Ehlana.

»Oh, ich weiß nicht«, antwortete er keck. »Ich glaube, ich habe den besten Augenblick abgewartet.«

Ehlana blickte ihre Tochter an, die das Kätzchen immer noch an ihr Gesicht drückte. Alle Katzen sind geborene Opportunisten. Das schnurrende kleine Wesen tapste behutsam mit einer weichen Pfote auf die Wange des Kindes, dann fing es zu nuckeln an.

»Wie könnte ich nein sagen, nachdem du's ihr bereits gegeben hast, Talen?«

»Ja, das wäre schwierig, Majestät!« Wieder zog der Junge laut die Nase hoch.

Mirtai stand auf, legte den Dolch zur Seite und ging quer durchs Zimmer zu Talen hinüber. Als sie die Hand ausstreckte, zuckte dieser zurück.

»Halt still!« befahl sie dem Jungen und legte ihm die Hand auf die Stirn. »Du hast Fieber.«

»Nicht der Rede wert.«

Ehlana erhob sich aus ihrem Sessel. »Am besten, wir schaffen ihn schnell ins Bett, Mirtai.«

»Zuerst sollte er schwitzen«, meinte die Riesin. »Ich bringe ihn ins Badehaus, ein Dampfbad nehmen.« Sie packte Talen fest am Arm.

»Ihr werdet nicht mit mir ins Badehaus gehen!« protestierte er mit plötzlich glühendem Gesicht.

»Sei still!« wies Mirtai ihn zurecht. »Schickt jemand zu den Köchen, Ehlana. Sie sollen ein Senfpflaster bereiten und Hühnerbrühe kochen. Wenn ich ihn aus dem Badehaus zurückbringe, lege ich ihm das Senfpflaster auf die Brust, stecke ihn ins Bett und flöße ihm Hühnerbrühe ein.«

»Wollt Ihr einfach so herumstehen, Sperber, und zulassen, daß sie mir das antun?« beklagte sich Talen.

»Ich würde dir ja gern helfen, mein Freund«, versicherte Sperber, »aber ich muß auch an meine eigene Gesundheit denken, weißt du.«

»Ich wollte, ich wäre tot«, jammerte Talen, als Mirtai ihn aus dem Gemach zerrte.

Stragen und Ulath trafen einige Tage später aus Emsat ein und wurden sogleich zu den königlichen Gemächern geführt. »Du wirst fett,

Sperber«, stellte Ulath fest, als er seinen Helm mit den Ogerhörnern abnahm.

»Ja, ich habe wohl ein wenig zugenommen«, gestand Sperber.

»Das macht das bequeme Leben«, rügte Ulath.

»Wie geht es Wargun?« fragte Ehlana den hünenhaften blonden Thalesier.

»Er hat den Verstand jetzt ganz verloren«, antwortete Ulath betrübt. »Sie haben ihn im Westflügel der Burg eingesperrt. Dort tobt er seinen Wahnsinn aus.«

Ehlana seufzte. »Ich habe ihn gemocht – wenn er mal nüchtern war.«

»Ich bezweifle, daß Ihr seinem Sohn dasselbe Gefühl entgegenbringen könnt, Majestät«, sagte Stragen trocken. Wie Platime war Stragen ein Gauner, aber er hatte viel bessere Manieren.

»Warguns Sohn habe ich nie kennengelernt«, sagte Ehlana.

»Beim nächsten Dankgebet solltet Ihr dafür ein paar Worte hinzufügen, Majestät. Er heißt Avin – ein kurzer, unbedeutender Name für einen kurzen, unbedeutenden Burschen. Er ist wahrhaftig nicht sehr vielversprechend.«

»Ist er wirklich so schlimm?« wandte Ehlana sich an Ulath.

»Avin Wargunsson ist eine Strafe der Götter. Ein kleiner Mann, der seine ganze Zeit darauf verwendet, sich zu vergewissern, daß niemand ihn übersieht. Als er erfuhr, daß ich hierherreise, rief er mich auf die Burg und gab mir ein königliches Schreiben für Euch mit. Er bemühte sich zwei Stunden lang, mich zu beeindrucken.«

»Und wart Ihr beeindruckt?«

»Nicht besonders, nein.« Ulath langte unter seinen Wappenrock und brachte ein gefaltetes und versiegeltes Blatt Pergament zum Vorschein.

»Was schreibt er?« fragte Ehlana.

»Das weiß ich nicht. Ich lese anderer Leute Post nicht. Aber ich nehme an, es handelt sich um eine ernsthafte Diskussion über das Wetter. Avin Wargunsson hat schreckliche Angst, daß die Leute ihn vergessen könnten. Deshalb gibt er jedem Reisenden, der Emsat verläßt, säckeweise königliche Schreiben mit.«

»Wie war die Reise?« fragte Sperber.

»Na ja, eine Seereise würde ich zu dieser Jahreszeit nicht gerade empfehlen«, antwortete Stragen. Seine eisblauen Augen wirkten hart. »Ich werde ein ernstes Wort mit Platime reden müssen. Ulath und ich wurden im Gebirge zwischen hier und Cardos von Räubern überfallen.«

»Es sind keine berufsmäßigen Räuber«, versicherte Sperber ihm. »Platime weiß von ihnen und wird etwas unternehmen. Kam es zu ernsten Problemen?«

»Nicht für uns.« Ulath zuckte die Schultern. »Was man von diesen Amateuren allerdings nicht sagen kann. Als wir fünf von ihnen zu Gott befohlen hatten, fiel dem Rest ein, daß sie irgendwo anders eine wichtige Verabredung hatten.« Er trat an die Tür und schaute auf den Korridor hinaus. Dann schloß er die Tür und blickte sich wachsam um. »Habt Ihr Dienstboten in einem Eurer Gemächer, Sperber?«

»Außer uns sind nur Mirtai und meine Tochter hier.«

»Dann kann ich frei sprechen. Komier sandte mich, um Euch darauf aufmerksam zu machen, daß Avin Wargunsson und Graf Gerrich von Lamorkand Verbindung aufgenommen haben. Gerrich hat es auf König Friedahls Thron abgesehen, und Avin ist zu dumm und unerfahren, als daß er sich aus den internen Streitigkeiten in Lamorkand heraushielte. Komier meint, es könnte eine geheime Absprache zwischen Gerrich und Avin geben. Patriarch Bergsten bringt die gleiche Nachricht nach Chyrellos.«

»Graf Gerrich wird sich bei Dolmant ziemlich unbeliebt machen, wenn er nicht besser acht gibt«, meinte Ehlana. »Ständig versucht er, Bündnisse zu schließen, obwohl er weiß, daß er damit die Regeln verletzt. Andere Reiche dürfen nicht in lamorkische Bürgerkriege hineingezogen werden.«

»Ist das eine bestehende Regel?« fragte Stragen ungläubig.

»Natürlich. Sie ist seit tausend Jahren in Kraft. Wenn die lamorkischen Barone ungehindert Bündnisse mit Edlen in anderen Königreichen schließen dürften, würden sie den ganzen Kontinent mindestens alle zehn Jahre in einen Krieg stürzen. Das ist tatsächlich geschehen, bis die Kirche einschritt und sie ermahnte, damit aufzuhören.«

»Und du hast gedacht, bei *uns* gäbe es seltsame Regeln!« sagte Stragen lachend zu Platime.

»Das ist etwas ganz anderes, Durchlaucht Stragen«, sagte Ehlana würdevoll. »*Unsere* Seltsamkeiten sind Teil der hohen Politik. Eure sind nur gesunder Menschenverstand. Das ist ein gewaltiger Unterschied.«

»Den Eindruck habe ich auch.«

In dem Augenblick, als es geschah, schaute Sperber zur Seite, doch er zweifelte nicht, daß auch die anderen die eigenartige Kälte verspürten, und den flüchtigen Hauch von Finsternis am Rand ihres Blickfeldes sahen.

»Sperber!« rief Ehlana erschrocken.

»Ja«, sagte er. »Ich weiß. Ich sehe es auch.«

Stragen hatte seinen Degen halb gezogen. Seine Hand bewegte sich katzenhaft flink. »Was ist das?« fragte er heftig, während er sich im Gemach umsah.

»Etwas Unmögliches«, sagte Ehlana und warf ihrem Gemahl einen unsicheren Blick zu. »Nicht wahr, Sperber?« Ihre Stimme zitterte leicht.

»Jedenfalls war ich bisher dieser Meinung«, antwortete er.

»Das ist nicht der rechte Augenblick für Rätsel«, rügte Stragen.

Dann waren Kälte und Schatten plötzlich verschwunden.

Ulath blickte Sperber nachdenklich an. »Kann es wirklich das sein, wofür ich es halte?« fragte er.

»Es hat ganz den Anschein.«

»Würde mir bitte jemand erklären, was hier geschieht?« sagte Stragen heftig.

»Erinnert Ihr Euch an die Wolke, die uns in Pelosien gefolgt ist?« fragte Ulath.

»Natürlich. Aber das war Azash, oder nicht?«

»Nein. Das glaubten wir. Doch nachdem wir hierher zurückgekehrt waren, erklärte Aphrael uns, daß wir uns täuschten. Deshalb wißt Ihr wahrscheinlich nichts davon. Der Schatten, den wir eben gesehen haben, das waren die Trollgötter. Sie befinden sich im Bhelliom.«

»*In* ihm?«

»Sie brauchten ein Versteck, nachdem sie Streitigkeiten mit den Jüngeren Göttern von Styrikum hatten.«

Stragen blickte Sperber an. »Aber Ihr habt doch gesagt, Ihr hättet den Bhelliom ins Meer geworfen!«

»Das haben wir auch.«

»Und die Trollgötter können nicht heraus?«

»Offenbar können sie's doch.«

»Ihr hättet einen tieferen Ozean suchen sollen!«

»Es gibt keine tieferen.«

»Vielleicht ist es jemandem gelungen, den Bhelliom herauszufischen.«

»So muß es sein, Sperber«, warf Ulath ein. »Die Schatulle war mit Gold ausgekleidet, und Aphrael versicherte uns, das Gold würde dafür sorgen, daß Bhelliom nichts unternehmen könne. Da die Trollgötter nicht aus dem Stein herauskönnen, waren auch sie in der Tiefe gefangen. Folglich muß jemand die Schatulle gefunden haben.«

»Ich habe gehört, daß Perlenfischer ziemlich tief hinuntertauchen können«, sagte Stragen.

»Nicht *so* tief«, widersprach Sperber. »Außerdem stimmt etwas nicht.«

»Wird Euch das jetzt erst klar?« spöttelte Stragen.

»Das meine ich nicht. Als wir in Pelosien waren, konnten wir alle diese Wolke sehen.«

»O ja!« sagte Ulath heftig.

»Doch zuvor, als die Wolke erst ein Schatten war, konnten nur Ehlana und ich sie sehen, und zwar, weil wir die Ringe trugen. Vorhin war's wieder nur ein Schatten, keine Wolke, nicht wahr?«

»Ja«, mußte Stragen zugeben.

»Wie kommt es dann, daß auch Ihr und Ulath ihn sehen konntet?«

Stragen spreizte hilflos die Hände.

»Da ist noch etwas«, fügte Sperber hinzu. »In der Nacht, als ich aus Lamorkand heimkehrte, spürte ich, daß mich auf der Straße etwas beobachtete – und es war kein einzelner Beobachter. Es waren keine Elenier oder Styriker, ja, ich glaube nicht, daß es sich überhaupt um menschliche Wesen handelte. Dieser Schatten, der soeben vorüberhuschte, verursachte mir dasselbe Gefühl wie in der Nacht meiner Heimkehr.«

»Ich wünschte, es gäbe eine Möglichkeit, mit Sephrenia zu reden«, murmelte Ulath.

Sperber war ziemlich sicher, daß es eine solche Möglichkeit gab, doch er durfte es niemandem sagen.

»Sprechen wir mit jemand anderm darüber?« fragte Stragen.

»Lieber nicht, ehe wir nicht mehr darüber herausgefunden haben«, entschied Sperber. »Sonst bricht womöglich Panik aus.«

»Ganz meine Meinung«, pflichtete Stragen ihm bei. »Für Panik ist immer noch Zeit genug – und Grund genug, schätze ich.«

Im Lauf der nächsten Tage wurde das Wetter besser, und die Stimmung im Schloß wurde gelöster. Sperber zog sich mehrmals zu Besprechungen mit Platime und Stragen zurück. Daraufhin sandten die beiden Bandenoberhäupter einige ihrer Männer nach Lamorkand, damit sie sich ein Bild von der dortigen Lage machten. »Das hätte ich von Anfang an tun sollen«, meinte Sperber, »aber Sarathi gab mir nicht die Gelegenheit dazu. Unser hochverehrter Erzprälat trägt in mancher Hinsicht Scheuklappen. Er will einfach nicht einsehen, daß man den Dingen mit *offiziellen* Untersuchungen nicht auf den Grund gehen kann.«

»Eine für Aristokraten typische Unfähigkeit«, stellte Stragen fest. »Aber sie macht Leuten wie Platime und mir das Leben leichter.«

Sperber widersprach ihm nicht. »Warnt eure Leute, vorsichtig zu sein«, ermahnte er die beiden. »Lamorker versuchen gern, ihre Probleme mit Klingen zu lösen, und tote Spione bringen nicht viel nützliche Information mit nach Haus.«

»Eine erstaunliche Einsicht, alter Junge«, sagte Stragen ironisch. »Es ist wirklich verwunderlich, daß Platime und ich nie auf den Gedanken kamen.«

»Schon gut, schon gut«, wehrte Sperber ab, »ich gebe ja zu, daß es sich ein wenig schulmeisterlich anhörte.«

»Ganz unsere Meinung, nicht wahr, Platime?«

Platime brummelte irgend etwas, dann sagte er: »Richtet Ehlana aus, daß ich ein paar Tage nicht im Schloß sein werde, Sperber.«

»Was habt Ihr vor?«

»Das geht Euch nichts an. Ich will etwas erledigen.«

»Na gut, aber seht zu, daß Ihr erreichbar seid.«

Der Fette kratzte seinen Wanst. »Ich werde mit Talen reden. Er kann mich benachrichtigen, falls die Königin mich unbedingt benötigt.« Er stemmte sich ächzend auf die Füße. »Ich muß ein bißchen abnehmen«, murmelte er zu sich. Dann watschelte er mit dem eigenartig breitbeinigen Gang der Übergewichtigen zur Tür.

»Er ist heute offenbar besonders schlechter Laune«, bemerkte Sperber.

»Er hat zur Zeit sehr viel am Hals.« Stragen zuckte die Schultern.

»Wie gut sind Eure Verbindungen zur Burg in Emsat, Stragen?«

»Ich kann nicht klagen. Was braucht Ihr?«

»Ich würde dieser Abmachung zwischen Avin und Graf Gerrich gern ein paar Stolpersteine in den Weg legen. Gerrich gewinnt mir zu viel Einfluß in Nordeosien. Vielleicht sollten wir auch Meland in Azie benachrichtigen. Gerrich verhandelt bereits mit Pelosien und Thalesien, da kann ich mir nicht vorstellen, daß er Deira auslassen wird. Und in Deira geht es zur Zeit ziemlich chaotisch zu. Ersucht Meland, die Augen offen zu halten.«

»Dieser Gerrich macht Euch Kummer, nicht wahr?«

»In Lamorkand tut sich so allerlei, was ich nicht verstehe, Stragen. Und ich möchte nicht, daß Gerrich mir zu weit voraus ist, während ich versuche, mir Klarheit zu verschaffen.

»Hört sich vernünftig an, würde ich sagen.«

Khalad kam mit leicht glasigem Blick und blutender Nase auf die Beine.

»Siehst du? Du hast den Arm wieder zu weit ausgestreckt«, rügte ihn Mirtai.

»Wie habt Ihr das gemacht?« fragte Sperbers Knappe.

»Ich werde es dir zeigen. Kalten, kommt her!«

»Nein, ich nicht!« Der blonde Pandioner wich zurück.

»Habt keine Angst, ich werde Euch nicht weh tun.«

»Habt Ihr das auch zu Khalad gesagt, bevor Ihr ihn aufs Pflaster befördert habt?«

»Es ist besser, Ihr hört gleich auf mich, Kalten. Ihr werdet ja doch tun, was ich sage, und es wird nicht halb so schmerzhaft für Euch sein, wenn Ihr mir nicht widersprecht. Also, zieht Euer Schwert und stoßt es mir ins Herz.«

»Ich will Euch nicht verletzen, Mirtai.«

»*Ihr? Mich* verletzen?« Sie lachte spöttisch.

»Ihr braucht nicht gleich beleidigend zu werden«, sagte Kalten gekränkt und zog sein Schwert.

Es hatte begonnen, als Mirtai über den Schloßhof geschlendert war, während Kalten Khalad ein paar Ratschläge in der Kunst des Schwertkampfs gab. Mirtai hatte ein paar äußerst unschmeichelhafte Bemerkungen dazu gemacht. Eins hatte zum andern geführt, und das Ergebnis war dieser improvisierte Übungskampf gewesen, bei dem Kalten und Khalad zumindest Demut lernten, wenn schon nichts anderes.

»Stoßt mir die Klinge ins Herz, Kalten!« forderte Mirtai ihn erneut auf.

Zu Kaltens Ehre sei bemerkt, daß er sich wirklich Mühe gab. Doch auch er landete mit dem Rücken krachend auf dem Pflaster.

»Er hat den gleichen Fehler gemacht wie du«, erklärte Mirtai Khalad. »Er hat den Arm zu weit ausgestreckt. Ein gestreckter Arm ist ein steifer Arm. Der Ellbogen sollte immer leicht angezogen sein!«

»Bei der Ausbildung lehrt man uns, aus der Schulter zu stoßen, Mirtai«, erklärte Khalad.

»Nun ja, es gibt eine Menge Elenier, nehme ich an.« Sie zuckte die Schultern. »Da ist es nicht so schwer, euch zu ersetzen. Mich interessiert eigentlich nur, weshalb ihr alle der Meinung seid, ihr müßtet das Schwert durch den Gegner hindurchstoßen. Wenn ihr das Herz nicht gleich mit den vorderen sechs Zoll der Klinge getroffen habt, macht der Rest des Stahls, der durchs selbe Loch dringt, den Fehler auch nicht mehr gut, oder?«

»Vielleicht gefällt es uns Eleniern, weil es so dramatisch aussieht«, meinte Khalad.

»Ihr tötet Menschen des Schauspiels wegen? Das ist verabscheuungswürdig und die Art von Einstellung, die Totenäcker füllt. Die Klinge muß immer frei und für den nächsten Gegner bereit sein. Ein Mensch sackt zusammen, wenn ihr das Schwert durch ihn hindurchrammt, und ihr müßt die Waffe erst von dem Körper befreien, bevor ihr sie wieder benutzen könnt.«

»Ich werde versuchen, daran zu denken.«

»Das hoffe ich. Ich mag dich, und ich hab' es gar nicht gern, Freunden die letzte Ehre erweisen zu müssen.« Mirtai beugte sich über Kalten, zog gekonnt eines seiner Lider hoch und betrachtete sein glasiges Auge. »Schütte jetzt lieber einen Eimer Wasser über unseren Freund hier«, riet sie Khalad und nickte Sperber zu, der sich zu ihnen gesellte. »Er hat noch nicht gelernt, wie man richtig fällt. Das nehmen wir bei der nächsten Übungsstunde durch.«

»Bei der *nächsten*?«

»Natürlich. Wenn ihr schon lernen wollt, wie man es macht, solltet ihr es gleich *richtig* lernen!« Sie blickte Sperber herausfordernd an. »Wollt Ihr es mal versuchen?«

»Ah – nein, Mirtai, jetzt nicht. Trotzdem danke.«

Sie setzte ihren Weg in den Palast fort und wirkte ein klein wenig selbstzufrieden.

»Wißt Ihr, ich glaube, ich möchte doch kein Ritter werden, Sperber«, sagte Talen. »Es scheint ziemlich schmerzhaft zu sein.«

»Wo warst du? Meine Gemahlin hat nach dir suchen lassen!«

»Ich weiß. Ich hab' sie auf den Straßen herumirren sehen. Ich mußte Platime im Keller besuchen.«

»Ach?«

»Er hat etwas erfahren, das Ihr wissen müßt. Ihr kennt doch diese illegalen Banditen in den Bergen vor Cardos?«

»Nicht persönlich.«

»Sehr komisch, Sperber, wirklich! Platime hat herausgefunden, daß ihr Anführer ein Mann ist, den wir alle gut kennen.«

»Ach? Wer denn?«

»Krager. Was sagt Ihr dazu? Ihr hättet ihn töten sollen, als Ihr die Gelegenheit hattet, Sperber.«

3

Nebel trieb vom Fluß herüber, kaum daß die Sonne an diesem Nachmittag untergegangen war. Wenn es nicht regnete, waren die Nächte in Cimmura im Frühjahr immer nebelig. Sperber, Stragen und Talen verließen das Schloß in schlichter Kleidung und Reiseumhängen, um zum südöstlichen Viertel der Stadt zu reiten.

Stragen schaute sich abfällig um. »Ihr solltet Eurer Gemahlin gegenüber vielleicht nicht erwähnen, daß ich es gesagt habe, Sperber, aber ihre Hauptstadt ist eine der häßlichsten Städte der Welt. Ihr habt hier ein wirklich scheußliches Klima.«

»Im Sommer ist es nicht so schlimm«, entgegnete Sperber beschwichtigend.

»Den Sommer muß ich wohl verpaßt haben«, sagte der blonde Dieb. »Ich habe eines Nachmittags ein Nickerchen gemacht und ihn dabei wohl verschlafen. Wo wollen wir überhaupt hin?«

»Zu Platime.«

»Wenn ich mich recht entsinne, befindet sein Keller sich nahe dem Westtor. Ihr führt uns in die falsche Richtung.«

»Wir müssen zuerst zu einem bestimmten Gasthaus.« Sperber blickte über die Schulter. »Werden wir beschattet, Talen?« fragte er.

»Natürlich.«

»Damit habe ich gerechnet«, murmelte Sperber.

Sie ritten weiter, während der dichte Nebel um die Beine ihrer Pferde wallte und die Fassaden der nahen Häuser verschwimmen ließ. Sie erreichten das Gasthaus an der Rosenstraße, wo ein scheinbar mürrischer Türhüter das Tor zum Hof für sie öffnete und hinter ihnen wieder verschloß.

»Behaltet alles für euch, was ihr hier seht«, ermahnte Sperber Talen und Stragen, während er absaß. Er reichte dem Türsteher Farans Zügel. »Ihr wißt über dieses Pferd Bescheid, Bruder, nicht wahr?« vergewisserte er sich.

»Faran ist eine Legende, Sperber«, versicherte der Mann ihm. »Was Ihr braucht, befindet sich in der Kammer ganz oben an der Treppe.«

»Wie sieht es heute abend mit den Gästen in der Schenke aus?«

»Sie sind laut, anrüchig und zum größten Teil betrunken.«

»Das ist doch immer so. Wie viele sind es?«

»Zwischen fünfzehn und zwanzig. Es sind drei unserer Leute in der Schankstube. Die wissen schon, was zu tun ist.«

»Gut. Vielen Dank, Herr Ritter.«

»Nichts zu danken, Herr Ritter.«

Sperber führte Talen und Stragen die Treppe hinauf.

»Dieses Gasthaus ist offenbar nicht so ganz, was es zu sein scheint«, bemerkte Stragen.

»Es gehört den Pandionern«, erklärte Talen. »Sie kommen hierher, wenn sie kein Aufsehen erregen wollen.«

»Es ist ein wenig mehr als das«, sagte Sperber. Er öffnete die Tür oben an der Treppe, und die drei traten hindurch.

Stragen blickte auf die Arbeiterkittel, die an Haken neben der Tür hingen. »Wie ich sehe, werden wir zu einer List greifen.«

»Das tun wir für gewöhnlich.« Sperber zuckte die Schultern. »Ziehen wir uns um. Ich würde gern zurück im Schloß sein, ehe meine Gemahlin Suchtrupps nach mir ausschickt.«

Die Kittel waren aus festem, blauem Baumwollgewebe, abgetragen, mit Flicken und ein paar künstlich angebrachten Flecken versehen. Zudem gab es wollene Socken und Arbeitsstiefel mit dicken Sohlen sowie bauschige Mützen, die mehr als Wetterschutz getragen wurden, denn des Aussehens wegen.

»Den müßt Ihr hierlassen.« Sperber deutete auf Stragens Degen. »Er ist zu auffällig.« Der große Pandioner schob einen schweren Dolch unter seinen Gürtel.

»Ihr wißt hoffentlich, daß einige Leute da draußen sind, die das Gasthaustor nicht aus den Augen lassen, Sperber«, warnte Talen.

»Ich wünsche ihnen eine angenehme Nacht, denn wir werden das Gasthaus nicht durch das Tor verlassen.« Sperber führte die Gefährten wieder hinunter zum Hof, begab sich dort zu einer schmalen Tür in der Seitenwand und öffnete sie. Die warme Luft, die ihnen entgegenschlug, roch nach verschüttetem Bier und ungewaschenen Leibern. Die drei Gefährten traten ins Innere und schlossen die Tür hinter sich. Sie schienen sich in einem kleinen Lagerraum zu befinden. Das Stroh auf dem Boden roch modrig.

»Wo sind wir?« flüsterte Talen.

»In einer Schenke«, antwortete Sperber leise. »In wenigen Minuten wird es zu einer Schlägerei kommen. Während des Durcheinanders begeben wir uns in die Schankstube.« Er trat zum gegenüberliegenden Türbogen, der mit einem Vorhang verdeckt war, an dem er mehrmals zupfte. »Macht euch bereit«, flüsterte er. »Wenn die Schlägerei beginnt, mischen wir uns unter die Gäste und verschwinden nach einer Weile. Benehmt euch, als wärt ihr leicht betrunken. Aber übertreibt nicht.«

»Ich bin beeindruckt«, stellte Stragen anerkennend fest.

»Ich bin mehr als beeindruckt«, warf Talen ein. »Nicht einmal Platime weiß, daß es mehr als einen Ausgang aus diesem Gasthof gibt.«

Die Schlägerei begann kurz darauf. Es wurde gebrüllt, geflucht, gestoßen und geschlagen. Zwei harmlose Zuschauer, die offenbar überhaupt nichts mit der Rauferei zu tun hatten, landeten bewußtlos zwischen den Tischen. Sperber und seine Freunde mischten sich unauffällig unter die Menge und taumelten etwa zehn Minuten später durch die Tür nach draußen.

»Ziemlich unprofessionell, das Ganze«, stellte Stragen abfällig fest. »Bei einer gespielten Schlägerei sollten Außenstehende ungeschoren bleiben.«

»Manchmal ist es sicherer, sie zu verprügeln«, entgegnete Sperber, »es könnte ja sein, daß sie wegen etwas anderem als ein paar Krug Bier gekommen sind. Die beiden, die ins Traumland geschickt wurden, waren keine Stammgäste. Möglich, daß die Burschen völlig harmlos waren – aber vielleicht auch nicht. So brauchen wir uns wenigstens keine Sorgen zu machen, daß sie hinter uns herschleichen.«

»Es gehört offenbar mehr dazu, pandionischer Ritter zu sein, als ich dachte«, bemerkte Talen. »Vielleicht wird es mir doch Spaß machen.«

Sie schritten durch die nebligen Straßen auf das ärmliche Viertel nahe dem Westtor zu – ein wahres Labyrinth aus ungepflasterten schmalen Straßen und verschachtelten Gassen. In eine dieser Gassen bogen sie ein und begaben sich zu einer schmutzigen Steintreppe, die in die Tiefe führte. Ein dicker Mann kauerte am oberen Ende. »Ihr kommt spät«, sagte er mürrisch zu Talen.

»Wir mußten sichergehen, daß niemand uns folgt«, erwiderte der Junge.

»Geht hinunter«, forderte der Wächter sie auf. »Platime wartet.«

Im Keller hatte sich augenscheinlich nichts verändert. Er war immer noch rauchig und düster, und ein Stimmengewirr der Diebe, Huren und Meuchler, die hier hausten, schlug den Gefährten entgegen.

»Ich verstehe nicht, wie Platime es hier aushält.« Stragen schüttelte sich.

Platime thronte auf einem großen Stuhl auf der gegenüberliegenden Seite eines rauchigen Feuers, das in einer offenen Grube brannte. Er stemmte sich auf die Füße, als er Sperber sah. »Wo habt ihr so lange gesteckt?« brüllte er.

»Wir mußten uns erst vergewissern, daß niemand uns folgt«, antwortete Sperber.

Der feiste Mann schnaufte. »Er ist dort drüben«, sagte er dann und führte die Gefährten zum hinteren Ende des Kellers. »Er ist zur Zeit sehr auf seine Gesundheit bedacht, drum sorg' ich dafür, daß ihn keiner sieht.« Platime zwängte sich durch den Eingang zu einer winzigen Kammer, in der ein Mann auf einem Hocker kauerte und an einem Krug verwässertem Bier nippte. Der Mann war ein kleiner, nervöser Kerl mit spärlichem Haar und kriecherischem Benehmen.

»Das ist Pelk«, stellte Platime ihn vor. »Ein Dieb und Einbrecher. Ich hab' ihn nach Cardos geschickt, damit er sich dort umsieht und möglichst viel über die Leute in Erfahrung bringt, an denen wir interessiert sind. Erzähl ihm, was du herausgefunden hast, Pelk.«

»Nun, Herr Ritter und meine guten Herren«, begann der Schmächtige, »es war gar nicht so leicht, an diese Burschen heranzukommen, das dürft Ihr mir glauben. Aber ich hab' mich nützlich gemacht, und schließlich haben die Kerle mich halbwegs akzeptiert. Aber ich mußte allerlei Hokuspokus über mich ergehen lassen – Eide schwören und mir anfangs die Augen verbinden lassen, wenn sie mich zum Lager mitnahmen. Aber mit der Zeit haben sie's nicht mehr so genau genommen, und ich konnte mehr oder weniger kommen und gehen, wann ich wollte. Wie Platime Euch wahrscheinlich schon gesagt hat, hielten wir sie für blutige Amateure, die keine Ahnung haben, worauf man in unserem Gewerbe achten muß. So was kommt uns häufig unter, nicht wahr, Platime? Ihresgleichen wird schnell erwischt und aufgehängt.«

»Und es ist nicht schade um sie«, brummte Platime.

»Nun, mein Herr«, fuhr Pelk fort, »wie ich schon sagte, hielten ich und Platime diese Kerle in den Bergen für eine Bande von Amateuren – Burschen, die bloß zum Vergnügen und um des Gewinns willen Reisende überfallen. Aber wie sich herausgestellt hat, sind sie mehr als das. Ihre Führer sind sechs oder sieben Edelleute, die bitter enttäuscht waren, weil der Plan von Primas Annias fehlgeschlagen ist, und denen es gar nicht gefällt, was die Königin auf die Haftbefehle geschrieben hat, die sie für die Burschen hat ausstellen lassen – Edle sind's nun mal nicht gewöhnt, daß man sie Verbrecher und Halunken nennt.

Nun, mein Herr, um es kurz zu machen, diese Edelleute sind dem Henker mit Müh' und Not in die Berge entkommen. Dort haben sie dann angefangen, Reisende auszuplündern und umzubringen, um nicht selbst am Hungertuch nagen zu müssen. Die übrige Zeit verbringen sie damit, sich häßliche Namen für die Königin auszudenken.«

»Komm zur Sache, Pelk«, wies Platime ihn ungeduldig an.

»Jawohl, Herr, das wollt' ich gerade. Also, mit dem Plündern und Morden lief's eine Zeitlang ganz gut, bis dieser Krager ins Lager gekommen ist. Ein paar von den Edelleuten kannten ihn. Krager hat ihnen erzählt, daß er Verbindung zu einigen Ausländern hat, die ihnen helfen würden, wenn sie hier in Elenien nur genug Unruhe stiften, so daß die Königin und ihre Vertrauten beschäftigt sind, sich Gedanken darüber zu machen, was in Lamorkand vor sich geht. Dieser Krager hat gesagt, die Geschehnisse in Lamorkand wären die große Chance für sie alle, ihrem Glück wieder auf die Sprünge zu helfen, das sie mit Annias' Tod verlassen hat. Da spitzten diese Herzöge und Grafen die Ohren und befahlen uns, mit den Bauern zu reden, die Steuereintreiber zu überfallen und laut herumzuschreien, daß es nicht richtig ist, wenn eine Frau ein Land regiert und dergleichen. Wir sollten die Bauern aufwiegeln und dazu bringen, daß sie sich zusammenrotten und die Königin vom Thron holen. Tja, dann haben die Edlen ein paar Steuereintreiber abgefangen und sie aufgehängt und das Geld den Leuten zurückgegeben, denen sie's weggenommen hatten. Und die Bauern waren so glücklich darüber wie Sauen in der Suhle.« Pelk kratzte sich am Kopf. »Nun, meine Herren, ich glaub', ich hab' alles gesagt, was ich weiß. Jedenfalls sieht's in den Bergen jetzt so aus. Dieser Krager hat ziemlich viel Geld mitgebracht und ist recht freigebig. Damit hat er sich bei den Edlen, die bisher recht sparsam leben mußten, lieb Kind gemacht.«

»Pelk«, lobte Sperber, »Ihr seid ein Goldstück.« Er gab dem Mann mehrere Münzen; dann verließen er und seine Freunde die winzige Kammer.

»Was sollen wir in dieser Sache tun, Sperber?« fragte Platime.

»Die nötigen Schritte unternehmen«, antwortete Sperber. »Wie viele dieser ›Befreier‹ gibt es dort?«

»Ungefähr hundert.«

»Ich werde etwa zwei Dutzend Eurer Leute brauchen, die sich in der Gegend auskennen.«

Platime nickte. »Werdet Ihr die Armee einsetzen?«

»Ich glaube nicht. Ein Trupp Pandioner dürfte einen bleibenderen Eindruck auf diese Leute machen, die sich einbilden, sie hätten einen Grund, mit unserer Königin unzufrieden zu sein. Was meint Ihr?«

»Ist das nicht ein klein wenig übertrieben?« warf Stragen ein.

»Ich will, daß man mich von vornherein richtig versteht, Stragen. In Elenien soll jedermann wissen, wie sehr mir Leute mißfallen, die Komplotte gegen meine Gemahlin schmieden. Ich möchte es gleich beim erstenmal richtig machen, dann bleibt uns ein zweites Mal erspart.«

»Er hat doch nicht wirklich so geredet, Sperber?« fragte Ehlana ungläubig.

»Doch, genau so«, versicherte Sperber. »Stragen hat ein gutes Ohr für Ausdrucksweisen.«

Ehlana lächelte plötzlich schelmisch. »Schreibt auf, Lenda:

›glücklich wie Sauen in der Suhle‹. Ich werde das irgendwann in einem offiziellen Schreiben verwenden.«

»Wie Ihr wünscht, Majestät.« Lendas Stimme verriet nichts, doch Sperber wußte, daß der alte Höfling es mißbilligte.

»Was werden wir tun?« fragte die Königin.

»Sperber hat gesagt, er würde die nötigen Schritte unternehmen, Majestät«, erklärte ihr Talen. »Aber die Einzelheiten würden Euch sicher nur langweilen.«

»Sperber und ich haben keine Geheimnisse voreinander, Talen.«

»Ich spreche nicht von Geheimnissen, Majestät«, erwiderte der Junge arglos, »nur von langweiligen, unwichtigen Einzelheiten, mit denen Ihr bestimmt nicht Eure Zeit vergeuden wollt.« Es hörte sich ganz vernünftig an, doch Ehlana wirkte mehr als nur ein wenig argwöhnisch.

»Bring mich nicht in Verlegenheit, Sperber«, warnte sie.

»Natürlich nicht«, versicherte er ihr.

Es war ein kurzer Feldzug. Da Pelk den genauen Ort des Lagers der Dissidenten beschreiben konnte und Platimes Männer alle anderen Verstecke in den Bergen ringsum kannten, blieb den Banditen keine Möglichkeit mehr, sich zu verkriechen. Zudem waren sie den dreißig Pandionern in schwarzer Rüstung, mit denen Sperber, Kalten und Ulath angerückt kamen, nicht gewachsen. Die überlebenden Edelleute wurden dem Gericht der Königin überstellt, und der Rest der Gesetzlosen den örtlichen Ordnungshütern übergeben.

»Nun, Graf von Belton«, sagte Sperber zu einem Edlen, der mit einem blutigen Verband um den Kopf und auf den Rücken gebundenen Händen vor ihm auf einem Baumstumpf hockte, »es lief wohl nicht alles wie erwartet, nicht wahr?«

»Seid verflucht, Sperber!« Belton spuckte in weitem Bogen aus und blinzelte in die Nachmittagssonne. »Wie habt Ihr uns aufgespürt?«

Sperber lachte. »Mein teurer Belton, habt Ihr Euch etwa eingebildet, Ihr könntet Euch vor meiner Gemahlin verstecken? Sie hat ein sehr persönliches Interesse an ihrem Reich. Sie kennt jeden Baum, jede Stadt, jedes Dorf und jeden einzelnen Bauern. Man erzählt sich sogar, daß sie die meisten Rehe beim Namen nennen könnte, wenn sie wollte.«

»Dann wärt Ihr nicht erst jetzt gekommen!« höhnte Belton.

»Die Königin war beschäftigt. Aber nun fand sie endlich Zeit, Entscheidungen über Euch und Eure Freunde zu treffen. Ich fürchte allerdings, sie werden Euch nicht gefallen, alter Junge. Mich interessiert im Grunde genommen nur, was Ihr über Krager wißt. Ich habe ihn schon geraume Zeit nicht mehr gesehen und stelle fest, daß mich wieder nach seiner Gesellschaft verlangt.«

Beltons Augen wurden weit vor Angst. »Ihr werdet nichts aus mir herausbekommen, Sperber«, prahlte er.

»Wieviel würdet Ihr darauf wetten?« fragte Kalten ihn. »Ihr erspart Euch eine Menge Unannehmlichkeiten, wenn Ihr Sperber sagt, was er wissen will. Und Krager ist doch nun wirklich nicht *so* liebenswert, daß Ihr seinetwegen etwas so Unangenehmes auf Euch nehmen wollt.«

»Redet, Belton«, forderte Sperber ihn unerbittlich auf.

»Ich – ich *kann nicht*!« Beltons prahlerischer Hohn schwand. Sein Gesicht wurde totenbleich. Er begann heftig zu zittern. »Sperber, ich flehe Euch an! Mein Leben ist verwirkt, wenn ich etwas sage!«

»Euer Leben ist ohnehin nicht mehr viel wert«, warf Ulath barsch ein. »So oder so – Ihr *werdet* reden.«

»Um Gottes willen, Sperber! Ihr wißt ja nicht, was Ihr da verlangt!«

»Ihr habt keine Wahl, Belton«, entgegnete Sperber mit düsterem Gesicht.

Übergangslos, ohne Vorwarnung, hüllte plötzlich eine tödliche Kälte den Wald ein, und die Nachmittagssonne verdunkelte sich. Sperber hob den Blick. Der Himmel war blau, doch die Sonne sah blaß und kränklich aus.

Belton schrie gellend.

Eine tintige Wolke schien von den Bäumen ringsum loszuschnellen und sich um den brüllenden Gefangenen zusammenzuziehen. Verblüfft fluchend, sprang Sperber zurück. Seine Hand fuhr an den Schwertgriff.

Beltons Stimme war zu einem Kreischen geworden, und aus der nun undurchdringlichen Finsternis um ihn herum drangen grauenvolle Laute – wie von berstenden Knochen und zerreißendem Fleisch. Die Schreie verstummten abrupt, doch die gräßlichen Laute waren noch minutenlang zu vernehmen. Dann verschwand die Wolke so schnell, wie sie gekommen war.

Sperber wich vor Ekel einen Schritt zurück. Sein Gefangener war in Stücke gerissen worden.

»Großer Gott!« krächzte Kalten. »Was ist passiert?«

»Wir wissen es beide, Kalten«, antwortete Sperber. »Wir haben so etwas nicht zum ersten Mal erlebt. Versuch nicht, die anderen Gefangenen zu befragen. Ich bin sicher, sie werden auf die gleiche Weise am Antworten gehindert!«

Sie waren zu fünft: Sperber, Ehlana, Kalten, Ulath und Stragen. In düsterer Stimmung saßen sie im königlichen Wohngemach.

»War es dieselbe Wolke?« fragte Stragen angespannt.

»Manches war anders«, erwiderte Sperber. »Aber das ist mehr ein Gefühl. Ich könnte nicht sagen, *was* anders war.«

»Aber welches Interesse könnten die Trollgötter haben, Krager zu beschützen?« wunderte sich Ehlana.

»Ich glaube nicht, daß es Krager ist, den sie beschützen«, entgegnete Sperber. »Es hat eher etwas mit den Vorgängen in Lamorkand zu tun.« Er schlug die Faust auf die Armlehne seines Sessels. »Ich *wünschte*, Sephrenia wäre hier!« platzte er plötzlich heftig heraus. »Wir tappen völlig im dunkeln.«

»Dann habt Ihr wohl nichts gegen ein paar logische Schlußfolgerungen einzuwenden?« fragte Stragen.

»Im Augenblick würde ich sogar astrologische Deutungen über mich ergehen lassen«, brummte Sperber säuerlich.

»Also gut.« Der blonde thalesische Diebeskönig erhob sich und schritt nachdenklich auf und ab. »Erstens wissen wir jetzt, daß es den Trollgöttern irgendwie gelungen ist, sich aus der Schatulle zu befreien.«

»Genaugenommen ist das nicht bewiesen, Stragen«, widersprach Ulath. »Jedenfalls ist es nicht logisch.«

Stragen blieb stehen. »Das stimmt«, gab er zu. »Diese Folgerung beruht lediglich auf einer Vermutung. Mit Gewißheit können wir nur sagen, daß wir es mit irgend etwas zu tun hatten, das wie eine Manifestation der Trollgötter aussah. Seid Ihr mit dieser Formulierung einverstanden, Ritter Ulath?«

»Ja, ich schätze, soweit würde ich gehen, Durchlaucht Stragen.«

»Das freut mich. Nun, kennen wir irgend etwas, oder haben wir von etwas gehört, das sich auf ähnliche Weise manifestiert?«

»Nein«, antwortete Ulath. »Aber das hat nichts zu sagen. Wir wissen nicht, was alles Schatten- oder Wolkenform annehmen, Menschen zerfetzen und ein Gefühl von Eiseskälte vermitteln kann.«

»Stimmt. Ich bezweifle, daß wir mit Logik sehr weit kommen«, gestand Stragen.

»An Eurer Logik ist nichts verkehrt, Stragen«, warf Ehlana ein. »Ihr geht nur von der falschen Voraussetzung aus.«

»Nicht doch, Majestät!« Kalten stöhnte. »Ich dachte, in diesem Gemach gäbe es wenigstens eine Person, die sich auf gesunden Menschenverstand verläßt, statt auf diese umständliche Logik.«

»Und was sagt Euch Euer gesunder Menschenverstand, Ritter Kalten?« fragte Ehlana scharf.

»Nun, zuerst einmal sagt er mir, daß ihr alle das Problem beim verkehrten Ende anpackt. Die Frage, die wir stellen sollten, lautet: Was macht Krager zu einem so besonderen Mann, daß irgend etwas Übernatürliches derart um seinen Schutz bemüht ist? Spielt es denn eine Rolle, um *was* es sich bei diesem Übernatürlichen handelt?«

»Das hat etwas für sich«, meinte Ulath. »Krager ist im Grunde genommen ein Wurm. Sein einziger Lebenszweck besteht darin, zertreten zu werden.«

»Da wäre ich nicht so sicher«, widersprach Ehlana. »Krager arbeitete für Martel, und Martel für Annias.«

»Genaugenommen ist es anders herum, Liebes«, verbesserte Sperber.

Ehlana winkte ab. »Belton und die anderen waren mit Annias verbündet, und Krager übermittelte Nachrichten zwischen Annias und Martel. Belton und seine Kumpane müssen Krager gekannt haben. Pelks Geschichte bestätigt das mehr oder weniger. Deshalb war

Krager für alle ein wichtiger Mann.« Sie hielt stirnrunzelnd inne. »Aber weshalb ist er noch immer wichtig, *nachdem* alle Renegaten festgenommen sind?«

»Weil er eine Spur ist«, brummte Ulath.

»Wie bitte?« Die Königin blickte ihn verdutzt an.

»Diese Macht, von der wir nicht wissen, was sie ist, will verhindern, daß wir über Krager zu dessen derzeitigem Auftraggeber vordringen.«

»Aber das ist doch offensichtlich, Ulath«, schnaubte Kalten. »Sein Auftraggeber ist Graf Gerrich. Pelk erzählte Sperber, daß es in Lamorkand jemanden gibt, der uns hier in Elenien so sehr beschäftigen will, daß wir gar nicht dazu kommen, uns um die dunklen Machenschaften dort zu kümmern. Das kann nur Gerrich sein!«

»Das ist reine Spekulation, Kalten«, widersprach Ulath. »Natürlich könntet Ihr recht haben, trotzdem ist es lediglich eine Vermutung.«

»Versteht ihr jetzt meine Ansicht über Logik?« Kalten ließ den Blick in die Runde schweifen. »Was wollt Ihr, Ulath? Ein Geständnis von Gerrich?«

»Wenn Ihr damit aufwarten könnt? Ich will nur sagen, daß wir unvoreingenommen sein müssen und keine voreiligen Schlüsse ziehen dürfen. Das ist alles.«

Ein lautes Klopfen erklang an der Tür, die sofort geöffnet wurde. Mirtai steckte den Kopf ins Zimmer. »Bevier und Tynian sind gekommen«, meldete sie.

»Sie sollten doch in Rendor sein!« wunderte sich Sperber. »Was machen sie hier?«

»Warum fragt Ihr sie nicht?« schlug Mirtai vor. »Sie stehen vor der Tür.«

Die beiden Ritter traten ins Gemach. Ritter Bevier war ein schlanker braunhäutiger Arzier und Ritter Tynian ein blonder stämmiger Deiraner. Beide trugen volle Rüstung.

»Wie läuft's in Rendor?« erkundigte sich Kalten.

»Es ist heiß, trocken, staubig und die Stimmung hysterisch«, antwortete Tynian. »Rendor ändert sich nie. Das weißt du doch.«

Bevier sank vor Ehlana auf ein Knie. Trotz aller Bemühungen seiner Freunde ließ der junge cyrinische Ritter nicht von seinem fast peinlich förmlichen Benehmen ab. »Majestät«, murmelte er respektvoll.

»Oh, steht doch auf, mein lieber Bevier.« Ehlana lächelte ihn an. »Wir sind Freunde, da ist das wahrhaftig nicht nötig! Außerdem knarrt Ihr wie rostige Türangeln, wenn Ihr kniet!«

»Abnützungserscheinungen, Majestät«, erklärte Bevier entschuldigend.

»Was macht ihr zwei hier?« fragte Sperber.

»Wir überbringen Nachrichten«, antwortete Tynian. »Darellon kümmert sich dort unten um alles, und er möchte die anderen Präzeptoren auf dem laufenden halten. Wir sollen weiter nach Chyrellos und den Erzprälaten unterrichten.«

»Wie sieht's mit dem Feldzug in Rendor aus?« wollte Kalten wissen.

»Nicht so gut.« Tynian zuckte die Schultern. »Die rendorischen Rebellen sind kaum organisiert, infolgedessen gibt es keine Armeen, gegen die wir kämpfen könnten. Die Burschen verstecken sich unter der Bevölkerung und kommen nur des Nachts hervor, um Feuer zu legen und Priester umzubringen. Danach verkriechen sie sich sofort wieder in ihren Löchern. Und wir ergreifen am nächsten Tag Vergeltungsmaßnahmen – wir stecken Dörfer in Brand, metzeln ganze Schafherden nieder, und dergleichen eben. Das alles führt zu nichts.«

»Haben die Rebellen inzwischen einen Anführer?« fragte Sperber.

»Sie machen sich die Entscheidung nicht leicht«, erklärte Bevier trocken. »Fast jeden Morgen finden wir gleich mehrere tote Kandidaten in den Gassen.«

»Sarathi hat es falsch angefangen«, sagte Tynian.

Bevier schnappte nach Luft.

»Es liegt nicht in meiner Absicht, deine religiösen Gefühle zu verletzen, mein junger Freund«, versicherte ihm Tynian, »aber es ist so. Die meisten Geistlichen, die er nach Rendor gesandt hat, waren viel mehr an Bestrafung als an Aussöhnung interessiert. Wir hatten eine echte Chance, Frieden in Rendor zu schaffen, doch wir haben sie verspielt, weil Dolmant niemanden hinunterschickte, der die Missionare der Heiligen Mutter Kirche an die Leine nahm.« Er legte seinen Helm auf einen Tisch und schnallte den Waffengurt ab. »Ich habe mit eigenen Augen gesehen, wie so ein Esel in Soutane auf der Straße Frauen die Schleier vom Gesicht riß. Nachdem die Menge sich seiner bemächtigt hatte, wollte er mir befehlen, ihn zu beschützen. *Das* ist die Art von Priestern, welche die Kirche nach Rendor gesandt hat!«

»Was habt Ihr gemacht?« fragte ihn Stragen.

»Irgendwie konnte ich nicht so recht hören, was er rief«, antwortete Tynian. »Ist ja auch kein Wunder bei dem Krach, den die Menge gemacht hat.«

»Was ist aus dem Priester geworden?« Kalten grinste.

»Er ist bei seinem Brötchengeber. Sie haben ihn aufgehängt.«

»Du bist ihm nicht zu Hilfe geeilt?« rief Bevier entsetzt.

»Unsere Anweisungen waren unmißverständlich, Bevier. Sie lauteten, die Geistlichen bei nicht provozierten Angriffen zu beschützen. Dieser Idiot aber hat gut ein Dutzend Rendorerinnen in ihrem Schicklichkeitsempfinden verletzt! Die Menge war hinreichend provoziert worden. Hätten die Leute ihn nicht aufgehängt – wer weiß, ob ich es nicht selbst getan hätte! Das ist die Botschaft, die wir Sarathi in Darellons Auftrag überbringen sollen! Daß Bevormundung der falsche Weg ist und daß die Kirche diese fanatischen Missionare aus Rendor zurückziehen soll, bis die Dinge sich beruhigen. Dann, schlägt er vor, sollten wir andere Leute entsenden. Weniger dogmatische.« Der Alzioner legte sein Schwert neben seinen Helm und ließ sich vorsichtig in einem Sessel nieder. »Was hat sich inzwischen hier getan?«

»Wie wär's, wenn ihr ihnen alles berichtet?« bat Sperber. »Ich möchte derweil mit jemandem sprechen.« Er wandte sich um und kehrte in die königlichen Gemächer zurück.

Die Person, mit der er sich unterhalten wollte, war kein Höfling, sondern seine Tochter. Sie spielte gerade mit ihrem Kätzchen. Nach einiger Überlegung hatte ihre königliche Hoheit sich entschlossen, den winzigen Stubentiger *Murr* zu nennen, ein Laut, der aus Danaes Mund dem Schnurren des Kätzchens so ähnlich klang, daß Sperber für gewöhnlich nicht zu sagen vermochte, von wem der beiden er stammte.

»Wir müssen uns unterhalten«, sagte Sperber und schloß die Tür hinter sich.

»Worüber, Sperber?« fragte Danae.

»Tynian und Bevier sind soeben eingetroffen.«

»Ja. Ich weiß.«

»Treibst du wieder mal dein Spiel? Führst du alle unsere Freunde mit Absicht hierher?«

»Natürlich, Vater.«

»Sei so nett und sag mir warum.«

»Weil wir bald etwas Bestimmtes tun müssen. Ich habe mir gedacht, wir sparen Zeit, wenn ich alle zeitig herhole.«

»Wie wär's, wenn du mir sagst, *was* wir vorhaben?«

»Das darf ich nicht.«

»Du kümmerst dich doch sonst auch nicht darum, was du tun darfst und was nicht.«

»Das ist etwas anderes, Vater. Über zukünftige Dinge dürfen wir auf keinen Fall etwas verlauten lassen. Wenn du darüber nachdenkst, wirst du sicher einsehen, weshalb. Au!« Murr hatte sie in den Finger gebissen. Danae wies das Kätzchen streng zurecht – mit einer Reihe von Knurrlauten und einem oder zwei Miaus; sie endete jedoch mit einem versöhnlichen Schnurren. Das Kätzchen schien sich tatsächlich zu schämen und begann behutsam, Danaes verletzten Finger zu lecken.

»Bitte laß die Katzensprache, Danae«, bat Sperber mit gequälter Miene. »Wenn eine Kammermaid dich hört, werden wir große Mühe haben, ihr zu erklären, was hier vor sich geht.«

»Mich wird niemand hören, Sperber. Aber du bist doch aus einem bestimmten Grund gekommen, nicht wahr?«

»Ich möchte mit Sephrenia reden. Es gibt einige Dinge, die ich nicht verstehe, und ich brauche ihre Hilfe.«

»Ich helfe dir, Vater.«

Er schüttelte den Kopf. »Deine Erklärungen werfen normalerweise mehr Fragen auf, als ich zuvor hatte. Kannst du dich mit Sephrenia in Verbindung setzen?«

Danae schaute sich um. »Hier im Schloß wäre das vermutlich keine so gute Idee, Vater. Denn dabei geschieht etwas, das sich nur schwer erklären ließe, falls uns jemand sieht.«

»Du wirst wieder zur selben Zeit an zwei Orten sein.«

»Na ja – sozusagen.« Sie hob das Kätzchen auf die Arme. »Überleg dir einen guten Grund, morgen mit mir auszureiten. Außerhalb der Stadt kümmere ich mich dann darum. Sag Mutter, daß du mir das Reiten beibringen willst.«

»Du hast doch gar kein Pony, Danae.«

Sie lächelte ihn unschuldig an. »O je. Das bedeutet, daß du mir eines schenken mußt, nicht wahr?«

Er blickte sie durchdringend an.

»Irgendwann wolltest du mir doch sowieso eins besorgen, oder täusche ich mich, Vater?« Sie überlegte kurz. »Ich möchte ein weißes, Sperber. Ja, unbedingt ein Schimmelpony!« Dann schmiegte sie die Wange an ihr Kätzchen und begann gleichzeitig mit ihm zu schnurren.

Sperber und seine Tochter ritten am nächsten Morgen kurz nach dem Frühstück aus Cimmura. Es war windig, und Mirtai hatte ziemlich lautstarke Einwände erhoben, bis Prinzessin Danae ihr gesagt hatte, sie solle sich nicht so aufführen. Aus irgendeinem Grund war die tamulische Riesin darauf so in Wut geraten, daß sie davongestürmt war, wild in ihrer Muttersprache fluchend.

Sperber hatte Stunden gebraucht, ein weißes Pony für seine Tochter zu finden. Nachdem es ihm endlich geglückt war, zweifelte er nicht daran, daß es das einzige in der ganzen Stadt war. Und als Danae das struppige Wesen wie einen alten Freund begrüßte, regte sich so mancher Verdacht in Sperber. In den letzten zwei Jahren hatten er und seine Tochter eingehendst darüber gesprochen, was Danae lieber nicht tun sollte. Es hatte damit begonnen, als Sperber eines Nachmittags unerwartet im Garten um eine Hecke gebogen war und gesehen hatte, wie eine Schar Elflein unter Danaes Anleitung Blumen bestäubte. Obgleich Danae mit ihrer Annahme vermutlich recht gehabt hatte, daß Elfen dies viel besser könnten als Bienen, hatte Sperber energisch ein Machtwort gesprochen. Diesmal jedoch beschloß er, keine Staatsaffäre daraus zu machen, daß seine Tochter zweifellos nachgeholfen hatte, ein ganz bestimmtes Pony zu bekommen. Er brauchte jetzt ihre Hilfe, und Danae könnte zu Recht darauf hinweisen, daß es erzieherisch falsch sei, ihr auf der einen Seite dieses »Nachhelfen«, wie sie es inzwischen nannten, zu verbieten, wenn er sie auf der anderen Seite sogar darum ersuchte.

»Wirst du irgend etwas Spektakuläres tun?« fragte Sperber, als sie sich mehrere Meilen außerhalb der Stadt befanden.

»Was meinst du mit spektakulär?«

»Du mußt doch nicht etwa fliegen oder dergleichen?«

»Das wäre ziemlich umständlich. Aber ich kann es natürlich, wenn du möchtest.«

»Nein, nein«, wehrte er ab. »Ich meine, wirst du etwas tun müssen, das Vorüberkommende überrascht, wenn sie uns dabei sehen?«

»Sie werden überhaupt nichts sehen, Vater«, versicherte sie. »Komm, reiten wir um die Wette zu dem Baum dort drüben.«

Obwohl Faran sich mächtig ins Zeug legte, schlug das kleine Pony ihn um gut zwanzig Meter. Als Sperber den riesigen Fuchshengst zügelte, funkelte dieser seinen kurzbeinigen Bezwinger mißtrauisch an.

»Du hast geschummelt«, beschuldigte Sperber seine Tochter.

»Nur ein bißchen.« Sie rutschte vom Rücken ihres Ponys und setzte sich mit verschränkten Beinen unter den Baum; dann hob sie das Gesichtchen und sang mit trillernder, flötengleicher Stimme. Ihr Lied brach ab, und einen Augenblick lang saß sie mit unbewegtem Gesicht und vollkommen reglos da. Nicht einmal zu atmen schien sie. Sperber überkam das erschreckende Gefühl, völlig allein zu sein, obwohl Danae keine sechs Fuß von ihm entfernt saß.

»Was ist los, Sperber?« Danaes Lippen bewegten sich, doch es war Sephrenias Stimme, die diese Frage gestellt hatte. Als Danae die Augen aufschlug, hatten sie sich verändert: Die Augen des Mädchens waren sehr dunkel, Sephrenias dagegen tiefblau, fast lavendelfarben.

»Ihr fehlt uns sehr, kleine Mutter«, flüsterte Sperber. Er kniete sich nieder und küßte die Handflächen seiner Tochter.

»Habt Ihr mich um die halbe Welt geholt, um mir das zu sagen?«

»Natürlich nicht, Sephrenia. Wir haben diesen Schatten – diese Wolke – wieder gesehen.«

»Das ist unmöglich.«

»Das dachte ich auch, aber wir haben sie gesehen! Sie ist jedoch anders. Sie fühlt sich anders an. Und diesmal haben nicht nur Ehlana und ich sie gesehen, auch Stragen und Ulath.«

»Erzählt mir ganz genau, was geschehen ist, Sperber.«

Er beschrieb den Schatten, so gut er es vermochte, und berichtete dann kurz von dem Vorfall im Gebirge vor Cardos. »Was immer dieses Etwas ist«, schloß er, »es scheint mit allen Mitteln verhindern zu wollen, daß wir herausfinden, was sich in Lamorkand tut.«

»Gibt es dort Schwierigkeiten?«

»Graf Gerrich wiegelt zur Rebellion auf. Er bildet sich offenbar ein, daß ihm die Krone gut stehen würde. Er ist sogar so weit gegangen, zu behaupten, Fyrchtnfles sei zurückgekehrt. Ist das nicht lächerlich?«

Ihr Blick wirkte abwesend. »Gleicht dieser Schatten genau dem, den Ihr und Ehlana damals gesehen habt?« erkundigte sie sich.

»Er vermittelt irgendwie ein anderes Gefühl.«

»Und habt Ihr das Gefühl wie damals? Daß er mehr als nur eine Bewußtheit einschließt?«

»Daran hat sich nichts geändert. Es ist eine kleine Gruppe von Wesenheiten, und die Wolke, die den Grafen von Belton zerfetzte, war zweifellos dieselbe. Ist es den Trollgöttern irgendwie gelungen, aus der Bhelliomschatulle zu entkommen?«

»Ich muß mir das Ganze erst einmal durch den Kopf gehen lassen, Sperber.« Sephrenia überlegte eine Zeitlang. Auf seltsame Weise war Danaes Gesichtchen auch zu ihrem geworden. »Ich glaube, wir haben ein Problem«, sagte sie schließlich.

»Das habe ich selbst bemerkt, kleine Mutter.«

»Laßt Eure weisen Sprüche, Sperber! Erinnert Ihr Euch an die Männer aus der Urzeit, die in Pelosien aus jener Wolke kamen?«

Sperber schauderte. »Ich habe mich redlich bemüht, das zu vergessen.«

»Freundet Euch mit der Möglichkeit an, daß die verrückten Geschichten über Fyrchtnfles nicht völlig aus der Luft geholt sind. Die

Trollgötter können in die Vergangenheit greifen und Menschen und andere Wesen in die Gegenwart holen. Fyrchtnfles könnte tatsächlich zurückgekehrt sein.«

Sperber stöhnte. »Dann ist den Trollgöttern also doch die Flucht gelungen?«

»Das will ich damit nicht sagen, Sperber. Vielleicht sind die Trollgötter einmal nicht die *einzigen*, die in die Vergangenheit greifen können. Aphrael vermag es vielleicht auch.« Sephrenia machte eine Pause. »Ihr hättet *ihr* diese Fragen stellen können, wißt Ihr?«

»Vielleicht. Aber hätte es etwas genutzt, ihr *diese* eine Frage zu stellen? Ich glaube nicht, daß sie die Antwort kennt. Irgendwie scheint sie Grenzen und Beschränkungen nicht zu begreifen.«

»Das ist Euch also aufgefallen«, sagte Sephrenia trocken.

»Seid nicht so spöttisch. Sie ist schließlich meine Tochter.«

»Doch zuvor war sie meine Schwester, also habe ich in dieser Sache ein älteres Recht. Welche Frage könnte Aphrael denn nicht beantworten?«

»Ob ein styrischer Magier – oder überhaupt ein Magier – dies alles bewirken könnte. Wäre es möglich, daß wir es mit einem Sterblichen zu tun haben?«

»Nein, Sperber, das glaube ich nicht. In vierzigtausend Jahren gab es lediglich zwei Magier, die imstande waren, in die Vergangenheit zu greifen, und sie waren nicht sehr erfolgreich. Womit wir es zu tun haben, geht weit über menschliches Vermögen hinaus.«

»Das wollte ich wissen. Dann haben wir es also mit Göttern zu tun?«

»Ich fürchte ja, Sperber. Das ist so gut wie sicher.«

4

Hochmeister Sperber,

Wir hoffen, dieses Schreiben erreicht Euch und Eure Familie bei guter Gesundheit.

Es hat sich eine etwas delikate Situation ergeben, und Wir sind der Ansicht, daß Eure Anwesenheit hier in Chyrellos erforderlich ist. Durch kirchlichen Befehl fordern Wir Euch hiermit auf, Euch umgehend zur Basilika zu begeben und vor Unserem Thron zu erscheinen, um nähere Anweisungen entgegenzunehmen. Wir wissen, daß Ihr, als wahrer Sohn der Kirche, nicht zögern werdet, und erwarten Eure Ankunft noch in dieser Woche.

Dolmant, Erzprälat

Sperber senkte das Schreiben und ließ den Blick rundum wandern.

»Er kommt ohne Umschweife zur Sache, nicht wahr?« stellte Kalten fest. »Aber Dolmant hat ja nie um den heißen Brei herumgeredet.«

Königin Ehlana machte ihrer Entrüstung mit einem Wutschrei Luft, hämmerte die Fäuste auf den Ratstisch und stampfte heftig mit den Füßen.

»Du solltest schonender mit deinen Händen umgehen«, mahnte Sperber sie.

»Wie kann er es nur *wagen*?« stieß sie zornig hervor. »Wie *kann* er nur?«

»Ein wenig kurzfristig«, bemerkte Stragen vorsichtig.

»Du wirst diesem unverschämten Befehl nicht gehorchen, Sperber!« befahl Ehlana.

»Das geht nicht!«

»Du bist mein Gemahl und mein Untertan! Wenn Dolmant dich zu sehen wünscht, muß er *mich* darum ersuchen! Es ist empörend!«

»Der Erzprälat hat das Recht, die Hochmeister der Ritterorden zu sich zu rufen, Majestät«, erklärte Graf von Lenda ein wenig zaghaft der vor Wut schäumenden Königin.

»Du hast zu viele Ämter, Sperber«, meinte Tynian. »Du solltest von einigen dieser erhabenen Posten zurücktreten!«

»Es liegt an seiner umwerfenden Persönlichkeit«, sagte Kalten zu Ulath, »und seinen unglaublichen Fähigkeiten. Wenn er nicht da ist, siechen und sterben die Leute nur so dahin.«

»Ich verbiete es!« sagte die Königin entschieden.

»Ich muß Dolmant gehorchen, Ehlana«, erklärte Sperber. »Als Ordensritter unterstehe ich der Kirche.«

Ihre Pupillen verengten sich. »Also gut«, beschloß sie, »da Dolmant sich so herrisch aufführt, werden wir *alle* seinem unverschämten Befehl folgen. Wir reisen nach Chyrellos! Ich werde mich in der Basilika einrichten und von dort meinen Amtsgeschäften nachgehen. Ich werde Dolmant klarmachen, daß ich angemessene Räumlichkeiten von ihm erwarte, sowie das erforderliche Verwaltungspersonal – auf *seine* Kosten. Wir werden das ein für allemal klären!«

»Das verspricht einer der Höhepunkt in der Geschichte der Kirche zu werden«, meinte Stragen.

»Ich werde dafür sorgen, daß dieser aufgeblasene Esel sich wünscht, er wäre nie geboren worden!« versprach Ehlana drohend.

Sperber vermochte nichts vorzubringen, das seine Gemahlin umstimmen konnte. Nicht, daß er sich übermäßig Mühe gab – er verstand ihre Einstellung durchaus.

Dolmant benahm sich *tatsächlich* ziemlich anmaßend. Er neigte dazu, die eosischen Monarchen mit einer gewisssen Rücksichtslosigkeit zu übergehen, deshalb war der Willenskampf zwischen dem Erzprälaten und der Königin von Elenien wahrscheinlich unvermeidbar. Bedauerlich war nur, daß die beiden einander ehrlich mochten und keiner den anderen aus kleinlicher Eitelkeit oder unsinnigem Stolz bekämpfte. Dolmant wollte die Autorität der Kirche durchsetzen, und Ehlana die des elenischen Throns. Sie standen einander nicht als Personen aus Fleisch und Blut, sondern als Institutionen gegenüber. Es war Sperbers Pech, daß er der Umstände wegen zwischen den Fronten stand.

Er war überzeugt, daß der arrogante Stil des Schreibens nicht von seinem alten Freund Dolmant stammte, sondern von einem geistig offenbar abwesenden Schreiber, der übliche Phrasen niedergekritzelt hatte. Wahrscheinlich hatte Dolmant lediglich gesagt: »Sendet Sperber einen Brief und teilt ihm mit, daß ich ihn gern sehen möchte.« *Das* aber war nicht die Formulierung des Schreibens, das in Cimmura angekommen war, sonst wäre Ehlana nicht derart in Wut geraten, daß der bevorstehende Besuch in Chyrellos eine böse Überraschung für den Erzprälaten werden sollte.

Die totale Räumung des Schlosses war Ehlanas erster Schritt. *Jeder* in diesen Mauern mußte sich ihrem Gefolge anschließen. Die Königin benötigte Leibmägde, die Leibmägde ihrerseits Kammermaiden, und alle brauchten Lakaien und andere Diener. Lenda und Platime, die als einzige im Schloß bleiben sollten, hatten kaum noch Hilfen.

»Kommt mir vor wie die allgemeine Mobilmachung«, stellte Kalten vergnügt fest, als er am Morgen ihrer Abreise die Freitreppe des Schlosses hinunterstieg.

»Hoffen wir, daß der Erzprälat es nicht mißversteht«, murmelte Ulath. »Er wird doch wohl nicht annehmen, daß deine Gemahlin beabsichtigt, die Basilika zu belagern? Was meinst du, Sperber?«

Als Cimmura hinter ihnen lag, erstreckte sich der farbenfrohe Hofstaat von Elenien meilenweit unter dem strahlendblauen Frühlingshimmel. Wäre nicht dieser harte Glanz in der Königin Augen gewesen, hätte es einer dieser Ausflüge sein können, wie sie bei den müßigen Hofleuten so beliebt waren. Ehlana hatte »vorgeschlagen«, daß Sperber als amtierender Hochmeister des Pandionischen Ordens ebenfalls eine angemessene Begleitung haben müsse. Sie hatten um die Zahl der Pandionier, die Sperber nach Chyrellos mitnehmen sollte, geradezu gefeilscht. Sperber wollte nur Kalten, Berit und vielleicht noch ein oder zwei andere Begleiter mitnehmen, während die Königin dafür plädiert hatte, ihm sämtliche pandionischen Ordensritter und -novizen zuzuteilen. Schließlich hatten sie sich auf zwanzig Ritter in schwarzer Paraderüstung geeinigt.

Bei einem solchen Gefolge war es unmöglich, schnell voranzukommen. Es kam Sperber so vor, als würde der riesige Zug wie ein träger Wurm durch Elenien kriechen, erst ostwärts nach Lenda und dann in südöstlicher Richtung nach Demos und Chyrellos. Die Landleute nahmen den Vorbeimarsch des gesamten königlichen Hofstaats zum Anlaß, die Arbeit Arbeit sein zu lassen, und so war die Landstraße mitunter meilenweit von Menschenmassen gesäumt, die zum Gaffen herbeigeeilt waren. »Nur gut, daß wir so was nicht oft tun«, bemerkte Sperber zu seiner Gemahlin, kaum daß Lenda hinter ihnen lag.

»Mir macht es Spaß, mal ein bißchen herauszukommen.« Die Königin und Prinzessin Danae fuhren in einer prächtigen, von sechs Schimmeln gezogenen Staatskarosse.

»Das glaube ich dir gern. Aber jetzt sollten die Bauern eigentlich ihre Felder bestellen. Zu viele solcher Ausflüge könnten zu einer Hungersnot führen.«

»Billigst du nicht, daß ich auf die königlichen Rechte poche, Sperber?«

»Ich verstehe dich durchaus, Ehlana, und du tust recht. Dolmant sollte wirklich daran erinnert werden, daß er nicht die absolute Macht besitzt. Aber ich halte deine Reaktion für ein wenig übertrieben.«

»Natürlich ist sie übertrieben, Sperber«, gab Ehlana gelassen zu. »Das ist der Sinn der Sache. Trotz aller gegenteiligen Beweise hält Dolmant mich immer noch für ein törichtes kleines Mädchen. Ich werde mich entsprechend benehmen. Und wenn er genug davon hat, gebe ich ihm zu verstehen, daß er es sich viel leichter machen kann, wenn er mich ernst nimmt. Ich glaube, dann wird er mir zuhören, und wir können zur Sache kommen.«

»Dir ist in der Politik wohl jedes Mittel recht?«

»Nicht *jedes*, Sperber.«

Sie hielten kurz in Demos an, wo das Königspaar, Danae und Mirtai Kuriks Söhne Khalad und Talen zu einem Besuch ihrer Mütter begleiteten. Aslade und Elys verwöhnten alle gleichermaßen herzlich. Sperber vermutete stark, daß dies einer der Hauptgründe war, weshalb seine Gemahlin so oft einen Vorwand suchte, nach Demos zu reisen. Ihre Kindheit war freudlos und mutterlos gewesen, und jedesmal, wenn sie sich unsicher fühlte und Geborgenheit suchte, ließ sie sich irgendeinen Grund einfallen, weshalb ihre Anwesenheit in Demos unbedingt erforderlich war. Aslades Küche war warm und die Wände mit polierten Kupferpfannen und -töpfen behangen. Es war eine heimelige Stube, die offenbar ein tiefes Bedürfnis der Königin von Elenien befriedigte. Allein die Düfte genügten, fast alle Sorgen der Gäste eine Zeitlang zu vertreiben.

Elys, Talens Mutter, war eine strahlend blonde Frau, und Aslade schien wie ein der Mutterschaft geweihtes Denkmal zu sein. Die beiden Frauen hingen sehr aneinander. Aslade war Kuriks Gattin gewesen, und Elys seine Geliebte, doch es gab offenbar keine Eifersucht zwischen den Frauen. Beide waren praktisch veranlagt, und beiden war klar, daß Eifersucht etwas völlig Nutzloses und für alle Unerfreuliches war. Sperber und Kalten wurden sofort aus der Küche verbannt, Khalad und Talen erhielten umgehend den Auftrag, einen Zaun auszubessern, und die Königin von Elenien sowie ihre tamulische Sklavin nahmen ihre unterbrochene Ausbildung in der Kunst des Kochens wieder auf, während Aslade und Elys Danae verhätschelten.

»Ich glaube, ich habe noch nie eine Königin Brotteig kneten sehen.« Kalten grinste, als er und Sperber auf dem Innenhof herumspazierten.

»Ich glaube, sie macht Tortenböden«, verbesserte Sperber den Freund.

»Teig ist Teig.«

»Erinnere mich bloß daran, dich nie zu bitten, mir eine Torte zu backen.«

»Ich glaube nicht, daß du je in diese Gefahr kommen wirst.« Kalten lachte. »Bei Mirtai sieht es allerdings ganz natürlich aus. Sie hat viel Übung, Dinge zu zerschneiden – und Menschen. Ich wünschte nur, sie würde nicht ihre eigenen Dolche benutzen. Wer weiß, wozu sie vorher gedient haben.«

»Mirtai säubert die Dolche jedesmal, wenn sie jemanden damit erstochen hat.«

»Mir genügt schon die Vorstellung, Sperber!« Kalten schüttelte sich. »Allein bei dem Gedanken laufen mir kalte Schauder den Rücken hinab.«

»Dann denk eben nicht daran.«

»Du wirst dich verspäten«, erinnerte Kalten seinen Freund. »Dolmant hat dir befohlen, binnen einer Woche bei ihm zu erscheinen.«

»Das läßt sich nicht ändern.«

»Soll ich vorausreiten und ihm Bescheid geben, daß du unterwegs bist?«

»Und die Überraschung verderben, die Ehlana ihm machen möchte? Kommt gar nicht in Frage.«

Am nächsten Morgen befanden sie sich knapp drei Meilen südöstlich von Demos, als sie angegriffen wurden. Etwa hundert Mann – in eigenartiger Aufmachung und mit seltsamen Waffen, stürmten über die Kuppe einer niedrigen Erhebung, wild ihre Schlachtrufe brüllend. Die meisten Angreifer waren zu Fuß – die wenigen Berittenen schienen ihre Führer zu sein.

Vor Angst schreiend ergriffen die Hofleute die Flucht, während Sperber seinen Pandionern Befehle erteilte. Die zwanzig Ritter in den schwarzen Plattenpanzern formierten sich rund um die Karosse der Königin und wehrten mühelos den ersten Angriff ab. Fußsoldaten sind für gewöhnlich keine ernsten Gegner für Ritter im Sattel.

»Was ist das für eine Sprache?« brüllte Kalten.

»Altlamorkisch, glaube ich«, rief Ulath zurück. »Unterscheidet sich kaum von Altthalesisch.«

»Sperber!« brüllte Mirtai. »Laßt ihnen keine Zeit, sich neu zu formieren.« Sie deutete mit ihrer blutbesudelten Schwertklinge auf die Angreifer, die sich auf der Kuppe drängten.

»Sie hat recht!« rief Tynian.

Sperber machte sich rasch ein umfassendes Bild der Lage, stellte einige seiner Ritter zum Schutz von Ehlana ab und formierte die übrigen.

»Attacke!« donnerte er.

Vor allem die Lanze macht den berittenen Kämpfer so gefährlich für Fußtruppen. Zu Fuß hat der Angegriffene keinen Schutz gegen diese Waffe; er kann nicht einmal fliehen. Ein Drittel der Angreifer war beim ersten Sturm gefallen, und gut zwanzig weitere gingen bei Sperbers Attacke unter den Lanzen zu Boden. Danach setzten die Ritter ihre Schwerter und Streitäxte ein. Besonders tödlich war Beviers Lochaberaxt. Sie schlug eine breite Schneise in die Reihen der jetzt völlig verwirrten Angreifer.

Es war jedoch Mirtai, die den Gegner mit ihrer ungezügelten Wildheit nahezu lähmte. Ihr Schwert war leichter als die Breitschwerter der Ordensritter, und sie führte es fast mit der gleichen Eleganz wie Stragen seinen Degen. Nur selten stach sie nach dem Leib eines Gegners; statt dessen richtete sie die Spitze auf Gesicht und Kehle oder, falls notwendig, auf die Beine. Ihre Stiche waren knapp und exakt, und ihre Hiebe nicht auf Muskeln gerichtet, sondern auf Sehnen, und so verkrüppelte Mirtai mehr Gegner als sie tötete. Das Ächzen, Stöhnen und Schreien ihrer Opfer hallte ohrenbetäubend über das blutige Schlachtfeld.

Die übliche Taktik beim Kampf gerüsteter Ritter gegen Fußtruppen war, zuerst mit den Lanzen anzugreifen und anschließend die unberittenen Gegner mit den Pferden so dicht zusammenzutreiben, daß sie einander behinderten. Sobald sie mehr oder weniger wehrlos waren, kostete es wenig Mühe, ihnen den Garaus zu machen.

»Ulath!« brüllte Sperber. »Fordere sie auf, ihre Waffen niederzulegen.«

»Ich will's versuchen«, schrie Ulath zurück. Dann rief er den zusammengedrängten Fußtruppen irgend etwas in einer für seine Freunde fremden Sprache zu.

Ein Berittener in einem grotesk verzierten Helm rief etwas zurück.

»Der mit den Flügeln am Helm ist ihr Anführer, Sperber!« Ulath zeigte mit seiner blutigen Axt auf den Mann.

»Was hat er gesagt?« wollte Kalten wissen.

»Er hat eine keineswegs schmeichelhafte Bemerkung über meine Mutter gemacht. Entschuldigt mich kurz, Freunde. Ich kann das so nicht hinnehmen.« Er wendete sein Pferd und näherte sich dem ebenfalls mit einer Streitaxt bewaffneten Berittenen mit dem Flügelhelm.

Sperber war nie zuvor Zeuge eines Axtkampfs gewesen. Es überraschte ihn, daß er viel finessenreicher geführt wurde, als er erwartet hatte. Die größere Kraft spielte dabei natürlich die wichtigste Rolle, doch plötzliche Richtungsänderungen der Hiebe, Finten und Ausfälle waren Manöver, die Sperber nicht erwartet hatte. Beide Gegner trugen schwere Rundschilde, und die Abwehr der Hiebe erforderte mehr Kraft, als bei einem Kampf mit Schwertern.

Ulath stellte sich in seinen Steigbügeln auf und hob seine Axt hoch über den Kopf. Der Mann im Flügelhelm riß seinen Schild schräg in die Höhe, doch der hünenhafte Thalesier schwang den Arm zurück, drehte die Schulter und schlug unterhalb der Deckung zu. Er traf seinen Gegner unmittelbar unter dem Brustkorb. Der Führer der Angreifer krümmte sich zusammen, drückte die Hand auf den Bauch und fiel aus dem Sattel.

Die Angreifer, die noch auf den Beinen waren, stöhnten laut. Und plötzlich, wie Dunst in einem Windstoß, verschwammen und verschwanden sie.

»Wo sind sie hin?« brüllte Berit und starrte erschrocken um sich.

Doch diese Frage konnte ihm niemand beantworten. Wo soeben noch an die vierzig Fußsoldaten gekämpft hatten, war nun Leere, und abrupt senkte sich Stille über das Schlachtfeld, als auch die schreienden Verwundeten verschwanden. Nur die Toten blieben, doch eine seltsame Verwandlung ging mit ihnen vor. Die Leichen sahen seltsam ausgetrocknet, geschrumpft und verrunzelt aus. Das Blut, das ihre Wunden bedeckt hatte, war nicht mehr hellrot, sondern schwarz, trocken und verkrustet.

»Was für ein Zauber ist das, Sperber?« fragte Tynian scharf.

»Ich habe keine Ahnung«, antwortete Sperber verblüfft. »Jemand treibt seine Spielchen mit uns, und ich kann nicht behaupten, daß sie mir gefallen.«

»Bronze!« rief Bevier aus der Nähe. Der junge Cyriniker war abgesessen und besah sich die Rüstung eines der verschrumpelten Toten. »Sie tragen Bronzerüstungen, Sperber. Ihre Waffen und Helme sind aus Stahl, aber dieses Kettenhemd ist aus Bronze.«

»Was geht hier vor?« fragte Kalten.

»Berit«, bat Sperber, »reite zurück zum Mutterhaus in Demos. Rufe alle Brüder zusammen, die noch nicht zu alt sind, eine Rüstung zu tragen. Ich möchte, daß sie noch vor Mittag hier sind.«

»Jawohl«, antwortete Berit knapp. Er galoppierte den Weg zurück, den sie gekommen waren.

Sperber schaute sich rasch um. »Dort hinauf!« Er deutete auf einen steilen Hügel auf der anderen Straßenseite. »Sammeln wir unsere Leute und bringen sie auf die Kuppe dieses Hügels. Wir teilen die Höflinge, Lakaien und Diener zur Arbeit ein. Ich möchte, daß dort oben Gräben ausgehoben und die Hänge des Hügels mit zugespitzten Pfählen gespickt werden. Ich weiß nicht, wohin diese Krieger in Bronzerüstung verschwunden sind, aber ich möchte bereit sein, falls sie zurückkehren.«

»So könnt Ihr *mich* nicht herumkommandieren!« beschwerte sich ein Höfling in übertrieben prunkvoller Gewandung empört bei Khalad. »Wißt Ihr nicht, wen Ihr vor Euch habt?«

»Natürlich weiß ich das«, erwiderte Sperbers Knappe mit bedrohlich ruhiger Stimme. »Ihr seid derjenige, der jetzt nach dieser Schaufel greift und zu graben anfängt. Doch wenn es Euch lieber ist, könnt Ihr auch auf Händen und Knien herumkriechen und Eure Zähne suchen.« Khalad zeigte dem Hofschranzen die Faust. Der in Samt und Seide prangende Höfling wurde blaß.

»Es ist fast wie früher, nicht wahr?« Kalten lachte. »Khalad hört sich genauso an wie Kurik.«

Sperber seufzte. »Ja«, pflichtete er ihm ernst bei. »Er entwickelt sich zum würdigen Nachfolger seines Vaters. Hol die anderen, Kalten. Ich möchte wissen, wie sie die Lage einschätzen.«

Sie sammelten sich neben Ehlanas Kutsche. Die Königin war ein bißchen bleich und hielt ihre Tochter in den Armen.

»Also«, begann Sperber, »mit wem haben wir es zu tun?«

»Offensichtlich mit Lamorkern«, meinte Ulath. »Ich bezweifle, daß sonst jemand Altlamorkisch sprechen könnte.«

»Aber warum sprechen sie Altlamorkisch?« gab Tynian zu bedenken. »Die Sprache ist seit tausend Jahren tot.«

»Und es ist sogar noch länger her, seit man Bronzerüstungen trug«, fügte Bevier hinzu.

»Jemand wirkt hier einen Zauber, von dem ich noch nie gehört habe«, sagte Sperber. »Womit mögen wir es zu tun haben?«

»Ist das nicht offensichtlich?« warf Stragen ein. »Jemand greift in die Vergangenheit zurück – so, wie's die Trollgötter in Pelosien getan haben. Es muß da einen mächtigen Magier geben, der seine Spielchen mit uns treibt.«

»Es paßt alles zusammen«, brummte Ulath. »Sie redeten in einer alten Sprache, hatten alte Waffen und Ausrüstung, waren mit moderner Taktik vertraut, und ganz offenbar hat sich jemand der Magie bedient, sie dorthin zurückzuschicken, von wo er sie geholt hat – von den Toten abgesehen.«

»Da ist noch etwas«, fügte Bevier nachdenklich hinzu. »Sie waren Lamorker, und der derzeitige Aufruhr in Lamorkand ist zum Teil auf Geschichten von Fyrchtnfles' Rückkehr zurückzuführen. Der Angriff deutet darauf hin, daß diese Geschichten nicht einfach aus der Luft gegriffen sind und auch nicht von Trinkern in den Schenken erdacht wurden. Könnte es sein, daß ein styrischer Zauberer Graf Gerrich hilft? Wenn Fyrchtnfles tatsächlich in die Gegenwart zurückgeholt wurde, gibt es *nichts*, was die Lamorker aufhalten könnte. Schon die Erwähnung seines Namens läßt sie außer Rand und Band geraten.«

»Das ist alles sehr interessant, meine Herren«, sagte Ehlana, »aber der Angriff war nicht zufällig. Wir sind weitab von Lamorkand. Diese uralten Krieger haben es sich nicht leicht gemacht, ausgerechnet *uns* anzugreifen. Die eigentliche Frage lautet: Warum?«

»Wir werden unser Bestes tun, eine Antwort darauf zu finden, Majestät«, versprach Tynian ihr.

Berit kehrte kurz vor Mittag mit dreihundert gerüsteten Pandionern zurück, und das letzte Stück ihrer Reise nach Chyrellos vermittelte den Eindruck eines Feldzugs.

Ihre Ankunft in der Heiligen Stadt und ihr feierlicher Marsch durch die Straßen zur Basilika glichen einer Parade und erregten ziemliches Aufsehen.

Der Erzprälat höchstpersönlich trat auf einen Balkon im ersten Stock, um sich ihre Ankunft auf dem Platz vor der Basilika nicht entgehen zu lassen. Selbst aus dieser Entfernung sah Sperber deutlich, daß Dolmants Nasenflügel weiß und seine Lippen schmal waren. Ehlanas Haltung war majestätisch und kühl.

Sperber hob seine Tochter aus der Karosse. »Lauf nicht davon«, murmelte er ihr ins Öhrchen. »Ich muß etwas mit dir bereden.«

»Später«, flüsterte sie zurück. »Erst muß ich für Frieden zwischen Dolmant und Mutter sorgen.«

»Das wird nicht so einfach sein.«

»Schau zu, Sperber – und lerne!«

Die Begrüßung des Erzprälaten war kühl – ja beinahe eisig –, und er ließ keinen Zweifel daran, daß er es nicht erwarten konnte, sich eingehend mit der Königin von Elenien zu unterhalten. Er schickte nach seinem Ersten Sekretär, dem Patriarchen Emban, und überließ es dem wohlbeleibten Kirchenmann, für die Unterbringung von Ehlanas Gefolge zu sorgen. Emban machte ein finsteres Gesicht und watschelte vor sich hin murmelnd davon.

Dann lud Dolmant die Königin und ihren Prinzgemahl in die private Audienzkammer ein. Mirtai baute sich vor der Tür auf. »Keine Handgreiflichkeiten!« warnte sie Dolmant und Ehlana, als diese eintraten.

Die kleine Kammer hatte blaue Vorhänge und Teppiche; in der Mitte standen ein Tisch und mehrere Sessel.

»Eine seltsame Frau«, brummte Dolmant und blickte über die Schulter zu Mirtai. Er nahm Platz und wandte sich an Ehlana. »Kommen wir zur Sache. Würdet Ihr mir erklären, was das soll?«

»Gewiß, Erzprälat Dolmant ...« Sie schob ihm sein Schreiben über den Tisch zu. »... sobald Ihr mir *das* erklärt.« Ihre Stimme war schneidend.

Er nahm den Brief und überflog ihn. »Es scheint mir ziemlich unmißverständlich zu sein. Welchen Teil davon habt Ihr nicht begriffen?«

Von da an ging es steil bergab.

Ehlana und Dolmant waren nahe daran, sämtliche diplomatischen Beziehungen abzubrechen, als die königliche Prinzessin Danae die Kammer betrat und ihren königlichen Plüschbären Rollo an einem Bein hinter sich herzog. Ernst durchquerte sie die Kammer, kletterte auf den Schoß des Erzprälaten und küßte den Mann. Sperber selbst hatte eine Menge solcher Küsse von seiner Tochter bekommen, wenn sie etwas von ihm wollte, und er wußte nur zu gut, wie wirkungsvoll sie waren. Dolmant hatte keine echte Chance mehr.

»Ich hätte den Brief durchlesen sollen, ehe ich ihn sandte«, gab er widerwillig zu. »Schreiber formulieren die Dinge mitunter recht undiplomatisch.«

»Vielleicht habe ich ein klein wenig zu heftig reagiert«, räumte Ehlana ein.

»Und ich war ein bißchen überarbeitet.« Dolmants Entschuldigung hörte sich wie ein Friedensangebot an.

»Und ich war gereizt an dem Tag, als Euer Schreiben kam«, entgegnete Ehlana.

Sperber lehnte sich zurück. Die Spannung in der Kammer hatte merklich nachgelassen. Dolmant hatte sich seit seiner Erhebung zum Erzprälaten verändert. Zuvor war er sehr zurückhaltend gewesen – so sehr, daß seine Brüder in der Hierokratie ihn für dieses hohe Amt nicht einmal in Erwägung gezogen hatten, bis Ehlana auf seine vielen unübertrefflichen Fähigkeiten hinwies. Die Ironie entging Sperber nicht. Jetzt aber schien Dolmant mit zwei Stimmen zu sprechen. Die eine war die vertraute Stimme ihres alten Freundes, die andere die des Erzprälaten, herrisch und streng. Offenbar ging ihr alter Freund in seinem Amt allmählich ganz auf. Sperber seufzte. Vermutlich war das unausbleiblich, aber er bedauerte es trotzdem.

Ehlana und der Erzprälat fuhren fort, Entschuldigungen für ihr Verhalten aufzuführen. Nach einer Weile einigten sie sich darauf, einander Respekt zu zollen, und beendeten ihre Konferenz mit dem gegenseitigen Versprechen, in Zukunft besser auf die kleinen Höflichkeiten zu achten.

Prinzessin Danae, die immer noch auf des Erzprälaten Schoß saß, zwinkerte Sperber heimlich zu. Was sie gerade vollbracht hatte, ließ für die Zukunft handfeste politische und theologische Verwicklungen erahnen, über die Sperber gar nicht erst nachdenken wollte.

Der Grund für das Schreiben des Erzprälaten, das beinahe zum Privatkrieg zwischen ihm und Ehlana geführt hätte, war die Ankunft eines hohen Gesandten des Tamulischen Imperiums auf dem Daresischen Kontinent, jener gewaltigen Landmasse östlich von Zemoch. Formelle diplomatische Beziehungen zwischen den elenischen Königreichen von Eosien und dem Tamulischen Imperium von Daresien gab es nicht. Doch die Kirche schickte routinemäßig Gesandte im Botschafterrang in die Reichsstadt Matherion, vor allem weil die drei westlichsten Königtümer von Eleniern bewohnt waren, deren Religion sich nur geringfügig von jener der eosischen Kirche unterschied.

Der Gesandte war ein Tamuler von derselben Rasse wie Mirtai, allerdings hätte die Riesin gut zwei seinesgleichen abgegeben. Die Haut des Mannes besaß jedoch den gleichen bronzegoldenen Ton, sein schwarzes Haar hatte einen Hauch von Grau, und seine dunklen Augen waren an den Winkeln hochgezogen.

»Er ist sehr klug«, warnte Dolmant leise, als sie in einer der Audienzkammern saßen, während Emban und der Gesandte in der Nähe der Tür Höflichkeiten austauschten. »In gewisser Hinsicht ist er sogar klüger als Emban. Seid vorsichtig, was Ihr in seinem Beisein sagt. Tamuler sind sehr empfänglich für Nuancen in der Wahl der Worte.«

Emban geleitete den in Seide gewandeten Gesandten zu ihnen. »Majestät, ich habe die Ehre, Euch Seine Exzellenz, Botschafter Oscagne, vorzustellen, den Gesandten des kaiserlichen Hofes in Matherion.« Der kleine fette Mann verbeugte sich vor Ehlana.

»Die göttliche Anwesenheit Eurer Majestät raubt mir die Sinne.« Der Gesandte machte einen eleganten Kratzfuß.

»Ach, wirklich, Exzellenz?« Ehlana lächelte.

»Nein, natürlich nicht«, entgegnete er ohne jede Verlegenheit. »Ich hielt die Phrase jedoch für höflich. War sie zu übertrieben? Ich bin in den Feinheiten elenischer Höflichkeitsfloskeln nicht bewandert.«

»Ihr habt wahrlich keine Schwierigkeiten damit, Exzellenz.« Ehlana lachte.

»Ich kann nicht umhin zu sagen, daß Ihr eine verflixt attraktive junge Dame seid, wenn Majestät gestatten. Ich habe im Lauf der Zeit schon so manche Königin kennengelernt, bei der sich die üblichen Komplimente nur mit größter Ignoranz mit dem Gewissen vereinbaren ließen.« Botschafter Oscagne sprach ein tadelloses Elenisch.

»Ich möchte Euch mit meinem Gemahl, Prinz Sperber, bekannt machen«, sagte Ehlana.

»Der legendäre Ritter Sperber? Es ist mir eine Ehre, holde Dame. Ich bin um die halbe Welt gereist, seine Bekanntschaft zu machen. Meine Hochachtung, Ritter Sperber.« Oscagne verbeugte sich.

»Exzellenz«, dankte Sperber und verneigte sich ebenfalls kurz.

Anschließend stellte Ehlana die übrigen vor, und der Austausch diplomatischer Höflichkeiten zog sich eine Stunde dahin. Oscagne und Mirtai unterhielten sich eine Zeitlang auf tamulisch, eine Sprache, die Sperber ungemein melodisch fand.

»Haben wir nun alle höfischen Erfordernisse abgeschlossen?« erkundigte der Botschafter sich schließlich. »Gewiß, jedes Volk ist anders, doch in Tamuli rechnet man ungefähr eine Dreiviertelstunde für die üblichen nichtssagenden Höflichkeiten.«

»Das erscheint auch mir angemessen.« Stragen grinste. »Wenn wir das höfische Gebaren übertreiben, steigt es Ihrer Majestät vielleicht zu Kopf, und sie erwartet von Mal zu Mal mehr Unterwürfigkeit.«

»Ihr habt mir aus der Seele gesprochen, Durchlaucht Stragen«, versicherte Oscagne. »Der Grund meines Hierseins ist schnell erklärt, werte Freunde. Ich bin in Schwierigkeiten.« Er blickte sich um. »Ich erlaube mir eine Pause für die üblichen Ausrufe des Erstaunens, während ihr euch bemüht, euch mit der Vorstellung vertraut zu machen, daß irgend jemand an einem so charmanten und liebenswerten Menschen wie mir Anstoß nehmen könnte.«

»Ich glaube, ich mag ihn«, murmelte Stragen.

»Kann ich mir denken«, brummte Ulath.

»Ich bitte Euch, verratet mir, Exzellenz, wie in aller Welt könnte jemand mit Euch unzufrieden sein?« Die blumige Redeweise des Botschafters war ansteckend.

»Ich übertrieb ein wenig, um der Wirkung willen«, gestand Oscagne. »So schlimm sind meine Schwierigkeiten nicht. Es ist eigentlich so, daß Seine Kaiserliche Majestät mich nach Chyrellos gesandt hat, damit ich um Hilfe ersuche, und ich soll die Bitte so formulieren, daß sie ihn auf keine Weise demütigt.«

Embans Augen glänzten. Er war in seinem Element. »Ich halte es für das beste, unseren Freunden das Problem in schlichten Worten darzulegen«, meinte er, »dann können sie sich auf den eigentlichen Punkt konzentrieren, der Kaiserlichen Regierung Verlegenheit zu ersparen. Sie sind außerordentlich klug, einer wie der andere. Wenn sie die Köpfe zusammenstecken, werden sie die richtige Lösung finden, daran zweifle ich nicht.«

Dolmant seufzte. »Hättet Ihr denn gar niemand anderes für dieses Amt auswählen können, Ehlana?«

Oscagne blickte die beiden fragend an.

»Das ist eine lange Geschichte, Exzellenz«, sagte Emban. »Ich werde sie Euch irgendwann einmal erzählen, wenn wir nichts Besseres zu tun haben. Aber berichtet doch, was sich so Ernstes in Tamuli tut, daß Seine Kaiserliche Majestät Euch hierher um Hilfe gesandt hat.«

»Versprecht Ihr, daß Ihr nicht lacht?« wandte Oscagne sich an Ehlana.

»Ich werde mein möglichstes tun, einen Heiterkeitsanfall zu unterdrücken«, versprach sie.

»In Tamuli ist es zu Unruhen unter der Bevölkerung gekommen«, sagte Oscagne.

Alle warteten.

»Das wär's auch schon«, gestand Oscagne zerknirscht. »Ich zitiere selbstredend den Kaiser wörtlich – auf seine Anweisung. Um die Botschaft richtig zu verstehen, müßtet ihr natürlich unseren Kaiser kennen. Er würde eher sterben, als auch nur im geringsten zu übertreiben. Einmal bezeichnete er einen Orkan als ›Brise‹ und den Verlust seiner halben Flotte als ›kleine Unannehmlichkeit‹.«

»Gut, Exzellenz.« Ehlana nickte. »Jetzt wissen wir, wie Euer Kaiser das Problem bezeichnen würde. Doch welche Worte würdet *Ihr* dafür gebrauchen?«

»Nun«, entgegnete Oscagne, »da Majestät so gütig ist zu fragen, möchte ich es am treffendsten als *Katastrophe* bezeichnen. Es ließe sich vielleicht auch ein *übermächtiges Problem* nennen, oder eine *Heimsuchung*, oder der *Weltuntergang* – derlei Ungemach eben. Jedenfalls solltet ihr der Bitte Seiner Majestät Beachtung schenken, meine Freunde, denn wir haben Grund zu der Annahme, daß die Geschehnisse auf dem daresischen Kontinent vielleicht schon bald auf Eosien übergreifen. Und wenn dies geschieht, könnte es durchaus das Ende der Zivilisation bedeuten, wie wir sie kennen. Ich weiß nicht, wie ihr Elenier darüber denkt, aber wir Tamuler sind der Ansicht, daß etwas dagegen unternommen werden sollte. Man kann dem Volk ja nicht mehr ins Auge schauen, wenn man zuläßt, daß die Welt jeden Augenblick untergeht. Es untergräbt jegliches Vertrauen, das man als Regierung genießt.«

5

Botschafter Oscagne lehnte sich in seinem Sessel zurück. »Wo soll ich anfangen?« überlegte er laut. »Wenn man die Vorfälle getrennt betrachtet, erscheinen sie einem fast unwesentlich. Erst ihr Zusammenwirken hat das Imperium an den Rand des Zusammenbruchs gebracht.«

»Das können wir gut nachvollziehen, Exzellenz«, versicherte Emban. »Die Kirche steht bereits seit Jahrhunderten am Rand des Zusammenbruchs. Unsere Heilige Mutter schwankt von Krise zu Krise wie ein betrunkener Seemann.«

»Emban!« tadelte Dolmant sanft.

Oscagne lächelte.

»Manchmal sieht es wirklich so aus, nicht wahr, Eminenz?« wandte er sich an Emban. »Ich könnte mir vorstellen, daß die Kirchenverwaltung sich nicht allzusehr von der Regierung des Imperiums unterscheidet. Bürokraten brauchen Krisen, um zu überleben. Gibt es nicht dann und wann eine Krise irgendwelcher Art, könnte jemand auf den Gedanken kommen, das ein oder andere Amt abzuschaffen.«

»Das könnte man so formulieren, ja«, pflichtete Emban ihm bei.

»Ich versichere euch jedoch, daß es sich bei den Vorkommnissen in Tamuli nicht um lächerliche Manöver handelt, die lediglich dazu dienen sollen, irgendwelche Posten und Ämter zu sichern. Ich übertreibe wirklich nicht, wenn ich behaupte, daß sich das Imperium am Rand des Zusammenbruchs befindet.« Oscagnes bronzefarbenen Züge wurden nachdenklich. »Wir sind kein einheitliches Volk wie ihr hier in Eosien. Auf dem daresischen Kontinent gibt es fünf Rassen. Wir Tamuler leben im Osten, im Westen gibt es Elenier, um Sarsos Styriker, die Valesianer haben ihre eigene Insel, und die Cynesganer befinden sich im Zentrum. Vermutlich ist es ungewöhnlich, daß sich so viele unterschiedliche Völker zusammengeschlossen haben. Unsere Kulturen sind verschieden, wie auch unsere Religionen, und jede Rasse hält sich insgeheim für die Krone der Schöpfung.« Er seufzte. »Wahrscheinlich wäre es besser für uns alle, wären wir getrennt geblieben.«

»Aber irgendwann in der Vergangenheit hat jemanden der Ehrgeiz gepackt«, vermutete Tynian.

»Keineswegs, Herr Ritter«, entgegnete Oscagne. »Man könnte fast sagen, daß wir Tamuler regelrecht ins Imperium hineinstolperten.« Er blickte Mirtai an, die still mit Danae auf dem Schoß dasaß. »Und das ist der Grund.« Er deutete auf die Riesin.

»Es war nicht meine Schuld, Oscagne!« protestierte sie.

»Ich beschuldige nicht Euch persönlich, Atana.« Er lächelte. »Ich spreche von Eurem Volk.«

Mirtai lächelte. »Ich habe dieses Wort nicht mehr gehört, seit ich aus den Kinderschuhen schlüpfte. Noch nie zuvor hat jemand mich *Atana* genannt.«

»Was bedeutet es?« fragte Talen neugierig.

»Krieger.« Sie zuckte die Schultern.

»Genauer gesagt Kriegerin«, berichtigte Oscagne. Er runzelte die Stirn. »Ich möchte euch nicht kränken, aber die elenische Sprache ist ein wenig beschränkt, wenn es um Feinheiten des Ausdrucks geht.« Er blickte Ehlana an. »Majestät, ist Euch aufgefallen, daß Eure Sklavin nicht ganz so wie andere Frauen ist?«

»Sie ist meine Freundin«, sagte Ehlana, »nicht meine Sklavin.«

»Stellt Euch nicht so an, Ehlana«, rügte Mirtai. »Natürlich bin ich eine Sklavin. So *soll* es sein. Erzählt weiter, Oscagne. Ich werde es ihnen später erklären.«

»Glaubt Ihr, daß sie es wirklich verstehen?«

»Nein. Aber ich werde es trotzdem erklären.«

»Also gut. Bei den Altanern, hochverehrter Erzprälat«, wandte Oscagne sich an Dolmant, »liegt der Schlüssel zum Imperium. Vor etwa fünfzehnhundert Jahren unterwarfen sie sich uns mit der Bedingung, unsere Leibeigenen zu sein, weil sie verhindern wollten, daß ihre mörderischen Instinkte zur Ausrottung ihrer Rasse führten. Diesem Umstand verdanken wir Tamuler, daß wir über die beste Armee der Welt verfügen – obwohl wir im Grunde genommen ein friedliebendes Volk sind. Kleinere Meinungsverschiedenheiten, wie sie hin und wieder mit anderen Nationen unvermeidlich sind und üblicherweise durch Verhandlungen beigelegt werden, haben wir problemlos aus der Welt geschafft. In unserern Augen sind unsere

Nachbarn wie kleine Kinder – einfach nicht imstande, auch nur mit ihren eigenen Angelegenheiten fertig zu werden. Das Imperium ist hauptsächlich deshalb entstanden, um Ordnung herzustellen.« Er ließ den Blick über die Ordensritter schweifen. »Ich möchte euch nicht kränken, werte Herren, aber Krieg zu führen, dürfte die dümmste aller menschlichen Handlungen sein. Es gibt viele wirkungsvollere Methoden, jemanden zu einer anderen Ansicht zu bekehren.«

»Zum Beispiel die Drohung, die Ataner von der Kette zu lassen?« meinte Emban verschmitzt.

»Das erfüllt seinen Zweck recht gut, Eminenz«, gestand Oscagne. »Früher hat die Anwesenheit der Ataner für gewöhnlich verhindert, daß politische Streitigkeiten zu hitzig wurden. Ataner geben ausgezeichnete Ordnungstruppen ab.« Er seufzte. »Euch ist vermutlich nicht entgangen, daß ich ›früher‹ sagte, denn bedauerlicherweise ist das jetzt nicht mehr der Fall. Ein Imperium, das sich aus grundlegend verschiedenen Völkern zusammensetzt, muß stets auf kleinere Ausbrüche von Nationalismus und rassischen Unzufriedenheiten gefaßt sein. Unbedeutende neigen dazu, nach Möglichkeiten zu suchen, ihre Wichtigkeit zu beweisen. Es ist pathetisch, aber Rassismus ist für gewöhnlich die letzte Zuflucht der Unbedeutenden, und ihre Aufstände sind meist lokal begrenzt. Doch plötzlich hat eine wahre Epidemie von Aufständen ganz Tamuli erfaßt. Jedermann näht Fahnen, singt Nationalhymnen und denkt sich Beleidigungen aus, mit denen er ›die gelben Hunde‹ treffen will. Das sind natürlich wir.« Er streckte die Hand aus und betrachtete sie prüfend. »Unsere Haut ist nicht wirklich gelb, wißt ihr. Sie ist eher ...« Er überlegte.

»Beige?« meinte Stragen.

»Das ist auch nicht sehr schmeichelhaft, Durchlaucht Stragen.« Oscagne lächelte. »Was soll's? Vielleicht ernennt ja unser Kaiser eine Sonderkommission, die unsere Hautfarbe ein für allemal definiert.« Er zuckte die Schultern. »Wie dem auch sei, vereinzelte Ausbrüche von Nationalismus und Rassismus wären kein echtes Problem für die Ataner, selbst wenn es in jeder Stadt des Imperiums dazu käme. Es sind die unnatürlichen Vorfälle, die uns so beunruhigen.«

»Dachte ich mir doch, daß mehr dahintersteckt«, murmelte Ulath.

»Jede Kultur hat ihren Sagenhelden«, fuhr Oscagne fort, »irgendeine überragende Persönlichkeit, die das Volk vereinte, ihm ein nationales Ziel gab und seinen Charakter prägte. Die moderne Welt ist so kompliziert und verwirrend, daß der Mittelstand und die unteren Schichten sich nach der Überschaubarkeit des heldischen Zeitalters sehnen, als nationale Ziele noch deutlich waren und jeder wußte, wohin er gehörte. Irgend jemand in Tamuli holt die alten Helden ins Leben zurück.«

Sperber spürte plötzlich eine eisige Hand im Rücken. »Riesen?« fragte er.

»Nun ...« Oscagne überlegte. »Vielleicht ist das tatsächlich die treffende Bezeichnung. Die Jahrhunderte verklären die Dinge, und unsere sagenumwobenen Helden erlangen Überlebensgröße. Ich nehme an, viele betrachten sie tatsächlich als Riesen. Das ist außerordentlich scharfsichtig, Ritter Sperber.«

»Eigentlich nicht, Exzellenz. Ihr müßt wissen, daß sich Ähnliches auch hier ereignet hat.«

Dolmant blickte ihn scharf an.

»Ich werde es später erklären, Sarathi. Bitte, erzählt weiter, Botschafter Oscagne. Ihr sagtet, wer immer die Dinge in Tamuli auslöste, hat damit begonnen, Helden ins Leben zurückzurufen. Das läßt darauf schließen, daß inzwischen noch mehr geschehen ist.«

»O ja, unglücklicherweise, Ritter Sperber. Viel, viel mehr. Jede Kultur hat außer ihren Helden auch ihre bösen Geister. Mit denen bekamen wir's zu tun: mit Ungeheuern, Dämonen, Werwölfen, Vampiren. Eben mit allem, womit Erwachsene Kindern angst machen, auf daß sie brav sind. Tja, mit solchen Gegnern sind unsere Ataner überfordert. Sie sind für den Kampf gegen menschliche Feinde ausgebildet, nicht gegen all die Alptraumgestalten, die phantasievolle Gehirne im Lauf der Äonen ausgebrütet haben. Das ist unser Problem. Wir haben neun unterschiedliche Kulturen in Tamuli, die sich plötzlich allesamt auf ihre traditionellen geschichtlichen Ziele besonnen haben. Schicken wir unsere Ataner, damit sie die Ordnung und die Autorität des Imperiums wiederherstellen, erscheinen diese

Alptraumgestalten aus dem Nichts und stürzen sich auf sie. Dagegen sind wir machtlos. Das Imperium fällt auseinander; es löst sich in seine einzelnen Teile auf. Die Regierung Seiner Kaiserlichen Majestät hofft, daß eure Kirche eine gewisse Interessengemeinsamkeit erkennt. Denn sollte Tamuli in neun einander bekriegende Reiche zerfallen, wird das entstehende Chaos mit Sicherheit auch in Eosien Auswirkungen haben. Es ist die Magie, die uns so beunruhigt. Wir sind durchaus imstande, normale Rebellionen niederzuschlagen, aber uns fehlen die Voraussetzungen, es mit einer kontinentweiten Verschwörung aufzunehmen, die magische Kräfte gegen uns einsetzt. Die Styriker um Sarsos sind verwirrt. Alles, was sie versuchen, wird zum Scheitern gebracht, kaum daß sie es einsetzen. Wir hörten Geschichten über die Geschehnisse in der Stadt Zemoch; Ihr persönlich seid es, an den ich mich hilfesuchend wenden muß, Ritter Sperber. Zalasta von Sarsos ist der oberste Magier von ganz Styrikum, und er hat uns versichert, daß Ihr der einzige Mensch auf der Welt seid, der die nötigen Kräfte besitzt, um mit dieser Situation fertig zu werden.«

»Zalasta hat meine Fähigkeiten vielleicht zu optimistisch eingeschätzt«, gab Sperber zu bedenken.

»Ihr kennt ihn?«

»Wir sind uns mal begegnet. Offen gesagt spielte ich nur eine sehr kleine Rolle bei den Ereignissen in Zemoch. Ich war kaum mehr als das Werkzeug einer Macht, die ich beim besten Willen nicht beschreiben kann.«

»Dennoch seid Ihr unsere einzige Hoffnung. Jemand will den Zusammenbruch des Imperiums herbeiführen. Wir *müssen* herausfinden, wer es ist, oder die Welt versinkt in Schutt und Asche. Werdet Ihr uns helfen, Ritter Sperber?«

»Ich kann diese Entscheidung nicht treffen, Exzellenz. Ihr müßt Euch an meine Königin und an Sarathi wenden. Befehlen sie es mir, reise ich nach Tamuli. Verbieten sie es, bleibe ich hier.«

»Dann werde ich mich mit meiner ganzen Überzeugungskraft an sie wenden.« Oscagne lächelte. »Doch angenommen, ich habe Erfolg – und ich zweifle nicht daran –, sehen wir uns immer noch einem fast ebenso ernsten Problem gegenüber. Wir müssen die

Würde Seiner Kaiserlichen Majestät um jeden Preis schützen. Ein Ersuchen einer Regierung an eine andere ist eine Sache, doch ein Ersuchen Seiner Majestät Regierung an einen privaten Bürger eines anderen Kontinents ist etwas ganz anderes. *Das* ist das Problem, das wir beachten müssen.«

»Ich glaube nicht, daß wir eine Wahl haben, Sarathi«, sagte Emban ernst. Es war später Abend. Botschafter Oscagne hatte sich für die Nacht zurückgezogen; die übrigen, darunter Patriarch Ortzel von Kadach in Lamorkand, hatten sich zusammengesetzt, um sich ernsthaft mit dem Ersuchen des Botschafters zu befassen. »Auch wenn wir nicht alle Aspekte der tamulischen Politik billigen, ist der Fortbestand dieses Imperiums gerade jetzt von lebenswichtiger Bedeutung für uns. Der Feldzug in Rendor erfordert unseren ganzen Einsatz. Wenn Tamuli zerfiele, müßten wir den größten Teil unserer Streitkräfte – und die Ordensritter – aus Rendor abziehen, um unsere Interessen in Zemoch zu schützen. Zemoch ist zwar nicht unbedingt eine Reise wert, doch die strategische Bedeutung seiner Gebirge kann gar nicht hoch genug eingeschätzt werden. Während der vergangenen zweitausend Jahre sahen wir uns dort stets feindlichen Kräften gegenüber, und unsere Heilige Mutter ist mit diesem Problem vertraut. Wenn wir zulassen, daß irgendwelche anderen Feinde die Zemocher dort verdrängen, ist alles umsonst, was Sperber in Othas Hauptstadt erreicht hat. Wir wären dann wieder auf dem Stand von vor sechs Jahren. Wir werden Rendor aufgeben und gegen eine neue Bedrohung aus dem Osten mobilisieren müssen.«

»Ihr sprecht lediglich das Offensichtliche aus, Emban«, sagte Dolmant.

»Ich weiß. Aber manchmal hilft es, sich des besseren Überblicks wegen alles vor Augen zu führen.«

Dolmant blickte den großen Pandioner nachdenklich an. »Sperber, wenn ich Euch befehlen würde, Euch nach Matherion zu begeben, Eure Gemahlin Euch jedoch gebieten würde, zu Hause zu bleiben, was würdet Ihr tun?«

»Ich würde mich wahrscheinlich für die nächsten Jahre in ein Kloster zurückziehen und um Erleuchtung beten.«

»Unsere Heilige Mutter Kirche ist überwältigt von Eurer Frömmigkeit, Ritter Sperber.«

»Ich tue, was ich kann, um ihren Gefallen zu finden, Sarathi. Schließlich bin ich ihr getreuer Ritter.«

Dolmant seufzte. »Dann läuft alles auf eine Art Einigung zwischen Ehlana und mir hinaus, nicht wahr?«

»Solche Weisheit kann nur gottgegeben sein«, meinte Sperber an seine Gefährten gewandt.

»Wenn Ihr es so wollt«, sagte Dolmant säuerlich. Dann blickte er die Königin von Elenien resigniert an. »Nennt Euren Preis, Majestät.«

»Wie bitte?«

»Reden wir nicht um den heißen Brei herum, Ehlana. Euer Streiter läßt mir keine Wahl.«

»Ich weiß«, antwortete sie. »Und ich bin überwältigt. Wir werden das unter vier Augen besprechen müssen, verehrter Erzprälat. Sonst könnte es sein, daß Ritter Sperber seinen wahren Wert erkennt und gar auf den Gedanken kommt, daß wir ihm für seine unersetzlichen Dienste etwas schulden.«

»Das gefällt mir alles ganz und gar nicht«, murmelte Dolmant.

»Ich finde, wir sollten erst kurz etwas anderes besprechen«, warf Stragen ein. »Die Geschichte des tamulischen Botschafters kam mir bekannt vor – oder bin ich etwa der einzige, dem das aufgefallen ist? Die Situation in Lamorkand gleicht doch erstaunlich den Geschehnissen in Tamuli. Die Lamorker sind überzeugt – und begeistert –, daß Fyrchtnfles zurückgekehrt ist. Ist das nicht dieselbe Situation, die Oscagne beschrieb? Außerdem wurden wir auf dem Herweg von Cimmura von einer Schar Lamorker überfallen, die nur aus der Vergangenheit gekommen sein kann. Die Waffen der Krieger waren aus Stahl, aber sie trugen Rüstungen aus Bronze, und sie sprachen Altlamorkisch. Nachdem Ritter Ulath ihren Führer getötet hatte, verschwanden alle Überlebenden. Nur die Gefallenen blieben zurück, als völlig ausgetrocknete Leichen.«

»Und das ist noch nicht alles«, fügte Sperber hinzu. »In diesem Frühjahr trieb eine Räuberbande in den Bergen von Westeosien ihr Unwesen. Sie wurde von einigen früheren Anhängern Annias' angeführt, und sie haben alles nur mögliche getan, um die Landbevölkerung zu einer Rebellion aufzuwiegeln. Platime konnte einen Spion in ihr Lager einschleusen. Von ihm erfuhren wir, daß Krager, Martels alter Helfershelfer, hinter den Umtrieben steckte. Nachdem wir die Banditen überwältigt hatten, wollten wir einen von ihnen über Krager befragen. Da hüllte eine Wolke, ähnlich jener, mit der wir es auf unserem Weg nach Zemoch zu tun hatten, den Mann ein und zerfleischte ihn. Ohne jeden Zweifel geschieht auch hier in Eosien irgend etwas, das von Lamorkand ausgeht.«

»Ihr meint, es gibt eine Verbindung?« fragte Dolmant.

»Das ist die logische Folgerung, Sarathi. Es gibt zu viele Ähnlichkeiten, als daß wir sie ignorieren dürften.« Sperber machte eine Pause und blickte seine Frau an. »Auch wenn es gewisse häusliche Unstimmigkeiten zur Folge haben sollte«, sagte er bedauernd, »bin ich der Meinung, daß wir ernsthaft über Oscagnes Bitte nachdenken sollten. Jemand durchstöbert die Vergangenheit nach Menschen und Kreaturen, die seit Tausenden von Jahren tot und vergessen sind, und holt sie in die Gegenwart. Als wir Ähnliches in Pelosien erlebten, versicherte uns Sephrenia, daß nur Götter zu so etwas imstande sind.«

»Nun, das stimmt nicht ganz, Sperber«, berichtigte Bevier. »Sie sagte, daß auch einige der mächtigsten styrischen Magier Tote herbeirufen könnten.«

»Ich glaube, diese Möglichkeit können wir ausschließen«, widersprach Sperber. »Sephrenia und ich unterhielten uns einmal darüber. Sie sagte, daß in der vierzigtausendjährigen Geschichte des Styrikums nur zwei Magier dies vermochten, aber keineswegs perfekt. Die Wiedererweckung von Helden und Armeen, mit der wir es jetzt zu tun haben, geschieht in neun Reichen des Tamulischen Imperiums und in mindestens einem hier in Eosien. Es gibt zu viele Ähnlichkeiten, als daß es ein Zufall sein könnte. Und der ganze Plan – worauf immer er abzielt – ist zu komplex, als daß jemand dahinterstecken könnte, der diesen Zauber nicht vollkommen beherrscht.«

»Die Trollgötter?« fragte Ulath düster.

»Durchaus möglich. Wir wissen aus eigener Erfahrung, daß sie es vermögen. Zur Zeit können wir jedoch nur von Vermutungen ausgehen. Wir benötigen unbedingt Informationen.«

»Das fällt in mein Fach, Sperber«, erklärte Stragen. »In meines und Platimes. Ihr werdet nach Daresien reisen, nehme ich an?«

»Es bleibt wohl keine andere Möglichkeit.« Sperber bedachte seine Gemahlin mit einem bedauernden Blick. »Ich würde es gern jemand anderem überlassen, aber ich fürchte, er wüßte nicht, wonach er Ausschau halten sollte.«

»Dann begleite ich Euch«, beschloß Stragen. »Auch in Daresien habe ich Kollegen. Und in unserem Beruf kommt man viel schneller an Informationen als Herren vom geistlichen Stand.«

Sperber nickte.

»Vielleicht können wir gleich damit anfangen«, meinte Ulath. Er blickte Patriarch Ortzel an. »Was besagen eigentlich diese wilden Geschichten über Fyrchtnfles, Eminenz? Niemandes Ruf hält sich vier Jahrtausende lang, wie beeindruckend er auch gewesen sein mag.«

»Fyrchtnfles ist eine erdichtete Gestalt, Ritter Ulath«, erwiderte der strenge blonde Kirchenmann mit leichtem Lächeln. So wie die Thronbesteigung Dolmant verändert hatte, hatte das Leben in Chyrellos Ortzel verändert. Er schien nicht mehr der steife, engstirnige Provinzler zu sein wie damals in Lamorkand, wo Sperber und die anderen ihn kennengelernt hatten. Obwohl er bei weitem nicht so weltlich war wie Emban, hatte er sich doch einiges von der Weltgewandtheit seiner Kollegen in der Basilika angeeignet. Er lächelte jetzt hin und wieder und entwickelte offenbar einen verschmitzten, hintergründigen Humor. Sperber war Ortzel mehrmals wiederbegegnet, seit Dolmant den Patriarchen nach Chyrellos berufen hatte, und der große Pandioner erkannte, daß er Sympathie für diesen Mann entwickelte. Natürlich hatte Ortzel immer noch seine Vorurteile, doch er war nun durchaus bereit zu akzeptieren, daß auch andere Meinungen zutreffen mochten.

»Jemand hat Fyrchtnfles erfunden?« staunte Ulath.

»O nein. Vor viertausend Jahren gab es wirklich jemanden, der Fyrchtnfles genannt wurde. Wahrscheinlich irgendein Barbar, der seinen Verstand in den Muskeln hatte. Ich könnte mir vorstellen, daß er wie ein furchterregender Wilder ausgesehen hat – kein Hals, flache Stirn, kein Hirn. Nach seinem Tod stürzte sich jedoch irgendein Dichter mit mangelnder Inspiration auf die Schauergeschichten, die sich die Leute über ihn erzählten, und schmückte sie mit all dem abgeschmackten Beiwerk eines Heldenepos aus. Er nannte es die *Fyrchtnfles-Saga*. Für Lamorkand wäre es besser gewesen, hätte der Mann das Lesen und Schreiben nicht gelernt.« Sperber glaubte tatsächlich Humor herauszuhören.

»Eine Ballade kann doch unmöglich *diese* Wirkung haben, Eminenz«, gab Kalten skeptisch zu bedenken.

»Ihr unterschätzt die Macht einer gut erzählten Geschichte, Ritter Kalten. Ich werde sie übersetzen müssen, um sie euch nahezubringen, aber urteilt selbst.« Ortzel lehnte sich mit halbgeschlossenen Augen zurück.

»So höret eine Geschichte aus der Zeit, da es noch Helden gab«, begann er. Seine barsche Stimme wurde weicher und klangvoller, während er die alte Ballade vortrug. »Lauschet, ihr tapferen Männer von Lamorkand, den Heldentaten des Schmiedes Fyrchtnfles, des mächtigsten aller Krieger jener Zeit.

Wie alle Welt weiß, war die heroische Epoche ein Zeitalter der Bronze. Schwer waren die Bronzeschwerter und Äxte in jenen Tagen, und gewaltig die Muskeln der Helden, welche die Waffen in ruhmreichem Kampfe schwangen. Und in ganz Lamorkand gab es keinen mächtigeren Recken als Fyrchtnfles den Schmied.

Hünenhaft war Fyrchtnfles, mit Schultern wie ein Ochse, denn sein Handwerk formte ihn so, wie er das glühende Metall formte. Schwerter aus Bronze schmiedete er und Speere scharf wie Dolche und Äxte und Schilde und brünierte Helme und Kettenhemden, welche den Hieben der Feinde trotzten, als wären sie nur sanfter Regen.

Von überallher aus dem finster bewaldeten Lamorkand tauschten Krieger mit Freuden feinstes Gold und glänzendes Silber gegen Fyrchtnfles' Bronze, und der mächtige Schmied wurde reicher und stärker durch seine Arbeit am Amboß.«

Sperber nahm den Blick von Ortzel und schaute sich um. Die Gesichter seiner Freunde wirkten verzückt. Die Stimme des Patriarchen von Kadach hob und senkte sich in den erhabenen Kadenzen bardischen Gesangs.

»Großer Gott!« entfuhr es Bevier, als der Patriarch eine Pause machte. »Wie kommt's, daß Eure Geschichte mich so in den Bann schlägt?«

»Das macht die Art des Vortrags«, erklärte Ortzel. »Der Rhythmus der Sprache betäubt den Verstand und bringt den Puls zum Rasen. Die Menschen meiner Rasse sind anfällig für die großen Gefühle der *Fyrchtnfles-Saga*. Eine ganze Armee von Lamorkern kann durch die Rezitation einer der schaurigeren Abschnitte in Kampfrausch getrieben werden.«

»Was geschah weiter?« fragte Talen ungeduldig.

Ortzel blickte den Jungen lächelnd an. »Doch einem jungen Dieb, der den weltlichen Gütern sehr zugetan ist, kann eine so langweilige alte Ballade gewiß nicht zu Gemüte gehen«, sagte er verschmitzt. Sperber unterdrückte sein Lachen. Offenbar hatte der Patriarch von Kadach sich noch stärker verändert, als er gedacht hatte.

»Ich mag spannende Geschichten«, gestand Talen. »Aber auf solche Weise hab' ich noch nie eine zu hören bekommen.«

»Das ist die Macht der Erzählung«, murmelte Stragen. »Manchmal ist die Wirkung nicht so sehr auf den Inhalt einer Geschichte zurückzuführen, sondern auf die Art und Weise des Vortrags.«

»Also?« wiederholte Talen. »Wie ging es weiter?«

»Fyrchtnfles fand heraus, daß ein Riese namens Kreindl ein Metall gegossen hatte, mit dem man Bronze wie Butter schneiden konnte«, antwortete Ortzel nun im Plauderton. »Nur mit seinem Schmiedehammer bewaffnet, begab er sich zur Behausung Kreindls, entlockte dem Riesen durch List das Geheimnis des neuen Metalls und erschlug ihn dann mit seinem Schmiedehammer. Darauf kehrte er heim und schmiedete Waffen aus dem neuen Metall, dem Stahl. Bald wollte jeder Krieger in Lamorkand – oder vielmehr Lamorkland, wie es damals genannt wurde – ein Schwert aus Stahl, und Fyrchtnfles häufte ungeheuere Reichtümer an.« Ortzel runzelte die Stirn. »Ich hoffe, ihr habt Nachsicht, aber es ist nicht so einfach, aus dem Stegreif zu übersetzen.« Er überlegte kurz, dann trug er die Ballade weiter vor. »Nun begab es sich, daß der Ruhm des mächtigen

Schmiedes Fyrchtnfles sich im ganzen Land verbreitete. Riesenhaft war der Schmied, wohl zehn Spannen groß, und breit waren seine Schultern. So hart waren seine Muskeln, daß sie sich mit dem Stahl aus seiner Schmiede zu messen vermochten, und gar anziehend waren seine Züge. So manche Maid aus hohem Hause sehnte sich tief in ihrem Herzen nach des Fyrchtnfles' Liebe.

In jenen vergangenen Tagen war der greise König Hygdahl der Herrscher der Lamorker. Hygdahls schneeweiße Locken kündeten von seiner Weisheit. Kein Sohn ward ihm vergönnt gewesen, wohl aber eine Tochter, die Freude seiner späten Jahre. Schön war sie, wie der junge Morgen, und ihr Name war Uta. Doch groß waren Hygdahls Sorgen, denn wohl wußte er, daß Zank und Hader in den Landen der Lamorker ausbreche, wenn sein Geist zu Hrokka gerufen ward. Die Helden würden sich bekämpfen, um den Thron und die Hand der schönen Uta zu erringen, denn beides sollte der Lohn des Siegers sein. So beschloß König Hygdahl, Reich und Tochter mit einem Streich zu sichern. Er ließ Kunde bis in den entferntesten Winkel seines riesigen Reiches tragen: Das Geschick von Lamorkland und der helläugigen Uta sollte durch einen Wettkampf entschieden werden. Der mächtigste Held im ganzen Land würde Kraft seiner Hände zu Reichtum, Gemahlin und Herrschaft gelangen.«

»Fyrchtnfles war zehn Spannen groß, habt Ihr gesagt«, unterbrach Talen die Erzählung. »Wieviel ist eine Spanne?«

»Neun Zoll«, antwortete Berit.

Talen rechnete es rasch im Kopf aus. »Das wären ja sieben und ein halber Fuß?« rief er ungläubig. »Er war siebeneinhalb Fuß groß?«

Ortzel lächelte. »Es wird gewiß ein bißchen übertrieben sein.«

»Wer ist dieser Hrokka?« fragte Bevier.

»Der lamorkische Kriegsgott«, erklärte Ortzel. »Am Ende der Bronzezeit wandten die Lamorker sich wieder dem Heidentum zu. Offenbar gewann Fyrchtnfles den Wettkampf, ohne allzu viele seiner Mitbewerber töten zu müssen.« Ortzel räusperte sich und nahm seinen Vortrag wieder auf. »Und so geschah es, daß Fyrchtnfles der Schmied, der mächtigste Held des Altertums, die Hand der helläugigen Uta errang und König Hygdahls Erbe wurde.

Und sogleich nach dem Hochzeitsschmaus begab Hygdahls Erbe sich geradenwegs zum König. ›Herr König‹, sagte er, ›da ich die Ehre habe, der mächtigste Krieger der ganzen Welt zu sein, ist es nur richtig, daß mir die ganze Welt gehören soll. Das wird mein ganzes Streben sein, wenn Hrokka Euch erst heimgerufen hat. Die Welt werd' ich erobern, sie mir unterwerfen und nach meinem Willen formen. Drauf werd' ich die Helden von Lamorkland gen Chyrellos führen und dort die Altäre des falschen Gottes jener Kirche niederreißen, welche wie ein Weib schmachvoll die Macht hält und mit ihren Predigten die Krieger schwächt. Ich verachte ihre Lehre und werde die Helden Lamorklands dorthin führen, auf daß sie das kirchliche Plündergut der ganzen Welt auf Wagen in unsere Heimat schaffen, die unter der Last der Schätze ächzen.‹

Erfreut vernahm Hygdahl die Worte des Helden, denn Hrokka, der Schwertgott von Lamorkland, schwelgt in Schlachtenruhm und lehrt seine Kinder das Klirren von Schwertern lieben und den Anblick von blutgerötetem Gras. ›Zieh fort, mein Sohn, und erobere‹, sprach der König. ›Bestrafe die Peloi, zermalme die Cammorier, vernichte die Deiraner und vergiß nicht, die Kirche zu zerstören, die mit ihrem Gewäsch von Frieden und Demut das Mannestum aller Elenier verdirbt.‹

Als die Kunde von Fyrchtnfles' Absicht die Basilika von Chyrellos erreichte, geriet die Kirche in Sorge und zitterte aus Angst vor dem mächtigen Schmied, und die Fürsten der Kirche berieten sich und beschlossen, das Leben des edlen Schmiedes zu beenden, auf daß er die Kirche nicht entmachten und ihre Reichtümer in Wagen nach Lamorkland verschleppen könne, um damit die hohen Mauern des Eroberers Methalle zu verschönern. Alsbald verschworen sie sich, einen entbehrlichen Recken an den Hof von Hygdahls Erben zu entsenden, auf daß er den mächtigen Fyrchtnfles meuchle, den Stolz des dunkelbewaldeten Lamorklands.

In täuschender Verkleidung begab sich dieser heimtückische Krieger mit Namen Starkad, ein Deiraner durch Geburt, zu Fyrchtnfles' Methalle und entbot Hygdahls Erben geheuchelte Grüße. Mit Schmeichelei und Trug beschwor er den Helden von Lamorkland, ihn als seinen Gefolgsmann aufzunehmen. Fyrchtnfles' Herz war so ohne Falsch und Arg, daß er Heimtücke bei anderen niemals wähnte. Mit Freuden nahm er Starkads in falscher Freundschaft gebotene Hand, und alsbald waren die beiden wie Brüder, genauso, wie Starkad es geplant hatte.

Und während die Helden von Fyrchtnfles' Halle sich plagten, hielt Starkad sich in gutem und schlechtem Wetter, im Kampf und dem Gelage, das ihm folgt, unentwegt zur Rechten Fyrchtnfles'. Geschichten erfand er für ihn, die Fyrchtnfles' Herz mit Freude erfüllten, und aus Liebe zu seinem Freund überhäufte der mächtige Schmied ihn mit Armreifen aus glänzendem Gold, unbezahlbaren Edelsteinen und anderen Schätzen. Starkad nahm Fyrchtnfles' Geschenke mit scheinbarer Dankbarkeit entgegen, und immer tiefer, wie ein geduldiger Wurm, grub er sich einen Weg in des Helden Herz.

Als Hrokka den weisen König Hygdahl zu den Scharen seiner unsterblichen Gefolgsleute in die Halle der Helden holte, wurde Fyrchtnfles König in Lamorkland. Gut waren seine Pläne bedacht, und kaum ruhte die Königskrone auf seinem Haupt, scharte er seine Helden um sich und marschierte gen Norden, die wilden Peloi zu unterwerfen.

Zahlreich waren die Schlachten, die der mächtige Fyrchtnfles in den Landen der Peloi schlug, und groß seine Siege. Und in den freien Weiten des Reitervolks fand der schändliche Plan der Kirche von Chyrellos seine Erfüllung, denn dort, getrennt von ihren Freunden durch Scharen rasender Peloi, metzelten Fyrchtnfles und Starkad den Feind nieder, daß sein Blut die Weiden tränkte. Und dort, in der vollen Blüte seines Heldentums, wurde der mächtige Fyrchtnfles niedergestreckt. Bei einer Kampfespause, als die Recken innehielten, um Atem und Kraft zu schöpfen, eh' sie die Schlacht fortsetzten, packte der heimtückische Deiraner seinen Speer, der schärfer war als jeder Dolch, und stieß ihn tief in seines Königs breiten Rücken.

Und Fyrchtnfles spürte die eisige Hand des Todes, als Starkads blanker Stahl ihn durchbohrte. Da drehte er sich um zu dem Manne, den er Freund und Bruder genannt. ›Warum?‹ fragte er, und sein Herz schmerzte mehr vom Verrat denn von Starkads Speerstoß.

›Ich tat es im Namen des Gottes der Elenier‹, antwortete Starkad, und heiße Tränen strömten aus seinen Augen, denn wahrlich liebte er den Helden, den er eben erstochen. ›Glaube nicht, daß ich es war, der dir das Herz durchbohrte, mein Bruder; nicht ich war es, unsere Heilige Mutter Kirche war's, die dein Leben wollte.‹ Mit diesen Worten hob er seinen furchtbaren Speer aufs neue. ›Verteidige dich, Fyrchtnfles, denn obgleich ich dich töten muß, will ich dich nicht morden.‹

Da hob der edle Fyrchtnfles das Gesicht. ›Mein Arm soll ruhen‹, entgegnete er, ›denn wenn mein Bruder mein Leben braucht, so will ich es ihm geben.‹

›Verzeih mir‹, bat Starkad, und wieder hob er den tödlichen Speer.

Finster schüttelte Fyrchtnfles das Haupt. ›Du magst mein Leben haben, doch nie meine Vergebung.‹

›So sei es denn‹, sprach Starkad und stieß seinen schrecklichen Speer geradenwegs in des Fyrchtnfles' mächtiges Herz.

Die Kälte des Todes durchrieselte des Helden Glieder, und so langsam, wie eine riesige Eiche fallen mag, fiel der Stolz von Lamorkland, und Himmel und Erde erbebten unter seinem Sturz.«

In Talens Augen glänzten Tränen. »Ist der Mörder davongekommen?« fragte er. »Ich meine, hat einer von Fyrchtnfles' anderen Freunden es ihm heimgezahlt?« Nur zu deutlich verriet des Jungen Gesicht, wie gern er mehr hören wollte.

»Du möchtest doch nicht etwa deine Zeit mit einer langweiligen Geschichte vergeuden, die Tausende von Jahren alt ist?« Ortzel täuschte Verwunderung vor, doch seine Augen blitzten verschmitzt. Sperber verbarg sein Lächeln hinter einer Hand. Ortzel hatte sich ohne jeden Zweifel sehr verändert.

»Ich kann nicht für Talen reden«, warf Ulath ein, »aber ich würde die Geschichte auch gern hören.«

»Nun«, meinte Ortzel, »wie ihr sicher wißt, wäscht eine Hand die andere. Zu welcher Buße für unsere Heilige Mutter wärt ihr beiden denn bereit, wenn ich euch den Rest der Geschichte erzähle?«

»Ortzel!« rügte Dolmant.

Der Patriarch von Kadach hob eine Hand. »Es ist ein durchaus zulässiger Handel, Sarathi«, erklärte er. »Die Kirche hat sich dergleichen in der Vergangenheit häufig bedient. Als ich noch ein schlichter Dorfpriester war, bin ich oft so verfahren, um meine Schäfchen zum regelmäßigen Kirchgang anzuhalten. Meine Gemeinde war weit und breit für ihre Frömmigkeit bekannt – bis mir schließlich die Geschichten ausgingen.« Er lachte. Das überraschte die anderen, denn die meisten hätten gewettet, daß der strenge, unbeugsame Patriarch von Kadach gar nicht wußte, wie man lachte. »Ich habe nur Spaß gemacht«, versicherte er dem jungen Dieb und dem hünenhaften Thalesier. »Aber es könnte durchaus nicht schaden, würdet ihr zwei ein wenig über den Zustand eurer Seelen nachdenken.«

»Erzählt die Geschichte«, bat nun auch Mirtai. Sie war eine Kriegerin, aber durchaus empfänglich für eine bewegende Geschichte, wie sich nun zeigte.

»Steht hier vielleicht gar eine Bekehrung ins Haus?« fragte Ortzel sie.

»Was hier ins Haus steht, ist die Möglichkeit ernster körperlicher Schäden, Ortzel«, entgegnete Mirtai barsch. Sie benutzte nie irgendwelche Titel als Anrede.

»Also gut.« Ortzel runzelte die Stirn und fuhr mit seiner Übersetzung fort.

»So lauschet denn, ihr Lamorker, und höret, wie Starkad bestraft wurde. Heiße Tränen vergoß er über seinen gefallenen Bruder. Sodann richtete er seine rasende Wut gegen die Peloi, worauf diese vor ihm flüchteten, wie die Schafe vor dem reißenden Wolf. Nunmehr verließ er den Schlachtort und begab sich geradenwegs zur Heiligen Stadt von Chyrellos, um dort den Kirchenfürsten kundzutun, daß er getan, wie von ihnen geheißen. Und als alle sich in der Basilika eingefunden, welche die Krone ihres maßlosen Stolzes ist, erzählte Starkad die traurige Geschichte vom Tod Fyrchtnfles', des mächtigsten Helden jener Zeit.

Diebische Freude erfüllte die Herzen der verweichlichten Kirchenfürsten ob des Helden Ende, und sie glaubten, ihren Stolz, ihre Macht und ihre Stellung nun gesichert. Jeder von ihnen lobte Starkad und bot ihm Gold im Überfluß für seine Tat.

Doch kalt war des Helden Herz, und er blickte hinab auf die kleinen Männer, denen er gedient, und mit Tränen in den Augen gedachte er des großen Mannes, den er auf ihr Geheiß getötet hatte. ›Ihr Herren der Kirche‹, sprach Starkad. ›Glaubt ihr, daß ihr mit Gold bezahlen könnt, was ich in eurem Namen tat?‹

›Was sonst könnten wir Euch bieten?‹ fragten sie erstaunt.

›Ich will Fyrchtnfles' Vergebung‹, entgegnete Starkad.

›Die können wir nicht für Euch erlangen‹, sagten die Kirchenfürsten, ›denn der schreckliche Fyrchtnfles liegt im Hause der Toten, aus dem kein Mensch zurückkehrt. Sagt uns also, mächtiger Held, was wir Euch als Lohn für den großen Dienst geben können, den Ihr uns erwiesen habt.‹

›Nur eines‹, erklärte Starkad mit tödlichem Ernst.

›Und was?‹ fragten sie.

›Euer Herzblut!‹ erwiderte Starkad. Mit diesen Worten sprang er zu dem mächtigen Portal und versperrte es mit Ketten aus Stahl, auf daß niemand ihm zu entgehen vermöchte. Dann zog er Hlorithn, Fyrchtnfles' schimmernde Klinge, die er nur zu diesem Zwecke an sich genommen. Und nun holte sich der Held Starkad seine Bezahlung für die Tat, die er auf den Steppen der Peloi begangen.

Und als er sich genommen, was man ihm geschuldet, war die Kirche von Chyrellos ohne Oberhaupt, denn nicht einer ihrer Fürsten sah an diesem Tage mehr die Sonne untergehen. Noch immer von Trauer erfüllt, weil er seinen Freund getötet, verließ Starkad niedergeschlagen die Heilige Stadt und kehrte nie mehr dorthin zurück.

Man erzählt sich jedoch im dunkelbewaldeten Lamorkland, daß die Orakel und Auguren noch immer von dem mächtigen Fyrchtnfles sprechen und von dem Tag, an dem der Kriegsgott Hrokka sich erbarmen und den Geist Fyrchtnfles' aus seinem Dienst als einer der Unsterblichen Gefolgsmannen in der Halle der Helden freigeben wird, auf daß er nach Lamorkland zurückkehren und seinen hehren Plan weiterverfolgen könne. O wie das Blut dann fließen wird, wie die Könige der Welt erzittern werden, wenn die Welt aufs neue unter dem mächtigen Schritt Fyrchtnfles' des Zerstörers erbebt! Und Krone und Thron der Welt werden ihm, dem Unsterblichen gehören, so wie es vom Anbeginn der Zeit bestimmt war.« Ortzel verstummte.

»Das ist alles?« protestierte Talen heftig.

»Ich habe einige Passagen übersprungen«, gab Ortzel zu, »Beschreibungen von Schlachten und dergleichen. Die alten Lamorker hatten eine übertriebene Vorliebe für eine bestimmte Art von ... Buchhaltung, könnte man sagen. Sie wollten immer ganz genau wissen, wie viele Fässer Blut, wie viele Pfund Gehirn und wie viele Meter Gedärme nach solchen Anlässen gezählt und gemessen wurden.«

»Aber die Geschichte endet nicht richtig!« beschwerte sich Talen. »Fyrchtnfles war der Held. Doch nachdem Starkad ihn gemordet hatte, wurde *er* zum Helden. Das ist nicht gerecht! Es darf doch nicht sein, daß die Bösen einfach Gute werden!«

»Das ist ein sehr interessantes Argument, Talen – besonders, da es von dir kommt.«

»Ich bin kein schlechter Mensch, Eminenz, nur ein Dieb. Das ist keineswegs dasselbe. Na ja, auf jeden Fall bekamen diese Bastarde von Kirchenherren, was sie verdient hatten!«

»Du wirst dich noch sehr intensiv mit ihm beschäftigen müssen, Sperber«, bemerkte Bevier. »Wir alle haben Kurik wie einen Bruder geliebt, aber können wir wirklich sicher sein, daß sein Sohn das Zeug zu einem Ordensritter hat?«

»Ich arbeite daran«, antwortete Sperber abwesend. »Darum also ging es bei Fyrchtnfles. Was meint Ihr, Eminenz, wie sehr glauben die einfachen Lamorker an diese Geschichte?«

»Sie geht tiefer als der Glaube, Sperber«, antwortete Ortzel. »Die Geschichte steckt in unserem Blut. Ich bin der Kirche treu ergeben, doch wenn ich die *Fyrchtnfles-Saga* höre, werde ich zum Heiden – vorübergehend zumindest.«

»Jedenfalls wissen wir jetzt, womit wir es zu tun haben«, sagte Tynian. »In Lamorkand geschieht das gleiche wie in Rendor. Die Häresie schießt rings um uns herum wie Pilze aus dem Boden. Aber es löst unser Problem nicht. Wie können Sperber und wir anderen nach Tamuli reisen, ohne den Kaiser zu kränken?«

»Dieses Problem habe ich bereits gelöst, Tynian«, versicherte Ehlana.

»Ich verstehe nicht, Majestät.«

»Die Lösung ist so einfach, daß ich mich fast schäme, weil sie euch anderen nicht längst eingefallen ist.«

»Erleuchtet uns, Majestät«, bat Stragen. »Beschämt uns getrost unserer Dummheit wegen.«

»Es ist an der Zeit, daß die westelenischen Königreiche diplomatische Beziehungen zum Tamulischen Imperium aufnehmen«, erklärte Ehlana. »Schließlich sind wir Nachbarn. Es ist ein sehr vernünftiger politischer Schachzug, daß ich einen Staatsbesuch in Matherion mache. Und wenn ihr, meine Herren, alle besonders nett zu mir seid, lade ich euch ein, mich zu begleiten.« Sie runzelte die Stirn. »Das war wirklich nur ein kleines Problem. Jetzt müssen wir uns mit etwas viel Ernsterem beschäftigen.«

»Und das wäre, Ehlana?« fragte Dolmant.

»Ich habe nichts anzuziehen, Sarathi.«

6

In den Jahren seiner Ehe mit Königin Ehlana hatte Sperber gelernt, seine Gefühle zu beherrschen, doch sein Lächeln war gezwungen, als die Zusammenkunft endete. Kalten hielt sich an seiner Seite, als sie die Ratskammer verließen. »Ich sehe dir an, daß du über die Absicht unserer Königin alles andere als erbaut bist«, bemerkte er. Kalten war Sperbers Freund seit frühester Kindheit, und er wußte in dessen narbigem Gesicht zu lesen.

»Das könnte man sagen«, entgegnete Sperber verkniffen.

»Darf ich dir einen Vorschlag machen?«

»Ich höre«, brummte Sperber.

»Wie wär's, wenn wir zwei jetzt zur Krypta unter der Basilika hinuntersteigen?«

»Wozu?«

»Du könntest dir ein bißchen Luft machen, ehe du die Angelegenheit mit deiner Gemahlin besprichst. Du kannst ziemlich unbeherrscht sein, wenn du wütend bist, Sperber, und ich mag deine Frau wirklich sehr. Wenn du ihr ins Gesicht sagst, daß sie eine Närrin ist, verletzt du ihre Gefühle.«

»Versuchst du, komisch zu sein?«

»Keineswegs, mein Freund. Im Grunde sehe ich die Dinge wie du, und ich hatte eine sehr vielseitige Erziehung. Wenn dir die Verwünschungen ausgehen, kann ich dir mit Worten aushelfen, die du wahrscheinlich noch nie gehört hast.«

»Gehen wir!« Sperber bog abrupt in einen Seitengang ein.

Sie eilten durch den Mittelgang des Kirchenschiffs, knieten im Vorübergehen flüchtig vor dem Altar nieder und stiegen zur Krypta hinab, wo seit Äonen die Gebeine der verblichenen Erzprälaten in ihren Sarkophagen ruhten.

»Schlag nicht mit den Fäusten gegen die Wände«, warnte Kalten, als Sperber fluchend hin und her stapfte und mit den Armen in der Luft fuchtelte. »Du wirst dir die Knöchel brechen!«

»Es ist vollkommen verrückt, Kalten!« sagte Sperber, nachdem er mehrere Minuten lang Verwünschungen ausgestoßen hatte.

»Es ist noch schlimmer, mein Freund. Verrücktheiten gehören mit zum Leben. Das macht es interessant. Aber diese Sache ist gefährlich. Wir wissen nicht, was uns in Tamuli erwartet. Ich habe deine Gemahlin ganz und gar ins Herz geschlossen, doch daß sie bei dieser Mission dabei ist, wird sich als ziemlich unpraktisch erweisen.«

»Unpraktisch?«

»Ich versuche es mit höflichen Worten zu sagen. Was hältst du von ›ein lästiger Klotz am Bein‹?«

»Das trifft die Sache schon eher.«

»Du wirst sie aber nicht umstimmen können. Du brauchst es gar nicht erst zu versuchen. Sie hat ganz offensichtlich ihren Entschluß gefaßt, und sie ist ranghöher als du. Mach das Beste daraus – sonst könnte es geschehen, daß sie dir befiehlt, den Mund zu halten und in dein Gemach zu verschwinden.«

Sperber brummte.

»Ich glaube, das beste ist, wir reden mit Oscagne. Wir geleiten Eleniens kostbarsten Schatz auf den daresischen Kontinent, wo es alles andere als ruhig zugeht. Deine Gemahlin reist dorthin, um dem Kaiser von Tamuli einen persönlichen Gefallen zu erweisen, also ist er verpflichtet, sie zu beschützen. Eine Eskorte von einigen

Dutzend Legionen Atanern, die uns an der Grenze bei Astel erwarten, könnte als Zeichen der Wertschätzung Seiner Majestät erachtet werden, meinst du nicht auch?«

»Das ist gar keine schlechte Idee, Kalten.«

»Wie die meisten meiner Ideen, Sperber. Also, Ehlana rechnet bestimmt damit, daß du tobst und wetterst und ihr Vorwürfe machst. Sie ist darauf vorbereitet, also tu's gar nicht erst. Denn sie wird uns auf jeden Fall begleiten, daran ist nicht mehr zu rütteln.«

»Es sei denn, ich kette sie ans Bett.«

»Ein interessanter Gedanke.«

»Und wer kettet Mirtai ans Bett?«

Kalten lachte. »Es ist taktisch unklug, eine Entscheidung mit Gewalt zu erzwingen, solange man noch nicht mit dem Rücken zur Wand steht. Laß ihr diesen Sieg, dann hast du etwas bei ihr gut. Nutz diesen Vorteil und nimm ihr das Versprechen ab, während des Aufenthaltes in Tamuli *nichts* ohne dein Einverständnis zu unternehmen. Auf diese Weise können wir fast so gut für ihre Sicherheit sorgen, als wenn sie zu Hause bliebe. Mit ein bißchen Glück ist sie von deiner Friedfertigkeit so beeindruckt, daß sie sich einverstanden erklärt, ohne lange zu überlegen. Dann kannst du sie geschickt an die Leine nehmen, wenn wir dort sind – zumindest soweit, daß sie nicht in Gefahr gerät.«

»Kalten, manchmal verblüffst du mich«, sagte Sperber kopfschüttelnd.

»Ich weiß«, entgegnete der blonde Pandioner. »Mein unbedarftes Gesicht ist eine recht nützliche Maskerade.«

»Wo hast du so viel über den rechten Umgang mit Monarchen gelernt?«

»Hier geht's nicht um Monarchen, Sperber, sondern um eine Frau, und da bin ich Fachmann. Frauen lieben es, zu verhandeln. Wenn du zu einer Frau sagst: ›Ich tue das für dich, wenn du das für mich tust‹, wird sie fast immer bereit sein, wenigstens darüber zu reden. Frauen wollen *immer* über alles reden. Wenn du dich nicht ablenken läßt, bleibst du für gewöhnlich obenauf.« Er hielt inne. »Bildlich gesprochen«, fügte er hinzu.

»Was führt Ihr im Schilde, Sperber?« fragte Mirtai mißtrauisch, als er sich der Gemächerflucht näherte, die Dolmant Ehlana und ihrem persönlichen Gefolge zur Verfügung gestellt hatte. Sperber verbarg hastig seinen selbstzufriedenen Gesichtsausdruck hinter einer besorgten Miene.

»Versucht keine Tricks, Sperber«, warnte sie ihn. »Wenn Ihr Ehlana weh tut, muß ich Euch töten, das wißt Ihr.«

»Ich werde ihr nicht weh tun, Mirtai. Ich werde sie nicht einmal anbrüllen.«

»Aber Ihr habt etwas vor, nicht wahr?«

»Natürlich. Nachdem Ihr mich bei Ehlana eingesperrt habt, braucht Ihr bloß das Ohr an die Tür zu drücken und zu lauschen.« Er bedachte sie mit einem schrägen Blick. »Aber das tut Ihr ja sowieso immer, nicht wahr?«

Sperber konnte es kaum fassen, aber Mirtai errötete und riß rasch die Tür auf. »Geht hinein, Sperber!« befahl sie mit finsterem Gesicht.

»So gereizt heute?«

»Hinein!«

»Ich eile und gehorche.«

Ehlana war für den Augenblick gerüstet, das war offensichtlich. Sie trug ein hellrosa Nachthemd, das sie besonders anziehend machte, und sie hatte ihr Haar kunstvoll frisiert. Doch sie wirkte leicht angespannt.

»Guten Abend, Liebling«, begrüßte Sperber sie. »Anstrengender Tag heute, nicht wahr? Besprechungen können manchmal sehr ermüdend sein.« Er durchquerte das Gemach, hielt fast beiläufig inne, um sie zu küssen; dann schenkte er sich ein Glas Wein ein.

Sie blickte ihn herausfordernd an. »Ich weiß, was du sagen wirst, Sperber.«

»Ach?« Er schaute betont arglos drein.

»Du bist verärgert über mich, nicht wahr?«

»Nein. Bin ich nicht. Wie kommst du darauf?«

Ihre Selbstsicherheit schwand merklich. »Du bist nicht wütend? Ich dachte, du würdest toben, weil ich beschlossen habe, diesen Staatsbesuch in Tamuli zu machen.«

»Das ist doch eine hervorragende Idee. Natürlich müssen wir ein paar Vorsichtsmaßnahmen zu deiner Sicherheit treffen – aber das müssen wir ja immer. Das ist nichts Neues für uns, nicht wahr?«

»Von welchen Vorsichtsmaßnahmen sprichst du?« fragte sie mißtrauisch.

»Oh, nichts Besonderes, Schatz. Beispielsweise solltest du nicht allein durch einen Wald spazieren oder ohne Begleitung eine Räuberhöhle aufsuchen. Nichts Außergewöhnliches. An gewisse Einschränkungen deiner Bewegungsfreiheit bist du ja ohnehin gewöhnt. Wir werden in einem fremden Land sein, über dessen Bewohner wir nicht viel wissen. Wir sind uns wohl darüber einig, daß ich nur dann für Sicherheit sorgen kann, wenn du meiner Beurteilung der Lage vertraust und nicht widersprichst, falls ich dir sage, dies oder das ist zu gefährlich. Dann werden wir gut zurechtkommen, da bin ich sicher. Du bezahlst mich schließlich, dich zu beschützen, also werden wir keine kleinlichen Streitereien wegen irgendwelcher Sicherheitsmaßnahmen vom Zaun brechen, nicht wahr?« Er brachte einen milden, vernünftig klingenden Tonfall zuwege und gab ihr keinen Grund, mißtrauische Fragen zu stellen, wie diese »Sicherheitsmaßnahmen« genau aussehen sollten.

»Du verstehst viel mehr von diesen Dingen als ich, mein Liebling«, gestand sie ihm zu, »also überlasse ich das völlig dir. Wenn eine Frau einen Streiter hat, der obendrein noch der größte Ritter der Welt ist, wäre sie töricht, nicht auf ihn zu hören. Habe ich recht?«

»Vollkommen«, pflichtete er ihr bei. Genau besehen war es ein kleiner Sieg, doch wenn man es mit einer Königin zu tun hat, sind alle Arten von Siegen schwer zu erringen.

»Tja, dann«, sie erhob sich, »da wir nicht streiten, könnten wir eigentlich ins Bett gehen.«

»Das ist eine großartige Idee!«

Das Kätzchen, das Talen Prinzessin Danae geschenkt hatte, hieß Murr, und Murr hatte eine Angewohnheit, die Sperber ganz besonders störte. Kätzchen haben gern Gesellschaft, wenn sie schlafen, und Murr hatte festgestellt, daß Sperber die Beine anzog, wenn er schlief, und daß seine Kniebeuge dann zum perfekten Kuschelplatz wurde. Sperber schlief für gewöhnlich mit am Hals fest zugezogener Decke, doch das war für Murr kein Hindernis. Wenn das kalte, nasse Katzennäschen Sperbers Nacken berührte, zuckte er heftig zusammen, und durch diese ungewollte Bewegung entstand ein Durchschlupf, der gerade weit genug für ein geschicktes Kätzchen war. Murr fand diese erfolgreiche Methode recht befriedigend, ja, sogar amüsant.

Sperber dagegen nicht. Kurz vor Morgengrauen taumelte er zerzaust, leicht gereizt und mit geröteten Augen aus dem Schlafzimmer.

Prinzessin Danae schlenderte in das große mittlere Wohngemach und zog Rollo abwesend hinter sich her. »Hast du meine Katze gesehen?« fragte sie ihren Vater.

»Sie liegt im Bett bei deiner Mutter«, antwortete er kurz angebunden.

»Das hätte ich mir eigentlich denken können. Murr mag es, wie Mutter riecht. Das hat sie mir selbst gesagt.«

Sperber schaute sich um, dann schloß er vorsichtig die Schlafzimmertür. »Ich muß wieder mit Sephrenia sprechen«, erklärte er.

»Gut.«

»Aber nicht hier. Ich werde mir erst einen Treffpunkt überlegen.«

»Was ist gestern abend geschehen?«

»Wir müssen nach Tamuli.«

»Ich dachte, du wolltest etwas wegen Fyrchtnfles unternehmen.«

»Tue ich auch – gewissermaßen. Es hat den Anschein, daß es auf dem daresischen Kontinent etwas – oder jemanden – gibt, der dafür verantwortlich ist. Ich glaube, daß wir dort weitaus mehr über Fyrchtnfles herausfinden können als hier. Ich werde dafür sorgen, daß du nach Cimmura zurückgebracht wirst.«

Sie spitzte den kleinen Mund. »Nein, lieber nicht. Es ist besser, ich begleite euch.«

»Das kommt gar nicht in Frage!«

»Stell dich nicht so an, Sperber! Werd endlich erwachsen! Ich komme mit, weil ihr mich brauchen werdet, wenn wir dort sind.«

Achtlos warf sie Rollo in eine Ecke. »Außerdem könntest du mich gar nicht davon abhalten. Laß dir einen Grund dafür einfallen, Sperber. Wenn nicht, wirst du Mutter erklären müssen, wie ich es geschafft habe, vor euch dort zu sein, wenn ihr mich irgendwo unterwegs auf einem Baum sitzen seht. Zieh dich an, Vater, und laß dir einen Ort einfallen, wo wir uns ungestört unterhalten können.«

Kurz darauf stiegen Sperber und seine Tochter eine schmale, steile Wendeltreppe aus Holz zu dem Türmchen auf der Kuppel der Basilika empor. Einen ungestörteren Ort gab es wahrscheinlich nirgendwo, vor allem, weil es unmöglich war, ungehört hinaufzukommen, so sehr knarrte und kreischte die Holztreppe, die zu dem kleinen Glockenturm führte.

Als sie das kleine offene Häuschen hoch über der Stadt erreichten, schaute Danae minutenlang über Chyrellos. »Aus einer solchen Höhe kann man viel besser sehen«, stellte sie fest. »Das ist der einzige Grund, der letztendlich für das Fliegen spricht.«

»Kannst du wirklich fliegen?«

»Natürlich. Du nicht?«

»Das weißt du ganz genau, Aphrael.«

»Ich wollte dich nur necken, Sperber.« Sie lachte. »Fangen wir an.« Sie setzte sich, verschränkte die Beine und hob das Gesichtchen, um dieses trillernde Lied zu singen, wie sie es in Cimmura getan hatte. Dann schloß sie die Augen, ihr Gesicht wurde leer, und das Lied verstummte.

»Was gibt es denn *dieses* Mal, Sperber?« fragte Sephrenia leicht ungehalten.

»Was habt Ihr denn, kleine Mutter?«

»Ist Euch nicht klar, daß es hier mitten in der Nacht ist?«

»Tatsächlich?«

»Tatsächlich! Die Sonne befindet sich jetzt auf eurer Seite der Welt.«

»Erstaunlich – obwohl es logisch ist, wenn man darüber nachdenkt. Habe ich Euch bei irgend etwas gestört?«

»Allerdings!«

»Was habt Ihr so spät in der Nacht noch gemacht?«

»Das geht Euch nichts an. Was wollt Ihr?«

»Wir kommen bald nach Daresien.«

»Was sagt Ihr da?«

»Der Kaiser ersuchte uns, zu kommen – na ja, eigentlich nur *mich*. Die anderen begleiten mich bloß. Ehlana wird einen Staatsbesuch in Matherion machen, um uns eine gute Ausrede für unsere Anwesenheit zu verschaffen.«

»Seid Ihr von Sinnen? In Tamuli ist es gerade jetzt außerordentlich gefährlich!«

»Wahrscheinlich nicht gefährlicher als in Eosien. Auf dem Weg von Cimmura nach Chyrellos wurden wir von altertümlichen Lamorkern überfallen.«

»Vielleicht waren es Lamorker aus der Jetztzeit in altertümlicher Gewandung.«

»Das bezweifle ich sehr, Sephrenia. Sie verschwanden, als ihr Angriff fehlschlug.«

»Alle?«

»Alle außer jenen, die bereits gefallen waren. Würde ein wenig Logik Euch kränken?«

»Nicht, wenn Ihr sie nicht zu sehr breittretet.«

»Wir waren ziemlich sicher, daß unsere Angreifer tatsächlich altertümliche Lamorker waren, und Botschafter Oscagne erzählte, daß jemand auch in Daresien Helden aus alter Zeit wiederbelebt. Die Logik deutet darauf hin, daß diese Wiedererweckungsgeschichte ihren Ursprung in Tamuli hat. Damit soll nationalistischer Fanatismus geschürt werden, um die Zentralregierungen zu schwächen – das Imperium in Daresien *und* die Kirche hier in Eosien. Wenn es stimmt, daß der Ursprung all dieser Aktivitäten sich irgendwo in Tamuli befindet, ist dort der logische Ort, nach Antworten zu suchen. Wo seid Ihr jetzt gerade?«

»Vanion und ich halten uns zur Zeit in Sarsos im östlichen Astel auf. Ihr kommt besser hierher, Sperber. Über diese große Entfernung kommt hier alles ein wenig undeutlich an.«

Sperber überlegte kurz und versuchte, sich die Karte von Daresien vorzustellen. »Dann werden wir den Landweg nehmen. Ich werde schon eine Möglichkeit finden, die anderen zu überreden.«

»Und beeilt Euch, Sperber. Es ist sehr wichtig, daß wir uns von Angesicht zu Angesicht unterhalten können.«

»Ich tue mein möglichstes. Schlaft gut, kleine Mutter.«

»Ich hatte nicht geschlafen.«

»Ach? Was habt Ihr *dann* getan?«

»Hast du nicht gehört, was sie vorhin gesagt hat, Sperber?« fragte ihn seine Tochter.

»Was denn?«

»Sie hat gesagt, das geht dich nichts an.«

»Welch ein ausgezeichneter Einfall, Majestät«, lobte Oscagne später an diesem Morgen, als alle sich wieder in Dolmants privater Audienzkammer eingefunden hatten. »Auf diese Idee wäre ich nie gekommen! Die Führer der verschiedenen tamulischen Reiche begeben sich niemals nach Matherion. Nur wenn Seine Kaiserliche Majestät sie dorthin zitiert.«

»Den Herrschern von Eosien sind da weniger Beschränkungen auferlegt, Exzellenz«, erklärte ihm Emban. »Sie sind völlig souverän.«

»Erstaunlich. Dann hat Eure Kirche keine Gewalt über sie, Eminenz?«

»Nur in geistlichen Dingen, fürchte ich.«

»Erschwert das nicht alles?«

»Ihr könnt Euch gar nicht vorstellen, wie sehr, Botschafter Oscagne.« Dolmant seufzte und blickte Ehlana vorwurfsvoll an.

»Übertreibt es nicht, Sarathi«, murmelte sie.

»Dann hat hier in Eosien niemand die Oberherrschaft? Die absolute Autorität, unanfechtbare Entscheidungen zu treffen?«

»Das ist eine Verantwortung, die Dolmant und ich gemeinsam tragen, Exzellenz«, erklärte Ehlana. »Wir legen die Last gern auf mehrere Schultern, nicht wahr, Sarathi?«

»Natürlich«, antwortete Dolmant ohne große Begeisterung.

»Das Prinzip des Zusammenraufens in der eosischen Politik hat durchaus seine nützlichen Seiten, Exzellenz«, versicherte Stragen dem Botschafter. »Der Strang, an dem schließlich alle ziehen, ist das Ergebnis vieler verschiedener Meinungen.«

»In Tamuli sind wir der Ansicht, daß es viel weniger verwirrend ist, nur eine Meinung zu haben.«

»Die des Kaisers? Und was geschieht, wenn der Kaiser zufällig ein Idiot ist? Oder ein Wahnsinniger?«

»Die Regierung findet eine Möglichkeit, über ihn hinweg zu bestimmen«, erwiderte Oscagne ruhig. »Doch solche kaiserlichen Fehlentwicklungen haben selten ein langes Leben.«

»Ah!« sagte Stragen.

»Ich glaube, wir sollten jetzt zur Sache kommen«, meinte Emban. Er durchquerte die Kammer und blieb vor einer großen Wandkarte der bekannten Welt stehen. »Am schnellsten kommen wir per Schiff voran«, stellte er fest. »Wir könnten eines von Madol in Cammorien aus nehmen, durch das Innenmeer segeln und dann die Ostküste empor nach Matherion.«

»Wir?« fragte Ritter Tynian.

»Oh, habe ich es noch nicht erwähnt?« fragte Emban. »Ich komme mit. Vorgeblich werde ich Königin Ehlanas geistlicher Berater sein, tatsächlich aber des Erzprälaten persönlicher Gesandter.«

»Es ist wahrscheinlich das klügste, im Rahmen des elenischen Staatsbesuchs aufzutreten«, meinte Dolmant, »für die Öffentlichkeit jedenfalls. Es würde die Dinge nur komplizieren, wenn wir zwei getrennte Abordnungen gleichzeitig nach Matherion entsenden.«

Sperber mußte rasch handeln, ohne daß ihm bisher eine gute Begründung eingefallen wäre. »Eine Seereise hat gewisse Vorteile«, sagte er nachdenklich, »aber ich fürchte, der Nachteil ist in diesem Fall größer.«

»Ach?« Emban blickte ihn an.

»Den Erfordernissen eines Staatsbesuchs wird damit zwar durchaus Rechnung getragen, aber für den *eigentlichen* Grund unserer Reise wäre das alles nicht sehr förderlich. Exzellenz, was wird voraussichtlich geschehen, wenn wir in Matherion ankommen?«

»Das übliche.« Oscagne zuckte die Schultern. »Audienzen, Bankette, Truppenbesichtigungen, Konzerte. Der übliche bedeutungslose höfische Pomp, den wir alle so gern über uns ergehen lassen.«

»Eben«, bestätigte Sperber. »Und wir werden in all der Zeit gar nichts erreichen, nicht wahr?«

»Wahrscheinlich nicht.«

»Aber wir reisen nicht nach Tamuli, um einen ganzen Monat lang nur zu feiern. Wir wollen herausfinden, was hinter den Unruhen steckt. Wir brauchen Informationen, keine Unterhaltung, und die Informationen sind wohl eher im Hinterland zu bekommen als in der Hauptstadt. Ich finde, wir sollten uns einen glaubhaften Grund einfallen lassen, weshalb wir den Landweg nehmen.« Es war ein praktischer Vorschlag, der es Sperber erlaubte, den *wirklichen* Grund im dunkeln zu lassen.

Emban verzog das Gesicht und sagte gequält: »Aber dann wären wir monatelang unterwegs!«

»Wenn wir zu Hause bleiben, können wir genausoviel erreichen wie in Matherion, Eminenz. Wir *müssen* uns im Hinterland umhören!«

Emban stöhnte. »Ihr wollt mich dazu zwingen, den ganzen Weg von hier nach Matherion zu reiten, Sperber?«

»Ihr könntet zu Hause bleiben, Eminenz«, meinte Sperber. »Es wäre vielleicht sogar angebracht, an Eurer Statt Patriarch Bergsten mitzunehmen. Er ist ein besserer Kämpfer.«

»Das reicht, Sperber!« rügte Dolmant.

»Diese Politik der vielen Meinungen erscheint mir recht interessant, Durchlaucht Stragen«, sagte Oscagne. »In Matherion hätten wir uns ohne weitere Diskussion für die vom Primas von Uzera vorgeschlagene Strecke entschieden. Wir bemühen uns, die Möglichkeit von Alternativen zu vermeiden, wann immer es geht.«

»Willkommen in Eosien, Exzellenz.« Stragen lächelte.

»Gestattet ihr, daß ich etwas sage?« bat Khalad höflich.

»Selbstverständlich«, versicherte Dolmant.

Khalad erhob sich, trat an die Karte und begann, die Entfernung abzumessen. »Mit einem guten Pferd kann man am Tag dreißig Meilen zurücklegen, und mit einem guten Schiff neunzig – sofern der Wind stimmt.« Er runzelte die Stirn und schaute sich um. »Warum ist Talen nie da, wenn man ihn braucht?« murmelte er. »Er kann die Zahlen im Kopf ausrechnen. Ich muß sie an den Fingern abzählen.«

»Er sagte, er müsse etwas erledigen«, erklärte Berit.

Khalad brummte. »Wir sind schließlich daran interessiert, was in Daresien vorgeht. Infolgedessen ist es unnötig, quer durch Eosien zu reiten. Wir könnten von Madol aus ein Schiff nehmen, wie Patriarch Emban vorgeschlagen hat, dann durchs Innenmeer segeln und die Ostküste Zemochs hinauf nach ... « Er blickte auf die Karte, dann zeigte er auf einen bestimmten Punkt. »Hinauf nach Salesha. Das sind zweitausendsiebenhundert Meilen – dreißig Tage. Würden wir den Straßen folgen, wäre die Strecke wahrscheinlich gleich lang, aber wir würden neunzig Tage dafür brauchen. So können wir wenigstens zwei Monate sparen.«

»Das ist schon etwas«, lobte Emban widerwillig.

Sperber war ziemlich sicher, daß er viel mehr als sechzig Tage sparen könnte. Er blickte durch die Kammer zu seiner Tochter, die unter Mirtais wachsamem Auge mit ihrem Kätzchen spielte. Prinzessin Danae wurde häufig zu Besprechungen mitgenommen, bei denen sie eigentlich gar nichts zu suchen hatte. Aus irgendeinem Grund stellte nie jemand ihre Anwesenheit in Frage. Sperber wußte, daß die Kindgöttin Aphrael den Zeitverlauf ändern konnte, doch er war nicht sicher, daß sie es in ihrer jetzigen Inkarnation ebenso unbemerkt fertigbringen würde, wie es ihr als das Mädchen Flöte gelungen war.

Prinzessin Danae erwiderte Sperbers Blick und rollte die Augen himmelwärts – mit einer resignierten Miene, die Bände über sein beschränktes Verständnis sprach. Schließlich nickte sie ernst.

Sperber atmete auf. »Kommen wir jetzt zur Frage der Sicherheit Ihrer Majestät. Botschafter Oscagne, wie groß kann das Gefolge meiner Gemahlin sein, ohne daß es unliebsame Aufmerksamkeit erregt?«

»Die Regeln sind in dieser Hinsicht ein bißchen vage, Ritter Sperber.«

Sperber ließ den Blick über die Gesichter seiner Freunde schweifen. »Am liebsten würde ich die Ritterorden vollständig mitnehmen.«

»Wir betrachten unsere Reise als einen Staatsbesuch, Sperber«, gab Tynian zu bedenken, »nicht als Invasion. Würden hundert gerüstete Ritter Seine Kaiserliche Majestät erschrecken, Exzellenz?«

»Man könnte es als symbolische Zahl auslegen«, meinte Oscagne nach kurzer Überlegung. »Groß genug für eine Parade, aber nicht so groß, daß sie bedrohlich erscheinen würde. Wir werden durch Astel kommen. Dort können wir in der Hauptstadt Darsas eine Eskorte Ataner mitnehmen. Ein größerer Geleitschutz für einen Staatsbesucher würde keinen sonderlichen Verdacht erregen. Hingegen würden hundert Pandioner allein in gewissen Kreisen vielleicht Besorgnis erregen.«

»Eine gute Idee«, lobte Sperber.

»Ihr könntet mehr Begleiter mitnehmen, wenn Ihr möchtet, Sperber«, warf Mirtai ein. »Auf den Steppen von Zentralastel leben Peloi, die von Krings Vorfahren abstammen. Vielleicht möchte Kring seine Vettern in Daresien besuchen.«

»O ja!« rief Oscagne. »Die Peloi! Ich hatte ganz vergessen, daß es diese Wilden auch hier in Eosien gibt. Sie sind ein leicht erregbares und nicht immer verläßliches Volk. Seid Ihr sicher, daß dieser Kring bereit wäre, uns zu begleiten?«

»Kring würde ins Feuer reiten, wenn ich ihn darum bäte«, versicherte Mirtai ihm überzeugt.

»Der Domi ist sehr von unserer Mirtai angetan, Exzellenz.« Ehlana lächelte. »Er kommt drei- oder viermal im Jahr nach Cimmura, um ihr einen Heiratsantrag zu machen.«

»Die Peloi sind Krieger, Atana«, wandte Oscagne sich an Mirtai. »Ihr würdet Euch in den Augen Eures Volks nicht erniedrigen, wenn Ihr ihn erhört.«

»Männer betrachten ihre Frauen mehr oder weniger als persönliches Eigentum, Oscagne«, erklärte Mirtai mit einem undeutbaren Lächeln. »Ein Freier hingegen ist viel aufmerksamer, und ich muß gestehen, ich genieße Krings Verehrung. Er schreibt sehr hübsche Gedichte. Einmal hat er mich mit einem goldenen Sonnenaufgang verglichen. Ich fand das sehr poetisch.«

»Du hast nie Gedichte für mich geschrieben, Sperber«, beklagte sich Ehlana.

»Die elenische Sprache ist äußerst beschränkt, meine Königin«, entgegnete er. »Ihr fehlen die Worte, die dir gerecht würden.«

»Nicht ungeschickt«, murmelte Kalten.

»Ich finde, wir sollten uns jetzt alle mit der nötigen Korrespondenz beschäftigen«, sagte Dolmant. »Es gibt eine Menge Vorbereitungen zu treffen. Ich werde Euch ein schnelles Schiff zur Verfügung stellen, Botschafter Oscagne. Ihr werdet Euren Kaiser gewiß informieren wollen, daß die Königin von Elenien ihm einen Besuch abstattet.«

»Mit Eurer Erlaubnis, Eminenz, werde ich das lieber von Boten erledigen lassen. In verschiedenen Teilen unseres Reichs gibt es gewisse gesellschaftliche und politische Eigenheiten. Es könnte sich als sehr nützlich erweisen, wenn ich Ihre Majestät begleite und den Weg für sie ebne.«

»Es wird mir eine große Freude sein, einen so kultivierten Herrn bei mir zu haben.« Ehlana lächelte. »Ihr könnt Euch nicht vorstellen, wie es ist, von Männern umgeben zu sein, deren Kleidung aus der Schmiede kommt.«

Talen betrat die Kammer mit aufgeregtem Gesicht.

»Wo warst du?« erschallte die Frage gleichzeitig aus mehreren Kehlen.

»Es ist tröstlich, von allen so geliebt zu werden, daß mein Erscheinen diese atemlose Neugier weckt.« Der Junge verbeugte sich spöttisch. »Diese Bekundung von Zuneigung überwältigt mich.«

Botschafter Oscagne blickte Dolmant mit hochgezogenen Brauen an.

»Es würde zu lange dauern, alles zu erklären, Exzellenz«, sagte Dolmant müde. »Nur eines: Habt ein wachsames Auge auf Eure Wertsachen, wenn dieser Junge im Zimmer ist.«

»Sarathi!« protestierte Talen. »Ich habe seit einer vollen Woche nichts mehr gestohlen.«

»Wir wissen das zu würdigen«, bemerkte Emban.

»Der Macht der Gewohnheit ist schwer zu widerstehen, Eminenz.« Talen verzog das Gesicht. »Wie dem auch sei, da ihr alle vor Neugier schier zu platzen scheint, will ich euch nicht länger auf die Folter spannen. Ich habe mich in der Stadt umgesehen und einen alten Freund entdeckt. Was sagt ihr dazu: Krager ist hier in Chyrellos!«

Zweiter Teil

ASTEL

7

Komier, begann Sperbers Brief, *meine Gemahlin wird einen Staatsbesuch in Tamuli machen. Wir haben herausgefunden, daß die derzeitigen Unruhen in Lamorkand höchstwahrscheinlich von Daresien ausgehen, deshalb nutzen wir Ehlanas Reise, uns dort umzusehen. Ich werde Euch auf dem laufenden halten. Eure Erlaubnis vorausgesetzt, lasse ich fünfundzwanzig Genidianer von Eurem hiesigen Ordenshaus als Teil der Ehrengarde abstellen.*

Ich möchte Euch anraten, Avin Wargunsson mit allen Mitteln davon abzuhalten, feste Bündnisse mit Graf Gerrich von Lamorkand zu schließen. Gerrich ist tief in dunkle Machenschaften verwickelt, die sich längst nicht mehr auf Lamorkand beschränken. Dolmant hätte sicher nichts dagegen, würdet Ihr mit Darellon und Abriel unter einem Vorwand nach Lamorkand reiten und den Kerl zur Räson bringen. Doch seid auf der Hut vor Magie. Gerrich hat jemanden hinter sich, der mehr weiß, als er dürfte. Ulath sendet Euch nähere Einzelheiten. – Sperber.

»Ist das nicht ein wenig direkt, Liebling?« gab Ehlana zu bedenken, die über Sperbers Schulter mitlas. Sie duftete verführerisch.

»Komier redet nicht gern um den heißen Brei, Ehlana.« Sperber zuckte die Schultern und legte den Federkiel zur Seite. »Und ich bin kein guter Briefeschreiber.«

»Das ist mir nicht entgangen.« Sie befanden sich in ihrer prunkvollen Zimmerflucht in einem der Kirchengebäude, das an die Basilika grenzte. Sie hielten sich bereits den ganzen Tag hier auf und verfaßten Schreiben an Personen, die über den ganzen Kontinent verstreut lebten.

»Müßtest du nicht auch ein paar Briefe schreiben?« fragte Sperber seine Gemahlin.

»Das ist längst geschehen. Ich habe lediglich einen kurzen Brief an Lenda geschickt. Er weiß, was zu tun ist.« Sie blickte durch das Gemach zu Mirtai, die geduldig Murrs Krallen stutzte, was dem Kätzchen ganz und gar nicht behagte. Ehlana lächelte. »Mirtais Nachricht an Kring war viel direkter. Sie rief einen Peloi herbei, der gerade durch Chyrellos ritt, und wies ihn an, Kring aufzusuchen und ihm ihren Befehl zu übermitteln, mit hundert seiner Stammesbrüder nach Basne an der zemochisch-astelischen Grenze zu reiten. Mirtai ließ deutlich durchblicken, daß sie davon ausgeht, Kring liebe sie nicht, falls er nicht bereits dort wartet, wenn sie eintrifft.« Ehlana strich sich das aschblonde Haar aus der Stirn.

»Armer Kring.« Sperber lächelte. »Mit einer solchen Botschaft könnte Mirtai ihn von den Toten zurückholen. Glaubst du, daß sie ihn heiraten wird?«

»Schwer zu sagen, Sperber. Er ist ihr jedenfalls nicht gleichgültig.«

Es klopfte. Mirtai öffnete die Tür und ließ Kalten ein. »Es ist ein herrlicher Tag«, sagte er. »Wir werden gutes Wetter für die Reise haben.«

»Wie geht es voran?« fragte ihn Sperber.

»Wir sind mit den Vorbereitungen so gut wie fertig.« Kalten trug ein Wams aus grünem Brokat. Er verbeugte sich höfisch vor der Königin. »Im Grund genommen *sind* wir bereits fertig, aber keiner scheint es wahrhaben zu wollen.«

»Könntet Ihr das näher erklären, Ritter Kalten?« bat Ehlana.

Er zuckte die Schultern. »Jeder geht noch einmal durch, was bereits alle anderen getan haben, um sich zu vergewissern, daß nichts übersehen wurde.« Er ließ sich in einen Sessel fallen. »Jeder hält sich für den wichtigsten Organisator, allen voran Emban. Wenn er mich noch ein einziges Mal fragt, ob die Ritter zum Aufbruch bereit sind, erwürge ich ihn! Er hat nicht die leiseste Ahnung, was alles dazu gehört, eine so große Reisegesellschaft von einem Ort zum anderen zu bewegen. Könnt ihr euch vorstellen, daß er uns alle auf ein Schiff verfrachten wollte? Mitsamt Pferden und allem anderen?«

»Das wäre arg eng geworden.« Ehlana lächelte. »Für wie viele Schiffe hat er sich schließlich entschieden?«

»Keine Ahnung. Ich weiß ja nicht einmal genau, wie viele Personen mitkommen. Eure Hofleute sind felsenfest überzeugt, daß Ihr ohne ihre Gesellschaft nicht leben könnt, Majestät. Es sind ihrer etwa vierzig, die Vorbereitungen für die Reise treffen.«

»Du solltest eine strenge Auswahl treffen, Ehlana«, meinte Sperber. »Ich möchte nicht den ganzen Hofstaat auf dem Hals haben.«

»Ich *werde* ein paar Leute brauchen, Sperber – und sei es nur, um den Schein zu wahren!«

Talen kam ins Gemach. Der schlaksige Junge trug, was er seine »Straßenkleidung« nannte. Die Sachen paßten nicht zusammen, außerdem waren sie mehr als schlicht und schon ziemlich abgetragen. »Er treibt sich immer noch da draußen herum!« rief er mit glänzenden Augen.

»Wer?« fragte Kalten.

»Krager. Er schleicht in Chyrellos herum wie ein ausgesetzter Hund, der nach einem neuen Zuhause sucht. Stragen hat ein paar Leute von der hiesigen Diebesgemeinschaft auf ihn angesetzt. Sie beobachten ihn Tag und Nacht. Aber wir haben trotzdem noch nicht herausfinden können, was er im Schilde führt.«

»Wie schaut er aus?«

»Noch schlimmer als früher.« Talens Stimme überschlug sich leicht, schwang zwischen Sopran und Bariton. Er war im Stimmbruch. »Die Jahre sind nicht besonders freundlich mit Krager umgesprungen. Seine Augen sehen aus, als wären sie in heißem Schmalz geschwommen. Er macht einen elenden Eindruck!«

»Ich kann nicht behaupten, daß sein Elend mich rührt«, brummte Sperber. »Ich werde seiner allmählich müde. Seit mehr als zehn Jahren geistert Krager in meinem Leben herum. Er ist wie ein Haufen Dung, in den man immer wieder tritt. Offenbar arbeitet er stets für die gegnerische Seite. Aber er ist nicht wichtig genug, daß man sich die Mühe macht, ihn zu beseitigen, wenn er seine Drecksarbeit getan hat.«

»Stragen könnte jemanden von der hiesigen Diebesbande bitten, ihm die Kehle durchzuschneiden«, schlug Talen vor.

Sperber dachte darüber nach. »Besser nicht«, sagte er schließlich. »Krager war immer eine gute Informationsquelle. Aber richte Stragen aus, daß wir gegen einen kleinen Plausch mit unserem alten Freund nichts einzuwenden hätten, sollte sich die Gelegenheit ergeben. Das Angebot, seine Beine zusammenzuflechten, macht Krager für gewöhnlich recht gesprächig.«

Ulath schaute etwa eine halbe Stunde später herein. »Hast du das Schreiben an Komier fertig?« fragte er Sperber.

»Den Entwurf«, antwortete Ehlana an Stelle ihres Gemahls. »Es muß noch ein wenig daran gefeilt werden.«

»Für Komier braucht Ihr nicht zu feilen, Majestät. Er ist an merkwürdige Briefe gewöhnt. Einer meiner genidianischen Mitbrüder hat ihm einmal einen Bericht auf Menschenhaut geschickt.«

Ehlana starrte ihn an. »Er hat *was*?«

»Er hatte nichts anderes, worauf er hätte schreiben können. Tja, ich wollte Euch ausrichten, daß soeben ein genidianischer Ritter mit einer Botschaft von Komier an mich eingetroffen ist. Er kehrt nach Emsat zurück und kann Sperbers Brief mitnehmen, wenn er fertig ist.«

»Der Brief ist gut genug«, erklärte Sperber, faltete das Pergament zusammen und versiegelte es mit ein wenig Kerzenwachs. »Was hat Komier dir mitgeteilt?«

»Zur Abwechslung mal eine gute Neuigkeit. Aus irgendeinem Grund haben sämtliche Trolle Thalesien verlassen.«

»Wohin sind sie?«

»Wer weiß? Wen interessiert das schon?«

»Die Menschen in dem Land, in das sie sich begegeben haben, könnte es sehr interessieren«, warf Kalten ein.

»Das ist ihr Problem.« Ulath zuckte die Schultern. »Aber seltsam ist es schon. Die Trolle kommen nämlich nicht sonderlich gut miteinander aus. Es ist seltsam, daß sie alle zur selben Zeit ihre Siebensachen packen und davonziehen. Muß eine interessante Versammlung gewesen sein. Normalerweise bringen sie einander um, wenn sie sich begegnen.«

»Viel helfen kann ich euch nicht, Sperber«, bedauerte Dolmant, als die beiden sich später unter vier Augen unterhielten. »In Daresien ist die Kirche gespalten. Sie erkennt dort die Oberherrschaft von Chyrellos nicht an, also kann ich sie nicht anweisen, euch zu unterstützen.« Dolmants Gesicht wirkte sorgenvoll und durch die weiße Soutane fahl. In gewisser Hinsicht herrschte Dolmant über ein Reich, das sich von Thalesien bis Cammorien erstreckte, und die Bürde seines Amtes lastete schwer auf ihm. Die Veränderung, die mit Dolmant in den vergangenen Jahren vor sich gegangen war, war eher auf seine Probleme zurückzuführen als darauf, daß ihm sein hohes Amt in den Kopf gestiegen sein könnte.

»In Astel ist es wahrscheinlicher, daß ihr Unterstützung bekommt, als in Edom oder Dakonien«, fuhr er fort. »Die Doktrin der astelischen Kirche ist der unseren sehr ähnlich – so ähnlich, daß wir sogar die astelischen geistlichen Ränge anerkennen. Edom und Dakonien haben sich bereits vor Jahrtausenden von der Astelischen Kirche gelöst und sind ihre eigenen Wege gegangen.« Der Erzprälat lächelte bedauernd. »Die Predigten in diesen beiden Reichen sind für gewöhnlich kaum mehr als hysterische Verleumdungen der Chyrellischen Kirche – und meiner Person. Sie sind antihierarchisch, ähnlich den Rendorern. Sollte Euer Weg Euch in diese beiden Reiche führen, müßt Ihr darauf gefaßt sein, daß sich die Kirche dort gegen Euch stellt. Der Umstand, daß Ihr Ordensritter seid, macht Euch für sie zum Feind. Man erzählt den Kindern dort, daß Ordensritter Hörner und Schwänze haben, Kirchen niederbrennen, Geistliche morden und das Volk unterdrücken.«

»Dann werde ich mein möglichstes tun, mich von diesen Reichen fernzuhalten, Sarathi«, versicherte Sperber. »Wer ist das Kirchenoberhaupt in Astel?«

»Der Erzmandrit von Darsas. Es ist ein obskurer Rang, in etwa mit unserem ›Patriarchen‹ vergleichbar. Die Kirche von Astel ist eine Art klösterliche Bruderschaft. Weltliche Kirchenleute gibt es dort nicht.«

»Gibt es sonst noch wichtige Unterschiede, von denen ich wissen sollte?«

»Einige der Gebräuche sind anders – liturgische Unterschiede hauptsächlich. Aber ich bezweifle, daß man Euch ersuchen wird, eine Messe zu lesen. Solche Probleme werdet Ihr nicht haben. Das ist auch gut so. Ich hörte Euch einmal predigen.«

Sperber lächelte. »Ein jeder von uns dient auf seine Weise, Sarathi. Als unsere Heilige Mutter mich in ihre Dienste nahm, ging es ihr nicht um Predigten. Wie muß ich den Erzmandriten von Darsas anreden, falls ich ihm begegne?«

»Nennt ihn ›Eminenz‹, so wie bei uns einen Patriarchen. Er ist übrigens ein imposanter Mann mit einem gewaltigen Bart. Es gibt sicher nichts in Astel, wovon er nicht weiß. Seine Priester sind überall. Das Volk traut ihnen rückhaltlos, und die Geistlichen erstatten dem Erzmandriten wöchentlich Bericht. In diesem Land hat die Kirche eine gewaltige Macht.«

»Welch ungewohnte Vorstellung!«

»Seht mich nicht so an, Sperber! In letzter Zeit lief's ohnehin nicht so, wie ich es gern gehabt hätte.«

»Wärt Ihr bereit, Euch meine Einschätzung anzuhören, Dolmant?«

»Meiner Person? Nein, lieber nicht.«

»Das habe ich nicht gemeint. Ihr seid zu alt, Euch zu ändern, glaube ich. Ich rede von Eurer Politik in Rendor. Der Grundgedanke war nicht schlecht, aber Ihr habt es falsch angepackt.«

»Hütet Eure Zunge, Sperber. Ihr wärt nicht der erste, den ich lebenslang ins Kloster schicke.«

»Eure Versöhnungstaktik mit den Rendorern war sehr vernünftig. Ich habe zehn Jahre dort gelebt und kenne die Menschen. Die gewöhnlichen Bürger ließen sich gern mit der Kirche aussöhnen – allein schon, um die heulenden Fanatiker in der Wüste loszuwerden. Eure Politik ist richtig, aber Ihr habt die falschen Leute geschickt, sie in die Tat umzusetzen.«

»Alle Priester, die ich sandte, sind Gelehrte in der Doktrin, Sperber.«

»Das ist ja das Problem. Ihr habt doktrinäre Fanatiker nach Rendor geschickt. Die wollen nichts anderes, als die Rendorer für ihre Ketzerei zu bestrafen.«

»Häresie *ist* ein Problem, Sperber.«

»Die Häresie der Rendorer ist nicht theologischer Natur, Dolmant. Sie beten denselben Gott an wie wir, und die Grundlage ihres Glaubens ist dieselbe wie unsere. Die Unstimmigkeiten beschränken sich ausschließlich auf den Bereich der Kirchenverwaltung. Die Kirche war korrupt, als die Rendorer sich von uns lösten. Mitglieder der Hierokratie übertrugen Verwandten Kirchenämter in Rendor, und diese Verwandten waren schmarotzende Opportunisten, die weit mehr daran interessiert waren, ihre eigenen Beutel zu füllen, als sich um das Seelenheil der Rendorer zu kümmern. So war die

Ausgangslage, als die Rendorer Primasse und Priester zu ermorden begannen – und aus genau demselben Grund tun sie es auch jetzt. Ihr werdet die Rendorer nie mit der Kirche versöhnen, wenn Ihr sie bestrafen wollt. Es ist ihnen egal, wer unsere Heilige Mutter regiert. *Euch* werden sie nie persönlich gegenüberstehen, mein Freund, wohl aber ihrem Priester. Und wenn der nichts anderes tut, als sie Ketzer zu schimpfen und ihren Frauen die Schleier vom Gesicht zu reißen, werden sie ihn umbringen. So einfach ist das.«

Dolmants Gesicht wurde noch besorgter. »Vielleicht habe ich tatsächlich einen Fehler gemacht«, gab er zu. »Aber falls Ihr irgend jemandem erzählt, ich hätte das gesagt, streite ich es natürlich ab.«

»Natürlich.«

»Hm, und Ihr habt einen Vorschlag, was in diesem Fall zu tun wäre?«

Plötzlich kam Sperber ein Gedanke. »In einer armen Kirche in Borrata gibt es einen Vikar. Wenn ich je einem Heiligen begegnet bin, dann war er es. Ich kenne nicht einmal seinem Namen, doch Berit weiß, wie er heißt. Schickt ein paar Leute als Bettler verkleidet nach Cammorien und laßt Euch berichten, um Euch ein Bild von diesem Vikar zu machen. Er ist genau der Mann, den Ihr braucht.«

»Warum soll ich nicht einfach nach ihm schicken?«

»Vermutlich würde er keinen Ton herausbekommen, wenn er vor Euch steht, Sarathi. Er ist die Demut selbst. Außerdem würde er seine Schäfchen nie verlassen. Wenn Ihr ihn nach Chyrellos zitiert und nach Rendor entsendet, stirbt er Euch wahrscheinlich binnen sechs Monaten. Er ist so ein Mensch.«

Dolmants Augen füllten sich plötzlich mit Tränen. »Ihr stimmt mich traurig, Sperber. Dieses Ideal hatten wir einst alle, als wir unser Gelübde ablegten.« Er seufzte. »Wie konnten wir es nur so aus den Augen verlieren?«

»Die Welt hat ihren Tribut verlangt, Dolmant«, entgegnete Sperber sanft. »Die Kirche muß in der Welt bestehen, aber die Welt verdirbt sie viel schneller, als sie die Welt erlösen kann.«

»Und wie läßt sich dieses Problem beheben, Sperber?«

»Das weiß ich nicht, Sarathi. Vielleicht gar nicht.«

Sperber! Es war die Stimme seiner Tochter, und sie sprach in seinem Kopf. Da er gerade durch das Mittelschiff der Basilika ging, kniete er rasch nieder, wie um zu beten, damit nicht auffiel, was er wirklich tat.

Was gibt es, Aphrael? fragte er stumm.

Du brauchst dich nicht vor mir auf die Knie zu werfen, Sperber, kam die ironische Antwort.

Gibt es etwas Wichtiges, oder willst du dich nur über mich lustig machen?

Sephrenia möchte wieder mit dir reden.

Gut. Ich bin im Mittelschiff der Basilika. Komm herunter, dann steigen wir gemeinsam zum Turm hinauf.

Ich warte oben auf dich.

Es führt nur eine Treppe in den Turm, Aphrael. Die müssen wir hinaufsteigen.

Du vielleicht, ich nicht. Ich gehe nicht gern in den Altarraum, Sperber. Dort muß ich immer innehalten und mit deinem Gott reden, und das ist meist recht ermüdend.

Sperbers Verstand schauderte vor den möglichen Schlußfolgerungen aus ihrer Bemerkung zurück.

Die trockene Holztreppe, die sich in Spiralen zur Kuppel hinaufwand, knarrte und ächzte protestierend unter Sperbers wuchtigem Tritt. Sie war sehr hoch, und er kam atemlos oben an.

»Wieso hast du so lange gebraucht?« fragte Danae. Sie trug ein weißes Hängekleidchen, wie bei kleinen Mädchen nicht unüblich, und so fiel niemandem auf, daß es von styrischem Schnitt war.

»Es gefällt dir wohl, so zu mir zu reden?« rügte Sperber.

»Ist doch bloß Spaß, Vater.« Sie lachte.

»Ich hoffe, niemand hat dich heraufkommen sehen. Ich glaube nicht, daß die Welt schon für eine fliegende Prinzessin bereit ist.«

»Niemand hat mich gesehen, Sperber. Ich tue so was ja nicht zum erstenmal. Vertrau mir.«

»Habe ich eine andere Wahl? Also, fangen wir an. Es gibt noch eine Menge zu tun, bevor wir morgen früh aufbrechen.«

Sie nickte und setzte sich mit überkreuzten Beinen neben eine der riesigen Glocken. Wieder hob sie das Gesichtchen und stieß das flötengleiche Trillern hervor. Dann schien ihre Stimme zu entschweben, und ihr Gesicht wurde ausdruckslos.

»Wo wart Ihr so lange?« fragte Sephrenia und schlug Danaes Augen auf, um zu ihrem Schüler emporzublicken.

Er seufzte. »Wenn ihr zwei nicht damit aufhört, werde ich ich gewisse Konsequenzen ziehen!«

»Hat Aphrael Euch wieder geneckt?« fragte Sephrenia.

»Was sonst? Habt Ihr gewußt, daß sie fliegen kann?«

»Selbst gesehen habe ich es nicht, aber ich nahm es natürlich an.«

»Weshalb möchtet Ihr mich sprechen?«

»Ich habe beunruhigende Gerüchte vernommen. Die Nordataner sind in den Wäldern an der Nordküste ihres Reiches auf sehr große zottelige Kreaturen mit zotteligem Fell gestoßen.«

»Also *dort* sind sie hin!«

»Sprecht nicht in Rätseln, Lieber.«

»Komier sandte Ulath eine Botschaft, die besagte, daß offenbar alle Trolle Thalesien verlassen hätten.«

»Die Trolle!« rief Sephrenia. »Aber so etwas würden sie niemals tun! Thalesien ist seit Urzeiten ihre Heimat!«

»Vielleicht solltet Ihr lieber die Trolle daran erinnern. Komier ist überzeugt, daß kein einziger in Thalesien geblieben ist.«

»Etwas sehr, sehr Seltsames geht da vor sich, Sperber!«

»Offensichtlich. Können die Styriker von Sarsos sich einen Reim darauf machen?«

»Nein. Zalasta ist mit seiner Weisheit am Ende.«

»Und habt Ihr inzwischen eine Idee, wer hinter allem stecken könnte?«

»Sperber, wir wissen nicht einmal, *was* dahintersteckt. Wir haben nicht einmal die leiseste Ahnung, von welcher *Art* es sein könnte!«

»Aber irgendwie kommen wir immer wieder auf die Trollgötter zurück. *Irgendeine* Macht brachte die Trolle dazu, Thalesien zu verlassen. Wer sonst käme da in Frage, wenn nicht die Trollgötter? Können wir denn ganz *sicher* sein, daß es ihnen nicht gelungen ist, sich zu befreien?«

»Bei Göttern ist nichts unmöglich, Sperber. Ich weiß nicht, welchen Zaubers sich Ghwerig bedient hat, als er die Trolle ins Innere Bhellioms verbannte, daher weiß ich auch nicht, ob dieser Zauber gebrochen werden kann.«

»Dann wäre es also möglich?«

»Das sagte ich doch eben, Lieber. Habt Ihr diesen Schatten – oder die Wolke – in letzter Zeit wieder gesehen?«

»Nein.«

»Hat Aphrael sie je gesehen?«

»Nein.«

»*Sie* könnte es Euch sagen, aber ich möchte sie dieser unbekannten Gefahr lieber nicht aussetzen. Vielleicht können wir den Schatten dazu bringen, sich zu zeigen, wenn Ihr hier seid, so daß ich ihn mir ansehen kann. Wann brecht ihr auf?«

»Morgen in aller Früh. Danae ließ durchblicken, daß sie die Zeit beeinflussen kann wie damals, als wir mit Warguns Armee nach Azie marschierten. Das würde uns schneller ans Ziel bringen. Aber kann sie es jetzt noch so unbemerkt tun wie damals, als sie Flöte war?«

Die Glocke hinter der reglosen Gestalt seiner Tochter gab einen tiefen, weichen Ton von sich. »Warum fragst du nicht mich, Sperber?« Danaes Stimme schwang im Glockenton. »Es ist ja nicht so, daß ich nicht hier bin.«

»Woher sollte ich das wissen?« fragte Sperber die immer noch summende Glocke. »Kannst du es?«

»*Natürlich* kann ich es, Sperber!« antwortete sie gereizt. »Weißt du denn *überhaupt* nichts?«

»Das genügt!« tadelte Sephrenia.

»Aber er ist so schwer von Begriff!«

»Aphrael! Ich sagte, das genügt! Du wirst es deinem Vater gegenüber nicht am nötigen Respekt mangeln lassen.« Ein schwaches Lächeln huschte über die Lippen der scheinbar schlafenden kleinen Prinzessin. »Mag er noch so schwer von Begriff sein.«

Sperber seufzte.

»Schon gut, Sperber«, sagte Aphrael leichthin. »Wir sind doch Freunde. Da sollten wir keine Geheimnisse voreinander haben.«

Sie verließen Chyrellos am folgenden Morgen und ritten in der hellen Morgensonne auf der arzischen Seite des Sarins südwärts – mit einhundert voll gerüsteten Ordensrittern als Eskorte. Das Gras am Ufer war saftig grün, und der Himmel war mit weißen Wölkchen betupft, die wie Wattebäuschchen aussahen.

Nach einiger Diskussion hatten Sperber und seine königliche Gemahlin sich geeinigt, daß Ehlanas Gefolge, das sie benötigen würde, um den Schein zu wahren, zum größten Teil aus den Reihen der Ordensritter rekrutiert werden sollte. »Stragen kann sie ausbilden«, sagte Sperber zu seiner Gemahlin. »Er hat so allerlei Erfahrung. Da wird es ihm auch gelingen, aufrechte Ritter wie nutzlose Hofschranzen aussehen zu lassen.«

Es hatte sich jedoch als notwendig erwiesen, eine Hofdame mitzunehmen, eine junge Frau in Ehlanas Alter, mit honigblondem Haar, tiefblauen Augen und beschränktem Verstand. Ehlana nahm zudem eine Kammermaid mit, ein Mädchen mit sanften rehbraunen Augen, namens Alean. Die beiden fuhren in der Karosse mit der Königin, Mirtai, Danae und dem außerordentlich elegant gekleideten Stragen, der sie mit humorvollem Geplauder unterhielt. Sperber war der Ansicht, daß Stragen und Mirtai seine Gemahlin und Tochter im Notfall schützen könnten.

Doch Patriarch Emban erwies sich als Problem. Schon nach wenigen Meilen war nicht zu überhören, daß sich der Kirchenmann im Sattel gar nicht wohl fühlte, da er sich lautstark beklagte.

»Das gibt ein Unglück, sag' ich dir«, bemerkte Kalten am späten Vormittag. »Kirchenmann oder nicht, wenn die Ritter den ganzen Weg quer über den daresischen Kontinent Embans Gejammer ertragen müssen, wird er vermutlich einen Unfall erleiden, ehe wir Matherion erreichen. Ich habe jetzt schon gute Lust, ihn höchstpersönlich zu ertränken, und hier am Fluß könnte die Versuchung übermächtig werden.«

Sperber ließ sich Kaltens Klage durch den Kopf gehen. Er blickte auf die Karosse der Königin. »Diese Kalesche ist nicht groß genug«, erklärte er seinem Freund. »Wir brauchen etwas Größeres. Außerdem wären sechs Pferde eindrucksvoller als vier. Sieh dich mal nach Bevier um.«

Als Kalten mit dem dunkelhäutigen Arzier zurückkam, erklärte Sperber ihm die Situation. »Wenn wir Emban nicht vom Pferd herunterholen, brauchen wir ein Jahr, um Daresien zu durchqueren. Stehst du mit deinem Vetter Lycien noch auf gutem Fuß?«

»Natürlich. Wir sind die besten Freunde!«

»Dann schlage ich vor, daß du vorausreitest und ein Wort mit ihm redest. Wir brauchen eine große Karosse mit Platz für mindestens acht Personen. Ein Sechsergespann, würde ich sagen. Wir setzen Emban und Botschafter Oscagne in die Kutsche zu meiner Gemahlin und ihrem Gefolge. Bitte deinen Vetter, eine solche Karosse für uns zu beschaffen.«

»Das wird ziemlich teuer, Sperber«, gab Bevier zu bedenken.

»Macht nichts, Bevier. Die Kirche wird es bezahlen. Nach einer Woche auf dem Pferderücken wird Emban mit Freuden alles unterzeichnen, was ihn von weiteren Mühsalen im Sattel befreit. Ach ja, und da dich der Weg ohnehin nach Madol führt, sorg bitte dafür, daß unser Schiff flußauf zu Lyciens Anlegeplätzen geschafft wird. Madol ist keine Stadt, die einen Aufenthalt wert wäre, und Lyciens Anlegeplätze liegen sehr günstig.«

»Werden wir sonst noch etwas brauchen, Sperber?« fragte Bevier.

»Zur Zeit fällt mir nichts mehr ein. Aber dir vielleicht, auf dem Ritt nach Madol. Tue dir keinen Zwang an! Uns stehen ausnahmsweise unbeschränkte Mittel zur Verfügung. Die Schatzkammern der Kirche stehen uns weit offen.«

»Das würde ich im Beisein Stragens oder Talens nicht unbedingt erwähnen, mein Freund.« Bevier lachte. »Ich erwarte Euch bei Lycien. Wir sehen uns in seinem Haus!« Bevier wendete sein Pferd und ritt im Galopp südwärts.

»Warum hast du ihn nicht einfach eine zweite Kutsche für Emban und Oscagne besorgen lassen?« fragte Kalten.

»Weil wir eine Kutsche besser im Auge behalten können, wenn wir in Tamuli sind.«

»Oh. Klingt vernünftig – irgendwie.«

Eines Spätnachmittags gelangten sie zum Haus von Beviers Vetter, dem Graf Lycien. Sie trafen Bevier und seinen korpulenten Verwandten mit dem roten Gesicht auf dem kiesbedeckten Hof vor dem prächtigen Haus an. Der Graf verbeugte sich tief vor Königin Ehlana und beharrte darauf, daß sie während des Aufenthalts in Madol sein Gast war. Kalten schickte die Ritter in Lyciens parkähnlichen Garten.

»Hast du eine Karosse aufgetrieben?« fragte Sperber Bevier.

Der Cyriniker nickte. »Sie ist groß genug für unseren Zweck«, erklärte er ein wenig zögernd, »aber Patriarch Emban bekommt vermutlich graue Haare, wenn er den Preis hört.«

»Da wäre ich mir nicht so sicher«, beruhigte Sperber ihn. »Fragen wir Emban.« Sie überquerten den schotterbedeckten Hof, um zum Patriarchen von Uzera zu gelangen, der neben seinem Pferd stand und sich mit einem Ausdruck tiefsten Elends an den Sattelknauf klammerte.

»Angenehmer Ritt, nicht wahr, Eminenz?« wandte Sperber sich gutgelaunt an den Dicken.

Emban stöhnte. »Ich glaube, ich werde mindestens eine Woche lang nicht gehen können!«

»Wir sind bisher sehr gemütlich geritten«, fuhr Sperber fort. »Wenn wir erst in Tamuli sind, werden wir viel schneller vorankommen müssen.« Er machte eine Pause. »Darf ich offen zu Euch sprechen, Eminenz?«

»Das werdet Ihr sowieso, Sperber«, brummte Emban. »Oder würdet Ihr Rücksicht darauf nehmen, wenn ich's Euch verwehrte?«

»Wahrscheinlich nicht. Ihr haltet uns auf, wißt Ihr.«

»Ihr nehmt wirklich kein Blatt vor den Mund, Sperber.«

»Ihr habt nicht die richtige Statur für einen Reiter, Patriarch Emban. Eure Vorzüge sind im Kopf, nicht im Gesäß.«

Embans Pupillen verengten sich feindselig. »Nur weiter so«, sagte er drohend.

»Da wir in Eile sind, haben wir beschlossen, Euch Räder zu besorgen. Würdet Ihr Euch in einer gepolsterten Karosse wohler fühlen, Eminenz?«

»Sperber, ich könnte Euch küssen!«

»Ich bin verheiratet, Eminenz. Meine Gemahlin könnte das mißverstehen. Aus Sicherheitsgründen ist eine Karosse besser als zwei. Deshalb nahm ich mir die Freiheit, ein Gefährt zu beschaffen, das etwas größer ist als die Karosse, in der Ehlana von Chyrellos hierherkam. Es macht Euch doch nichts aus, mit ihr zu fahren, nicht wahr? Wir würden Euch und Botschafter Oscagne gern in der Karosse mit der Königin und ihrem Gefolge unterbringen. Ist Euch das recht?«

»Wollt Ihr, daß ich den Boden küsse, auf dem Ihr steht, Sperber?«

»Oh, das ist nicht nötig, Eminenz. Ihr müßt lediglich die Genehmigung für den Kauf der Karosse unterzeichnen. Es *ist* schließlich eine dringende Kirchenangelegenheit, die eine solche Anschaffung rechtfertigt. Meint Ihr nicht?«

»Wo soll ich unterschreiben?« fragte Emban ungeduldig.

»Eine Karosse dieser Größe ist teuer, Eminenz«, warnte Sperber.

»Ich würde sogar die Basilika verpfänden, nur um nicht mehr im Sattel sitzen zu müssen!«

»Siehst du«, sagte Sperber zu Bevier, als sie davonschlenderten. »Das war gar nicht so schlimm, oder?«

»Woher hast du gewußt, daß er so schnell einverstanden sein würde?«

»Es war der richtige Zeitpunkt, Bevier. Später wäre ihm der Preis vielleicht zu hoch gewesen. Aber der Leidende zahlt jeden Preis für die Erlösung.«

»Du bist ein herzloser Bursche, Sperber.« Bevier lachte.

»Das habe ich im Lauf der Zeit schon von allen möglichen Leuten gehört«, versicherte Sperber ihm grinsend.

»Meine Männer werden heute damit fertig, Eure Ausrüstung und Vorräte für die Reise aufs Schiff zu schaffen, Sperber«, versicherte ihm Graf Lycien, als sie zum Dorf am Fluß ritten, wo sich die Anlegestellen befanden. »Ihr könnt mit der Morgenflut auslaufen.«

»Ihr seid ein wahrer Freund, Graf Lycien«, bedankte sich Sperber. »Ihr seid immer für uns da, wenn wir Euch brauchen.«

»Ihr übertreibt mit Eurem Lob, Ritter Sperber.« Lycien lachte. »Ich mache mit der Versorgung Eurer Schiffe einen ordentlichen Profit.«

»Es freut mich immer, wenn meine Freunde es zu etwas bringen.«

Lycien blickte über die Schulter auf die Königin von Elenien, die ein Stück weiter hinten auf einem grauen Zelter saß.

»Ihr müßt der glücklichste Mann auf der Welt sein, Sperber«, meinte er. »Eine schönere Frau als Eure Gemahlin habe ich nie gesehen!«

»Ich werde ihr nicht verheimlichen, daß Ihr das gesagt habt, Graf Lycien. Es wird sie gewiß freuen.«

Ehlana und Emban hatten beschlossen, Sperber und Lycien auf ihrem Ausritt zu begleiten. Ehlana wollte die Räumlichkeiten auf dem Schiff begutachten und Emban die Karosse, die er erstanden hatte.

Die Flotte an Lyciens Anlegestellen bestand aus einem Dutzend gut ausgestatteter Schiffe. Verglichen mit ihnen wirkten die in der Nähe vertäuten Kauffahrer schäbig.

Der Fluß funkelte in der Vormittagssonne. Lycien zeigte ihnen die Ortschaft, die sich um die Anlegestellen erstreckte, als plötzlich eine Stimme erschallte, die einem Nebelhorn nicht unähnlich war: »Meister Cluff!«

Sperber drehte sich im Sattel. »Also, wenn das nicht Kapitän Sorgi ist!« rief er erfreut. Er mochte den rauhbeinigen silberhaarigen Seekapitän, mit dem ihn so viele gemeinsame Stunden verbanden. Er schwang sich von Farans Rücken und schüttelte herzlich die Hand seines Freundes.

»Ich habe Euch seit einem ganzen Hundealter nicht mehr gesehen, Meister Cluff«, sagte Sorgi überschwenglich. »Seid Ihr immer noch auf der Flucht vor diesen Vettern?«

Sperber verzog das Gesicht und seufzte abgrundtief. Die Gelegenheit war zu günstig, um sie ungenutzt zu lassen. »Nein«, antwortete er mit gebrochener Stimme, »jetzt nicht mehr. Ich habe den Fehler gemacht, in einer Schenke in Apalia, oben in Nordpelosien, zu tief in einen Krug Met zu blicken. Dort holten die Vettern mich ein.«

»Konntet Ihr ihnen entkommen?« Sorgis Gesicht spiegelte seine Besorgnis.

»Es waren ein Dutzend Gegner, Käpten. Sie überwältigten mich, ehe ich auch nur einen Finger rühren konnte. Sie legten mir Ketten an und schleppten mich zum Haus der häßlichen Erbin, von der ich Euch erzählte.«

»Sie haben Euch doch nicht etwa gezwungen, sie zu heiraten?« fragte Sorgi bestürzt.

»Ich fürchte ja, mein Freund«, erwiderte Sperber in düsterem Tonfall. »Die dort auf dem grauen Zelter ist meine Gemahlin.« Er zeigte auf die bildschöne Königin von Elenien.

Kapitän Sorgi riß Augen und Mund weit auf.

»Ein schrecklicher Anblick, nicht wahr?« sagte Sperber mit kummervoller Miene.

8

Baroneß Melidere war ein hübsches Mädchen. Ihr Haar besaß die Farbe frischen Honigs, ihre Augen waren so blau wie der Sommerhimmel, und ihr Hirn hatte die Größe einer Walnuß – jedenfalls benahm sie sich so.

In Wirklichkeit war die Baroneß klüger als die meisten von Ehlanas Hofleuten. Sie hatte jedoch schon früh im Leben erkannt, daß sich Menschen mit beschränktem Verstand durch hübsche, kluge junge Frauen bedroht fühlen. So hatte sie sich ein geistloses Lächeln, einen dümmlichen Gesichtausdruck und ein albernes Kichern angeeignet, womit sie erfolgreich verbarg, was hinter ihrer Stirn wirklich vor sich ging.

Königin Ehlana durchschaute Melideres Maskerade und ermutigte sie sogar. Melidere war ungemein aufmerksam und hatte sehr scharfe Ohren. Die Menschen achten für gewöhnlich nicht auf einfältige Mädchen und sagen in ihrem Beisein Dinge, die sie sonst für sich behalten würden. So bestand Melideres Aufgabe darin, der Königin von solch unvorsichtigen Gesprächen zu berichten.

Indes trieb Melidere Stragen beinahe in den Wahnsinn. Er wußte mit absoluter Gewißheit, daß sie nicht so dumm sein konnte, wie sie sich gab. Doch sie verriet sich nie, trotz all seiner Bemühungen, sie dabei zu ertappen.

Alean, die Kammerzofe der Königin, war ganz anders. Sie *war* nicht besonders intelligent, doch ihr Wesen war von einer Art, daß man sie gernhaben mußte. Sie war sanftmütig und liebevoll, schüchtern und bescheiden und sprach selten von sich aus. Sie hatte brünettes Haar und schöne rehbraune Augen. Für Kalten war sie jagdbares Wild, etwa so, wie das Reh für den Wolf. Kalten mochte Zofen. Sie waren ungefährlich und in der Regel willfährig.

Das Schiff, auf dem sie in jenem Frühjahr von Madol aus fuhren, war außerordentlich gut ausgestattet. Es gehörte der Kirche und war erbaut worden, um Kirchenfürsten mit ihrem Gefolge in die verschiedensten Regionen Eosiens zu bringen.

Die Kabinen waren komfortabel und gemütlich, und allesamt mit dunklem, von Öl schimmerndem Holz ausgestattet. Das Öl war ein notwendiger Schutz für Holz, das fortwährend großer Feuchtigkeit ausgesetzt ist. Das Mobiliar widersetzte sich jedem Versuch, es umzustellen oder zu verrücken, da es auf dem Boden befestigt war, so daß es sich bei stürmischem Wetter nicht in Bewegung setzen konnte. Weil auf einem Schiff die Decken der Kabinen gleichzeitig die Unterseite des Oberdecks sind, auf dem die Seeleute ihrer Arbeit nachgehen, befindet sich dickes Gebälk unter den Decken der Räume.

Auf dem Schiff, mit dem die Königin von Elenien samt ihrem Gefolge fuhr, war eine große Kabine im Heck, deren breites Fenster sich über das gesamte Achterschiff erstreckte. Es war eine Art schwimmende Audienzkammer, ideal für Besprechungen. Da sich das Fenster am Heck befand, war die Kabine hell und luftig, und weil das Schiff durch seine Segel bewegt wurde, kam der Wind immer von achtern und trug den Geruch der Bilge ausnahmslos bugwärts, wo ihn die Mannschaft in ihrem engen Quartier auf dem Vorderdeck genießen konnte.

Am zweiten Tag ihrer Seereise zogen Sperber und Ehlana schlichte, praktische Kleidung an und stiegen von ihrer Privatkabine hinauf zum »Thronsaal«, wie er inzwischen allgemein genannt wurde. Alean bereitete Prinzessin Danaes Frühstück über einem kunstvollen kleinen Gerät zu, das halb Lampe, halb Herd war. Alean kochte fast alle Mahlzeiten Danaes, da sie sich kommentarlos mit den eigenwilligen Essensgewohnheiten des Kindes abfand.

Nach einem höflichen Klopfen traten Kalten und Stragen ein. Kalten ging seltsam gebeugt und nach einer Seite gekrümmt. Er schien Schmerzen zu haben.

»Was ist dir denn passiert?« fragte Sperber.

»Ich habe versucht, in einer Hängematte zu schlafen«, ächzte Kalten. »Aber ich glaube, das war keine gute Idee, Sperber.«

Mirtai erhob sich von dem Stuhl neben der Tür. »Steht still«, wies sie den blonden Mann gebieterisch an.

»Was habt Ihr vor?« erkundigte Kalten sich mißtrauisch.

»Steht still!« Sie fuhr mit einer Hand seinen Rücken hinauf und betastete ihn vorsichtig mit den Fingerspitzen. »Legt Euch auf den Boden!« befahl sie. »Auf den Bauch!«

»O nein!«

»Wollt Ihr, daß ich nachhelfe?«

Murrend legte Kalten sich vorsichtig auf den Boden. »Wird es weh tun?« fragte er.

»*Mir* nicht«, antwortete Mirtai und zog ihre Sandalen aus. »Versucht Euch zu entspannen.« Dann ging sie auf seinem Rücken hin und her. Ein Knacken und Knirschen war zu vernehmen, begleitet von Schmerzensschreien und Stöhnen. Kalten wand sich unter Mirtais Füßen. Schließlich hielt sie inne und stupste mit den Zehen nachdenklich auf eine hartnäckige Stelle zwischen seinen Schulterblättern. Dann reckte sie sich auf die Zehen hoch und rammte die Fersen nach unten.

Kaltens Schrei klang erstickt, als ihm die Luft aus den Lungen fuhr. Das Geräusch, das sein Rücken von sich gab, war sehr laut; es hörte sich wie ein berstender Baumstamm an. Nach Atem ringend und ächzend blieb Kalten mit dem Gesicht nach unten liegen.

»Seid nicht so wehleidig!« rügte Mirtai ihn herzlos. »Steht auf!«

»Ich kann nicht. Ihr habt mich umgebracht!«

Sie faßte ihn an einem Arm und zog ihn auf die Füße. »Geht herum!« befahl sie.

»*Gehen*? Ich kann nicht einmal schnaufen!«

Sie zog einen ihrer Dolche.

»Schon gut, schon gut! Regt Euch nicht auf! Ich gehe.«

»Schwingt die Arme hin und her!«

»Warum?«

»Tut einfach, was ich sage, Kalten. Ihr müßt die Muskeln lockern!«

Er ging hin und her, schwang dabei die Arme und drehte vorsichtig den Kopf. »Wißt Ihr, ich gebe es ja nicht gern zu, aber ich fühle mich besser – viel besser sogar, um ehrlich zu sein.«

»Seht Ihr?« Sie steckte den Dolch weg.

»Ihr hättet aber nicht so grob sein müssen.«

»Wenn Ihr wollt, kann ich Euch wieder genau in den Zustand versetzen, in dem Ihr gekommen seid.«

»Nein, nein, ist schon gut, Mirtai«, sagte Kalten hastig und wich vor ihr zurück. Und weil er die Gelegenheit nicht ungenutzt lassen konnte, beugte er sich zu Alean vor. »Tue ich Euch nicht leid?« fragte er sie mit einschmeichelnder Stimme.

»Kalten!« fauchte Mirtai. »Laßt das Mädchen in Ruhe!«

»Ich wollte doch nur ...«

Sie schlug ihm zwei Finger über die Nase, ähnlich einem Welpen, den man davon abhalten will, ein Paar Schuhe zu zerkauen.

»Das tut weh!« beschwerte er sich und drückte eine Hand auf die Nase.

»Sollte es auch! Laßt sie in Ruhe!«

»Und du stehst da und läßt zu, daß sie das mit mir macht, Sperber!« beschwor Kalten seinen Freund.

»Hör lieber auf sie«, riet Sperber. »Laß das Mädchen in Frieden!«

»Sieht so aus, als wärt Ihr heute mit dem falschen Fuß aufgestanden, Ritter Kalten«, stellte Stragen fest.

Wortlos setzte Kalten sich in eine Ecke und schmollte.

Nach und nach kamen die anderen herein und setzten sich zum Frühstück nieder, das zwei Matrosen aus der Kombüse brachten. Prinzessin Danae saß allein am großen Fenster im Heck, wo die salzige Meeresbrise den Geruch der Schweinswürste von ihrer empfindlichen Nase fernhielt.

Nach dem Frühstück begaben Sperber und Kalten sich an Deck, um ein bißchen Luft zu schöpfen. Sie lehnten sich an die Backbordreling und beobachteten, wie die Südküste Cammoriens vorüberglitt. Es war ein besonders schöner Tag. Die Sonne schien von einem wolkenlos blauen Himmel; sie hatten guten Wind, der die weißen Segel blähte, und ihr Schiff führte die kleine Flotte in schneller Fahrt über die gischtgesprenkelte See.

»Der Käpten meint, daß wir gegen Mittag Miruscum passieren«, sagte Kalten. »Wir kommen schneller voran, als wir dachten.«

»Der Wind steht günstig.« Sperber nickte. »Wie geht's deinem Rücken?«

»Tut weh. Ich habe blaue Flecken von den Hüften bis zum Hals.«

»Jedenfalls kannst du wieder aufrecht stehen.«

Kalten brummelte. Schließlich sagte er: »Mirtai ist sehr direkt, nicht wahr? Ich weiß immer noch nicht so recht, was ich von ihr halten soll. Ich meine, wie sollen wir sie behandeln? Sie ist schließlich eine Frau.«

»Daß du das bemerkt hast!«

»Sehr komisch, Sperber! Aber kann man eine Frau wie Mirtai wirklich wie eine *Frau* behandeln? Sie ist so groß wie Ulath, und sie erwartet offenbar, daß wir sie als Waffenbruder akzeptieren.«

»Na und?«

»Das ist unnatürlich.«

»Behandle sie als Sonderfall, wie ich es tue. Das ist ungefährlicher, als mit ihr zu streiten. Darf ich dir einen Rat geben?«

»Das kommt auf den Rat an.«

»Mirtai hält es für ihre Pflicht, die Königsfamilie zu beschützen, und das schließt die Kammermaid meiner Frau ein. Ich kann dir nur empfehlen, dich zu zügeln. Wir begreifen Mirtai nicht völlig, deshalb wissen wir nicht, wie weit sie gehen würde. Selbst wenn Alean dich ermutigt, würde ich lieber die Hände von ihr lassen. Es könnte sich als sehr ungesund erweisen.«

»Das Mädchen mag mich«, protestierte Kalten. »Ich habe genug Erfahrung, das zu erkennen.«

»Das mag stimmen. Aber ich bin sicher, daß es Mirtai vollkommen egal ist. Tu mir einen Gefallen, Kalten. Laß das Mädchen in Ruhe.«

»Aber sie ist die einzige an Bord!« wandte Kalten ein.

»Du wirst es überleben.« Sperber drehte sich um und sah Patriarch Emban mit Botschafter Oscagne nahe dem Heck stehen. Sie waren ein eigenartiges Paar. Der Patriarch von Uzera hatte für die Seereise seine Soutane abgelegt und trug statt dessen ein braunes Wams über einem schlichten Gewand. Er war fast so breit wie groß und hatte ein rotes Gesicht. Oscagne dagegen war ein zierlicher Mann mit feinem Knochenbau und keinerlei Fett. Seine Haut war blaßbronzefarben. Aber die Männer waren verwandte Naturen. Beide waren leidenschaftliche Politiker. Sperber und Kalten schlenderten zu ihnen.

»Alle Macht kommt vom Thron in Tamuli, Eminenz«, erklärte Oscagne gerade. »Dort geschieht nichts ohne ausdrücklichen Befehl des Kaisers.«

»In Eosien delegieren wir die Dinge, Exzellenz«, erklärte Emban ihm seinerseits. »Wir wählen einen guten Mann aus, sagen ihm, was wir von ihm erwarten, und überlassen ihm die Erledigung der Aufgabe.«

»Das haben wir auch versucht. Aber in unserer Kultur funktioniert es nicht. Unsere Religion ist zu oberflächlich, als daß sie eine so tiefe persönliche Treue hervorbringen könnte wie die Eure.«

»Euer Kaiser muß *alle* Entscheidungen treffen?« fragte Emban ungläubig. »Woher nimmt er die Zeit dafür?«

Oscagne lächelte. »Nein, nein, Eminenz. Alltägliche Entscheidungen werden durch Gebräuche und Tradition bestimmt. Wir halten sehr viel auf Sitten und Gebräuche. Sobald aber ein Tamuli diese schützenden Pfade verläßt, muß er improvisieren, und das bringt ihn meist in Schwierigkeiten. Aus irgendeinem Grund werden seine Improvisationen immer von persönlichen Interessen diktiert. Jedenfalls haben wir festgestellt, daß man von solchen Ausflügen in den Bereich der freien Entscheidung abraten sollte. Der Definition nach ist unser Kaiser ohnehin allwissend. Also ist es wohl das beste, diese Dinge ihm zu überlassen.«

»Eine derart umfassende Definition ist nicht immer sehr genau, Exzellenz. ›Allwissend‹ kann vielerlei bedeuten, je nachdem, welche Person so bezeichnet wird. Wir haben selbst eine ähnliche Definition. Wir sagen, daß unser Erzprälat von der Stimme Gottes geleitet wird. Doch es gab im Lauf der Zeit manchen Erzprälaten, der nicht sehr auf Gottes Stimme hörte.«

»Ähnliche Erfahrung haben auch wir gemacht, Eminenz. Der Begriff ›allwissend‹ läßt sich offenbar sehr vielfältig deuten. Um ehrlich zu sein, mein Freund, wir hatten hin und wieder geistig äußerst beschränkte Kaiser. Zur Zeit haben wir allerdings Glück. Sarabian ist ein durchaus fähiger Herrscher.«

»Wie ist er denn so?« fragte Emban interessiert.

»Bedauerlicherweise ein Gefangener seines Amtes, ebensosehr Tradition und Gebräuchen unterworfen wie wir und gezwungen, sich in der unpersönlichen Sprache seines Amtes zu äußern. Das macht es so gut wie unmöglich, sein wahres Ich kennenzulernen.« Der Botschafter lächelte. »Wer weiß, vielleicht reißt der Besuch Königin Ehlanas diese Schranken nieder. Der Kaiser wird sie – aus politischen Gründen – als Gleichgestellte behandeln müssen, obwohl er im Glauben erzogen wurde, daß niemand ihm gleichgestellt ist. Ich hoffe, Eure reizende blonde Königin geht behutsam mit ihm um. Ich glaube, ich mag ihn – oder würde ihn mögen, wenn ich all diese formellen Schranken überwinden könnte –, und ich fände es schlimm, wenn Ehlana dafür verantwortlich wäre, daß seine Hoheit der Schlag trifft.«

»Ehlana weiß immer, was sie tut, Exzellenz«, versicherte ihm Emban. »Verglichen mit ihr sind wir Wickelkinder. Aber das solltet Ihr Eurer Gemahlin lieber nicht sagen, Sperber.«

»Was ist Euch mein Schweigen wert, Eminenz?« Sperber grinste.

Emban funkelte ihn kurz an. »Was wird uns in Astel vermutlich erwarten, Exzellenz?«

»Tränen wahrscheinlich«, antwortete Oscagne.

»Habe ich Euch recht verstanden?«

»Die Asteler sind sehr gefühlsbetonte Menschen und weinen beim geringsten Anlaß. Ihre Kultur unterscheidet sich kaum von der des Königreichs Pelosien. Sie sind schrecklich fromm und unverbesserlich rückständig. Wieder und wieder wurde ihnen vor Augen geführt, daß Leibeigenschaft eine archaische, unwirtschaftliche Einrichtung ist, aber sie behalten sie trotzdem bei – hauptsächlich, weil die Leibeigenen sie klaglos dulden. Astelische Edle meiden jede körperliche Anstrengung; deshalb haben sie keine Vorstellung, wie belastbar ein Mensch ist. Das nutzen die Leibeigenen weidlich aus.

Es ist häufig vorgekommen, daß astelische Leibeigene schon bei der bloßen Erwähnung so erschreckender Begriffe wie ›mähen‹ oder ›graben‹ scheinbar vor Erschöpfung zusammengebrochen sind. Die Edlen sind so weichherzig, daß die Leibeigenen damit fast immer durchkommen. Westastel ist ein beschränktes Land voller beschränkter Menschen. Das ändert sich jedoch, je weiter man nach Osten kommt.«

»Das kann man nur hoffen. Ich weiß nicht, wieviel Beschränktheit ich ertragen ...«

Plötzlich war wieder diese Finsternis am Rand von Sperbers Blickfeld, begleitet von der gleichen Eiseskälte wie zuvor. Patriarch Emban hielt inne und drehte rasch den Kopf, um die Erscheinung besser sehen zu können. »Was ...?«

»Es vergeht«, versicherte Sperber ihm angespannt. »Versucht Euch darauf zu konzentrieren, Eminenz – und auch Ihr, Exzellenz, falls Ihr die Bitte gestattet.« Die beiden sahen den Schatten zum erstenmal, und ihre Reaktion mochte sich als nützlich erweisen. Sperber beobachtete sie aufmerksam, als sie die Köpfe verrenkten, um einen besseren Blick in die Dunkelheit unmittelbar am Rand des Sichtfelds zu erhaschen. Und ebenso plötzlich war der Schatten wieder verschwunden.

»Nun«, fragte Sperber angespannt, »was genau habt ihr gesehen?«

»Ich konnte gar nichts sehen«, antwortete Kalten. »Es war, als versuche jemand, sich von hinten an mich heranzuschleichen.« Obwohl Kalten bereits mehrere Male die seltsame Wolke gesehen hatte, war dies das erste Mal, daß der Schatten in seinem Beisein erschienen war.

»Was war das, Ritter Sperber?« erkundigte sich Botschafter Oscagne.

»Ich werde es gleich erklären, Exzellenz. Doch zuvor versucht bitte, Euch zu erinnern, was genau Ihr gesehen und gefühlt habt.«

»Es war etwas Dunkles«, antwortete Oscagne. »Etwas *sehr* Dunkles. Es schien durchaus stofflich zu sein, aber irgendwie besaß es die Fähigkeit, sich stets an den Rand meines Blickfelds zu bewegen, so daß ich es nicht deutlich genug sehen konnte. Wie rasch ich den

Kopf auch drehte oder ihm mit den Augen folgte – stets kam ich zu spät. Ich hatte das Gefühl, daß es sich unmittelbar hinter meinem Kopf befand.«

Emban nickte. »Und ich spürte Kälte, die davon ausging.« Er fröstelte. »Mir ist immer noch kalt.«

»Außerdem war es feindselig«, fügte Kalten hinzu. »Kurz davor, uns anzugreifen.«

»Was noch?« fragte Sperber die drei. »Jede Kleinigkeit ist wichtig.«

»Es hatte einen merkwürdigen Geruch«, sagte Oscagne.

Sperber blickte ihn scharf an. Das war ihm selbst nie aufgefallen. »Könntet Ihr ihn beschreiben, Exzellenz?«

»Ich glaube, es roch nach verdorbenem Fleisch – wie eine Rindslende oder ein ähnliches Fleischstück, das man eine Woche zu lange abhängen ließ.«

Kalten warf ein: »Ich hab's auch gerochen, Sperber – wenngleich höchstens eine Sekunde. Aber es hat einen verdammt schlechten Geschmack in meinem Mund zurückgelassen.«

Emban nickte heftig. »Ich verstehe etwas von Gerüchen. Es war ohne Zweifel verdorbenes Fleisch.«

»Wir standen in einem Halbkreis«, sagte Sperber nachdenklich, »und wir alle sahen – oder spürten – es direkt hinter uns. Hat einer von euch es hinter einem der anderen gesehen?«

Alle schüttelten den Kopf.

»Hättet Ihr die Güte, uns das alles zu erklären, Sperber?« sagte Emban gereizt.

»Einen Moment noch, Eminenz.« Sperber überquerte das Deck und sprach mit einem Seemann, der gerade ein Stopperstek knüpfte. Er unterhielt sich mehrere Minuten mit dem teerbeschmierten Mann, dann kehrte er zurück.

»Er hat es ebenfalls gesehen«, berichtete er. »Ich schlage vor, wir befragen auch die übrigen Seeleute an Deck. Ich will euch nichts verheimlichen, meine Herren. Ich halte es nur für besser, die Matrosen so rasch wie möglich zu befragen, solange ihre Erinnerung an den Zwischenfall noch frisch ist. Ich möchte gern wissen, wie weitreichend diese Erscheinung war.«

Etwa eine halbe Stunde später kamen sie am Heckniedergang wieder zusammen. Jeder machte einen aufgeregten Eindruck.

»Einer der Seeleute hat eine Art Prasseln gehört – wie von einem großen Feuer«, berichtete Kalten.

»Und mir hat einer der Männer gesagt, daß der Schatten eine schwach rötliche Tönung gehabt hätte«, fügte Oscagne hinzu.

»Nein«, widersprach Emban. »Er war grün. Der Seemann, den ich befragte, hat behauptet, der Schatten sei zweifelsfrei grün gewesen.«

»Und ich sprach mit einem Mann, der gerade an Deck gekommen war. Er hatte weder etwas gesehen, noch gespürt«, sagte Sperber.

»Das alles ist sehr interessant, Ritter Sperber«, meinte Oscagne, »aber könntet Ihr es uns jetzt *bitte* erklären?«

»Kalten weiß bereits Bescheid, Exzellenz«, sagte Sperber. »Es hat ganz den Anschein, als hätten wir soeben Besuch von den Trollgöttern bekommen.«

»Hütet Euch, Sperber«, warnte Emban, »das grenzt an Ketzerei!«

»Ordensritter dürfen sich damit befassen, Eminenz. Dieser Schatten folgte mir jedenfalls schon früher, und damals sah auch Ehlana ihn. Damals führten wir es darauf zurück, daß wir die Ringe trugen. Die Steine an diesen Ringen waren Splitter von Bhelliom. Jetzt scheint der Schatten nicht mehr so wählerisch zu sein.«

»Das ist alles? Nur ein Schatten?« fragte Oscagne.

Sperber schüttelte den Kopf. »Er kann sich auch als sehr dunkle Wolke zeigen, die jeder zu sehen vermag.«

»Aber nicht, was sich darin verbirgt«, warf Kalten ein.

»Und das wäre?« fragte Oscagne.

Sperber warf Emban einen raschen Blick zu. »Diese Antwort würde ein theologisches Streitgespräch auslösen, Exzellenz. Dann müßten wir den ganzen Vormittag mit der Debatte vergeuden.«

»*So* doktrinär bin ich nun auch wieder nicht, Sperber!« entrüstete sich Emban.

»Was würdet Ihr denn sagen, wenn ich behaupte, daß Menschen und Trolle miteinander verwandt sind, Eminenz?«

»Ich würde den Zustand Eurer Seele untersuchen müssen.«

»Dann sollte ich Euch die Wahrheit über unsere Vettern besser ersparen. Wie auch immer, Aphrael hat uns erklärt, daß der Schatten – und später die Wolke – Manifestationen der Trollgötter waren.«

»Wer ist Aphrael?« erkundigte sich Oscagne.

»Wir hatten eine Lehrerin, die uns als Novizen in den styrischen Künsten unterrichtete, Exzellenz«, erwiderte Sperber. »Aphrael ist ihre Göttin. Wir waren der Meinung, die Wolke habe etwas mit Azash zu tun, doch das war ein Irrtum. Der rötliche Farbton und die Hitze, die dieser Seemann gesehen und gespürt hat, stammen von Khwaj, dem Gott des Feuers. Die grünliche Farbe und der Geruch nach verderbendem Fleisch hingegen stammten von Ghnomb, dem Gott des Essens.«

Kalten runzelte die Stirn. »Ich dachte, es wäre nur Seemannsgarn, aber einer der Burschen sagte mir, er hätte ein überwältigendes Verlangen nach Frauen gehabt, während der Schatten hinter ihm lauerte. Verehren die Trolle nicht auch einen Gott der Paarung?«

»Ich glaube schon«, murmelte Sperber. »Ulath müßte es wissen.«

»Die ganze Sache ist sehr interessant, Ritter Sperber«, sagte Oscagne skeptisch, »aber mir ist nicht klar, was das alles bedeutet.«

»Ihr habt übernatürliche Vorfälle erlebt, die vermutlich mit den Unruhen in Tamuli zu tun haben, Exzellenz. Ganz ähnliche Aufstände gab es in Lamorkand – begleitet von ganz ähnlichen übernatürlichen Ereignissen. Als wir einmal einen Mann befragten, der mehr darüber wußte, umhüllte ihn die Wolke und tötete ihn, ehe er etwas sagen konnte. Das deutet sehr auf eine Verbindung hin. Der Schatten könnte auch in Tamuli erschienen sein. Dort aber hat ihn gewiß niemand als das erkannt, was er wirklich ist.«

»Dann hat Zalasta also recht«, murmelte Oscagne. »Ihr seid wirklich der Richtige für diese Aufgabe.«

»Also folgen die Trollgötter dir wieder mal, Sperber«, sagte Kalten. »Was haben sie nur für einen Narren an dir gefressen? So schlimm siehst du nun auch wieder nicht aus, daß sie dich für einen der ihren halten könnten.«

Sperber blickte unmißverständlich auf die Reling. »Wie würde es dir gefallen, eine Zeitlang neben dem Schiff herzuschwimmen, Kalten?«

»Nein, danke, Sperber. Für heute hat es mir gereicht, den Bettvorleger für Mirtai zu spielen.«

Der Wind blieb beständig, und der Himmel war klar. Sie umrundeten die Südspitze von Zemoch und segelten die Ostküste in Nordostrichtung entlang. Einmal, als Sperber und seine Tochter am Bug standen, beschloß er, seine wachsende Neugier zu befriedigen.

»Wie lange sind wir eigentlich schon auf See, Danae?« fragte er sie. »*Wirklich*, meine ich.«

»Fünf Tage«, erwiderte sie.

»Mir kommt es wie zwei Wochen oder länger vor.«

»Danke, Vater. Beantwortet das deine Frage, wie gut ich die Zeit manipulieren kann?«

»Aber wir haben in fünf Tagen doch bestimmt nicht soviel gegessen, wie wir es in zwei Wochen getan hätten. Werden unsere Köche da nicht mißtrauisch?«

»Schau mal hinter uns, Vater! Warum, glaubst du, hüpfen die Fische so vergnügt aus dem Wasser? Und wieso folgen uns die vielen Möwen?«

»Vielleicht, weil sie hier Futter finden.«

»Du hast es erfaßt, Vater. Aber was könnte es hier, so weit draußen auf See, für so viele Tiere zu fressen geben? Es sei denn, jemand wirft ihnen vom Achterdeck aus Futter zu.«

»Wann tust du das?«

»Nachts.« Sie zuckte die Schultern. »Die Fische sind sehr dankbar. Ich glaube, es fehlt nicht viel, und sie beten mich an.« Sie lachte. »Von Fischen bin ich bisher noch nie als Göttin verehrt worden, und ich beherrsche ihre Sprache auch nicht sehr gut – sie besteht nur aus Blubberlauten. Aber Wale sind klüger. Krieg' ich einen Wal?«

»Nein, du hast bereits ein Kätzchen.«

»Bitte, Sperber!«

»Kommt gar nicht in Frage.«

»*Warum* krieg' ich keinen Wal?«

»Weil ein Wal nicht in ein Gemach paßt. Er ist kein Haustier.«

»Das ist eine lächerliche Antwort, Sperber!«

»Es ist auch eine lächerliche Idee, Aphrael!«

Salesha am Golf von Dakonien war eine häßliche Hafenstadt. Sie war das Abbild der Kultur, die neunzehnhundert Jahre in Zemoch vorgeherrscht hatte.

Die Zemocher schienen immer noch nicht begriffen zu haben, was sich sechs Jahren zuvor in ihrer Hauptstadt ereignet hatte. Wie eindringlich man ihnen auch versicherte, daß sie von Otha und Azash nichts mehr zu befürchten hatten, neigten sie nach wie vor dazu, bei lauten Geräuschen heftig zusammenzuzucken, und ihre Reaktion auf Überraschungen, gleich welcher Art, bestand für gewöhnlich darin, daß sie die Flucht ergriffen.

»Ich kann nur empfehlen, daß wir nachts an Bord bleiben, Majestät«, warnte Stragen die Königin, nachdem er sich die Gästehäuser in der Stadt angesehen hatte. »Ich würde selbst im besten Haus Saleshas nicht einmal Hunde einquartieren.«

»Ist es so schlimm?« fragte Ehlana.

»Noch schlimmer, Majestät.«

So blieben sie an Bord und brachen früh am nächsten Morgen auf. Die Straße, die sie nordwärts nehmen mußten, schien hauptsächlich aus Schlaglöchern zu bestehen, und die Karosse der Königin und ihres Gefolges holperte und knarrte und polterte mitleiderregend, als der langgezogene Trupp sich durch das niedrige Gebirge zwischen der Küste und der Stadt Basne den Weg hinauf schlängelte.

Als sie etwa eine Stunde unterwegs waren, ritt Talen an die Spitze. Als Page der Königin war es eine seiner Pflichten, Botschaften für sie zu überbringen. Diesmal ritt der Junge jedoch nicht allein auf seinem Pferd. Sperbers Tochter saß hinter ihm. Sie hatte die Arme um seine Taille geschlungen und die Wange an seinen Rücken gedrückt.

»Sie will mit Euch reiten«, erklärte Talen Sperber. »Eure Gemahlin und der Botschafter unterhalten sich über Politik. Die Prinzessin hörte nicht zu gähnen auf, bis die Königin ihr schließlich erlaubt hat, aus der Karosse zu steigen.«

Sperber nickte. Der Ängstlichkeit der Zemocher wegen war dieser Abschnitt der Reise vergleichsweise ungefährlich. Er langte zu seiner Tochter hinüber und hob sie vor seinem Sattel auf Farans

Rücken. »Ich dachte, du magst Politik«, sagte er zu ihr, nachdem Talen an seinen Posten neben der Kutsche zurückgekehrt war.

»Oscagne hat den Aufbau des Tamulischen Imperiums erklärt«, entgegnete sie. »Darüber weiß ich schon alles. Er offenbar nicht, obwohl er nicht *allzu viele* Fehler macht.«

»Wirst du die Entfernung von hier nach Basne verkürzen?«

»Nur wenn du keine langen, anstrengenden Reisen durch öde Gegenden magst. Faran und die anderen Pferde sind dankbar, wenn ich die Strecke ein wenig abkürze, nicht wahr, Faran?«

Der mächtige Fuchshengst nickte begeistert.

»Er ist so ein liebes Pferd!« Danae lehnte sich an die gepanzerte Brust ihres Vaters.

»Faran? Er ist ein boshaftes Vieh!«

»Nur weil du das von ihm erwartest, Vater. Er will es dir bloß recht machen.« Sie klopfte auf Sperbers Rüstung. »Ich werde etwas dagegen unternehmen müssen. Wie hältst du diesen grauenvollen Gestank nur aus?«

»Man gewöhnt sich daran.« Alle Ordensritter trugen ihre Paradepanzer, und an ihren Lanzen flatterten bunte Banner. Sperber schaute sich um und stellte fest, daß sich niemand in Hörweite befand. »Aphrael«, fragte er leise, »kannst du es so einrichten, daß ich die wirkliche Zeit sehen kann?«

»Niemand kann die Zeit sehen, Sperber.«

»Du weißt schon, was ich meine. Ich möchte sehen, was wirklich geschieht – nicht die Illusion, die du erschaffst, um dein Tun zu verbergen.«

»Warum soll ich dir diesen Wunsch erfüllen?«

»Weil ich gern Klarheit habe.«

»Es wird dir nicht gefallen«, warnte sie.

»Ich bin Ordensritter. Da muß man mitunter Dinge tun, die einem nicht gefallen.«

»Wenn du darauf bestehst, Vater.«

Er wußte selbst nicht so recht, was er erwartet hatte – vielleicht eine ruckhafte, beschleunigte Bewegung, und daß die Stimmen seiner Freunde wie Vogelgezwitscher klangen. Doch es geschah etwas ganz anderes. Farans Gang wurde unglaublich geschmeidig. Das große Pferd schien regelrecht über den Boden zu fließen – oder genauer, der Boden schien unter seinen Hufen rückwärts zu fließen. Sperber schluckte schwer und schaute nach seinen Gefährten. Ihre Gesichter wirkten leer, erstarrt, und ihre Augen waren halb geschlossen.

»Zur Zeit schlafen sie«, erklärte Aphrael. »Sie fühlen sich sehr wohl. Sie glauben, sie hätten soeben ein gutes Mahl zu Abend gegessen, und daß die Sonne untergegangen wäre. Ich habe ihnen ein schönes Lager errichtet. Halt Faran an, Vater. Du kannst mir helfen, das überflüssige Essen loszuwerden.«

»Kannst du es nicht einfach verschwinden lassen?«

»Und es vergeuden?« entgegnete sie entsetzt. »Die Tiere sind froh über Nahrung, weißt du.«

»Wie lange werden wir wirklich bis Basne brauchen?«

»Zwei Tage. Im Notfall könnten wir noch schneller vorankommen, aber zur Zeit ist es nicht wirklich nötig.«

Sperber zügelte Faran und folgte seiner kleinen Tochter zu den geduldig herumstehenden Lastpferden. »Du behältst das alles gleichzeitig im Kopf?« fragte er sie.

»Das ist nicht schwierig, Sperber. Man muß bloß auf die Einzelheiten achten, das ist alles.«

»Du redest wie Kurik.«

»Er hätte einen großartigen Gott abgegeben. Kleinigkeiten im Auge zu behalten ist die wichtigste Lektion, die wir lernen. Trag die Rindsschulter zu dem Baum mit der geknickten Spitze. Dort treibt sich ein Bärenjunges herum, das von seiner Mutter getrennt wurde. Es hat einen Bärenhunger!«

»Achtest du wirklich auf alles, was um dich herum geschieht?«

»Irgend jemand muß es tun, Sperber.«

Die zemochische Stadt Basne lag in einem hübschen Tal, wo die Ost-West-Landstraße an einer Furt einen kleinen, glitzernden Fluß überquerte. Basne war ein recht bedeutendes Handelszentrum. Nicht einmal Azash war es gelungen, den natürlichen menschlichen Geschäftssinn zu bremsen. Unmittelbar außerhalb der Stadt befand sich ein Lager.

Sperber war zur Karosse geritten, um Prinzessin Danae zu ihrer Mutter zurückzubringen. Nun ritt er neben der Karosse, als sie hinunter ins Tal fuhren.

Mirtai war ungewohnt nervös, als die Kutsche sich dem Lager näherte.

»Sieht ganz so aus, als wäre Euer Bewunderer Eurem Ruf gefolgt, Mirtai«, bemerkte Baroneß Melidere gut gelaunt.

»Daran habe ich nie gezweifelt«, antwortete die Riesin.

»Es muß unendlich befriedigend sein, eine so uneingeschränkte Macht über einen Mann zu haben.«

»Mir gefällt's«, gestand Mirtai. »Wie sehe ich aus? Seid ehrlich, Melidere. Ich habe Kring seit Monaten nicht gesehen und möchte ihn nicht enttäuschen.«

»Bezaubernd, Mirtai.«

»Sagt Ihr das nicht nur so daher?«

»Natürlich nicht.«

»Was meint Ihr, Ehlana?« wandte die Tamulerin sich an ihre Gebieterin. Ihre Stimme klang ein wenig unsicher.

»Ihr seht umwerfend aus, Mirtai.«

»Ich werde Gewißheit haben, sobald ich sein Gesicht sehe.« Mirtai machte eine Pause. »Vielleicht *sollte* ich ihn heiraten. Ich glaube, ich würde mich viel sicherer fühlen, wenn es besiegelt wäre.« Sie stand auf, öffnete die Karossentür und lehnte sich hinaus, um ihr Pferd herbeizuziehen, das hinter der Kutsche angebunden war; dann glitt sie hinaus und auf den Rücken des Tieres. Mirtai benutzte nie einen Sattel. Sie seufzte. »Ich reite besser hinunter. Mal sehen, ob er mich noch liebt.« Sie gab ihrem Pferd die Fersen und galoppierte ins Tal zu dem wartenden Domi.

9

Die Peloi waren nomadische Pferdezüchter aus den Marschen Ostpelosiens, hervorragende Reiter und wilde Krieger. Sie sprachen eine archaische Form des Elenischen; viele Worte ihrer Sprache wurden längst nicht mehr benutzt, darunter der Begriff *Domi*, der größte Hochachtung ausdrückte. Das Wort bedeutete soviel wie *Häuptling*, verlor jedoch sehr in der Übersetzung, wie Ritter Ulath einmal bemerkt hatte.

Der derzeitige Domi der Peloi hieß Kring, ein hagerer Mann von mittlerer Größe. Wie unter den Männern seines Volkes üblich, hatte er den Kopf kahl geschoren. So waren die häßlichen Narben von Säbelwunden ebenso deutlich auf dem Schädel zu sehen wie im Gesicht. Sie bewiesen, daß beim Aufstieg in eine peloische Führungsposition ein gerüttelt Maß an Konkurrenten überzeugt werden mußte. Kring trug schwarze Lederkleidung, und das Leben auf dem Pferderücken hatte ihm O-Beine verschafft. Seinen Freunden hielt er unerschütterlich die Treue, und Mirtai betete er an, seit er sie zum erstenmal gesehen hatte. Sie wies Kring nicht ab, wenngleich sie sich weigerte, seine Frau zu werden. Die beiden gaben rein äußerlich ein seltsames Paar ab, da die Atanerin ihren glühenden Verehrer um gut einen Fuß überragte.

Peloische Gastfreundschaft war außerordentlich großzügig, und der Brauch, ›Salz miteinander zu essen‹, erforderte in der Regel den Verzehr gewaltiger Mengen von Spießbraten, wobei die Männer ›wichtige Angelegenheiten berieten‹, was von einer Unterhaltung über das Wetter bis zur formellen Kriegserklärung reichen mochte.

Nachdem sie gegessen hatten, berichtete Kring, was ihm während des Rittes durch Zemoch aufgefallen war, den er mit seinen hundert Peloi unternommen hatte.

»Zemoch war nie ein richtiges Reich, Freund Sperber«, sagte er, »jedenfalls nicht so, wie wir es verstehen. In Zemoch leben zu viele verschiedene Völker, als daß man sie alle unter einen Hut bringen könnte. Das einzige, das sie zusammenhielt, war ihre Furcht vor Otha und Azash. Nun, da es weder ihren Kaiser noch ihren Gott mehr gibt, zerfällt das zemochische Reich. Nicht, daß es einen Krieg oder dergleichen gäbe. Die Zemocher pflegen lediglich keinen Kontakt mehr untereinander. Alle haben ihre eigenen Probleme. Es gibt tatsächlich keinen Grund, miteinander zu reden.«

»Gibt es überhaupt irgendeine Art von Regierung?« fragte Tynian den Domi.

»Mehr Schein als Sein, Freund Tynian«, antwortete Kring.

Sie saßen in einem riesigen offenen Zelt in der Mitte des Peloilagers und aßen Stücke eines am Spieß gebratenen Ochsen. Die Sonne ging unter und die westlichen Gipfel warfen lange Schatten über das schöne Tal. In Basne, etwa eine Meile entfernt, brannte bereits Licht hinter den Fenstern der Häuser.

»Sämtliche Regierungsämter Othas sind nach Gana Dorit verlegt worden«, erklärte Kring. »Niemand wagt sich auch nur in die Nähe der Stadt Zemoch. Die Bürokraten in Gana Dorit verbringen ihre Zeit damit, sich neue Vorschriften auszudenken. Doch die Boten, die sie mit der Übermittlung dieser Erlasse beauftragen, kehren normalerweise gleich im nächsten Ort ein, zerreißen das Dokument, warten eine Zeitlang und kehren dann zurück, um ihren Vorgesetzten zu versichern, daß sie ihren Auftrag ausgeführt hätten. Die Beamten sind zufrieden, die Boten brauchen nicht weit zu reisen, und die Bürger gehen ihren täglichen Geschäften nach. Eigentlich gar keine schlechte Art von Regierung.«

»Und ihre Religion?« erkundigte Bevier sich gespannt. Bevier war ein sehr frommer junger Ritter, der viel Zeit damit verbrachte, im Gebet mit Gott zu sprechen und über religiöse Fragen nachzusinnen. Seine Gefährten mochten ihn trotzdem.

»Die Zemocher reden nicht viel über ihren Glauben, Freund Bevier«, antwortete Kring. »Es war ihre Religion, die sie überhaupt erst in Schwierigkeiten brachte; deshalb unterhalten sie sich nicht gern offen darüber. Sie bauen ihre Feldfrüchte an, hüten ihre Schafe und Ziegen, und überlassen es den Göttern, ihre Meinungsverschiedenheiten unter sich auszumachen. Sie sind für niemanden mehr eine Bedrohung.«

»Wenn man davon absieht, daß ein zerfallendes Reich für jeden Nachbarn, der eine halbwegs schlagkräftige Streitmacht besitzt, geradezu eine Herausforderung sein muß«, fügte Botschafter Oscagne hinzu.

»Warum sollte sich jemand die Mühe machen, Exzellenz?« fragte Stragen. »In Zemoch gibt es nichts von Wert. Die Diebe dort müssen einer ehrlichen Arbeit nachgehen, um ein Auskommen zu haben. Othas Gold war offenbar eine Illusion. Es verschwand, als Azash starb.« Er lächelte spöttisch. »Ihr könnt Euch nicht vorstellen, wie sehr die Anhänger des Primas' von Cimmura sich darüber geärgert haben!«

In diesem Moment geschah etwas Merkwürdiges mit Krings Gesicht. Der wilde Reiter, dessen bloßer Name Furcht und Schrecken verbreitete, erblaßte zuerst, dann fing sein Gesicht zu glühen an. Mirtai war aus dem Frauenzelt getreten, in dem sie und die anderen Damen sich nach peloischer Sitte aufhielten. Seltsamerweise hatte Königin Ehlana keine Einwände dagegen erhoben, was eine gewisse Nervosität in Sperber hervorrief. Mirtai hatte die Einrichtung des Zeltes genutzt, um sich herauszuputzen, und Kring war ganz offensichtlich tief beeindruckt.

»Entschuldigt mich bitte«, sagte er, erhob sich rasch und beeilte sich, zu seiner Angebeteten zu kommen.

»Ich glaube, wir sind Zeugen der Entstehung einer Legende«, meinte Tynian. »Bestimmt werden die Peloi in den nächsten hundert Jahren Lieder über Kring und Mirtai schreiben.« Er blickte den tamulischen Botschafter an. »Benehmen alle Atanerinnen sich so wie Mirtai, Exzellenz? Sie ist offenbar glücklich, daß Kring sie verehrt, aber sie kann sich einfach nicht entschließen, ihn zu erhören.«

»Mirtai tut, was üblich ist, Ritter Tynian«, erwiderte Oscagne. »Atanerinnen lieben es, wenn man ihnen ergeben und ausdauernd den Hof macht. Sie genießen diese Aufmerksamkeit des Mannes. Das liegt wohl daran, daß die meisten Männer sich nach der Hochzeit anderen Dingen zuwenden. Doch solange sie umworben werden, wissen die Atanerinnen, daß sie der alleinige Mittelpunkt im Leben ihres Verehrers sind. Alle Frauen legen auf solche Dinge großen Wert, habe ich gehört.«

»Sie führt ihn doch nicht bloß an der Nase herum, oder?« fragte Berit. »Ich mag den Domi und möchte nicht, daß es ihm das Herz bricht.«

»O nein, Ritter Berit. Mirtai fühlt sich ehrlich zu ihm hingezogen. Würde sie seine Aufmerksamkeit als lästig empfinden, hätte sie ihn längst schon getötet.«

»Bei den Atanern um eine Frau zu freien, dürfte eine sehr aufreibende Sache sein«, bemerkte Kalten.

»Das kann man wohl sagen.« Oscagne lachte. »Der Freier muß

sehr vorsichtig sein. Ist er zu forsch, kostet es ihn das Leben, ist er zu lasch, kostet es ihn die Braut; denn sie heiratet einen anderen.«

»Das ist ja barbarisch«, brummte Kalten mißbilligend.

»Atanerinnen scheint es zu gefallen. Aber Frauen sind ja auch elementarere Geschöpfe als wir.«

Sie verließen Basne früh am folgenden Morgen und ritten ostwärts nach Esos an der Grenze zwischen Zemoch und Astel. Für Sperber war es eine seltsame Reise. Sie dauerte drei Tage; dessen war er absolut sicher. An jede Minute, an jede Meile in diesen drei Tagen konnte er sich ganz genau erinnern. Doch wenn er überzeugt war, in einem Zelt zu schlafen, und seine Tochter ihn weckte, zuckte er regelmäßig heftig zusammen, als er feststellte, daß er statt dessen auf Farans Rücken döste und die Stellung der Sonne bewies, daß die vermeintliche Tagesreise keine sechs Stunden gedauert hatte. Prinzessin Danae weckte ihren Vater deshalb, weil er ihr helfen mußte, jede ›Nacht‹ ihre Vorräte und die der mitreisenden Peloi zu verringern, indem sie die Lebensmittel an Tiere verfütterten.

»Was hast du eigentlich mit den ganzen Vorräten angestellt, als wir damals mit Warguns Armee ritten?« fragte Sperber sie in der zweiten ›Nacht‹, die in Wirklichkeit nur eine halbe Stunde am frühen Nachmittag des schier endlosen Tages dauerte.

»Da hab' ich es auf die andere Art gemacht.« Sie zuckte die Schultern.«

»Auf andere Art?«

»Ich habe die nicht benötigten Lebensmittel einfach verschwinden lassen.«

»Könntest du das nicht auch jetzt tun?«

»Natürlich. Aber dann hätten die Tiere nichts davon. Außerdem verschafft es mir die Gelegenheit, mit dir zu reden, wenn niemand uns hören kann. Schütte den Sack Getreide unter den Büschen dort aus, Sperber. Im Gras dahinter nisten Wachteln. Sie haben in letzter Zeit nicht genug Futter gefunden, und ihre Jungen brauchen gerade jetzt viel zum Wachsen.«

»Wolltest du über irgend etwas Bestimmtes mit mir reden?« fragte Sperber, als er den Sack mit seinem Dolch aufschnitt.

»Nein, ich plaudere nur gern mit dir, und meistens bist du zu beschäftigt dafür.«

»Und dabei hast du Gelegenheit, ein bißchen anzugeben, nicht wahr?«

»Ja, das wird's wohl sein. Weißt du, es macht gar nicht soviel Spaß, Göttin zu sein, wenn man es nicht hin und wieder auch ein bißchen zeigen kann.«

»Ich liebe dich!« sagte er lachend.

»Oh, das ist *wundervoll*, Sperber!« rief sie glücklich. »So spontan und aus dem Herzen. Möchtest du, daß ich das Gras für dich lila färbe – nur um dir zu zeigen, wie ich mich darüber freue?«

»Ein Kuß ist mir lieber. Lila Gras würde nur die Pferde verwirren.«

Am Abend dieses Tages erreichten sie Esos. Die Kindgöttin verknüpfte die wirkliche und die scheinbare Zeit so perfekt, daß sie nahtlos ineinander übergingen. Sperber war Ordensritter und im Gebrauch von Magie ausgebildet, doch ehrfürchtig schauderte er vor der gewaltigen Macht zurück, über welche diese drollige kleine Göttin verfügte, die sich – wie sie ihm während der Konfrontation mit Azash in der Stadt Zemoch erklärt hatte – selbst erschaffen und aus freien Stücken entschlossen hatte, als seine Tochter wiedergeboren zu werden.

Sie schlugen ihr Nachtlager in einiger Entfernung von der Stadt auf. Nachdem sie zu Abend gegessen hatten, zogen Talen und Stragen Sperber zur Seite.

»Was haltet Ihr davon, wenn wir uns ein wenig umsehen?« fragte Stragen den großen Pandioner.

»Schwebt Euch etwas Bestimmtes vor?«

»Esos ist eine recht große Stadt«, antwortete der blonde Thalesier, »in der es mit ziemlicher Sicherheit organisierte Diebe gibt. Vielleicht erfahren wir allerlei Nützliches, wenn wir uns mit ihrem Anführer in Verbindung setzen.«

»Meint Ihr, er kennt Euch?«

»Nein, das glaube ich nicht. Emsat ist viel zu weit von hier.«

»Weshalb sollte der Anführer der Diebe dann mit Euch reden wollen?«

»Aus Höflichkeit, Sperber. Diebe und Mörder sind ungemein höflich zueinander. Das ist gesünder für alle Beteiligten.«

»Aber wenn er doch gar keine Ahnung hat, wer Ihr seid, wie will er dann wissen, daß er höflich zu Euch sein soll?«

»Es gibt bestimmte Zeichen, die er erkennen wird.«

»Euer Völkchen hat eine sehr komplizierte Gesellschaftsform, wie mir scheint.«

»Alle Gesellschaftsformen sind kompliziert, Sperber. Das ist eine der Bürden der Zivilisation.«

»Irgendwann müßt Ihr mich diese Zeichen lehren, an denen man einen Dieb erkennt.«

»Nein, das werde ich nicht.«

»Warum nicht?«

»Weil Ihr kein Dieb *seid*! Also, wir machen uns jetzt auf die Suche nach meinen Berufskollegen. Unsere Informationen sind zu spärlich, Sperber – kaum mehr als die ziemlich allgemeinen Vorstellungen des Botschafters. Ich hätte gern Genaueres gewußt. Ihr nicht?«

»Allerdings, mein Freund.«

»Warum machen wir uns dann nicht auf den Weg nach Esos und verschaffen uns ein wenig Klarheit?«

»Worauf warten wir noch?«

Die drei schlüpften in einfache, unauffällige Kleidung und ritten aus dem Lager. Sie machten einen Bogen nach Westen, um aus dieser Richtung in die Stadt zu gelangen.

Beim Näherkommen betrachtete Talen kritisch die Befestigungen und das unbewachte Tor. »Man scheint hier ein wenig zu sorglos zu sein, so nah an der zemochischen Grenze«, meinte er.

»Zemoch stellt keine Bedrohung mehr dar«, erklärte Stragen.

»Alte Gewohnheiten legt man nicht so schnell ab, Durchlaucht Stragen, und *so* lange ist es auch wieder nicht her, daß Otha schäumend an der Grenze stand, und Azash unmittelbar hinter ihm.«

»Ich glaube nicht, daß diese Leute Azash fürchteten«, meinte Sperber. »Othas Gott hatte kein Interesse an ihnen. Sein Blick war nach Westen gerichtet, wo er Bhelliom wußte.«

»Da habt Ihr wahrscheinlich recht«, stimmte Talen ihm zu.

Esos war keine sehr große Stadt, bestenfalls von der Größe Lendas in Mitteleosien. Sie wirkte jedoch sehr alt, was davon herrührte, daß an diesem Ort fast seit Anbeginn der Zeit eine Stadt gestanden hatte. Die mit Kopfsteinen gepflasterten Straßen waren schmal und krumm und wanden sich scheinbar ziellos dahin.

»Wie finden wir den Stadtteil, in dem sich Eure Kollegen aufhalten?« wandte Sperber sich an Stragen. »Wir können schließlich nicht irgendeinen Bewohner aufhalten und fragen, wo die Diebe zu finden sind.«

»Überlaßt das nur uns.« Stragen lächelte. »Talen, frag irgendeinen Taschendieb, wo der Diebeskönig sein Domizil hat.«

»Wird gemacht.« Talen grinste und rutschte von seinem Pferd.

»Das kann die ganze Nacht dauern«, befürchtete Sperber.

»Da müßte Talen schon blind geworden sein«, entgegnete Stragen, während der Junge in einer belebten Nebenstraße verschwand. »Seit wir in der Stadt sind, habe ich bereits sechs Taschendiebe gesehen, ohne daß ich nach ihnen Ausschau gehalten hätte.« Er spitzte die Lippen. »Ihre Technik ist hier allerdings ein wenig anders. Wahrscheinlich liegt's daran, daß die Straßen so schmal sind.«

»Was hat das damit zu tun?«

»Im Gedränge rempeln die Leute einander an.« Stragen zuckte die Schultern. »In Emsat oder Cimmura hätte ein Taschendieb ausgespielt, wenn er einen Kunden so anrempelt, wie sie's hier tun. Ich gebe zu, es erleichtert die Arbeit, aber es verdirbt das Fingerspitzengefühl.«

Talen kehrte bereits nach wenigen Minuten zurück. »Es ist gleich unten am Fluß«, berichtete er.

»Das war zu erwarten.« Stragen nickte. »Flüsse ziehen Diebe irgendwie an. Ich habe allerdings nie herausgefunden, weshalb.«

»Wahrscheinlich, um einen Fluchtweg im Rücken zu haben, wenn etwas schiefgeht«, meinte Talen mit einem Schulterzucken. »Wir sollten aber zu Fuß gehen. Berittene erregen zuviel Aufmerksamkeit. Am Ende der Straße gibt es einen Mietstall, in dem wir die Pferde unterbringen können.«

Sie sprachen kurz mit dem mürrischen Stallbesitzer und gingen dann zu Fuß weiter.

Der Unterschlupf der Diebe erwies sich als eine schäbige Spelunke am Ende einer engen Sackgasse. Ein schlichtes Schild mit einer Weinrebe darauf hing von einem rostigen Haken über der Tür, und zwei stämmige Burschen lungerten vor der Eingangstreppe und tranken Bier aus zerbeulten Bechern.

»Wir suchen einen Mann namens Djukta«, sagte Talen zu ihnen.

»Worum geht's?« fragte einer der beiden mißtrauisch.

»Ein Geschäft«, antwortete Stragen kühl.

»Das kann jeder behaupten«, brummte der Bartstoppelige und hob drohend einen schweren Prügel.

Stragen wandte sich seufzend an Sperber. »Es ist doch immer dasselbe!« Seine Hand schoß zum Degengriff, und die dünne Klinge zuckte singend aus der Scheide. »Freund«, sagte er zu dem Herumlungernden, »wenn Ihr zwischen Frühstück und Abendbrot nicht drei Fuß Stahl im Magen haben wollt, solltet Ihr lieber zur Seite treten.« Die nadelgleiche Degenspitze berührte auffordernd des Mannes Bauch.

Der andere Bursche wich ein Stück zur Seite und seine Hand tastete verstohlen nach dem Griff seines Dolchs.

»Das würde ich lassen«, warnte Sperber ihn mit bedrohlich ruhiger Stimme. Er schob den Umhang zur Seite, daß sein Kettenhemd und der Griff seines Breitschwerts sichtbar wurden. »Ich weiß zwar nicht, was Ihr zuletzt gegessen habt, Nachbar, würd's aber erfahren, wenn Eure Gedärme erst auf der Straße liegen.«

Der Halunke erstarrte und schluckte schwer.

»Das Messer!« verlangte Sperber grimmig. »Laßt es fallen.«

Der Dolch landete klirrend auf dem Kopfsteinpflaster.

»Freut mich, daß wir dieses kleine Problem ohne Mißhelligkeiten lösen konnten«, sagte Stragen. »Wie wär's, wenn wir jetzt alle hineingehen, und Ihr uns mit Djukta bekannt macht?«

Die Kaschemme hatte eine niedrige Decke, und auf dem Boden lag moderndes Stroh. Nur ein paar einfache, mit geschmolzenem Talg gefüllte Lampen beleuchteten die Stube.

Djukta war der haarigste Mann, den Sperber je gesehen hatte. Seine Arme und Hände schienen von krausem schwarzem Pelz bedeckt zu sein. Dichte Haarbüschel ragten aus dem Ausschnitt seines

Kittels; seine Ohren und Nasenlöcher sahen wie Vogelnester aus, und sein Bart begann unmittelbar unterhalb der unteren Lider. »Was hat das zu bedeuten?« erklang es irgendwo aus dem Gestrüpp auf seinem Gesicht.

»Die Kerle haben uns gezwungen, sie einzulassen, Djukta«, winselte der Bartstoppelige, der die Tür bewacht hatte, und deutete auf Stragens Degen.

Djuktas Schweinsäuglein verengten sich drohend.

»Macht Euch nicht lächerlich«, warnte Stragen, »Ihr solltet lieber aufpassen. Ich habe das Erkennungszeichen bereits zweimal gemacht, und Ihr habt es noch immer nicht bemerkt!«

»Ich hab' es wohl bemerkt. Aber sich mit einem Degen Einlaß zu verschaffen ist nicht gerade ein kollegialer Höflichkeitsbeweis!«

»Wir waren ein wenig in Zeitnot. Ich glaube, jemand ist uns gefolgt.« Stragen schob den Degen in die Scheide zurück.

»Ihr seid nicht von hier, oder?«

»Nein. Wir kommen aus Eosien.«

»Dann seid ihr weit von zu Haus.«

»Nicht ohne Grund. Die Dinge spitzten sich dort ziemlich zu.«

»Was ist euer Gewerbe?«

»Wir schätzen das ungebundene Leben, und wir haben auf den Straßen und Wegen Pelosiens Ruhm und Reichtum gesucht. Bedauerlicherweise bekam ein hoher Kirchenmann, während wir uns geschäftlich mit ihm unterhielten, plötzlich gesundheitliche Probleme und starb. Woraufhin die Ordensritter beschlossen, die Ursache seiner Krankheit zu ermitteln. Meine Freunde und ich beschlossen sofort, uns anderswo umzusehen.«

»Sind diese Ordensritter wirklich so schlimm, wie man sich erzählt?«

»Wahrscheinlich noch schlimmer. Wir drei sind die einzigen Überlebenden unserer Bande. Wir waren dreißig.«

»Habt Ihr vor, Euren Geschäften jetzt hier nachzugehen?«

»Wir haben uns noch nicht entschieden. Wir dachten, wir sehen uns lieber erst einmal um – und vergewissern uns, daß die Ritter uns nicht mehr auf den Fersen sind.«

»Wollt Ihr uns nicht eure Namen nennen?«

»Nein, eigentlich nicht. Wir sind ja nicht sicher, ob wir bleiben werden, und es wäre unnötige Mühe, uns neue Namen auszudenken, falls wir uns gar nicht hier niederlassen.«

Djukta lachte. »Wenn ihr noch nicht wißt, ob ihr hier Geschäften nachgehen werdet, weshalb sucht ihr mich dann auf?«

»Es ist vor allem ein Höflichkeitsbesuch. Es würde von schlechten Manieren zeugen, sich in einer fremden Stadt nicht bei Kollegen sehen zu lassen. Außerdem haben wir uns gedacht, vielleicht ein wenig Zeit sparen zu können, wenn Ihr uns ein paar Hinweise über die Praktiken der hiesigen Ordnungshüter gebt.«

»Ich bin zwar nie in Eosien gewesen, könnte mir aber vorstellen, daß es hier ähnlich zugeht wie bei euch zu Haus. Wegelagerer sind nirgends sehr beliebt.«

»Überall dieselben Vorurteile«, seufzte Stragen. »Es gibt die üblichen Schutzmänner und Stadtwachen, nehme ich an?«

»Ja, es gibt Schutzmänner. Aber in diesem Teil Astels halten sie sich fast ausschließlich in den Städten auf. In den ländlichen Gegenden haben die Edlen ihre eigenen Leute, die für Ordnung sorgen. Zu den Pflichten der Schutzmänner gehört es auch, Steuern einzutreiben. Deshalb werden sie gar nicht gern gesehen, vor allem außerhalb der Stadt nicht.«

»Gut, das zu wissen. Dann hätten wir es nur mit schlecht ausgebildeten Leibeigenen zu tun, die vielleicht ein bißchen Erfahrung haben, Hühnerdiebe zu fangen, die es sich aber überlegen würden, sich mit Leuten wie uns anzulegen. Sehe ich das richtig?«

Djukta nickte. »Und das Gute an diesen leibeigenen Ordnungshütern ist, daß sie die Grenzen der Besitztümer ihrer Herren nicht überschreiten.«

»Der Wunschtraum jedes Räubers!« Stragen grinste.

»Nicht ganz«, widersprach Djukta. »Es ist besser, da draußen nicht allzuviel Aufsehen zu machen. Die leibeigenen Schutzleute würden euch zwar nicht verfolgen, wohl aber die Garnison der Ataner in Canae benachrichtigen. Die erwischen jeden. Und niemand hat diesen Kerlen je beigebracht, Gefangene zu machen.«

»Das spricht nicht gerade für diese Gegend!« gab Stragen zu. »Gibt es sonst noch etwas, das wir wissen sollten?«

»Habt ihr je von Ayachin gehört?«

»Kann mich nicht erinnern.«

»Da könnten euch allerlei Schwierigkeiten bevorstehen.«

»Wer ist er?«

Djukta drehte den Kopf. »Akros!« rief er. »Komm her und erzähl unseren Kollegen von Ayachin.« Djukta zuckte die Schultern und spreizte die Hände. »Ich bin in der Geschichte der alten Zeit nicht sehr bewandert. Aber Akros war Lehrer, bevor er erwischt wurde, wie er seinen Dienstherrn bestohlen hat. Und manches, was er sagt, mag euch schleierhaft erscheinen. Akros säuft wie ein Loch, müßt ihr wissen.«

Akros war ein heruntergekommenes Männchen mit blutunterlaufenen Augen und Fünftagebartstoppeln. »Was willst du wissen, Djukta?« fragte er schwankend.

»Forsch in deinem Gehirn, falls noch was davon übrig ist, und erzähl unseren Freunden alles, was du über Ayachin weißt.«

Der betrunkene Schulmeister lächelte, und seine trüben Augen leuchteten auf. Er setzte sich auf einen Stuhl und nahm einen Schluck aus seinem Krug. »Ihr habt Glück«, erklärte er mit schwerer Zunge. »Ich bin so gut wie nüchtern.«

»Das stimmt«, versicherte Djukta. »Wenn er besoffen ist, bringt er keinen Ton hervor.«

»Was wißt Ihr Herren von der Geschichte Astels?« fragte Akros die drei Fremden.

»Nicht sehr viel«, gestand Stragen.

»Dann will ich das Wichtigste zusammenfassen.« Akros lehnte sich im Stuhl zurück. »Es war im neunten Jahrhundert, als der damalige Erzprälat in Chyrellos beschloß, der elenische Glaube müsse wiedervereint werden – unter seiner Oberherrschaft natürlich.«

»Natürlich.« Stragen lächelte. »Darauf läuft es offenbar immer hinaus, nicht wahr?«

Akros rieb sich das Gesicht. »So ganz macht mein Gedächtnis nicht mehr mit. Deshalb könnte es sein, daß ich etwas auslasse. Jedenfalls zwang der Erzprälat die Könige von Eosien – es war vor der Gründung der Ritterorden –, ihm Streitkräfte zur Verfügung zu stellen. Otha war damals noch nicht geboren, und es war niemand in

Zemoch, der die Truppen ernsthaft daran hinderte, als sie hier durchmarschierten. Der Erzprälat wollte die religiöse Einheit, doch die Edelleute in seiner Armee interessierten sich mehr für Eroberung. Sie verheerten Astel, bis Ayachin kam.«

Talen beugte sich mit leuchtenden Augen vor. Es war des Jungen einzige Schwäche: Eine gute Geschichte konnte ihn völlig in Bann schlagen.

Akros nahm einen weiteren Schluck. »Es gibt die widersprüchlichsten Geschichten darüber, wer Ayachin tatsächlich war«, fuhr er fort. »Einige meinen, er sei ein Prinz gewesen, andere, ein Baron, und es gibt sogar welche, die behaupten, nur ein Leibeigener. Ganz sicher aber war Ayachin ein fanatischer Patriot. Er rüttelte jene Edlen auf, die noch nicht zu den Invasoren übergelaufen waren. Und dann tat er etwas, was noch niemand zuvor gewagt hatte: Er bewaffnete die Leibeigenen. Der Feldzug gegen die Invasoren dauerte Jahre, und nach einer ziemlich großen Schlacht, die er *scheinbar* verlor, floh Ayachin gen Süden und lockte die eosischen Armeen in die astelischen Sümpfe im Süden des Reiches. Er hatte heimlich ein Bündnis mit Patrioten in Edom geschlossen, und so wartete eine große Streitmacht am Südrand des Sumpfes. Leibeigene, die in der Gegend lebten, führten Ayachins Männer durch den Sumpf. Die Eosier versuchten, das unsichere Gelände im Sturm zu nehmen; dabei fanden die meisten jedoch im Morast den Tod. Die wenigen, die es schafften, südlich des Sumpfes festen Boden zu erreichen, wurden von den vereinigten Streitkräften Ayachins und seiner edomischen Verbündeten niedergemacht.

Natürlich wurde er eine Zeitlang als großer Nationalheld gefeiert, doch die Edlen waren empört, weil er die Leibeigenen bewaffnet hatte. Sie verschworen sich gegen ihn, und schließlich fiel er einem Anschlag zum Opfer.«

»Warum müssen diese Geschichten immer so enden?« beschwerte sich Talen.

»Unser junger Freund hier ist ein beherzter Kritiker epischer Werke«, sagte Stragen lächelnd. »Er möchte, daß alle Geschichten ein gutes Ende haben.«

»Diese alte Geschichte ist ja schön und gut«, brummte Djukta,

»aber entscheidend ist, daß dieser Ayachin zurückgekommen ist – das jedenfalls behaupten die Leibeigenen.«

»Das ist Teil der Volkssage Astels«, erklärte Akros. »Unter den Leibeigenen gab es die Prophezeiung, daß eines Tages erneut ein großer Kampf bevorstünde, und daß Ayachin dann aus dem Grab auferstehen würde, um sie wieder zu führen.«

Stragen seufzte. »Kann sich denn nicht jemand mal was Neues ausdenken?«

»Was meint Ihr damit?« fragte Djukta.

»Nichts weiter. Außer daß in Eosien zur Zeit eine ähnliche Geschichte die Runde macht. Aber welche Auswirkungen hätte das alles auf unsere Geschäfte, falls wir uns entschließen sollten, hier in der Gegend unserem Gewerbe nachzugehen?«

»In einem Abschnitt der Sage, die Akros erzählte, wird etwas berichtet, das jedermanns Blut zum Stocken bringt. Die Leibeigenen glauben, daß Ayachin ihnen die Freiheit bringen wird, wenn er zurückkehrt. Und jetzt gibt es da draußen einen Hitzkopf, der sie aufwiegelt. Wir kennen seinen richtigen Namen nicht. Wir wissen nur, daß die Leibeigenen ihn ›Säbel‹ nennen. Er wandert umher und erzählt ihnen, daß er Ayachin wahrhaftig gesehen habe. Die Leibeigenen tragen heimlich Waffen zusammen – oder stellen welche her. Und des Nachts schleichen sie sich in den Wald, um diesem ›Säbel‹ zuzuhören, wenn er seine Reden hält. Ihr solltet wissen, daß diese Fanatiker sich da draußen herumtreiben, denn es könnte gefährlich werden, falls ihr ihnen unvermutet in die Arme lauft.« Djukta kratzte sich unter dem zotteligen Bart. »Normalerweise wünsche ich das niemand, aber jetzt wär's mir ganz recht, wenn die Regierung sich dieses ›Säbels‹ annähme und ihn an den Galgen brächte. Er hat die Leibeigenen gegen die Unterdrücker aufgebracht, ohne so recht zu sagen, welche Unterdrücker. Er könnte die Tamuler meinen, aber viele seiner Anhänger glauben, daß er die Edlen meint. Unruhige Leibeigene sind gefährliche Leibeigene. Niemand weiß genau, wie groß ihre Zahl wirklich ist. Aber wenn sie erst anfangen, sich wirre Vorstellungen über Gleichheit und Gerechtigkeit zu machen, weiß nur Gott, wo das enden wird.«

10

»Es sind einfach zu viele Ähnlichkeiten, als daß es Zufall sein könnte«, sagte Sperber am nächsten Morgen, als sie unter einem tiefhängenden Himmel in nordöstlicher Richtung auf der Straße nach Darsas ritten. Er und seine Gefährten hatten sich um Ehlanas Karosse geschart, um über die Neuigkeiten zu diskutieren, die sie von Djukta erfahren hatten. Es war schwül, und nicht ein Lüftchen regte sich.

»Ich kann Euch schlecht widersprechen«, sagte Botschafter Oscagne. »Es ist ein bestimmtes Muster erkennbar, wenn in Lamorkand alles so ist, wie Ihr erzählt habt. Unser Reich ist gewiß nicht demokratisch, und ich kann mir vorstellen, daß es in Euren westlichen Königreichen nicht viel anders ist; aber so schlimme Diktatoren sind wir nun auch wieder nicht – keiner von uns. Ich glaube, wir sind lediglich zu Symbolen der gesellschaftlichen Ungerechtigkeit geworden, wie es sie in jeder Kultur gibt. Ich will damit nicht behaupten, daß das Volk uns nicht haßt. Jeder, egal wo auf der Welt, ist mit seiner Regierung unzufrieden – das soll keine Beleidigung sein, Majestät.« Er lächelte Ehlana an.

»Ich tue, was ich kann, damit mein Volk mich nicht zu sehr haßt, Exzellenz«, entgegnete sie. Ehlana trug einen Reiseumhang aus blaßblauem Samt, und Sperber fand, daß sie an diesem Vormittag besonders hübsch aussah.

»Niemand könnte eine Frau hassen, die so lieblich ist wie Ihr, Majestät«, versicherte Oscagne ihr lächelnd. »Tatsache ist jedoch, daß auf der ganzen Welt Unzufriedenheit brodelt, und daß es jemanden gibt, der all diesen Groll nutzt, um die Regierungen zu stürzen – hier in Tamuli und in den Königreichen von Eosien. Nicht zu vergessen die Häupter der eosischen Kirche. Jemand will so viel Unruhe wie möglich erregen. Aber ich glaube nicht, daß er soziale Gerechtigkeit auf seine Fahnen geschrieben hat.«

»Wir könnten die Situation viel besser verstehen, wenn wir wüßten, worauf dieser Jemand aus ist«, warf Emban ein.

»Auf den Zusammenbruch«, meinte Ulath. »Wenn alles gefestigt ist und Macht und Reichtum verteilt sind, bleibt nichts für jene

Leute übrig, welche die Leiter emporklimmen. Die einzige Möglichkeit, etwas abzubekommen, besteht darin, die alte Ordnung niederzureißen und sich um alles neu zu raufen.«

»Das ist eine brutale politische Theorie, Ritter Ulath«, sagte Oscagne mißbilligend.

»Es ist eine brutale Welt, Exzellenz.« Ulath zuckte die Schultern.

»Ich muß widersprechen«, sagte Bevier heftig.

»Laß dich nicht davon abhalten, mein junger Freund.« Ulath lächelte. »Ich kann's durchaus ertragen, wenn andere nicht meiner Meinung sind.«

»Wahren politischen Fortschritt gibt es wirklich. Das Los der Bürger ist jetzt viel besser als vor fünfhundert Jahren.«

»Zugegeben, aber wie wird es im nächsten Jahr sein?« Ulath lehnte sich im Sattel zurück, und seine blauen Augen wirkten nachdenklich. »Größenwahnsinnige brauchen Anhänger. Und wenn man den Leuten verspricht, daß man alles verbessert, was auf der Welt zu wünschen übrigläßt, bekommt man rasch Gefolgschaft. Solche Versprechungen finden stets viel Beifall, doch nur Wickelkinder erwarten ernsthaft, daß solche falschen Propheten ihre Versprechungen tatsächlich halten.«

Je weiter der Vormittag voranschritt, desto dräuender wurde das Wetter. Eine dicke Decke schwarzer Wolken trieb vom Westen heran, und das erste Wetterleuchten zeichnete sich am Horizont ab. »Es wird wohl regnen, was meint Ihr?« fragte Tynian, an Khalad gewandt.

Khalad blickte scharf zur Wolkendecke empor. »Das dürfte unausbleiblich sein, Herr Ritter.«

»Wie lange dauert's noch, bis wir naß werden?«

»Etwa eine Stunde – es sei denn, der Wind nimmt zu.«

»Was meinst du, Sperber?« fragte Tynian. »Sollten wir Ausschau nach einem Unterschlupf halten?«

Im Westen grollte ferner Donner.

»Ich glaube, da hast du die Antwort«, erwiderte Sperber. »Männer in Panzerrüstung sollten sich bei einem Gewitter nicht im Freien herumtreiben.«

»Ganz meine Meinung.« Tynian schaute sich um. »Die Frage ist nur, wo könnten wir uns unterstellen? Es gibt hier nicht einmal Bäume.«

»Vielleicht müssen wir die Zelte aufbauen.«

»Das ist nicht sehr erfreulich, Sperber.«

»Durch einen Blitz in der Rüstung geschmort zu werden, ist noch unerfreulicher.«

Kring kam zum Haupttrupp zurückgeritten, gefolgt von einer zweirädrigen Kutsche. Der Mann auf der Kutsche war blond, dicklich und machte einen verweichlichten Eindruck. Seine Kleidung war von einem Schnitt, der im Westen schon vor vierzig Jahren aus der Mode gekommen war. »Das ist der Landherr Kotyk«, sagte der Domi zu Sperber. »Er nennt sich selbst Baron. Er wollte Euch kennenlernen.«

»Ich bin überwältigt, die Recken der Kirche begrüßen zu dürfen, werte Herren Ritter«, stieß der Dicke hervor.

»Es ist uns eine Ehre, Eure Bekanntschaft zu machen, Baron Kotyk«, erwiderte Sperber und verneigte sich knapp.

»Mein Landhaus befindet sich ganz in der Nähe«, sprach Kotyk hastig weiter, »und es zieht ein Unwetter herauf. Dürfte ich euch meine Gastfreundschaft anbieten, so ärmlich sie auch sein mag?«

»Wie ich dir schon so oft versichert habe, Sperber«, sagte Bevier lächelnd, »braucht man nur auf Gott zu vertrauen. Er fügt es.«

Kotyk schaute verwirrt drein.

»Ritter Bevier hat einen ziemlich eigenartigen Humor, Euer Gnaden«, wandte Sperber sich an den Baron. »Meine Gefährten und ich sprachen soeben über die Notwendigkeit, sich ein Dach über dem Kopf zu beschaffen. Euer äußerst großzügiges Angebot löst dieses dringliche Problem für uns.« Sperber war mit den hiesigen Sitten nicht vertraut, doch des Barons Sprechweise deutete auf eine ziemlich steife Förmlichkeit hin.

»Wie ich sehe, werdet Ihr von Damen begleitet«, bemerkte Kotyk, der zu Ehlanas Karosse blickte. »Wir müssen vorrangig für ihre Bequemlichkeit sorgen. Wenn wir uns erst unter meinem Dach befinden, können wir uns näher bekannt machen.«

»Wir richten uns ganz nach Euch, Euer Gnaden«, erklärte Sperber sich einverstanden. »Und ich möchte Euch bitten, uns zu führen. Derweil werde ich den Damen von dieser glücklichen Fügung berichten.« Wenn Kotyk auf Förmlichkeit Wert legte, wollte Sperber ihm den Gefallen tun. Er lenkte Faran herum und ritt die Kolonne entlang zurück.

»Wer ist diese fette Qualle in der Kutsche, Sperber?« fragte Ehlana ihn.

»Sprich nicht so respektlos von unserem Gastgeber, Licht meines Lebens.«

»Ist dir nicht gut?«

»Diese fette Qualle hat uns soeben Unterschlupf vor dem heraufziehenden Gewitter angeboten. Laß ihn Dankbarkeit und Achtung spüren.«

»Was für ein netter Mann.«

»Es wäre vielleicht angeraten, deine wahre Identität vor ihm geheimzuhalten. Man kann ja nie wissen, was einen erwartet. Wie wär's, wenn ich dich als eine Adelige vorstelle und ...«

»Als Markgräfin«, improvisierte sie. »Markgräfin Ehlana von Cardos.«

»Warum Cardos?«

»Es ist eine so hübsche Gegend. Herrliche Berge und eine schöne Küste, wunderbares Klima und fleißige, gesetzestreue Bürger.«

»Hast du vor, der fetten Qualle Cardos schmackhaft zu machen, Ehlana?«

»Ich muß alles über meine Grafschaft wissen, damit ich überzeugend davon schwärmen kann.«

Sperber seufzte. »Na gut, dann übe das Schwärmen, und laß dir passende Geschichten für die anderen einfallen.« Er blickte zu Emban. »Ist Eure Moral dehnbar genug, ein paar Lügen zu verkraften, Eminenz?« fragte er den Kirchenfürsten.

»Es kommt darauf an, um welche Art von Lügen es geht, Sperber.«

»Nicht um ernsthafte Lügen, Eminenz.« Sperber lächelte. »Wenn wir meine Gemahlin als Markgräfin ausgeben, werdet Ihr das ranghöchste Mitglied unserer Delegation sein. Schon die Anwesenheit von Botschafter Oscagne läßt auf einen hochrangigen Besuch schließen. Ich werde Euch Baron Kotyk als persönlichen Gesandten des Erzprälaten an den Kaiserhof vorstellen und die Rittereskorte der Königin als die *Eure* ausgeben.«

»Das kann ich durchaus mit meinem Gewissen vereinbaren«, versicherte Emban ihm grinsend. »Ich bin einverstanden. Aber lügen müßt Ihr – ich bestätigte es nur. Sagt, was immer erforderlich ist, und beeilt Euch. Das Gewitter kommt rasch näher.«

»Talen«, wandte Sperber sich an den Jungen, der neben der Karosse ritt. »Reite unauffällig die Kolonne ab und gib den Rittern Bescheid. Und nimm das Wort ›Majestät‹ nicht in den Mund. Es könnte unsere Tarnung aufdecken.«

»Euer Gemahl macht sich gar nicht so schlecht, Markgräfin Ehlana«, bemerkte Stragen. »Mit ein wenig Ausbildung könnte ein ausgezeichneter Schwindler aus ihm werden. Die Begabung hat er, nur an der Technik mangelt es noch ein wenig.«

Baron Kotyks Landhaus erwies sich als wahrer Palast inmitten einer Grünanlage. Am Fuß des Hügels, auf dem das prunkvolle Gebäude stand, breitete sich eine größere Ortschaft aus. Hinter dem Palast gab es mehrere Nebengebäude.

»Glücklicherweise, meine Herren Ritter, habe ich Räumlichkeiten genug, selbst für einen so großen Trupp wie dem Euren«, versicherte ihnen der Baron. »Die Unterkünfte für den Großteil Eurer Männer sind jedoch ziemlich schlicht, fürchte ich. Sie werden normalerweise nur von den Wanderarbeitern während der Ernte benutzt.«

»Wir sind Ordensritter, Baron Kotyk«, erwiderte Sperber, »und ein einfaches Leben gewöhnt.«

Kotyk seufzte. »Eine ähnliche Institution gibt es hier in Astel leider nicht«, sagte er bedauernd. »In unserem armen, rückständigen Land mangelt es an so vielem.« Sie näherten sich dem palastgleichen Haus auf einer langen weißen Kieseinfahrt, die zu beiden Seiten von hohen Ulmen gesäumt war, und hielten am Fuß einer breiten Freitreppe, die zu einer Bogentür führte. Der Baron stieg schwerfällig aus seiner Kutsche und reichte die Zügel einem bärtigen Leibeigenen, der aus dem Haus geeilt war. »Ich bitte euch, ihr Edelleute alle, verzichtet nunmehr auf Förmlichkeiten, und laßt uns eintreten, ehe das sich nähernde Ungewitter seine Schleusen über uns öffnet«, sagte Kotyk bombastisch.

Sperber hatte keine Ahnung, ob die gestelzte Ausdrucksweise des Barons landesüblich oder eine persönliche Marotte war oder ob es sich lediglich um eine nervöse Reaktion auf die Wichtigkeit seiner Besucher handelte. Er winkte Kalten und Tynian zu sich. »Kümmert euch um die Unterbringung der Ritter und der Peloi«, sagte er leise. »Dann kommt ins Haus. Khalad, geh mit ihnen und sorge dafür, daß die Leibeigenen die Pferde nicht einfach im Regen stehenlassen.«

Die Eingangstür schwang weit auf, und drei Damen in altmodischen Gewändern traten heraus. Eine war groß und knochig, hatte eine Fülle dunklen Haars und war zweifellos in ihrer Jugend sehr schön gewesen. Doch die Jahre waren nicht sanft mit ihr umgesprungen. Ihr strenges, hochmütiges Gesicht war zerfurcht und sie litt unter einem nervösen Blinzeln. Die beiden anderen Frauen waren blond und schwammig; ihre Züge verrieten ihre Blutsverwandtschaft mit dem Baron. Den dreien folgte ein bleicher junger Mann, ganz in schwarzen Samt gekleidet. Ein höhnischer Ausdruck schien sich unauslöschlich auf seinem Gesicht eingeprägt zu haben. Sein dunkles Haar fiel in kunstvollen Locken den Rücken hinab.

Nach der knappsten Vorstellung, welche die Etikette erlaubte, führte Kotyk alle ins Haus. Die große dunkelhaarige Dame war Astansia, die Gemahlin des Barons. Die beiden blonden Damen waren, wie Sperber vermutet hatte, die Schwestern des Barons; die ältere hieß Ermude, die jüngere Katina. Der bleiche junge Mann war Elron, Baronin Astansias Bruder, ein Poet, wie sie den Gästen in schier anbetungsvollem Tonfall erklärte.

»Ob ich wohl Kopfschmerzen vortäuschen und mich zurückziehen kann?« flüsterte Ehlana Sperber zu, während sie dem Baron und seiner Familie durch einen langen Korridor zur Mitte des Hauses folgten. »Ich fürchte, es wird nervtötend werden.«

»Wenn ich es über mich ergehen lassen muß, mußt du es auch«, antwortete Sperber ebenso leise. »Wir brauchen des Barons Dach über dem Kopf, also müssen wir auch seine Gastlichkeit über uns ergehen lassen.«

Ehlana seufzte. »Sie wäre vielleicht erträglicher, wenn nicht das ganze Haus nach gekochtem Kohl stinken würde.«

Sie wurden in das »Wohngemach« geführt, das um weniges kleiner war als der Thronsaal in Cimmura. Es war ein muffig riechender Raum mit unbequemen Sesseln und Diwanen und häßlich senffarbenen Teppichen.

»Wir leben hier so furchtbar abgeschieden«, sagte Katina seufzend zu Baroneß Melidere, »und so schrecklich altmodisch. Mein armer Bruder tut sein Bestes, sich auf dem laufenden zu halten, was im Westen vor sich geht, doch unsere abgeschiedene Lage macht das Anwesen zum Gefängnis und hält Besucher fern. Ermude und ich haben immer wieder versucht, unseren Bruder zu überreden, sich ein Stadthaus zuzulegen, wo wir gesellschaftlichen Anschluß hätten, doch *sie* will nichts davon wissen. Seine Gemahlin brachte den Besitz mit in die Ehe, und sie ist so furchtbar provinzlerisch. Könnt Ihr Euch vorstellen, daß meine arme Schwester und ich gezwungen sind, unsere Gewänder von *Leibeigenen* schneidern zu lassen?«

Melidere hob in gespieltem Entsetzen die Hände an die Wangen. »Meine Güte!« rief sie.

Katina zog ein Spitzentüchlein hervor, als Tränen des Selbstmitleids über ihr Gesicht kullerten.

»Würde Eure Atanerin sich bei den Leibeigenen nicht wohler fühlen, Markgräfin?« sagte Baronin Astansia zu Ehlana, ohne ihre Abneigung gegenüber Mirtai zu verbergen.

»Das bezweifle ich, Baronin«, antwortete Ehlana. »Und selbst wenn, ich würde es nicht zulassen. Ich habe mächtige Feinde, Baronin, und mein Gemahl ist meist mit Staatsangelegenheiten beschäftigt. Die Königin von Elenien verläßt sich völlig auf ihn und bedarf häufig seiner Dienste. Deshalb muß ich selbst für meinen Schutz sorgen.«

Astansia rümpfte die Nase. »Ich gebe zu, daß Eure Atanerin beeindruckend ist, Markgräfin, aber trotzdem ist sie nur eine Frau.«

Ehlana lächelte. »Das haben wahrscheinlich auch die zehn Männer gedacht, die durch ihre Hand fielen.«

Die Baronin starrte sie entsetzt an.

»Oberflächlich betrachtet, mag der eosische Kontinent zivilisiert erscheinen, Baronin«, erklärte Stragen. »Aber im Grunde genommen sind wir noch immer Barbaren.«

»Es ist eine anstrengende Reise, Baron Kotyk«, sagte Patriarch Emban. »Aber der Erzprälat und der Kaiser stehen seit dem Zusammenbruch von Zemoch in Verbindung, und beide sind der Ansicht, daß es an der Zeit ist, diplomatische Vertreter auszutauschen. Ohne direkten Kontakt könnten Mißverständnisse entstehen, und die Welt dürfte wahrhaftig eine Zeitlang genug von Kriegen haben.«

»Eine kluge Entscheidung, Eminenz.« Kotyk war ganz offensichtlich überwältigt von der Anwesenheit so hochgestellter Persönlichkeiten in seinem Haus.

»Ich bin in der Hauptstadt nicht unbekannt, Ritter Bevier«, sagte Elron selbstgefällig. »In intellektuellen Kreisen sind meine Gedichte sehr geschätzt. Ungebildete verstehen sie natürlich nicht. Ich bin vor allem für mein Talent bekannt, Farben auszudrücken. Ich bin der festen Überzeugung, daß die Farbe die Seele der Welt ist. An meiner *Ode an Blau* arbeite ich bereits seit sechs Monaten.«

»Eine erstaunliche Ausdauer«, murmelte Bevier.

»Ich versuche, so gründlich wie nur möglich zu sein«, erklärte Elron. »Ich habe bereits zweihundertdreiundsechzig Strophen verfaßt, und ich fürchte, es ist noch kein Ende in Sicht.«

Bevier seufzte. »Als Ordensritter habe ich wenig Zeit für Literatur«, sagte er bedauernd. »Meines Berufs wegen muß ich mich auf militärische Texte und religiöse Werke konzentrieren. Ritter Sperber ist weltlicher als ich, und seine Beschreibungen von Menschen und Orten grenzen manchmal an Poesie.«

»Ach ja? Sie würden mich sehr interessieren«, heuchelte Elron, doch sein Gesicht verriet die Verachtung des namhaften Poeten ob der Bemühungen von Amateuren. »Befaßt er sich überhaupt mit Farbe?«

»Eher mit Licht, glaube ich«, antwortete Bevier, »aber das ist ja im Grunde genommen dasselbe, nicht wahr? Farbe kann ohne Licht nicht existieren. Ich erinnere mich, daß Sperber einmal eine Straße in Jiroch beschrieben hat. Diese Stadt liegt an der Küste von Rendor, auf welche die Sonne unerbittlich herabscheint. Ganz früh am Morgen, ehe die Sonne aufgeht und die Nacht schwindet, hat der Himmel die Farbe von geschmiedetem Stahl. Er wirft keine Schatten, und alles scheint in dieses ungebrochene Grau getaucht zu sein. In Jiroch sind sämtliche Häuser weiß getüncht, und die Frauen gehen noch vor Sonnenaufgang an die Brunnen, um die Tageshitze zu meiden. Sie tragen Gewänder mit Kapuzen und Schleier, ganz in Schwarz, und sie balancieren ihre Wasserkrüge auf den Schultern. Ohne daß man es diese Frauen lehren mußte, bewegen sie sich mit einer Anmut, wie sie selbst bei Tänzerinnen selten zu finden ist. Ihr stummer Zug zum Brunnen ist eine Augenweide und der Beginn jedes neuen Tages. Wie Schatten begrüßen sie den Morgen in einem Ritual, das so alt ist wie die Zeit. Habt Ihr je dieses eigenartige Licht vor dem Sonnenaufgang gesehen, Elron?«

»Ich stehe selten vor dem Mittag auf«, antwortete der junge Mann steif.

»Ihr solltet Euch einmal die Mühe machen, es Euch anzusehen«, legte Bevier ihm freundlich nahe. »Ein begnadeter Künstler wie Ihr ist für seine Kunst doch gewiß zu Opfern bereit.«

»Ihr entschuldigt mich?« sagte der junge Mann mit den dunklen Locken brüsk. Er verneigte sich knapp und ergriff die Flucht, wobei sein höhnischer Gesichtsausdruck einem tief gekränkten wich.

»Das war grausam, Bevier« rügte Sperber, »und du hast mir etwas angedichtet. Allerdings muß ich zugeben, daß du bewundernswert mit Worten umgehen kannst.«

»Es hat die gewünschte Wirkung erzielt, Sperber. Wenn dieser eingebildete Trottel sich noch länger so aufgespielt hätte, wäre es mit meiner Beherrschung aus gewesen. Über zweihundert Verse für eine Ode an die Farbe Blau! Was für ein Esel!«

»Wenn er dir das nächste Mal mit Blau auf die Nerven geht, dann beschreib ihm den Bhelliom.«

Bevier schauderte. »Ich bestimmt nicht, Sperber! Schon bei dem Gedanken wird mir übel!«

Sperber lachte und trat ans Fenster, um den Regen zu beobachten, der gegen die Scheibe peitschte.

Danae stellte sich neben ihn und griff nach seiner Hand. »Müssen wir wirklich hierbleiben, Vater? Diese Leute sind kaum zu ertragen!«

»Wir brauchen Schutz vor dem Unwetter, Danae.«

»Wenn das alles ist, worüber du dir Sorgen machst, kann ich es zu regnen aufhören lassen. Ich warne dich! Falls noch einmal eine dieser gräßlichen Frauen auf mich einplappert, als wäre ich ein Kleinkind, verwandle ich sie in eine Kröte!«

»Ich glaube, ich habe eine bessere Idee.« Sperber bückte sich und hob sie auf die Arme. »Tu so, als wärst du schläfrig!«

Danae erschlaffte sofort und ließ Arme und Beine wie bei einer Stoffpuppe hinunterbaumeln.

»Du übertreibst«, rügte Sperber sie. Er durchquerte den saalähnlichen Raum, legte Danae behutsam auf einen Diwan und deckte sie mit ihrem Reiseumhang zu. »Schnarch nicht«, warnte er sie. »Dazu bist du noch nicht alt genug.«

Sie blickte ihn unschuldsvoll an. »So was würde ich doch niemals tun, Sperber. Hol mir meine Katze.« Dann gefror ihr Lächeln. »Achte genau auf unseren Gastgeber und seine Familie, Vater. Ich möchte, daß du siehst, was für Leute sie *wirklich* sind.«

»Was führst du im Schilde?«

»Nichts. Aber du solltest deine Gastgeber genau kennenlernen.«

»Ich durchschaue sie schon.«

»Das stimmt nicht. Sie versuchen, höflich zu sein, deshalb zeigen sie sich im besten Licht. Aber du mußt die Wahrheit hören. Den Rest des Abends werden sie sagen, was sie *wirklich* denken und empfinden.«

»Mir wäre lieber, sie würden es bleibenlassen.«

»Man hält dich für einen tapferen Mann, Sperber, und diese gräßliche Familie ist typisch für den Landadel in Astel. Sobald du sie verstehst, wirst du erkennen, woran das Land krankt. Es könnte sich als nützlich erweisen.« Ihre Augen und ihr Gesicht wurden ernst. »Es gibt hier etwas, Sperber – etwas, worüber wir unbedingt Bescheid wissen müssen.«

»Was?«

»Ich bin mir nicht sicher. Paß gut auf, Vater. Jemand wird dir heute abend etwas Wichtiges erzählen. Und jetzt hol mir meine Katze.«

Das Abendessen, zu dem man sie einlud, war lieblos zubereitet, und die Tischgespräche waren kaum zu ertragen. Durch Danaes Zauber von Zurückhaltung und Vorsicht befreit, sagten der Baron und seine Familie Dinge, die sie normalerweise wohl für sich behalten hätten. Obendrein erhöhte die Wirkung des minderwertigen Weins, den sie in sich hineingossen wie Säufer in einer Schenke, ihr Selbstmitleid und ihre Eitelkeit.

»Ich bin nicht für diese barbarische Abgeschiedenheit geschaffen«, vertraute Katina der armen Melidere tränenvoll an. »Es kann nicht Gottes Wille sein, daß ich so im Verborgenen blühe, fern der Lichter und Fröhlichkeit der Hauptstadt. Vor der Vermählung meines Bruders mit dieser schrecklichen Frau wurden wir grausam getäuscht. Ihre Eltern machten uns weis, daß dieser Landsitz uns Reichtum und Ansehen bringen würde. In Wahrheit aber reichen die Einnahmen kaum für unser Auskommen und die Erhaltung dieser Elendshütte. Es besteht keine Hoffnung, daß wir uns je ein Haus in Darsas leisten können.« Sie vergrub ihr Gesicht in den Händen. »Was soll aus mir werden?« jammerte sie. »Die Lichter, die Bälle, die Scharen von Verehrern, die von meiner Schönheit und meinem Charme betört vor meiner Tür schmachten.«

»Weine doch nicht, Katina«, wimmerte Ermude. »Wenn du weinst, muß ich auch weinen.« Die Schwestern sahen einander so ähnlich, daß Sperber Schwierigkeiten hatte, sie auseinanderzuhalten. Ihre drallen Körper schienen mehr aus Teig denn aus Fleisch zu bestehen. Sie hatten glattes Haar, das beinahe farblos wirkte und strähnig herabhing, und einen fahlen Teint. Weder die eine, noch die andere hielt es offenbar sonderlich mit der Reinlichkeit. »Ich bemühe mich so sehr, meine Schwester zu beschützen«, klagte Ermude der bedauernswerten Melidere ihr Leid, »aber diese furchtbare Abgeschiedenheit ist ihr Ruin. Es gibt hier keine Kultiviertheit. Wir hausen wie Tiere – wie Leibeigene. Alles ist so sinnlos, und das Leben sollte doch einen Sinn haben, nicht wahr? Doch welchen könnte es geben, so fern der Hauptstadt? Diese gräßliche Frau will unserem Bruder nicht gestatten, diese Elendshütte zu verkaufen, damit wir standesgemäß in Darsas leben könnten. Wir sind hier gefangen – gefangen, sage ich Euch! –, und wir werden bis ans Ende unserer Tage in dieser grauenvollen Abgeschiedenheit dahinvegetieren müssen.« Dann vergrub auch sie das Gesicht in den Händen und weinte.

Melidere seufzte und rollte die Augen himmelwärts.

»Ich habe Einfluß auf den Statthalter dieses Bezirks«, erzählte Baron Kotyk Emban mit bombastischem Eigendünkel. »Er verläßt sich ganz auf mein Urteil. Wir hatten große Schwierigkeiten mit den Einwohnern der Stadt – titellose Halunken allesamt, geflohene Leibeigene, auch wenn sie es zu verbergen suchen. Sie beschweren sich bitter über jede neue Steuer und versuchen, die Last auf *uns* abzuwälzen. Wir bezahlen bereits genug Steuern, das dürft Ihr mir glauben, aber *sie* fordern alle Leistungen! Was nutzen *mir* gepflasterte Straßen in der Stadt? Wichtig sind die Landstraßen. Das sage ich Seiner Exzellenz, dem Statthalter, immer wieder!«

Der Baron hatte schon sehr tief ins Glas geschaut. Seine Zunge war schwer, und sein Kopf schwankte auf dem Hals. »Alle Lasten in diesem Bezirk werden *uns* aufgebürdet.« Seine Augen füllten sich mit Selbstmitleid. »Ich muß für fünfhundert Leibeigene aufkommen, die kaum eine Hand rühren – sie sind so faul, daß nicht einmal Auspeitschen sie zum Arbeiten bewegen kann. Es ist alles so ungerecht! Ich bin ein Edelmann, aber das bedeutet heutzutage überhaupt nichts mehr.« Die Tränen rollten nun seine Wangen hinab, und seine Nase lief. »Niemand respektiert, daß Edelleute Gottes höchstes Geschenk an die Menschheit sind! Die Städter behandeln uns nicht besser als einfache Bürger. Wenn man unseren göttlichen Ursprung bedenkt, ist eine solche Respektlosigkeit die schlimmste Form der Häresie. Ich bin sicher, Ihr pflichtet mir bei, Eminenz.« Der Baron zog ungeniert die Nase hoch.

Patriarch Embans Vater war Schankwirt in Uzera gewesen, und Sperber war ziemlich sicher, daß der korpulente Kirchenmann dem Baron ganz gewiß *nicht* beipflichtete.

Ehlana war ganz von der Baronin mit Beschlag belegt worden, und die wachsende Verzweiflung stand ihr deutlich ins Gesicht geschrieben.

»Das Anwesen gehört natürlich *mir*«, erklärte Astansia soeben mit kalter, hochmütiger Stimme. »Mein Vater war bereits senil, als er mich an diesen fetten Eber verheiratete.« Verächtlich fuhr sie fort: »Kotyk hatte seine Schweinsäuglein nur auf die Einnahmen aus *meinem* Besitz geworfen. Aber Vater war vom Adelstitel dieses Schwachsinnigen so beeindruckt, daß er ihn nicht durchschaute und nicht erkannt hat, daß der Herr Baron ein raffgieriger Trottel mit zwei häßlichen fetten Schwestern ist, die an seinen Rockzipfeln hängen.« Sie lächelte höhnisch; dann füllten die unvermeidlichen Tränen wieder ihre Augen. »Ich kann in dieser traurigen Lage nur Trost in der Religion finden, in der Kunst meines Bruders und in der Genugtuung, daß diese beiden Trutschen nie die Lichter von Darsas sehen werden. Dafür sorge ich! Sie werden in diesem Dreckstall dahinvegetieren – bis zu dem Moment, da mein Gemahl, dieses Mastschwein, sich zu Tode gefressen oder gesoffen hat. Und dann werfe ich sie hinaus, mit nicht mehr als dem, was sie am Leibe tragen!« In ihre harten Augen trat ein Leuchten. »Ich kann es kaum erwarten!« stieß sie hervor. »Dann hab' ich meine Rache, und ich und mein begnadeter Bruder werden hier in vollkommener Harmonie leben.«

Prinzessin Danae kletterte auf den Schoß ihres Vaters. »Reizende Leute, nicht wahr?« murmelte sie.

»Erfindest du das alles?« fragte er argwöhnisch.

»Nein, Vater, das kann ich nicht. Das kann keiner von uns. Menschen sind, was sie sind. Wir können sie nicht ändern.«

»Ich dachte, du kannst alles.«

»Es gibt Grenzen, Sperber.« Ihre dunklen Augen wurden hart. »Aber *etwas* werde ich tun.«

»Ach?«

»Dein elenischer Gott schuldet mir ein paar Gefälligkeiten. Ich hab' ihm einmal eine Gunst erwiesen.«

»Wozu brauchst du *seine* Hilfe?«

»Diese Leute sind Elenier. Sie gehören ihm. Ohne seine Erlaubnis kann ich ihnen nichts antun. Das wäre die unverzeihlichste Form von schlechtem Benehmen.«

»Ich bin Elenier, und mir tust du was an.«

»Du bist Anakha, Sperber. Du gehörst niemandem!«

»Das ist deprimierend. Gibt es keine lenkende Hand eines Gottes für mich?«

»Du brauchst niemanden, der dich lenkt. Einen guten Rat manchmal – ja. Aber Führung – nein.«

»Stelle hier bloß nichts Aufsehenerregendes an!«, warnte Sperber. »Wir wissen nicht, was uns in Tamuli erwartet. Es ist besser, wenn wir keine Aufmerksamkeit erregen, solange es sich vermeiden läßt.« Doch dann übermannte ihn seine Neugier. »Bisher hat noch niemand irgend etwas Aufschlußreiches gesagt.«

»Dann halt die Ohren offen, Sperber. Du wirst ganz bestimmt noch etwas hören!«

»Was möchtst du denn, daß Gott diesen Leuten antut?«

»Nichts«, antwortete sie. »Gar nichts. Ich werde ihn nicht bitten, die Lebensumstände dieser Herrschaften zu ändern. Ich möchte nur, daß er sie alle recht, recht lange leben läßt.«

Sperber ließ den Blick um den Tisch und über die verdrossenen Gesichter der Familie ihres Gastgebers schweifen. »Du willst sie hier gefangenhalten«, tadelte er sie. »Du willst fünf Personen, die einander verachten, für alle Ewigkeit aneinanderketten, damit sie sich nach und nach gegenseitig in Stücke reißen?«

»Nicht in alle Ewigkeit, Sperber«, berichtigte das kleine Mädchen. »Obwohl es ihnen wahrscheinlich so vorkommen wird.«

»Das ist grausam!«

»Nein, Sperber. Das ist Gerechtigkeit. Diese Leute verdienen einander. Ich möchte nur dafür sorgen, daß sie viel Zeit haben, die Gesellschaft der anderen zu genießen.«

Stragen beugte sich über Sperbers Schulter. »Was haltet Ihr davon, ein bißchen frische Luft zu schnappen?« fragte er.

»Es regnet doch.«

»Nur Wasser.«

»Also gut. Ist vielleicht gar keine so schlechte Idee.« Sperber erhob sich, trug seine wieder schlafende Tochter zurück ins Wohngemach und legte sie auf den Diwan, wo Murr schnurrend döste und mit ihren krallenbewehrten Pfoten hingebungsvoll eines der Kissen bearbeitete, wie Kätzchen es beim Säugen bei der Mutter tun. Sperber deckte die beiden zu und folgte Stragen auf den Korridor. »Seid Ihr beunruhigt?« fragte er den Thalesier.

»Nein, angewidert. Ich hatte es schon mit einigen der unangenehmsten Menschen auf der Welt zu tun, und ich bin selbst kein Heiliger, aber diese Familie ...« Er schüttelte sich. »Habt Ihr Euch einen Giftvorrat zugelegt, als Ihr in Rendor wart?«

»Ich halte nichts von Gift.«

»Dann seid Ihr ein wenig kurzsichtig, alter Junge. Gift ist eine saubere Methode, unerträgliche Personen loszuwerden.«

»Wenn ich mich recht erinnere, war Annias derselben Meinung.«

»Das hatte ich vergessen«, gab Stragen zu. »Ich kann mir denken, daß Annias Euch nicht gerade ein leuchtendes Vorbild ist, obwohl Gift eine sehr praktische Lösung unangenehmer Probleme sein kann. Aber irgend etwas sollte gegen diese Ungeheuer in Menschengestalt unternommen werden!«

»Das wird geschehen.«

»Ach? Und wie?«

»Das darf ich leider nicht sagen.«

Sie traten hinauf auf eine breite Veranda, die über die gesamte Rückseite des Hauses verlief, lehnten sich an die Brüstung und schauten hinaus auf den schlammigen Hinterhof.

»Sieht gar nicht so aus, als würde es bald zu regnen aufhören, nicht wahr?« fragte Stragen. »Wie lange kann ein solches Wetter zu dieser Jahreszeit anhalten?«

»Da solltet Ihr lieber Khalad fragen. Er kennt sich da am besten aus.«

»Meine Herren?«

Stragen und Sperber drehten sich um.

Es war Elron, des Barons poetischer Schwager. »Ich kam heraus, um Euch zu versichern, daß meine Schwester und ich nicht für Kotyk und seine Verwandten verantwortlich sind«, sagte er.

»Das haben wir auch nicht angenommen, Elron«, murmelte Stragen.

»Sie besaßen nur eines auf der Welt: Kotyks Titel. Ihr Vater verlor ihr Erbe beim Spiel. Es dreht mir den Magen um, daß rücksichtslose Aristokraten so mit uns umspringen!«

»Wir hörten so allerlei Gerüchte«, änderte Stragen geschickt das Thema. »In Esos erzählten uns einige Leute, daß es Unruhen unter den Leibeigenen gibt. Uns ist eine wirre Geschichte zu Ohren gekommen, über einen Burschen, der sich ›Säbel‹ nennen läßt, und über einen anderen Mann namens Ayachin. Aber wir konnten uns keinen rechten Reim darauf machen.«

Elron schaute sich übertrieben verschwörerisch um. »Es ist unklug, diese Namen hier in Astel zu erwähnen, Durchlaucht Stragen«, sagte er in heiserem Flüsterton, der wahrscheinlich über den ganzen Hinterhof gehört werden konnte. »Die Tamuler haben ihre Ohren überall!«

»Die Leibeigenen sind unzufrieden mit den Tamulern?« fragte Stragen überrascht. »Ich hätte gedacht, daß es für ihren Haß näherliegende Ziele gäbe.«

»Die Leibeigenen sind abergläubische Tiere, Durchlaucht«, erklärte Elron abfällig. »Mit Religion, überlieferten Geschichten und Schnaps kann man ihnen alles weismachen. Der *wirkliche* Aufstand ist gegen die gelben Teufel gerichtet!« Elrons Pupillen verengten sich. »Die Ehre Astels verlangt, daß das tamulische Joch abgeschüttelt wird. Das ist das wahre Ziel der Bewegung. Säbel ist ein Patriot, eine geheimnisvolle Gestalt, die aus der Nacht erscheint, um die Asteler anzustacheln, sich zu erheben und die Ketten der Unterdrücker zu sprengen. Säbel ist immer maskiert, müßt ihr wissen.«

»Das hat man uns nicht gesagt.«

»Nicht? Nun, es ist erforderlich, denn Säbel ist eine bekannte Persönlichkeit, die ihre wahre Identität und Ansichten sehr sorgfältig verbirgt. Tagsüber ist er ein müßiger Edelmann, doch des Nachts wird er zum maskierten Fanal, das den Patriotismus seiner Landsleute entflammt.«

»Ich nehme an, daß Ihr Euch so Eure Gedanken darüber macht«, sagte Stragen.

Elrons Miene verriet plötzliche Vorsicht. »Ich bin nur ein Poet, Durchlaucht Stragen. Mein Interesse gilt dem Hauch des Dramatischen, von dem Säbel umwittert wird. Es ist meinem dichterischen Genie förderlich, versteht Ihr?«

»Oh, natürlich.«

»Und wie paßt dieser Ayachin ins Bild?« fragte Sperber. »Wenn ich es recht verstanden habe, ist er bereits seit geraumer Zeit tot.«

»In Astel tut sich Seltsames, Ritter Sperber«, versicherte Elron. »So mancherlei, was seit Generationen im Blut aller wahren Asteler schlummerte. Tief im Herzen wissen wir, daß Ayachin nicht tot ist. Er kann gar nicht sterben – nicht, solange die Tyrannei lebt.«

»Nur als kleines Gedankenspiel, Elron«, sagte Stragen geschickt, »diese Bewegung scheint ganz auf die Leibeigenen als Kämpfer zu bauen. Was haben die dabei zu gewinnen? Warum sollte es Menschen, die so sehr an die Scholle gebunden sind, überhaupt interessieren, wer an der Regierung ist?«

»Sie sind Schafe. Sie laufen blind in jede Richtung, in die man sie lenkt. Man braucht lediglich von Befreiung und Gleichberechtigung zu schwafeln, und sie würden einem selbst in die Hölle folgen.«

»Dann hat Säbel gar nicht wirklich die Absicht, die Leibeigenen zu befreien?«

Elron lachte. »Warum sollte ein vernünftiger Mensch das wollen? Was hätte es für einen Sinn, Vieh freizulassen?« Er blickte sich verstohlen um. »Ich muß wieder ins Haus, bevor ich vermißt werde. Kotyk haßt mich und würde nichts lieber tun, als mich bei der Obrigkeit anzuschwärzen. Mir bleibt nichts anderes übrig, als zu lächeln und höflich zu ihm zu sein – und zu diesen fetten Säuen, seinen Schwestern. Ich behalte meine Meinung für mich, meine Herren. Aber wenn der Tag unserer Befreiung kommt, wird es hier Veränderungen geben, so wahr mir Gott helfe. Gesellschaftliche Veränderungen sind manchmal nur mit Gewalt durchzusetzen, und ich garantiere, daß Kotyk und seine Schwestern den Morgen des neuen Tages nicht erleben werden.« Er kniff die Augen verschwörerisch zusammen. »Aber ich rede zuviel. Ich behalte meine Meinung für mich, meine Herren. Jawohl, das tue ich.« Er wirbelte seinen schwarzen Umhang über die Schultern und schritt hocherhobenen Hauptes und mit entschlossener Miene ins Haus zurück.

»Faszinierender junger Bursche«, bemerkte Stragen. »Irgendwie bringt er meine Fäuste zum Jucken.«

Sperber brummte beipflichtend und blickte in die regnerische Nacht. »Ich hoffe, es hört bis zum Morgen auf. Ich möchte wirklich aus dieser Kloake heraus.«

11

Der nächste Morgen dämmerte mit starkem Wind und versprach keine Wetterbesserung. Sperber und seine Begleiter frühstückten hastig und machten sich zum Aufbruch bereit. Der Baron und seine Familie lagen noch in den Betten, und keiner ihrer Gäste war in Stimmung, ihnen ein herzliches Lebewohl zu sagen. Knapp eine Stunde nach Sonnenaufgang brachen sie auf und ritten im meilenfressenden Kanter nordostwärts auf der Landstraße nach Darsas. Obwohl keiner es aussprach, wollten sie so schnell wie möglich fort, ehe ihre Gastgeber auf die Idee kamen, sie zu verfolgen, um wortreich Abschied zu nehmen.

Im Lauf des Vormittags erreichten sie die weiße Steinsäule, welche die östliche Grenze der Ländereien des Barons markierte. Alle atmeten erleichtert auf. Die Kolonne ritt nun langsamer weiter, und Sperber sowie die anderen Ritter hielten sich dicht an der Karosse.

Ehlanas Kammerzofe Alean weinte, und sowohl die Königin wie Baroneß Melidere bemühten sich, sie zu trösten.

»Sie hat ein so sanftes Gemüt«, erklärte Melidere auf Sperbers Frage nach dem Grund für die Tränen des Mädchens. »Die entsetzlichen Verhältnisse in diesem furchtbaren Haus haben sie tief erschüttert.«

»Hat jemand etwas Ungehöriges zu Euch gesagt?« fragte Kalten die schluchzende Zofe. Sein Verhalten Alean gegenüber war ungewöhnlich. Seit man Kalten klargemacht hatte, die Finger von dem Mädchen zu lassen, war er beinahe fanatisch darauf bedacht, sie zu beschützen. »Falls Euch jemand beleidigt hat, reite ich zurück und bringe ihm Manieren bei.«

»Nein, Herr Ritter«, antwortete das Mädchen bedrückt, »nichts dergleichen. Es ist nur so, daß sie alle an diesem schrecklichen Ort wie in einer Falle sitzen. Sie hassen einander, aber sie müssen den Rest ihres Lebens beisammenbleiben, und sie werden einander ohne Unterlaß quälen, bis sie alle tot sind.«

»Vielleicht haben diese Kreaturen den Zorn der Götter heraufbeschworen«, bemerkte Sperber und vermied es, seine Tochter dabei anzusehen. »Also, jeder von uns hatte Gelegenheit, sich mit den

Angehörigen des Barons zu unterhalten. Hat irgend jemand etwas Interessantes aufgeschnappt?«

»Die Leibeigenen stehen kurz vor der Revolte«, sagte Khalad. »Ich habe mich in den Stallungen und Nebengebäuden umgesehen und mit den Leuten gesprochen. Der Vater der Baronin war ein gütiger Herr, wie's scheint; die Leibeigenen haben ihn geliebt. Doch nach dem Tod des Alten zeigte Kotyk sein wahres Gesicht. Er kann sehr brutal sein und greift gern nach der Knute.«

»Was ist eine Knute?« wollte Talen wissen.

»Eine Art Geißel«, antwortete sein Halbbruder düster.

»Eine Peitsche?«

»Ja, aber es steckt mehr dahinter. Leibeigene *sind* nicht gerade arbeitswütig – was man durchaus verstehen kann. Und sie sind wahre Künstler, wenn es darum geht, Dummheit oder Krankheit oder Verletzungen vorzutäuschen. Ich nehme an, sie haben es als eine Art Spiel betrachtet. Die Herren wußten, was ihre Leibeigenen ausheckten, und die Leibeigenen wußten, daß sie nicht wirklich jemanden täuschen konnten. Ich glaube sogar, es hat allen Beteiligten Spaß gemacht – bis die Herren vor ein paar Jahren des Spiels plötzlich überdrüssig wurden. Statt die Leibeigenen wie gewohnt durch Überredung oder Schliche zum Arbeiten zu bewegen, griff der Landadel nun zur Knute. Die Herren brachen mit tausend Jahren Tradition und wurden über Nacht gewalttätig – und das können die Leibeigenen nicht begreifen. Kotyk ist nicht der einzige Landherr, der seine Leibeigenen mißhandelt. Die Leute sagen, daß es in ganz Westastel so ist. Leibeigene neigen zur Übertreibung; aber offenbar sind alle überzeugt, daß ihre Herren mit voller Absicht zu brutalen Mitteln greifen, um die alten Rechte abzuschaffen und die Leibeigenen in die Sklaverei zu treiben. Ein Leibeigener kann nicht verkauft werden, wohl aber ein Sklave. Das ist eins der Hauptargumente, mit denen dieser ›Säbel‹ die Leute für sich gewinnt. Sagt man zu einem Mann, daß jemand vorhat, seine Frau und Kinder zu verkaufen, kann man sicher sein, daß er auf die Barrikaden geht.«

»Das paßt aber nicht so recht zu dem, was Baron Kotyk mir erzählte«, warf Patriarch Emban ein. »Der Baron trank vergangene Nacht mehr, als gut für ihn war, und er sagte so manches, was er ansonsten bestimmt für sich behalten hätte. *Seiner* Meinung nach hat dieser Säbel in Wahrheit die Absicht, die Tamuler aus Astel zu vertreiben. Um ehrlich zu sein, Sperber, ich konnte nicht recht glauben, was der Dieb in Esos über Säbel erzählte, aber dieser Mann hat zweifellos das Ohr der Edelleute. Er reitet auf den rassischen und religiösen Unterschieden zwischen Eleniern und Tamulern herum. Kotyk nannte die Tamuler mehrmals ›gottlose gelbe Hunde‹.«

»Wir haben Götter, Eminenz«, protestierte Oscagne milde. »Wenn Ihr mir ein bißchen Zeit zum Nachdenken gebt, fallen mir vielleicht sogar ein paar Namen ein.«

»Unser Freund Säbel ist sehr geschickt«, meinte Tynian. »Er hat Parolen sowohl für die Edelleute als auch für die Leibeigenen.«

»Ich glaube, das nennt man ›mit gespaltener Zunge reden‹«, bemerkte Ulath.

»Ich finde, das Reich sollte schleunigst herausfinden, wer dieser Säbel ist«, sagte Oscagne nachdenklich. »Etwas anderes wird man von uns ohnehin nicht erwarten. Wir brutalen Unterdrücker und gottlosen gelben Hunde möchten immer wissen, wer die Aufwiegler und Unruhestifter sind.«

»Damit ihr sie schnappen und aufhängen könnt?« fragte Talen anklagend.

»Nicht unbedingt, junger Mann. Naturtalente darf man nicht vergeuden. Ich bin sicher, wir finden Verwendung für diesen offensichtlich begabten Burschen.«

»Aber er haßt Euer Reich, Exzellenz!« gab Ehlana zu bedenken.

»Das muß nicht unbedingt etwas besagen, Majestät.« Oscagne lächelte. »Die Tatsache, daß jemand das Reich haßt, macht ihn nicht gleich zum Verbrecher. Jeder, der gesunden Menschenverstand besitzt, haßt das Reich, mitunter sogar der Kaiser. Das Auftauchen von Revolutionären ist ein deutlicher Hinweis darauf, daß in der betreffenden Provinz keineswegs alles so ist, wie es sein müßte. Ein Revolutionär hat es auf seine Fahne geschrieben, auf Mißstände aufmerksam zu machen. Somit ist es auf lange Sicht einfacher, ihn gewähren und die Dinge in seinem Sinne regeln zu lassen. Ich kenne mehr als einen ehemaligen Revolutionär, der ein guter Provinzstatthalter geworden ist.«

»Das ist eine interessante Einstellung, Exzellenz«, sagte Ehlana, »aber wie bringt man Leute, die einen hassen, dazu, für einen zu arbeiten?«

»Man überlistet sie, Majestät. Man fragt sie ganz einfach, ob sie glauben, daß sie es besser machen könnten. Und das glauben sie ausnahmslos. Also braucht man ihnen bloß zu sagen, sie sollen es versuchen. Für gewöhnlich dauert es ein paar Monate, bis sie erkennen, daß sie benutzt wurden. Wenn Ihr Statthalter einer Provinz seid, habt Ihr das schlimmste Amt auf der Welt. *Jedermann* haßt Euch.«

»Wie paßt dieser Ayachin ins Bild?« fragte Bevier.

»Ich nehme an, er ist die einigende Kraft«, meinte Stragen. »Wie Fyrchtnfles in Lamorkand.«

»Nur eine Galionsfigur?« sagte Tynian.

»Wahrscheinlich. Man kann schließlich nicht ernsthaft erwarten, daß ein Held aus dem neunten Jahrhundert etwas von der heutigen Politik versteht.«

»Trotzdem ist das Ganze ein Rätsel«, meinte Ulath. »Die Edelleute haben eine andere Vorstellung von ihm als die Leibeigenen. Säbel muß zwei verschiedene Geschichten unter die Leute bringen. Wer war dieser Ayachin denn *wirklich*?«

Nun ergriff Emban das Wort. »Kotyk erzählte mir, er sei ein kleiner Edelmann gewesen, und ein großer Anhänger der astelischen Kirche. Im neunten Jahrhundert drangen von der Kirche fanatisierte Eosier ins Land ein. Euer Dieb in Esos hatte zumindest *damit* recht. Für die Asteler ist die Verehrung unserer Heiligen Mutter in Chyrellos Ketzerei. Ayachin hat angeblich die Edelleute um sich geschart und schließlich einen großen Sieg in den Astelischen Sümpfen errungen.«

»Die Version der Leibeigenen lautet anders«, warf Khalad ein. »Sie erzählen, daß Ayachin einer der ihren war, ein Leibeigener, der sich als Edelmann ausgab, und daß sein wahres Ziel die Befreiung vom Joch der Landherren war. Die Leibeigenen behaupten, den Sieg in den Sümpfen hätten *sie* errungen, nicht die Edelleute. Später, als die Edelleute herausfanden, wer Ayachin wirklich war, ließen sie ihn ermorden.«

»Dann ist er wirklich die perfekte Galionsfigur«, meinte Ehlana. »Offenbar war er so vielseitig, daß er für alle etwas zu bieten hat.«

Emban runzelte die Stirn. »Die Mißhandlung der Leibeigenen ergibt keinen Sinn. Leibeigene sind nicht sonderlich fleißig, aber es gibt ihrer so viele, daß man lediglich mehr von ihnen für eine bestimmte Arbeit abstellen muß, dann wird sie letztlich doch erledigt. Mißhandelt man die Leibeigenen, bringt man sie nur gegen sich auf. Das weiß selbst ein Schwachkopf. Sperber, gibt es irgendeinen Zauber, der die Edelleute veranlaßt haben könnte, einen so selbstmörderischen Weg einzuschlagen?«

»Nicht, daß ich wüßte.« Sperber ließ den Blick über die anderen Ritter schweifen, und alle schüttelten den Kopf. Prinzessin Danae hingegen nickte unmerklich und deutete Sperber damit an, daß es einen solchen Zauber durchaus geben könne. »Ich würde die Möglichkeit jedoch nicht von der Hand weisen, Eminenz«, fuhr Sperber daraufhin fort. »Daß keiner von uns von einem solchen Zauber gehört hat, schließt ja nicht aus, daß es ihn gibt. Falls jemand hier in Astel an Aufruhr interessiert ist, käme ihm bestimmt nichts gelegener, als ein Aufstand der Leibeigenen; und wenn alle Landedelleute gleichzeitig anfangen, ihre Leibeigenen mit der Knute zu bestrafen, ist das der perfekte Schachzug, ein Revolte auszulösen.«

»Und dieser Säbel steckt offenbar dahinter«, sagte Emban. »Er wiegelt die Edelleute gegen die gottlosen gelben Hunde auf – verzeiht, Oscagne – und gleichzeitig die Leibeigenen gegen ihre Herren. Hat irgend jemand etwas über diesen Mann erfahren können?«

»Elron hat der Wein gestern ebenfalls sehr redselig gemacht«, sagte Stragen. »Er hat Sperber und mir erzählt, daß Säbel des Nachts maskiert unterwegs ist und seine Reden hält.«

»Das kann doch nicht wahr sein!« rief Bevier ungläubig.

»Ziemlich pathetisch, nicht wahr? Wir haben es hier offenbar mit einem kindlichen Gemüt zu tun. Elron ist jedenfalls überwältigt von soviel Melodramatik.«

»Kann ich mir denken!« Bevier seufzte.

»Das alles hört sich ein wenig wie das Produkt eines drittklassigen Poeten an, nicht wahr?« Stragen lächelte.

»Das ist Elron ja auch.« Tynian nickte.

»Du schmeichelst ihm«, brummte Ulath. »Der Kerl hat mich gestern in die Enge getrieben und mir einige seiner Verse vorgetragen. ›Drittklassig‹ ist eine gewaltige Übertreibung.«

Sperber grübelte. Aphrael hatte ihm versichert, daß jemand in Kotyks Haus irgend etwas Wichtiges sagen würde, doch von der Enthüllung diverser häßlicher Charakterfehler abgesehen hatte niemand ihm irgend etwas Welterschütterndes eröffnet. Doch plötzlich fiel Sperber ein, daß Aphrael ja nicht gesagt hatte, *er* würde der Empfänger dieser wichtigen Information sein. Jeder konnte irgend etwas aufgeschnappt haben.

Sperber überlegte. Am einfachsten wäre es, seine Tochter zu fragen. Dann aber würde er sich einige wenig schmeichelhafte Bemerkungen über sein beschränktes Begriffsvermögen anhören müssen. Also beschloß er, es lieber selbst herauszubekommen.

Der Karte nach würden sie für ihre Reise zur Hauptstadt Darsas etwa zehn Tage brauchen. In Wirklichkeit benötigten sie natürlich viel weniger Zeit.

»Was machst du mit den Leuten, die uns sehen, wenn wir uns auf diese Weise fortbewegen?« fragte er Danae, während sie in ihrem magischen Tempo dahinzogen. »Ich kann mir vage vorstellen, wie du unseren Begleitern vorgaukelst, wir würden ganz normal dahinreiten. Aber was ist mit Fremden?«

»Wenn Fremde in der Nähe sind, bewegen wir uns nicht so, Sperber«, antwortete sie. »Aber sie würden uns ohnehin nicht sehen. Dazu sind wir viel zu schnell.«

»Du hältst also die Zeit an, so wie Ghnomb es in Pelosien getan hat?«

»Nein, eigentlich tue ich genau das Gegenteil. Ghnomb ließ die Zeit erstarren, und ihr mußtet euch durch eine endlose Sekunde kämpfen, während ich ...« Sie blickte ihren Vater nachdenklich an. »Ich erkläre es dir ein andermal«, beschloß sie. »Wir werden immer nur für einige Meilen schneller; wir reiten eine Zeitlang normal und erhöhen das Tempo dann wieder für kurze Zeit. Daß es perfekt harmoniert, ist nicht leicht. Aber es ist eine interessante Beschäftigung auf der langen, öden Reise.«

»Wurde beim Grafen das Wesentliche, das Wichtige, von dem du gesprochen hast, eigentlich gesagt?« fragte Sperber schließlich doch.

»Ja.«

»Was war es?« Er beschloß, seiner Würde ein paar Wunden zuzumuten.

»Das weiß ich nicht. Ich weiß nur, daß es wesentlich sein würde *und* daß jemand es sagen würde; aber Einzelheiten kenne ich nicht.«

»Dann bist du *nicht* allwissend?«

»Das habe ich nie behauptet.«

»Wäre es möglich, daß die wichtige Information in vereinzelten Gesprächsfetzen geäußert wurde? Beispielsweise ein oder zwei Worte an Emban, ein paar an Stragen und mich, und einige weitere an Khalad? Und wir müssen sie alle zusammenfügen, um das ganze Bild zu bekommen?«

Sie dachte darüber nach. »Das ist brillant, Vater!« rief sie.

»Danke.« Dann hatten ihre gemeinsamen Überlegungen am Vormittag also doch etwas gebracht. Sperber stieß ein wenig weiter vor: »Gibt es hier in Astel jemanden, der das Verhalten der Leute verändert?«

»Ja, aber das ist immer so.«

»Als die Landherren ihre Leibeigenen zu mißhandeln begannen, war es gar nicht ihre eigene Idee?«

»Natürlich nicht. Absichtliche, berechnende Grausamkeit erfordert großen Einsatz. Man muß sich darauf konzentrieren, und dazu sind die Asteler zu faul. Die Grausamkeit wurde ihnen aufgezwungen.«

»Könnte ein styrischer Magier das getan haben?«

Sie schüttelte den Kopf. »Nicht alle zugleich. Nur einen nach dem anderen. Ein Styriker hätte einen Edelmann auswählen und in ein grausames Ungeheuer verwandeln können.« Sie dachte kurz nach. »Vielleicht sogar zwei gleichzeitig«, verbesserte sie sich. »Im Höchstfall drei. Aber darüber hinaus gäbe es zu viele Unbekannte, als daß ein Sterblicher sie hätte ins Kalkül ziehen können.«

»Dann ist es ein Gott? Oder mehrere Götter?«

»Habe ich das nicht gerade gesagt?«

»Und der Zweck des Ganzen besteht darin, bei den Leibeigenen Wut und Haß zu wecken, so daß sie für revolutionäre Einflüsterungen reif sind?«

»Deine Logik ist umwerfend, Sperber.«

»Und der plötzliche, gegen die Tamuler gerichtete Groll? Hat er denselben Ursprung?«

»Ja, und er begann wahrscheinlich zur gleichen Zeit«, bestätigte sie. »Es ist leichter, alles gleichzeitig zu tun. Immer wieder in denselben Verstand eindringen zu müssen, ist langweilig.«

Sperber hatte einen plötzlichen Einfall. »An wie viele Dinge kannst *du* gleichzeitig denken?« fragte er.

»Das habe ich nie gezählt. Mehrere tausend, würde ich sagen. Im Grunde gibt es natürlich keine Beschränkung. Ich glaube, ich könnte an alles gleichzeitig denken, wenn ich es wirklich möchte. Ich werde es mal versuchen, dann kann ich es dir sagen.«

»Das ist also der eigentliche Unterschied zwischen uns, nicht wahr? Du kannst an mehr Dinge gleichzeitig denken als ich.«

»Das ist *einer* der Unterschiede.«

»Nenn mir einen weiteren.«

»Du bist männlichen und ich weiblichen Geschlechts.«

»Das ist ziemlich offensichtlich – und nicht von allzu großer Bedeutung.«

»Da täuschst du dich, Sperber. Es ist von viel, viel größerer Bedeutung, als du dir je vorstellen könntest.«

Nachdem sie den Fluß Antun überquert hatten, gelangten sie in eine dicht bewaldete Gegend; da und dort ragten schroffe Felsen zwischen den Bäumen hervor. Das Wetter ließ nach wie vor zu wünschen übrig; es blieb stürmisch und gewitterschwanger, doch es regnete nicht.

Krings Peloi fühlten sich in den Wäldern gar nicht wohl. Nervös um sich blickend, blieben sie alle dicht bei den Ordensrittern.

»Darauf sollten wir künftig achten«, sagte Ulath am Spätnachmittag. Er deutete mit einem Ruck seines Kinns auf zwei barbarisch aussehende, kahlgeschorene Krieger, die Berit so dichtauf folgten, daß ihre Pferde beinahe auf die Hinterhufe des Hengstes trampelten, auf dem der junge Ordensritter saß.

»Worauf?« fragte Kalten ihn verständnislos.

»Die Peloi nicht in einen Wald zu führen.« Ulath machte eine Pause und lehnte sich im Sattel zurück. »Ich lernte eines Sommers ein Mädchen in Heid kennen, das ebenfalls schreckliche Angst vor dem Wald hatte. Die jungen Männer aus der Stadt verloren das Interesse an ihr, obwohl sie eine Schönheit war. Heid ist eine übervölkerte Kleinstadt, wo man in den Häusern auf Schritt und Tritt über Tanten, Großmütter und jüngere Brüder stolpert. Die jungen Männer hatten erkannt, daß man in der Gegend nur in den Wäldern die Möglichkeit finden konnte, ungestört zu sein, doch dieses Mädchen weigerte sich, auch nur in die Nähe eines Waldes zu gehen. Dann machte ich eine erstaunliche Entdeckung. Das Mädchen hatte zwar Angst vor dem Wald, aber Heuböden konnten sie nicht schrecken. Ich habe sie oft auf die Probe gestellt, doch sie zeigte niemals Scheu davor. Vor Ziegenställen übrigens auch nicht.«

»Ich sehe da keinen Zusammenhang«, brummte Kalten. »Wir sprachen darüber, daß die Peloi Angst vor dem Wald haben. Falls uns hier, in diesem Wald, jemand überfällt, werden wir wohl kaum die Zeit haben, schnell eine Scheune für die Peloi zu bauen.«

»Ich fürchte, da hast du recht«, murmelte Ulath

»Also gut. Wo ist dann der Zusammenhang?«

»Keine Ahnung.«

»Warum hast du mir dann diese Geschichte erzählt?«

»Weil es eine sehr romantische Geschichte ist, findest du nicht?« fragte Ulath gekränkt.

Kalten verdrehte seufzend die Augen.

Talen kam an die Spitze galoppiert. »Ich glaube, Ihr solltet zur Karosse zurückkommen, meine Herren Ritter.« Er bemühte sich, ein Lachen zu unterdrücken.

»Was ist los?« fragte ihn Sperber.

»Wir haben Besuch – na ja, nicht direkt Besuch, aber wir werden beobachtet.«

Sperber und die anderen wendeten ihre Pferde und ritten an der Kolonne entlang zur Karosse zurück.

»Das *müßt* Ihr Euch ansehen, Sperber!« Auch Stragen versuchte ein Lachen zu unterdrücken. »Macht es nicht zu auffällig, wenn Ihr hinschaut – ganz oben auf dem Felsen links der Straße ist ein Reiter.«

Sperber beugte sich vor, als würde er zu seiner Gemahlin sprechen; dabei hob er den Blick, um zu dem zerklüfteten Felsen hinaufzuschauen, der sich aus dem Waldboden hob.

Der Reiter befand sich etwa vierzig Meter entfernt und war durch die untergehende Sonne im Hintergrund deutlich zu sehen. Er machte keine Anstalten, sich zu verbergen. Der Mann saß auf dem Rücken eines nachtschwarzen Rappen und trug ebenso schwarze Kleidung. Der starke Wind fächerte seinen Umhang hinter ihm aus, konnte jedoch den breitkrempigen Hut nicht bewegen, den der Mann tief in die Stirn gezogen hatte. Eine beutelartige schwarze Maske mit leicht verrutschten Augenöffnungen bedeckte sein Gesicht.

»Ist das nicht das Lächerlichste, das Ihr je gesehen habt?« Stragen grinste.

»Sehr beeindruckend«, murmelte Ulath. »Zumindest ist *er* beeindruckt.«

»Ich wünschte, ich hätte eine Armbrust«, brummte Kalten. »Berit, meinst du, du könntest ihn mit einem Pfeil ein wenig ankratzen?«

»Das ist bei diesem Wind zu riskant, Kalten«, entgegnete der junge Ritter. »Wenn mein Pfeil abgelenkt wird, könnte er den Mann versehentlich töten.«

»Wie lange will er dort oben herumsitzen?« fragte Mirtai.

»Wahrscheinlich, bis er sicher ist, daß jeder aus unserer Kolonne ihn gesehen hat«, vermutete Stragen. »Er hat sich viel Mühe gemacht, sich so herauszuputzen. Was meint Ihr, Sperber? Könnte es der Kerl sein, von dem Elron uns erzählt hat?«

»Der eindrucksvollen Maske nach schon möglich«, stimmte Sperber ihm zu. »Der Rest läßt allerdings zu wünschen übrig.«

»Was ist los?« fragte Emban.

»Falls Sperber und ich uns nicht irren, Eminenz, haben wir die Ehre, eine lebende Legende bewundern zu dürfen. Ich glaube, der

Mann dort ist Säbel, der maskierte Was-auch-immer auf seiner abendlichen Runde.«

»Was in aller Welt tut er?« fragte Oscagne verblüfft.

»Ich nehme an, er ist unterwegs, für das Unrecht einzutreten, den Unterdrückten jede Hoffnung zu rauben und sich ganz allgemein zum Esel zu machen, Eminenz. Sieht ganz so aus, als hätte er großen Spaß dabei.«

Der maskierte Reiter ließ sein Pferd dramatisch tänzeln, und sein schwarzer Umhang wirbelte um ihn. Dann ritt er die andere Seite des Felsens hinunter und war verschwunden.

»Wartet!« mahnte Stragen, ehe die anderen sich rühren konnten.

»Worauf?« fragte Kalten.

»Horcht!«

Von irgendwo hinter dem Felsen erschallte der blecherne Klang eines Horns, der in einem ausgesprochen unmelodischen Kreischen endete.

»Er *mußte* einfach ein Horn haben«, erklärte Stragen. »Keine derartige Vorstellung wäre ohne Horn denkbar.« Er lachte. »Wenn er fleißig übt, gelingt ihm irgendwann vielleicht sogar eine Melodie.«

Darsas war eine altertümliche Stadt am Ostufer des Astels. Die Brücke, die zur Ortschaft führte, war ein steinerner Bogen, der seinen Zweck gewiß schon mehrere tausend Jahre erfüllte, und die meisten Häuser der Stadt schienen nicht jünger zu sein. Die mit Kopfsteinen gepflasterten Straßen waren eng und gewunden, wahrscheinlich folgten sie Pfaden, auf denen man Äonen zuvor Kühe zur Tränke getrieben hatte. Obwohl ihre Altertümlichkeit seltsam anmutete, besaß Darsas doch irgend etwas Vertrautes. Die Stadt war beinahe der Urtyp einer elenischen Ansiedlung, deren besondere Architektur in Sperber ein tiefes Gefühl der Vertrautheit erweckte.

Botschafter Oscagne führte die Gruppe durch eine enge Straße und einen überfüllten Basar zu einem beeindruckenden Platz in der Mitte der Stadt. Er deutete auf ein Bauwerk wie aus einem Märchen, mit einem breiten Tor und hohen Türmen, die mit bunten Bannern geschmückt waren.

»Der Königspalast«, sagte Oscagne zu Sperber. »Ich werde mit

Fontan sprechen, unserem hiesigen Botschafter. Dann wird er uns zu König Alberen begleiten. Ich bin bald zurück.«

Sperber nickte. »Kalten!« rief er seinem Freund zu. »Laß die Truppe antreten. Ein kleines Zeremoniell scheint mir hier angebracht.«

Als Oscagne aus der tamulischen Botschaft zurückkehrte, die sich praktischerweise in einem an das Schloß grenzenden Gebäude befand, begleiteten ihn zwei scheinbar uralte Tamuler, deren Köpfe völlig haarlos und deren Gesichter runzlig waren wie geschrumpelte Äpfel.

»Prinz Sperber«, sagte Oscagne förmlich, »ich habe die Ehre, Euch mit seiner Exzellenz, Botschafter Fontan, bekannt machen zu dürfen. Er ist der Vertreter Seiner Kaiserlichen Majestät hier im Königreich Astel.«

Sperber und Fontan tauschten höfliche Verbeugungen aus.

»Habe ich Euer Hoheit Erlaubnis, Seine Exzellenz Ihrer Majestät der Königin vorstellen zu dürfen?« fragte Oscagne.

»Umständlich, nicht wahr, Sperber?« Fontans Stimme war trocken wie Staub. »Oscagne ist ein guter Junge. Er war mein vielversprechendster Schüler, doch mitunter läßt er sich von seiner Vorliebe für Rituale und Förmlichkeiten etwas zu sehr mitreißen.«

Oscagne grinste. »Ich leihe mir ein Schwert und stürze mich hinein, Fontan.«

»Ich habe Euch mit einem Schwert in der Hand beobachtet, Oscagne«, konterte Fontan. »Wenn Ihr Euch das Leben nehmen wollt, legt Euch lieber mit einer Kobra an. Mit einem Schwert hättet Ihr mindestens eine Woche lang zu tun.«

»Ein Wiedersehen wahrer Freunde«, stellte Sperber lächelnd fest.

»Wißt Ihr, Sperber, es ist mir ein Bedürfnis, Oscagnes Selbsteinschätzung ein wenig zu dämpfen«, entgegnete Fontan. »Er ist ein hervorragender Mann, dem es manchmal jedoch an Demut mangelt. Aber jetzt stellt mich Eurer Gemahlin vor. Sie ist viel hübscher als Ihr, und der kaiserliche Kurier aus Matherion ritt drei Pferde zuschanden, um mir des Kaisers Anweisung zu überbringen, so nett zu ihr zu sein, wie ich nur sein kann. Wir werden ein Weilchen plaudern. Dann führe ich euch zu meinem lieben, unfähigen Freund, dem König. Ich wette, die unglaubliche Ehre des Besuches Eurer Königin wird ihm die Sinne rauben.«

Ehlana war erfreut, die Bekanntschaft des Botschafters zu machen. Daß diese Freude echt war, wußte Sperber, weil Ehlana es ihm sagte. Sie lud den greisen Tamuler, den wahren Herrscher von Astel, ein, bei ihr in der Karosse Platz zu nehmen; dann setzte sich die gesamte Kolonne in Richtung Schloßtor in Bewegung.

Der heranrückende Troß machte den Hauptmann der Schloßwache nervös. Doch wenn zweihundert Elitekrieger auf einen zukommen, muß eine solche Nervosität wohl als normal betrachtet werden. Doch Botschafter Fontan beruhigte den Hauptmann, und drei Boten wurden zum König gesandt, ihm die Ankunft der Gäste zu melden. Sperber beschloß, den Hauptmann nicht zu fragen, warum er gleich drei Boten schickte; der arme Mann war bereits aufgeregt genug. Die Besucher wurden auf den Hof des Schlosses geleitet, wo sie absaßen und ihre Pferde den Stallknechten übergaben. »Benimm dich!« murmelte Sperber Faran zu, als ein einfältig aussehender Bursche die Zügel nahm.

Im Schloß schien allerhand los zu sein. Fenster schwangen auf, und aufgeregte Gaffer streckten die Köpfe heraus.

»Ich glaube, das macht die stählerne Kleidung«, sagte Fontan zur Königin. »Die Aufmachung Eurer Majestät Eskorte könnte durchaus einen neuen Modestil anregen. Möglicherweise wird sich eine ganze Generation von Schneidern einer Ausbildung zum Schmied unterziehen müssen.« Er zuckte die Schultern. »Warum auch nicht? Es ist ein nützliches Handwerk. Wenn die Aufträge ausbleiben, könnten die Schneider Pferde beschlagen.« Er blickte auf seinen ehemaligen Schüler, der zur Karosse zurückgekehrt war. »Ihr hättet einen Boten voraussenden und Euren Besuch ankündigen sollen, Oscagne. Jetzt werden wir warten müssen, bis im Schloß alles präsentabel ist.«

Nach kurzer Zeit marschierte eine Gruppe livrierter Trompeter auf den Balkon über dem Schloßeingang. Sie schmetterten einen Tusch. Der Hof war von steinernen Gebäuden umgeben, und die Echos der Trompeten waren so laut, daß einige Pferde ihre Reiter vor Schreck beinahe abgeworfen hätten. Fontan stieg aus der Karosse und bot Ehlana höfisch den Arm.

»Ihr seid sehr ritterlich, Exzellenz«, murmelte sie.

»Beweis einer vergeudeten Jugend, meine Liebe.«

»Die Manieren Eures Lehrers kommen mir sehr vertraut vor, Botschafter Oscagne«, stellte Stragen lächelnd fest.

»Meine Nachahmung des Meisters ist leider nur ein armseliger Schatten seiner Perfektion, Durchlaucht.« Oscagne blickte voller Zuneigung auf seinen runzligen Lehrmeister. »Wir alle versuchen, Fontan nachzueifern. Seine Erfolge auf dem Gebiet der Diplomatie sind Legende. Laßt Euch nicht täuschen, Stragen! Wenn Fontan liebenswürdig und ironisch humorvoll ist, entwaffnet er jeden und bekommt auf diese Weise mehr Informationen über den Betreffenden, als man sich vorstellen kann. Fontan kann schon am Zucken der Brauen den Charakter eines Menschen erkennen.«

»Dann werde ich wohl eine Herausforderung für ihn sein«, meinte Stragen, »da ich ein fast charakterloser Mensch bin.«

»Ihr macht Euch selbst etwas vor, Durchlaucht. Ihr seid bei weitem nicht so charakterlos, wie Ihr uns glauben lassen wollt.«

Ein stämmiger Lakai in prächtiger scharlachroter Livree geleitete sie ins Schloß und einen breiten, gut beleuchteten Korridor entlang. Botschafter Oscagne schritt gleich hinter dem Lakaien und informierte ihn im Gehen über Rang und Namen der Besucher.

Die Flügeltür am Ende des Korridors schwang weit auf, und der livrierte Lakai schritt den Besuchern voraus in einen riesigen, prunkvollen Thronsaal, in dem sich aufgeregte Höflinge drängten. Der Lakai, offenbar der Zeremonienmeister, pochte mit seinem Stab auf den Boden. »Werte Damen und Herren«, rief er mit Donnerstimme, »ich habe die Ehre, Ihre Göttliche Majestät Ehlana, Königin von Elenien, vorzustellen.«

»Göttlich?« flüsterte Kalten Sperber zu.

»Das wird immer offensichtlicher, je besser man sie kennt.«

Der Zeremonienmeister fuhr mit der Vorstellung fort und schmückte bei jeder Namensnennung die Titel eines jeden Besuchers aus. Oscagne hatte seine Hausaufgabe offenbar sehr sorgfältig gemacht, und der Zeremonienmeister reihte bei seiner Vorstellung selbst die selten benutzten Titel fließend auf. Dabei wurde die fast vergessene Tatsache ans Licht gebracht, daß Kalten Baron war, Bevier ein Vicomte, Tynian Herzog und Ulath Graf. Am überraschendsten von allem war vielleicht, daß Berit, der schlichte, ernste Berit, seinen Titel Marquis immer verschwiegen hatte. Stragen wurde als Baron vorgestellt. »Der Titel meines Vaters«, erklärte er den Gefährten verlegen flüsternd. »Seit ich ihn und meine Brüder getötet habe, steht er mir rechtlich zu – eine Art Kriegsbeute, wißt ihr.«

»Meine Güte!« hauchte Baroneß Melidere, und ihre blauen Augen leuchteten. »Ich befinde mich hier ja in viel erlauchterer Gesellschaft, als ich ahnte!«

»Ich wollte, Melidere würde das bleiben lassen«, flüsterte Stragen.

»Was?« fragte Kalten.

»Sie will den Anschein erwecken, das Leuchten in ihren Augen wäre die Sonne, die durch den Hohlraum in ihrem Kopf leuchtet. Ich *weiß* aber, daß sie viel klüger ist! Ich hasse Schwindler.«

»*Ihr* haßt Schwindler?«

»Schon gut, Kalten.«

Im Thronsaal König Alberens von Astel breitete sich ehrfürchtiges Schweigen aus, als die Erhabenheit der Besucher offenkundig wurde. König Alberen, ein nichtssagender Mann, dessen Königsroben zu groß waren, schien bei jedem neuen Titel noch kleiner zu werden. Alberen hatte offenbar schwache Augen, und seine Kurzsichtigkeit verlieh ihm den ängstlichen Blick eines Hasen oder anderen kleinen, hilflosen Tieres, das andere Tiere als natürliche Beute betrachten. Die Pracht seines Thronsaals machte ihn nur noch kleiner – die gewaltigen roten Teppiche und Wandbehänge, die schweren, goldverzierten Kristallüster und Marmorsäulen – das alles bildete einen heroischen Rahmen, in dem sich ein so kleiner Mann einfach fehl am Platze fühlen *mußte*.

Sperbers Gemahlin, majestätisch und liebreizend, schwebte zum Thron, geleitet von Botschafter Fontan und umgeben von ihrem stahlgepanzerten Gefolge. König Alberen wußte offenbar nicht so recht, was das Zeremoniell in einem solchen Fall verlangte. Als Monarch von Astel stand es ihm zu, auf seinem Thron sitzen zu bleiben, doch die Tatsache, daß sein gesamter Hofstaat sich tief vor Ehlana verbeugte oder knickste, schüchterte ihn ein. So erhob er sich und trat sogar von seinem Thronpodest hinab, um Ehlana zu begrüßen.

»Nun fand Unser Leben seine Krönung«, sagte Ehlana in ihrer höfisch vollendetsten Art, »denn endlich, wie Gott es seit Anbeginn der Zeit gewiß bestimmt hat, lernen Wir Unseren teuren Bruder von Astel persönlich kennen, wie Wir es Uns schon seit Unserer frühesten Kindheit ersehnten.«

»Spricht sie für uns alle?« flüsterte Talen Berit zu. »Dann lügt sie nämlich, soweit es mich betrifft.«

»Sie bedient sich des Pluralis majestatis«, erklärte Berit. »In diesem Fall ist die Königin mehr als eine Person, und sie spricht für ihr gesamtes Reich.«

»Wir fühlen uns geehrter, als ich... Wir sagen können, Majestät«, entgegnete Alberen ein wenig hilflos.

Ehlana paßte sich rasch der mangelnden Sprachgewandtheit ihres Gastgebers an und verfiel übergangslos in einen weniger förmlichen Tonfall. Sie überging das steife Zeremoniell und überhäufte den armen Mann mit ihrem Charme. Schon nach fünf Minuten plauderten sie miteinander, als würden sie sich bereits ihr Leben lang kennen, und nach zehn Minuten hätte Alberen ihr seine Krone abgetreten, hätte Ehlana ihn darum gebeten.

Nach den unvermeidlichen Begrüßungsworten entfernten Sperber und Ehlanas Gefolge sich vom Thron, um – ebenso unvermeidlich – mit den versammelten Hofleuten zu plaudern, hauptsächlich über das Wetter, ein politisch unverfängliches Thema. Emban und der Erzmandrit Monsel, das Oberhaupt der Astelischen Kirche, wechselten theologische Platitüden, ohne dabei die unterschiedlichen Lehrmeinungen zu berühren, die ihre beiden Kirchen trennten. Monsel trug eine kunstvolle Mitra und aufwendig bestickte Roben. Auch er hatte einen Vollbart, der bis zur Körpermitte reichte.

Sperber hatte schon früh im Leben erkannt, daß in solchen Situation eine finstere Miene seine beste Verteidigung war. So schüchterte er üblicherweise ganze Säle voller Personen ein, die ihn sonst mit geistlosem Geschwätz belästigt hätten.

»Fühlt Ihr Euch nicht wohl, Prinz Sperber?« Es war Botschafter Fontan, der es trotz Sperbers furchteinflößender Miene wagte, ihn anzusprechen. »Ihr seht ausgesprochen mürrisch aus.«

»Nichts als Taktik, Exzellenz«, versicherte Sperber. »Wenn ein Soldat nicht belästigt werden möchte, läßt er einen Graben schaufeln und ihn mit spitzen Pfählen spicken. Ein finsteres Gesicht erzielt bei gesellschaftlichen Anlässen die gleiche Wirkung.«

»Ihr seht wirklich abweisend aus, mein Junge. Machen wir einen Spaziergang auf der Brustwehr und genießen die Aussicht, die frische Luft und die Ungestörtheit. Es gibt so allerlei, das Ihr wissen müßt, und jetzt haben wir vielleicht die einzige Gelegenheit, unter vier Augen zu sprechen. An König Alberens Hof wimmelt es von unwichtigen Schranzen, die alles geben würden, wenn sie damit protzen könnten, Euch persönlich zu kennen. Ihr habt einen beachtlichen Ruf, wißt Ihr?«

»Das ist reichlich übertrieben, Exzellenz.«

»Ihr seid zu bescheiden, mein Junge. Gehen wir?«

Unauffällig verließen sie den Thronsaal und stiegen mehrere Treppen hinauf, bis sie auf den windgepeitschten Wehrgang gelangten.

Fontan blickte über die Stadt. »Malerisch, aber veraltet, findet Ihr nicht?«

»Das sind wohl alle elenischen Städte, Exzellenz«, erwiderte Sperber. »Elenische Baumeister hatten seit fünf Jahrtausenden keine neuen Ideen mehr.«

»Matherion wird Euch die Augen öffnen, Sperber. Also, zur Sache. Astel steht kurz davor, auseinanderzubrechen. Das gilt zwar für alle Reiche auf der Welt, doch in Astel steht es besonders schlimm. Ich tue, was ich kann, den Verfall aufzuhalten, doch Alberen ist dermaßen leicht zu beeinflussen, daß es fast jedem gelingt. Er unterzeichnet so gut wie alles, was man ihm vorlegt. Ihr habt natürlich von Ayachin gehört – und seinem Laufburschen Säbel?«

Sperber nickte.

»Ich habe jeden Reichsagenten in Astel auf Säbel angesetzt, um seine wahre Identität zu erfahren, aber bisher hatten wir kein Glück. Er treibt sich ungehindert herum und unterhöhlt das System, das in Jahrhunderten gewachsen ist. Wir wissen so gut wie nichts über ihn.«

»Säbel hat ein kindliches Gemüt, Exzellenz«, sagte Sperber. »Egal, wie alt er sein mag, er ist nicht erwachsen geworden.« Er beschrieb kurz den Vorfall im Wald.

»Das hilft uns sicher weiter!« sagte Fontan. »Es ist noch keinem meiner Leute gelungen, sich bei einer seiner berüchtigten Versammlungen einzuschleichen, deshalb hatten wir keine Ahnung, mit was für einem Menschen wir es zu tun haben. Er hat die Aristokratie jedenfalls völlig in der Hand. Vor ein paar Wochen konnte ich Alberen im letzten Moment davon abhalten, eine Proklamation zu unterzeichnen, die jeden geflohenen Leibeigenen zum Verbrecher gestempelt hätte. Das wäre das Ende des Reichs gewesen, glaube ich. Denn bisher war die Flucht für einen Leibeigenen der letzte Ausweg aus einer unerträglichen Situation. Wenn er fliehen und sich ein Jahr und einen Tag verbergen kann, ist er frei. Nähme man den Leibeigenen diese Möglichkeit, würden sie rebellieren, und ein Aufstand der Leibeigenen ist eine zu schreckliche Vorstellung, um sie auch nur in Erwägung zu ziehen.«

»Ein solcher Aufstand ist aber geplant, Exzellenz«, klärte Sperber ihn auf. »Säbel *will* hier in Astel eine Rebellion der Leibeigenen und wiegelt sie auf. Er hat seinen Einfluß auf die Edelleute benutzt, sie genau zu jenen Taten anzustiften, welche die Leibeigenen auf die Barrikaden bringen.«

»Was hat dieser Mann nur vor?« empörte sich Fontan. »Er wird ganz Astel in Blut ertränken!«

Sperber brachte es auf den Punkt. »Ich glaube nicht, daß er sich das geringste aus Astel macht, Exzellenz. Säbel ist lediglich das Werkzeug von jemandem, der sich ein viel größeres Ziel gesetzt hat.«

»Ach? Und was ist das?«

»Ich kann nur raten, Exzellenz. Aber ich glaube, es gibt da jemanden, der sich die ganze Welt unterwerfen will. Und er würde bedenkenlos Astel und jeden einzelnen Asteler opfern, um zu bekommen, was er erstrebt!«

12

»Es ist schwierig, die Sache auf den Punkt zu bringen, Prinz Sperber«, sagte Baroneß Melidere an diesem Abend, nachdem sich die königliche Familie und deren engste Vertraute in ihre geräumige Gemächerflucht zurückgezogen hatten. Auf den ausdrücklichen Wunsch der Königin waren auch Melidere, Mirtai und Alean hier Zimmer überlassen worden. Ehlana brauchte aus mehreren Gründen – aus praktischen, politischen und einigen sehr obskuren – Frauen um sich. Die Damen hatten sich ihrer Prunkgewänder entledigt und waren, mit Ausnahme von Mirtai, in bequeme, pastellfarbene Nachtgewänder geschlüpft. Melidere bürstete Mirtais dichtes blauschwarzes Haar, und die rehäugige Alean die aschblonde Haarpracht Ehlanas.

»Ich weiß nicht so recht, wie ich es beschreiben soll«, fuhr die honigblonde Baroneß fort. »Es ist eine Art allgemeine Traurigkeit. Schaut euch nur die Gesichter an!«

»Das ist mir auch aufgefallen, Sperber«, wandte Ehlana sich an ihren Gemahl. »Alberen hat kaum gelächelt, und ich kann wirklich *jeden* zum Lächeln bringen.«

»Allein Eure Anwesenheit genügt, ein Lächeln auf unsere Lippen zu zaubern, meine Königin«, versicherte Talen ihr galant. Er gehörte als Ehlanas Page zur erweiterten könglichen Familie. Der junge Dieb war heute ungemein elegant in einen pflaumenfarbenen Samtwams und eine Kniehose aus demselben Stoff gekleidet. Kniehosen kamen zur Zeit in Mode, und Ehlana hatte alles mögliche versucht, ihren Gemahl zu überreden, in eine solche zu schlüpfen. Nachdem Sperber sich kategorisch geweigert hatte, war der Königin nichts anderes übriggeblieben, als ihren Pagen zu zwingen, eines dieser lächerlichen Kleidungsstücke zu tragen.

»Man möchte einen Ritter aus dir machen, Talen«, sagte Melidere anzüglich, »keinen süßholzraspelnden Höfling.«

Talen zuckte die Schultern. »Stragen sagt, daß es immer gut ist, sich für den Notfall eine Ausweichmöglichkeit offenzuhalten, Baroneß.« Seine Stimme schwankte zwischen Sopran und Bariton.

Die Baroneß rümpfte die Nase. »Das sieht ihm ähnlich!« Sie ließ kein gutes Haar an Stragen, doch Sperber hatte seine Zweifel an Melideres zur Schau gestelltem Mißfallen.

Talen und Prinzessin Danae saßen auf dem Boden und rollten einen Ball zwischen sich hin und her. Murr beteiligte sich begeistert an diesem Spiel.

»Offenbar glauben alle insgeheim, die Welt geht übernächste Woche unter.« Die Baroneß zog langsam die Bürste durch Mirtais Haar. »Nach außen hin geben die Leute sich heiter, aber sobald man sie näher beobachtet, erkennt man, wie schwermütig sie in Wirklichkeit sind. Und alle geben sich dem Trunk hin! Ich kann es natürlich nicht beweisen, aber ich habe das Gefühl, jeder von ihnen ist überzeugt, schon sehr bald sterben zu müssen.« Nachdenklich zupfte sie an Mirtais Haar. »Ich glaube, ich werde eine goldene Kette hineinflechten, meine Liebe«, sagte sie zu der Riesin.

»Nein, Melidere«, wehrte Mirtai ab. »Es steht mir noch nicht zu, Gold zu tragen.«

»Jeder Frau steht es zu, Gold zu tragen, Mirtai.« Melidere lachte. »Vorausgesetzt, sie kann einen Mann betören, es ihr zu schenken.«

»Nicht bei meinem Volk«, widersprach Mirtai. »Gold ist nur für Erwachsene, nicht für Kinder.«

»Ihr seid kein Kind mehr, Mirtai.«

»Doch. Bis ich eine bestimmte Zeremonie über mich ergehen lasse. Nehmt Silber, Melidere – oder Stahl.«

»Aber Stahl eignet sich nicht für Geschmeide.«

»Warum nicht? Wenn man es genug poliert...«

Melidere seufzte. »Hol mir bitte die Silberkettchen, Talen.«

Als Talen zur Tür ging, wurde höflich angeklopft, und Botschafter Oscagne trat ein, nachdem der Knappe ihm geöffnet hatte. Oscagne verbeugte sich vor Ehlana. »Ich habe mit Fontan gesprochen, Majestät«, berichtete er. »Er beordert zwei atanische Legionen von der Garnison in Canae als Geleitschutz für uns ab, wenn wir nach Matherion weiterziehen. Ich bin überzeugt, daß wir uns in ihrer Gegenwart sicherer fühlen werden.«

»Was ist eine Legion, Exzellenz?« erkundigte sich Talen, als er das Gemach durchquerte und in der Geschmeideschatulle zu wühlen begann.

»Eintausend Krieger«, antwortete Oscagne. Er lächelte Ehlana an. »Mit zweitausend Atanern zu Eurer Verfügung, Majestät, könntet Ihr Edom erobern. Möchtet Ihr einen Stützpunkt auf dem daresischen Kontinent errichten? Das wäre gar nicht so unpraktisch. Wir Tamuler werden ihn für Euch verwalten – zur üblichen Gebühr, versteht sich – und Euch zum Ende jeden Jahres einen mehr als befriedigenden Bericht senden. Diese Berichte werden natürlich nicht der Wahrheit entsprechen, aber wir werden sie trotzdem schicken.«

»Mitsamt dem Gewinn?« fragte Ehlana interessiert.

»O nein, Majestät.« Oscagne lachte. »Aus irgendwelchen Gründen macht kein einziges Königreich im ganzen Imperium Gewinn – außer Tamul selbst natürlich.«

»Warum sollte ich ein Reich wollen, das nichts einbringt?«

»Aus Prestigegründen, Majestät, und aus Eitelkeit. Ihr würdet einen zusätzlichen Titel und eine zweite Krone Euer eigen nennen.«

»Ich brauche keine zweite Krone, Exzellenz. Ich habe nur einen Kopf. Nein, nein. Lassen wir lieber dem König von Edom sein Reich, wenn's nichts einbringt.«

»Ich glaube, das ist eine kluge Entscheidung, Majestät«, pflichtete Oscagne ihr bei. »Edom ist langweilig. Man baut dort Getreide an, und die Bauern sind schwerfällige Menschen, die sich allenfalls für das Wetter interessieren.«

»Wie lange wird es voraussichtlich dauern, bis diese Legionen eintreffen?« erkundigte sich Sperber.

»Etwa eine Woche. Sie marschieren, kommen also schneller voran, als wenn sie reiten würden.«

»Ist es nicht umgekehrt, Exzellenz?« fragte Melidere. »Ich war immer der Meinung, daß Pferde schneller sind als Menschen zu Fuß.«

Mirtai lachte.

»Habe ich etwas Komisches gesagt?« wunderte sich Melidere.

»Als ich vierzehn war, hat mich drunten in Dakonien mal ein Mann belästigt«, sagte die Riesin. »Er war betrunken. Als er am nächsten Morgen nüchtern wurde, erkannte er, was er getan hatte, und flüchtete auf seinem Pferd, noch vor Sonnenaufgang. Ich holte ihn kurz vor Mittag ein. Sein Pferd war tot; der Mann hatte es zuschanden geritten. Mir haben Pferde immer schon leidgetan. Ein ausgebildeter Krieger kann den ganzen Tag laufen – ein Pferd vermag das nicht, da es zum Fressen anhalten muß. Wir aber können beim Marschieren Nahrung zu uns nehmen und brauchen deshalb keine Rast zu machen.«

»Was habt Ihr mit dem Kerl gemacht, der Euch belästigt hat?« fragte Talen.

»Möchtest du das wirklich wissen?«

»Äh – nein, Mirtai«, antwortete er. »Wenn Ihr mich so fragt, lieber nicht.«

Und so hatten sie eine Woche für sich. Baroneß Melidere verbrachte die Zeit damit, scharenweise Herzen zu brechen. Die jungen Edelmänner an König Alberens Hof scharwenzelten auf Schritt und Tritt um sie herum. Melidere machte ihnen schöne Augen, gab allerlei Versprechen – von denen sie keines hielt – und ließ sich hin und wieder von einem sehr hartnäckigen Verehrer in einer dunklen Ecke küssen. Es machte ihr großen Spaß, und vor allem erfuhr sie sehr viel Nützliches. Ein junger Mann, der einem hübschen Mädchen nachstellt, erzählt ihm so manches Geheimnis, das er besser für sich behalten hätte.

Zu Sperbers und seiner Freunde Erstaunen brach Berit fast ebenso viele Mädchenherzen wie Melidere Männerherzen.

»Es ist fast unheimlich«, sagte Kalten eines Abends. »Er tut im Grund genommen überhaupt nichts. Er unterhält sich nicht mit den Mädchen, er lächelt sie nicht mal an. Er tut *gar* nichts! Ich weiß nicht, woran es liegt, aber jedesmal, wenn Berit ein Zimmer betritt, verlieren die jungen Damen den Kopf.«

»Er ist ja auch ein sehr gutaussehender junger Mann, Kalten«, gab Ehlana zu bedenken.

»Berit? Er muß sich noch nicht einmal regelmäßig rasieren.«

»Was hat das damit zu tun? Er ist hochgewachsen, hat breite Schultern und gute Manieren. Außerdem hat er die blauesten Augen, die ich je gesehen habe – und die längsten Wimpern.«

»Aber er ist doch noch ein Junge.«

»Nicht mehr. Ihr habt ihn in letzter Zeit offenbar nicht richtig beobachtet. Außerdem sind die jungen Damen, die seinetwegen in ihr Kissen seufzen und schluchzen, selbst kaum den Kinderschuhen entwachsen.«

»Das Verrückte daran ist, daß Berit gar nicht weiß, welche Wirkung er auf alle diese armen Mädchen hat«, warf Tynian ein. »Es fehlt nicht viel, und sie reißen sich die Kleider vom Leib, nur um seine Aufmerksamkeit auf sich zu lenken. Und der Junge hat nicht die leiseste Ahnung, was da vor sich vorgeht.«

»Diese Ahnungslosigkeit macht einen Teil seines Charmes aus, Herr Ritter.« Ehlana lächelte. »Ohne seine Unschuld fänden die Mädchen Berit nicht halb so attraktiv. Ritter Bevier hat eine ähnliche Anziehungskraft, nur daß Bevier weiß, was für ein außerordentlich gutaussehender junger Mann er ist. Es ist lediglich seine religiöse Einstellung, die ihn abhält, davon Gebrauch zu machen. Berit hingegen ist völlig ahnungslos.«

»Vielleicht sollte ihn einer von uns einmal ein bißchen darüber aufklären«, schlug Ulath vor.

»Laßt das lieber bleiben«, warnte Mirtai. »Der junge Mann ist schon richtig, so wie er ist.«

»Mirtai hat recht«, warf Ehlana ein. »Laßt Berit in Ruhe. Wir möchten, daß er seine Unschuld noch eine Zeitlang behält.« Ein schelmischer Ausdruck huschte über ihre Züge. »Bei Bevier hingegen sieht die Sache anders aus. Es wird Zeit, daß wir eine Gemahlin für ihn finden. Er wird einen prachtvollen Ehemann abgeben.«

Bevier lächelte schwach. »Ich bin bereits verheiratet, Majestät – mit der Kirche.«

»Verlobt vielleicht, Bevier, aber noch nicht verheiratet. Kauft einstweilen noch keine geistliche Kleidung, Herr Ritter. Ich habe Euch noch nicht aufgegeben.«

»Wäre es nicht einfacher, Ihr würdet Euch in Eurer näheren Umgebung umschauen, Majestät? Wenn Ihr das Bedürfnis habt, jemanden zu vermählen, wäre Ritter Kalten der richtige Mann.«

»Kalten?« rief Ehlana entsetzt. »Das ist verrückt, Bevier! Das würde ich *keiner* Frau antun!«

»Majestät!« entrüstete sich Kalten.

Ehlana lächelte den blonden Pandioner an. »Ich mag Euch sehr,

Kalten. Aber Ihr seid nicht aus dem Stoff, aus dem man Ehemänner macht. Ich wüßte niemanden für Euch. Und ich könnte es nicht mit meinem Gewissen vereinbaren, einer Frau zu *befehlen*, Euch zu heiraten. Bei Tynian bestünde eine vage Möglichkeit. Aber Gott hat Euch und Ulath dazu bestimmt, Junggesellen zu bleiben.«

»Was? Mich auch?« fragte Ulath erstaunt.

»Ja, Euch auch.«

Stragen und Talen traten ein, beide in der einfachen Kleidung, die sie für gewöhnlich trugen, wenn sie draußen auf den Straßen etwas zu tun hatten.

»Hattet ihr Glück?« fragte Sperber.

»Wir haben ihn gefunden«, antwortete Stragen, während er Alean seinen Umhang reichte. »Er ist wirklich nicht nach meinem Geschmack. Er ist ein Taschendieb, und Taschendiebe eignen sich nach meinem Dafürhalten nicht zum Führer. Ihr Charakter weist erhebliche Mängel auf.«

»Stragen!« empörte sich Talen.

»In Wahrheit bist du doch gar kein Taschendieb, mein junger Freund«, beruhigte Stragen ihn. »Bei dir ist es lediglich ein Zeitvertreib, bis du erwachsen bist. Wie auch immer, der Name dieses hiesigen Diebes ist Kondrak. Er hat eingesehen, daß wir ein gemeinsames Interesse an einer stabilen Regierung haben – das zumindest muß ich ihm zugute halten. In Krisenzeiten ist mit dem Ausplündern von Häusern zwar leichte Beute zu machen, aber auf lange Sicht kommt ein guter Dieb in friedlichen Zeiten zu mehr Wohlstand. Natürlich kann Kondrak nicht für alle anderen Diebe mitentscheiden. Er muß erst mit seinen Kollegen in anderen Städten des Imperiums palavern.«

»Ich schätze, das wird ein Jahr dauern«, sagte Sperber trocken.

»Kaum«, widersprach Stragen. »Diebe sind viel schneller als ehrliche Menschen. Kondrak wird Botschaften schicken, in denen er unsere Ziele beschreibt, und er wird sich dafür stark machen. Ich glaube, die Chancen stehen recht gut, daß sich die Diebe aller Königreiche des Imperiums auf unsere Seite schlagen.«

»Wie erfahren wir, welche Entscheidung sie getroffen haben?« fragte Tynian.

»Ich werde in jeder größeren Stadt, durch die wir ziehen, einen Höflichkeitsbesuch machen.« Stragen zuckte die Schultern. »Früher oder später bekomme ich eine formelle Antwort. Das dürfte nicht allzu lange dauern. Wir werden die endgültige Entscheidung haben, ehe wir Matherion erreichen.« Er blickte Ehlana nachdenklich an. »Eure Majestät haben in den letzten Jahren viel über die Unterweltsorganisation erfahren. Wäre es möglich, dies zum Staatsgeheimnis zu erheben? Wir sind durchaus zur Zusammenarbeit bereit, wenn erforderlich sogar zur Hilfeleistung, aber wir würden uns viel wohler fühlen, wenn die anderen Monarchen nicht allzu viel über unsere Arbeitsweise erführen. Ein Übereifriger könnte es sich in den Kopf setzen, die geheime Organisation zu zerschlagen, und das würde ziemliche Probleme mit sich bringen.«

»Was ist es Euch wert, Durchlaucht Stragen?« neckte Ehlana ihn.

Sein Blick wurde sehr ernst. »Das ist eine Entscheidung, die Ihr selbst treffen müßt, Ehlana«, sagte er eindringlich und ließ Titel und Förmlichkeit beiseite. »Ich habe mich bemüht, Euch zu unterstützen, wann immer es mir möglich war, weil ich Euch ehrlich zugetan bin. Falls Euch jedoch in dieser Sache bei einem Gespräch nur das Geringste entschlüpft und andere Monarchen etwas erfahren, was sie nicht wissen sollten, könnte ich Euch keine Hilfe mehr sein.«

»Ihr würdet mich im Stich lassen, Durchlaucht Stragen?«

»Nie, Majestät. Aber meine Kollegen würden mich umbringen lassen, und tot wäre ich wohl kaum noch von Nutzen für Euch, oder?«

Erzmandrit Monsel war ein kräftiger, imposanter Mann mit schwarzen Augen, durchdringendem Blick und einem beeindruckenden schwarzen Bart. Es war ein aggressiver Bart, ein Aufmerksamkeit fordender Bart, ein Bart, den man unmöglich zu übersehen vermochte, und der Erzmandrit benutzte ihn wie einen Rammbock. Wo immer er hinging, der Bart war ihm einen Meter voraus. Er stellte sich auf, wenn sein Träger gereizt war – und das war er häufig –, und bei feuchtem Wetter verhedderte er sich wie billige Angelschnüre. Der Bart wippte, wenn Monsel sprach, und betonte manches Wort auf seine Weise. Patriarch Emban war von diesem Bart zutiefst fasziniert. »Als würde man sich mit einer lebendig gewordenen Hecke unterhalten«, sagte er zu Sperber, als er ihn durch die Schloßkorridore zu einer Privataudienz bei dem astelischen Geistlichen begleitete.

»Gibt es bestimmte Themen, die ich lieber meiden sollte, Eminenz?« erkundigte sich Sperber. »Ich bin mit der astelischen Kirche nicht vertraut und möchte keineswegs theologische Streitgespräche auslösen.«

»Unsere Meinungsverschiedenheiten beziehen sich auf die Kirchenherrschaft, Sperber; die rein theologischen Differenzen sind kaum der Rede wert. Wir haben weltliche Kleriker, während die astelischen Geistlichen zugleich Mönche sind. Außerdem haben die Asteler weit mehr Priester und Mönche als wir – etwa ein Zehntel der Bevölkerung.«

»So viele?«

»O ja. Jeder Landsitz und jedes Stadthaus eines astelischen Edlen hat eine eigene Kapelle mit einem eigenen Priester, und dieser Priester wird hinzugezogen, wenn Entscheidungen zu treffen sind.«

»Wie finden sie nur so viele Männer, die bereit sind, Priester zu werden?«

»Sie werden hauptsächlich aus den Reihen der Leibeigenen rekrutiert. Ein Priesterleben hat seine Nachteile, ist jedoch dem Leben eines Leibeigenen vorzuziehen.«

»Das kann ich mir vorstellen.«

»Wie auch immer, der Erzmandrit wird Euch respektieren, weil Ihr einem religiösen Orden angehört. Ach, übrigens, als Übergangshochmeister der Pandioner seid Ihr automatisch ein Patriarch. Wundert Euch also nicht, wenn er Euch mit ›Eminenz‹ anredet.«

Ein langbärtiger Mönch ließ sie in die Audienzkammer ein. Sperber war längst aufgefallen, daß alle astelischen Geistlichen Bärte trugen. Der Raum war klein und dunkel getäfelt, der Teppich von tiefem Weinrot, und die dicken Vorhänge an den Fenstern waren schwarz. Überall lagen Bücher und eselsohrige Schriften verstreut.

»Ah, Emban«, sagte Monsel. »Nun, was habt Ihr inzwischen so alles getrieben?«

»Ich hatte viel zu tun. Ich war unterwegs, Heiden bekehren.«

»Wirklich? Wo habt Ihr denn hier welche gefunden? Ich dachte immer, die meisten Heiden gibt es in der Basilika von Chyrellos. Setzt euch, meine Herren. Ich werde uns Wein bringen lassen, und wir können über Theologie debattieren.«

»Kennt Ihr Sperber?« fragte Emban, als sie in Sesseln vor einem offenen Fenster Platz nahmen, wo der Wind die schwarzen Vorhänge bauschte.

»Flüchtig«, erwiderte Monsel. »Wie geht es Euch, Hoheit?«

»Danke gut. Und wie fühlt Ihr Euch, Eminenz?«

»Vor allem neugierig. Weshalb habt Ihr eine so private Besprechung erbeten?«

»Wir alle sind Kleriker, Eminenz«, sagte Emban. »Sperber trägt zwar meistens einen Priesterrock aus Stahl, aber er gehört der Geistlichkeit an. Wir möchten etwas mit Euch besprechen, das Euch wahrscheinlich ebensosehr betrifft wie uns. Ich glaube, ich kenne Euch gut genug, um zu wissen, daß Ihr uns verzeihen könnt, daß wir Eurer Meinung nach das falsche Knie beugen.«

»Das falsche ... was?« fragte Sperber verdutzt.

»Wir beugen das rechte Knie.« Emban zuckte die Schultern. »Diese bedauernswerten, zurückgebliebenen Heiden das linke.«

»Schockierend!« murmelte Sperber. »Meint Ihr, wir sollten mit einer Armee hierherkommen und sie zwingen, es richtig zu machen?«

»Seht Ihr?« sagte Emban zu dem Erzmandriten. »Genau das ist es, was ich meinte. Ihr solltet auf die Knie fallen – zuerst auf das rechte! – und Gott danken, daß Ihr keine Ordensritter am Hals habt. Ich glaube, die meisten von ihnen beten heimlich styrische Götter an.«

»Nur die Jüngeren Götter, Eminenz«, berichtigte Sperber. »Mit den Älteren Göttern hatten wir gewisse Probleme.«

»Er sagt es so gleichmütig.« Monsel schauderte. »Wenn Ihr glaubt, daß wir das Thema Kniefall erschöpfend behandelt haben, Emban, dann kommt bitte zur Sache.«

»Was ich Euch sagen werde, ist streng vertraulich, Eminenz. Hinter unserer Reise verbirgt sich viel mehr als der offizielle Anlaß. Es war Königin Ehlanas Idee. Es ist nicht ihre Art, *irgendwohin* zu reisen, nur weil jemand es von ihr will. Diese ganze aufwendige Aktion dient lediglich zur Verschleierung der eigentlichen Absicht; nämlich Sperber auf den daresischen Kontinent zu bringen. Die Welt zerfällt an allen Ecken und Enden. Deshalb haben wir beschlossen, Sperber die Sache wieder in Ordnung bringen zu lassen.«

»Ich dachte, das sei Gottes Sache.«

»Gott ist momentan zu beschäftigt, und er hat vollstes Vertrauen zu Sperber. Soviel ich weiß, denken alle möglichen anderen Götter ebenso.«

Monsels Augen weiteten sich, und sein Bart zuckte.

»Beruhigt Euch, Monsel. Wir Kirchenleute sind nicht verpflichtet, an andere Götter zu glauben. Es sind lediglich ein paar Zugeständnisse hinsichtlich ihrer möglichen Existenz erforderlich.«

»Oh, das ist etwas anderes. Wenn es nur Spekulation ist, ist wohl nichts dagegen einzuwenden.«

»Allerdings ist eines *keine* Spekulation, Eminenz«, sagte Sperber. »Ihr habt hier in Astel Schwierigkeiten.«

»Ihr habt es also bemerkt. Hoheit, Ihr seid ein sehr aufmerksamer Beobachter!«

»Möglicherweise seid Ihr nicht darüber informiert worden, da die Tamuler es so weit als möglich geheimhalten möchten, aber Ähnliches tut sich in vielen anderen daresischen Reichen. Es beginnt sogar auf Eosien überzugreifen.«

»Ich glaube, die Tamuler sind von Natur aus Geheimniskrämer«, brummte Monsel.

»Ich habe einen Freund, der von unserer eosischen Kirche das gleiche behauptet«, sagte Sperber vorsichtig. Sie waren sich über die politischen Ansichten des Erzmandriten noch nicht ganz klar geworden. Ein falsches Wort konnte nicht nur Monsels Mithilfe in Frage stellen, sondern die gesamte Mission gefährden.

»Wissen ist Macht«, sagte Emban, »und nur ein Narr teilt seine Macht mit anderen, sofern es nicht notwendig ist. Laßt uns offen reden, Monsel. Was haltet Ihr von den Tamulern?«

»Ich mag sie nicht«, entgegnete Monsel unverblümt. »Sie sind Heiden, sie gehören einer fremden Rasse an, und man weiß nie, was sie denken.«

Sperber war enttäuscht.

»Ich muß jedoch zugeben, daß die Einverleibung Astels ins tamulische Imperium das Beste war, was uns je passiert ist. Ob wir die Tamuler mögen oder nicht, ist unwichtig. Ihr fanatischer Hang zu Ordnung und Stabilität hat allein zu meinen Lebzeiten viele Male Kriege verhindert. In vergangener Zeit hat es andere Imperien gegeben, und die Zeit ihres Aufstiegs war von unbeschreiblichem Grauen und Leid gezeichnet. Ich finde, wir müssen ehrlich zugeben, daß die Tamuler die besten Imperialisten aller Zeiten sind. Sie mischen sich nicht in einheimische Sitten oder Religionen ein. Sie stören die gesellschaftliche Struktur nicht, und sie regieren durch die etablierten Regierungen. Ihre Steuern, so sehr wir auch darüber jammern, sind in Wirklichkeit gering. Sie bauen gute Straßen und fördern den Handel. Abgesehen davon lassen sie uns für gewöhnlich in Ruhe. Daß wir uns untereinander nicht bekriegen, ist das einzige, worauf sie streng bestehen. Damit kann ich leben – auch wenn meine Vorgänger sich arg unterdrückt fühlten, weil die Tamuler nicht zuließen, daß sie ihre Nachbarn mit dem Schwert bekehrten.«

Jetzt atmete Sperber ein wenig leichter.

»Aber ich weiche vom Thema ab«, meinte Monsel. »Wenn mich nicht alles täuscht, habt ihr eine Art weltweite Verschwörung angedeutet.«

»Haben wir das, Sperber?« fragte Emban.

»Ich glaube ja, Eminenz.«

»Habt Ihr einen konkreten Anhaltspunkt, auf den Ihr diese Theorie stützen könnt, Ritter Sperber?« erkundigte sich Monsel.

»Eigentlich nur die Logik, Eminenz.«

»Ich bin bereit, auf die Logik zu hören, solange sie meinem Glauben nicht widerspricht.«

»Wenn sich an einem Ort eine Reihe von Geschehnissen ereignen«, sagte Sperber, »die nahezu identisch sind mit einer Reihe von Geschehnissen an einem anderen Ort, dürfen wir die Möglichkeit ein und desselben Ursprungs in Betracht ziehen. Würdet Ihr mir da zustimmen?«

»Möglicherweise.«

»Das ist alles, wovon wir momentan ausgehen können, Eminenz. Die gleiche Art von Ereignis zur selben Zeit an zwei verschiedenen Orten könnte ein Zufall sein, doch wenn es sich um fünf oder zehn solcher Vorfälle handelt, kann man einen Zufall wohl ausschließen. Die derzeitigen Unruhen hier in Astel, in die Ayachin und ein Aufwiegler verwickelt sind, der Säbel genannt wird, sind in ganz ähnlicher Form im Königreich Lamorkand in Eosien ausgebrochen. Botschafter Oscagne hat uns versichert, daß Gleiches auch in anderen daresischen Reichen geschieht. Überall läuft es nach dem gleichen Muster ab. Es fängt damit an, daß ein großer Sagenheld aus grauer Vorzeit plötzlich wiederauferstanden ist. Dann erscheint irgendein Hitzkopf, der die Leute aufwiegelt. Hier in Astel gibt es die wilden Geschichten über Ayachin. In Lamorkand ist es der sagenhafte Held Fyrchtnfles. In Astel ist ein Mann namens Säbel der Aufwiegler, in Lamorkand ein Graf Gerrich. Ich bin ziemlich sicher, daß wir Ähnliches auch in Edom, Dakonien, Arjuna und Cynesga vorfinden werden. Oscagne sagt, daß auch die dortigen Nationalhelden auferstanden sind.« Vorsichtshalber vermied es Sperber, Krager zu erwähnen. Er war sich immer noch nicht ganz sicher, wo Monsels Sympathien lagen.

»Das sind in der Tat starke Argumente, Sperber«, gab Monsel zu. »Aber könnte dieses Komplott nicht gegen die Tamuler gerichtet sein? Sie sind nicht überall beliebt, wißt Ihr.«

»Eminenz, ich fürchte, Ihr überseht Lamorkand«, warf Emban ein. »Dort gibt es keine Tamuler. Es ist nur eine Vermutung, aber ich würde sagen, daß das Komplott – wenn wir es so nennen wollen – dort gegen die *Kirche* in Eosien und hier gegen das Imperium gerichtet ist.«

»Organisierte Anarchie?«

»Ich glaube, das ist ein Widerspruch in sich, Eminenz«, sagte Sperber. »Ich fürchte, wir wissen noch nicht genug, um ernsthaft über die Ursachen zu spekulieren. Zur Zeit versuchen wir die Wirkungsweise zu verstehen. Wenn unsere Annahme zutrifft, daß hinter allem dieselbe Person steckt, dann muß ihr Plan so veränderbar sein, daß er auf jede Kultur entsprechend zugeschnitten werden kann. Was wir wirklich wissen möchten, ist die wahre Identität dieses Säbel.«

»Damit ihr ihn töten lassen könnt?« Monsels Stimme war anklagend.

»Nein, Eminenz, das wäre nicht zweckdienlich. Wenn wir ihn beseitigen, nimmt ein anderer seinen Platz ein – jemand, den wir nicht kennen. Ich möchte wissen, *wer* er ist und *was* er ist. Ich möchte wissen, was er denkt, was seine persönlichen Beweggründe sind. Wenn ich das alles erfahren habe, kann ich diesen Mann unschädlich machen, *ohne* ihn zu töten. Um ganz ehrlich zu sein, Säbel ist mir eigentlich egal. Ich will den Mann, der ihn benutzt.«

Monsel war ein wenig blaß geworden. »Das ist ja ein schrecklicher Mensch, Emban«, sagte er gedämpft.

»Sperber ist *unerbittlich*, würde ich eher sagen.«

»Wenn wir Oscagne glauben können – und das können wir meiner Meinung nach –, bedient sich jemand magischer Kräfte«, fuhr Sperber fort. »Die Ritterorden wurden einst gegründet, um es mit Feinden aufnehmen zu können, die magische Kräfte einsetzen. Unsere elenische Religion bietet uns nicht das nötige Handwerkszeug, weil sie Magie verleugnet. Wir mußten außerhalb unseres Glaubens – bei den Styrikern – lernen, Magie mit Magie zu bekämpfen. Das hat einige Türen geöffnet, die vielleicht besser geschlossen geblieben wären, doch das war der Preis, den wir bezahlen mußten. *Jemand* – oder *etwas* – auf der anderen Seite bedient sich machtvoller Magie. Ich bin hier, ihn aufzuhalten – zu töten, wenn nötig. Sobald es ihn nicht mehr gibt, können die Ataner sich Säbel vornehmen. Ich kenne eine Atanerin. Falls ihre Landsleute so sind wie sie, können wir uns auf ihre Gründlichkeit verlassen.«

»Ihr beunruhigt mich, Sperber«, gestand Monsel. »Euer Pflichtbewußtsein ist schier unmenschlich und wird von Eurer Entschlossenheit sogar noch übertroffen. Ihr beschämt mich, Sperber.« Er seufzte, zupfte abwesend an seinem Bart und hing seinen Gedanken nach. Schließlich richtete er sich auf. »Also gut, Emban, können wir die Regeln vorübergehend außer acht lassen?«

»Ich verstehe nicht ganz.«

»Ich wollte Euch das eigentlich nicht sagen«, fuhr der Erzmandrit fort, »um Euch vorhersehbaren dogmatischen Ärger zu ersparen. Vor allem aber, weil ich es für mich behalten wollte. Euer unerbittlicher Sperber hat mich jedoch eines Besseren belehrt. Denn falls ich nicht sage, was ich weiß, wird er ganz Astel auseinandernehmen und jeden Asteler obendrein, um die Information zu bekommen. Habe ich recht, Sperber?«

»Ich würde es wirklich nicht gern tun, Eminenz.«

»Aber Ihr würdet es tun, nicht wahr?«

»Wenn mir nichts anderes übrig bliebe.«

Monsel schauderte. »Ihr seid beide Kirchenmänner, also berufe ich mich auf die Regel klerikaler Geheimhaltung. Diese Regel habt ihr in Chyrellos doch nicht geändert, Emban, oder?«

»Nein. Es sei denn, Sarathi hat es seit meiner Abreise getan. Jedenfalls habt Ihr unser Wort, daß keiner von uns irgend etwas von dem, was Ihr uns sagen werdet, weitergibt.«

»Außer an einen anderen Geistlichen«, fügte Monsel hinzu. »Damit wäre ich einverstanden.«

Emban nickte. »Das ist uns recht.«

Monsel lehnte sich in den Sessel zurück und strich über seinen Bart. »Die Tamuler haben keine Vorstellung, wie mächtig die Kirche in den elenischen Königreichen hier in Westdaresien wirklich ist«, begann er. »Die tamulische Religion beschränkt sich auf ein paar Zeremonien; deshalb können Tamuler auch die Tiefe des Glaubens in den Herzen der Frommen nicht verstehen – und die Leibeigenen von Astel sind wahrscheinlich die frömmsten Menschen auf der ganzen Welt. Sie begeben sich mit all ihren Problemen – nicht nur den eigenen, auch denen ihrer Nachbarn – zu den Geistlichen. Die Leibeigenen sind überall und sehen alles, und sie erzählen es ihren Priestern.«

»Als ich noch aufs Seminar ging, nannte man das Zuträgerei«, sagte Emban.

»Wir hatten während unseres Noviziats einen noch unfreundlicheren Namen dafür«, warf Sperber ein. »Deshalb kam es zu tragischen Unfällen auf dem Übungsplatz.«

»Niemand mag einen Denunzianten«, bestätigte Monsel, »aber ob es euch gefällt oder nicht, die astelische Geistlichkeit weiß alles, was sich im Königreich tut – wirklich alles! Selbstverständlich sind wir verpflichtet, diese Geheimnisse zu wahren, aber wir sind der

Meinung, daß unsere vorrangige Pflicht das Seelenheil unserer Schäfchen ist. Da ein Großteil unserer Priester ursprünglich Leibeigene waren, mangelt es ihnen an der theologischen Ausbildung, sich mit komplizierten geistigen Problemen zu befassen. Wir haben jedoch einen Weg gefunden, ihnen den Rat zukommen zu lassen, den sie benötigen. Die Leibeigenenpriester nennen die Namen jener nicht, die zu ihnen gekommen sind; aber mit schwererwiegenden Dingen wenden sie sich an ihre Vorgesetzten, und diese wiederum wenden sich an mich.«

»Das kann ich akzeptieren«, versicherte Emban. »Solange die Namen geheimgehalten werden, bleibt das Vertrauensverhältnis gewahrt.«

»Wir kommen gut miteinander aus, Emban.« Monsel lächelte kurz. »Die Leibeigenen sehen in Säbel einen Befreier.«

»Das ist uns bekannt«, sagte Sperber. »Allerdings gibt es in seinen Reden einen gewissen Mangel an Übereinstimmung. Den Edlen erzählt er, daß Ayachin das tamulische Joch abstreifen will, den Leibeigenen hingegen, daß Ayachins Ziel die Abschaffung der Leibeigenschaft ist. Außerdem hat Säbel die Edlen veranlaßt, ihre Leibeigenen brutal zu behandeln. Das ist nicht nur abscheulich, es ist auch unvernünftig. Die Edlen sollten versuchen, die Leibeigenen für sich zu gewinnen, statt sie gegen sich aufzubringen. Im Grunde genommen ist Säbel nichts weiter als ein Unruhestifter und als solcher nicht einmal sonderlich geschickt. Politisch ist er völlig unausgegoren.«

»Das ist wohl ein wenig übertrieben, Sperber«, wandte Emban ein. »Wie erklärt Ihr Euch dann seinen Erfolg? Ein grüner Junge, wie Ihr ihn beschreibt, könnte die Asteler nie dazu bringen, ihm zu glauben!«

»Sie glauben nicht *ihm*. Sie glauben Ayachin!«

»Seid Ihr nicht bei Verstand, Sperber?«

»O doch, Eminenz. Ich sagte bereits, daß unser Gegner mächtige Magie einsetzt. *Das* habe ich damit gemeint. Die Leute hier haben Ayachin leibhaftig gesehen.«

»Das ist absurd!« Monsel war offensichtlich zutiefst bestürzt.

Sperber seufzte. »Dann nennen wir es – falls es Euer theologisches Gewissen beruhigt – eine Halluzination. Eine Massenhypnose durch einen gerissenen Scharlatan. Möglicherweise handelt es sich auch um einen Komplizen in altertümlicher Gewandung, der urplötzlich auf spektakuläre Weise wie aus dem Nichts erscheint. Und wenn auch nur die geringste Ähnlichkeit mit den Vorfällen in Lamorkand besteht, werden die Menschen zweifellos überzeugt sein, daß Ayachin aus dem Grab zurückgekehrt ist. Ich könnte mir vorstellen, daß es wie folgt abläuft: Säbel hält eine Rede – eine weitschweifige Aneinanderreihung von Plattheiten – und plötzlich erscheint diese Halluzination mit Blitz und Donnerschlag und bestätigt alle seine Behauptungen. Das ist nur eine Vermutung, gewiß, aber ich könnte mir vorstellen, daß sie ziemlich ins Schwarze trifft.«

»Dann ist es nichts weiter als ein aufwendiger Schwindel?«

»Wenn Ihr das glauben wollt, Eminenz.«

»Aber *Ihr* glaubt es nicht, Sperber.«

»Das ist nicht der entscheidende Punkt, Eminenz. Ob die Erscheinung Ayachins echt ist oder eine Täuschung, tut nichts zur Sache. Wichtig ist allein, was die Leute glauben. Und ich bin sicher, *sie* glauben, daß Ayachin zurückgekehrt sei, und daß dieser Säbel in seinem Namen spricht. Das macht Säbel so gefährlich. Solange diese Erscheinung ihn unterstützt, werden die Leute ihm alles glauben. Deshalb muß ich soviel wie nur möglich über ihn herausfinden. Ich muß seinen nächsten Schritt voraussehen können, um ihn aufzuhalten.«

»Ich werde so handeln, als würde ich glauben, was Ihr mir eben erzählt habt, Sperber«, sagte Monsel mit besorgter Stimme. »Doch ich glaube viel eher, daß Ihr geistlichen Beistand nötig habt.« Sein Gesicht wurde sehr ernst. »Wir wissen, wer Säbel ist«, sagte er schließlich. »Wir wissen es bereits seit über einem Jahr. Anfangs hielten wir ihn, genau wie Ihr, für einen geistig gestörten Fanatiker mit einem Hang zum Melodramatischen. Wir haben damit gerechnet, daß die Tamuler sich seiner annehmen würden, so daß wir es nicht für nötig hielten, selbst einzugreifen. In letzter Zeit bin ich mir aber nicht mehr so sicher. Unter der Bedingung, daß keiner von euch über das, was ich euch jetzt sagen werde, mit irgend jemandem redet, außer einem Geistlichen, verrate ich euch, wer Säbel ist. Habe ich euer Wort?«

»Ich schwöre es«, versicherte Emban.

»Und Ihr, Sperber?«

»Selbstverständlich.«

»Also gut. Säbel ist der jüngere Schwager eines kleinen Landedelmanns, dessen Anwesen sich einige Meilen östlich von Esos befindet.«

Sperber fiel es wie Schuppen von den Augen.

»Der Landedelmann ist Baron Kotyk – ein Esel und eine Schande für seinen Stand«, fuhr Monsel fort. »Und Ihr habt völlig recht, Sperber. Säbel ist ein melodramatischer, unreifer Bursche. Er heißt übrigens Elron.«

13

»Das ist unmöglich!« rief Sperber.

Monsel erschrak über dessen plötzliche Heftigkeit. »Es bestehen kaum Zweifel daran, Ritter Sperber. Der Leibeigene, der dies meldete, kennt Elron seit seiner Kindheit. Seid Ihr ihm bereits begegnet?«

»Wir haben in Baron Kotyks Haus Schutz vor einem Unwetter gesucht«, erklärte Emban. »Elron könnte sehr wohl Säbel sein, Sperber. Zweifellos hat er die entsprechende Mentalität. Was macht Euch so sicher, daß er nicht Säbel ist?«

»Er kann uns nicht eingeholt haben«, erwiderte Sperber.

Monsel blickte ihn fragend an.

»Wir haben Säbel auf dem Weg hierher in einem Wald gesehen«, erklärte Emban dem Erzmandriten. »Es war, wie man sich so etwas vorstellt. Ein lächerliches Schauspiel. Ein Maskierter auf einem Rappen, der sich dramatisch gegen den Himmel abhob. Das Dümmlichste, was ich je sah.« Emban wandte sich Sperber zu. » Aber so schnell sind wir gar nicht vorangekommen, Sperber. Elron könnte uns durchaus unbemerkt überholt haben.«

Daß sie in Wirklichkeit, dank Aphraels Zeitveränderung, viel schneller gewesen waren, konnte Sperber dem Patriarchen natürlich nicht anvertrauen. »Es hat mich nur überrascht, das ist alles«, log er. »Stragen und ich haben uns in jener Nacht mit Elron unterhalten. Ich kann mir nicht vorstellen, daß dieser Mann die Leibeigenen aufwiegelt. Er hatte nichts als Verachtung für sie übrig.«

»Vielleicht als Maskerade, um seine wahren Gefühle zu verschleiern?« meinte Monsel.

»Das kann ich mir nicht vorstellen, Eminenz. Er ist zu naiv, als daß er Säbel sein könnte.«

»Zieht keine voreiligen Schlüsse, Sperber«, mahnte Emban. »Wenn Magie am Werk ist, mag es keine große Rolle spielen, was für ein Mensch Säbel ist. Es gibt doch Möglichkeiten, ihn entsprechend zu lenken?«

»Sogar mehrere«, gab Sperber zu.

»Ich wundere mich, daß Ihr nicht selbst daran gedacht habt. Elrons persönliche Einstellung ist wahrscheinlich überhaupt nicht von Belang. Wenn er als Säbel spricht, ist es der Mann hinter ihm – unser wirklicher Gegner –, der redet.«

»Ja, ich hätte wirklich daran denken müssen.« Sperber war wütend auf sich selbst, weil er das Offensichtliche übersehen hatte – und die ebenso offensichtliche Erklärung, wieso Elron sie hatte überholen können. Zweifellos vermochte ein anderer Gott ebensogut wie Aphrael, Zeit und Entfernung zu verändern.

»Wie weit verbreitet ist diese Verachtung für die Leibeigenen, Eminenz?« fragte er Monsel.

»Bedauerlicherweise fast weltweit, Prinz Sperber.« Monsel seufzte. »Die Leibeigenen sind ungebildet und abergläubisch, aber sie sind keineswegs so dumm, wie die Edelleute gern glauben möchten. Die Berichte, die ich bisher erhielt, besagen, daß Säbel fast ebensoviel Zeit damit verbringt, die Leibeigenen anzuprangern, wie die Tamuler, wenn er zu den Edlen redet. Es ist ihm beinahe schon gelungen, die Edelleute davon zu überzeugen, daß die Leibeigenen mit den Tamulern unter einer Decke stecken und gemeinsam ein finsteres Komplott schmieden, dessen Ziel die Befreiung der Leibeigenen und die Neuverteilung des Landes ist. Die Edelleute reagieren entsprechend. Zuerst wurden sie dazu gebracht, die Tamuler zu hassen; dann wurde ihnen glauben gemacht, daß die Leibeigenen eine geheime Abmachung mit den Tamulern hätten und daß ihre Besitztümer und ihre Stellungen durch dieses Bündnis gefährdet seien. Und wegen der Ataner wagen die Edelleute es nicht, sich direkt mit den Tamulern anzulegen – mit der Folge, daß sie all ihren Haß an den Leibeigenen auslassen. Immer wieder ist es völlig grundlos zu brutalen Ausschreitungen gegen eine Bevölkerungsschicht gekommen, die nach dem Jüngsten Gericht fast geschlossen in den Himmel einziehen wird. Die Kirche tut, was sie kann, doch unserem Einfluß auf die Edlen sind gewisse Grenzen gesetzt.«

»Was Euch fehlt, sind Kirchenritter, Eminenz«, sagte Sperber düster. »Wir verstehen sehr viel von Gerechtigkeit. Nimmt man einem Edlen die Knute ab und zieht sie ihm ein paarmal übers eigene Fell, wird ihm schnell ein Licht aufgehen.«

»Ich wollte, das wäre hier in Astel möglich, Ritter Sperber«, entgegnete Monsel bedrückt. »Bedauerlicherweise...«

Da waren die vertraute Kälte und die irritierende Bewegung am Rand des Blickfelds. Monsel unterbrach sich abrupt, schaute sich hastig um und versuchte zu sehen, was nicht gesehen werden konnte. »Wa-as ...?« begann er.

»Es ist eine Erscheinung, Eminenz«, erklärte Emban ihm gepreßt. »Verrenkt Euch nicht den Hals, es würde nichts nützen.« Er hob die Stimme ein wenig. »Wie schön, dich wiederzusehen, alter Junge. Wir dachten schon, du hättest uns vergessen. Gibt es irgendwas Besonderes? Oder hast du bloß Sehnsucht nach unserer Gesellschaft? Das ist sehr schmeichelhaft, gewiß, aber im Augenblick sind wir ziemlich beschäftigt. Geh jetzt spielen. Wir können uns ein andermal unterhalten.«

Die eisige Kälte wich plötzlich glühender Hitze, und die Erscheinung verdüsterte sich.

»Seid Ihr wahnsinnig, Emban?« stieß Sperber hervor.

»Ich glaube nicht«, antwortete der kleine dicke Patriarch. »Aber Euer flackernder Freund – oder sind es mehrere? – geht mir auf die Nerven.«

Der Schatten verschwand, und die Luft im Zimmer wurde wieder normal.

»Was war das?« fragte Monsel bestürzt.

»Der Patriarch von Uzera hat soeben einen Gott beleidigt, wahrscheinlich sogar mehrere«, knirschte Sperber. »Für einen Augenblick waren wir alle dem Jenseits sehr nahe. Bitte tut das nie wieder, Emban. Ich habe gesehen, was Götter Menschen antun können.«

»Unser Gott beschützt mich!«

»Annias betete zu unserem Gott, als Azash ihn wie einen nassen Lappen auswrang, Eminenz. Es hat ihm gar nichts genützt.«

»Das war nicht sehr klug«, sagte Emban.

»Freut mich, daß Ihr das einseht.«

»Ich rede nicht von mir, Sperber, sondern von unserem Gegner. Warum hat er gerade in diesem Augenblick auf sich aufmerksam gemacht? Er hätte lieber auf seinen prahlerischen Auftritt verzichten und lauschen sollen, dann hätte er unsere Pläne erfahren. Und nicht nur das – er hat sich auch Monsel gezeigt. Jetzt weiß auch der Erzmandrit, daß unser Gegner existiert. Jetzt hat er ihn mit eigenen Augen gesehen.«

»Würde mir das *bitte* jemand erklären!« rief Monsel heftig.

»Es waren die Trollgötter, Eminenz«, sagte Sperber.

»Unsinn! Es gibt keine Trolle. Wie sollten sie da Götter haben?«

»Das dürfte schwieriger werden, als ich dachte«, murmelte Sperber vor sich hin; dann sagte er zu Monsel: »Es ist eine Tatsache, daß es Trolle gibt, Eminenz.«

»Habt Ihr je welche gesehen?«

»Nur einen, Eminenz. Er hieß Ghwerig. Für einen Troll war er von zwergenhaftem Wuchs, nur etwa sieben Fuß groß. Trotzdem war es ungeheuer schwer, ihn im Kampf zu töten.«

»Ihr habt ihn getötet?« keuchte Monsel.

»Er hatte etwas, was ich wollte.« Sperber zuckte die Schultern. »Ulath hat viel mehr Trolle gesehen als ich, Eminenz. Er kann Euch gewiß eine Menge über sie erzählen. Er spricht sogar ihre Sprache. Auch ich habe die Sprache der Trolle eine Zeitlang beherrscht, inzwischen aber wahrscheinlich verlernt. Wie dem auch sei, Trolle *haben* eine Sprache, und dies bedeutet, daß sie halbmenschlich sind – und das wiederum bedeutet, daß sie Götter haben.«

Monsel blickte Emban hilflos an.

»Fragt nicht *mich*, mein Freund«, sagte der dicke Patriarch. »Das übersteigt *meinen* theologischen Horizont bei weitem.«

»So glaubt mir doch, Monsel!« sagte Sperber gereizt. »Es *gibt* Trolle, und sie *haben* Götter, fünf insgesamt, und diese Götter sind äußerst unerfreulich! Der Schatten, den Patriarch Emban mit so forschen Worten bedachte, das *waren* sie – oder zumindest irgend etwas, das ihnen sehr ähnlich ist. Damit haben wir es zu tun. Das ist die Macht, die das Reich und die Kirche – wahrscheinlich unser beider Kirchen – stürzen will. Es ist bedauerlich, Erzmandrit Monsel, daß ich Euch dies so unverblümt sagen muß, aber Ihr *müßt* wissen, womit Ihr es zu tun habt, oder Ihr seid völlig wehrlos. Wenn Ihr schon nicht glaubt, was ich Euch soeben gesagt habe, müßt Ihr auf jeden Fall handeln, als würdet Ihr es glauben, sonst hat Eure Kirche keine Überlebenschance!«

Die Ataner trafen wenige Tage später ein. Schweigen senkte sich auf die Stadt herab, als Darsas' Bürger sich verkrochen. Nichts und niemand auf der Welt wäre beim plötzlichen Erscheinen atanischer Marschkolonnen nicht bis ins Mark erschreckt. Die Ataner waren hervorragend ausgebildete Riesen. Die zweitausend Krieger beiderlei Geschlechts kamen in perfektem Gleichschritt in Viererreihen in die Stadt marschiert. Sie trugen kurze Lederkilts, brünierte stählerne Brustpanzer und schwarze Halbstiefel. Ihre nackten Arme und Beine schimmerten golden in der Morgensonne, und ihre Gesichter wirkten streng und entschlossen. Sie waren nicht einheitlich wie Soldaten bewaffnet und trugen Schwerter, Kurzspeere, Streitäxte und andere Waffen, die Sperber fremd waren. Aber alle hatten mehrere Messer in Scheiden um ihre Arme und Beine geschnallt. Helme trugen sie keine; statt dessen zierten schmale Goldreifen die Stirn.

»Großer Gott!« murmelte Kalten, der mit Sperber auf dem Wehrgang stand, um die Ankunft ihrer Eskorte nicht zu versäumen. »Diesen Burschen würde ich nicht gern auf dem Schlachtfeld gegenüberstehen! Schon ihr Anblick verursacht mir eine Gänsehaut.«

»Das ist wohl auch der Zweck, Kalten«, meinte Sperber. »Mirtai ist schon für sich allein beeindruckend, aber wenn man zweitausend Ataner sieht, kann man wohl verstehen, daß die Tamuler ohne sonderliche Schwierigkeiten einen gewaltigen Kontinent erobern konnten. Wahrscheinlich haben sich beim Anblick der atanischen Legionen ganze Armeen kampflos ergeben.«

Die Ataner marschierten auf den Schloßhof und formierten sich vor der Residenz des tamulischen Botschafters. Ein Hüne trat vor Fontans Tür. Seinem Schritt war unmißverständlich zu entnehmen, daß er einfach durch die Tür hindurchbrechen würde, falls man ihm nicht öffnete.

»Gehen wir hinunter«, schlug Sperber vor. »Ich nehme an, daß Fontan diesen Riesen in Kürze zu uns bringen wird. Paß auf, was du sagst, Kalten. Ich habe das Gefühl, daß diese Truppen ausgesprochen humorlos sind. Ein Witz wäre an ihnen völlig vergeudet.«

»Das glaube ich auch«, murmelte Kalten.

Das Gefolge der Königin von Elenien fand sich in Ihrer Majestät Privatgemächern ein und erwartete ein wenig nervös den Besuch des tamulischen Botschafters und seines Generals. Heimlich beobachtete Sperber Mirtai aufmerksam. Ihn interessierte die Reaktion der Atanerin, die nach so vielen Jahren wieder mit ihren Landsleuten zusammentraf. Mirtai trug Kleidung, wie Sperber sie nie zuvor an ihr gesehen hatte. Sie war jener der Soldaten sehr ähnlich, doch statt eines stählernen Brustpanzers trug Mirtai ein enges, schwarzes Ledermieder, und ihr Stirnreif war nicht aus Gold, sondern aus Silber. Ihr Gesicht war gelassen und verriet weder freudige Erwartung noch ängstliche Nervosität.

Und dann traten Fontan und Oscagne mit dem größten Mann ein, den Sperber je gesehen hatte. Sie stellten ihn als Atan Engessa vor. Der Titel war offenbar vom Namen des Volkes abgeleitet. Engessa war gut über sieben Fuß groß. Das Gemach schien bei seinem Eintreten zu schrumpfen. Sein Alter hätte nur Mirtai zu schätzen vermocht. Er war hager und muskulös, seine Miene streng und unnachgiebig. Sein Gesicht verriet mit keinem Fältchen, daß er je gelächelt hätte.

Kaum hatte er das Gemach betreten, schritt er direkt zu Mirtai, als wäre sonst niemand im Zimmer. Er legte die Fingerspitzen beider Hände auf seinen Brustpanzer und verneigte sich vor ihr. »Atana Mirtai«, grüßte er sie respektvoll.

»Atan Engessa«, erwiderte sie und erwiderte seine Begrüßungsgeste. Dann sprachen sie eine Weile auf tamulisch miteinander.

»Was sagen sie?« fragte Ehlana Oscagne, der sich neben sie gestellt hatte.

»Das ist ein Begrüßungsritual, Majestät«, erklärte er. »Wenn Ataner sich begegnen, müssen eine Unzahl von Förmlichkeiten eingehalten werden. Die Rituale helfen ein Blutvergießen zumindest aufzuschieben. Im Augenblick erkundigt sich Engessa bei Mirtai, was es mit ihrem Status als Kind auf sich hat – der silberne Stirnreifen, wißt Ihr. Er zeigt an, daß das Ritual der Initiation noch nicht an ihr vollzogen wurde.« Er hielt inne und hörte kurz zu, was Mirtai Engessa antwortete. »Sie sagt ihm, daß sie seit ihrer Kindheit von den Menschen getrennt ist und noch keine Gelegenheit hatte, das Ritual vollziehen zu lassen.«

»Von den Menschen getrennt?« fragte Ehlana entrüstet. »Was glaubt sie, was *wir* sind?«

»Ataner halten sich für die einzigen Menschen auf der Welt. Ich bin mir nicht sicher, als was sie uns betrachten.« Der Botschafter blinzelte. »Hat sie wirklich so viele Gegner getötet?«

»Zehn, nicht wahr?« sagte Sperber.

»Sie sagte vierunddreißig.«

»Das ist unmöglich!« entfuhr es Ehlana. »Sie gehört seit sieben Jahren meinem Gefolge an. Ich müßte es wissen, wenn sie jemanden getötet hätte, seit sie in meinen Diensten ist.«

»Nicht, wenn sie es nachts tut«, widersprach Sperber. »Sie sperrt uns jede Nacht in unsere Gemächer ein. Sie behauptet, es sei zu unserem Schutz. Aber vielleicht tut sie es in Wirklichkeit nur, damit sie sich amüsieren kann, indem sie Elenier abschlachtet. Vielleicht sollten wir den Spieß umdrehen, wenn wir wieder zu Hause sind. Sperren wir *sie* nachts ein, statt uns von ihr einsperren zu lassen.«

»Sie würde die Tür eintreten, Sperber.«

»Wahrscheinlich hast du recht. Aber wir könnten sie ja an die Wand ketten.«

»Sperber!«

»Unterhalten wir uns später weiter darüber. Fontan und General Engessa kommen zu uns.«

»*Atan* Engessa, Sperber«, verbesserte Oscagne ihn. »Engessa würde den Titel General gar nicht kennen. Er ist ein Krieger – ein Atan. Das genügt ihm offenbar als Titel. Würdet Ihr ihn ›General‹ nennen, könnte er es möglicherweise als Beleidigung betrachten, und das wäre höchst ungesund.«

Engessa hatte eine tiefe, ruhige Stimme; er sprach ein stockendes Elenisch mit eigenartigem Akzent. Ehlanas königlichen Status akzeptierte er wortlos, obwohl der Begriff Königin ihm fremd sein mußte. Sperber und die anderen Ritter betrachtete er als Krieger und respektierte sie offenbar als solche. Der Status des Patriarchen Emban, Talens, Stragens und der Baroneß Melidere verwirrte ihn anscheinend. Kring hingegen begrüßte er mit dem üblichen Peloigruß. »Atana Mirtai teilte mir mit, daß Ihr sie ehelichen wollt«, sagte er.

»Das stimmt«, bestätigte Kring ein wenig herausfordernd. »Habt Ihr irgendwelche Einwände?«

»Das kommt darauf an. Wie viele Feinde habt Ihr getötet?«

»Mehr, als ich zählen kann.«

»Das kann zweierlei bedeuten. Entweder Ihr habt viele getötet, oder Ihr tut Euch mit dem Zählen schwer.«

»Ich kann bis über zweihundert zählen!«

»Eine beachtliche Zahl. Ihr seid Domi Eures Volkes?«

»Ja.«

»Wer hat Euch diese Wunden zugefügt?« Engessa deutete auf Krings Narben im Gesicht und auf dem Kopf.

»Ein Freund. Wir hatten einen Streit über die Führerschaft.«

»Wieso habt Ihr erlaubt, daß er Euch so zurichtet?«

»Ich war beschäftigt. Ich hatte zu dem Zeitpunkt meinen Säbel im Bauch des Gegners und habe dafür gesorgt, daß er es auch ordentlich spürt.«

»Dann sind Eure Narben ehrenhaft. Ich achte sie. War er ein guter Freund?«

Kring nickte. »Der beste. Wir waren wie Brüder.«

»Ihr habt ihm die Unannehmlichkeit erspart zu altern.«

»Das kann man wohl sagen.«

»Dann gibt es keinen Grund, Euch zu verwehren, um Atana Mirtai zu werben. Sie ist ein Kind ohne Familie. Ich bin der erste erwachsene Ataner, dem sie begegnet ist. Daher ist es meine Pflicht, Vaterstelle an ihr zu vertreten. Habt Ihr einen *Olma*?«

»Sperber wird mein *Olma* sein.«

»Schickt ihn zu mir, dann werden er und ich die Angelegenheit besprechen. Darf ich Euch Freund nennen, Domi?«

»Es wäre mir eine Ehre, Atan. Darf auch ich Euch Freund nennen?«

»Es wäre auch mir eine Ehre, Freund Kring. Dann wollen wir hoffen, daß Euer *Olma* und ich den Tag festsetzen können, an dem Ihr und Atana Mirtai gebrandmarkt werdet.«

»Möge Gott diesen Tag schnell bringen, Freund Engessa.«

»Es kommt mir vor, als wäre ich soeben in die finsterste Vergangenheit zurückversetzt gewesen«, flüsterte Kalten Sperber zu. »Was, glaubst du, wäre passiert, wenn die beiden sich nicht gemocht hätten?«

»Hätte ziemlich blutig ausgehen können.«

»Wann wollt Ihr aufbrechen, Ehlana, Königin von Elenien?« erkundigte sich Engessa.

Ehlana blickte ihre Freunde fragend an. »Morgen?« schlug sie vor.

»Ihr solltet nicht fragen, Ehlana-Königin«, rügte Engessa sie streng. »Befehlt. Wenn jemand etwas dagegen hat, dann laßt ihn von Sperber-Streiter töten.«

»Wir sind bemüht, solche Dinge ein wenig einzuschränken, Atan Engessa«, erklärte sie. »Es ist gar nicht gut für die Teppiche.«

»Ah«, sagte er. »Ich wußte, daß Ihr einen Grund dafür haben müßt. Also, dann morgen?«

»Ja, morgen, Engessa.«

»Ich erwarte Euch beim ersten Tageslicht, Ehlana-Königin.« Er machte auf dem Absatz kehrt und marschierte aus dem Gemach.

»Ein ziemlich kurz angebundener Bursche, nicht wahr?« bemerkte Stragen.

»So kurz wie er groß ist«, pflichtete Tynian ihm bei.

»Eine Frage, Sperber«, sagte Kring.

»Ja?«

»Ihr werdet doch mein *Olma* sein, oder?«

»Selbstverständlich.«

»Versprecht ihm nicht zu viele Pferde als Brautgabe.« Kring run[illegible] die Stirn. »Was hat er eigentlich gemeint, als er vom Brandmarken sp[illegible]?«

»Das ist [illegible]tanischer Hochzeitsbrauch«, erwiderte Sperber. »Während der Z[illegible]onie wird das glückliche Paar gebrandmarkt. Jeder trägt das Zei[illegible]nderen.«

»*Gebrandmarkt?*«

»So habe ich es gehör[illegible]

»Was ist, wenn die Ehe in Brüche geht?[illegible]

»Dann wird das Brandzeichen unkenntlich ge[illegible]me ich an.«

»Wie macht man ein Brandzeichen unkenntlich?«

»Wahrscheinlich mit einem flachen glühenden Eisen. Wo[illegible]r Mirtai immer noch heiraten, Kring?«

»Findet bitte heraus, welcher Körperteil gebrandmarkt wi[illegible] Sperber. Wenn ich das weiß, kann ich mehr sagen.«

»Ich vermute, daß es Stellen gibt, wo Ihr nicht gebrandmarkt werden möchtet?«

»O ja! Die gibt es ganz gewiß, Sperber!«

Sie verließen Darsas am nächsten Morgen im ersten Tageslicht und ritten in der Steppe von Mittelastel ostwärts gen Pela. Die Ataner umschlossen die Kolonne und hielten zu Fuß mühelos mit den Pferden Schritt.

Sperbers Sorge um die Sicherheit seiner Königin schwand merklich. Mirtai hatte ihrer Besitzerin knapp – ja, keinen Widerspruch duldend – erklärt, daß sie mit ihren Landsleuten marschieren würde. Die goldene Riesin hatte sich seltsam verändert. Die wachsame Anspannung, die ihr Wesen geprägt hatte, schien von ihr abgefallen zu sein.

»Ich könnte nicht genau sagen, was es ist«, gestand Ehlana, als sie sich am Vormittag darüber unterhielten, »aber sie scheint mir nicht mehr ganz die alte sein.«

»Das ist sie auch nicht mehr, Majestät«, warf Stragen ein. »Sie ist nach Hause gekommen. Und nicht nur das. Die Anwesenheit von Erwachsenen gestattet ihr, ihren natürlichen Platz in ihrer eigenen Gesellschaft einzunehmen. Sie ist noch ein Kind – zumindest in ihren eigenen Augen. Sie hat nie über ihre Kindheit gesprochen; aber ich vermute, daß es nicht gerade eine sichere und geborgene Zeit gewesen ist. Irgend etwas ist mit ihren Eltern geschehen, und Mirtai wurde in die Sklaverei verkauft.«

»Ihr ganzes Volk sind Sklaven, Durchlaucht Stragen«, gab Melidere zu bedenken.

»Es gibt verschiedene Arten von Versklavung, Baroneß. Die der atanischen Rasse durch die Tamuler ist gesellschaftlich festgelegt. Bei Mirtai hingegen ist es eine persönliche Sache. Sie wurde als Kind aus ihrer gewohnten Umgebung gerissen, versklavt und dann gezwungen, zu ihrem Schutz eigene Schritte zu unternehmen. Nun, da sie wieder unter Atanern ist, kann sie ein wenig von ihrer Kindheit nacherleben.« Stragen verzog das Gesicht. »Eine solche Gelegenheit hatte ich leider nie. Ich wurde in eine andere Art von Sklaverei hineingeboren, und daß ich meinen Vater getötet habe, hat mir nicht wirklich die Freiheit gebracht.«

»Ihr macht Euch zuviel Gedanken darüber, Durchlaucht Stragen«, meinte Melidere. »Ihr solltet Eure unrechtmäßige Zeugung wirklich nicht zum Mittelpunkt Eures Lebens machen, wißt Ihr. Es gibt viel Wichtigeres auf der Welt.«

Stragen blickte sie scharf an, dann lachte er ein wenig einfältig. »Komme ich Euch wirklich so voll Selbstmitleid vor, Baroneß?«

»Nein, das nicht. Aber Ihr seid offenbar der Meinung, mich bei jeder Gelegenheit darauf aufmerksam machen zu müssen, Durchlaucht. Für uns, Eure Freunde und Gefährten, ist es nicht von Bedeutung. Warum macht Ihr Euch also selbst das Leben schwer?«

»Seht Ihr, Sperber«, sagte Stragen. »Genau das habe ich gemeint. Ich kenne niemanden sonst, der so unehrlich ist.«

»Durchlaucht Stragen!« protestierte Melidere.

»Das ist die Wahrheit, meine liebe Baroneß.« Stragen grinste. »Ihr lügt nicht mit dem Mund, sondern mit Eurer ganzen Person. Ihr täuscht vor, nur Stroh in Eurem hübschen Kopf zu haben, und dann bringt Ihr mit einer einzigen Bemerkung eine Fassade ins Wanken, an deren Aufbau ich ein Leben lang gearbeit habe. ›Unrechtmäßige Zeugung‹ – also wirklich. Es ist Euch gelungen, den tragischsten Umstand meines ganzen Lebens als etwas völlig Belangloses hinzustellen!«

»Könnt Ihr mir je verzeihen?« Ihre Augen waren groß und scheinbar unschuldsvoll.

Stragen warf die Arme hoch. »Ich gebe es auf. – Wo war ich? Ach ja, die scheinbare Veränderung von Mirtais Persönlichkeit. Ich glaube, das Initiationsritual der Ataner ist ein sehr einschneidender Schritt in ihrem Leben. Das ist ein weiterer Grund, weshalb unsere geliebte kleine Riesin sich wie ein Kind aufführt. Engessa wird das Ritual mit ihr vollziehen, sobald wir ihre Heimat erreichen. Deshalb versucht Mirtai, die letzten Tage ihrer *Kindheit* voll auszukosten.«

»Darf ich mit dir reiten, Vater?« fragte Danae.

»Wenn du möchtest.«

Die kleine Prinzessin rutschte von ihrem Sitz in der Kutsche, vertraute Rollo Alean und Baroneß Melidere an, und streckte Sperber die Arme entgegen.

Er hob sie auf ihren gewohnten Platz vor seinem Sattel.

»Reite ein bißchen mit mir spazieren, Vater«, bettelte Danae mit ihrer Kleinmädchenstimme.

»Wir sind bald wieder zurück«, versprach Sperber seiner Gemahlin und entfernte sich im Kanter von der Karosse.

»Stragen kann manchmal sehr anstrengend sein«, klagte Danae. »Ich bin froh, daß Melidere sich mit seiner Umerziehung beschäftigen wird.«

»Wa-as?« entfuhr es Sperber verdutzt.

»Wo hast du deine Augen, Vater?«

»Du meinst, sie empfinden *wirklich* etwas füreinander?«

»Was Melidere betrifft, ja. Sie wird Stragen darauf aufmerksam machen, wie *er* empfindet, wenn sie soweit ist. Was ist in Darsas passiert?«

Sperber kämpfte ein wenig mit seinem Gewissen. »Würdest du sagen, daß du eine religiöse Person bist?« fragte er vorsichtig.

»Das ist eine seltsame Formulierung!«

»Beantworte nur die Frage, Danae. Gehörst du einer Religion an oder nicht?«

»Aber *natürlich*, Sperber. Ich bin der *Mittelpunkt* einer Religion.«

»Dann könnte man dich gewissermaßen zur Geistlichkeit zählen?«

»Worauf willst du hinaus, Sperber?«

»Sag einfach ja, Danae. Ich stehe an der Schwelle eines Eidbruches, und ich suche nach einer Möglichkeit, eine Entschuldigung dafür zu finden.«

»Ich gebe es auf. Ja, in gewissem Sinne kannst du mich zur Geistlichkeit zählen. Ich gehöre natürlich einer anderen Kirche an als du, aber die Bezeichnung trifft trotzdem zu!«

»Danke. Ich habe geschworen, mit niemandem darüber zu reden, außer mit anderen Geistlichen. Aber da du dazugehörst, darf ich es dir sagen.«

»Das ist reine Spitzfindigkeit, Sperber!«

»Ich weiß, aber es beruhigt mein Gewissen. Elron, Baron Kotyks Schwager, ist Säbel.« Er bedachte sie mit einem argwöhnischen Blick. »Hast du etwa wieder einmal deine Finger im Spiel?«

»Ich?«

»Du übertreibst die Wahrscheinlichkeit von Zufällen manchmal ein wenig, Danae«, sagte er. »Du hast es die ganze Zeit über gewußt, nicht wahr?«

»Nein. Jedenfalls nicht die Einzelheiten. Was du ›Allwissenheit‹ nennst, ist eine menschliche Vorstellung. Man hat sich das ausgedacht, damit die Leute glauben, daß nichts, was sie tun, verborgen bleibt. Ich habe Ahnungen – ich weiß ein paar Dinge, das ist alles. Ich wußte, daß es in Kotyks Haus irgend etwas von Bedeutung gab – genauso wie ich wußte, daß ihr es erfahren könnt, wenn ihr die Ohren offenhaltet.«

»Dann ist es so etwas wie Eingebung?«

»Das trifft es sehr gut, Sperber. Unsere Intuition ist weiterentwickelt als eure, und wir richten uns genau danach. Ihr Menschen neigt dazu, eure Intuition nicht zu beachten – vor allem ihr Männer. Aber in Darsas ist noch etwas geschehen, nicht wahr?«

Er nickte. »Der Schatten hat sich wieder einmal sehen lassen.

Emban und ich unterhielten uns gerade mit dem Erzmandriten Monsel, als er erschien.«

»Dann muß derjenige, der dahintersteckt, sehr dumm sein.«

»Wie die Trollgötter? Dummheit ist doch eine ihrer hervorstechendsten Eigenschaften, oder nicht?«

»Wir können nicht völlig sicher sein, daß es tatsächlich die Trollgötter sind, Sperber.«

»Weißt *du* das denn nicht? Ich meine, hast du keine Möglichkeit festzustellen, wer deine Gegner sind?«

Sie schüttelte den Kopf. »Leider nicht, Sperber. Wir können uns voreinander verbergen. Aber daß der Schatten euch in Darsas erschien, zeugt von soviel Dummheit, daß es wirklich auf die Trollgötter hindeutet. Wenn ich nur daran denke, wie sehr wir uns bemüht haben, ihnen klarzumachen, weshalb die Sonne im Osten aufgeht! Aber sie begreifen es immer noch nicht. Sie wissen zwar, daß die Sonne jeden Morgen wiederkommt, aber *wo*, wissen sie nie.«

»Du übertreibst.«

»Natürlich.« Sie runzelte die Stirn. »Aber versteifen wir uns lieber noch nicht darauf, daß wir es mit den Trollgöttern zu tun haben. Es gibt einige kaum merkliche Unterschiede. Sie könnten allerdings die Folge des Zusammenstoßes sein, den du mit den Trollgöttern im Azashtempel hattest. Du hast sie furchtbar erschreckt, weißt du. Aber ich vermute eher, daß sie sich mit jemandem verbündet haben. Meines Erachtens würden die Trollgötter direkter vorgehen. Wenn tatsächlich noch jemand im Spiel ist, ist er ein wenig kindisch. Er ist noch nicht viel in der Welt herumgekommen und von Menschen umgeben, die nicht sonderlich klug sind. Deshalb glaubt er, alle anderen wären ebenfalls wie sie. Mit dieser Erscheinung in Darsas hat er sich wirklich einen Schnitzer geleistet, weißt du. Sie war unnötig, und er hat damit nur bestätigt, was du diesem Kirchenherrn erzählt hast – du *hast* ihm doch erzählt, was vor sich geht, nicht wahr?«

Sperber nickte.

»Wir müssen so schnell wie möglich nach Sarsos und mit Sephrenia reden.«

»Dann wirst du unsere Reise wieder beschleunigen?«

»Das halte ich für notwendig. Ich bin mir noch nicht sicher, was unsere Gegner vorhaben, aber aus irgendeinem Grund haben sie es plötzlich eiliger. Wir müssen also zusehen, daß wir mit ihnen Schritt halten. Bring mich zur Kutsche zurück, Sperber. Stragen dürfte inzwischen fertig sein, mit seiner Bildung anzugeben, und mir wird allmählich übel vom Geruch deiner Rüstung.«

Obwohl die drei so verschiedenen Truppenteile, die als Eskorte der Königin von Elenien dienten, gemeinsame Interessen hatten, beschlossen Sperber, Engessa und Kring, die Peloi, die Ordensritter und Ataner mehr oder weniger getrennt voneinander zu halten. Die kulturellen Unterschiede ließen eine außerdienstliche Begegnung nicht ratsam erscheinen; die Wahrscheinlichkeit, daß es zu Mißverständnissen kommen würde, war zu groß. Jeder Führer wies seine Truppen ausdrücklich auf die Erfordernisse striktester Höflichkeit und Förmlichkeit hin. Die Folge war eine angespannte und übertriebene Steifheit. Ataner, Peloi und Ordensritter waren eher Verbündete denn Kameraden. Und die Tatsache, daß nur sehr wenige Ataner Elenisch beherrschten, erweiterte die Kluft zwischen den einzelnen Truppenteilen der kleinen Armee, die nun hinaus auf die baumlose Weite der Steppe marschierte.

In geraumer Entfernung von der Stadt Pela in Mittelastel stießen sie auf die Ostpeloi. Krings Vorfahren waren vor etwa dreitausend Jahren aus diesem schier grenzenlosen Grasland ausgewandert, doch trotz der Trennung durch Zeit und Entfernung ähnelten sich die beiden Zweige der Peloier erstaunlich, zumindest, was Kleidung und Gebräuche anbelangte. Der einzige auffällige Unterschied war die offensichtliche Vorliebe der Ostpeloi für den Wurfspeer, während Krings Krieger den Säbel bevorzugten. Nach einer rituellen Begrüßung setzten Kring und sein Vetter aus dem Osten sich mit überkreuzten Beinen auf eine Wiese, ›teilten Salz miteinander und besprachen Angelegenheiten‹, während zwei Armeen einander über dreihundert Meter Grasfläche hinweg wachsam beäugten. Endlich war offensichtlich die Entscheidung gefallen, einander nicht zu bekriegen, und Kring führte seinen Gastgeber und entfernten Verwandten zur Karosse, um ihn allen vorzustellen. Der Domi der Ostpeloi hieß Tikume. Er war etwas größer als Kring, doch auch er hatte den Kopf kahl geschoren – eine Sitte bei diesem Reitervolk, die weit in die Vergangenheit zurückreichte.

Tikume begrüßte alle höflich. »Es ist sehr ungewohnt für mich, Peloi zu sehen, die mit Ausländern verbündet sind«, erklärte er. »Domi Kring hat mir zwar von den Zuständen in Eosien berichtet, doch daß sie zu so eigenartigen Abmachungen führten, wußte ich nicht. Aber er und ich haben uns ja auch schon seit über zehn Jahren nicht mehr gesehen.«

»Ihr kennt Domi Tikume von früher, Kring?« fragte Patriarch Emban überrascht.

»O ja, Eminenz«, antwortete Kring. »Domi Tikume ist vor einigen Jahren mit dem König von Astel nach Pelosien gereist. Dabei hat er einen kleinen Umweg gemacht, um mich zu besuchen.«

»König Alberens Vater war viel weiser als sein Sohn«, erklärte Tikume. »Und sehr belesen. Er hat viele Ähnlichkeiten zwischen Pelosien und Astel erkannt und deshalb einen Staatsbesuch bei König Soros unternommen. Er lud mich ein, ihn zu begleiten.« Tikume verzog das Gesicht. »Vielleicht wäre ich nicht mitgekommen, wenn ich gewußt hätte, daß er mit dem Schiff reist. Ich war zwei Monate lang seekrank. Domi Kring und ich verstanden uns jedoch von Anfang an. Er war so freundlich und nahm mich zur Ohrenjagd auf die Marschen mit.«

»Hat er die Einnahmen mit Euch geteilt, Domi Tikume?« fragte ihn Ehlana.

»Wie meint Ihr das, Königin Ehlana?« Tikume blickte sie verwirrt an.

Kring dagegen lachte nervös und errötete sogar ein wenig.

Da kam Mirtai zur Kutsche geschritten.

»Ist sie das?« fragte Tikume, an Kring gewandt.

Kring nickte stolz. »Ist sie nicht umwerfend?«

»Großartig!« bestätigte Tikume beinahe ehrfürchtig. Dann sank er auf ein Knie nieder. »Doma«, begrüßte er sie und hob die Hände in Höhe seines Gesichts.

Mirtai blickte Kring fragend an.

»Es ist ein peloisches Wort, Liebste«, erklärte er ihr. »Es bedeutet ›Gefährtin des Domi‹.«

»Das ist noch nicht entschieden, Kring«, erinnerte sie ihn.

»Kann es noch den geringsten Zweifel geben, Liebste?«

Immer noch kniend, sagte Tikume: »Ihr werdet in unserem Lager mit allen Ehren empfangen, Doma Mirtai, denn bei unserem Volk seid Ihr eine Königin. Alle werden vor Euch niederknien, und alle werden Euch ehrerbietig Platz machen. Man wird Gedichte und Lieder über Euch schreiben und Euch kostbare Geschenke darbringen.«

»Na, so was«, murmelte Mirtai.

»Eure Schönheit ist ohne Zweifel göttlich, Doma Mirtai«, fuhr Tikume fort, der sich offenbar in Begeisterung redete. »Allein Eure Anwesenheit erhellt eine trübe Welt und läßt die Sonne verblassen. Ich bewundere die Weisheit meines Bruders Kring, Euch zu seiner Gefährtin zu erwählen. Kommt geradenwegs in unser Lager, Göttliche, auf daß mein Volk Euch anbete.«

»Meine Güte!« hauchte Ehlana. »Zu mir hat noch nie jemand *so* etwas Schönes gesagt.«

»Wir wollten Euch nur nicht in Verlegenheit bringen, meine Königin«, schmeichelte ihr Stragen. »Natürlich empfinden wir genauso für Euch. Wir haben nur befürchtet, Ihr könntet es als Übertreibung ansehen.«

»Gut gebrüllt, Löwe«, lobte Ulath.

Mirtai blickte Kring mit neu erwachtem Interesse an. »Warum hast du mir davon nichts erzählt, Kring?« fragte sie.

»Ich dachte, das wüßtest du, Geliebte.«

»Nein, das wußte ich nicht.« Sie schob die Unterlippe nachdenklich vor. »Aber jetzt weiß ich es«, fügte sie bedeutungsvoll hinzu. »Hast du bereits einen *Olma* auserwählt?«

»Sperber erweist mir diesen Dienst, Liebste.«

»Dann macht Euch auf den Weg und sprecht mit Atan Engessa, Sperber«, forderte sie ihn auf. »Richtet ihm aus, daß ich nicht abgeneigt bin, Domi Kring zu erhören.«

»Das ist eine *sehr* gute Idee, Mirtai«, versicherte Sperber ihr. »Ich frage mich, warum ich nicht selbst darauf gekommen bin.«

14

Pela in Mittelastel war ein Haupthandelszentrum, wohin Kaufleute und Viehhändler aus allen Teilen des Imperiums reisten, um Handel mit den peloischen Züchtern zu treiben. Es war eine schäbige, behelfsmäßig wirkende Stadt. Viele Häuser waren in Wirklichkeit nur prunkvolle Fassaden, hinter denen sich Zelte befanden. Die ungepflasterten Straßen waren von Karrenrädern tief gefurcht, und Fuhrwerke und Rinderherden wirbelten Staubwolken auf, welche die Stadt meist völlig einhüllten. Außerhalb des kaum erkennbaren Stadtrands erstreckte sich ein Meer von Zelten – die transportablen Heime der nomadischen Peloi.

Tikume führte die Reisegruppe quer durch die Stadt und hinaus auf einen Hügel, wo auf der Kuppe buntgestreifte Zelte rings um einen größeren freien Platz errichtet waren. Ein von hohen Stangen gehaltener Baldachin spendete dem Ehrenplatz an der höchsten Stelle Schatten; der Boden darunter war mit Teppichen belegt, auf denen Kissen und Pelze lagen.

Mirtai war der absolute Mittelpunkt. Ihre schlichte Marschkleidung war unter einer knöchellangen Purpurrobe verborgen, als Zeichen ihres baldigen königlichen Standes. Kring und Tikume geleiteten sie der Etikette entsprechend zum zeremoniellen Platz des Lagers und machten sie mit Tikumes Gemahlin Vida bekannt, einer Frau mit scharfgeschnittenen Zügen, die ebenfalls ein Purpurgewand trug und Mirtai mit unverhohlener Feindseligkeit musterte.

Sperber und die anderen schlossen sich den Peloiführern als Ehrengäste im Schatten an.

Vidas Miene wurde immer finsterer, als die Peloikrieger sich gegenseitig auszustechen versuchten, indem sie Mirtai mit überschwenglichen Komplimenten überhäuften, als sie Kring und seiner zukünftigen Gemahlin vorgestellt wurden. Geschenke wurden der Atanerin dargebracht und Lieder gesungen, welche die Schönheit der goldhäutigen Riesin priesen.

»Wann haben sie nur die Zeit gefunden, Lieder für Mirtai zu schreiben?« fragte Talen leise, an Stragen gewandt.

»Ich vermute, die Lieder gibt es schon lange«, antwortete Stragen. »Nur die Namen werden ausgetauscht. Ich könnte mir vorstellen, daß auch Gedichte vorgetragen werden. Ich kenne einen drittklassigen Poeten in Emsat, der recht gut davon lebt, Gedichte und Liebesbriefe für junge Edle zu schreiben, die zu faul oder unbegabt sind, es selbst zu tun. Für solche Fälle gibt es jede Menge Vorlagen, bei denen Stellen für die Namen offengelassen werden.«

»Heißt das, daß man an diesen Stellen nur den Namen der Verehrten einfügt?« fragte Talen ungläubig.

»Den Namen einer anderen einzufügen, hätte wohl nicht viel Sinn.«

»Aber das ist unehrlich!« rief Talen.

»Welch ungewöhnliche Worte, Talen.« Patriarch Emban lachte. »Besonders von dir.«

»Man darf doch ein Mädchen nicht belügen, wenn man ihr sagt, was man für sie empfindet!« beharrte Talen, der allmählich ein Auge auf junge Damen warf. Zudem hatte Talen einige erstaunlich feste Ansichten entwickelt. Man mußte es seinen Freunden hoch anrechnen, daß bei seiner Äußerung, die eine ziemlich naive Ehrlichkeit verriet, niemand auch nur die Miene verzog. Baroneß Melidere dankte Talen sogar mit einer impulsiven Umarmung.

»Was sollte das?« fragte er sie ein wenig argwöhnisch.

»Ach, nichts«, antwortete Melidere und strich sanft über seine Wange. »Wann hast du dich zum letztenmal rasiert?«

»Vergangene Woche, glaube ich – vielleicht war's auch die Woche davor.«

»Es wird bald schon wieder Zeit. Kein Zweifel, Talen, du wirst erwachsen.«

Der Junge errötete leicht.

Prinzessin Danae zwinkerte Sperber heimlich zu.

Nachdem die Geschenke überreicht und die Gedichte und Lieder vorgetragen waren, zeigten Krings Männer ihre Geschicklichkeit mit den Säbeln und die Tikumes mit ihren Speeren, die sie entweder schleuderten oder als kurze Lanzen benutzten. Ritter Berit hob einen cyrinischen Ritter, der ebenso jung wie er war, aus dem Sattel, und zwei blondzöpfige Genidianer führten einen sehr gefährlich anmutenden Axtkampf vor.

»Das gehört mehr oder weniger zu einer üblichen Hochzeitsfeier, Emban«, sagte Oscagne zum Patriarchen von Uzera. Die Freundschaft der beiden war so weit fortgeschritten, daß sie sich ohne Titel anredeten. »Kriegerkulturen lieben Zeremonien über alles.«

Emban lächelte. »Das ist mir nicht entgangen, Oscagne. Unsere Ritter sind die höflichsten Männer, die ich kenne, und niemand legt soviel Wert auf die Zeremonie.«

»Umsicht, Eminenz«, erklärte Ulath.

»Mit der Zeit werdet Ihr Euch daran gewöhnen, Exzellenz«, versicherte Tynian dem Botschafter. »Ritter Ulath geht mit Worten sparsam um.«

»Falls ich mich unklar ausgedrückt habe, Exzellenz«, wandte Ulath sich an den Botschafter, »ich wollte nur darauf hinweisen, daß man zu einem Mann mit einer Axt höflich sein muß.«

Atan Engessa erhob sich und verbeugte sich ein wenig steif vor Ehlana. »Darf ich Eure Sklavin erproben, Ehlana-Königin?«

»Wie meint Ihr das, Atan Engessa?« fragte sie stirnrunzelnd.

»Die Zeit des Rituals ist bald gekommen. Wir müssen entscheiden, ob sie bereit dafür ist. Ich werde sie nicht verletzen. Jetzt, wo all die anderen ihr Waffengeschick beweisen, werden Atana Mirtai und ich uns beteiligen. Es ist eine gute Gelegenheit für die Prüfung.«

»Wenn Ihr es für richtig haltet, Atan«, stimmte Ehlana zu. »Sofern die Atana nichts dagegen hat.«

»Wenn sie eine echte Atanerin ist, wird sie nichts dagegen haben, Ehlana-Königin.« Der Riese drehte sich abrupt um und schritt zu Mirtai hinüber, die bei den Peloi saß.

»Mirtai ist heute wirklich der Mittelpunkt«, bemerkte Melidere.

»Und das ist sehr schön«, erwiderte Ehlana. »Sie hat sich viel zu lange im Hintergrund gehalten. Ein bißchen Aufmerksamkeit steht ihr zu.«

»Euch ist doch klar, daß es politische Gründe hat«, warf Stragen ein. »Tikumes Leute überhäufen Mirtai auch deshalb mit Aufmerksamkeiten, um sich Krings Sympathien zu sichern.«

»Ja, das weiß ich, Stragen, aber ich finde es trotzdem schön.« Sie blickte ihre goldhäutige Sklavin nachdenklich an. »Sperber, ich wäre dir sehr dankbar, wenn du dich ganz besonders um die Verhandlungen mit Atan Engessa kümmern würdest, was den Brautpreis betrifft. Mirtai verdient es, glücklich zu werden.«

»Ich werde sehen, was ich für sie tun kann.«

Mirtai erklärte sich mit Engessas Vorschlag sofort einverstanden. Sie erhob sich anmutig, öffnete die Spange am Hals ihrer Purpurrobe und ließ sie an sich hinabgleiten.

Die Peloi betrachteten sie offenen Mundes. Ihre Frauen trugen üblicherweise Gewandung, die viel mehr verbarg. Vidas höhnischer Gesichtsausdruck schwand. Mirtai war unverkennbar eine Frau. Obendrein war sie schwer bewaffnet, was die Peloi in Erstaunen versetzte. Mirtai und Engessa begaben sich auf den Platz vor dem Baldachin, verneigten sich kurz voreinander und zogen ihre Schwerter.

Als schlachterprobter Krieger hatte Sperber gedacht, den Unterschied zwischen Wettkampf und Kampf zu kennen, doch was nun geschah, ließ ihn daran zweifeln. Mirtai und Engessa schienen darauf aus zu sein, einander zu töten. Ihre Schwertkunst war unübertrefflich, doch ihre Art zu kämpfen war viel mehr von körperlicher Berührung geprägt als im Westen üblich.

»Es sieht aus wie ein Ringkampf mit Schwertern«, sagte Kalten zu Ulath.

»Ja«, bestätigte der Thalesier. »Ich frage mich, ob man so auch mit der Streitaxt kämpfen könnte. Wenn man den Gegner ins Gesicht tritt, wie Mirtai es gerade getan hat, und gleich darauf einen Axthieb folgen läßt, könnte man viele Kämpfe im Handumdrehen gewinnen.«

»Ich *wußte*, daß sie diese Finte macht!« Kalten grinste, als Engessa auf dem Rücken im Staub landete. »Das hat sie mit mir auch mal getan.«

Engessa jedoch blieb nicht nach Atem ringend auf dem Boden liegen, wie Kalten damals. Sofort rollte er von Mirtai weg und kam mit dem Schwert in der Hand auf die Füße. Er hob die Klinge in einer Art Salut und griff sofort wieder an.

Die ›Prüfung‹ dauerte noch einige Minuten, bis einer der zuschauenden Ataner laut mit der Faust auf seinen Brustpanzer schlug und damit das Ende des Wettkampfs anzeigte. Der Mann war viel älter als seine Kameraden, zumindest hatte es den Anschein. Sein Haar war schlohweiß. Doch ansonsten unterschied er sich nicht von seinen Kameraden.

Mirtai und Engessa verbeugten sich förmlich voreinander; dann geleitete er sie zu ihrem Platz zurück, wo Mirtai ihre Robe wieder überstreifte und auf ein Kissen sank. Vidas höhnisches Lächeln war nun völlig verschwunden.

»Sie hat die Probe bestanden«, erklärte Engessa der elenischen Königin. Er tastete unterhalb seines Brustpanzers an einer schmerzenden Stelle. »Mehr als bestanden«, fügte er hinzu. »Sie ist eine geschickte und gefährliche Gegnerin. Ich bin stolz, der Mann zu sein, den sie ›Vater‹ nennen wird. Sie wird meinem Namen Ehre machen.«

»*Wir* mögen sie sehr, Atan Engessa.« Ehlana lächelte. »Ich freue mich aufrichtig, daß Ihr einer Meinung mit uns seid.« Der grimmige Ataner war für einen Augenblick völlig Ehlanas unwiderstehlichem Lächeln ausgeliefert, und zögernd, fast ein wenig hilflos, erwiderte er es.

»Ich glaube, das ist der zweite Kampf, den er heute verloren hat«, flüsterte Talen Sperber zu.

»Das Gefühl habe ich auch«, antwortete Sperber.

»Wir können sie nie einholen, Freund Sperber«, sagte Tikuma an diesem Abend, als sie alle entspannt auf Teppichen rund um ein prasselndes Lagerfeuer saßen oder lagen. »Die Steppe ist fast baumlos. Es gibt kaum eine Möglichkeit, sich zu verstecken, und man kann nicht durch hohes Gras reiten, ohne eine Fährte zu hinterlassen, der selbst ein Blinder folgen könnte. Sie tauchen aus dem Nichts auf, töten die Hirten und treiben das Vieh davon. Ich selbst habe mal einen Trupp dieser Viehdiebe verfolgt. Sie hatten hundert Rinder gestohlen und eine breite Fährte im Gras hinterlassen. Nach ein paar Meilen endete diese Fährte urplötzlich. Es gab keinerlei Spuren, die irgendwo hinführten. Sie waren einfach verschwunden. Man konnte meinen, jemand hätte vom Himmel herabgegriffen und die Diebe mitsamt ihrer Beute davongetragen.«

»Hat es auch noch andere Vorfälle gegeben, Domi?« fragte Tynian vorsichtig. »Ich meine, hat es irgendwelche Unruhen unter Euren

Leuten gegeben? Verrückte Geschichten? Gerüchte? Oder Ähnliches?«

»Nein, Freund Tynian.« Tikume lächelte. »Wir haben offene Gesichter. Wir verbergen unsere Gefühle nicht voreinander. Ich würde es wissen, wenn irgend etwas im Busch wäre. Ich habe gehört, was sich in der Gegend von Darsas tut; deshalb weiß ich, warum Ihr fragt. Nein, nichts dergleichen geschieht hier. Bei uns gibt es keine Heldenanbetung wie bei anderen Völkern. Wir versuchen, selbst Helden zu sein. Jemand stiehlt unsere Rinder und tötet die Hirten, mehr steckt nicht dahinter.« Er bedachte Oscagne mit einem beinahe anklagenden Blick. »Ich möchte Euch um nichts auf der Welt beleidigen, Exzellenz«, sagte er. »Aber vielleicht könntet Ihr dem Kaiser vorschlagen, einigen seiner Ataner den Auftrag zu erteilen, der Sache nachzugehen. Es wird unseren Nachbarn nicht recht gefallen, wenn wir uns selbst darum kümmern müssen. Wir Peloi neigen leider dazu, keine großen Unterschiede zu machen, wenn jemand unser Vieh raubt.«

»Ich werde Seiner Kaiserlichen Majestät die Sache vortragen«, versprach Oscagne.

»Möglichst bald, Freund Oscagne«, mahnte Tikume. »Möglichst bald.«

»Mirtai ist eine außerordentlich geschickte Kriegerin, Sperber-Ritter«, sagte Engessa am nächsten Morgen, als die beiden an einem kleinen Feuer saßen.

»Zugegeben«, entgegnete Sperber, »aber Eurer eigenen Tradition zufolge ist sie noch ein Kind.«

»Darum liegt es an mir, für sie zu verhandeln«, erklärte Engessa. »Wäre sie erwachsen, würde sie es selbst tun. Kinder kennen manchmal ihren eigenen Wert nicht.«

»Aber ein Kind kann nicht von so großem Wert sein wie ein Erwachsener.«

»Das trifft nicht immer zu, Sperber-Ritter. Je jünger die Frau, desto höher der Preis.«

»Oh, das ist absurd!« warf Ehlana ein. Die Verhandlungen waren problematisch und hätten normalerweise unter vier Augen stattgefunden. *Normalerweise* traf jedoch nicht immer auf Sperbers Gemahlin zu. »Dein Angebot ist völlig unannehmbar, Sperber!«

»Auf wessen Seite bist du eigentlich, Liebes?« fragte er sanft.

»Mirtai ist meine Freundin. Ich lasse nicht zu, daß sie beleidigt wird. Zehn Pferde! Soviel bekäme ich schon für Talen.«

»Hast du vor, ihn zu verkaufen?«

»Es sollte nur ein Beispiel sein!«

Auch Tynian war herbeigekommen. Von allen Gefährten stand er Kring am nächsten, und diese Freundschaft erregte ein tiefes Verantwortungsgefühl in ihm. »Wie müßte das Angebot aussehen, das Eure Majestät als angemessen erachten würde?« fragte er Ehlana.

»Nicht ein Pferd weniger als sechzig!« erklärte Ehlana kategorisch.

»*Sechzig?*« rief Tynian. »Wollt Ihr, daß Kring am Hungertuch nagt? Was für ein Leben wird Mirtai führen, wenn Ihr sie an einen Habenichts verheiratet?«

»Kring ist keineswegs ein Habenichts, Herr Ritter!« entgegnete sie. »Er hat immer noch das viele Gold, das König Soros ihm für die Ohren der Zemocher bezahlt hat.«

»Aber es ist nicht *sein* Gold, Majestät!« gab Tynian zu bedenken. »Es gehört seinem Volk!«

Sperber lächelte und nickte Engessa zu. Unauffällig entfernten die beiden sich vom Feuer. »Ich nehme an, daß die beiden sich auf dreißig Pferde einigen werden, Atan Engessa.« Sein Tonfall besagte, daß er es gleichzeitig als Vorschlag meinte.

»Wahrscheinlich«, bestätigte Engessa.

»Ich halte es für angemessen. Und Ihr?«

»Es entspricht in etwa meinen Erwartungen, Sperber-Ritter.«

»Dann sind wir uns also einig?«

»Ja.« Die beiden gaben einander die Hand. »Sollen wir es ihnen sagen?« fragte der Ataner mit der Spur eines Lächelns.

»Ah, sie haben eine Menge Spaß.« Sperber grinste. »Lassen wir sie zu Ende feilschen. Dann erfahren wir auch, wie gut unsere Schätzung war. Außerdem sind diese Verhandlungen für Kring und Mirtai sehr wichtig. Würden wir uns schon nach wenigen Minuten einigen, wären sie vielleicht enttäuscht.«

»Ihr seid welterfahren, Sperber-Ritter«, bemerkte Engessa. »Wie gut Ihr die Herzen von Männern kennt – und Frauen.«

»Kein Mann kann je das Herz einer Frau wirklich kennen, Engessa-Atan«, entgegnete Sperber.

Die Verhandlungen zwischen Tynian und Ehlana hatten mittlerweile ein dramatisches Stadium erreicht. Einer beschuldigte den anderen, Herzen aus dem Leib zu reißen – und ähnlich Unsinniges. Ehlanas Vorstellung war beeindruckend. Die Königin von Elenien hätte eine hervorragende Schauspielerin abgegeben, und sie war eine hochbegabte und erfahrene Rednerin. Sie ließ sich ausführlich über Ritter Tynians schändlichen Geiz aus, wobei ihre Stimme sich in majestätischen Kadenzen hob und senkte. Tynian hingegen sprach mit kühler Vernunft, obwohl auch er ein paarmal die Stimme leidenschaftlich hob.

Kring und Mirtai saßen Hand in Hand in der Nähe; mit besorgten Blicken lauschten sie atemlos jedem Wort. Tikumes Peloi schlichen um das feilschende Paar herum, so nahe es der Anstand erlaubte, und spitzten die Ohren.

So ging es stundenlang. Die Dämmerung senkte sich über das Land als Ehlana und Tynian endlich – wenn auch widerwillig – zu einer Einigung gelangten: dreißig Pferde. Der Handel wurde mit Spucke und Handschlag besiegelt. Sperber und Engessa bestätigten ihn auf dieselbe Weise, woraufhin unter den verzückten Peloi begeisterter Jubel ausbrach. Es war rundum ein unterhaltsamer Tag gewesen, und die Feier am Abend war laut und dauerte bis tief in die Nacht.

»Ich bin völlig erschöpft«, gestand Ehlana ihrem Gemahl, nachdem sie sich endlich zum Schlafen in ihr Zelt zurückgezogen hatten.

»Armer Liebling«, bedauerte Sperber sie.

»Ich *mußte* eingreifen, weißt du. Du warst viel zu bescheiden, Sperber. Du hättest Mirtai ja regelrecht verschenkt. Nur gut, daß ich da war! Einen solchen Preis hättest du niemals herausgeschlagen.«

»Ich war auf der anderen Seite, Ehlana, vergiß das nicht.«

»Ich verstehe es einfach nicht, Sperber. Wie konntest du die arme Mirtai bloß so demütigend behandeln?«

»Das sind die Regeln eines solchen Handels, Liebste. Ich habe für Kring gesprochen.«

»Trotzdem hast du mich sehr enttäuscht, Sperber!«

»Na ja, glücklicherweise wart ja ihr da, du und Tynian, und habt euch der Sache angenommen. Engessa und ich hätten es nicht halb so gut machen können.«

»Dreißig Pferde sind wirklich ein ordentliches Ergebnis, nicht wahr? Auch wenn wir den ganzen Tag dazu gebraucht haben.«

»Du warst hervorragend, Liebling«, sagte Sperber im Brustton der Überzeugung. »Einfach hervorragend.«

»Ich war in meinem Leben ja wirklich schon an so manchen schäbigen Orten, Sperber«, sagte Stragen am nächsten Vormittag, »aber so etwas wie Pela ist mir bisher noch nicht untergekommen. Die Stadt wurde mehrmals aufgegeben, habt Ihr das gewußt? Na ja, ›aufgegeben‹ ist vielleicht nicht das richtige Wort. ›Verlegt‹ trifft es eher. Pela ist, wo immer die Peloi ihr Sommerlager aufschlagen.«

»Das treibt die Kartographen in den Wahnsinn, könnte ich mir vorstellen.«

»Anzunehmen. Es ist eine behelfsmäßige Stadt, aber sie stinkt geradezu nach Geld. Wenn man eine Rinderherde kaufen will, muß man viel Bares hinblättern können.«

»Ist es Euch gelungen, Verbindung zu den hiesigen Dieben aufzunehmen?«

»Das war überhaupt kein Problem.« Talen grinste. »Ein kaum achtjähriges Bürschlein hat Stragens Geldbörse gestohlen. Der Junge war sehr geschickt – aber nicht schnell genug. Ich brauchte keine fünfzig Meter, ihn mir zu schnappen. Nachdem wir ihm erklärt hatten, wer wir sind, führte er uns nur zu gern zu ihrem Anführer.«

»Und ist der Diebesrat bereits zu einem Entschluß gekommen?« fragte Sperber.

»Sie diskutieren noch«, antwortete Stragen. »Sie sind hier in Daresien ein wenig konservativ. Die Vorstellung, mit der Obrigkeit zusammenzuarbeiten, erscheint ihnen offenbar unmoralisch. Ich nehme an, daß wir eine Antwort erhalten, wenn wir in Sarsos sind.

Die Diebe von Sarsos haben großen Einfluß im Imperium. Ist irgend etwas Wichtiges geschehen, während wir fort waren?«

»Kring und Mirtai haben sich verlobt.«

»Das ging aber schnell. Ich muß ihnen gratulieren.«

»Du und Talen solltet euch erst einmal ausschlafen«, schlug Sperber vor.« Morgen reiten wir nach Sarsos weiter. Tikume wird uns bis zum Rand der Steppe begleiten. Ich glaube, er käme gern noch ein Stück weiter mit, aber die Styriker in Sarsos machen ihn nervös.« Er stand auf. »Legt euch schlafen, ich werde mich jetzt mit Oscagne unterhalten.«

Das Lager der Peloi wirkte wie ausgestorben. Der Sommer war ins Land gezogen, und während der mittäglichen Hitze hielten die Peloi sich in ihren Zelten auf. Sperber schritt über die festgetretene, trockene Erde zu dem Zelt, das Botschafter Oscagne und Patriarch Emban miteinander teilten. Sein Kettenhemd klirrte beim Gehen. Da sie sich in einem gesicherten Lager aufhielten, hatten die Ritter beschlossen, vorübergehend ihre unbequemen Plattenpanzer abzulegen.

Sperber fand die beiden Herren an der Seite ihres Zeltes vor, wo sie unter einem Sonnendach saßen und eine Melone aßen.

»Gruß und Willkommen, Herr Ritter«, sagte Oscagne, als der Pandioner zu ihnen trat.

»Das ist eine ziemliche altmodische Begrüßung«, stellte Emban fest.

»Ich bin nun mal ein wenig altmodisch, Emban.«

»Die Neugier treibt mich zu Euch«, wandte Sperber sich an Oscagne, nachdem er sich zu ihnen auf den schattigen Teppich gesetzt hatte.

»Neugier ist die Geißel der Jugend.« Oscagne lächelte.

Sperber ging nicht darauf ein. »Dieser Teil von Astel kommt mir ganz anders als der westliche vor, durch den wir gezogen sind.«

»Das ist er auch«, bestätigte Oscagne. »Astel ist der Schmelztiegel, dem alle elenischen Kulturen entstammen – sowohl hier in Daresien wie auch in Eosien.«

»Darüber ließe sich streiten«, murmelte Emban.

»Daresien ist älter, das ist alles.« Oscagne zuckte die Schultern.

»Was nicht heißen muß, daß es besser ist. Jedenfalls, was Ihr bisher von Astel gesehen habt, dürfte im Wesentlichen Euren Erwartungen entsprechen, was das elenische Königreich Pelosien betrifft. Habe ich recht?«

»Es gibt Ähnlichkeiten, das stimmt«, bestätigte Sperber.

»Mit diesen Ähnlichkeiten ist Schluß, sobald wir die Steppe durchquert haben. Die beiden westlichen Drittel Astels sind elenisch. Vom Rand der Steppe bis zur atanischen Grenze ist Astel jedoch styrisch.«

»Wie ist es dazu gekommen?« fragte Emban. »In Eosien leben die Styriker weit verstreut. Sie wohnen in eigenen Ortschaften nach ihren eigenen Sitten und Gebräuchen.«

»Wie kosmopolitisch wollt Ihr Euch heute geben, Emban?«

»Wie provinziell betrachtet Ihr mich denn?«

»Wie stark seid Ihr im Nehmen? Euer typischer Elenier ist bigott.« Oscagne hob eine Hand. »Laßt mich zu Ende reden, ehe Ihr aus der Haut fahrt. Bigotterie ist eine Form von Egoismus, und ich glaube, Ihr müßt zugeben, daß Elenier eine sehr hohe Meinung von sich haben. Sie bilden sich ein, daß Gott hauptsächlich für sie da ist.«

»Stimmt das etwa nicht?« fragte Emban in gespieltem Erstaunen.

»Ach, hört auf. Aus Gründen, die nur Gott verstehen kann, sind Styriker für Elenier ein rotes Tuch.«

»Das ist ganz und gar verständlich.« Emban zuckte die Schultern. »Die Styriker halten sich für überlegen. Sie behandeln uns, als wären wir Kinder.«

»Aus ihrer Sicht sind wir das auch, Eminenz«, warf Sperber ein. »Styriker sind seit vierzigtausend Jahren zivilisiert, viel länger als wir Elenier.«

»Was auch immer der Grund sein mag«, fuhr Oscagne fort, »die Elenier haben sich redlich bemüht, die Styriker zu vertreiben – oder zu töten. Deshalb wanderten die Styriker viel eher nach Eosien aus als ihr Elenier. Elenische Vorurteile haben sie in die Wildnis getrieben. Eosien war jedoch nicht die einzige Wildnis. Auch entlang der atanischen Grenze gibt es große, einsame Landstriche, in die im

Altertum viele Styriker geflüchtet sind. Nach der Gründung des Imperiums haben wir Tamuler die Elenier ersucht, die Styriker, die in der Gegend um Sarsos leben, nicht länger zu belästigen.«

»Ersucht?«

»Na ja, eigentlich haben wir darauf bestanden – wir hatten ja die vielen Ataner, die eine Aufgabe brauchten. Wir haben uns einverstanden erklärt, daß die elenische Geistlichkeit von der Kanzel wettert, während wir genügend Ataner rund um Sarsos stationieren, damit ein gewaltsamer Konflikt zwischen den beiden Völkern gar nicht erst ausbrechen kann. Deshalb ist es sehr friedlich, und wir Tamuler schätzen den Frieden ungemein. Ich glaube, ihr Elenier werdet sehr überrascht sein, wenn wir Sarsos erreichen. Es ist die einzige echte styrische Stadt auf der ganzen Welt. Sarsos ist erstaunlich! Gott scheint auf ganz besondere Weise auf diese Stadt herabzulächeln.«

»Ihr sprecht immer von Gott, Oscagne«, bemerkte Emban. »Ich dachte, die Beschäftigung mit Gott wäre ein elenischer Dünkel.«

»Ihr seid kosmopolitischer, als ich dachte, Eminenz.«

»Verratet mir eins: Was genau meint Ihr, wenn Ihr das Wort *Gott* benutzt, Exzellenz?«

»Wir verwenden es als Gattungsbezeichnung. Die tamulische Religion ist nicht sehr tiefgreifend. Wir stehen auf dem Standpunkt, daß die Beziehung eines Menschen zu seinem Gott – oder seinen Göttern – seine persönliche Angelegenheit ist.«

»Das ist reinste Häresie. Sie würde die Kirche brotlos machen!«

»Es hat sein Gutes, Emban.« Oscagne lächelte. »Im Tamulischen Imperium ist Häresie nichts Schlimmes. Sie bietet ein unerschöpfliches Gesprächsthema an langen, verregneten Nachmittagen.«

Am folgenden Morgen brachen sie auf, begleitet von einem großen Trupp Peloi. Der sich nordostwärts bewegende Zug ähnelte weniger einer Armee auf dem Marsch denn einer Völkerwanderung. Kring und Tikume ritten während der nächsten Tage allein nebeneinander, ließen ihre Blutsbande neu aufleben und diskutierten über den Austausch von Zuchttieren.

Sperber versuchte auf dem Ritt von Pela zum Rand der Steppe

festzustellen, ob sie schneller vorankamen, als zu erwarten war, doch so sehr er sich auch bemühte, er entdeckte nicht das geringste Anzeichen dafür, daß Aphrael Zeit und Entfernung beeinflußte. Die Kindgöttin war viel zu geschickt und erfahren, und ihre Manipulation zu perfekt, als daß Sperber etwas hätte bemerken können.

Einmal, als das Mädchen wieder mit Sperber auf Faran ritt, brachte er einen Punkt zur Sprache, der ihm keine Ruhe ließ. »Entschuldige meine Neugier, aber mir scheinen fünfzig Tage vergangen zu sein, seit wir bei Salesha an Land gingen. Wie viele sind es wirklich?«

»Viel weniger, Sperber. Höchstens halb so viele.«

»Ich hatte mir eigentlich eine genauere Antwort gewünscht, Danae.«

»Ich kann nicht sehr gut mit Zahlen umgehen, Vater. Ich kenne den Unterschied zwischen wenig und viel – und das ist im Grund doch das einzig Wichtige, oder nicht?«

»Das ist aber ziemlich ungenau.«

»Ist dir Genauigkeit denn so wichtig, Sperber?«

»Ohne Genauigkeit kann man nicht logisch denken, Danae.«

»Dann laß Logik Logik sein, und versuche es zur Abwechslung mit Intuition. Vielleicht findest du sogar Gefallen daran.«

»Wie lange sind wir unterwegs, Danae?« beharrte er.

Sie zuckte die Schultern. »Drei Wochen.«

»Das ist schon ein bißchen besser.«

»Ungefähr.«

Ein dichter Birkenwald kündigte das Ende der Steppe an; dort kehrte Tikum mit seinen Männern um. Da es bereits spät am Nachmittag war, schlug die königliche Eskorte am Waldrand das Lager auf, so daß sie am Morgen den Weg in die Schattenwelt des Waldes bei hellem Tageslicht antreten konnten.

Nachdem es sich alle bequem gemacht hatten und Essen über den Feuern brutzelte, bat Sperber Kring, ihn zu Engessa zu begleiten.

»Wir haben hier eine ungewöhnliche Situation, meine Herren«, sagte Sperber, als sie zu dritt am Waldrand entlangspazierten.

»Wie meint Ihr das, Sperber-Ritter?« fragte Engessa.

»Unsere Truppe besteht aus drei verschiedenen Arten von Kriegern. Ich nehme an, daß bei Feindbegegnung jede ihre eigene Taktik hat. Wir sollten darüber reden, damit wir uns nicht gegenseitig behindern, wenn dieser Fall eintritt. Das übliche Vorgehen der Ordensritter bei Feindberührung basiert auf unserer Ausrüstung. Wir tragen Panzer und reiten auf großen Streitrossen. Wann immer es zum Kampf kommt, stürmen wir vor und machen das Zentrum der gegnerischen Armee nieder.«

»Wir ziehen es vor, den Feind wie einen Apfel abzuschälen«, erklärte Kring. »Wir reiten um eine feindliche Truppe herum, so schnell es geht, und schneiden dabei Stücke ab.«

»Wir kämpfen zu Fuß«, sagte Engessa. »Wir wurden ausgebildet, auf uns selbst gestellt zu sein, also stürmen wir auf den Feind los und kämpfen Mann gegen Mann.«

»Und ihr seid damit erfolgreich?« fragte Kring.

»Bisher immer.« Engessa zuckte die Schultern.

»Sollte es zu einer Feindberührung kommen, wäre es keine gute Idee, wenn wir alle zusammen auf den Gegner einstürmten«, sagte Sperber nachdenklich. »Wir würden uns nur gegenseitig behindern. Ich schlage folgendes vor: Wenn uns eine größere Truppe anzugreifen versucht, wird Kring sie mit seinen Männern umreiten, ich formiere die Ritter und stürme das Zentrum, und Atan Engessa läßt seine Krieger weit ausfächern. Der Gegner wird sich hinter uns Rittern zusammenziehen, nachdem wir tief in sein Zentrum vorgestoßen sind, um uns am Durchbruch zu hindern. Krings Angriff von hinten und an den Flanken wird die Verwirrung des Feindes erhöhen. Sie werden kopflos sein, und ein Großteil wird von den Führern abgeschnitten. Dann wäre der richtige Zeitpunkt für Engessas Angriff gekommen. Die besten Soldaten der Welt taugen nur halb soviel, wenn niemand ihnen Befehle gibt, die Ordnung in ihre Reihen bringen.«

»Eine brauchbare Taktik«, gab Engessa zu. »Es erstaunt mich ein wenig, daß auch andere Völker Schlachten planen können.«

»Die Geschichte der Menschheit ist im Grund genommen die einer langen Schlacht, Atan Engessa«, entgegnete Sperber. »Wir alle haben Erfahrung darin, also denken wir uns Taktiken aus, unsere

Kräfte bestmöglich zu nutzen. Also, seid ihr mit meinem Vorschlag einverstanden?«

Kring und Engessa blickten einander an. »Fast jeder Plan würde aufgehen«, sagte Kring schulterzuckend, »solange wir alle wissen, was wir tun.«

Engessa blickte Sperber an. »Und wie werden wir Ataner erfahren, wann Ihr für unseren Angriff bereit seid?«

»Mein Freund Ulath wird ein Hornsignal geben«, antwortete Sperber. »Bläst er einmal, setzen meine Ritter zum Sturm an. Bläst er zweimal, beginnen Krings Leute, den Apfel von hinten anzusäbeln. Wenn der Feind uns seine volle Aufmerksamkeit schenkt, werde ich Ulath veranlassen, dreimal ins Horn zu stoßen. Dann werdet Ihr angreifen.«

Engessas Augen leuchteten. »Das ist die Art von Strategie, bei der vom Feind nicht viel übrigbleibt, Sperber-Ritter.«

»So hatte ich es mir auch gedacht, Engessa-Atan.«

Der Birkenwald erstreckte sich auf einem langen Hang, der von der Steppe Mittelastels sanft zu dem zerklüfteten Vorgebirge an der atanischen Grenze anstieg. Die Straße war breit und gut erhalten, doch kurvenreich. Engessas unberittene Ataner verteilten sich in einer Breite von etwa einer Meile zu beiden Straßenseiten. Die ersten drei Tage sichteten sie keine Menschenseele, nur größere Rudel Rotwild. Der Sommer hatte die anhaltende Feuchtigkeit des Waldbodens noch nicht getrocknet, und die Luft im sonnengesprenkelten Schatten war kühl und feucht und duftete noch nach frischem Grün und neuem Leben.

Da die Bäume die Sicht einschränkten, bewegte der Zug sich vorsichtig voran. Ihr Nachtlager schlugen sie auf, während die Sonne noch über dem Horizont stand; die Männer errichteten primitive Befestigungen, um im Dunkeln keine unliebsamen Überraschungen erleben zu müssen.

Am Morgen des vierten Tages, den sie im Waldgebiet verbrachten, stand Sperber sehr früh auf und ging durch das erste stahlgraue Licht des anbrechenden Morgens zu den Bäumen, wo die Pferde angebunden waren. Khalad war bei den Tieren, Kuriks ältester Sohn.

Er hatte Farans Kopf hoch und dicht an einen Baumstamm gebunden, damit er ihn nicht beißen konnte, während er sorgfältig die Hufe des Hengstes untersuchte. »Das wollte ich gerade tun«, sagte Sperber leise. »Er hat gestern auf dem rechten Vorderhuf leicht gehinkt.«

»Er hatte sich einen Stein eingetreten. Ihr solltet ihn vielleicht auf die Koppel bringen, wenn wir wieder zu Hause sind. Er ist kein Fohlen mehr, wißt Ihr.«

»Ich auch nicht, wenn man es recht bedenkt. Auf dem Boden zu schlafen macht bei weitem nicht mehr so viel Spaß wie früher.«

»Ihr seid nur verweichlicht.«

»Danke. Wird das schöne Wetter anhalten?«

»Soweit ich das zu sagen vermag, ja.« Khalad setzte Farans Huf wieder auf den Boden und griff nach dem Strick, mit dem er den Kopf des Pferdes hochgebunden hatte. »Beiß ja nicht«, warnte er den Fuchshengst, »sonst tret' ich dir in die Rippen!«

Farans langes Gesicht wirkte gekränkt.

»Er ist ein übellauniges Tier«, sagte Khalad, »aber bei weitem das klügste Pferd, das mir je untergekommen ist. Ihr solltet ihn als Zuchthengst einsetzen. Es wäre interessant, zur Abwechslung mal intelligente Fohlen großzuziehen. Die meisten Pferde sind nicht sehr gescheit.«

»Ich dachte, Pferde zählen zu den klügsten Tieren.«

»Das ist eine Mär, Sperber. Wenn Ihr ein kluges Tier wollt, dann besorgt Euch ein Schwein. Es ist mir noch nie gelungen, einen Pferch zu bauen, aus dem ein Schwein sich nicht nach einigem Überlegen befreien konnte.«

»Schweine haben etwas zu kurze Beine, als daß man auf ihnen reiten könnte. Gehen wir und schauen, wie weit das Frühstück ist.«

»Wer bereitet es heute früh zu?«

»Kalten, glaube ich.«

»Kalten? Dann sollte ich besser hierbleiben und mit den Pferden frühstücken.«

»Ich kann mir nicht vorstellen, daß roher Hafer so gut schmeckt.«

»Kaltens Kochkünsten ziehe ich ihn jederzeit vor.«

Kurz nach Sonnenaufgang brachen sie auf und ritten durch den kühlen, sonnengesprenkelten Wald. Die Vögel schienen überall zu sein und trillerten fröhlich. Sperber lächelte, als er daran dachte, wie Sephrenia ihm einst die Illusion genommen hatte, die Vögel würden singen, weil sie Musik liebten. »In Wirklichkeit warnen sie andere Vögel, sich fernzuhalten, Lieber«, hatte Sephrenia ihm erklärt. »Sie erheben Anspruch auf ihren Nistplatz. Es hört sich sehr schön an, aber im Grunde genommen wiederholen sie immer nur: ›Mein Baum, mein Baum, mein Baum.‹«

Am Vormittag kam Mirtai im Laufschritt herbei. »Sperber«, sagte sie mit ruhiger Stimme, als sie die Karosse erreichte, »Atan Engessas Späher melden Leute voraus.«

»Wie viele?« fragte er.

»Das ließ sich nicht feststellen. Aber es müssen Soldaten sein, und sie scheinen uns zu erwarten.«

»Berit«, wandte Sperber sich an den jungen Ritter, »reitet nach vorn und holt Kalten und die anderen her. Aber ohne Hast. Macht es so unauffällig wie möglich.«

»In Ordnung.« Berit trabte los.

»Mirtai, gibt es hier irgendwo günstiges Gelände, das sich leicht verteidigen läßt?«

»Darauf wollte ich gerade zu sprechen kommen«, erwiderte sie. »Etwa eine Viertelmeile voraus ist eine Anhöhe. Sie erhebt sich praktisch aus dem Waldboden und besteht hauptsächlich aus moosüberwucherten Felsblöcken.«

»Können wir die Kutsche hinaufbringen?«

Sie schüttelte den Kopf.

»So kommst du zu einem Spaziergang, meine Königin«, sagte Sperber zu seiner Gemahlin.

»Wir *wissen* doch gar nicht, ob sie uns feindlich gesinnt sind, Sperber!« protestierte Ehlana.

»Das stimmt«, gab er zu, »aber wir wissen auch nicht, ob sie es nicht sind, und das wiegt schwerer.«

Kalten und die anderen kamen mit Kring und Engessa zurückgeritten.

»Was machen sie, Atan Engessa?« erkundigte sich Sperber.

»Sie halten nur Ausschau, Sperber-Ritter. Es sind allerdings weit mehr, als wir ursprünglich annahmen – tausend zumindest – wahrscheinlich aber viel mehr.«

»Es dürfte ein bißchen schwierig werden, bei all diesen Bäumen«, gab Kalten zu bedenken.

»Ich weiß«, brummte Sperber. »Khalad, wann ist Mittag?«

»In etwa einer Stunde«, antwortete Khalad vom Kutschbock.

»Also bald genug. Nicht weit vor uns ist ein Hügel. Wir reiten hin und tun so, als wollten wir uns dort für eine Mittagsrast einrichten. Unsere Freunde hier in der Karosse werden auf die Anhöhe hinaufschlendern. Die übrigen verteilen sich um den Fuß des Hügels. Wir machen Feuer und klappern mit Pfannen und Töpfen. Ehlana, sei so albern, wie du es nur fertigbringst. Ich möchte von dir und der Baroneß oben auf dem Hügel möglichst viel Gelächter und Gekicher hören. Stragen, sucht Euch ein paar Männer aus und errichtet dort oben einen möglichst festlich aussehenden Pavillon. Räumt ein paar Steine aus dem Weg und rollt sie an den Rand der Kuppe.«

»Wieder eine Belagerung, Sperber?« fragte Ulath mißbilligend.

»Hast du eine bessere Idee?«

»Leider nicht. Aber du weißt, wie wenig ich von Belagerungen halte.«

»Niemand hat gesagt, daß du viel davon halten mußt, Ulath«, warf Tynian ein.

»Gebt den anderen Bescheid und sorgt dafür, daß alles ganz normal aussieht«, bat Sperber.

Ihre Nerven waren angespannt, als sie scheinbar gleichmütig dahinritten. Als sie um eine Kurve bogen, sah Sperber die Anhöhe und war erfreut über ihre strategischen Möglichkeiten. Es handelte sich um einen jener Steinhaufen, wie es sie unerklärlicherweise in allen Wäldern der Welt gab. Es war ein konischer Hügel aus mächtigen Rundlingen, etwa vierzig Fuß hoch und grün bemoost, doch ohne jegliche andere Vegetation, und er befand sich knapp zweihundert Meter links der Straße. Talen ritt dorthin, saß ab, stürmte hinauf und schaute sich oben um. Dann brüllte er hinunter: »Eine herrliche Aussicht, Majestät! Man kann meilenweit sehen. Genau das, was Ihr gesucht habt.«

»Das macht er gut«, lobte Bevier, »die Frage ist nur, ob unsere Freunde da draußen Elenisch verstehen.«

Stragen war bei den Lastpferden gewesen und kam nun mit einer Laute nach vorn. »Für den letzten Schliff, Majestät.« Er lächelte Ehlana an.

»Ihr spielt Laute, Durchlaucht?« fragte sie staunend.

»Jeder feine Mann, der etwas auf sich hält, spielt Laute.«

»Sperber nicht.«

»Wir suchen immer noch nach geeigneten Worten, um Sperber zu charakterisieren, Königin Ehlana«, entgegnete Stragen verschmitzt. »Wir sind uns gar nicht so sicher, daß der Begriff ›feiner Mann‹ wirklich auf ihn zutrifft – das soll natürlich keine Beleidigung sein, alter Junge«, versicherte er dem großen Pandioner hastig.

»Darf ich einen Vorschlag machen, Sperber?« fragte Tynian.

»Nur zu.«

»Wir wissen gar nichts über diese Leute da draußen, doch auch sie wissen nichts über uns – oder zumindest sehr wenig.«

»Das stimmt wahrscheinlich.«

»Der Umstand, daß sie uns beobachten, muß nicht bedeuten, daß sie einen direkten Angriff beabsichtigen – falls überhaupt. Und wenn, könnten sie einfach abwarten, bis wir wieder auf dem Marsch sind.«

»Stimmt.«

»Aber wir haben ein paar überspannte Edelfrauen dabei – verzeiht, Majestät –, und Edelfrauen brauchen für gewöhnlich keinen Grund für das, was sie tun.«

»Eure Beliebtheit nimmt in gewissen Kreisen nicht gerade zu, Ritter Tynian«, sagte Ehlana drohend.

»Ich bin zutiefst zerknirscht. Aber könnten Eure Majestät sich nicht – aus einer plötzlichen Laune heraus – für diesen Ort derart begeistern, daß Euch die Vorstellung, heute noch länger in einer Kutsche herumgeschaukelt zu werden, absolut unerträglich erschiene? Wäre es unter diesen Umständen nicht das Natürlichste auf der Welt, daß Ihr befehlt, anzuhalten und den Rest des Tages hierzubleiben?«

»Das ist keine schlechte Idee, Sperber«, warf Kalten ein. »Während wir unser Mittagsmahl zu uns nehmen, wären wir in der Lage, diesen Hügel unauffällig etwas besser zu befestigen. Dann, nach ein paar Stunden, wenn es unverkennbar ist, daß wir heute nicht mehr weiterreisen, errichten wir unser übliches Lager für die Nacht, mit allen Befestigungen und Schutzmaßnahmen. Wir brauchen uns an keinen besonderen Zeitplan zu halten; somit können wir einen verlorenen halben Tag verschmerzen. Die Sicherheit der Königin ist jetzt viel wichtiger als schnelles Vorankommen, meinst du nicht?«

»Du kennst meine Antwort darauf genau, Kalten.«

»Ich wußte, daß ich mich auf dich verlassen kann.«

»Das ist gut, Sperber-Ritter«, stimmte auch Engessa zu. »Wenn meine Späher eine ganze Nacht zum Kundschaften haben, erfahren sie nicht nur, wie viele da draußen sind, sondern obendrein noch ihre Namen.«

»Brecht ein Rad«, schlug Ulath vor.

»Was meint Ihr damit, Herr Ritter?« erkundigte sich Botschafter Oscagne verblüfft.

»Das wäre ein offensichtlicher Grund, hierzubleiben«, erklärte der Thalesier. »Wenn die Karosse zusammenbricht, *müssen* wir die Reise unterbrechen.«

»Könnt Ihr ein Rad reparieren, Ritter Ulath?«

»Nein, aber durch eine Art Gleitvorrichtung ersetzen, bis wir einen Schmied finden.«

»Aber würde das nicht eine sehr holprige Fahrt werden?« gab Patriarch Emban mit gequältem Blick zu bedenken.

»Anzunehmen.« Ulath zuckte die Schultern.

»Ich bin sicher, es läßt sich ein anderer Vorwand für einen längeren Aufenthalt finden, Herr Ritter. Habt Ihr eine Ahnung, wie unbequem die Weiterfahrt sein würde?«

»Ich habe nicht groß darüber nachgedacht, Eminenz«, antwortete Ulath, »aber ich fahre ja auch nicht in der Kutsche, deshalb würde es *mich* nicht im geringsten stören.«

Ein Dutzend Atanerinnen sollte helfen, den Eindruck sorglosen höfischen Treibens auf der Anhöhe zu verstärken. Doch es erwies sich als schwierig, diese Frauen zum Lächeln zu bewegen; sie schienen der Auffassung zu sein, die Götter hätten Gebote gegen das Lachen erlassen. Berit und mehrere andere junge Ritter unterhielten die Damen, während sie mehr – und weniger – im Wege liegende scheffelgroße Steine an den Rand der amphitheaterartigen Hügelkuppe schafften. Die hintere Seite der Erhebung war steiler als die vordere; dort bildete der Rand eine natürliche Wehrmauer. Die jungen Ritter häuften genügend Steine und Felsbrocken auf, um an den anderen drei Seiten eine Art Brustwehr zu errichten. Sie gingen dieser Arbeit unauffällig und scheinbar gleichmütig nach, doch bereits nach weniger als einer Stunde war eine recht brauchbare Befestigung errichtet.

Um den Fuß des Hügels brannten viele Feuer, an denen gekocht wurde, und ihr Rauch legte sich wie blauer Dunst um die weißen Stämme der Birken. Lautes Töpfeklappern und -klirren war zu hören, und die Männer der drei so verschiedenartigen Truppen verständigten sich lautstark, während sie ihr Essen zubereiteten. Engessas Ataner sammelten riesige Haufen von Brennholz – vorzugsweise gut zehn Fuß lange Scheite – und alle Köche brüllten nach Spänen für ihre Feuer, die von den Enden der Birkenstämme geschlagen werden mußten. Auf diese Weise gab es bald in regelmäßigen Abständen rund um die Kuppe ordentliche Haufen zugespitzter, zehn Fuß langer Pfähle, die entweder als Brennholz oder für eine Palisade verwendbar waren, welche in Minutenschnelle errichtet werden konnte. Die Ritter und die Peloi banden ihre Pferde in der Nähe an und lagerten müßig um den Fuß der Erhebung herum, während die Ataner sich zwischen den Bäumen verteilt hatten.

Sperber stand auf der Kuppe und beobachtete, wie die Arbeit drunten voranging. Die Damen saßen unter einem riesigen, an Stangen befestigten Baldachin in der Kuppelmulde. Stragen klimperte auf seiner Laute und sang mit seiner tiefen, klangvollen Stimme.

Talen kam zu Sperber. »Wie geht's da unten?« fragte er.

»Khalad befestigt das Lager so gut es möglich ist, ohne daß es auffällt«, antwortete Sperber.

»Er ist sehr geschickt, nicht wahr?« Stolz klang aus Talens Stimme mit.

»Dein Bruder? O ja. Euer Vater hat ihn gut ausgebildet.«

»Es wäre schön gewesen, mit meinen Brüdern aufzuwachsen.« Es hörte sich beinahe ein wenig sehnsüchtig an. »Aber ...« Talen zuckte die Schultern und spähte in den Wald. »Hat Engessa sich schon gemeldet?«

»Unsere Freunde sind immer noch da draußen.«

»Sie werden angreifen, nicht wahr?«

»Höchstwahrscheinlich. Man zieht nicht so viele Bewaffnete an einer Stelle zusammen, wenn man nicht vorhat, sie einzusetzen.«

»Mir gefällt Euer Plan, Sperber. Aber ich glaube, er hat eine Schwachstelle.«

»So?«

»Wenn diese Leute, wer sie auch sein mögen, erkannt haben, daß wir hier nicht abziehen, beschließen sie vielleicht, uns nach Einbruch der Dunkelheit anzugreifen. Nachts zu kämpfen ist doch ganz was anderes als am hellichten Tag, nicht wahr?«

»Normalerweise ja. Aber wir werden mogeln.«

Talen blickte ihn fragend an.

»Es gibt ein paar Zauber, die Helligkeit bewirken können, wenn man etwas sehen will.«

»Das vergesse ich immer wieder.«

»Du solltest dir so etwas merken, Talen.« Sperber lächelte leicht. »Sobald wir wieder zu Haus sind, wirst du dein Noviziat beginnen.«

»Wann haben wir das beschlossen?«

»Soeben. Du bist jetzt alt genug. Und wenn du weiter so in die Höhe schießt wie in letzter Zeit, wirst du auch groß genug sein.«

»Ist Magie schwer zu erlernen?«

»Man muß nur gut aufpassen. Alle Zaubersprüche sind auf styrisch, und Styrisch ist eine vertrackte Sprache. Benutzt man versehentlich ein falsches Wort, kann alles mögliche schiefgehen.«

»Danke, Sperber. Das fehlte mir gerade noch. Ich habe schon genug andere Sorgen.«

»Wir werden mit Sephrenia reden, sobald wir in Sarsos sind. Vielleicht erklärt sie sich einverstanden, dich auszubilden. Flöte mag dich. Sie wird dir verzeihen, wenn du Fehler machst.«

»Was hat Flöte damit zu tun?«

»Wenn Sephrenia dich ausbildet, wirst du deine Bitten an Aphrael richten.«

»Bitten?«

»Magie *ist* Bitten. Man bittet einen Gott, etwas für einen zu tun.«

»Beten?« fragte der Junge ungläubig.

»So ähnlich.«

»Weiß Emban, daß Ihr zu einer styrischen Göttin betet?«

»Wahrscheinlich. Die Kirche pflegt dies jedoch zu übersehen – aus praktischen Gründen.«

»Das ist ja Heuchelei.«

»Das würde ich an deiner Stelle nicht zu Emban sagen.«

»Wartet! Habe ich das richtig verstanden? Wenn ich Ordensritter werde, muß ich Flöte anbeten?«

»Zu ihr beten, Talen. Von anbeten habe ich nichts gesagt.«

»Beten, anbeten – wo ist da der Unterschied?«

»Das wird dir Sephrenia erklären.«

»Sie ist in Sarsos, habt Ihr gesagt?«

»Das habe ich nicht gesagt.« Sperber verfluchte seine Unvorsichtigkeit.

»O doch, habt Ihr sehr wohl!«

»Na gut, aber behalte es für dich.«

»Deshalb nehmen wir den Landweg, nicht wahr?«

»Das ist einer der Gründe, ja. Hast du eigentlich nichts zu tun?«

»Eigentlich nicht.«

»Dann such dir eine Aufgabe – denn wenn du's nicht tust, tue ich es für dich!«

»Ihr braucht nicht gleich zornig zu werden.«

Sperber blickte ihn scharf an.

»Schon gut, schon gut! Regt Euch nicht auf. Ich werde mit Danae und ihrer Katze spielen.«

Sperber blickte dem Jungen nach, als er zu der Gruppe unter dem Baldachin zurückkehrte, die sich lautstark unterhielt. Es war offenbar höchste Zeit, in Talens Beisein ein wenig vorsichtiger zu sein. Der Junge war intelligent und besaß eine schnelle Auffassungsgabe, und ein achtloses Wort könnte ihm Dinge verraten, die geheim bleiben sollten.

Das Gespräch hatte Sperber jedoch ins Grübeln gebracht. Er kehrte zu den Männern auf der Kuppe zurück und nahm Berit zur Seite. »Teilt den Rittern folgendes mit: Falls diese Leute da draußen beschließen sollten, mit ihrem Angriff bis nach Anbruch der Dunkelheit zu warten, werde *ich* dafür sorgen, daß wir genügend Licht haben. Wenn wir es alle gleichzeitig tun, könnte es ein wildes Durcheinander geben.«

Berit nickte.

Sperber überlegte. »Und ich werde mit Kring und Engessa reden«, fügte er hinzu. »Daß mir die Ataner und Peloi bloß nicht in Panik geraten, wenn der Himmel gegen Mitternacht plötzlich hell wird.«

»Das habt Ihr vor?« fragte Berit.

»In Fällen wie diesem erweist es sich für gewöhnlich als die beste Methode. Ein großes Licht läßt sich leichter beherrschen als ein paar hundert kleine – und es bringt den Gegner viel mehr aus der Fassung.«

Berit grinste. »Ich kann mir vorstellen, daß es ein ziemlicher Schock ist, wenn man im Dunkeln durch die Büsche schleicht und plötzlich in der Sonne steht.«

»Schon viele Schlachten wurden dadurch vermieden, daß die Nacht zum Tag wurde, Berit. Und eine Schlacht, die man vermeiden kann, ist manchmal besser als eine, bei der man siegt.«

»Das werde ich mir merken, Sperber.«

Der Nachmittag zog sich dahin. Die Feier auf der Anhöhe nahm allmählich ziemlich gequälte Formen an. Die Beteiligten waren an einem Punkt angelangt, da ihnen vor Lachen das Lachen verging. Die Krieger um den Fuß des Hügels beschäftigten sich entweder mit ihrer Ausrüstung oder taten, als schliefen sie.

Am Spätnachmittag traf Sperber sich nahe der Straße mit seinen Gefährten.

»Wenn sie immer noch nicht bemerkt haben, daß wir heute nicht weiterziehen, muß man langsam an ihrem Verstand zweifeln«, brummte Kalten.

»Ja, es sieht doch wirklich so aus, als hätten wir uns hier häuslich niedergelassen«, bestätigte Ulath.

»Darf ich einen Vorschlag machen, Sperber?« fragte Tynian.

»Warum fragst du das immer?«

»Gewohnheit vermutlich. Man hat mich gelehrt, zur Obrigkeit höflich zu sein. Nun – selbst der beste Zauber wird uns nicht soviel Licht spenden, wie wir's jetzt haben, ehe die Sonne untergeht. Wir wissen, daß die anderen da draußen sind. Wir sind in Stellung und ausgeruht. Warum beschleunigen wir das Ganze nicht ein bißchen? Wenn wir sie dazu bringen können, jetzt anzugreifen, können wir bei Tageslicht kämpfen.«

»Wie wollt Ihr jemanden dazu bringen, anzugreifen, wenn er es nicht will?« fragte Emban.

»Wir beginnen mit unmißverständlichen Vorbereitungen, Eminenz«, erklärte Tynian. »Es ist ohnehin logisch, jetzt mit den Befestigungsarbeiten anzufangen. Richten wir die Palisade rund um den Fuß des Hügels auf und beginnen damit, Gräben auszuheben.«

»Und Bäume zu fällen«, flocht Ulath ein. »Wir könnten eine Lichtung freiräumen und mit den Stämmen einige strategische Punkte im Wald versperren. Damit zwingen wir den Gegner, auf offenem Gelände anzugreifen.«

Sie schafften es in erstaunlich kurzer Zeit. Die Pfähle für die Palisade waren bereits zugespitzt und griffbereit aufgestapelt. Sie in den Boden zu rammen, war einfach. Die Birken, deren Stämme kaum dicker als zehn Zoll waren, fielen rasch unter den Äxten der Krieger und konnten ohne größere Schwierigkeiten in den Wald ringsum gezogen und so übereinander geworfen werden, daß Hindernisse entstanden, die selbst für Fußsoldaten schier unüberwindlich waren.

Sperber und seine Getreuen kehrten zur Hügelkuppe zurück, wo sie die Vorbereitungen überblicken konnten. »Warum greifen sie jetzt nicht an, ehe wir fertig sind?« fragte Emban die Ritter nervös.

»Weil sich ein Angriff nicht so schnell organisieren läßt, Eminenz«, erklärte Bevier. »Zuvor müssen die Kundschafter zurück, um ihren Generalen zu melden, was wir tun; dann kommen die Generale durch den Wald nach vorn, um sich zu vergewissern, und danach setzen sie eine Besprechung an, bei der sie sich über den nächsten Schritt einig werden müssen. Sie hatten einen Hinterhalt geplant und sind nicht darauf vorbereitet, befestigte Stellungen anzugreifen. Sie werden die meiste Zeit darauf verwenden müssen, sich auf die taktisch neue Situation einzustellen.«

»Wie lange werden sie brauchen?«

»Das hängt ganz davon ab, was für ein Mann ihr Befehlshaber ist. Wenn er ganz und gar auf einen Hinterhalt eingestellt war, brauchen sie vielleicht eine volle Woche.«

»Bis dahin ist er tot, Bevier-Ritter«, versicherte Engessa dem Cyriniker. »Gleich als wir die Krieger im Wald entdeckt hatten, habe ich ein Dutzend meiner Leute zur Garnison in Sarsos entsandt. Falls unser Gegner länger als zwei Tage benötigt, um eine Entscheidung zu fällen, hat er fünftausend Ataner am Hals.«

»Sehr umsichtig, Atan Engessa«, lobte Tynian. Nachdenklich blickte er Sperber an. »Solange unsere Freunde da draußen von Unentschlossenheit gelähmt sind, können wir unsere Befestigungsanlagen rund um den Hügel ausweiten – Gräben, zugespitzte Pflöcke, die üblichen Hindernisse. Jede Verbesserung, die wir vornehmen, wird den Gegner nur noch mehr ins Grübeln bringen. Das wiederum bringt uns zusätzliche Zeit für weitere Befestigungen, die ihm noch mehr zu denken geben werden. Wenn wir den Gegner dazu bringen können, zwei Tage lang zu überlegen, überraschen ihn die Ataner aus Sarsos von hinten und reiben ihn auf, bevor er dazu kommt, sich gegen uns zu wenden.«

»Das hat viel für sich.« Sperber nickte. »Machen wir uns an die Arbeit.«

»Ich dachte immer, ein Soldatenleben bestünde aus nichts anderem, als mit Äxten und Schwertern auf Feinde einzuhauen«, sagte Emban.

Ulath lächelte. »Auch das muß ein Soldat in reichem Maße, Eminenz. Aber es schadet nie, wenn man dem Feind auch mit List und Tücke zu Leibe rückt.« Er blickte Bevier an. »Maschinen?«

Bevier runzelte die Stirn. Aus irgendeinem Grund überraschten ihn Ulaths rätselhafte Fragen immer wieder.

»Wenn wir genug Zeit haben, können wir auf der Kuppe ein paar Katapulte errichten. Es bringt die Reihen des Feindes durcheinander, wenn beim Angriff Felsbrocken auf ihn herabhageln, und von einem fünfzigpfündigen Stein auf den Kopf getroffen zu werden, lähmt die Konzentration. Wenn wir uns auf eine Belagerung einrichten, sollten wir keine halben Sachen machen.« Er ließ den Blick über die Gefährten schweifen. »Aber trotzdem hasse ich Belagerungen!«

Die Krieger machten sich an die Arbeit, und die Damen und jungen Männer unter dem Baldachin setzten ihre Feier fort, auch wenn ihrer Heiterkeit mehr und mehr die Inspiration fehlte.

Sperber und Kalten verstärkten die Brustwehr auf der Kuppe. Da die Königin und ihre Tochter sich innerhalb dieser Befestigung aufhalten würden, war sie dem Prinzgemahl besonders wichtig.

Die Unterhaltung unter dem Baldachin kam nun immer öfter ins Stocken, und Stragen sah sich noch häufiger genötigt, die Pausen mit seiner Laute zu füllen.

»Er wird sich die Finger wund klimpern«, brummte Kalten und fügte einen weiteren Felsbrocken in die Brustwehr.

»Stragen genießt die Aufmerksamkeit.« Sperber zuckte die Schultern. »Solange noch jemand da ist, der ihm zuhört, wird er spielen, selbst wenn ihm das Blut unter den Nägeln hervorrinnt.«

Die Laute nahm eine uralte Melodie auf, und Stragen begann wieder zu singen. Sperber war nicht sehr musikalisch, doch er mußte zugeben, daß der thalesische Diebeskönig eine schöne Stimme hatte.

Und dann fiel Baroneß Melidere ein. Ihre Stimme war ein herrlicher Alt, der wundervoll mit Stragens Bariton harmonierte. Sperber lächelte insgeheim. Die Baroneß setzte ihren Eroberungsfeldzug fort. Seit Aphrael Sperber auf die Absicht des blonden Mädchens aufmerksam gemacht hatte, fielen ihm Dutzende geschickter kleiner Tricks auf, deren Melidere sich bediente, um sich der Aufmerksamkeit ihres Opfers zu versichern. Fast tat Stragen ihm leid, doch er mußte zugeben, daß Melidere die Richtige für ihn sein würde. Das Duett erntete stürmischen Beifall. Als Sperber zum Baldachin blickte, sah er, wie Melidere eine Hand beinahe liebkosend auf Stragens Handgelenk legte. Sperber wußte, welche Wirkung diese scheinbar unbeabsichtigten Berührungen haben konnten. Lillias hatte es ihm einmal erklärt, und sie war bestimmt die meisterlichste Verführerin der Welt gewesen – was vermutlich die halbe männliche Bevölkerung von Jiroch hätte beschwören können.

Dann begann Stragen ein weiteres altes Lied, und diesmal fiel eine andere Stimme ein. Kalten ließ den Stein fallen, den er soeben hochgehoben hatte, und obwohl dieser schmerzhaft auf seinem Fuß landete, verzog er keine Miene. Die Stimme war die eines Engels, hoch, süß, und klar wie Kristall. Mühelos stieg sie zu den höchsten Soprantönen empor, weich und schmelzend und frei von den verspielten Variationen der Koloratur. Die Stimme klang so natürlich wie Vogelgesang.

Sie gehörte Ehlanas Kammermaid Alean. Das rehäugige Mädchen, das für gewöhnlich so still war und sich stets im Hintergrund hielt, stand jetzt in der Mitte der baldachinüberdeckten Mulde, und ihr Gesicht leuchtete, während sie sang.

Sperber hörte, wie Kalten die Nase hochzog und sah erstaunt, daß Tränen über das Gesicht seines Freundes liefen.

Möglicherweise hatte das Gespräch, das Sperber vor kurzem mit der Kindgöttin geführt hatte, seine intuitiven Fähigkeiten wachgerüttelt. Er wußte plötzlich, ohne genau sagen zu können, *wie* er es wußte, daß *zwei* Eroberungsfeldzüge im Gange waren –, und außerdem, daß der von Baroneß Melidere der offenkundigere war. Hastig verbarg er sein Lächeln hinter einer Hand.

»Was hat dieses Mädchen für eine schöne Stimme!« sagte Kalten voll tiefer Bewunderung, als Alean ihr Lied beendete. »Verflixt!« Erst jetzt bückte er sich und besah sich den bereits seit fünf Minuten schmerzenden Fuß.

Die Arbeit wurde bis Sonnenuntergang fortgesetzt, dann zogen die vereinten Streitkräfte sich hinter die verstärkte Palisade zurück und warteten. Bevier und seine cyrinischen Ritter begaben sich zur Hügelkuppe, wo sie ihre Katapulte fertigstellen. Dann vertrieben sie sich die Zeit damit, scheinbar aufs Geratewohl Felsbrocken in den Wald zu schleudern.

»Worauf schießen sie, Sperber?« erkundigte Ehlana sich nach dem Abendessen.

»Auf die Bäume.« Er zuckte die Schultern.

»Aber die Bäume haben nichts gegen uns.«

»Nein, aber wahrscheinlich verstecken sich Leute im Wald. Die vom Himmel fallenden Felsbrocken werden ihnen den Spaß ein wenig verderben.« Er grinste. »Beviers Männer stellen nur die Reichweite ihrer Wurfmaschinen fest, Liebes. Falls unsere Freunde im Wald beschließen, über die offenen Schneisen anzugreifen, sind wir auf sie vorbereitet. Bevier möchte genau wissen, wann und wie er seine Werfer einsetzen kann.«

»Als Soldat muß man viel mehr können, als nur seine Ausrüstung in Ordnung zu halten, nicht wahr?«

»Ich freue mich, daß du das zu würdigen weißt, meine Königin.«

»Wollen wir jetzt zu Bett gehen?«

»Tut mir leid, Ehlana«, sagte Sperber bedauernd, »aber ich werde heute nacht nicht schlafen. Falls unsere Freunde da draußen sich zum Angriff entschließen, muß ich mich um sehr viele Dinge kümmern, die keinen Aufschub dulden.« Er blickte sich um. »Wo ist Danae?«

»Sie schaut mit Talen zu, wie Beviers Männer die Steine schleudern.«

»Ich hole sie. Du wirst sie heute nacht bestimmt bei dir haben wollen.« Er durchquerte die Mulde , bis er zu Bevier gelangte, der seinen Rittern Anweisungen gab. »Zeit zum Schlafen«, sagte Sperber zu seiner Tochter und hob sie auf die Arme.

Sie verzog schmollend das Mündchen, erhob jedoch keine Einwände. Als Sperber mit ihr die Hälfte der Strecke bis zum Zelt seiner Gemahlin zurückgelegt hatte, ging er etwas langsamer. »Wie sehr bestehst du auf Formalitäten, Aphrael?« fragte er.

»Ein paar Kniefälle wären schon angebracht, Vater«, antwortete sie. »Aber ich komme auch ohne aus – in einem Notfall.«

»Gut. Falls es heute nacht zum Angriff kommt, werden wir ein wenig Licht brauchen, um den Feind sehen zu können.«

»Wieviel Licht?«

»Taghell wäre es mir am liebsten.«

»Das kann ich nicht, Sperber. Du hast ja keine Ahnung, in welche Schwierigkeiten ich mich brächte, wenn ich die Sonne zum falschen Zeitpunkt aufgehen ließe.«

»Das habe ich auch gar nicht gemeint. Ich möchte nur soviel Licht, daß der Feind sich nicht im Dunkeln anschleichen kann. Zu dem Zauber gehört ein ziemlich langer Spruch mit allerlei Zeremoniell und vielen wichtigen Kleinigkeiten. Ich bin ein wenig in Zeitdruck, darum wollte ich wissen, ob du sehr gekränkt wärst, wenn ich dich lediglich um Licht bitte und sämtliche Einzelheiten dir überlasse?«

»Das ist äußerst ungehörig, Sperber!« rügte sie ihn.

»Ich weiß. Aber vielleicht könntest du dieses eine Mal eine Ausnahme machen?«

»Na ja, *vermutlich*. Aber laß es nicht zur Gewohnheit werden. Ich habe schließlich einen Ruf zu wahren!«

»Ich liebe dich!« Er lachte.

»Oh, wenn das der Fall ist, geht es natürlich in Ordnung. Für Menschen, die uns wirklich lieben, können wir alle möglichen Regeln beugen. Wenn du also Licht brauchst, Sperber, werde ich dafür sorgen, daß du soviel wie möglich bekommst.«

Der Angriff erfolgte kurz vor Mitternacht und begann mit einem Pfeilhagel aus der Dunkelheit, dem ein Sturm auf die atanischen Vorposten folgte. Letzteres erwies sich als katastrophaler taktischer Fehler. Die Ataner waren die besten Fußsoldaten der Welt und im Nahkampf unbesiegbar.

Von seinem Beobachtungsposten auf der Kuppe konnte Sperber die Angreifer nicht deutlich erkennen, doch er bezähmte seine Neugier eisern und wartete mit der Beleuchtung des Schlachtfelds, bis ein größerer Teil der feindlichen Truppen vorrücken würde.

Wie erwartet, waren die Angriffe Ablenkungsmanöver; denn die Hauptmasse des Gegners versuchte derweil, die Barrieren aus Birkenstämmen zu überwinden, die zwischen sämtlichen breiten Schneisen von Ritter Ulath errichtet worden waren. Wie sich herausstellte, hatten Beviers Cyriniker nicht bloß zum Spaß Steine in den Wald katapultiert. Sie hatten sich auf die Barrikaden eingeschossen und schleuderten nun Körbe voll faustgroßer Steine so in die Luft, daß sie auf die Feinde herabhagelten, welche die Hindernisse beseitigen oder die schmalen Lücken vergrößern wollten, die man absichtlich freigelassen hatte, damit die Peloi hinausreiten und sich ein wenig vergnügen konnten. Ein zweipfündiger Stein, der vom Himmel fällt, kann einen Menschen nicht zerschmettern, ihm jedoch einige Knochen brechen. Jedenfalls zogen die Räumtrupps sich nach etwa zehn Minuten zurück.

»Ich muß gestehen, Sperber-Ritter«, sagte Engessa beeindruckt, »daß ich Eure aufwendigen Vorbereitungen für ein wenig lächerlich hielt. Ataner kämpfen nicht so. Doch Euer Vorgehen hat gewisse Vorteile.«

»Wir stammen aus verschiedenen Kulturen, Atan Engessa. Euer Volk lebt und kämpft in der Wildnis, wo der Feind sich einzeln oder in kleinen Trupps vorwagt. Bei uns ist die Wildnis gezähmt; deshalb stoßen unsere Feinde in sehr großer Zahl vor. Wir bauen Festungen, in denen wir leben, und im Lauf der Jahrhunderte haben wir viele Methoden zur Verteidigung dieser Festungen entwickelt.«

»Wann werdet Ihr das Licht rufen?«

»Wenn es für unseren Feind am ungelegensten kommt. Ich möchte, daß er einen möglichst großen Teil seiner Streitmacht eingesetzt hat, ehe ich die Dunkelheit beende. Das wird den Gegner überraschen, und es dauert geraume Zeit, bis die kämpfenden Einheiten neue Befehle bekommen. Wir müßten in der Lage sein, einen beachtlichen Teil seiner Streitkräfte zu schlagen, ehe er sie zurückziehen kann. Eine defensive Kriegsführung hat gewisse Vorteile, wenn man die richtigen Vorbereitungen getroffen hat.«

»Ulath-Ritter gefallen sie nicht.«

»Ulath fehlt die nötige Geduld. Bevier ist der Fachmann für Verteidigung. Er wäre durchaus bereit, notfalls zehn Jahre zu warten, wenn er seinen Gegner auf diese Weise dahin kriegt, wo er ihn haben will.«

»Was wird der Feind als nächstes tun? Wir Ataner sind nicht an Kampfpausen gewöhnt.«

»Er wird sich zurückziehen und mit Pfeilen auf uns schießen, während er sich eine neue Taktik zurechtlegt. Dann wird er vermutlich einen Direktangriff in einer dieser Schneisen versuchen.«

»Warum nur in einer? Warum wird er nicht aus allen Richtungen gleichzeitig angreifen?«

»Weil er noch nicht weiß, was ihn erwartet. Er muß sich erst ein Bild von der Lage machen. Er wird es nach und nach herausfinden, doch diese Erfahrung wird ihn teuer zu stehen kommen. Nachdem wir etwa die Hälfte seiner Soldaten getötet haben, wird er entweder aufgeben und sich ganz zurückziehen oder alles, was er hat, von allen Seiten gleichzeitig gegen uns werfen.«

»Und dann?«

»Dann reiben wir den Rest seiner Streitkräfte auf und machen uns wieder auf den Weg.« Sperber zuckte die Schultern. »Vorausgesetzt natürlich, daß alles so verläuft, wie wir es geplant haben.«

Aus einer Entfernung von zweihundert Schritten und nur bei Sternenlicht waren die Gestalten kaum mehr als Schatten. Sie marschierten hinaus in die Mitte einer von Ulaths Schneisen und hielten an, während weitere Männer zwischen den Bäumen hervortraten und sich den Wartenden anschlossen, um eine geschlossene Formation zu bilden.

»Ich kann es nicht glauben!« rief Kalten und starrte zu den schattenhaften Soldaten am Ende der Schneise.

»Gibt es ein Problem, Ritter Kalten?« erkundigte sich Emban mit beinahe schriller Stimme.

»Im Gegenteil, Eminenz«, versicherte Kalten ihm zufrieden. »Ich hatte nur nicht damit gerechnet, daß wir es bei unseren Gegnern mit Idioten zu tun haben.« Er drehte leicht den Kopf. »Bevier!« rief er. »Er formiert seine Truppen auf der *Straße*, um sie heranmarschieren zu lassen!«

»Das kann doch nicht dein Ernst sein!«

»Mögen mir alle Zehennägel ausfallen, wenn es nicht so ist!«

Bevier brüllte einige Befehle, worauf seine Ritter die Katapulte herumschwenkten, um sie auf die im Dunklen liegende Schneise zu richten, die zur Straße hin verlief.

»Laßt uns wissen, wann, Sperber«, rief der junge Cyriniker.

»Wir steigen jetzt hinunter«, rief Sperber zurück. »Du kannst anfangen, sobald wir unten sind. Wir werden eine Zeitlang warten, damit du sie mit Steinen eindecken kannst; dann stürmen wir los. Wir wären dir sehr dankbar, wenn du den Beschuß dann einstellst.«

Bevier grinste.

»Kümmere dich um meine Gemahlin, während ich fort bin.«

»Selbstverständlich.«

Sperber und die anderen Krieger machten sich daran, den Hügel hinunterzusteigen. »Ich werde meine Männer in zwei Gruppen aufteilen, Freund Sperber«, erklärte Kring. »Wir schlagen beidseitig einen Bogen um die Feinde. Auf diese Weise erreichen wir die Straße etwa eine halbe Meile hinter ihnen zu beiden Seiten. Dort warten wir auf Euer Signal.«

»Tötet nicht alle«, mahnte Engessa. »Meine Ataner werden sehr übellaunig, wenn es Kampf gibt und sie nicht teilnehmen dürfen.«

Sie erreichten den Fuß der Erhebung, und Beviers Katapulte nahmen den Beschuß auf. Diesmal schleuderten sie große Felsbrocken. Poltern und Krachen aus Richtung der Straße ließ erkennen, daß die cyrinischen Ritter die richtige Zielentfernung gefunden hatten.

»Viel Glück, Sperber«, wünschte ihm Kring und verschwand in der Dunkelheit.

»Seid vorsichtig, meine Herren Ritter«, warnte Khalad. »Die Baumstümpfe da draußen können sich in der Dunkelheit als gefährlich erweisen.«

»Wir werden nicht im Dunkeln angreifen, Khalad«, versicherte Sperber ihm. »Ich habe ein paar Vorbereitungen getroffen.«

Engessa schlich durch eine Öffnung in der Palisade, um sich seinen Kriegern im Wald anzuschließen.

»Bilde ich es mir nur ein, oder habt ihr auch das Gefühl, daß wir es mit jemandem zu tun haben, der nicht besonders aufgeweckt ist?« fragte Tynian. »Er scheint keine Ahnung von moderner Kriegführung und moderner Technik zu haben.«

»Ich glaube, das Wort, das dir auf der Zunge liegt, ist ›dumm‹, Tynian.« Kalten grinste.

»Nein, eigentlich nicht.« Tynian runzelte die Stirn. »Es war zu dunkel, als daß ich von der Kuppe viel hätte sehen können, aber es hatte den Anschein, als würde der Feind seine Truppen zu einer Phalanx formieren. Das hat im Westen seit über tausend Jahren niemand mehr getan.«

»Das wäre gegen berittene Krieger auch nicht sehr wirkungsvoll, nicht wahr?« fragte Kalten.

»Es kommt darauf an, wie lang die Speere und wie groß die überlappenden Schilde sind. Eine Phalanx könnte uns durchaus zu schaffen machen.«

»Berit«, sagte Sperber, »lauf hinauf zur Kuppe und bitte Bevier, seine Katapulte ein wenig zu drehen. Er soll die feindliche Formation zertrümmern.«

»Wird gemacht.« Der junge Ritter wandte sich um und kletterte den Hang wieder hinauf.

»Wenn der Feind tatsächlich eine Phalanx formiert hat«, fuhr Tynian fort, »bedeutet es, daß er noch nie berittene Truppen als Gegner hatte und offenes Gelände gewohnt ist.«

Beviers Katapulte begannen Felsbrocken auf die schattenhafte Formation am Ende des geräumten Zugangs zu schleudern.

»Es ist soweit«, entschied Sperber. »Ich wollte zwar noch ein wenig warten, aber laßt uns endlich feststellen, womit wir es zu tun haben.« Er schwang sich auf Farans Rücken und führte die Ritter in eine Stellung außerhalb der Palisade. Dann holte er tief Atem. *Jetzt könnten wir ein wenig Licht gebrauchen, Göttin!* Er sandte den Gedanken aus, ohne sich die Mühe zu machen, ihn auf styrisch zu formulieren.

Das ist wirklich unziemlich, Sperber! Aphraels Stimme klang ungehalten. *Du weißt, daß ich Gebete auf elenisch nicht erhören sollte.*

Du beherrschst beide Sprachen. Was macht es da für einen Unterschied?

Es ist eine Frage der der Schicklichkeit, Sperber!

Ich werde mich bemühen, es beim nächsten Mal besser zu machen.

Darüber wäre ich sehr froh! Paß auf, was hältst du davon?

Es begann als eine Art pulsierendes, lavendelfarbiges Glühen am nördlichen Horizont. Dann glitten Schleier vielfarbigen Lichts den

Himmel empor und füllten schimmernd und wogend wie ein riesiger Vorhang das nächtliche Firmament.

»Was ist das?« rief Khalad.

»Das Nordlicht«, brummte Ulath. »So weit im Süden habe ich es noch nie gesehen. Ich bin beeindruckt, Sperber.«

Der schimmernde Vorhang aus Licht schwebte wie etwas Lebendes in der Dunkelheit, er löschte die Sterne aus und erfüllte die Nacht mit regenbogenfarbenem Leuchten.

Ein hörbares Stöhnen der Bestürzung und Ehrfurcht drang von der versammelten Heerschar nahe der Straße zu den Rittern empor. Sperber spähte angespannt in die mit Baumstümpfen übersäte Schneise. Die Angreifer trugen altertümliche Rüstungen – Brustharnische, Helme mit Roßhaarbüscheln, große Rundschilde, Kurzschwerter und zwölf Fuß lange Speere. Die vorderen Reihen waren offenbar eine dichte Formation mit überlappenden Schilden und vorgereckten Speeren gewesen. Beviers Katapulte hatten jedoch Lücken gerissen, und immer noch schmetterten Felsbrocken auf die Männer nieder, die so dicht standen, daß sie nicht zu fliehen vermochten.

Sperber beobachtete sie eine Zeitlang grimmig. »Also gut, Ulath«, sagte er schließlich, »sing ihnen das Ogerlied.«

Ulath grinste. Er hob sein gewundenes Ogerhorn an die Lippen und schmetterte einen tiefen Ton.

Die dicht gedrängten Fußtruppen, halb in Panik durch das erschreckende Leuchten am Himmel und demoralisiert durch den Beschuß, waren in keinster Weise auf den furchterregenden Ansturm stählerner Ritter und deren Streitrosse vorbereitet. Ein gewaltiges Krachen war zu hören, und die vorderen Reihen der Fußsoldaten gingen unter den Hufen der Pferde zu Boden. Die Ritter steckten ihre Lanzen zurück, zogen ihre Schwerter und Äxte und machten sich daran, die Reihen des feindlichen Fußvolks kräftig zu lichten.

»Ulath!« brüllte Sperber. »Setz die Peloi ein!«

Ritter Ulath hob erneut sein Ogerhorn an die Lippen – und diesmal blies er zweimal.

Die Schlachtrufe der Peloi waren schrill und auf- und abschwellend. Sperber schaute rasch die Straße entlang. Die Krieger, auf die sich Krings Peloi stürzten, waren nicht die gleichen wie jene, welche die Ritter sich vorgenommen hatten. Sperber hatte einen Sturm gegen Fußsoldaten in Harnischen und Helmen mit Roßhaarbüscheln geführt. Kring dagegen griff Berittene an, Männer in wallenden Gewändern und um den Kopf gewickelten Stoffstreifen, bewaffnet mit Krummschwertern ähnlich den Säbeln der Peloi. Ganz offensichtlich stammte das feindliche Heer aus zwei verschiedenen Kulturen. Doch über diese Unterschiede konnten sie sich später Gedanken machen; im Augenblick waren sie alle viel zu sehr mit dem Kampf beschäftigt.

Sperber schmetterte sein schweres Breitschwert in gleichmäßigen Hieben auf roßhaarverzierte Helme. Nach mehreren Minuten verriet ihm der Lärm von der Straße her, daß die Peloi sich ins Getümmel gestürzt hatten. »Ulath!« brüllte Sperber. »Das Zeichen für die Ataner!«

Wieder schmetterte das Ogerhorn – einmal, zweimal, dreimal.

Kampflärm brach zwischen den Bäumen aus. Gegnerische Soldaten, die vor dem Ansturm der Ritter und dem Angriff der Peloi geflohen waren, fanden keine Zuflucht im Wald. Engessas Ataner bewegten sich lautlos und todbringend durch das unheimliche vielfarbige Licht, das vom pulsierenden Himmel herabstrahlte.

»Sperber!« brüllte Kalten. »Paß auf!«

Sperber riß den Kopf herum, und eine eisige Hand legte sich um sein Herz.

»Ich dachte, dieser Dämon wäre tot!« entfuhr es Kalten.

Die Gestalt in schwarzem Gewand mit Kapuze ritt auf einem hageren Gaul. Ein grünliches Schimmern ging von ihr aus, wie auch eine fast greifbare Woge unversöhnlichen Hasses. Sperber blickte die Gestalt eingehender an; dann stieß er erleichtert den Atem aus. »Es ist kein Sucher«, beruhigte er Kalten. »Es hat menschliche Hände. Aber wahrscheinlich ist es der, gegen den wir gekämpft haben.«

Da ritt ein weiterer Mann in Schwarz zwischen den Bäumen hervor. Er war effekthascherisch gekleidet; unter einem breitkrempigen schwarzen Hut hatte er sich einen schwarzen Beutel mit ungleichen Augenlöchern über den Kopf gezogen.

»Ist das ein schlechter Witz?« fragte Tynian heftig. »Ist der Kerl wirklich der, für den ich ihn halte?«

»Ich vermute, der im schwarzen Gewand ist der Anführer«, sagte Ulath. »Säbel könnte nicht einmal mit einer Herde Ziegen fertig werden.«

»Erfreue dich deines bedeutungslosen Sieges, Anakha«, rief der Schwarzvermummte mit hohler, eigenartig metallisch klingender Stimme. »Ich habe dich nur auf die Probe gestellt, um deine Stärken zu erfahren – und deine Schwächen. Zieh jetzt deines Weges. Ich weiß nun, was ich wissen mußte. Ich werde dich jetzt in Ruhe lassen – vorläufig. Aber täusche dich nicht, Mann ohne Bestimmung! Wir sehen uns wieder, und bei unserer nächsten Begegnung werde ich dich eingehender prüfen.« Dann verschwammen Säbel und sein vermummter Begleiter und verschwanden.

Das Ächzen, Stöhnen und Wimmern der verwundeten Feinde ringsum verstummte urplötzlich. Sperber schaute sich rasch um. Die Fußsoldaten in den altertümlichen Rüstungen, gegen die er und seine Freunde gekämpft hatten, waren ebenfalls verschwunden. Nur die Toten waren zurückgeblieben.

In beiden Richtungen entlang der Straße zügelten Krings Peloi verblüfft ihre Pferde. Die Feinde, gegen die sie gekämpft hatten, waren nicht mehr, und die überraschten Ausrufe unter den Bäumen deuteten darauf hin, daß auch die Ataner plötzlich keinem Feind mehr gegenüberstanden.

»Was geht hier vor?« fragte Kalten.

»Ich bin nicht ganz sicher«, antwortete Sperber, »aber es gefällt mir ganz und gar nicht.« Er saß ab und drehte einen der gefallenen Feinde mit dem Fuß auf den Rücken.

Der Tote war völlig ausgetrocknet, braun verfärbt und geschrumpft. Er sah aus wie die Leiche eines Menschen, der seit Jahrhunderten tot war.

»Das ist uns nicht zum erstenmal passiert, Eminenz«, erklärte Tynian dem Patriarchen Emban. Es war fast Morgen, und sie hatten sich wieder auf der Hügelkuppe versammelt. »Letztes Mal waren es Lamorker aus der Vergangenheit. Woher diese hier stammen, weiß ich nicht.« Er betrachtete die zwei mumifizierten Leichen, die von Atanern auf den Hügel gebracht worden waren.

»Der da ist ein Cynesganer.« Botschafter Oscagne deutete auf einen der Toten.

»Sieht fast wie ein Rendorer aus, nicht wahr?« bemerkte Talen.

»Es gibt gewisse Ähnlichkeiten«, bestätigte Oscagne. »Cynesga ist ein Wüstengebiet wie Rendor, und es gibt nicht sehr viele Arten von Kleidung, die für ein solches Klima geeignet sind.«

Der Tote trug ein weites Gewand und hatte einen langen Stoffstreifen um den Kopf gewickelt, der als Sonnenschutz bis über den Nacken hinunterhing.

»Sie sind keine guten Kämpfer«, berichtete Kring. »Sie gerieten in Panik, als wir sie angriffen.

»Was ist mit dem anderen, Exzellenz?« erkundigte sich Tynian. »Die in Rüstung waren *sehr* gute Kämpfer.«

Der tamulische Botschafter wirkte beunruhigt. »Der ist irgend jemandes Phantasiegestalt«, antwortete er schließlich.

»Das kann ich mir nicht vorstellen, Exzellenz«, wandte Bevier ein. »Die Krieger, die uns in Eosien angriffen, waren aus der Vergangenheit geholt worden. Ich gebe zu, sie waren ziemlich exotisch, aber alle hatten einmal *wirklich* gelebt. Alles, was wir hier gesehen haben, deutet darauf hin, daß wir es mit dem gleichen Phänomen zu tun hatten. Dieser Kerl ist ganz bestimmt *kein* Phantasiekrieger. Er hat in früherer Zeit gelebt, und was er trägt, war seine übliche Kleidung.«

»Unmöglich!« widersprach Oscagne überzeugt.

»Nur um der Spekulation willen, Oscagne«, sagte Emban, »lassen wir jetzt das Wort ›unmöglich‹ für eine Weile außer acht. Wer, würdet Ihr sagen, *könnte* er gewesen sein?«

»Es ist eine sehr alte Sage«, antwortete Oscagne noch immer mit besorgtem Gesicht. »Es wird berichtet, daß vor sehr, sehr langer Zeit Cynesga von den sogenannten Cyrgai bewohnt gewesen sein soll. Die heutigen Cynesganer sind angeblich ihre degenerierten Nachkommen.«

»Sie sehen aus, als kämen sie aus zwei verschiedenen Teilen der Welt«, meinte Kalten.

»Cyrga, die Stadt der Cyrgai, befand sich angeblich im zentralen Hochland von Cynesga«, erklärte Oscagne. »Es liegt höher als die Wüste rundum, und der Sage nach hat es dort einen von Quellen gespeisten See gegeben. Das Klima im Hochland war ganz anders als in der Wüste. Die Cyrgai hätten demnach keinen Sonnenschutz gebraucht wie ihre entarteten Nachkommen. Ich könnte mir vorstellen, daß auch Rang und Status eine Rolle spielten. Wenn man den Charakter der Cyrgai bedenkt, hätten sie zweifellos nicht zugelassen, daß jemand Cyrgaikleidung trug, den sie nicht als ebenbürtig betrachteten.«

»Dann haben sie also zur selben Zeit gelebt?« fragte Tynian.

»Was das betrifft, sind die Legenden ziemlich unklar, Ritter Tynian. Offenbar gab es tatsächlich eine Zeitspanne, zu der sowohl Cyrgai wie Cynesganer lebten. Die Cyrgai waren zweifellos die Herren.« Er verzog das Gesicht. »Warum nehme ich plötzlich eine Legende so ernst?«

»Weil es eine ziemlich greifbare Legende ist.« Emban stupste den mumifizierten Cyrgai mit dem Fuß an. »Ich nehme an, daß diese Burschen einen besonderen Ruf hatten?«

»O ja«, antwortete Oscagne und schüttelte sich. »Sie hatten eine abscheuliche Kultur – grausam und kriegerisch. Sie hielten sich von anderen Völkern fern, um nicht von ihnen verseucht zu werden, wie sie es nannten. Angeblich waren sie von rassischer Reinheit besessen und haben jegliche neuen Ideen bekämpft.«

»Das ist eine sinnlose Art von Besessenheit«, bemerkte Tynian. »Bei jedem Handel mit Außenstehenden kommt man mit neuen Ideen in Berührung.«

»Der Sage nach waren sie sich dessen bewußt, Herr Ritter. Handel war verboten.«

»Überhaupt kein Handel?« fragte Kalten ungläubig.

»Gar keinen. Angeblich waren die Cyrgai völlig autark. In ihrer Gesellschaft war sogar der Besitz von Gold und Silber verboten.«

»Verrückt!« entfuhr es Stragen. »Hatten sie gar kein Geld?«

»Eisenbarren. Schwere Barren, vermute ich, um jedweden Handel zu unterbinden. Die Cyrgai lebten nur für den Krieg. Alle Männer waren in der Armee, und die Frauen waren allein dazu bestimmt, Kinder zu kriegen und großzuziehen. Wenn Cyrgai zu alt wurden, um zu kämpfen oder Kinder zu gebären, erwartete man von ihnen, daß sie sich selbst töteten. Der Sage nach waren sie die besten Krieger, welche die Welt gesehen hat.«

»Die Sage übertreibt, Oscagne«, versicherte Engessa ihm. »Ich selbst habe fünf von ihnen getötet. Sie haben zuviel Zeit damit verbracht, mit ihren Muskeln zu protzen und ihre Waffen zur Schau zu stellen, statt zu kämpfen.«

»Ihr Leben war sehr rituell, Atan Engessa«, murmelte Oscagne.

»Wer war der Vermummte?« fragte Kalten. »Ich meine den, der sich offenbar als Sucher ausgeben wollte?«

»Ich vermute, er nimmt eine ähnliche Stellung ein wie Gerrich in Lamorkand und Säbel in Westastel«, erklärte Sperber. »Ich war allerdings überrascht, Säbel hier zu sehen«, fügte er hinzu. Sperber mußte vorsichtig sein. Sowohl er wie Emban hatten geschworen, nichts über Säbels echte Identität verlauten zu lassen.

»Professionelle Höflichkeit wahrscheinlich«, murmelte Stragen. »Die Tatsache, daß Säbel hier war, bestätigt unsere Vermutung, daß all diese Rebellionen und Unruhen zusammenhängen. Jemand steckt hinter dem Ganzen – jemand, von dem wir noch nichts wissen. Aber eines Tages werden wir uns einen seiner Mittelsmänner schnappen und ihn ausquetschen.« Der blonde Diebeskönig von Emsat schaute sich um. »Und was jetzt?«

»Wie lange, sagtet Ihr, wird es dauern, bis die Ataner aus Sarsos eintreffen, Engessa?« fragte Sperber den hünenhaften Krieger.

»Übermorgen, Sperber-Ritter.« Der Ataner blickte nach Osten. »Nein, morgen«, verbesserte er sich, »es wird bereits Tag.«

»Dann werden wir unsere Verwundeten versorgen und auf die Verstärkung warten«, entschied Sperber. »In Zeiten wie dieser habe ich gern möglichst viele freundliche Gesichter um mich.«

»Eine Frage, Sperber-Ritter«, sagte Engessa. »Wer ist Anakha?«

»Sperber«, sagte Ulath zu dem Ataner. »Die Styriker nennen ihn so. Es bedeutet ›ohne Bestimmung‹.«

»Alle Menschen haben eine Bestimmung, Ulath-Ritter.«

»Außer Sperber, wie's aussieht. Und Ihr könnt Euch gar nicht vorstellen, wie nervös das die Götter macht.«

Wie Engessa vermutet hatte, trafen die Krieger aus der Garnison zu Sarsos gegen Mittag des nächsten Tages ein, und die gewaltig verstärkte Eskorte der Königin von Elenien zog weiter nach Osten. Zwei Tage später kamen sie über einen Hügel und blickten hinab auf eine marmorne Stadt in einer riesigen grünen Wiese, hinter der sich ein dunkler Wald bis zum Horizont erstreckte.

Seit dem frühen Morgen hatte Sperber die Nähe von jemand Vertrautem gespürt und war erwartungsvoll vorausgeritten.

Sephrenia saß auf ihrem Schimmelzelter neben der Straße. Sie war eine zierliche, schöne Frau mit schwarzem Haar, sehr heller Haut und tiefblauen Augen. Ihr weißes Gewand war aus feinerem Gewebe als dem groben Stoff, den sie für gewöhnlich in Eosien getragen hatte.

»Hallo, kleine Mutter«, sagte Sperber lächelnd und in einem Tonfall, als wäre seit ihrer letzten Begegnung höchstens eine Woche vergangen. »Ich hoffe, es ist Euch gut ergangen?« Er nahm seinen Helm ab.

»Einigermaßen, Sperber.« Ihre Stimme klang melodisch und vertraut.

»Gestattet Ihr, daß ich Euch begrüße?« fragte er auf die förmliche Weise aller Pandioner, die sich nach einer Trennung wiedersehen.

»Natürlich, Lieber.«

Sperber saß ab, nahm ihre Handgelenke und drehte ihre Hände um. Dann küßte er ihre Handflächen im rituellen styrischen Gruß. »Und würdet Ihr mich segnen, kleine Mutter?«

Voll Zuneigung legte Sephrenia die Hände an seine Schläfen und sprach ihren Segen auf styrisch. »Helft mir herunter, Sperber«, verlangte sie.

Er streckte die Arme hoch, legte die Hände um ihre schmale Taille und hob die zierliche Frau mühelos aus dem Sattel. Doch ehe er sie absetzte, schlang sie ihm die Arme um den Hals und küßte ihn auf die Lippen, was sie zuvor kaum einmal getan hatte. »Ihr habt mir gefehlt, Lieber«, hauchte sie. »Ihr könnt Euch gar nicht vorstellen, wie sehr Ihr mir gefehlt habt!«

Dritter Teil

ATAN

16

Die Karosse bog um eine Kurve und näherte sich der Stelle, wo Sperber und Sephrenia warteten. Ehlana unterhielt sich angeregt mit Oscagne und Emban, als ihre Augen sich plötzlich weiteten. *»Sephrenia?«* stieß sie hervor. *»Tatsächlich! Es ist Sephrenia!«* Alle königliche Würde war vergessen, als sie hastig aus der Kutsche stieg.

»Nimm dich zusammen!« mahnte Sperber lächelnd.

Ehlana kam zu ihnen gerannt, warf die Arme um Sephrenias Hals und küßte sie, während ihr Tränen der Freude über die Wangen liefen.

Ihre Tränen blieben nicht die einzigen, die an diesem Nachmittag vergossen wurden. Selbst die Augen der sonst so unsentimentalen Ordensritter schimmerten feucht. Kalten weinte sogar ungeniert, als er sich niederkniete, um Sephrenias Segen entgegenzunehmen.

»Ist die Styrikerin von einer besonderen Bedeutung für euch, Sperber-Ritter?« erkundigte Engessa sich neugierig.

»Von einer ganz besonderen, Atan Engessa«, versicherte Sperber ihm mit einem Blick auf seine Kameraden, die sich um die zierliche Frau drängten. »Sie rührt unsere Herzen auf eine unbeschreibliche Weise. Wir würden die ganze Welt für sie erobern und sie ihr zu Füßen legen, wenn sie uns darum bäte.«

»Das ist eine sehr gewaltige Macht, Sperber-Ritter«, sagte Engessa anerkennend. Der Atan respektierte Macht.

»Das ist es wahrhaftig, mein Freund«, bestätigte Sperber. »Zudem ist sie weise und schön, und ihre Kräfte sind so groß, daß sie die Gezeiten anhalten könnte, wenn sie wollte.«

»Sie ist aber ziemlich klein«, bemerkte Engessa.

»Das täuscht. In unseren Augen ist sie mindestens hundert Fuß groß – vielleicht sogar zweihundert.«

»Die Styriker sind ungewöhnliche Menschen mit ungewöhnlichen Kräften, doch ich habe noch nie davon gehört, daß sie ihre Größe verändern könnten.« Engessa nahm alles wörtlich; rhetorische Übertreibungen verstand er nicht. »Zweihundert Fuß, sagt Ihr?«

»Wenn nicht mehr, Atan.«

Während der überschwenglichen Begrüßung konnte Sperber Sephrenia unbemerkt beobachten. Sie hatte sich verändert. Sie kam ihm gelöster vor. Kein Styriker vermochte sich in der Gesellschaft von Eleniern völlig zu entspannen. Jahrtausende von Vorurteilen und Unterdrückung hatten die Styriker gelehrt, wachsam zu sein – selbst jenen Eleniern gegenüber, die sie am meisten liebten. Sephrenias Schutzschild – jenen Schild, den sie so lange vor sich gehalten hatte, daß sie ihn vielleicht gar nicht mehr bemerkte – gab es nicht mehr. Alle Barrieren waren gefallen.

Doch das war nicht alles. Ihr Gesicht strahlte, und die bedauernde Sehnsucht, die früher in ihren Augen gelegen hatte, war verschwunden. Zum ersten Mal in den vielen Jahren, die Sperber Sephrenia bereits kannte, schien sie uneingeschränkt glücklich zu sein.

»Wird das noch lange so weitergehen, Sperber-Ritter?« erkundigte Engessa sich höflich. »Es ist nicht mehr weit bis Sarsos, aber ...« Er beließ es bei dieser Andeutung.

»Ich werde mit den anderen reden, Atan. *Vielleicht* gelingt es mir, sie zu überzeugen, daß sie mit ihren Bekundungen der Freude und des Respekts auch später weitermachen können.« Sperber schritt zu der aufgeregten Schar neben der Karosse. »Atan Engessa hat mir soeben einen interessanten Vorschlag unterbreitet«, sagte er zu den begeisterten Rittern. »Es ist zwar ein völlig unerwarteter Gedanke, der gründlich bedacht werden muß, aber Engessa hat darauf hingewiesen, daß wir unser Freudenfest im Grunde auch innerhalb der Mauern von Sarsos weiterfeiern könnten – vor allem, da es nicht mehr weit zur Stadt ist.«

»Ich sehe, *eines* hat sich nicht geändert«, sagte Sephrenia zu Ehlana. »Versucht er immer noch, bei jeder passenden und unpassenden Gelegenheit witzig zu sein?«

»Ich fürchte, er ist unverbesserlich, kleine Mutter«, erwiderte Ehlana lächelnd.

»Meine eigentliche Frage ist, ob die Damen den Weg zur Stadt fortsetzen möchten, oder ob wir das Nachtlager lieber hier aufschlagen sollen?«

»Spielverderber!« rügte Ehlana.

»Wir sollten uns jetzt wirklich auf den Weg zur Stadt machen«, riet Sephrenia. »Vanion wartet, und ihr wißt ja, daß er Unpünktlichkeit nicht ausstehen kann.«

»Vanion?« rief Ehlana. »Ich dachte, er wäre bereits gestorben!«

»Keineswegs. Er ist recht munter. *Sehr* munter bisweilen. Er hätte mich sicher hierher begleitet, wenn ihm gestern nicht ein Mißgeschick mit seinem Knöchel passiert wäre. Er läßt sich nichts anmerken, aber die Schmerzen sind größer, als er zugeben will.«

Stragen kam herbei und hob die zierliche Styrikerin mühelos in die Kutsche. »Was erwartet uns in Sarsos, liebe Schwester?« fragte er sie in einwandfreiem Styrisch.

Ehlana blickte ihn überrascht an. »Ihr wart nicht ganz offen zu mir, Durchlaucht Stragen! Ich hatte keine Ahnung, daß Ihr Styrisch sprecht.«

»Ich wollte es Euch längst sagen, Majestät, habe es jedoch immer wieder vergessen.«

»Macht Euch besser auf einige Überraschungen bereit, Stragen«, warnte Sephrenia ihn. »Das solltet ihr alle.«

»Überraschungen welcher Art?« erkundigte sich Stragen. »Ihr müßt bedenken, daß ich ein Dieb bin, Sephrenia, und Überraschungen sind für Diebe gar nicht gut. Sie neigen dazu, die Fassung zu verlieren, wenn sie überrascht werden.«

»Werft alle eure bisherigen Vorstellungen von Styrikern über Bord«, riet ihnen Sephrenia. »Wir haben keine Veranlassung, uns in Sarsos bescheiden und einfach zu geben, und ihr werdet dort eine völlig andere Art von Styrikern erleben.« Sie nahm in der Karosse Platz und streckte Danae die Arme entgegen. Die kleine Prinzessin setzte sich auf Sephrenias Schoß und küßte sie. Es schien das Natürlichste auf der Welt zu sein, doch Sperber war insgeheim verwundert, daß nicht eine Aura strahlenden Lichts um die beiden aufleuchtete.

Da erblickte Sephrenia Emban. »Oh, welch unerwarteter Besuch, Eminenz. Wie groß ist Eure Toleranz?«

»Ich mag *Euch*, Sephrenia«, versicherte ihr der fette kleine Mann. »Ich habe nur etwas gegen die hartnäckige Weigerung der Styriker, den wahren Glauben anzunehmen. Aber ich bin gewiß kein blinder Eiferer.«

»Würdet Ihr dann einen Rat beherzigen, mein Freund?« fragte Oscagne ihn.

»Laßt hören.«

»Ich würde Euch empfehlen, Euren Besuch von Sarsos als einen Ausflug zu betrachten und die Theologie zu Hause zu lassen. Seht Euch um, aber behaltet Euer Mißfallen für Euch. Das Imperium wüßte eine derartige Kooperation wirklich zu würdigen, Emban. Wir bitten Euch, nicht den Unmut der Styriker zu erregen. Sie sind ein sehr eigensinniges Volk mit Fähigkeiten, die wir nicht ganz verstehen. Wir wollen keine Unruhen heraufbeschwören, die sich vermeiden lassen.«

Emban öffnete den Mund, beschloß dann aber, nichts zu erwidern.

Sperber besprach sich kurz mit Oscagne und Sephrenia und beschloß, daß die Ordensritter, von den langjährigen Gefährten abgesehen, ihr Lager mit den Peloi vor der Stadt aufschlagen sollten. Auf die Weise wurden viele vorhersehbare Probleme vermieden. Engessa schickte seine Ataner in ihre Garnison ein Stück außerhalb der nördlichen Stadtmauer, während Ehlana und ihre Begleiter die Stadt durch ein unbewachtes Tor betraten.

»Was hast du denn, Khalad?« fragte Sephrenia Sperbers Knappen, der sich stirnrunzelnd umschaute.

»Es geht mich wirklich nichts an, Erhabene, aber sind Marmorhäuser so weit im Norden wirklich das Richtige? Sie müssen doch im Winter entsetzlich kalt sein!«

»Ganz der Vater!« Sie lächelte. »Ich fürchte, du bist da auf eine unserer Untugenden gestoßen, Khalad. Die Eitelkeit. Die Häuser haben Backsteinmauern. Der Marmor ist nur Fassade – mehr Schein als Stein.«

»Aber auch Backstein schützt nicht besonders gut vor der Kälte, Erhabene.«

»O doch. Wenn man Doppelwände errichtet und den Zwischenraum von etwa einem Fuß mit Gips füllt.«

»Das ist ja unglaublich mühsam und zeitraubend!«

»Du würdest dich wundern, wieviel Zeit und Mühe die Leute der Eitelkeit wegen aufwenden, Khalad. Der Zweck heiligt in diesem Fall die Mittel. Unsere Götter lieben Marmorgebäude, und wir möchten, daß sie sich darin wie zu Hause fühlen.«

»Holz ist trotzdem praktischer!« sagte er beharrlich.

»Davon bin ich überzeugt, Khalad, aber es ist so gewöhnlich. Wir möchten gern anders sein.«

»Anders – das trifft es.«

Sarsos roch sogar anders. Über jeder elenischen Stadt, wo sie sich auch befinden mochte, hing eine ungesunde Glocke aus Rauch, verrottendem Abfall und ungeleerten Senkgruben. Sarsos hingegen duftete nach Bäumen und Rosen. Es war Sommer; überall blühten Rosenbüsche, und wohin man schaute, erfreuten kleine Parks das Auge. Ehlanas Blick wurde immer nachdenklicher. Ein sechster Sinn sagte Sperber, daß Eleniens Hauptstadt sehr viel Gartenarbeit bevorstand.

Die Architektur und Gestaltung der Stadt waren harmonisch und zeugten von hoher Kultur. Die Straßen waren breit und gerade, die Gassen idyllisch und still. Alle Häuser waren mit Marmor verkleidet und besaßen einen Portikus mit schlanken weißen Säulen. Unverkennbar war Sarsos keine elenische Stadt.

Für elenische Augen sahen die Bewohner indes seltsam unstyrisch aus. Die Styriker im Westen trugen ohne Ausnahme Gewänder aus grobem weißem Gewebe, so daß man sie allein schon daran erkannte. Die sarsosischen Styriker dagegen waren in Seide und feines Linnen gewandet. Auch sie zogen offenbar Weiß vor, doch sah man auch andere Farben – Blau und Grün und Gelb und viel leuchtendes Rot. Im Westen zeigten sich Styrikerinnen selten in der Öffentlichkeit; hier sah man sie überall in bunten Kleidern und mit Blumen im Haar.

Am augenscheinlichsten war jedoch der Unterschied im Auftreten der Menschen. Die Styriker im Westen waren zaghaft und bisweilen so furchtsam wie Rehe, dazu von einer Zurückhaltung, die der elenischen Aggressivität den Stachel nehmen sollte, was jedoch häufig die gegenteilige Wirkung erzielte. Die sarsosischen Styriker schlurften nicht gesenkten Blicks einher und sprachen nicht leise und stockend wie ihre westlichen Brüder. Ihr Auftreten war selbstsicher. Sie diskutierten an Straßenecken. Sie spazierten hocherhobenen Hauptes durch die breiten Prunkstraßen, als wären sie stolz darauf, Styriker zu sein. Besonders die Kinder, die ohne Furcht fröhlich in den Grünanlagen spielten, machten den Unterschied deutlich.

Embans Miene verriet Zorn, und seine Lippen waren verkniffen. Sperber kannte den Grund für den Groll des Patriarchen von Uzera, und seine Ehrlichkeit zwang ihn, sich insgeheim einzugestehen, daß er ähnlich empfand. Alle Elenier hielten die Styriker für eine minderwertige Rasse, und ungeachtet ihrer Indoktrinierung empfanden die Kirchenritter im tiefsten Herzen ebenso. Sperber spürte, wie die Gedanken sich ungebeten einstellten: Wie können diese aufgeblasenen, großmäuligen Styriker es wagen, eine schönere Stadt als die Elenier zu bauen? Wie können sie es wagen, wohlhabend zu sein? Wie können sie es wagen, durch diese Straßen zu stolzieren und zu glauben, sie wären den Eleniern ebenbürtig?

Da sah er, wie Danae ihn traurig anblickte, und abrupt unterbrach er diese Gedanken und kämpfte seinen unwillkürlichen Groll nieder. Plötzlich schämte er sich seiner Emotionen. Solange Styriker bescheiden und unterwürfig waren und in Elendshütten hausten, war er durchaus bereit, ihnen zu Hilfe zu eilen. Doch wenn sie ihm stolz und ungebeugt in die Augen blickten, juckte es ihn, ihnen eine Lektion zu erteilen.

»Gar nicht so einfach, nicht wahr, Sperber?« sagte Stragen. »Dadurch, daß mein Vater mich nicht anerkannte, fühlte ich mich immer schon den Unterdrückten und Verachteten verbunden. Ich war von der unendlichen Demut unserer styrischen Brüder so beeindruckt, daß ich mir sogar die Mühe machte, ihre Sprache zu erlernen. Allerdings muß ich zugeben, daß dieser Anblick sogar in mir unfreundliche Gefühle weckt. Sie wirken alle so aufreizend selbstzufrieden!«

»Stragen, manchmal seid Ihr mit Euren Einsichten nicht zu ertragen!«

»Oh! Ihr seid wohl ein bißchen empfindlich heute?«

»Tut mir leid. Ich habe nur etwas in mir entdeckt, das mir gar nicht gefällt. Daher der Mißmut.«

Stragen seufzte. »Wir sollten es lieber bleiben lassen, uns ins Herz zu schauen. Ich glaube nicht, daß es irgend jemanden gibt, dem alles gefällt, was er dort sieht.«

Sperber war nicht der einzige, der Schwierigkeiten hatte, die Stadt und ihre Bürger so zu nehmen, wie sie waren. Beviers Gesicht, das von Schock, ja Entrüstung gezeichnet war, verriet, daß sein Groll noch größer war als der der anderen.

»Hab' mal eine Geschichte gehört«, wandte Ulath sich auf seine entwaffnend direkte Art an ihn, die deutlicher als Worte signalisierte, daß er etwas klarmachen wollte. Ulath sprach fast nie, *außer* er wollte etwas klarmachen. »Es waren einmal ein Deiraner, ein Arzier und ein Thalesier. Sie redeten alle in ihren heimischen Mundarten. Dann fingen sie an zu streiten, in welchem dieser Dialekte Gott sprach. Schließlich einigten sie sich darauf, nach Chyrellos zu reisen und den Erzprälaten zu bitten, Gott zu fragen.«

»Und?« Bevier blickte ihn ungeduldig an.

»Nun, jedermann weiß, daß Gott die Fragen des Erzprälaten immer beantwortet. Deshalb erfuhr er es, und damit war der Streit ein für alle Male beendet.«

»Und?«

»Und was?«

»Welche Mundart spricht Gott?«

»Thalesische, natürlich. Das weiß doch jeder, Bevier.« Ulath brachte es fertig, so etwas zu sagen, ohne mit der Wimper zu zucken. »Wie sollte es auch anders sein? Gott war ein genidianischer Ritter, ehe er beschloß, sich des Universums anzunehmen. Ich wette, das hast du nicht gewußt.«

Bevier starrte ihn für einen Moment an, dann lachte er ein wenig verlegen.

Ulath blickte Sperber an und zwinkerte ihm unmerklich zu. Wieder einmal fand Sperber, daß er seinen thalesischen Freund neu einschätzen mußte.

Sephrenia hatte ein Haus in Sarsos – eine weitere Überraschung für Sperber und seine Gefährten. Sie hatte immer den Eindruck erweckt, als würde sie auf irdischen Besitz keinen Wert legen. Das Haus war von beachtlicher Größe und stand inmitten eines Parks, dessen hohe alte Bäume den sanft abfallenden Rasenflächen, dem blühenden Garten und plätschernden Springbrunnen Schatten schenkten. Wie alle Gebäude in Sarsos schien auch Sephrenias Haus aus Marmor erbaut, und irgendwie sah es sehr vertraut aus.

»Ihr habt es abgeguckt, kleine Mutter«, sagte Kalten, als er Sephrenia aus der Kutsche half.

»Wie bitte?«

»Ihr habt Euer Haus Aphraels Tempel auf der Insel nachgebaut, die wir im Traum gesehen haben! Sogar der Portikus ist der gleiche.«

»Da mögt Ihr recht haben, Lieber, aber das ist hier so üblich. Alle Mitglieder des Rates von Styrikum geben gern mit ihren Göttern an. Das erwartet man sogar. Andernfalls wären unsere Götter gekränkt.«

»Ihr gehört dem Rat hier an?« fragte Kalten überrascht.

»Natürlich. Ich bin schließlich Aphraels Hohepriesterin.«

»Es kommt mir ein wenig ungewöhnlich vor, daß jemand aus Eosien zum Rat einer daresischen Stadt gehört.«

»Wie kommt Ihr darauf, daß ich aus Eosien bin?«

»Seid Ihr es nicht?«

»Natürlich nicht – und der Rat hier in Sarsos ist nicht nur für dieses Gebiet zuständig. Er trifft die Entscheidungen für *alle* Styriker, egal, wo sie sich befinden. Aber wollen wir jetzt nicht erst einmal ins Haus gehen? Vanion wartet auf uns.« Sie führte die Gefährten eine marmorne Freitreppe hinauf zu einer breiten, kunstvoll ziselierten Bronzetür, und sie traten ein.

Das Gebäude war um einen üppigen Innengarten mit einem marmoren Springbrunnen in der Mitte erbaut. Vanion hatte sich in einem Liegesessel neben dem Springbrunnen zurückgelehnt und sein rechtes Bein mit mehreren Kissen gestützt. Sein Fußgelenk war dick bandagiert, und er machte einen verärgerten Eindruck. Sein Haar und sein Bart waren nun silbern, doch sein Gesicht war faltenlos, und er sah sehr distinguiert aus. Die Sorgen, die ihn niedergedrückt hatten, waren von seinen Schultern genommen; doch das konnte wohl kaum für seine erstaunliche Veränderung verantwortlich sein. Selbst die Nachwirkungen der schrecklichen Bürde, die er getragen hatte, als er Sephrenia die Schwerter der toten Ordensritter abnahm, schienen fortgewischt. Sein Gesicht wirkte jünger als je zuvor. Er senkte die Schriftrolle, in der er gelesen hatte.

»Sperber«, fragte er gereizt, »wo seid Ihr so lange geblieben?«

»Auch ich freue mich, Euch wiederzusehen, Eminenz«, entgegnete Sperber.

Vanion blickte ihn scharf an; dann lachte er ein wenig verlegen. »Das war wohl ziemlich unfreundlich, nicht wahr?«

»Brummig, ausgesprochen brummig, Hochmeister«, antwortete Ehlana. Dann aber warf sie alle Würde ab, rannte zu ihm und schlang die Arme um seinen Hals. »Ihr habt Euch Unser Mißfallen zugezogen, Hochmeister Vanion«, erklärte sie in majestätischem Tonfall. Dann küßte sie ihn herzlich. »Ihr habt Uns in Unserer Stunde der Not Eures Rates und Eurer Gesellschaft beraubt!« Wieder küßte sie ihn. »Es war außerordentlich ungehörig, Euch ohne Unsere Erlaubnis von Unserer Seite zu entfernen.«

»Tadelt Ihr mich, oder heißt Ihr mich von Herzen willkommen, meine Königin?« fragte er ein wenig verwirrt.

»Beides, Eminenz.« Ehlana zuckte die Schultern. »Ich hab' mir gedacht, ich erledige am besten alles gleichzeitig, um Zeit zu sparen. Ich freue mich unendlich, Euch wiederzusehen, Vanion, aber ich war sehr unglücklich, als Ihr Euch wie ein Dieb in der Nacht aus Cimmura davongestohlen habt.«

»Das tun wir Diebe doch gar nicht!« protestierte Stragen. »Wenn man etwas gestohlen hat, benimmt man sich so unauffällig wie möglich. Sich davonzustehlen würde nur Aufmerksamkeit erregen.«

»Mischt Euch nicht ein, Stragen«, rügte Ehlana ihn.

»Ich habe ihn um seiner Gesundheit willen aus Cimmura fortgebracht«, erklärte ihr Sephrenia. »Er war dort dem Tod nahe. Ich wollte aus ganz persönlichen Gründen, daß er am Leben blieb, deshalb brachte ich ihn an einen Ort, wo ich ihn gesundpflegen konnte. Zwei Jahre lang ließ ich Aphrael keine Ruhe, bis sie schließlich nachgab. Ich kann sehr hartnäckig sein, wenn ich etwas will, und an Vanion hängt mein ganzes Herz.« Sie versuchte gar nicht mehr, ihre Gefühle zu verbergen. Die so lange verschwiegene Liebe zwischen ihr und dem pandionischen Hochmeister war nun kein Geheimnis mehr. Sephrenia machte auch keinen Versuch, die zweifellos nicht nur für elenische, sondern auch für styrische Begriffe skandalöse Beziehung zu vertuschen. Sie und Vanion lebten unverhohlen in Sünde, doch keiner der beiden ließ deshalb auch nur eine Spur von Reue erkennen. »Wie geht's deinem Knöchel, Liebster?« erkundigte sie sich.

»Er schwillt schon wieder an.«

»Habe ich dir nicht gesagt, du sollst ihn in ein Tuch mit Eis wickeln?«

»Ich hatte kein Eis.«

»Dann *mach* welches! Du kennst den Zauber!«

»Das Eis, das ich zustande bringe, ist offenbar nicht so kalt wie deines, Sephrenia«, entgegnete er bedauernd.

»Männer!« rief sie in gespielter Verärgerung. »Führen sich wie kleine Kinder auf!« Sie eilte davon, um eine Wanne zu holen.

»Ihr habt das mitgekriegt, Sperber, nicht wahr?« fragte Vanion.

»Natürlich, Hochmeister. Das war sehr geschickt, wenn ich so sagen darf.«

»Wovon redet ihr eigentlich?« fragte Kalten.

»Das würdest du nie verstehen, Kalten.«

»Nicht in einer Million Jahren«, fügte Vanion hinzu.

»Wie habt Ihr Euch den Knöchel verstaucht, Eminenz?« fragte Berit.

»Ich mußte etwas beweisen. Ich habe dem Rat von Styrikum klargemacht, daß die körperliche Verfassung der jungen Sarsoser sehr zu wünschen übrigließ. Das habe ich demonstriert, indem ich schneller lief als alle miteinander. Es ging auch recht gut, bis ich das Kaninchenloch übersah.«

»Wie bedauerlich, Hochmeister Vanion«, sagte Kalten mitfühlend. »Soviel ich weiß, ist das der erste Wettkampf, den Ihr verloren habt.«

»Wer sagt, daß ich verloren habe? Mein Vorsprung war groß genug, daß ich die Ziellinie sogar noch humpelnd vor ihnen erreichte. Jetzt wird der Rat zumindest einmal darüber *nachdenken*, ob den jungen Männern nicht ein wenig militärische Ausbildung guttäte.« Er blickte Sperbers Knappen an. »Hallo, Khalad. Wie geht es deinen Müttern?«

»Sehr gut, Eminenz. Wir haben sie besucht, als wir die Königin nach Chyrellos begleiteten, damit sie den Erzprälaten übers Knie legen konnte.«

»*Khalad!*« entrüstete sich Ehlana.

»Hätte ich das nicht sagen sollen, Majestät? Wir dachten alle, daß Ihr das vorhattet, als wir Cimmura verließen.«

»Nun – na ja, so was Ähnliches – aber ich wollte sicher nicht, daß du in dieser Deutlichkeit damit herausplatzt!«

»Oh, das wußte ich nicht. Ich hielt es selber auch für eine gute Idee. Unsere Heilige Mutter braucht hin und wieder etwas, worüber sie sich Sorgen machen kann. Das bewahrt sie vor größerem Ärger.«

»Erstaunlich, Khalad«, sagte Patriarch Emban trocken. »Du schaffst es in einem Atemzug, sowohl Kirche wie Staat zu beleidigen.«

»Was ist denn seit meiner Abwesenheit in Eosien los?« fragte Vanion.

»Es handelte sich lediglich um ein kleines Mißverständnis zwischen Sarathi und mir«, erklärte Ehlana. »Khalad hat übertrieben. Das tut er oft – wenn er nicht gerade damit beschäftigt ist, Kirche und Staat im selben Atemzug zu beleidigen.«

Vanion grinste. »Da wächst doch nicht etwa ein neuer Sperber heran?«

»Gott bewahre die Kirche!« rief Emban.

»Und die Krone«, fügte Ehlana hinzu.

Prinzessin Danae bahnte sich einen Weg zu Vanion. Sie hielt Murr mit einer Hand unter dem Bauch. Das Kätzchen machte ein resigniertes Gesicht und seine Beine baumelten nicht sehr anmutig herunter.

»Hallo, Vanion«, grüßte Danae den ehemaligen pandionischen Hochmeister. Sie kletterte auf seinen Schoß und gab ihm einen Kuß.

»Du bist gewachsen, Prinzessin.« Er lächelte.

»Hast du erwartet, daß ich schrumpfe?«

»*Danae!*« rügte Ehlana.

»Ach Mutter! Vanion und ich sind alte Freunde. Er trug mich schon auf den Armen, als ich noch ein Baby war.«

Sperber blickte seinen alten Freund forschend an und fragte sich, ob Vanion näher über die kleine Prinzessin Bescheid wußte. Vanions Gesicht verriet jedoch nichts. »Ich hab' dich vermißt, Prinzessin«, sagte er zu ihr.

»Ich weiß. Alle vermissen mich, wenn ich nicht da bin. Kennst du Murr schon? Sie ist meine Katze. Talen hat sie mir geschenkt. War das nicht lieb von ihm?«

»Sehr lieb, Danae.«

»Vater wird Talen zum Ritter ausbilden lassen, sobald wir wieder zu Hause sind. Wahrscheinlich ist es am besten, wenn er das alles hinter sich bringt, solange ich noch klein bin.«

»Ach? Wieso, Prinzessin?«

»Weil ich ihn heiraten werde, wenn ich groß bin. Möchtest du meine Katze halten?«

Talen errötete und lachte ein wenig nervös, um Danaes Eröffnung als Kleinmädchen-Einfall abzutun. Doch seine Augen blickten ziemlich erschrocken drein.

»Man darf Männer nie vorwarnen, Danae«, sagte Baroneß Melidere. »Man wartet geduldig ab und läßt die Katze erst im letzten Augenblick aus dem Sack.«

»Ach? *So* macht man das?« Danae blickte Talen an. »Dann vergiß einfach, was ich gerade gesagt habe«, riet sie ihm. »Die nächsten zehn oder zwölf Jahre werde ich in dieser Sache sowieso noch nichts unternehmen.« Sie überlegte. »Oder zumindest in den nächsten acht Jahren nicht. Warum Zeit vergeuden, nicht wahr?«

Talen starrte sie nun *sichtlich* erschrocken an.

»Sie zieht dich nur auf, Talen«, versicherte Kalten dem Jungen. »Und selbst wenn nicht, wird sie ihre Meinung bestimmt noch ändern, ehe sie in das gefährliche Alter kommt.«

»Ganz gewiß nicht, Kalten«, sagte Danae mit fester Stimme.

An diesem Abend, als es auf den Straßen still geworden war, saß Sperber mit Sephrenia und Vanion im angenehm kühlen Innengarten. Prinzessin Danae hatte es sich auf der Brunneneinfassung bequem gemacht und beobachtete ihr Kätzchen. Murr hatte entdeckt, daß in dem Becken Goldfische schwammen, und nun kauerte sie mit zuckendem Schwanz und Jagdlust in den Augen am Brunnenrand.

Sperber blickte Sephrenia an. »Erst müßt Ihr mir etwas sagen, bevor ich anfange. Wieviel weiß er?« Er deutete auf Vanion.

»So gut wie alles. Ich habe keine Geheimnisse vor ihm.«

»Das ist ziemlich ungenau, Sephrenia.« Sperber überlegte verzweifelt, wie er die Frage stellen könnte, ohne zuviel zu verraten.

»Komm schon zur Sache, Sperber!« forderte Danae ihn ungeduldig auf. »Vanion weiß, wer ich bin. Er hatte anfangs einige Schwierigkeiten, aber inzwischen hat er sich mit dem Gedanken abgefunden.«

»Das stimmt nicht ganz«, wandte Vanion ein. »*Ihr* seid es, der ernste Probleme hat, Sperber. Wie kommt Ihr mit dieser Situation zurecht?«

»Schlecht.« Danae rümpfte das Näschen. »Er stellt ständig Fragen, obwohl er weiß, daß er die Antworten doch nicht verstehen wird.«

»Ahnt Ehlana etwas?«

»Natürlich nicht«, antwortete die Kindgöttin. »Sperber und ich haben gleich zu Anfang beschlossen, daß sie es nicht erfahren dürfe. Erzähl ihnen, was geschehen ist, Sperber – und brauch nicht die ganze Nacht dazu. Mirtai wird mich bestimmt bald holen kommen.«

»Das muß die reine Hölle sein«, sagte Vanion mitfühlend zu seinem Freund.

»So schlimm auch nicht. Allerdings muß ich gut auf sie aufpassen. Einmal ließ sie die Blumen im Schloßgarten von einer Schar winziger Elfen bestäuben.«

»Die Bienen sind zu langsam.« Danae zuckte die Schultern.

»Möglich. Aber die Menschen erwarten, daß Bienen es tun. Wenn du Elfen mit dieser Arbeit beauftragst, bemerkt es früher oder später jemand, und dann werden die Münder nicht mehr stillstehen!« Sperber lehnte sich zurück und blickte Vanion an. »Sephrenia hat Euch von den Lamorkern und Fyrchtnfles erzählt, nicht wahr?«

»Ja. Es ist nicht nur Gerede, oder?«

Sperber schüttelte den Kopf. »Nein. Kurz vor Demos stießen wir auf einen Trupp Lamorker aus dem Bronzezeitalter. Nachdem Ulath ihrem Anführer mit einem Axthieb ein Ende gemacht hatte, verschwanden sie alle – außer den Toten. Oscagne ist überzeugt, daß es eine Art Ablenkungsmanöver ist – so wie die Spielchen, die Martel mit uns trieb, um uns während der Wahl des Erzprälaten von Chyrellos fernzuhalten. Krager wurde gesehen, und das spricht für Oscagnes Theorie. Aber Ihr habt uns immer gelehrt, daß es ein Fehler ist, den letzten Krieg noch einmal zu führen, deshalb halte ich es durchaus für möglich, daß die Geschehnisse in Lamorkand keine Ablenkungsmanöver sind. Ich kann mir nicht vorstellen, daß jemand all diesen Aufwand betreiben würde, nur um die Ordensritter von Tamuli fernzuhalten – besonders wenn die Ataner bereits hier sind.«

Vanion nickte. »Ihr werdet Hilfe brauchen, wenn Ihr erst in Matherion seid, Sperber. Die tamulische Kultur ist feingesponnen, und Ihr könntet unverzeihliche Fehler machen, ohne es zu wissen.«

»Danke, Vanion.«

»Ihr seid jedoch leider nicht der einzige. Eure Gefährten sind nicht gerade diplomatisch, und Ehlana vergißt jede Vernunft, wenn sie sich aufregt. Hatte sie wirklich eine Auseinandersetzung mit Dolmant?«

»O ja«, versicherte Danae. »Ich mußte beide erst mit Küssen gefügig machen, bevor ich Frieden zwischen ihnen stiften konnte.«

»Wen könnten wir ihnen am besten mitgeben, Sephrenia?« fragte Vanion.

»Mich.«

»Das kommt gar nicht in Frage. Ich will nicht mehr von dir getrennt sein!«

»Das ist lieb von dir, Schatz. Warum kommst du nicht mit?«

Er zögerte. »Ich ...«

»Du brauchst keine Angst zu haben, Vanion«, erklärte Danae. »Du wirst nicht gleich sterben, wenn du Sarsos verläßt – ebensowenig, wie du gestorben bist, als du meine Insel verlassen hast. Du bist jetzt völlig geheilt.«

»Das war nicht meine Sorge«, antwortete er ihr. »Aber Sephrenia kann Sarsos ohnehin nicht verlassen. Sie ist im Rat von Styrikum.«

»Das bin ich bereits seit mehreren Jahrhunderten, Vanion«, entgegnete Sephrenia. »Ich bin schon öfter verreist – dann und wann für längere Zeit. Die anderen Ratsmitglieder haben Verständnis dafür. Sie alle mußten hin und wieder das gleiche tun.«

»Ich weiß eigentlich so gut wie nichts über diesen herrschenden Rat«, gestand Sperber. »Ich wußte zwar, daß Styriker miteinander in Verbindung bleiben, aber ich hatte keine Ahnung, wie eng.«

»Wir hängen es auch nicht an die große Glocke.« Sephrenia zuckte die Schultern. »Wenn die Elenier davon wüßten, würden sie es gleich als ungeheure Verschwörung betrachten.«

»Eure Mitgliedschaft im Rat kommt immer wieder zur Sprache«, bemerkte Sperber. »Ist dieser Rat wirklich von Bedeutung? Oder handelt es sich lediglich um ein zeremonielles Gremium?«

»O nein, Sperber«, erklärte Vanion. »Der Rat ist sehr wichtig. Styrikum ist eine Theokratie, und der Rat setzt sich aus den Hohenpriestern und -priesterinnen der Jüngeren Götter zusammen.«

»Aphraels Priesterin zu sein ist kein sehr anstrengendes Amt.« Sephrenia lächelte und blickte liebevoll auf die Kindgöttin. »Sie gehört nicht zu denen, die sich um jeden Preis durchsetzen wollen, da sie für gewöhnlich ohnehin auf andere Weise bekommt, was sie will. Mir bringt mein Amt gewisse Vorteile – wie dieses Haus –, aber ich muß an den Sitzungen der Tausend teilnehmen, und das kann manchmal recht ermüdend sein.«

»Der Tausend?«

»Lediglich ein anderer Name für den Rat.«

»Es gibt tausend Jüngere Götter?« staunte Sperber.

»Natürlich, Sperber, das weiß doch jeder.«

»Warum tausend?«

»Es ist eine hübsche Zahl mit einem hübschen Klang. Auf styrisch heißt es *Ageraluon*.«

»Ich kenne dieses Wort nicht.«

»Es bedeutet zehn mal zehn mal zehn – in etwa. Wir hatten deshalb einen ziemlich heftigen Disput mit einem meiner Vettern. Er besaß ein Krokodil als Haustier, das ihm einen Finger abgebissen hatte. Danach hatte er immer Schwierigkeiten mit dem Zählen. Er wollte, daß wir *Ageralican* werden – neun mal neun mal neun. Aber wir erklärten ihm, daß unsere Zahl bereits größer sei und daß einige von uns gestrichen werden müßten, wenn wir *Ageralican* sein wollten. Dann fragten wir ihn, ob er einer derjenigen sein wolle, die ihr Amt niederlegen. Darauf ließ er die Idee fallen.«

»Warum hält sich auch jemand ein Krokodil als Haustier?«

»So was tun wir Styriker nun mal. Wir halten uns gern Tiere, die von Menschen nicht gezähmt werden können. Krokodile sind gar nicht so schlimm wie ihr Ruf. Und man muß sie nicht füttern.«

»Aber dafür jeden Morgen seine Kinder zählen«, sagte Sperber.

»Ich fürchte, wir kommen vom Thema ab«, mahnte Vanion. »Sephrenia sagt, Ihr hättet einen ziemlich ungewöhnlichen Verdacht.«

»Ich habe nur versucht, etwas zu erklären, das ich noch nicht ganz sehen kann, Vanion. Es ist, als wolle man ein Pferd beschreiben, wenn man lediglich seinen Schweif hat. Ich habe kaum mehr als eine Menge Bruchstücke. Ich bin überzeugt, daß alles, was wir bisher gesehen haben – und wahrscheinlich viel mehr –, miteinander zusammenhängt, und daß ein einziger die Fäden in der Hand hält. Ich glaube, es ist ein Gott, Vanion – oder mehrere Götter.«

»Seid Ihr sicher, daß Euer Zusammenstoß mit Azash nicht dafür verantwortlich ist, daß Ihr jetzt unter Betten und in dunklen Schränken finstere Gottheiten seht?«

»Ich weiß aus sicherer Quelle, daß nur ein Gott eine ganze Armee aus der Vergangenheit herbeirufen kann.«

»Es ist zu komplex, Vanion«, erklärte Danae. »Wenn man eine Armee aus der Vergangenheit holt, muß man jeden Soldaten einzeln erwecken, und um das bewirken zu können, muß man *alles* über ihn wissen. Es sind die Einzelheiten, an denen sterbliche Magier scheitern, wenn sie es versuchen.«

»Irgendwelche Vermutungen?« fragte Vanion seinen Freund.

»Mehrere«, erwiderte Sperber, »und keine sehr erfreulichen. Erinnert Ihr Euch an den Schatten, von dem ich Euch erzählte? Der mir durch ganz Eosien folgte, nachdem ich Ghwerig getötet hatte?«

Vanion nickte.

»Er ist wieder da, und diesmal kann ihn *jeder* sehen!«

»Das hört sich gar nicht gut an.«

»Ganz meine Meinung. Beim letzten Mal haben die Trollgötter diesen Schatten gebildet.«

Vanion schauderte; dann blickten er und Sperber Sephrenia an.

»Ist es nicht schön, wenn man gebraucht wird?« sagte Danae zu ihrer Schwester.

»Ich werde mit Zalasta reden.« Sephrenia seufzte. »Er hört sich hier in Sarsos für den Kaiser um. Vermutlich weiß er einiges über diese Sache. Ich werde ihn morgen zu mir bitten.«

Ein lautes Platschen unterbrach ihr Gespräch.

»Ich hab' dich gewarnt, Murr«, sagte Danae selbstgefällig zu dem Kätzchen, das sich verzweifelt über Wasser hielt. Murrs Lage wurde noch dadurch erschwert, daß die Goldfische ihr Reich heftig verteidigten, indem sie mit ihren Nasen an Pfoten und Bauch des Kätzchens stupsten.

»Fisch sie heraus, Danae«, wies Sperber sie an.

»Dann macht sie mich ja ganz naß, und Mutter wird mich schelten. Murr hat sich selber in diese Lage gebracht, jetzt soll sie auch zusehen, wie sie selber wieder herauskommt.«

»Sie wird ertrinken!«

»Das wird sie ganz bestimmt nicht, Sperber. Sie kann schwimmen. Schau doch, wie sie paddelt!«

Sperber blickte seine Tochter seufzend an.

»Na gut, wenn du meinst, dann helf' ich ihr halt.«

17

Es machte nicht zuletzt deshalb soviel Spaß, weil ihre Eltern nie wußten, wann Prinzessin Danae sie mit einem Frühmorgenbesuch beehrte. Natürlich war es nicht täglich der Fall; manchmal verging eine ganze Woche. Der heutige Morgen jedoch war typisch, denn Beständigkeit gehört zu den wichtigen göttlichen Eigenschaften. Die Tür krachte gegen die Wand, und die Prinzessin stürmte mit fliegendem schwarzem Haar und strahlenden Augen ins Gemach und sprang jauchzend zu ihren Eltern ins Bett. Dem Sprung folgten heftiges Gestrampel und Gewühle, bis Danae glücklich zwischen Ehlana und Sperber kuschelte.

Sie kam nie allein, doch was Rollo betraf, hatte er sich kein einziges Mal als Problem erwiesen. Er war ein guterzogener Plüschbär mit dem Wunsch, Freude zu bereiten, und er war fast nie aufdringlich. Murr hingegen konnte sehr lästig werden. Sie liebte Sperber, doch selbst unter den Decken war nichts vor ihrer Zuneigung sicher. Und durch die Krallen eines Kätzchens, das sich am nackten Bein hocharbeitet, aus den letzten Schleiern des Schlummers gerissen zu werden ist ein Erlebnis besonderer Art. Sperber biß die Zähne zusammen und ließ es über sich ergehen.

»Die Vögel singen schon!« verkündete Danae beinahe vorwurfsvoll.

»Wie nett von ihnen«, brummte Sperber und verzog das Gesicht, als das Kätzchen unter der Decke genußvoll gegen seine Hüfte zu treten begann und rhythmisch die Krallen in seine Haut drückte.

»Du bist heute aber brummig, Vater.«

»Weil deine Katze mich als Nadelkissen benutzt!«

»Das tut sie doch nur, weil sie dich lieb hat.«

»Ich weiß ihre Zuneigung durchaus zu schätzen! Aber bitte, mach ihr klar, daß ich mich ohne Krallen lieber lieben lasse.«

»Ist er am Morgen immer so, Mutter?«

»Manchmal.« Ehlana drückte ihr kleines Mädchen an sich. »Ich glaube, es hängt davon ab, was es zum Abendessen gab.«

Murr fing zu schnurren an. Erwachsene Katzen schnurren für gewöhnlich mit schicklicher Zurückhaltung. Kätzchen nicht. An diesem Morgen hörte Danaes kleine Katze sich wie ein heranrollendes Gewitter oder wie ein unrund laufendes Mühlrad an.

»Ich geb's auf«, brummte Sperber. Er warf die Decke zurück, stieg aus dem Bett und schlüpfte in seinen Morgenmantel. »Wenn ihr drei zusammen seid, kann man ja nicht schlafen«, sagte er anklagend. »Kommst du mit, Rollo?«

Seine Gemahlin und seine Tochter schauten ihn verblüfft an; dann wechselten sie einen besorgten Blick. Sperber packte Danaes Plüschbär an einem Bein und verließ das Gemach. Er konnte noch hören, wie Ehlana und Danae miteinander flüsterten. Sperber ließ das Plüschtier in einen Sessel fallen. »Das ist ja unerträglich, Rollo, alter Junge«, sagte er so laut, daß seine beiden Damen es hören mußten. »Ich verstehe nicht, wie du das aushältst!«

Im Schlafgemach breitete sich betroffenes Schweigen aus.

»Ich glaube, wir zwei sollten uns mal eine Weile rar machen, mein Freund«, fuhr Sperber fort. »Sie behandeln uns ja schon wie Möbelstücke.«

Rollo sagte nichts, aber das war man von ihm ja gewohnt.

Sephrenia hingegen, die an der Tür stand, wirkte ein wenig erschrocken. »Fühlt Ihr Euch nicht wohl, Sperber?«

»Es geht mir gut, kleine Mutter. Warum fragt Ihr?« Er hatte bei seiner Vorstellung, die nur für seine Gemahlin und seine Tochter gedacht war, nicht mit Publikum gerechnet.

»Euch ist doch hoffentlich klar, daß Ihr mit einem Plüschtier redet?«

Sperber starrte mit gespielter Überraschung auf Rollo. »Oh, ich glaube, Ihr habt recht, Sephrenia. Seltsam, daß mir das nicht aufgefallen ist. Vielleicht liegt es daran, daß man in diesem Haus einfach nicht ausschlafen kann.« Doch seine Erklärung schien nicht auf das rechte Verständnis zu treffen.

»Wovon in aller Welt redet Ihr, Sperber?«

»Siehst du, Rollo«, sagte Sperber und tat so, als würde wenigstens das Plüschtier ihn verstehen. »Sie begreifen es einfach nicht – keine von ihnen.«

»Äh – Prinz Sperber?« Es war Ehlanas Kammermaid Alean. Sie hatte das Gemach unbemerkt betreten, und ihre großen Augen blickten besorgt drein. »Geht es Euch gut?«

Das wird ja immer schlimmer, dachte Sperber. »Diese Frage könnte ich nur mit einer langen Geschichte beantworten, die sowieso keiner versteht, Alean«, sagte er seufzend.

»Habt Ihr die Prinzessin gesehen, Ritter Sperber?« Alean blickte ihn eigenartig an.

»Sie ist bei ihrer Mutter im Bett.« Die Situation war ohnehin nicht mehr zu retten. »Ich gehe jetzt ins Badehaus – falls es jemanden interessiert.«

Er hüllte sich in die letzten Fetzen seiner Würde und schritt aus dem Raum.

Der Styriker Zalasta war ein asketisch aussehender Mann mit weißem Haar und langem Silberbart. Er hatte das eckige, unfertig wirkende Gesicht aller styrischen Männer, zottlige schwarze Brauen und eine tiefe, klangvolle Stimme. Er war Sephrenias ältester Freund, und man hielt ihn allgemein für den weisesten und mächtigsten Magier des Styrikums. Zur Zeit trug er ein weißes Kapuzengewand und hielt einen Stock in der Hand – vermutlich eine Marotte, da er durchaus rüstig war und keineswegs eine Gehhilfe brauchte. Er sprach perfektes Elenisch, allerdings mit starkem styrischem Akzent. Sperber und seine Gefährten hatten sich an diesem Morgen in Sephrenias Innengarten eingefunden, um Zalasta zuzuhören, der ausführlich erklärte, was in Tamuli tatsächlich vor sich ging.

»Wir wissen nicht mit Gewißheit, ob sie echt sind oder nicht«, sagte Zalasta gerade. »Sie wurden nur hin und wieder gesichtet und dann auch nur flüchtig.«

»Aber es sind zweifellos Trolle?« fragte ihn Tynian.

Zalasta nickte. »Kein anderes Lebewesen sieht aus wie ein Troll.«

»Das stimmt«, bestätigte Ulath. »Es kann sich durchaus um echte Trolle handeln. Vor einiger Zeit haben sie Thalesien verlassen, alle auf einmal. Niemand kam auf den Gedanken, einen von ihnen aufzuhalten und nach dem Grund zu fragen.«

»Auch Urmenschen wurden gesichtet«, fuhr Zalasta fort.

»Urmenschen?« fragte Patriarch Emban.

»Das sind menschenähnliche Geschöpfe aus dem Anbeginn der Zeit, Eminenz«, erklärte Zalasta. »Sie sind größer als Trolle, streifen in Gruppen herum und sind außerordentlich wild, aber dumm. Ihre Intelligenz reicht nicht einmal an die der Trolle heran.«

»Wir sind solchen Urmenschen begegnet, Freund Zalasta«, warf Kring ein. »Ich habe an jenem Tag viele Brüder verloren.«

»Vielleicht besteht keine Verbindung«, meinte Zalasta. »Die Trolle stammen aus unserer Zeit, die Urmenschen hingegen kommen aus der finstersten Vergangenheit. Ihre Gattung ist seit Äonen ausgestorben. Auch Cyrgai sind angeblich gesichtet worden.«

»Nein, mit Gewißheit, Zalasta«, versicherte Kalten. »Sie haben uns vorige Woche mit einer nächtlichen Unterhaltung beglückt.«

»Die Cyrgai waren furchterregende Krieger«, sagte Zalasta.

»Für ihre Zeitgenossen vielleicht«, wandte Kalten ein. »Aber moderne Taktik, Waffen und Ausrüstung kennen sie nicht. Gegen Katapulte und gepanzerte Gegner sind sie hilflos.«

»Wer sind die Cyrgai denn genau, Weiser?« fragte Vanion.

»Ich habe dir doch die Schriftrollen gegeben, Vanion«, sagte Sephrenia. »Hast du sie nicht gelesen?«

»So weit bin ich noch nicht gekommen. Styrisch ist eine schwierige Sprache. Ihr solltet euch vielleicht mal eine Vereinfachung eures Alphabets durch den Kopf gehen lassen.«

»Einen Moment!« unterbrach Sperber sie. Er blickte Sephrenia an. »Ich habe Euch nie irgend etwas lesen gesehen«, sagte er vorwurfsvoll. »Und Ihr wolltet auch nicht, daß Flöte ein Buch in die Hand nimmt!«

»Kein *elenisches* Buch.«

»Dann könnt Ihr also lesen?«

»Styrisch, ja.«

»Warum habt Ihr uns das nie gesagt?«

»Weil es Euch nichts anging, Lieber.«

»Ihr habt *gelogen*!« Es war offenbar ein gewaltiger Schock für Sperber.

»Nein, das habe ich nicht. Ich kann nicht Elenisch lesen – hauptsächlich, weil ich nicht will. Elenisch ist eine plumpe Sprache, und eure Schrift ist häßlich – wie Spinnweben.«

»Ihr wolltet also, daß wir Euch für ungebildet hielten?«

»Das mußte sein, Lieber. Pandionische Novizen sind nicht sehr klug, und ich wollte dafür sorgen, daß ihr euch wenigstens auf *einem* Gebiet überlegen fühlen konntet.«

»Sephrenia!« murmelte Vanion tadelnd.

»Ich mußte ein Dutzend Generationen dieser großen tolpatschigen Lümmel ausbilden, Vanion«, sagte sie heftig, »und dabei ihre unerträgliche Herablassung erdulden. Ja, Sperber, ich *kann* lesen, und ich *kann* zählen, und ich *kann* über Philosophie diskutieren, auch über Theologie, wenn es sein muß, und ich *habe* eine abgeschlossene Ausbildung in Logik.«

»Ich weiß nicht, warum du *mich* anschreist«, wandte Vanion

sanft ein und küßte ihre Handflächen. »Ich habe von Anfang an gewußt, daß du eine recht nette Dame bist ... « Wieder küßte er ihre Hände. »... für eine Styrikerin zumindest.«

Zornig riß sie die Hände los, als sie sein Grinsen sah. »Du bist unmöglich!« Jetzt lächelte auch sie.

»Wir sprachen von den Cyrgai, glaube ich«, erinnerte Stragen diskret. »Wer sie eigentlich sind.«

»Sie sind glücklicherweise ausgestorben«, antwortete Zalasta. »Offenbar gehörten sie einer Rasse an, die nicht mit den anderen Rassen in Daresien verwandt war – weder mit den Tamulern noch den Eleniern und ganz gewiß nicht mit den Styrikern. Manche vermuten, daß sie entfernt mit den Valesianern verwandt sein könnten.«

»Das kann ich nicht glauben, Weiser«, warf Oscagne ein. »Die Valesianer haben nicht einmal eine Regierung, und von Kriegführung verstehen sie überhaupt nichts. Sie sind die zufriedensten Menschen auf der Welt. Sie können unmöglich mit den Cyrgai verwandt sein!«

»Der Charakter eines Volkes hängt manchmal vom Klima ab, Exzellenz«, gab Zalasta zu bedenken. »Valesien ist ein Paradies, was man von Zentralcynesga wahrhaftig nicht behaupten kann. Nun, jedenfalls verehrten die Cyrgai eine gräßliche Gottheit namens Cyrgon und – wie es bei den meisten primitiven Völkern der Fall ist – leiteten ihren Namen von ihm ab. Alle Völker haben ein ausgeprägtes Geltungsbedürfnis, nehme ich an. Wir alle sind überzeugt, daß *unser* Gott besser als alle übrigen ist, und daß *unsere* Rasse allen anderen überlegen ist. Dies traf besonders auf die Cyrgai zu. Leider können wir den Glauben eines ausgestorbenen Volkes nicht näher erforschen, doch es hat ganz den Anschein, daß die Cyrgai sogar überzeugt waren, mit keiner anderen menschlichen Rasse verwandt zu sein, und daß Cyrgon ihnen alle Weisheiten offenbart hatte. Darum lehnten sie jegliche neuen Ideen ab. Sie haben ihre Vorstellung von einer Kriegergesellschaft bis ins Absurde verwirklicht, und sie waren von rassischer Reinheit besessen und strebten nach absoluter körperlicher Vollkommenheit. Wies ein Neugeborenes auch nur die kleinste Mißbildung auf, wurde es in der Wüste ausgesetzt, wo es qualvoll starb. Soldaten, die im Kampf verstümmelt oder verkrüppelt worden waren, wurden von ihren Kameraden getötet. Frauen, die statt Söhnen zu viele Töchter gebaren, erwürgte man. Die Cyrgai errichteten einen Stadtstaat an der Oase von Cyrga in Zentralcynesga und sonderten sich strikt von anderen Völkern und deren Zivilisation ab. Die Cyrgai hatten schreckliche Angst vor neuen Ideen, gleich welcher Art. Ihre Kultur war vermutlich die einzige in der Menschheitsgeschichte, die Dummheit idealisierte. Überragende Intelligenz galt für sie als eine Art Krankheit, und Kinder, die sich durch Klugheit hervortaten, wurden getötet.«

»Was für Bestien!« murmelte Talen.

»Natürlich eroberten die Cyrgai ihre Nachbarvölker und versklavten diese Menschen – hauptsächlich Wüstennomaden unbestimmter Rasse –, und es kam hin und wieder zu Mischgeburten, wie es bei Soldaten nicht anders zu erwarten ist.«

»Und das war natürlich in Ordnung«, warf Baroneß Melidere beißend ein. »Soldaten dürfen überall ungestraft Frauen schänden, oder?«

»In diesem Fall nicht, Baroneß«, entgegnete Zalasta. »Jeder Soldat, den man beim ›Fraternisieren‹ ertappte, wurde auf der Stelle hingerichtet.«

»Ein erfrischender Gedanke«, murmelte Melidere.

»Die Frau selbstverständlich ebenfalls. Doch trotz aller Wachsamkeit zeugten die Cyrgai immer wieder Mischlinge, obwohl dies in ihren Augen als ein scheußliches Verbrechen galt, und die Mischlinge wurden getötet, soweit man sie fand. Doch im Lauf der Zeit änderte Cyrgon offenbar seine Meinung. Er fand Verwendung für die Halbblütigen. Sie wurden ausgebildet und der Armee eingegliedert. Man nannte sie ›Cynesganer‹, und mit der Zeit bildeten sie jene Einheiten, die die Dreckarbeit machten und in vorderster Front die Köpfe hinhielten. Denn Cyrgon hatte ein Ziel – das übliche Ziel militärischer Führer.«

»Die Weltherrschaft?« fragte Vanion.

»Richtig. Die Cynesganer wurden ermutigt, viele Kinder in die Welt zu setzen, und die Cyrgai benutzten sie, die Grenzen ihres Reiches zu erweitern. Bald war die gesamte Wüste in ihrem Besitz, und sie bedrängten die Grenzen ihrer Nachbarn. Dort stellten *wir* uns ihnen entgegen. Die Cyrgai waren nicht auf uns Styriker vorbereitet.«

»Das kann ich mir denken.« Tynian lachte.

Zalasta lächelte flüchtig. Es war ein nachsichtiges Lächeln mit einem Hauch Gönnerhaftigkeit. »Cyrgons Priester verfügten über bestimmte beschränkte Fähigkeiten«, fuhr der Styriker fort, »aber sie waren dem, was sie erwartete, nicht gewachsen.« Er trommelte mit den Fingerspitzen. »Bei näherer Betrachtung ist das vielleicht unser eigentliches Geheimnis«, sagte er grübelnd. »Andere Völker haben nur einen Gott – oder im Höchstfall eine kleine Göttergruppe. Wir haben tausend Götter, die sich mehr oder weniger miteinander vertragen und sich im wesentlichen einig sind, was geschehen sollte. Wie auch immer, der Einfall der Cyrgai in styrische Gebiete war eine Katastrophe für sie. Sie verloren praktisch alle Cynesganer und den größten Teil ihrer reinrassigen Cyrgai. Sie flohen Hals über Kopf. Unsere Jüngeren Götter beschlossen, ihnen die Lust an der Überschreitung von Grenzen ein für allemal zu nehmen. Bis jetzt weiß niemand, welcher der Jüngeren Götter sich das ausdachte, aber es war brillant, einfach und wirkungsvoll. Ein großer Adler flog an einem einzigen Tag rund um Cynesga, und sein Schatten hinterließ eine unsichtbare Markierung auf dem Boden. Für die Cynesganer oder die Ataner oder Tamuler oder Styriker oder Elenier, ja, selbst für die Arjuni ist diese Markierung völlig bedeutungslos. Für die Cyrgai dagegen war sie lebenswichtig; denn wenn von diesem Tag an irgendein Cyrgai über diese unsichtbare Grenze schritt, starb er auf der Stelle.«

»Einen Moment!« warf Kalten ein. »Gar nicht weit westlich von hier sind wir auf Cyrgai gestoßen. Wie ist es ihnen gelungen, diese Linie zu überschreiten?«

»Sie kamen aus der Vergangenheit, Ritter Kalten«, erklärte Zalasta und spreizte die Hände. »Wir können davon ausgehen, daß diese Grenze für sie nicht existierte, weil der Adler seine Runde noch nicht gezogen hatte, als sie nordwärts marschierten.«

Kalten kratzte sich am Kopf und runzelte die Stirn. »Logik ist nicht unbedingt meine Stärke«, gestand er, »aber mir scheint, da ist eine Lücke in der Argumentation.«

Bevier hatte auch seine Probleme damit. »Ich *glaube* zu verstehen, wie es funktioniert«, sagte er nicht sonderlich überzeugt, »aber ich muß das wohl noch ein paarmal durchgehen, bis ich sicher bin.«

»Logik kann nicht *alle* Fragen beantworten, Ritter Bevier«, gab Emban zu bedenken. Er zögerte. »Aber Ihr braucht Dolmant nicht zu erzählen, daß ich das gesagt habe«, fügte er hinzu.

»Vielleicht ist der Zauber nicht mehr wirksam, Zalasta«, meinte Sephrenia. »Er ist ja nicht mehr erforderlich. Schließlich sind die Cyrgai längst ausgestorben.«

»Und es gibt keine Möglichkeit, es zu beweisen«, fügte Ulath hinzu. »Weder so noch so.«

Stragen lachte plötzlich. »Er hat recht, wißt ihr. Diesen schrecklichen Fluch könnte es da draußen immer noch geben, nur weiß niemand davon, weil das Volk, gegen das er gerichtet ist, vor abertausend Jahren bereits ausstarb. Was ist eigentlich mit den Cyrgai passiert, Weiser?« fragte er Zalasta. »Wie kam es dazu, daß sie ausstarben?«

»Sie zeugten sich zugrunde, Durchlaucht Stragen.«

»Widerspricht sich das nicht?« fragte Tynian.

»Letztlich nicht. Die Cynesganer waren zum Großteil gefallen. Nun wurden die Überlebenden entscheidend wichtig für den Fortbestand der Cyrgai selbst, weil die Mischlinge für Cyrgon die einzigen Soldaten waren, welche die Grenzen zu überschreiten vermochten. Den Cyrgai wurde von ihrem Gott befohlen, sich darauf zu konzentrieren, neue Heerscharen dieser zuvor verachteten Untermenschen zu zeugen. Die Cyrgai waren perfekte Soldaten, die jeden Befehl exakt ausführten. So wandten sie den Cynesganerinnen ihre ganze Aufmerksamkeit zu und beachteten ihre eigenen Frauen überhaupt nicht mehr. Als sie ihren Fehler erkannten, hatten alle Cyrgaierinnen das Gebäralter bereits überschritten. Der Sage nach ist der Letzte der Cyrgai vor etwa zehntausend Jahren gestorben.«

»Das ist Dummheit in Vollendung!« bemerkte Stragen.

Zalasta lächelte dünn. »Wie auch immer, was einst Cyrga war, ist jetzt Cynesga. Es wird von einer schwächlichen Mischlingsrasse bevölkert, die sich nur am Leben halten kann, weil die Handelsstraßen zwischen den Tamulern im Osten und den Eleniern im Westen durch ihr Land führen. Die übrige Welt blickt mit tiefster Verachtung auf diese Nachfahren der kriegerischen Cyrgai hinab. Sie sind hinterlistig, feige, unehrlich und abstoßend kriecherisch – ein angemessenes Schicksal für die Nachkommen einer Rasse, die sich dereinst einbildete, von den Göttern ausersehen worden zu sein, über die ganze Welt zu herrschen.«

Kalten seufzte. »Geschichte ist ein so trübsinniges Thema.«

»Cynesga ist nicht der einzige Ort, wo die Vergangenheit zurückkehrt, um uns Steine in den Weg zu legen«, fügte Zalasta hinzu.

»Das ist uns nicht entgangen«, versicherte ihm Tynian. »Alle Elenier in Westastel sind überzeugt, daß Ayachin zurückgekehrt ist.«

»Dann habt Ihr auch von diesem ›Säbel‹ gehört?« fragte Zalasta.

»Wir sind ihm ein paarmal begegnet.« Stragen lachte. »Ich glaube nicht, daß er eine große Gefahr darstellt. Er ist ein unreifer Poseur.«

»Die Westasteler scheinen mit ihm ganz zufrieden zu sein«, fügte Tynian hinzu. »Sie sind nicht gerade die klügsten.«

»Ich kenne sie«, sagte Zalasta und verzog das Gesicht. »Kimear von Dakonien und Baron Parok, sein Wortführer, sind jedoch ernster zu nehmen. Kimear war einer jener ruhelosen Reitergestalten, die hin und wieder aus der elenischen Gesellschaft auftauchen. Er unterwarf die beiden anderen elenischen Reiche in Westastel und gründete eines dieser tausendjährigen Reiche, die dann und wann emporsprießen und sogleich nach dem Tod ihres Gründers wieder zerfallen. In Edom heißt der Held Incetes – und ist ein Bursche aus der Bronzezeit, dem es tatsächlich gelang, den Cyrgai ihre erste Niederlage beizubringen. Sein Sprecher nennt sich Rebal. Das ist natürlich nicht sein wahrer Name. Aufwiegler lassen sich für gewöhnlich irgendeinen Phantasienamen einfallen. Ayachin, Kimear und Incetes erregen die primitivsten emotionalen Reaktionen der Elenier – Muskelspiel, hauptsächlich. Ich möchte euch um nichts auf der Welt beleidigen, meine Freunde, aber euch Eleniern macht es offenbar Spaß, soviel wie möglich zu zertrümmern und anderer Leute Häuser niederzubrennen.«

»Es ist eine rassische Untugend«, gestand Ulath.

»Die Arjuni bereiten uns ein wenig andere Probleme«, fuhr Zalasta fort. »Sie gehören der tamulischen Rasse an, und ihre innersten Bedürfnisse sind etwas anspruchsvoller. Tamuler wollen nicht über die Welt herrschen, sie wollen sie nur besitzen.« Er lächelte Oscagne flüchtig an. »Allerdings sind die Arjuni nicht die beliebtesten Vertreter der Rasse. Ihr Held ist der Kerl, der den Sklavenhandel erfand.«

Mirtai stieß zischend den Atem aus, und ihre Hand fuhr zum Dolch an ihrem Gürtel.

»Gibt es ein Problem, Atana?« erkundigte Oscagne sich freundlich.

»Ich habe Erfahrung mit den Sklavenhändlern von Arjuna, Oscagne«, antwortete sie knapp. »Ich hoffe, sie eines Tages auffrischen zu können, und diesmal werde ich kein Kind mehr sein.«

Sperber wurde bewußt, daß Mirtai ihnen nie erzählte hatte, wie sie versklavt worden war.

»Dieser Arjuniheld stammt aus jüngerer Vergangenheit als die anderen«, fuhr Zalasta fort. »Er lebte im zwölften Jahrhundert und hieß Sheguan.«

»Wir haben von ihm gehört«, sagte Engessa finster. »Seine Leute holten sich Sklaven aus den Reihen atanischer Kinder in Ausbildungslagern. Wir haben die Arjuni ein für allemal überredet, damit aufzuhören.«

»Das hört sich ziemlich rabiat an«, stellte Baroneß Melidere fest.

»Es war die totale Heimsuchung, Baroneß«, erklärte Oscagne. »Einige Sklavenhändler der Arjuni holten sich im siebzehnten Jahrhundert Sklaven aus Atan, worauf ein Reichsverwalter von einem Übermaß an gerechtem Zorn erfaßt wurde. Er gestattete den Atanern eine Strafexpediton nach Arjuna.«

»Unser Volk singt heute noch Lieder darüber«, sagte Engessa verträumt.

»War es so schlimm?« Emban blickte Oscagne fragend an.

»Schlimmer«, antwortete Oscagne. »Dem Esel, der diese Expedition genehmigte, war nicht bewußt, daß man den Atanern bestimmte Maßnahmen ausdrücklich verbieten muß, wenn man ihnen etwas befiehlt. Der Dummkopf schickte sie einfach los. Die

Ataner haben den König von Arjuna gehängt und alle seine Untertanen in den Dschungel im Süden gehetzt. Wir haben fast zweihundert Jahre gebraucht, die Arjuni dazu zu bringen, wieder von den Bäumen herunterzukommen. Die wirtschaftlichen Auswirkungen waren eine Katastrophe für den gesamten Kontinent.«

»Wie schon gesagt, diese Ereignisse liegen nicht ganz so lange zurück«, erinnerte Zalasta. »Die Arjuni waren immer Sklavenhändler gewesen, und Sheguan war nur einer von vielen aus Nordarjuna. Er war allerdings mehr ein Organisator. Sheguan baute die Märkte in Cynesga auf und organisierte den Schutz der Sklavenstraßen. Das Eigenartige in Arjuna ist die Tatsache, daß der Sprecher bedeutender ist als der Held. Er heißt Scarpa und ist gleichermaßen gerissen wie gefährlich.«

»Wie steht es in Tamul selbst?« fragte Emban. »Und in Atan?«

»Wir scheinen immun gegen diese Seuche zu sein, Eminenz«, antwortete Oscagne. »Wahrscheinlich liegt es daran, daß Tamuler für Heldenverehrung nicht viel übrig haben, und die Ataner der alten Zeit waren um so vieles kleiner als ihre Nachkommen, daß die Ataner von heute sie schlichtweg übersehen.« Er lächelte Engessa verschmitzt an. »Der Rest der Welt wartet atemlos auf den Tag, da der erste Ataner über zehn Fuß groß sein wird. Ich glaube, das ist das Endziel ihrer selektiven Fortpflanzung.« Oscagne blickte Zalasta an. »Eure Informationen sind viel genauer als unsere, Weiser«, lobte er den Styriker. »Die Bemühungen des Imperiums brachten bisher nur Oberflächliches über diese Leute ans Licht.«

»Mir stehen andere Quellen zur Verfügung, Exzellenz«, erwiderte Zalasta. »Diese Gestalten aus dem Altertum sind auch nicht wirklich gefährlich. Die Ataner könnten natürlich mühelos jeden militärischen Aufstand niederschlagen, doch es handelt sich hier nicht um eine rein militärische Angelegenheit. Jemand treibt mit den düsteren Seiten der menschlichen Phantasie ein gefährliches Spiel und läßt die Schreckensgestalten aus Sagen und Märchen auferstehen. Man hat Vampire und Werwölfe gesehen, Ghuls und Oger, und einmal sogar einen mindestens dreißig Fuß großen Riesen. Die Obrigkeit tut diese Erscheinungen als abergläubischen Unsinn ab, doch das einfache Volk Tamuls ist in Panik. Wir wissen natürlich nicht, ob die Kreaturen, die beobachtet wurden, tatsächlich existieren. Aber so eine Schar von Ungeheuern und Trollen, Urmenschen und Cyrgai verbreitet in jedem Fall Angst und Schrecken. Und um der Sache die Krone aufzusetzen, wurden auch noch die Kräfte der Natur bemüht. Es ist zu Gewittern von ungeheurem Ausmaß gekommen, zu Wirbelstürmen, Erdbeben, Vulkanausbrüchen, ja, vereinzelt sogar zu Sonnenfinsternissen. Das einfache Volk von Tamuli ist dermaßen verängstigt, daß es vor Hasen oder einer Schar Spatzen Reißaus nimmt. Es gibt keinen bestimmten Schwerpunkt für diese Vorfälle. Stets treten sie plötzlich und unerwartet auf. Daher kann niemand vorhersehen, wann und wo es das nächste Mal geschehen wird. Ja, meine Freunde, damit haben wir es zu tun! Ein kontinentweites Schreckensregiment – teils wirklich, teils Illusion, teils echte Magie. Wenn nicht bald etwas dagegen unternommen werden kann, verlieren die Leute vor Angst den Kopf. Das Imperium wird zusammenbrechen, und dann herrscht der nackte Terror.«

»Und was ist die *schlechte* Neuigkeit, die Ihr für uns habt, Zalasta?« fragte Vanion.

Zalasta lächelte flüchtig.

»Ihr beliebt zu scherzen, Hochmeister Vanion. Heute nachmittag könnt ihr vermutlich noch mehr erfahren, meine Freunde«, wandte er sich an alle. »Ich habe die Ehre, euch eine Einladung zur Sitzung der Tausend zu übermitteln. Eure Anwesenheit ist aus politischer Sicht von großer Bedeutung. Wenngleich die Ratsmitglieder selten einer Meinung sind, gibt es doch eine starke Strömung, die dazu neigt, daß wir in dieser Sache gemeinsam an einem Strang ziehen sollten.« Er hielt seufzend inne. »Ihr solltet jedoch auf einige Feindseligkeit vorbereitet sein«, warnte er. »Es gibt im Rat eine reaktionäre Splittergruppe, deren Vertreter allein schon bei dem Wort *elenisch* zu geifern anfangen. Ich bin sicher, sie werden versuchen, euch zu provozieren.«

»Es geht etwas vor, das ich nicht verstehe, Sperber«, murmelte Danae eine Weile später. Sperber hatte sich mit einer von Vanions styrischen Schriftrollen in einen Winkel von Sephrenias kleinem Innengarten zurückgezogen und versucht, die Schriftzeichen zu entziffern. Danae hatte Sperber dort entdeckt und sich auf seinen Schoß gesetzt.

»Ich dachte, du wärst allwissend«, sagte er. »Ist das nicht eine Eigenschaft der Götter?«

»Laß die Späße. Irgend etwas stimmt hier nicht.«

»Rede mit Zalasta darüber. Er ist schließlich einer deiner Anhänger.«

»Wie kommst du denn darauf?«

»Zalasta, Sephrenia und du seid doch zusammen in derselben Ortschaft aufgewachsen.«

»Was hat das damit zu tun?«

»Ich dachte, alle Bewohner dort beten dich an. Es wäre doch logisch, daß du dir für deine Geburt einen Ort ausgesucht hast, in dem deine Anhänger leben.«

»Du hast überhaupt keine Ahnung vom Wesen der Styriker! Also wirklich! Alle Bewohner eines Dorfes sollen dieselbe Gottheit verehren! Das ist die langweiligste Idee, die ich seit langem gehört habe!«

»Elenier tun es!«

»Elenier essen auch Schweine!«

»Was hast du gegen Schweine?«

Sie schüttelte sich.

»Welchen Gott betet Zalasta denn an, wenn nicht dich?«

»Das hat er nie erwähnt, und es wäre unverzeihlich, ihn danach zu fragen.«

»Wie wurde er dann zum Mitglied des Rates der Tausend? Ich dachte, um Aufnahme zu finden, müßte man Hoherpriester sein.«

»Er ist kein Ratsmitglied. Er will gar keines sein. Er berät den Rat.« Sie schürzte die Lippen. »Ich sollte es eigentlich nicht sagen, Sperber, aber ich muß dich warnen: Versprich dir vom Rat nicht zuviel. Hohepriester sind fromm, doch dazu bedarf es keiner Weisheit. Einige Ratsmitglieder sind entsetzlich dumm.«

»Hast du denn gar keine Anhaltspunkte, welcher Gott hinter den Unruhen stecken könnte?«

»Nein. Doch wer es auch ist – er möchte nicht, daß wir anderen auf ihn aufmerksam werden, und wir Götter haben Möglichkeiten, uns zu tarnen. Nur eines kann ich sagen: Er ist kein Styriker. Paß bei der Sitzung heute nachmittag gut auf, Sperber. Ich bin Styrikerin, und da gibt es bestimmt manches, was mir gar nicht auffällt, weil ich es gewöhnt bin.«

»Worauf soll ich denn achten?«

»Das weiß ich nicht. Benutz dein bißchen Intuition. Achte auf alles, was dir unstimmig vorkommt, was nicht zusammenpaßt, was darauf hinweisen könnte, daß jemand eine Maske trägt.«

»Vermutest du, daß es unter den Tausend ein Mitglied geben könnte, das für die andere Seite arbeitet?«

»Das habe ich nicht gesagt. Nur, daß etwas nicht stimmt. Ich habe wieder eine dieser Vorahnungen, wie damals in Kotyks Haus. Irgend etwas ist nicht so, wie es sein müßte, und ich weiß einfach nicht, was! Versuch, es herauszufinden, Sperber! Wir müssen es unbedingt wissen!«

Der Rat der Tausend tagte in einem vornehmen Marmorgebäude direkt im Zentrum von Sarsos. Es war ein beeindruckender, ja, einschüchternder Bau, der arrogant über die Häuser ringsum aufragte. Wie die meisten öffentlichen Gebäude wirkte er kalt und abweisend. Er hatte breite, hallende Marmorkorridore und riesige Bronzetüren, damit die Leute sich winzig und unbedeutend fühlten.

Die Sitzung fand in einem großen, halbrunden Saal mit stufenförmig angeordneten Reihen von Marmorbänken statt. Es waren natürlich zehn Reihen und die Sitzplätze in jeder Reihe wiesen den gleichen Abstand auf. Es war alles sehr logisch durchdacht. Baumeister sind für gewöhnlich logisch denkende Menschen, denn unlogisch errichtete Häuser neigen dazu, einzustürzen.

Auf Sephrenias Rat hatten Sperber und die anderen Elenier schlichte weiße Roben übergestreift, um die unerfreulichen Gedankenverbindungen in den Köpfen der Styriker beim Anblick von Eleniern in Rüstung zu vermeiden. Allerdings trugen die Ritter unter ihren Roben Kettenhemden und Schwerter.

Der Saal war etwa zur Hälfte gefüllt, da ein Teil der Ratsmitglieder stets mit etwas anderem beschäftigt war. Die Anwesenden saßen oder schlenderten herum und unterhielten sich leise. Einige schritten entschlossen von Kollegen zu Kollegen, um ernste Gespräche zu führen. Andere lachten und erzählten offenbar Witze. Einige, um nicht zu sagen viele, dösten.

Zalasta führte sie zur Vorderseite des Saals, wo Stühle für sie bereitgestellt worden waren, und wo sie von allen Anwesenden auf den Sitzreihen gesehen werden konnten.

»Ich muß meinen Platz einnehmen«, sagte Sephrenia leise zu ihnen. »Bitte braust nicht gleich auf, falls euch irgend jemand beleidigt. In diesem Saal hat sich im Laufe von mehreren tausend Jahren Groll aufgestaut, und etwas davon wird sicher überquellen.« Sie durchquerte den Saal, um sich auf eine der Marmorbänke zu setzen.

Zalasta trat in die Mitte des Saals, wo er still stehenblieb und keine Anstalten machte, die Anwesenden zur Ordnung zu rufen. Die Traditionen des Rates waren nur dem Eingeweihten verständlich. Allmählich verstummten die Gespräche und die Ratsmitglieder nahmen ihre Plätze ein.

»Es ist mir eine Freude«, sagte Zalasta auf Styrisch, »dem Rat mitteilen zu können, daß uns heute wichtige Gäste mit ihrer Anwesenheit beehren.«

»Also, *ich* betrachte es nicht als Ehre!« rief ein Ratsherr. »Diese ›Gäste‹ scheinen zum größten Teil Elenier zu sein, und ich bin ganz und gar nicht daran interessiert, mich mit Schweineessern abzugeben!«

»Das verspricht eine ziemlich unerfreuliche Sitzung zu werden«, murmelte Sperber. »Unseren styrischen Vettern fällt ungehobeltes Benehmen offenbar ebenso leicht wie uns.«

Zalasta ignorierte den flegelhaften Sprecher und fuhr fort: »Sarsos gehört dem Tamulischen Imperium an«, erinnerte er die Versammelten, »und wir profitieren sehr von dieser Verbindung.«

»Und die Tamuler sorgen dafür, daß wir auch genug dafür zahlen!« rief ein anderes Ratsmitglied.

Auch diesen Zwischenrufer ignorierte Zalasta. »Ich bin sicher, ihr alle heißt Außenminister Oscagne vom Tamulischen Imperium herzlich willkommen.«

»Seid Ihr Euch da wirklich so sicher, Zalasta?« brüllte jemand und lachte spöttisch.

Oscagne erhob sich. »Ich bin überwältigt von dieser herzlichen Begrüßung«, sagte er trocken in perfektem Styrisch.

Pfiffe und Buhrufe erklangen aus den Sitzreihen, verstummten jedoch abrupt, als Engessa aufstand und die Arme vor der Brust verschränkte. Er machte sich gar nicht die Mühe, den aufsässigen Ratsherren einen finsteren Blick zuzuwerfen.

»So ist es besser«, lobte Oscagne. »Ich freue mich, daß die legendäre Höflichkeit der Styriker sich endlich eingestellt hat. Wenn ihr gestattet, stelle ich euch kurz meine Begleiter vor. Dann unterbreiten wir euch eine dringende Angelegenheit zur Beratung.« Er stellte Patriarch Emban vor. Unfreundliches Gemurmel erhob sich.

»Das richtet sich gegen die Kirche, Eminenz«, flüsterte Stragen ihm zu, »nicht gegen Euch persönlich.«

Als Oscagne Ehlana vorstellte, raunte ein Ratsherr in der obersten Reihe seinem Nachbarn etwas ins Ohr, das ein unverkennbar vulgäres Lachen auslöste. Mirtai richtete sich wie eine Sprungfeder auf, und ihre Hände schossen zu ihren Dolchen.

Mit scharfer Stimme sagte Engessa irgend etwas auf tamulisch zu ihr.

Mirtai schüttelte den Kopf. Ihre Augen funkelten, sie hatte das Kinn vorgeschoben und zog einen Dolch. Vermutlich verstand sie kein Styrisch, doch die Bedeutung dieses Gelächters verstand sie durchaus.

Sperber stand auf. »Es ist *meine* Sache, etwas zu unternehmen, Mirtai«, sagte er.

»Ihr wollt es nicht mir überlassen?«

»Diesmal nicht, Mirtai. Tut mir leid, aber es ist eine formelle Zusammenkunft, und wir sollten uns an die Regeln halten.« Er blickte zu dem unverschämten Styriker auf der obersten Bankreihe hinauf. »Würdet Ihr das, was Ihr eben gesagt habt, etwas lauter wiederholen, Nachbar?« fragte er auf styrisch. »Wenn es so lustig ist, solltet Ihr uns vielleicht an Eurer Heiterkeit teilhaben lassen.«

»Na, so was!« höhnte der Kerl. »Ein Hund, der sprechen kann!«

Nun erhob sich Sephrenia. »Ich rufe die Tausend zum traditionellen Augenblick der Stille auf«, sagte sie auf styrisch.

»Wer ist denn gestorben?« rief das Großmaul.

»Ihr, Camriel«, entgegnete sie ruhig. »Deshalb wird unsere Trauer auch nicht sehr groß sein. Dies hier ist Prinz Sperber, der Mann, der den Älteren Gott Azash vernichtet hat. Ihr habt seine Gemahlin beleidigt, Camriel. Wollt Ihr die übliche Beerdigung? Vorausgesetzt natürlich, es bleibt noch genug von Euch übrig, um es der Erde zu übergeben, wenn er mit Euch fertig ist.«

Camriels Kinn war herabgesunken, und sein Gesicht war totenbleich. Die anderen Ratsmitglieder erschraken sichtlich.

»Sein Name hat offensichtlich immer noch Gewicht«, flüsterte Ulath Tynian zu.

»Offensichtlich. Und unser unverschämter Freund da oben ist anscheinend in Gedanken über seine Sterblichkeit versunken.«

»Ratsherr Camriel«, sagte Sperber nun förmlich, »wir wollen die Sitzung der Tausend nicht mit persönlichen Dingen aufhalten. Ich werde Euch nach Beendigung der Sitzung aufsuchen, dann können wir das Nötige vereinbaren.«

»Was hat er gesagt?« fragte Ehlana leise, an Stragen gewandt.

»Das übliche, Majestät. Ich vermute, daß Ratsherr Camriel sich plötzlich einer dringenden Verabredung auf der anderen Seite der Welt entsinnen wird.«

»Läßt der Rat zu, daß dieser Barbar mich bedroht?« rief Camriel mit zittriger Stimme.

Ein weißhaariger Styriker auf der anderen Seite des Halbkreises lachte spöttisch. »Ihr habt höchstpersönlich einen Staatsbesucher beleidigt, Camriel. Die Tausend haben keine Veranlassung, Euch unter diesen Umständen in Schutz zu nehmen. Euer Gott hätte Euch besser unterweisen sollen. Ihr seid ein ungehobelter, großmäuliger Trottel. Wir werden Euch keine Träne nachweinen!«

»Wie könnt Ihr es wagen, so zu mir zu reden, Michan?«

»Daß ein Gott Euch mag, scheint Euch verblendet zu haben, Camriel. Dabei überseht Ihr jedoch, daß jeder hier die Gunst eines Gottes besitzt. Mein Gott liebt mich ebensosehr wie Euer Gott Euch.« Michan machte eine Pause. »Wahrscheinlich sogar mehr. Ich könnte mir vorstellen, daß Eurer im Augenblick nicht so gut auf Euch zu sprechen ist. Ihr müßt ihn schrecklich in Verlegenheit gebracht haben. Aber Ihr vergeudet nur kostbare Zeit. Sobald diese Sitzung endet, dürfte Prinz Sperber mit einer Klinge nach Euch Ausschau halten. Ihr habt doch eine zur Hand, Hoheit?«

Sperber grinste und schlug seine Robe so weit zurück, daß der Griff seines Schwertes sichtbar wurde.

»Großartig, mein Junge«, lobte Michan. »Ich hätte Euch meine Waffe geliehen, aber man kommt mit seiner eigenen besser zurecht, nicht wahr? Seid Ihr immer noch hier, Camriel? Wenn Ihr bei Sonnenuntergang noch am Leben sein wollt, solltet Ihr die Beine in die Hand nehmen.«

Ratsherr Camriel folgte hastig seinem Rat.

»Was ist passiert?« fragte Ehlana ungeduldig.

»Mit ein wenig gutem Willen«, antwortete Stragen, »könnte man die Flucht des Ratsherrn als eine Art Entschuldigung auslegen.«

»Wir nehmen keine Entschuldigung an«, sagte Mirtai unerbittlich. »Darf ich ihn verfolgen, Ehlana, und Euch seinen Kopf zu Füßen legen?«

»Warum lassen wir ihn nicht eine Zeitlang fliehen, Mirtai?« erwiderte die Königin.

»Wie lange?«

»Was meint Ihr, Durchlaucht?« fragte Ehlana Stragen. »Wie lange, denkt Ihr, wird er fliehen?«

»Den Rest seines Lebens wahrscheinlich, Majestät.«

»Das würde mir genügen.«

Die Reaktion der Tausend auf Zalastas Beschreibung der derzeitigen Lage war vorhersehbar gewesen, und die Tatsache, daß so gut wie alle Reden sorgfältig formuliert waren, machte deutlich, daß man den Ratsmitgliedern kaum etwas Neues erzählt hatte. Die Tausend schienen in drei Fraktionen geteilt zu sein. Eine war der Ansicht – was ebenfalls vorhersehbar gewesen war –, daß die Styriker sich selbst schützen konnten und keinen Grund zur Einmischung sahen. Styriker begegneten Versprechungen von Eleniern mit äußerstem Mißtrauen, da elenische Herrscher dazu neigten, Styrikern gegebene Versprechen zu vergessen, sobald eine Krise überstanden war.

Die zweite Fraktion war gemäßigter. Ihre Anhänger wiesen darauf hin, daß die hiesigen Probleme die Tamuler betrafen und weniger die Elenier, und daß die Anwesenheit einer kleinen Einheit von Ordensrittern nicht von Belang war. Der silberhaarige Michan sagte: »Die Tamuler sind vielleicht nicht in jeder Beziehung unsere Freunde, aber sie sind auf jeden Fall nicht unsere Feinde. Wir sollten die Tatsache würdigen, daß ihre Ataner uns die Asteler, die Edomer und die Daziter vom Leibe halten.« Michan war hochgeachtet, und seine Meinung hatte im Rat großes Gewicht.

Dann gab es noch die dritte Fraktion, eine geifernd antielenische Minderheit, die sich selbst zu der Behauptung verstieg, den styrischen Interessen wäre besser gedient, wenn man sich mit den Verursachern der Ausschreitungen verbünden würde. Diese Ratsherren erwarteten gar nicht erst, daß ihre Reden ernstgenommen wurden. Ihre Sprecher nutzten lediglich die Gelegenheit, ihrem Groll Luft zu machen und haßerfüllte, boshafte Hetzreden zu schwingen.

»Allmählich wird's mir zuviel«, sagte Stragen schließlich zu Sperber und erhob sich.

»Was habt Ihr vor?«

»Ich werde diesen Leuten antworten, Freund.« Stragen stellte sich in die Mitte des Saals vor die Versammelten; von den Buhrufen und Verwünschungen ließ er sich nicht erschüttern. Allmählich kehrte Stille ein – nicht so sehr, weil die Fanatiker sich dafür interessierten, was dieser elegante blonde Elenier zu sagen hatte, sondern weil sie zu heiser wurden. »Ich stelle mit Genugtuung fest, daß alle Menschen von gleich niederem Charakter sind.« Stragens klare, klangvolle Stimme war selbst im hintersten Winkel deutlich zu hören. »Ich hatte schon befürchtet, nie auch nur den geringsten Makel im styrischen Charakter finden zu können. Doch nun endlich habt ihr mir den Beweis erbracht, daß ihr wie alle anderen Menschen auch seid, wenn sie sich in der Masse stark fühlen. Die offene Selbstgerechtigkeit, die ihr hier an diesem Nachmittag zur Schau gestellt habt, läßt mich aufatmen und mein Herz höherschlagen. Meine Freude ist grenzenlos, daß es mir nach so langer vergeblicher Suche geglückt ist, diesen Abgrund an Bosheit und Schlechtigkeit in der styrischen Seele aufzuspüren; denn es beweist ein für allemal, daß alle Menschen, egal von welcher Rasse, auf einer Stufe stehen.«

Erneut wurden Protestrufe laut, diesmal begleitet von Verwünschungen.

Wieder wartete Stragen. »Ihr enttäuscht mich, meine lieben Brüder«, sagte er schließlich. »Ein elenisches Kind von sieben Jahren könnte einfallsreicher fluchen als ihr. Ist das wirklich der Gipfel der styrischen Unverschämtheit? Ist ›elenischer Bastard‹ die schlimmste Beschimpfung, die euch einfällt? Ich betrachte das nicht als sonderliche Beleidung, da es in meinem Fall sogar zutrifft.« Er schaute sich mit freundlicher und ein wenig überlegener Miene um. »Ich bin außerdem ein Dieb und Mörder und habe viele unangenehme Eigenschaften. Ich habe Verbrechen begangen, für die es nicht einmal Namen gibt, und ihr bildet euch ein, eure Beschimpfungen könnten mich kränken? Hat jemand eine wirklich bedeutsame Beschuldigung vorzubringen, ehe ich mir *eure* Schwächen vornehme?«

»Ihr habt uns versklavt!« brüllte jemand.

»Nicht ich, alter Junge«, entgegnete Stragen. »Ich würde einen Sklaven nicht einmal geschenkt annehmen. Sklaven muß man füttern, selbst wenn sie nicht arbeiten. Aber fahren wir fort. Wir wissen jetzt alle, daß ich ein Dieb und Mörder und ein Bastard bin. Aber was seid *ihr*? Würde euch die Bezeichnung ›Jammerlappen‹ erstaunen? Ihr Styriker winselt gern. Ihr habt fleißig all die Mißhandlungen niedergeschrieben, die ihr in den letzten Jahrtausenden erduldet habt, und es bereitet euch eine perverse Freude, in dunklen, übelriechenden Winkeln zu sitzen und sie wiederzukäuen wie einen Haufen Erbrochenes. Ihr versucht, den Eleniern die Schuld an allen euren Schwierigkeiten zu geben. Überrascht es euch, daß ich mich nicht schuldig an der mißlichen Lage der Styriker fühle? Ich habe mehr als genug Schuld für meine ganz persönlichen Verbrechen auf dem Buckel, als daß ich mich auch noch für Dinge vor die Brust schlage, die tausend Jahre vor meiner Geburt passiert sind. Ehrlich gesagt, Freunde, all diese Märtyrermienen sind mir zuwider! Kriegt ihr denn nie genug davon, euch selbst leid zu tun? Und jetzt ein paar klare Worte, die euch hoffentlich bis ins Mark beleidigen werden. Falls ihr jammern wollt, dann tut es, wenn wir euch nicht hören. Wir bieten euch die Gelegenheit, an unserer Seite einem gemeinsamen Feind entgegenzutreten. Wir tun es aus Höflichkeit, versteht ihr, nicht weil wir euch wirklich brauchen. Das solltet ihr euch gut merken. Wir brauchen euch nicht. Im Grunde seid ihr uns nur ein Klotz am Bein. Ich hörte hier ein paar geistige Krüppel mit einem Bündnis mit unserem Feind liebäugeln. Wie kommt ihr auf den Gedanken, daß der Feind euch als Verbündeten haben möchte? Würdet ihr es versuchen, wären die elenischen Bauern wahrscheinlich überglücklich; dann nämlich hätten sie endlich einen guten Grund, mit Styrikern von hier bis zur Straße von Thalesien aufzuräumen. Es wird die Vorurteile der Elenier vermutlich nicht abbauen, wenn ihr euch uns anschließt. Aber wenn ihr euch mit unseren Feinden zusammentut, könnt ihr damit rechnen, daß in zehn Jahren kaum noch ein Styriker in irgendeinem elenischen Königreich am Leben sein wird.«

Er kratzte sich nachdenklich am Kinn und schaute sich wieder um. »Ich glaube, das war's, was ich euch sagen wollte. Ich würde vorschlagen, ihr diskutiert in euren erlauchten Reihen darüber. Meine Freunde und ich brechen morgen nach Matherion auf. Wenn ihr bis dahin zu einer Entscheidung kommt, könnt ihr sie uns wissen lassen. Aber das liegt natürlich ganz bei euch. Würden wir euch erklären, wie gleichgültig uns die Entscheidung eines so unbedeutenden Volkes ist, würden wir euch nur aufs neue beleidigen.« Er drehte sich um und bot Ehlana seinen Arm. »Wollen wir gehen, Majestät?«

»Was habt Ihr ihnen gesagt, Stragen?«

»Ich habe sie beleidigt.« Er zuckte die Schultern. »Danach drohte ich ihnen mit der Ausrottung ihrer Rasse, und schließlich bot ich ihnen an, sich mit uns zu verbünden.«

»Das alles in einer einzigen Rede?«

»Er war brillant, Majestät!« versicherte Oscagne ihr begeistert. »Er hat ihnen Dinge unter die Nase gerieben, die den Styrikern schon längst jemand hätte sagen müssen.«

»Ich habe einen gewissen Vorteil, Exzellenz.« Stragen lächelte. »Mein Charakter ist so fragwürdig, daß niemand Höflichkeit von mir erwartet.«

»Aber Ihr seid außerordentlich höflich«, wandte Bevier ein.

»Ich weiß, Ritter Bevier. Aber das erwarten die Leute nicht von mir, deshalb können sie es auch nicht glauben.«

Sowohl Sephrenia als auch Zalasta bedachten die Gefährten an diesem Abend mit eisigen Blicken.

»Ich wollte niemanden persönlich beleidigen«, versicherte Stragen. »Ich habe viele einsichtige Leute gleiches sagen hören. Wir fühlen mit den Styrikern, aber ihr unaufhörliches Selbstmitleid geht uns auf die Nerven.«

»Vieles, was Ihr gesagt habt, stimmt überhaupt nicht!« beschuldigte Sephrenia ihn.

»Natürlich. Schließlich war es eine politische Rede, kleine Mutter. Niemand erwartet, daß ein Politiker die Wahrheit sagt.«

»Ihr seid ein Vabanquespiel eingegangen, Durchlaucht Stragen«, kritisierte Zalasta. »Mir stand fast das Herz still, als Ihr sagtet, die Elenier und Tamuler böten nur aus Höflichkeit ein Bündnis an. Und Eure Feststellung, daß ihr die Styriker gar nicht braucht, hätte den Rat sehr leicht zu der Entscheidung bringen können, sich ganz aus dieser Sache herauszuhalten!«

»Das glaube ich nicht. Schließlich kann der Rat den ganzen Rest Styrikums als Druckmittel benutzen, Weiser«, widersprach Oscagne. »Es war eine brillante politische Rede. Der alles andere als subtile Hinweis auf eine mögliche neue Welle elenischer Greueltaten ließ den Tausend in dieser Angelegenheit gar keine Wahl. Wie war die allgemeine Reaktion?«

»Etwa so, wie Ihr erwartet hattet, Exzellenz«, antwortete Zalasta. »Durchlaucht Stragen hat der styrischen Tradition des Selbstmitleids den Boden unter den Füßen weggezogen. Es fällt schwer, den Märtyrer zu spielen, wenn man gesagt bekommen hat, daß man sich dadurch nur zum Esel macht. Im Rat der Tausend brodelt unglaublicher Zorn. Wir Styriker lieben es unendlich, uns selbst zu bedauern – und das hat man uns nun vermiest. Niemand hat je ernsthaft in Betracht gezogen, sich mit dem Feind zu verbünden – selbst wenn wir wüßten, wer er ist – aber Stragen hat uns kein Schlupfloch offengelassen. Wir können nicht einmal mehr neutral bleiben, da die elenischen Bauern zwischen der Neutralität und einem Bündnis mit dem Feind keinen großen Unterschied sehen würden. Die Tausend werden euch unterstützen. Sie werden alles tun, was in ihrer Macht steht – und sei es auch nur deshalb, um unsere Brüder und Schwestern in Eosien vor Leid zu bewahren.«

»Ihr habt wirklich ganze Arbeit geleistet, Stragen«, lobte Kalten bewundernd. »Ohne Euch hätten wir vielleicht einen ganzen Monat damit vertrödelt, die Styriker zu überzeugen, daß es in ihrem eigenen Interesse ist, sich uns anzuschließen.«

»Meine Arbeit ist noch nicht zu Ende«, entgegnete Stragen, »und die nächste Gruppe, die ich überreden muß, ist viel hartgesottener.«

»Könnte ich Euch dabei helfen?« erbot sich Zalasta.

»Ich fürchte nein, Weiser. Sobald es dunkel wird, müssen Talen und ich den Dieben von Sarsos einen Besuch abstatten.«

»In Sarsos gibt es keine Diebe, Stragen!«

Stragen und Talen blickten einander an und brachen in spöttisches Gelächter aus.

»Ich traue ihm einfach nicht, Sperber«, sagte Ehlana in dieser Nacht, als sie bereits im Bett lagen. »Irgend etwas stimmt nicht mit ihm!«

»Das liegt an seinem Akzent, glaube ich. Bis ich das erkannt habe, ist es mir wie dir ergangen. Sein Elenisch ist zwar perfekt, aber durch seinen Akzent werden die falschen Worte betont. Styrisch hat einen anderen Rhythmus als Elenisch. Aber du brauchst dir keine Sorgen zu machen. Sephrenia würde wissen, wenn Zalasta nicht zu trauen wäre, Liebling. Sie kennt ihn schon seit sehr langer Zeit.«

»Ich mag ihn trotzdem nicht«, beharrte sie. »Er ist so ölig, daß er glänzt, wenn Licht auf ihn fällt.« Sie hob eine Hand. »Es ist kein Vorurteil. Ich betrachte Zalasta als Menschen, nicht als Styriker. Und ich traue ihm einfach nicht!«

»Das legt sich, wenn wir ihn erst besser kennen.«

Es klopfte an ihrer Tür. »Seid ihr beschäftigt?« erklang Mirtais Stimme.

»Womit sollten wir um diese Zeit beschäftigt sein?« rief Ehlana verschmitzt zurück.

»Wollt Ihr darauf wirklich eine Antwort, Ehlana? Talen ist hier. Er hat etwas erfahren, das euch interessieren wird.«

»Schickt ihn rein«, bat Sperber.

Die Tür öffnete sich, und Talen kam in den schwachen Lichtkreis der einzigen brennenden Kerze im Gemach. »Es ist wie in alten Zeiten, Sperber.«

»Was?«

»Stragen und ich waren auf dem Rückweg von den Dieben, als wir Krager auf der Straße sahen! Könnt Ihr Euch das vorstellen? Es hat gutgetan, ihn wiederzusehen. Er hat mir beinahe schon gefehlt!«

18

»Wir haben ganz einfach nicht die Zeit dafür, Sperber«, sagte Sephrenia ruhig.

»Ich werde mir die Zeit *nehmen*, kleine Mutter«, entgegnete er düster. »Ich glaube nicht, daß ich sehr lange brauche. Ich bleibe mit Stragen hier, und wir spüren Krager auf. Er ist kein Styriker; daher wird er nicht schwer zu finden sein. Wir holen euch rasch wieder ein, sobald wir ihn geschnappt und in die Mangel genommen haben. Ich werde ihn ausquetschen, bis ihm das Blut aus den Haaren läuft.«

»Und wer kümmert sich um Mutters Sicherheit, während du dich amüsierst, Vater?« fragte Danae.

»Sie hat eine ganze Armee um sich, Danae.«

»*Du* bist ihr Streiter, Vater. Oder ist das nur ein bedeutungsloser Titel, den du eine Weile ablegen kannst, wenn du etwas Amüsanteres zu tun findest, als das Leben der Königin zu schützen?«

Sperber blickte seine Tochter an. Dann schmetterte er in hilflosem Zorn die Faust gegen die Wand.

»Ihr werdet Euch die Hand brechen«, murmelte Sephrenia.

Sie befanden sich in der Küche. Sperber hatte sich in aller Frühe zu seiner ehemaligen Lehrerin begeben, um ihr von Talens Entdeckung und seinen eigenen Plänen zu berichten, Krager für dessen ungezählte Vergehen zur Rechenschaft zu ziehen. Danaes Anwesenheit war nicht weiter verwunderlich.

»Warum habt Ihr ihn nicht zu Tode gefoltert, als Ihr in Chyrellos die Gelegenheit hattet, Lieber?« fragte Sephrenia ruhig.

»Sephrenia!« Die Kaltblütigkeit, mit der sie es sagte, bestürzte Sperber mehr als die Worte.

»Ihr hättet es tun sollen, Sperber. Dann könnte er uns nicht ständig neue Schwierigkeiten machen. Ihr wißt, was Ulath immer sagt: Man soll einen Feind nie lebend zurücklassen.«

»Ihr redet fast schon wie ein Elenier, kleine Mutter.«

»Wollt Ihr mich beleidigen?«

»Hat der Schmerz in der Hand dich wieder zur Besinnung gebracht, Vater?« fragte Danae.

Er seufzte bedauernd. »Ihr habt natürlich recht«, gestand er. »Der Gaul ist mit mir durchgegangen. Daß Krager uns noch immer über den Weg läuft, macht mir zu schaffen. Er ist ein Überbleibsel Martels, und unter diesen Teil meines Lebens würde ich gern einen Strich ziehen.«

»Kannst du wirklich jemanden so ausquetschen, daß ihm das Blut aus den Haaren kommt?« fragte seine Tochter.

»Das sage ich dir, sobald ich mit Krager fertig bin.« Er strich über seine wunden Fingerknöchel. »Ja, ich glaube, wir sollten wirklich zusehen, daß wir nach Matherion kommen. Sephrenia, wie steht es *wirklich* um Vanions Gesundheit?«

»Möchtet Ihr bestimmte Einzelheiten hören?« fragte sie lächelnd.

»Mich interessiert nur, ob er sich eine solche Reise zumuten darf.«

»Da habe ich keine Bedenken. Sein Gesundheitszustand könnte nicht besser sein.«

»Gut. Dann wird es mir eine Freude sein, ihm wieder die Führung zu überlassen.«

»Kommt überhaupt nicht in Frage!«

»Wie bitte?«

»Vanion hat diese Bürde viel zu lange Jahre getragen. Das war ja der Grund für seine Erkrankung. Findet Euch mit der Tatsache ab, daß jetzt Ihr der Hochmeister der Pandioner seid, Sperber. Gewiß wird Vanion Euch gern mit Rat und Tat zur Seite stehen, doch die

Entscheidungen müßt *Ihr* treffen! Ich werde nicht zulassen, daß Ihr ihn umbringt!«

»Dann könnt Ihr und Vanion uns nach Matherion begleiten?«

»Aber *natürlich* kommen sie mit, Sperber«, versicherte Danae. »Das haben wir längst schon beschlossen.«

»Es wäre nett gewesen, hätte sich jemand dazu herabgelassen, mir darüber Bescheid zu geben.«

»Warum? Du brauchst nicht alles zu wissen, Vater. Tu einfach, was wir dir sagen.«

»Was in aller Welt hat Euch veranlaßt, Euch für Aphrael zu entscheiden, Sephrenia?« fragte Sperber kopfschüttelnd. »Stand denn keine andere Gottheit zur Wahl – einer der Trollgötter vielleicht?«

»Sperber!« stieß Danae schockiert hervor.

Er grinste sie an.

»Zalasta wird ebenfalls mitkommen«, verkündete Sephrenia. »Er wurde ohnedies nach Matherion zurückberufen, und wir brauchen seine Hilfe.«

Sperber runzelte die Stirn. »Das könnte uns Probleme bereiten, kleine Mutter. Ehlana traut ihm nicht.«

»Das ist absurd, Sperber! Ich kenne Zalasta schon mein Leben lang. Ich glaube, er würde sogar sterben, wenn es für mich wichtig wäre.«

»Hat Mutter irgendwelche Gründe für ihr Mißtrauen genannt?« fragte Danae gespannt.

»Vielleicht war es Haß auf den ersten Blick.« Sperber zuckte die Schultern. »Zalastas Ruf als weisester Mann der Welt hat ihn deiner Mutter vermutlich auch nicht sympathischer gemacht. Sie mochte ihn wahrscheinlich schon nicht, als sie ihn noch gar nicht kannte.«

»Und vor allem ist er Styriker.« Sephrenias Stimme klang schneidend.

»Ihr solltet Ehlana wirklich besser kennen, Sephrenia. Ich glaube, es ist höchste Zeit, daß wir Sarsos verlassen. Die allgemeine Meinung hier in der Stadt scheint auf Euch abzufärben.«

»Glaubt Ihr das wirklich?« erwiderte sie mit zorniger Stimme.

»Es ist leicht, eine Abneigung einfach als Vorurteil abzutun. Das ist die schlimmste Art von Gedankenlosigkeit. Es gibt andere

Gründe, jemanden nicht zu mögen. Erinnert Ihr Euch an Ritter Antas?«

Sie nickte.

»Ich habe diesen Mann gehaßt!«

»*Antas*? Ich dachte, er wäre Euer Freund gewesen.«

»Ich konnte ihn nicht ausstehen. Jedesmal, wenn er in meine Nähe kam, kribbelte es mir in den Händen. Könnt Ihr Euch vorstellen, daß ich glücklich war, als Martel ihn tötete?«

»*Sperber!*«

»Es wäre mir lieber, Ihr würdet Vanion nichts davon erzählen, kleine Mutter. Ich bin nicht stolz darauf. Ich will damit nur sagen, daß es manchmal ganz persönliche Gründe für Abneigung gibt, die nichts mit unserer Rasse oder unserem Stand oder unserer Einstellung zu tun haben. Ehlana kann Zalasta nicht leiden, das ist alles. Ihr solltet immer erst die einfachen Erklärungen bedenken, ehe Ihr nach komplizierten sucht.«

»Gibt es sonst noch etwas, das Ihr gern an mir ändern würdet, Herr Ritter?«

Er betrachtete sie mit ernster Miene von Kopf bis Fuß. »Ihr seid wirklich sehr klein, wißt Ihr. Habt Ihr je in Erwägung gezogen, noch ein bißchen zu wachsen?«

Fast hätte sie erbost geantwortet; dann aber lachte sie plötzlich. »Wenn Ihr es darauf anlegt, könnt Ihr der entwaffnendste Mann der Welt sein, Sperber.«

»Ich weiß. Deshalb liebt man mich ja auch so.«

»Verstehst du jetzt, weshalb ich diese großen elenischen Lümmel so mag?« fragte Sephrenia ihre Schwester.

»Natürlich«, antwortete Aphrael. »Weil sie wie riesige tolpatschige Hündchen sind.« Ihre dunklen Augen wurden ernst. »Nicht viele wissen, wer ich wirklich bin«, sagte sie nachdenklich. »Ihr zwei und Vanion seid so ziemlich die einzigen, die mich in dieser Inkarnation erkennen. Ich halte es für klug, wenn wir's dabei belassen. Unser Feind – wer immer er ist – ist vielleicht unvorsichtiger, wenn er nicht weiß, daß ich in der Nähe bin.«

»Aber Zalasta möchtest du doch einweihen, oder?« fragte Sephrenia.

»Nein, jedenfalls jetzt noch nicht. Er muß es nicht wissen, also behalten wir es für uns. Wenn man jemandem vertraut, muß man notgedrungen auch jenen trauen, denen dieser Jemand vertraut – und dazu zählen manchmal Leute, die man gar nicht kennt.«

»Sie hat eine ausgesprochene Begabung für Logik«, bemerkte Sperber.

»Ich weiß.« Sephrenia seufzte. »Sie ist in schlechte Gesellschaft geraten, fürchte ich.«

Sie verließen Sarsos noch am gleichen Morgen nach dem Frühstück und ritten durch das Osttor, wo sich ihnen die Ordensritter, die Peloi und Engassas zwei Legionen Ataner anschlossen. Es war ein schöner, warmer Tag mit strahlendblauem Himmel. Die Morgensonne stand über der Bergkette im Osten, deren schneebedeckte Gipfel schroff in den Himmel ragten und deren hohe Flanken in die tiefblauen Schatten des Morgens getaucht waren. Das Land vor ihnen sah wild und zerklüftet aus. Engessa schritt neben dem reitenden Sperber her; sein bronzefarbenes Gesicht wirkte ein wenig weicher als sonst. Er deutete auf die Gipfel. »Atan, Sperber-Ritter«, erklärte er. »Meine Heimat!«

»Ein beeindruckendes Land, Atan Engessa«, erwiderte Sperber. »Wie lange seid Ihr ihm fern gewesen?«

»Fünfzehn Jahre.«

»Das ist eine lange Zeit.«

»Das ist es wahrhaftig, Sperber-Ritter.« Engessa warf einen Blick über die Schulter auf die Karosse, die hinter ihnen herrollte. Zalasta hatte Stragens Platz in der Kutsche eingenommen, und Danae saß auf Mirtais Schoß. »Wir kennen einander inzwischen recht gut, nicht wahr, Sperber-Ritter?« sagte der Atan.

»Das will ich meinen«, bestätigte Sperber. »Unsere Völker haben unterschiedliche Sitten und Gebräuche, aber es scheint uns gelungen zu sein, solche Hürden zu nehmen.«

Engessa lächelte leicht. »Ihr wart ein guter Unterhändler für Atana Mirtai und Domi Kring.«

»Vernünftige Menschen finden in der Regel vernünftige Möglichkeiten, mit anderen auszukommen.«

»Elenier halten viel von Vernunft, nicht wahr?«

»Das gehört zu unseren Eigenheiten, würde ich sagen.«

»Ich möchte Euch etwas über eine unserer Sitten erklären, Sperber-Ritter. Vielleicht kann ich das nicht gut; denn ich bin nicht sonderlich gewandt in Eurer Sprache. Aber ich möchte gern, daß Ihr es den anderen erklärt.«

»Ich werde mein Bestes tun, Atan Engessa.«

»Atana Mirtai wird den Reiferitus vollziehen, während sie in Atan ist.«

»Das dachte ich mir schon.«

»Bei unserem Volk ist es Sitte, daß ein Kind vor dem Ritus seine Kindheit in Gedanken wiedererlebt, und es ist wichtig, daß seine Familie dabei ist. Ich habe mit Atana Mirtai gesprochen. Ihre Kindheit war nicht glücklich. Viele ihrer Erinnerungen werden schmerzvoll sein. Die Menschen, die sie lieben, müssen ihr zur Seite stehen, während sie diese Erinnerungen hinter sich läßt. Würdet Ihr Ehlana-Königin und den anderen erklären, was geschehen wird?«

»Das werde ich, Engessa-Atan.«

»Die Atana wird zu euch kommen, wenn sie bereit ist. Es ist ihr Recht, ihre Helfer zu erwählen. Manche Wahl mag Euch überraschen, doch in meinem Volk erachtet man es als Ehre, erwählt zu werden.«

»Es wird auch für uns eine Ehre sein, Engessa-Atan.«

Sperber informierte die anderen kurz darüber, daß Mirtai bald zu einer Zusammenkunft laden würde. Er beließ es dabei, da er selbst noch keine genaue Vorstellung hatte, was sie erwartete.

An diesem Abend schritt die atanische Riesin ungewohnt schüchtern durch das Lager. Sie forderte niemanden, wie man vielleicht erwartet hatte, gebieterisch zur Teilnahme auf, sondern ersuchte fast flehend darum, und sie machte einen sehr verletzlichen Eindruck. Mirtai erwählte hauptsächlich Personen, mit denen Sperber gerechnet hatte – jene Menschen, die ihr während ihrer letzten Sklavenjahre am nächsten gestanden hatten. Doch gab es auch einige Überraschungen; darunter zwei Pandioner, von denen Sperber gar nicht gewußt hatte, daß Mirtai sie kannte, sowie zwei von Krings Peloi und zwei Atanerinnen aus Engessas Legionen. Auch

Emban und Oscagne ersuchte sie, sich ihre Geschichte anzuhören.

An diesem Abend kamen sie alle an einem großen Feuer zusammen, und Engessa sprach ein paar Worte zu den Anwesenden, ehe Mirtai begann.

»Es ist Sitte in unserem Volk, die Kindheit abzulegen, ehe man erwachsen wird«, erklärte er feierlich. »Atana Mirtai wird in Kürze durch die Riten der Reife gehen, und sie hat uns gebeten, bei ihr zu sein, wenn sie ihre Vergangenheit ablegt.« Er machte eine Pause, ehe er nachdenklich fortfuhr. »Dieses Kind ist nicht wie andere atanische Kinder. Und auch ihre Kindheit verlief vollkommen anders; denn Atana Mirtai kehrt aus der Sklaverei zurück. Sie hat sie überlebt und ist zu uns heimgekehrt. Ihre Kindheit war länger als die der meisten. Sie hat viel Fremdartiges – und Schmerzliches – erlebt. Wir werden ihr voll Liebe zuhören, auch wenn wir nicht alles verstehen.« Er wandte sich an Mirtai. »Am besten beginnst du mit dem Ort deiner Geburt, meine Tochter«, riet er ihr.

»Ja, Vater-Atan«, antwortete sie höflich. Da Engessa die Elternrolle angenommen hatte, war Mirtais Erwiderung der Tradition entsprechend respektvoll. Jetzt sprach sie mit leiser Stimme; der übliche selbstbewußte Tonfall war verschwunden. Sperber hatte das Gefühl, daß sie plötzlich eine andere Mirtai vor sich hatten – ein sanftes, empfindsames Mädchen, das hinter einer schroffen Fassade verborgen gewesen war.

»Ich wurde in einer Ortschaft westlich von Dirgis geboren«, begann sie, »in der Nähe des Sarnaquellgebiets.« Sie sprach Elenisch, da außer Oscagne, Engessa und den beiden Atanerinnen keiner der ihr Nahestehenden Tamulisch verstand. »Wir lebten tief in den Bergen. Meine Eltern waren sehr stolz darauf.« Sie lächelte schwach. »Alle Ataner glauben, daß sie etwas Besonderes sind, aber wir Gebirgsataner halten uns für etwas ganz Besonderes. Wir fühlen uns verpflichtet, in all unserem Tun die Besten zu sein, da wir ja so offensichtlich allen anderen überlegen sind.« Sie bedachte die Versammelten mit einem verstohlenen Blick. Mirtai war eine ausgezeichnete Beobachterin, und ihre Bemerkung war auf styrischen und elenischen Mienen gleichermaßen nicht ohne Wirkung geblieben. »Ich verbrachte meine früheste Kindheit in den Wäldern und auf den Bergen. Ich lernte eher laufen als andere, und rannte, kaum daß ich gehen konnte. Mein Vater war sehr stolz auf mich. Wie es sich geziemt, habe ich mich oft auf die Probe gestellt. Mit fünf konnte ich einen halben Tag ohne Pause laufen, und mit sechs vom Morgengrauen bis Sonnenuntergang.

Die Kinder in unserem Dorf begannen erst spät mit der Ausbildung – für gewöhnlich, wenn sie fast acht waren –, weil das Übungslager sehr weit vom Dorf entfernt lag und unsere Eltern sich ungern von uns trennten, solang wir noch so klein waren. Bergataner sind sehr gefühlvoll. Das ist unsere einzige Schwäche.«

»Warst du glücklich, Atana?« fragte Engessa sie sanft.

»Sehr glücklich, Vater-Atan«, antwortete sie. »Meine Eltern liebten mich, und ich war ihr ganzer Stolz. Unser Dorf war sehr klein; es gab nur wenige Kinder. Ich war die Beste, und alle Freunde meiner Eltern hielten große Stücke auf mich.«

Sie machte eine Pause, und ihre Augen füllten sich mit Tränen. »Dann kamen die Sklavenjäger der Arjuni. Sie waren mit Bogen bewaffnet und hatten es nur auf die Kinder abgesehen. Deshalb mordeten sie alle Erwachsenen. Meine Mutter wurde vom ersten Pfeil getötet.«

Ihre Stimme brach, und sie senkte den Kopf. Als sie das Gesicht wieder hob, strömten Tränen über ihre Wangen.

Prinzessin Danae ging mit ernstem Gesicht zu ihr und streckte die Arme aus. Offenbar ganz unbewußt hob Mirtai das kleine Mädchen auf den Schoß.

Danae strich ihr über die tränennassen Wangen; dann küßte sie ihre große Freundin sanft.

»Ich habe nicht gesehen, wie mein Vater starb«, fuhr Mirtai fort. Ein Schluchzen würgte in ihrer Kehle; dann aber wurden ihre Stimme klar und ihre tränenglänzenden Augen hart.

»Ich tötete den ersten Arjuni, der mich zu fangen versuchte. Sie waren primitive Kerle, die offenbar nicht zu begreifen vermochten, daß auch Kinder bewaffnet sein können. Der Arjuni, der mich faßte, hatte ein Schwert in der Rechten und hielt mich mit der Linken am Arm fest. Mein Dolch war sehr scharf und drang wie in Butter tief in seine Achselhöhle. Blut schoß ihm aus dem Mund, und er fiel auf den Rücken. Ich stach aufs neue nach ihm, unterhalb des Brustbeins, und konnte sein Herz an der Dolchspitze zucken spüren. Ich drehte die Klinge, und er starb.

»*Ja!*« rief Kring halblaut. Des Domis Stimme war heiser und wild, und er schämte sich seiner Tränen nicht.

»Ich versuchte wegzulaufen«, erzählte Mirtai weiter, »doch ein anderer Arjuni trat nach meinen Füßen, daß ich stürzte, und wollte mir den Dolch fortreißen. Ich schnitt die Finger seiner rechten Hand ab und stieß ihm die Klinge in den Bauch. Er brauchte zwei Tage, um zu sterben, und brüllte die ganze Zeit vor Schmerz. Seine Schreie waren mein Trost.«

»*Ja!*« Diesmal rief es Kalten, und auch in seinen Augen standen Tränen.

Die Atanerin lächelte ihn flüchtig an. »Da erkannten die Arjuni, wie gefährlich ich war, und schlugen mich bewußtlos. Als ich zu mir kam, lag ich in Ketten.«

»Und Ihr wart erst acht, als das alles geschah?« fragte Ehlana die Riesin mit kaum hörbarer Stimme.

»Sieben, Majestät.«

»Ihr habt in diesem Alter wirklich einen Mann getötet?« fragte Emban sie ungläubig.

»Zwei, Emban. Der eine, der zwei Tage lang schrie, starb ja ebenfalls.« Die Atana blickte Engessa ein wenig zweifelnd an. »Darf ich ihn dazurechnen, Vater-Atan?« fragte sie. »In den zwei Tagen hätte er auch an etwas anderem sterben können.«

»Du darfst es, Tochter«, entschied er. »Dein Dolch hat ihm den Tod gebracht.«

Mirtai seufzte erleichtert.

»Danke, Vater-Atan. Es läßt einem keine Ruhe, wenn man in einer so wichtigen Sache wie der Zahl getöteter Feinde nicht sicher sein kann.« Sie legte eine Pause ein, um ihre Gedanken zu sammeln. »Danach tötete ich fast ein halbes Jahr keinen Gegner mehr. Die Arjuni verschleppten mich nach Tiana im Süden. Während der ganzen Reise vergoß ich keine Träne. Es wäre falsch, den Feind erkennen zu lassen, daß man leidet. In Tiana brachten die Arjuni mich auf den Sklavenmarkt und verkauften mich an einen dazitischen Kaufmann namens Pelaser. Er war fett und schmierig, roch schlecht und mochte Kinder.«

»Dann war er wohl ein gütiger Herr?« fragte Baroneß Melidere.

»Das habe ich damit nicht gemeint, Melidere. Pelaser mochte kleine Jungen und Mädchen auf abartige Weise. Die Arjuni hatten ihn vor mir gewarnt. Darum sorgte er dafür, daß ich an kein Messer herankam; nur einen Löffel gab er mir, damit ich essen konnte. Pelaser nahm mich mit zu seinem Haus in Verel in Dakonien, und ich nutzte die lange Reise, den Löffelgriff so an meinen Ketten zu schleifen, daß er eine scharfe Schneide bekam. In Verel kettete Pelaser mich an die Wand einer Kammer im hinteren Teil des Hauses. Die Kammer hatte einen Steinboden, und ich verbrachte die ganze Zeit damit, an meinem Löffel zu arbeiten. Ich hing inzwischen sehr an ihm.« Sie bückte sich leicht, und ihre Hand glitt in ihren Stiefelschaft. »Ist er nicht schön?« Sie hielt einen ganz normal aussehenden Löffel mit Holzgriff in die Höhe; dann faßte sie ihn mit beiden Händen, drehte den Griff leicht und zog ihn vom Löffelstiel. Der einstige Löffelgriff war dünn und schmal und besaß eine nadelfeine Spitze. Mirtai hatte ihn poliert, bis er wie Silber glänzte. Nun betrachtete sie ihn kritisch. »Er ist nicht ganz lang genug, das Herz eines Mannes zu erreichen«, sagte sie beinahe entschuldigend. »Man kann nicht sauber damit töten, aber für Notfälle ist er geeignet. Er sieht so sehr wie ein ganz gewöhnlicher Löffel aus, daß niemand je daran dächte, ihn mir wegzunehmen.«

»Brillant«, murmelte Stragen bewundernd. »Stiehl uns ein paar Löffel, Talen, dann machen wir uns gleich an die Arbeit.«

»Eines Nachts kam Pelaser zu mir und wollte Hand an mich legen«, fuhr Mirtai fort. »Ich saß ganz still. Da dachte er, ich würde mich nicht wehren. Er fing zu lächeln an. Mir fiel auf, daß ihm Speichel aus den Mundwinkeln lief, wenn er auf diese Weise lächelte. Er lächelte immer noch so, als ich ihm beide Augen ausstach. Habt ihr gewußt, daß die Augen eines Menschen platzen, wenn man mit etwas Scharfem sticht?«

Melidere gab einen würgenden Laut von sich und starrte die gelassene Atanerin mit unverhohlenem Entsetzen an.

»Pelaser wollte schreien«, fuhr Mirtai ungerührt fort, »doch ich schlang meine Kette um seinen Hals, so daß er keinen Laut hervorbrachte. Eigentlich wollte ich ihn in kleine Stücke hacken, aber ich mußte die Kette mit beiden Händen halten. Er fing an, sich zu wehren. Da blieb mir nichts übrig, als die Kette fester zuzuziehen.«

»Ja!« Erstaunlicherweise kam dieser heisere Beifallsruf diesmal von Ehlanas rehäugiger Kammermaid Alean, und sie umarmte die verdutzte Atana unerwartet heftig.

Mirtai strich zärtlich über die Wangen des sonst so sanften Mädchens, bevor sie weitererzählte. »Pelaser wehrte sich anfangs mit allen Kräften, hörte jedoch nach einer Weile auf. Er hatte die Kerze umgestoßen, deshalb war es dunkel in der Kammer und ich konnte nicht sicher sein, daß er bereits tot war. Ich hielt die Kette bis zum Morgen um seinen Hals zugezogen. Sein Gesicht war schwarz, als die Sonne aufging.«

»Wohlgetan, meine Tochter«, lobte Engessa sie stolz.

Mirtai lächelte und verneigte sich vor ihm. »Ich dachte, man würde mich hinrichten, sobald man den toten Pelaser entdeckte, doch die Süddaziter in den Städten sind eigenartige Menschen. Pelaser war in Verel nicht sehr beliebt. Ich glaube, viele freuten sich insgeheim darüber, daß eines der Kinder, die er üblicherweise schändete, ihn endlich umgebracht hatte. Sein Erbe war ein Neffe namens Gelan. Er war sehr dankbar, daß ich ihn reich gemacht hatte, und legte bei der Obrigkeit ein gutes Wort für mich ein.« Sie machte eine Pause und blickte auf die Prinzessin, die noch auf ihrem Schoß kuschelte und den glänzenden kleinen Dolch hielt. »Bist du so lieb und holst mir Wasser, Danae?« bat sie. »Ich bin es nicht gewöhnt, so viel zu reden.«

Danae rutschte gehorsam von ihrem Schoß und rannte zu einem der Lagerfeuer.

»Sie ist vielleicht noch etwas zu jung, von einigen Dingen zu hören«, murmelte Mirtai. »Gelan war ein recht netter junger Mann, hatte jedoch einen eigenartigen Geschmack. Er liebte junge Männer statt Frauen.«

Ritter Bevier holte erschrocken Luft.

»Ach je!« Mirtai blickte ihn an. »Seid Ihr *wirklich* so weltfremd, Bevier? Das ist doch nichts Ungewöhnliches. Wie auch immer, ich kam gut mit Gelan aus. Er trat mir nicht zu nahe. Er redete gern, deshalb lehrte er mich Elenisch und sogar ein wenig das Lesen. Menschen mit seiner Veranlagung führen ein lockeres, unstetes Leben, und er brauchte jemanden, der zu ihm hielt. Ich hatte gelernt, daß es sich gehörte, zuzuhören, wenn Ältere sprachen, und das ermutigte Gelan nach und nach, mir sein Herz auszuschütten. Als ich etwas älter wurde, kaufte er mir hübsche Gewänder. Manchmal trug er sie sogar selbst, aber ich glaube, nur aus Spaß. Einige seiner Freunde trugen Frauenkleider, doch keiner nahm das sonderlich ernst. Sie schienen es sehr amüsant zu finden. Damals fing für mich die schwierige Zeit im Leben eines Mädchens an, wenn es zur Frau wird. Gelan war sehr sanft und verständnisvoll und erklärte mir, was mit mir geschah, so daß ich keine Angst hatte. Er ließ mich meine schönsten Gewänder anziehen und nahm mich mit, wenn er Geschäfte mit Leuten tätigte, die seine Neigungen nicht kannten. Dakonien ist ein elenisches Königreich, und Elenier haben eigenartige Ansichten über solche Dinge. Sie scheinen es für ein religiöses Problem zu halten. Und der Umstand, daß Gelan stets ein junges Sklavenmädchen bei sich hatte, zerstreute jeden Verdacht dieser Art.«

Bevier wirkte entsetzt.

»Vielleicht solltet Ihr der Prinzessin helfen, Wasser zu holen, Bevier«, schlug Mirtai beinahe sanft vor. »Das war Teil meiner Kindheit, darum muß ich jetzt darüber sprechen. Aber Ihr müßt nicht zuhören, wenn es Euch so zu schaffen macht. Ich kann es verstehen.«

Ein Schatten zog über Beviers Gesicht. »Ich bin Euer Freund, Mirtai«, erklärte er. »Ich werde bleiben.«

Mirtai lächelte. »Er ist ein so netter Junge«, sagte sie in einem Tonfall, wie Sephrenia es in dieser Situation getan hätte. Sperber staunte, welch aufmerksame und scharfsinnige Beobachterin Mirtai war.

Die Atanerin seufzte. »Gelan und ich liebten einander. Aber nicht auf die Weise, wie andere es sich vorstellen, wenn sie über einen Mann und eine Frau sprechen. Ich glaube, es gibt so viele verschiedene Arten von Liebe, wie es Menschen gibt. *Natürlich* hatte Gelan Feinde – viele Feinde. Er war ein schlauer Händler und schloß fast jedes Geschäft mit Erfolg ab. Leider gibt es Menschen, die so etwas sehr persönlich nehmen. Einmal erboste es einen edomischen Kaufmann dermaßen, daß er Gelan zu töten versuchte. Ich konnte ihn jedoch mit meinem Löffel beschützen. Wie ich schon sagte, ist die Klinge nicht lang genug für einen glatten tödlichen Stich; deshalb wurde es eine ziemlich blutige Sache, und ich ruinierte ein sehr schönes Seidengewand dabei. Am Abend dieses Tages sagte ich zu Gelan, er solle mir endlich ein paar anständige Dolche kaufen, damit ich töten könnte, ohne meine Kleidung zu besudeln. Der Gedanke, ein zwölfjähriges Mädchen als Leibwächter zu haben, bestürzte ihn zunächst, doch dann erkannte er den Vorteil. Er kaufte mir diese hier«, sie tupfte auf einen der Dolche mit den Silbergriffen an ihrer Taille. »Ich habe sie stets in Ehren gehalten. Ich dachte mir eine Möglichkeit aus, die Dolche unter meinen Kleidern zu verbergen, wenn wir miteinander in die Stadt gingen. Nachdem ich sie ein paarmal benutzt hatte, sprach es sich herum. Seither trachtete keiner von Gelans Feinden ihm mehr nach dem Leben.

In Verel gab es noch andere junge Männer wie ihn, und sie besuchten einander in ihren Häusern, wo sie ihre Gefühle nicht verbergen mußten. Alle waren sehr nett zu mir. Sie erteilten mir Ratschläge und kauften mir schöne Geschenke. Ich mochte sie sehr. Sie alle waren höflich und intelligent und rochen stets reinlich. Ich kann Männer nicht ausstehen, die unangenehm riechen.« Sie bedachte Kring mit einem anzüglichen Blick.

»Ich bade!« versicherte er.

»Dann und wann«, wandte sie ein. »Du reitest viel, Kring, und Pferde haben einen aufdringlichen Geruch. Wir werden uns über regelmäßiges Baden unterhalten, wenn ich dir erst mein Brandzeichen aufgedrückt habe.« Sie lachte. »Ich möchte dich nicht erschrecken, ehe ich mir deiner nicht sicher bin.« Ihr Lächeln verriet ehrliche Zuneigung. Sperber erkannte, daß dies alles zum Reiferitus gehörte, und daß Mirtai wahrscheinlich nie wieder so offen sein würde. Ihre typisch atanische Verschlossenheit war für diese eine Nacht abgestreift. Sperber fühlte sich geehrt, daran teilhaben zu dürfen. Jetzt seufzte Mirtai und wurde traurig. »Gelan hatte einen besonderen Freund, den er sehr liebte – einen schönen jungen Burschen namens Majen. Er war der einzige seiner Freunde, den ich nicht mochte. Er nutzte Gelan aus und sagte absichtlich Dinge, von denen er wußte, daß sie Gelan kränken würden. Majen taugte nichts. Er war selbstsüchtig und ungemein eitel. Außerdem war er untreu, und das ist abscheulich. Mit der Zeit wurde er Gelans überdrüssig und tat sich mit einem anderen schönen Taugenichts zusammen. Ich hätte beide töten sollen, gleich als ich es herausfand, und ich bereue es noch heute, daß ich es nicht getan habe! Gelan hatte Majen törichterweise in ein prächtiges Haus am Stadtrand einziehen lassen und erwähnt, daß er es ihm in seinem Testament vermacht habe, so daß es sein Eigentum sein würde, falls ihm etwas zustieße. Majen und sein neuer Freund wollten dieses Haus schnellstmöglich und schmiedeten ein Komplott gegen Gelan. Eines Abends lockten sie ihn in das Haus. Als Gelan allein kam, wie sie ihn gebeten hatten, töteten sie ihn und warfen seine Leiche in den Fluß. Ich weinte viele Tage, denn ich hatte Gelan wirklich sehr gemocht. Einer seiner anderen Freunde erzählte mir, was geschehen war, doch vorerst schwieg ich und unternahm nichts. Gelans Schwester erbte mich – mitsamt seinem übrigen Besitz. Sie war eine recht nette Dame, aber schrecklich religiös. Sie brachte es nicht fertig, mich als ihren Besitz zu betrachten und sagte, sie wolle meine Freundin sein. Ich aber riet ihr, mich lieber zu verkaufen. Außerdem gestand ich ihr, daß ich erfahren hatte, wer Gelan ermordete, und daß ich seine beiden Mörder töten würde. Deshalb wäre es besser, wenn ich jemandem gehörte, der Verel verließ; dann würde sie, Gelans Schwester, nicht in die lästigen Nachforschungen hineingezogen, zu der es bei unerklärlichen Leichenfunden zweifellos kommen würde. Ich hatte damit gerechnet, daß sie Schwierigkeiten machte, doch sie war erstaunlich hilfsbereit. Sie war ihrem Bruder wirklich sehr zugetan gewesen und billigte mein Vorhaben. So verkaufte sie mich an einen elenischen Händler, der mit dem Schiff nach Vardenais fahren wollte, und versprach ihm, mich am Morgen seiner Abreise an Bord zu bringen. Gelans Schwester kam ihm sehr entgegen, was den Preis für mich betraf, und der Händler war sofort einverstanden.

In der Nacht vor der Abreise meines neuen Besitzers verkleidete ich mich als Junge und begab mich zu dem Haus, in dem Majen und der andere wohnten. Ich wartete, bis Majen das Haus verließ, dann ging ich zur Haustür und klopfte. Majens neuer Freund öffnete, und ich behauptete, mich in ihn verliebt zu haben. Ich hatte sechs Jahre bei Gelan gelebt und wußte deshalb, wie ich mich benehmen mußte, damit der schöne Dummkopf mir glaubte. Es erregte ihn, als ich ihm meine ›Liebe‹ gestand, und er küßte mich mehrmals.« Sie rümpfte verächtlich die Nase. »Manche Menschen können einfach nicht treu sein. Beim Küssen wuchs seine Erregung, und seine Hände gingen auf Forschungsreise. Er entdeckte so manches, was ihn außerordentlich überraschte. Am meisten überraschte es ihn, als ich ihm den Bauch aufschlitzte.«

»*Das* ist nach meinem Geschmack!« Talens Augen leuchteten.

»Das dachte ich mir«, sagte Mirtai. »Blutrünstige Geschichten hast du immer schon gemocht. Jedenfalls, als ich den Bauch des schönen Jungen weit aufgeschnitten hatte, quoll alles mögliche aus dem Inneren. Er stolperte rückwärts in einen Sessel und versuchte, das Ganze wieder hineinzustopfen. Eingeweide sind jedoch glitschig, und er hatte ziemliche Schwierigkeiten.«

Ehlana stieß einen würgenden Laut aus.

»Habt Ihr das von den Eingeweiden nicht gewußt?« fragte Mirtai sie. »Laßt es Euch einmal von Sperber erklären, er hat wahrscheinlich schon viele gesehen. Nun, ich ließ den jungen Mann sitzen, wo er war, und versteckte mich hinter einer Tür. Eine Zeitlang später kam Majen nach Haus und war furchtbar entsetzt über den Zustand seines Freundes.«

»Das kann ich mir vorstellen.« Talen lachte.

»Aber er war noch viel entsetzter, als ich von hinten den Arm um ihn legte und ihn auf dieselbe Weise aufschlitzte.«

»Das sind aber keine unmittelbar tödlichen Verletzungen, Atana«, gab Engessa zu bedenken.

»Es sollten auch keine sein, Vater-Atan«, versicherte sie ihm. »Ich war mit den beiden noch nicht fertig. Ich erklärte ihnen, wer ich war, und daß ich ihnen soeben ein Abschiedsgeschenk von Gelan gemacht hätte. Das war das Schönste am ganzen Abend. Ich setzte Majen in einen Sessel, seinem Freund gegenüber, damit die beiden einander beim Sterben zusehen konnten. Dann griff ich in ihre Bäuche und zog ihnen die Eingeweide heraus.«

»Und dann habt Ihr Euch verabschiedet?« erkundigte Talen sich eifrig.

Mirtai nickte. »Ja. Aber zuerst legte ich Feuer an das Haus. Weder Majen noch seinem Freund gelang es, genug von ihrem Innenleben in den Bauch zurückzustopfen, um wegrennen zu können. Sie schrien jedoch ziemlich laut.«

»Guter Gott!« würgte Emban.

»Eine geziemende Vergeltung, Atana«, lobte Engessa. »Wir werden sie den Kindern im Übungslager beschreiben, um ihre Ausbildung mit einem Beispiel lobenswerten Verhaltens zu bereichern.«

Mirtai verneigte sich wieder vor ihm, dann blickte sie auf. »Nun, Bevier?«

Er kämpfte mit sich. »Die Sünden Eures Besitzers waren seine eigenen. Das ist eine Sache zwischen ihm und Gott. Was Ihr getan habt, war ein gerechter Dienst für einen Freund. Ich betrachte Eure Handlungsweise nicht als Sünde.«

»Da bin ich aber froh«, murmelte sie.

Bevier lachte ein wenig verlegen. »Das klang etwas gönnerhaft, nicht wahr?«

»Schon gut, Bevier«, beruhigte sie ihn. »Ich liebe Euch trotzdem – dabei solltet Ihr allerdings bedenken, daß ich in meinem Leben einige recht eigenartige Leute geliebt habe.«

»Wohl gesagt!« lobte Ulath.

Danae kehrte mit einem Becher Wasser zurück. »Bist du fertig, über Dinge zu reden, die ich nicht hören sollte?« fragte sie.

»Ich glaube, ich habe nichts vergessen. Danke für dein Verständnis – und für das Wasser.« Nichts brachte Mirtai aus der Fassung. Im Unterschied zu Ehlana.

»Es wird spät«, stellte Mirtai fest. »Ich werde mich kurz fassen. Der elenische Kaufmann, der mich erstanden hatte, brachte mich nach Vardenais und verkaufte mich an Platime. Ich gab vor, kein Elenisch zu verstehen, und Platime hielt mich für viel älter, weil ich so groß war. In manchen Dingen ist Platime sehr schlau, doch unwissend in anderen. Er konnte einfach nicht verstehen, daß eine

Atanerin sich zu nichts zwingen läßt. Er steckte mich in eines seiner Freudenhäuser, wo ich für mein Auskommen arbeiten sollte. Die Dolche nahm er mir weg, aber ich hatte immer noch meinen Löffel. Ich habe nicht *allzu* viele von den Männern getötet, die mir nahetreten wollten, aber ich habe sie allesamt schwer verletzt. Das sprach sich herum, und das Geschäft in diesem Freudenhaus ging drastisch zurück. Platime holte mich dort heraus; aber er wußte nicht so recht, was er mit mir anfangen sollte. Ich weigerte mich zu betteln und erst recht, zu stehlen, und als ich Platime klarmachte, daß ich nur aus persönlichen Gründen tötete, war er zutiefst enttäuscht. Auf keinen Fall wollte ich mich zur bezahlten Meuchlerin erniedrigen. Dann kam es zu jenen Ereignissen im Schloß, und er schenkte mich Ehlana – wahrscheinlich mit einem tiefen Seufzer der Erleichterung.« Mirtai runzelte die Stirn und blickte Engessa an. »Das war das erste Mal, daß man mich nicht verkauft, sondern verschenkt hatte, Vater-Atan. Hat Platime mich damit beleidigt? Soll ich nach Cimmura zurückkehren und ihn töten?«

Engessa dachte darüber nach. »Nein, meine Tochter. Es war ein Sonderfall. Du könntest es sogar als Kompliment auffassen.«

Mirtai lächelte. »Da bin ich froh, Vater-Atan. Auf gewisse Weise mag ich Platime. Er ist manchmal urkomisch.«

»Und was empfindest du für Ehlana-Königin?«

»Ich liebe sie. Sie ist unwissend und beherrscht keine richtige Sprache. Aber meist tut sie, was ich ihr anrate. Sie ist hübsch, sie riecht gut, und sie ist sehr nett zu mir. Sie ist der beste Besitzer, den ich je hatte. Ja. Ich liebe sie.«

Ehlana schrie leise auf und schlang die Arme um den Hals der goldenen Frau. »Ich liebe Euch ebenfalls, Mirtai«, versicherte sie ihr tief gerührt. »Ihr seid meine beste Freundin.« Sie küßte die Riesin.

»Das ist ein besonderer Anlaß, Ehlana«, sagte die Atana, »darum ist es in diesem einen Fall auch zulässig.« Sie löste sanft Ehlanas Arme von ihrem Hals. »Aber es ist unziemlich, in der Öffentlichkeit soviel Zuneigung zu zeigen – und Mädchen sollten keine anderen Mädchen küssen. Das könnte die Leute auf allerlei dumme Gedanken bringen.«

19

»Also, eines ist mir ein Rätsel, Atan Engessa«, sagte Kalten. »Ihr habt die Geschichte nicht anders gehört als wir. Mirtai sagte, ihre Ausbildung hätte noch gar nicht begonnen, als die Arjuni sie gefangennahmen. Wo hat sie dann so kämpfen gelernt? Seit ich fünfzehn bin, mache ich Waffenübungen, doch sie wirft mich herum wie eine Stoffpuppe, wann immer sie will.«

Engessa lächelte leicht. Es war noch ziemlich früh, Schwaden dünnen Morgennebels schwebten zwischen den Bäumen und verwischten die scharfen Umrisse der Stämme. Sie waren im Morgengrauen aufgebrochen, und Engessa schritt zwischen den berittenen Pandionern dahin. »Ich habe Euch kämpfen gesehen, Kalten-Ritter«, entgegnete der riesenhafte Ataner. Er streckte den Arm aus und klopfte mit einem Fingerknöchel an Kaltens Panzer. »Eure Taktik wird hauptsächlich von Eurer Ausrüstung bestimmt.«

»Das stimmt wohl.«

»Und Ihr habt vor allem die Benutzung dieser Ausrüstung geübt, nicht wahr?«

»Nun ja, gewissermaßen. Wir üben mit unseren Waffen und lernen, die Vorteile unserer Rüstung zu nutzen.«

»Und unsere Pferde einzusetzen«, fügte Vanion hinzu. Der ehemalige Hochmeister der Pandioner trug auf dieser Reise seinen schwarzen Panzer. Ehe ihr Trupp Sarsos verlassen hatte, war es dieser Kleidung wegen zu einer lebhaften Diskussion zwischen Vanion und der Frau gekommen, die er liebte. Kaum war Sephrenia nicht mehr von Eleniern umgeben – was Zurückhaltung erforderte –, war sie stimmgewaltiger geworden und hatte im Verlauf des Gesprächs einen überraschenden Hang zur Theatralik offenbart. Obwohl sie und Vanion sich unter vier Augen unterhalten hatten, war Sperber kein Wort entgangen. Alle im Haus hatten das Gespräch gehört – wahrscheinlich sogar ganz Sarsos.

»Zumindest die Hälfte Eurer Ausbildung fand auf dem Pferderücken statt«, fuhr Vanion fort. »Ein gepanzerter Ritter ohne sein Pferd ist wie eine auf dem Rücken liegende Schildkröte.«

»Ähnliches habe ich auch zu meinen Kameraden gesagt, Hochmeister Vanion«, warf Khalad höflich ein. »Die meisten sind verärgert über solche Vergleiche, und so muß ich es ihnen für gewöhnlich demonstrieren – was sie aus irgendeinem Grund aber nur *noch* wütender macht.«

Engessa lächelte.

»Ihr übt mit Eurer Ausrüstung, Kalten-Ritter«, wiederholte er. »Wir ebenfalls. Der Unterschied besteht darin, daß unser Körper unsere Ausrüstung ist. Unsere Art zu kämpfen beruht auf Behendigkeit und Kraft, und die können wir überall ausbilden, ohne daß wir einen großen Übungsplatz brauchten wie ihr für eure Pferde. Wir üben ständig. In ihrem Geburtsdorf konnte Atana Mirtai ihre Eltern und deren Freunde häufig dabei beobachten. Kinder lernen, indem sie ihre Eltern nachahmen. Bei uns Atanern kann man schon die Drei- und Vierjährigen miteinander ringen sehen.«

»Daran allein kann es nicht liegen«, wandte Kalten ein.

»Vielleicht Naturtalent, Kalten?« meinte Berit.

»*So* unbeholfen bin ich nun auch wieder nicht, Berit.«

»War Eure Mutter eine Kriegerin, Kalten-Ritter?« fragte Engessa.

»Natürlich nicht.«

»Oder Eure Großmutter? Urgroßmutter? Ururgroßmutter und deren Großmütter der vergangenen fünfzig Generationen?«

Kalten blickte ihn verwirrt an.

»Atana Mirtai stammt sowohl von väterlicher wie mütterlicher Seite von Kriegern ab. Kämpfen liegt ihr im Blut. Sie ist begabt und kann allein durch Zuschauen lernen. Wahrscheinlich ist sie imstande, auf ein halbes Dutzend verschiedene Arten zu kämpfen.«

»Das ist eine interessante Idee, Atan Engessa«, sagte Vanion. »Wenn wir ein Pferd finden können, das groß genug für sie ist, würde sie möglicherweise einen ausgezeichneten Ritter abgeben.«

»Vanion!« rief Kalten. »Das ist der unnatürlichste Vorschlag, den ich je gehört habe!«

»Reine Überlegung, Kalten.« Vanion blickte Sperber nachdenklich an. »Wir sollten bei unserer Ausbildung vielleicht ein bißchen mehr Gewicht auf den Mann-gegen-Mann-Kampf legen, Hochmeister Sperber.«

»Hört damit auf, Vanion.« Sperber verzog das Gesicht. »Ihr seid und bleibt der Hochmeister, bis die Hierokratie es anders bestimmt. Ich bin lediglich der Interimshochmeister.«

»Also gut, Interimshochmeister, wenn wir nach Atan kommen, sollten wir uns den Kampfstil der Ataner genauer ansehen. Wir kämpfen nicht immer beritten.«

»Ich werde Khalad darauf ansetzen«, versprach Sperber.

»Khalad?«

»Kurik hat ihn ausgebildet, und im Kampf Mann gegen Mann war er der Beste, den ich je kannte.«

»Das stimmt fürwahr. Gute Idee, Interimshochmeister Sperber.«

»Muß das sein?« klagte Sperber.

Zwölf Tage später erreichten sie die Stadt Atana – zumindest *schienen* es zwölf Tage gewesen zu sein. Sperber hatte beschlossen, nicht mehr über den Unterschied zwischen echter und scheinbarer Zeit zu grübeln. Aphrael beeinflußte den Zeitlauf, egal was er sagte oder tat. Warum also sich den Kopf darüber zerbrechen und Zeit vergeuden? Er fragte sich, ob Zalasta den veränderten Zeitablauf bemerkte. Wahrscheinlich nicht, ging es ihm durch den Kopf. Mochte der Styriker ein noch so geschickter Magier sein, er blieb ein Mensch, und Aphrael war eine Gottheit. Eines Nachts kam Sperber ein seltsamer Gedanke. Er überlegte, ob seine Tochter es wohl fertigbringen mochte, die Echtzeit schneller erscheinen zu lassen, als sie in Wirklichkeit war. Nachdem er kurz darüber nachgedacht hatte, beschloß er, sie lieber nicht zu fragen. Das Ganze bereitete ihm ohnehin schon Kopfschmerzen.

Atana war eine nüchterne, zweckorientierte Stadt in einem tiefen, grünen Tal. Sie war von einer Mauer umgeben, die weder sonderlich hoch noch beeindruckend war. Die Ataner selbst waren es, die ihre Stadt uneinnehmbar machten.

»Alles im Land heißt ›Atan‹, nur die Endungen unterscheiden sich, nicht wahr?« bemerkte Kalten, während sie zum Tal hinunterritten. »Das Königreich, seine Hauptstadt, die Bürger – ja, sogar die Titel.«

»Ich glaube, *Atan* ist mehr ein Begriff als ein Name«, meinte Ulath.

»Wieso sind sie alle so groß?« fragte Talen. »Sie gehören der tamulischen Rasse an, aber andere Tamuler überragen andere Menschen auch nicht wie Bäume.«

»Oscagne hat es mir erklärt«, sagte Stragen. »Die Ataner sind das Ergebnis eines Experiments.«

»Eines magischen?«

»Soviel weiß ich nicht darüber«, gestand Stragen. »Aber ich würde sagen, daß es sogar die Möglichkeiten der Magie übertraf. Noch ehe es so etwas wie Geschichte gab, stellten die Ataner fest, daß große Menschen mehr Kämpfe gewannen als kleine. Das war zu einer Zeit, als Eltern ihre Kinder verheirateten. Das größte Augenmerk wurde auf Körpergröße gelegt.«

»Was geschah mit kleinen Kindern?« fragte Talen.

»Wahrscheinlich das gleiche wie mit häßlichen Kindern in *unserer* Gesellschaft.« Stragen zuckte die Schultern. »Sie wurden nicht geheiratet.«

»Das ist nicht gerecht.«

Stragen lächelte. »Wenn man es recht bedenkt, Talen, ist es auch nicht gerecht, daß wir Dinge stehlen, die andere sich erarbeitet haben, nicht wahr?«

»Das ist etwas anderes.«

Stragen lehnte sich im Sattel zurück und lachte. Dann fuhr er fort: »Die Ataner legten auch Wert auf andere Eigenschaften – Geschicklichkeit, Kraft, Angriffslust und mörderische Rachsucht. Es ist seltsam, was diese Verbindung hervorbrachte. Wenn man darüber nachdenkt, wird einem klar, daß Mirtai eigentlich ein recht liebes Mädchen ist. Sie ist herzlich und freundlich, sie sorgt sich um ihre Freunde, und sie ist von aufregender Schönheit. Aber sie ist auch voller Fallstricke, und wenn jemand über einen stolpert, fängt sie zu töten an. Ich nehme an, das Ausleseverfahren der Ataner schoß schließlich übers Ziel hinaus. Die Ataner wurden so aggressiv, daß sie anfingen, einander umzubringen, und da eine solche Aggressivität nicht auf ein Geschlecht beschränkt bleiben kann, waren die Frauen in dieser Beziehung ebenso schlimm wie die Männer. Es kam so weit, daß es in Atan so etwas wie eine kleine Meinungsverschiedenheit nicht mehr gab. Die Ataner brachten einander schon um, wenn sie unterschiedlicher Meinung über das Wetter waren.« Er lächelte. »Oscagne erzählte mir, daß die Welt im zwölften Jahrhundert erfuhr, wie wild Atanerinnen waren. Eine große Schar arjunischer Sklavenjäger griff ein Ausbildungslager für halbwüchsige Atanerinnen an – Mädchen und Jungen werden getrennt ausgebildet, um gewisse Komplikationen zu vermeiden. Jedenfalls, diese heranreifenden Atanerinnen – die meisten kaum über sechs Fuß groß– töteten den Großteil der Sklavenjäger und verkauften die paar, die sie am Leben ließen, als Eunuchen an die Tamuler.«

»Die Sklavenhändler waren Eunuchen?« staunte Kalten.

»Nein, Kalten«, erklärte Stragen geduldig. »Eunuchen waren sie erst, als die Mädchen mit ihnen fertig waren.«

»Kleine Mädchen haben so was getan?« Kalten blickte ihn entsetzt an.

»Sie waren nicht zart besaitet, Kalten. Außerdem waren sie alt genug, um zu wissen, was sie taten. Jedenfalls hatten die Ataner im fünfzehnten Jahrhundert einen sehr weisen König. Er erkannte, daß sein Volk drauf und dran war, sich selbst auszurotten. Er setzte sich mit der tamulischen Regierung in Verbindung und sandte seine Untertanen in die Sklaverei – um ihr Leben zu retten.«

»Eine ziemlich radikale Lösung«, bemerkte Ulath.

»Es gibt verschiedene Arten von Sklaverei, Ulath. Die in Atan ist eine Institution. Die Tamuler weisen die Ataner an, wohin sie sich begeben und wen sie töten sollen; und für gewöhnlich finden sie einen Grund, Anträge einzelner Ataner abzulehnen, einander umzubringen. Damit ist die atanische Sklaverei eigentlich schon beschrieben. Sie ist eine gut funktionierende Einrichtung. Die atanische Rasse überlebt, und die Tamuler haben mit ihnen die besten Fußsoldaten der Welt.«

Talen runzelte die Stirn. »Größe imponiert den Atanern ganz besonders, sagtet Ihr?«

»Größe ist *eine* Eigenschaft, die sie beeindruckt«, berichtigte Stragen.

»Warum hat Mirtai dann zugestimmt, Kring zu heiraten? Kring ist ein ausgezeichneter Krieger, aber er ist nicht viel größer als ich, und ich wachse noch.«

»Er muß etwas anderes besitzen, das Mirtai sehr beeindruckt.« Stragen zuckte die Schultern.

»Was könnte das sein?«

»Ich habe nicht die leiseste Ahnung, Talen.«

»Er ist ein Poet«, warf Sperber ein. »Vielleicht ist es das.«

»Würde das bei jemandem wie Mirtai den Ausschlag geben? Sie hat zwei Männer aufgeschlitzt und bei lebendigem Leibe verbrannt, habt Ihr das vergessen? Das zeigt mir, daß sie nicht gerade zu den Mädchen gehört, die bei Poesie dahinschmelzen.«

»Frag nicht *mich*, Talen.« Stragen lachte. »Ich weiß eine Menge über die Welt, aber ich würde mir nicht anmaßen, auch nur zu raten, weshalb irgendeine Frau irgendeinen bestimmten Mann erwählt.«

»Sehr vernünftig«, murmelte Ulath.

Engessas Kuriere hatten der Stadt Kunde von der bevorstehenden Ankunft des königlichen Besuchs gebracht. Deshalb wartete am Tor eine Abordnung riesenhafter Ataner in feierlichem Ornat – in ihrer Kultur lediglich eine schmucklose, knöchellange Robe aus dunkler Wolle – zum Staatsempfang bereit. Inmitten dieser Riesen stand, winzig wie ein Zwerg, ein Tamuler in goldfarbenem Gewand. Er hatte silbermeliertes Haar und eine freundliche Miene.

»Was erwartet man von uns?« flüsterte Kalten Oscagne zu.

»Förmliches Benehmen«, riet Oscagne. »Ataner lieben Förmlichkeit. Ah, Norkan«, wandte er sich an den Tamuler in der goldfarbenen Robe, »wie schön, dich wiederzusehen. Fontan läßt dich grüßen.«

»Wie geht's dem alten Gauner?«

»Unverändert. Er hat vielleicht ein paar Runzeln mehr, ist aber noch immer der Alte.«

»Das freut mich. Aber warum sprechen wir Elenisch?«

»Damit du uns alle über die hiesigen Verhältnisse aufklären kannst. Wie stehen die Dinge hier?«

»Die Lage ist angespannt. Unsere Kinder sind unzufrieden. Die Unruhen, die sie niederschlagen, brechen immer wieder aus. Das verärgert sie. Du weißt ja, wie sie sind.«

»Und ob! Hat die Schwester des Kaisers dir inzwischen verziehen?«

Norkan seufzte. »Leider nicht. Ich fürchte, ich werde den Rest meiner Laufbahn hier verbringen müssen.«

»Du müßtest doch eigentlich wissen, wie sehr Hofschranzen Klatsch und Tratsch lieben. Was hat dich bloß zu dieser Bemerkung veranlaßt? Ich gebe ja zu, daß die Füße Ihrer Hoheit nicht gerade klein sind, aber ›großlatschige Kuh‹ war nicht sehr fein, das mußt du selbst zugeben.«

»Ich hatte ein bißchen zuviel getrunken und war verstimmt. Aber hier habe ich es ohnedies besser. In Matherion müßte ich ständig auf der Hut vor ihr sein. Ich lege wirklich keinen Wert darauf, Mitglied der kaiserlichen Familie zu werden, wenn ich dann ständig hinter Ihrer Hoheit herschreiten muß, während sie im Palast herumlatscht.«

»Wie du meinst. Was steht für uns auf der Tagesordnung?«

»Das übliche förmliche Brimborium. Offizielle Begrüßung. Reden. Zeremonien.«

»Gut. Unsere Freunde aus dem Westen sind manchmal etwas unorthodox, aber von Förmlichkeiten verstehen sie was. Erst wenn es lockerer zugeht, kommen sie hin und wieder in Schwierigkeiten. Darf ich dich der Königin von Elenien vorstellen?«

»Ich dachte schon, du würdest nie dazu kommen!«

»Majestät«, wandte Oscagne sich an Ehlana, »das ist mein alter Freund Norkan. Er ist der kaiserliche Gesandte hier in Atan, ein fähiger Mann, der nur ein wenig in Ungnade gefallen ist.«

Norkan verbeugte sich. »Majestät.«

»Exzellenz.« Ehlana lächelte verschmitzt. »Sind die Füße Ihrer Hoheit *wirklich* so groß?«

»Sie braucht keine Schneeschuhe, wenn sie im Winter durch den Wald stapfen will, Majestät. Damit könnte ich mich ja noch abfinden, aber wenn sie ihren Kopf nicht durchsetzen kann, bekommt sie Wutanfälle, und das halte ich nicht aus.« Er blickte auf die dunkelgewandeten Ataner um die Karosse. »Dürfte ich vorschlagen, daß wir uns zu dem Gebäude begeben, das meine Kinder ›Schloß‹ zu nennen belieben? Der König und die Königin erwarten uns.« Er blickte zu Ehlana hoch. »Wäre es Eurer Majestät möglich, eine Rede zu halten? Ein paar Worte wären angebracht.«

»Ich spreche leider kein Tamulisch, Exzellenz.«

»Macht nichts, Majestät. Ich werde für Euch übersetzen. Ihr braucht nur zu sagen, was Euch gerade in den Sinn kommt. Ich werde dann schon die rechten Worte für Euch finden.«

»Wie gütig von Euch«, antwortete Ehlana mit einem kaum merklichen Hauch von Zorn.

»Stets Euer Diener, Majestät.«

»Wirklich erstaunlich, Norkan, wie es dir immer wieder gelingt, ins Fettnäpfchen zu treten!« murmelte Oscagne.

»Es ist angeboren«, erwiderte Norkan schulterzuckend.

König Androl von Atan war sieben Fuß groß, und seine Gemahlin, Königin Betuana, nur um weniges kleiner. Sie waren schlichtweg imposant. Statt Kronen trugen sie goldene Helme, und unter ihren tiefblauen Seidenumhängen waren sie schwer bewaffnet. Sie erwarteten die Königin von Elenien und ihr Gefolge auf dem Platz vor dem Königsschloß, das im Grunde genommen nichts weiter als ihre private Behausung war. Atanische Zeremonien wurden offenbar immer im Freien abgehalten.

Mit der Karosse der Königin an der Spitze und ihrer bewaffneten Eskorte in Formation hinter ihr betraten die Besucher in feierlichem Schritt den Platz. Es gab keine Jubelrufe, kein Fanfarenschmettern, nichts von der geheuchelten Begeisterung üblicher Staatsempfänge. Ataner zeigten ihre Achtung durch Stille und reglose Haltung. Stragen lenkte die Kutsche geschickt zu der nur leicht erhöhten Plattform vor der königlichen Behausung, und Sperber saß ab, um seiner Gemahlin den stahlumhüllten Arm zu reichen. Ehlanas Gesicht strahlte auf dezente, majestätische Weise. Ihre Freude war ganz offensichtlich nicht nur vorgetäuscht. Obwohl sie hin und wieder ein wenig abfällig über zeremonielle Pflichten sprach und sie als anstrengend und ermüdend hinstellte, liebte Ehlana sie im Grunde genommen und nahm sie außerordentlich wichtig.

Botschafter Oscagne schritt auf das Königspaar von Atan zu, verbeugte sich und hielt in der fließenden, melodischen Sprache der Tamuler eine Rede. Mirtai stand hinter Ehlana und übersetzte leise.

Ehlanas Augen glänzten, und ihre Alabasterwangen röteten sich – Zeichen, die deutlicher als Worte verrieten, daß sie eine Rede formulierte.

König Androl sagte nur ein paar knappe Worte zur Begrüßung, denen Königin Betuana sich ein wenig ausführlicher anschloß. Sperber konnte Mirtais Übersetzung nicht hören, und nach allem, was er verstand, hätte das Königspaar sich ebensogut über das Wetter auf dem Mond unterhalten können.

Dann trat Ehlana vor, ließ ein paar spannungsgeladene Augenblicke verstreichen und begann mit klarer Stimme zu sprechen, daß es über den ganzen Platz zu hören war. Botschafter Norkan stand neben der steinernen Plattform und übersetzte ihre Worte.

»Meine liebe Schwester und mein lieber Bruder von Atan«, begann sie. »Worte können meine von Herzen kommende Freude über diese Begegnung nicht ausdrücken.« Sperber kannte seine Gemahlin; deshalb wußte er, daß es nicht der Wahrheit entsprach. Worte konnten Ehlanas Gefühle sehr wohl ausdrücken, und das würde sie auf diesem Platz auch deutlich machen. »Ich komme vom fernen Ende der Welt zu diesem glücklichen Treffen«, fuhr sie fort, »und mein Herz war von Sorge erfüllt, während ich über die schäumende See zu einem fremden Land voll fremder Menschen segelte. Doch Eure gütigen Worte freundlicher, ja liebevoller Begrüßung haben mir meine kindlichen Ängste genommen, und ich habe hier etwas gelernt, das mich mein Leben lang begleiten wird: Es gibt keine Fremden auf dieser Welt, liebe Schwester, lieber Bruder – es gibt nur Freunde, die wir lediglich noch nicht kennengelernt haben.«

»Das ist doch nicht von ihr, oder?« flüsterte Stragen Sperber zu.

»Nein. Aber wenn sie irgendwo eine Phrase aufschnappt, die ihr gefällt, sieht sie keinen Grund, sie sich nicht anzueignen.«

»Gewiß, mein Besuch in Atan ist eine Staatsreise. Uns, die wir den Königshäusern der Welt angehören, steht es nicht wie anderen frei, bestimmte Dinge aus persönlichen Gründen zu tun.« Sie lächelte dem atanischen Königspaar ein wenig bedauernd zu. »Wir dürfen nicht einmal gähnen, ohne daß diplomatische Schlüsse daraus gezogen werden. Niemand erwägt dann auch nur die Möglichkeit, daß wir bloß schläfrig sind.«

König Androl rang sich ein Lächeln ab, nachdem Norkan diese Worte übersetzt hatte.

»Mein Besuch in Atan hat indes neben dem offiziellen Grund auch einen persönlichen«, fuhr Ehlana fort. »Vor einiger Zeit gelangte ich durch Zufall an ein Kleinod, das den Atanern gehört, und ich bin um die halbe Welt gereist, euch diesen Schatz zurückzubringen, obgleich er mir teurer ist, als ich euch je beschreiben kann. Vor vielen, vielen Jahren ging ein atanisches Kind verloren. Dieses Kind ist das Kleinod, von dem ich sprach.« Sie streckte die Hand aus und faßte Mirtais. »Sie ist meine beste Freundin, und ich bin ihr unendlich zugetan. Ich wäre doppelt so weit – nein, zehnmal so weit – gereist um der Freude willen, die ich jetzt empfinde, da ich dieses geschätzte atanische Kind mit den Seinen wiedervereinen darf.«

Stragen wischte sich mit dem Handrücken die Augen. »Diese Wirkung hat sie jedesmal auf mich, Sperber.« Er lachte. »Ja, wahrhaftig, ein jedes Mal. Ich glaube, sie könnte Steine zum Weinen bringen, wenn sie es wollte. Und irgendwie scheint es ihr ganz leicht zu fallen.«

»Das ist eines ihrer Geheimnisse, Stragen.«

Ehlana fuhr bereits wieder fort. »Wie viele von euch wissen, haben Elenier manchen Fehler – viele Fehler, auch wenn ich es ungern zugebe. Wir haben euer liebes Kind nicht gut behandelt. Ein Elenier kaufte es von den seelenlosen Arjuni, die es euch gestohlen hatten. Der Elenier erstand es, um seine krankhaften Begierden zu befriedigen. Unser Kind – denn es ist nun ebensosehr mein Kind wie eures – lehrte diesen Mann, eine Atana nicht zu mißbrauchen. Es war eine harte Lektion, die ihm den Tod brachte.«

Nach der Übersetzung dieser Worte ging ein beifälliges Murmeln durch die Menge.

»Unser Kind ist durch die Hände mehrerer Elenier gegangen – von denen die meisten keine guten Absichten hatten – und kam schließlich zu mir. Anfangs hatte ich Angst vor der Atana.« Ehlana schenkte den Zuhörern ihr gewinnendstes Lächeln. »Es mag euch nicht entgangen sein, daß ich nicht sehr großgewachsen bin.«

Ein gutmütiges Lachen breitete sich in der Menge aus.

Ehlana stimmte in das Lachen ein. »Dachte ich mir doch, daß es euch aufgefallen ist. Es ist einer der Fehler unserer Kultur, daß unsere Männer starrsinnig und kurzsichtig sind. Ich weiß, es hört sich lächerlich an, aber ich darf nicht einmal mit eigener Hand meine Feinde töten. Ich habe nie Frauen gekannt, die sich selbst beschützen können, und so hatte ich törichte Furcht vor meinem atanischen Kind. Doch diese Furcht verging. Ich habe die Atana als treu und unerschütterlich kennengelernt, als sanft und liebevoll und als sehr, sehr klug. Wir sind nach Atan gekommen, auf daß unser geliebtes Kind das Silber der Kindheit ablege und durch den Ritus das Gold der Reife erlange. Elenier und Ataner, Styriker und Tamuler, laßt uns in der Zeremonie, die unser Kind zur Erwachsenen macht, Hände und Herzen verbinden, denn durch dieses Kind sind wir alle eine große Familie.«

Während Norkan übersetzte, regte sich ein erfreutes Murmeln in der Menge, das zum Beifallsgebrüll anschwoll. Königin Betuana stieg mit Tränen der Rührung in den Augen von der Plattform und umarmte die blasse blonde Königin von Elenien. Dann sprach sie kurz zu der Menge.

Stragen blickte Oscagne fragend an. »Was hat sie gesagt?«

»Sie hat ihre Untertanen gewarnt. Sie will persönlich jeden zur Rechenschaft ziehen, der sich eurer Königin gegenüber auch nur die geringste Unverschämtheit leistet. Und das ist keine leere Drohung, glaubt mir. Königin Betuana ist eine der besten Kriegerinnen von ganz Atan. Ich hoffe, Ihr wißt Eure Gemahlin zu würdigen, Sperber. Sie hat soeben einen diplomatischen Sieg höchsten Grades errungen. Woher in aller Welt weiß sie, daß Ataner allesamt sentimental sind? Hätte sie noch drei Minuten weitergeredet, wäre kein Auge mehr trocken geblieben.«

»Unsere Königin ist eine sehr scharfsichtige und einfühlsame junge Frau«, sagte Stragen stolz. »Eine gute Rede ist immer eine Offenbarung von Gemeinsamkeiten. Unsere Ehlana vermag es genial, die Dinge aufzuspüren, die sie mit ihren Zuhörern verbindet.«

»Sieht ganz so aus. Für eines hat sie jedenfalls gesorgt, das dürft ihr mir glauben.«

»Ach? Und für was?«

»Die Ataner werden eine Reifefeier für Atana Mirtai veranstalten, wie es sie in jeder Generation nur ein- oder zweimal gibt. Der Gesang wird ohrenbetäubend sein!«

»Das wird wohl in der Absicht meiner Gemahlin gelegen haben«, meinte Sperber. »Für ihre Freunde tut sie gern schöne Dinge.«

»Und nicht so schöne für ihre Feinde«, warf Stragen ein. »Wenn ich nur daran denke, was sie mit Primas Annias vorhatte.«

»Das ist schon richtig so, Durchlaucht Stragen.« Oscagne lächelte. »Die einzige Entschädigung für die Unannehmlichkeiten, die wir uns mit der Macht aufladen, besteht darin, daß wir unsere Freunde belohnen und unsere Feinde bestrafen können.«

»Da kann ich Euch nur beipflichten, Exzellenz.«

Engessa unterhielt sich mit König Androl, und Ehlana mit Königin Betuana. Niemand wunderte sich sonderlich, als Sephrenia für die beiden Königinnen übersetzte. Es hatte ganz den Anschein, als würde die zierliche Styrikerin fast alle Sprachen der bekannten Welt beherrschen.

Norkan erklärte Sperber und den anderen, daß die Eltern eine große Rolle beim Initiationsritus spielten. Engessa vertrat Mirtais Vater, und Mirtai hatte Ehlana schüchtern gebeten, bei diesem Anlaß ihre Mutter zu sein. Diese Bitte hatte zu einer offenen Bekundung tiefer Zuneigung zwischen den beiden geführt. »Es ist im Grund genommen eine sehr rührende Zeremonie«, versicherte Norkan ihnen. »Die Eltern müssen bestätigen, daß ihr Kind fähig und bereit ist, die Pflichten auf sich zu nehmen, die das Erwachsensein mit sich bringt. Danach erklären sie sich bereit, die Herausforderung eines jeden anzunehmen, der anderer Meinung ist. Keine Angst, Sperber«, fügte er lächelnd hinzu. »Das ist reine Formsache. Die Eltern werden nicht allzu oft herausgefordert.«

»Nicht allzu oft?«

»Ich mache natürlich Spaß. Niemand wird gegen Eure Gemahlin kämpfen. Ihre Ansprache hat die Ataner völlig entwaffnet. Sie verehren Königin Ehlana. Ich hoffe allerdings, daß sie schnell lernt. Sie wird nämlich Tamulisch sprechen müssen.«

»Eine Fremdsprache lernt man nicht so schnell«, gab Kalten zu bedenken. »Ich habe Styrisch zehn Jahre studiert, und ich beherrsche es immer noch nicht.«

»Sprachen sind nicht Eure Stärke, Kalten«, warf Vanion ein. »Ihr kommt manchmal nicht einmal mit Elenisch zurecht.«

»Müßt Ihr mir das unbedingt unter die Nase reiben, Hochmeister Vanion?«

»Ich nehme an, daß Sephrenia ein bißchen nachhelfen wird«, sagte Sperber. »In Ghwerigs Höhle hat sie mich in etwa fünf Sekunden die Trollsprache gelehrt.« Er blickte Norkan an. »Wann wird die Zeremonie stattfinden?«

»Um Mitternacht. Das Kind wird zur Erwachsenen, wie aus einem Tag der nächste wird.«

»Darin liegt eine wundersame Art von Logik«, bemerkte Stragen.

»Die Hand Gottes«, murmelte der fromme Bevier.

»Wie bitte?«

»Selbst Heiden horchen auf diese leise innere Stimme, Durchlaucht Stragen.«

»Ich fürchte, ich verstehe immer noch nicht so ganz, was Ihr meint, Ritter Bevier.«

»Logik zeichnet unseren Gott aus«, erklärte Bevier geduldig. »Sie ist sein besonderes Geschenk an die Elenier, und er bietet den Segen logischen Denkens in seiner Großmut auch den Unwissenden an.«

»Gehört das wirklich zur elenischen Doktrin, Eminenz?« fragte Stragen den Patriarchen von Uzera.

»Na ja, nicht direkt«, antwortete Emban. »Diese Ansicht wird hauptsächlich in Arzium vertreten. Der arzische Klerus versucht seit etwa tausend Jahren, sie ins Glaubensbekenntnis aufnehmen zu lassen, aber die Deiraner sind dagegen. Wir Kirchenoberen befassen uns immer wieder mit dieser Frage, wenn wir nichts anderes zu tun haben.«

»Glaubt Ihr, es wird einmal ein Beschluß darüber gefaßt werden, Eminenz?« fragte Norkan.

»Du liebe Güte, nein, Exzellenz. Dann hätten wir ja nichts mehr zu debattieren.«

Oscagne näherte sich ihnen von der anderen Seite des Platzes.

Er zog Sperber und Vanion zur Seite. »Meine Herren«, fragte er mit besorgter Miene, »wie gut kennt ihr Zalasta?«

»In Sarsos bin ich ihm erst das zweite Mal begegnet«, antwortete Sperber. »Hochmeister Vanion kennt ihn viel besser als ich.«

»Ich habe so einige Zweifel, was seine legendäre Weisheit angeht«, erklärte Oscagne. »Die styrische Enklave in Ostastel grenzt unmittelbar an Atan, folglich *müßte* Zalasta mehr über diese Leute wissen, als es den Anschein hat. Ich kam gerade hinzu, als er den Peloi und einigen der jüngeren Ordensritter vorschlug, ihre kämpferischen Fähigkeiten unter Beweis zu stellen.«

»Das ist nicht ungewöhnlich, Exzellenz.« Vanion zuckte die Schultern. »Junge Männer brüsten sich damit.«

»So habe ich das nicht gemeint, Hochmeister Vanion.« Oscagnes Miene wirkte nun noch besorgter. »So etwas ist hier in Atan nicht anzuraten, denn es führt rasch zu Blutvergießen. Die Ataner betrachten solche Kämpfe als Herausforderung. Ich konnte gerade noch rechtzeitig einschreiten, um eine Katastrophe zu verhindern. Was hat dieser Mann sich nur dabei gedacht?«

»Styriker sind mitunter ziemlich weltfremd«, erklärte Vanion. »Ich werde Sephrenia bitten, mit ihm zu reden und ihn zu ersuchen, achtsamer zu sein.«

»Da ist noch etwas anderes, meine Herren.« Jetzt lächelte Oscagne. »Sorgt bitte dafür, daß Ritter Berit nicht allein in der Stadt unterwegs ist. Ganze Scharen lediger Atanerinnen haben ein Auge auf ihn geworfen.«

»Auf Berit?« wunderte sich Vanion.

»Das ist nicht das erste Mal, Vanion.« Auch Sperber lächelte nun. »Unser junger Freund hat etwas an sich, auf das junge Frauen fliegen. Ich glaube, es hat etwas mit seinen Wimpern zu tun. Ehlana und Melidere haben versucht, es mir zu erklären. Ich verstand es zwar nicht, aber ich glaubte ihnen trotzdem.«

»Erstaunlich!« murmelte Vanion.

Überall brannten Fackeln, und der würzige, leichte Nachtwind wiegte ihre rußig-orangenen Flammen wie ein feurig goldenes Ährenfeld. Die Zeremonie des Reiferitus' fand auf einer weiten

Wiese außerhalb von Atana statt. Ein alter, mit Wiesenblumen geschmückter Steinaltar stand zwischen zwei mächtigen Eichen mitten auf der Wiese, und zwei beckenförmige Öllampen flackerten neben beiden Schmalseiten des Altars.

Ein Ataner mit schlohweißem Haar stand allein auf der Stadtmauer und beobachtete angespannt den Mondschein, der durch eine schmale, waagerechte Öffnung in der Brustwehr auf die Vorderseite einer nahen Wand fiel, die in regelmäßigen Abständen mit tief gefurchten Linien markiert war. Das war zwar keine sonderlich präzise Methode, die Zeit zu messen, doch wenn jeder sich damit zufriedengab, daß es Mitternacht war, sobald das Mondlicht auf eine bestimmte Markierung traf, war Genauigkeit unwichtig. Solange Einigkeit herrschte, *war* Mitternacht.

Die Nacht war still; nur die flackernden Fackeln knisterten und der Wind rauschte in dem dunklen Wald, der die Wiese umgab.

Die Menschen warteten stumm, während der waagerechte Streifen Mondlicht allmählich die Wand hinunterglitt.

Dann gab der greise Ataner ein Zeichen, und ein Dutzend Bläser hoben ihre bronzenen Hörner, um den neuen Tag zu begrüßen und den Beginn des Rituals anzukünden, das Mirtais Kindheit beenden würde.

Die Ataner sangen eine Melodie ohne Text; denn dieses Ritual war zu heilig, als daß Worte hätten benutzt werden dürfen. Ihr Gesang begann mit einem tiefen Männerbaß und schwoll an, als mehr und mehr Stimmen einfielen und zu einem kanongleichen Chor verschmolzen.

König Androl und Königin Betuana schritten majestätisch auf einem breiten, fackelerhellten Weg zu den uralten Bäumen und dem blumengeschmückten Altar. Ihre bronzefarbenen Gesichter waren freundlich, und ihre goldenen Helme schimmerten im Fackellicht. Als sie den Altar erreichten, wandten sie sich erwartungsvoll um.

Eine Pause setzte ein, während der die Fackeln aufflammten und der Chorgesang der Ataner anschwoll. Dann verklang die Melodie in einem verhaltenen Summen.

Engessa und Ehlana, beide in tiefblaue Wollroben gewandet, geleiteten Mirtai aus den Schatten der Stadtmauer. Mirtai war schlicht in Weiß gekleidet; ihr rabenschwarzes Haar trug sie offen und ohne Zier. Sie hatte die Augen demutsvoll gesenkt, während ihre Eltern sie zum Altar führten.

Der Gesang setzte wieder ein – mit neuer Melodie und neuem Takt.

»Das Kind wird herbeigeführt«, murmelte Norkan Sperber und den anderen zu. Die Stimme des abgeklärten, ja, zynischen Tamulers klang respektvoll, beinahe ehrfürchtig, und seine Augen schimmerten feucht. Sperber hob seine Tochter, die an seiner Hand gezogen hatte, auf die Arme, damit sie besser sehen konnte.

Mirtai und ihre Familie erreichten den Altar und verneigten sich vor Androl und Betuana. Der Gesang sank zu einem Flüstern herab.

Engessa sprach zum König und der Königin der Ataner. Seine Stimme war laut und kräftig, und das Tamulisch floß melodisch über seine Lippen, als er seine Tochter für reif erklärte. Dann wandte er sich um, öffnete seine Robe und zog sein Schwert. Wieder sprach er, und nun schwang ein Hauch von Herausforderung in seiner Stimme mit.

»Was hat er gesagt?« fragte Talen leise, an Oscagne gewandt.

»Daß er bereit ist, mit jedem zu kämpfen, der seiner Tochter die Reife absprechen will«, antwortete Oscagne. Auch seine Stimme verriet tiefen Respekt und Rührung.

Dann sprach Ehlana, ebenfalls auf tamulisch. Ihre Stimme klang wie eine silberne Fanfare, als auch sie bestätigte, daß ihre Tochter reif und bereit sei, ihren Platz als Erwachsene einzunehmen.

»Die letzten Worte hätte sie gar nicht sagen sollen!« flüsterte Danae in Sperbers Ohr. »Sie hat einfach etwas hinzugefügt!«

Er lächelte. »Du kennst doch deine Mutter.«

Nun wandte die Königin von Elenien sich an die versammelten Ataner. Auch ihre Stimme klang ein wenig herausfordernd, als sie ihre Robe zurückschlug und ein Schwert mit silbernem Griff zog. Sperber staunte, als er sah, wie gekonnt sie die Waffe hielt.

Nun sprach Mirtai zum König und zu der Königin.

»Das Kind ersucht um die Bestätigung ihrer Reife«, übersetzte Norkan.

König Androl antwortete mit lauter, gebieterischer Stimme, und die Königin erteilte ihre Einwilligung. Dann zogen auch sie ihre Schwerter, stellten sich neben die Eltern des Kindes und stimmten in die Forderung ein.

Der Gesang der Ataner schwoll an, und die Hörner schmetterten; dann wurden die Stimmen wieder leiser.

Mirtai drehte sich zu den Atanern um und zog ihre Dolche. Sie sprach zu ihrem Volk, doch Sperber verstand, was sie sagte. Er erkannte es am Klang ihrer Stimme.

Der Gesang wurde zu einem jubelnden Chor, und die fünf Personen am Altar wandten sich dem grobbehauenen Steinblock zu. In der Mitte der Altarplatte lagen ein schwarzes Samtkissen und darauf ein schlichter goldener Stirnreif.

Der Gesang hallte donnernd von den nahen Bergen wider.

Da fiel eine Sternschnuppe aus dem samtenen Schwarz des Firmaments. In weißglühendem Feuer zog sie ihre Bahn durch die Dunkelheit. Immer tiefer kam sie, bis sie schließlich in unzählige glitzernde Funken zerbarst.

»Laß das!« zischte Sperber seiner Tochter zu.

»Ich habe nichts damit zu tun!« versicherte Danae ihm. »Leider nicht. Ich bin gar nicht auf die Idee gekommen. Wie haben sie das nur fertiggebracht?« Das Mädchen war ehrlich verwundert.

Dann, als die glühenden Splitter des Sterns langsam zur Erde schwebten und die Nacht aufleuchten ließen, hob sich der goldene Reif auf dem Altar ohne helfende Hand und schwebte wie ein Rauchring empor. Er zögerte flüchtig, als der Gesang wie mit schmerzlicher Sehnsucht aufs neue anschwoll. Dann ließ er sich wie feinstes Spinnengespinst auf dem Kopf des Kindes nieder. Und als Mirtai sich mit strahlendem Gesicht wieder der Menge zuwandte, war sie kein Kind mehr.

Die Berge hallten vom Jubel wider, als die Ataner sie begeistert in ihrer Mitte aufnahmen.

20

»Die Ataner verstehen nicht das Geringste von Magie«, versicherte Zalasta ihnen nachdrücklich.

»Dieser Reif hat sich nicht aus eigener Kraft in die Luft erhoben, Zalasta!« entgegnete Vanion, »und daß die Sternschnuppe gerade in diesem Augenblick fiel, wäre ein zu großer Zufall, als daß ich daran glauben könnte.«

»Ob es irgendein Zauberkunststück war?« meinte Patriarch Emban. »Zu meiner Kinderzeit gab es in Uzera einen Scharlatan, der so etwas recht gut konnte. In diesem Fall würde ich vielleicht auf versteckte Drähte und Brandpfeile schließen.« Es war am darauffolgenden Morgen, und sie saßen im Lager der Peloi ein Stück außerhalb der Stadt und rätselten über den spektakulären Abschluß von Mirtais Initiationsritus.

»Warum sollten die Ataner so etwas tun?« fragte Khalad.

»Möglicherweise, um zu beeindrucken. Woher soll ich das wissen?«

»Wen hätten sie damit beeindrucken sollen?«

»Uns, nehme ich an.«

»Das paßt nicht zum Wesen der Ataner«, warf Tynian stirnrunzelnd ein. »Was meint Ihr, Botschafter Oscagne? Würden die Ataner ein heiliges Ritual durch einen solchen Firlefanz entweihen?«

Der Tamuler schüttelte den Kopf. »Auf gar keinen Fall, Ritter Tynian. Der Ritus ist in ihrer Kultur etwas so Bedeutsames wie eine Hochzeit oder eine Bestattung. Die Ataner würden ihn nie auf solche Weise ausschmücken, nur um Fremde zu beeindrucken. Und der Ritus wurde ja nicht unseretwegen zelebriert. Die Zeremonie galt allein Atana Mirtai.«

»Eben«, bestätigte Khalad. »Und wenn es versteckte Drähte gegeben hätte, die von den Ästen herunterhingen, hätte *sie* es bemerken müssen. So etwas hätten die Ataner ihr nicht angetan. Ein solcher Schwindel wäre eine Beleidigung gewesen, und wir wissen alle, wie Ataner auf eine Beleidigung reagieren.«

»Norkan wird bald hier sein«, sagte Oscagne. »Er lebt schon eine geraume Weile in Atan. Ich bin sicher, er kann es uns erklären.«

»Magie kann's nicht gewesen sein«, beharrte Zalasta, dem die Feststellung aus irgendeinem Grund offenbar sehr wichtig war. Sperber fragte sich, ob es etwas mit Rassenstolz zu tun hatte. Solange Styriker die einzigen waren, die Magie wirken oder andere darin unterrichten konnten, waren sie einmalig auf der Welt; anderenfalls würden sie an Bedeutung verlieren.

»Wie lange werden wir hierbleiben?« fragte Kalten. »Es ist ein gefahrvoller Ort. Irgendein junger Ritter oder Peloi wird früher oder später über die Stränge schlagen, und wenn die Ataner dies als tödliche Beleidigung auffassen, wird die ganze Freundlichkeit wie Schnee in der Sonne dahinschmelzen. Dann könnte der Fall eintreten, daß wir uns mit dem Schwert den Weg aus der Stadt bahnen müssen.«

»Auch in dieser Hinsicht wird Norkan uns beraten können«, meinte Oscagne. »Wir dürfen die Ataner auch nicht dadurch beleidigen, daß wir die Stadt zu früh verlassen.«

»Wie weit ist es von hier nach Matherion, Oscagne?« erkundigte sich Emban.

»Etwa fünfzehnhundert Meilen.«

»Fast noch zwei Monate« klagte Emban. »Es kommt mir jetzt schon vor, als wären wir Jahre unterwegs.«

»Aber Ihr seht viel rüstiger aus, Eminenz«, warf Bevier ein.

»Ich lege gar keinen Wert darauf, rüstig auszusehen, Bevier. Ich will fett aussehen! Faul und verweichlicht! Ich will fett und faul und verweichlicht *sein!* Und ich möchte eine anständige Mahlzeit mit viel Butter und Soße und Leckerbissen und edlen Weinen!«

»Es war Euer eigener Entschluß, uns zu begleiten, Eminenz«, erinnerte Sperber ihn.

»Ich muß verrückt gewesen sein!«

Botschafter Norkan kam sichtlich amüsiert durch das Peloilager zu ihnen herüber.

»Was findest du so komisch?« fragte Oscagne ihn.

»Ich habe bei etwas sehr Lustigem zugeschaut, alter Junge.« Er feixte. »Ich hatte ganz vergessen, daß Elenier manches sehr wörtlich nehmen können. Eine Schar atanischer Maiden hat sich an den jungen Ritter Berit herangemacht und ihr brennendes Interesse an

Waffen aus den westlichen Reichen bekundet. Die jungen Damen hatten offenbar Privatunterricht an irgendeinem verschwiegenen Plätzchen erhofft, wo Berit ihnen seine Ausrüstung ungestört vor Augen führen könnte.«

»Norkan!« tadelte Oscagne ihn lächelnd.

»Habe ich irgend etwas Falsches gesagt, alter Junge? Ich fürchte, mein Elenisch ist ein wenig eingerostet. Nun, jedenfalls veranstaltet Ritter Berit eine Demonstration für die gesamte Heerschar. Sie sind nun allesamt außerhalb der Stadtmauer, und Berit erteilt ihnen Unterricht im Bogenschießen!«

»Wir müssen mit dem Jungen ein paar ernste Worte unter vier Augen reden«, sagte Kalten zu Sperber.

»Nein. Ich wurde gebeten, es nicht zu tun«, wehrte Sperber ab. »Meine Gemahlin und die anderen Damen möchten Berits Unschuld bewahren. Das scheint ihnen irgendwie wichtig zu sein.« Er blickte Norkan an. »Vielleicht könntet Ihr eine kleine Meinungsverschiedenheit für uns schlichten, Exzellenz.«

»Ich bin ein guter Schlichter, Ritter Sperber. Das macht zwar nicht soviel Spaß, wie einen Krieg anzuzetteln, aber der Kaiser zieht eine Befriedung vor.«

»Was ist vergangene Nacht wirklich geschehen, Botschafter Norkan?« fragte Vanion.

»Atana Mirtai wurde zur Erwachsenen.« Norkan zuckte die Schultern. »Ihr wart dabei, Hochmeister Vanion. Was ich gesehen habe, habt Ihr auch gesehen.«

»Allerdings. Und jetzt hätte ich gern eine Erklärung. Ist beim Höhepunkt der Zeremonie tatsächlich eine Sternschnuppe vom Himmel gefallen? Und ist der Goldreif wirklich vom Altar aufgestiegen und hat sich auf Mirtais Kopf niedergelassen?«

»Ja. Warum fragt Ihr?«

»Weil es unmöglich ist!« rief Zalasta.

»*Ihr* könntet so etwas doch bewirken, Weiser, oder nicht?«

»Ja, ich glaube schon. Aber ich bin ja auch Styriker!«

»Und das sind bloß Ataner, nicht wahr?«

»Eben.«

»Auch uns hat dieses Phänomen anfangs zu schaffen gemacht«,

versicherte Norkan. »Die Ataner sind unsere Vettern. Bedauerlicherweise auch die Arjuni und die Teganer. Wir Tamuler sind kein frommes Volk. Wir haben zwar Götter, einen Pantheon, doch außer an Feiertagen denken wir nicht viel an sie. Die Ataner haben nur einen Gott, doch sie wollen uns nicht einmal seinen Namen verraten. Sie können ihn auf dieselbe Weise anrufen wie ihr Styriker eure Götter, und er reagiert auf die gleiche Weise.«

Zalasta wurde blaß. »Unmöglich!« wiederholte er erstickt. »Es gibt Ataner in Sarsos. Wir hätten es gespürt, wenn sie Magie wirkten.«

»Aber das tun sie in Sarsos nicht, Zalasta«, sagte Norkan geduldig. »Sie bedienen sich nur hier in Atan der Magie, und auch nur während ihrer Zeremonien.«

»Das ist absurd!«

»Ich würde an Eurer Stelle lieber nicht durchblicken lassen, daß Ihr so darüber denkt. Auf gewisse Weise verachten die Ataner euch Styriker, müßt Ihr wissen. Die Vorstellung, einen Gott zum Diener zu machen, ist ihnen zuwider. Ataner haben nur einen Gott, wie gesagt, und ihr Gott kann die gleiche Art von Wunder wirken wie andere Götter auch. Die Ataner belästigen ihren Gott nicht mit alltäglichen Dingen, sondern rufen ihn nur während religiöser Zeremonien an – bei Hochzeiten, Bestattungen, Initiationsriten und noch ein paar anderen Anlässen. Sie können nicht begreifen, wie gedankenlos ihr eure Götter beleidigt, indem ihr sie um Dinge bittet, die ihr eigentlich ohne ihre Hilfe tun solltet.« Jetzt blickte er Emban verschmitzt an. »Euer elenischer Gott brächte wahrscheinlich das gleiche fertig. Habt Ihr je daran gedacht, ihn zu fragen, Eminenz?«

»Ketzerei!« krächzte Bevier empört.

»Eigentlich nicht, Herr Ritter. Mit dem Wort ›Ketzer‹ hat man ursprünglich jemanden bedacht, der von der Lehre seines eigenen Glaubens abgewichen ist. Da ich kein Anhänger des elenischen Glaubens bin, können meine Überlegungen wohl kaum ketzerisch sein, nicht wahr?«

»Er hat dich mit deinen eigenen Waffen geschlagen, Bevier.« Ulath grinste. »Seine Logik ist unangreifbar.«

»Das wirft einige sehr interessante Fragen auf«, sagte Vanion nachdenklich. »Es ist durchaus möglich, daß die Kirche unbesonnen handelte, als sie die Ritterorden gründete. Vielleicht hätten wir uns gar nicht außerhalb unseres eigenen Glaubens Unterricht in Magie holen müssen. Hätten wir unseren eigenen Gott auf die richtige Weise gebeten, wäre er möglicherweise bereit gewesen, uns die gewünschte Hilfe zu geben.« Er hüstelte ein wenig verlegen. »Ich darf die Herren bitten, meine Bemerkung nicht gegenüber Sephrenia zu erwähnen. Sie könnte es so auslegen, daß ich sie für entbehrlich halte.«

»Hochmeister Vanion«, sagte Emban sehr förmlich, »als Vertreter der Kirche verbiete ich Euch, diese Überlegungen weiterzuverfolgen. Wir begeben uns damit auf unsicheren Boden, und ich möchte erst eine Entscheidung Dolmants, ehe wir der Sache weiter nachgehen, wenn überhaupt. Und um Gottes willen, fangt nicht zu experimentieren an!«

»Äh – Patriarch Emban«, erinnerte Vanion ihn mit leisem Nachdruck, »ich glaube, Ihr vergeßt, daß ich als Hochmeister des pandionischen Ordens den gleichen Rang in der Kirche habe wie Ihr. Im Grunde genommen könnt Ihr mir gar nichts verbieten.«

»Sperber ist jetzt der Hochmeister.«

»Nicht, ehe er von der Hierokratie in diesem Amt bestätigt wurde, Emban. Ich habe nicht die Absicht, Eure Autorität zu schmälern, alter Freund, aber wir wollen doch die Formen wahren, nicht wahr? Es sind die kleinen Dinge, die uns den Anstand wahren helfen, wenn wir fern von zu Hause sind.«

»Sind Elenier nicht seltsam?« sagte Oscagne zu Norkan.

»Diese Feststellung wollte ich auch gerade äußern.«

Am Vormittag waren sie von König Androl und Königin Betuana zu einer Sitzung eingeladen. Botschafter Oscagne erklärte ihre Mission in der wohlklingenden tamulischen Sprache.

»Er vermeidet es, auf Eure beispiellosen Fähigkeiten zu sprechen zu kommen, Sperber«, sagte Sephrenia leise. Ein schwaches Lächeln spielte flüchtig um ihre Lippen. »Des Kaisers hohe Beamte geben offenbar nicht gern zu, daß sie selbst nicht weiterwissen und um Hilfe von auswärts bitten mußten.«

Sperber nickte. »Das haben wir schon einmal erlebt«, murmelte er. »Es hat auch Oscagne zu schaffen gemacht, als er in Chyrellos mit uns sprach. In dieser Situation erscheint es mir allerdings etwas kurzsichtig. Schließlich sind die Ataner die Armee der Tamuler. Es ist doch im Grunde genommen unsinnig, ihnen Geheimnisse vorzuenthalten.«

»Seid Ihr etwa der Meinung, Politik ist etwas Sinnvolles, Sperber?«

Er lachte.

»Ihr habt mir gefehlt, kleine Mutter.«

»Das will ich hoffen!«

König Androls Gesicht war ernst, ja, finster, als Oscagne berichtete, was sie in Astel festgestellt hatten. Königin Betuanas Miene war ein wenig weicher – hauptsächlich, weil Danae auf ihrem Schoß saß, eine Eigenart, die Sperber schon häufig bei seiner Tochter beobachtet hatte. Wann immer die Situation angespannt zu werden drohte, hielt Danae nach einem Schoß Ausschau, und die Erwählten entsprachen ausnahmslos ihrer unausgesprochenen Bitte, auf diesem Schoß sitzen zu dürfen, ohne darüber nachzudenken. »Das tut sie mit Bedacht, nicht wahr?« flüsterte er Sephrenia zu.

»Ich fürchte, ich weiß nicht, was Ihr meint, Sperber.«

»Aphrael. Sie setzt sich bei irgend jemandem auf den Schoß, um ihn zu beeinflussen.«

»Ja, natürlich. Körperliche Berührung ist wesentlich wirkungsvoller als geistige – und unauffälliger.«

»Deshalb ist Aphrael immer Kind geblieben, nicht wahr? Damit sie sich Erwachsenen gegenüber wie ein Kind verhalten kann?«

»Nun, das ist einer der Gründe.«

»Das wird aber nicht mehr möglich sein, wenn sie größer wird, wißt Ihr.«

»Und ob ich das weiß, Sperber. Ich bin jetzt schon sehr neugierig, wie sie dieses Problem lösen wird. Ah, Oscagne kommt zur Sache. Er ersucht Androl um einen Bericht über Vorfälle, die jenen entsprechen, auf die ihr gestoßen seid.«

Norkan trat vor, um für Androl zu übersetzen, und Oscagne trat zu den Eleniern, um das gleiche für sie zu tun. Die Tamuler hatten die lästige, aber notwendige Fähigkeit zu übersetzen zur Vollkommenheit gebracht, so daß es rasch und wie selbstverständlich vonstatten ging.

König Androl dachte kurz nach. Dann lächelte er Ehlana an und sprach mit sehr sanfter Stimme in Tamulisch zu ihr.

»Folgendes sagt der König«, dolmetschte Norkan. »Wie gerne heißen wir Ehlana-Königin wieder willkommen, denn ihre Anwesenheit ist wie Sonnenschein nach einem langen Winter.«

»Oh, wie herzerwärmend!« murmelte Sephrenia. »Wir achten viel zu wenig auf die poetische Ader der Ataner.«

»Und eine Freude ist es uns auch, die sagenhaften Krieger des Westens und den Weisen der Chyrellos-Kirche bei uns haben zu dürfen.« Norkan übersetzte offenbar wörtlich.

Emban neigte höflich den Kopf.

»Deutlich sehen wir die gemeinsame Sorge in dieser Angelegenheit, und unerschütterlich werden wir mit den Westkriegern Seite an Seite stehen, wo es erforderlich ist.«

Androl sprach weiter und legte nur hin und wieder eine kurze Pause für den Übersetzer ein. »Seit einiger Zeit erfüllt es uns mit Unruhe, daß wir die Aufgaben, die uns von unseren Matherion-Gebietern gestellt wurden, nicht mehr bewältigen konnten. Das macht uns sehr zu schaffen, denn wir sind Mißerfolge nicht gewöhnt.« Bei diesem Geständnis machte Androl einen etwas verlegenen Eindruck. »Ich bin sicher, Ehlana-Königin, daß Oscagne-Kaisersprecher Euch von unseren Schwierigkeiten in Teilen Tamulis, außerhalb unserer eigenen Grenzen, erzählt hat. Wir müssen beschämt eingestehen, daß dies der Wahrheit entspricht.«

Königin Betuana flüsterte ihrem Gemahl rasch etwas zu.

»Sie sagte ihm, er solle sich kürzer fassen«, murmelte Sephrenia Sperber zu. »Offenbar ärgert sie sich über seine blumige Ausdrucksweise.«

Androl sagte etwas zu Norkan, das wie eine Entschuldigung klang.

»Das ist erstaunlich«, murmelte Norkan diesmal, offensichtlich zu sich selbst. »Der König hat soeben eingestanden, daß er mir etwas verschwiegen hat. Das ist ungewöhnlich.«

Wieder sprach Androl. Norkan übersetzte nunmehr im Umgangston, da der atanische König jetzt offenbar auf Förmlichkeit verzichtete. »Er sagt, daß es auch hier in Atan derartige Vorfälle gegeben habe. Das ist eine innere Angelegenheit, und deshalb war er nicht verpflichtet, mich darüber zu informieren. Der König sagt, sie hätten es mit Kreaturen zu tun gehabt, die er die ›Zotteligen‹ nennt. Wenn ich recht verstehe, sind diese Kreaturen sogar noch größer als der größte Ataner.«

»Haben sie lange Arme?« fragte Ulath gespannt. »Flache Nasen und ein grobknochiges Gesicht? Spitze Zähne?«

Norkan übersetzte es ins Tamulische, und König Androl blickte Ulath überrascht an. Dann nickte er.

»Trolle!« sagte Ulath. »Fragt ihn, ob seine Untertanen sie einzeln oder in Gruppen gesehen haben.«

»In Scharen von etwa fünfzig«, lautete die übersetzte Antwort.

Ulath schüttelte den Kopf. »Das kann ich mir nicht vorstellen. Es kommt zwar vor, daß Trolle in einer Art Großfamilie auftreten, doch nie in so großen Gruppen.«

»Der König lügt ganz gewiß nicht«, erwiderte Norkan erbost.

»Das habe ich auch nicht sagen wollen. Aber Trolle haben so etwas noch nie zuvor getan – andernfalls hätten sie uns aus Thalesien vertreiben können.«

»Offenbar haben sie ihr Verhalten geändert, Ulath«, warf Tynian ein. »Gab es noch andere Vorfälle, Exzellenz? Solche, an denen keine Trolle beteiligt waren?«

Norkan fragte den König und übersetzte die Antwort: »Zusammenstöße mit Kriegern in merkwürdiger Rüstung und seltsamen Waffen.«

»Fragt ihn doch bitte, ob es Cyrgai gewesen sein könnten«, bat Bevier. »Helme mit Roßhaarbüschen? Große Rundschilde? Lange Speere?«

Sichtlich verblüfft gab Norkan die Fragen weiter und übersetzte erstaunt die Antwort. »Ja!« rief er. »Es waren Cyrgai! Aber wie ist das möglich?«

»Wir werden es später erklären«, versicherte Sperber kurz. »Gab es noch andere Krieger?«

Norkan stellte die Fragen in seiner Erregung jetzt schnell. Königin Betuana lehnte sich vor und ergriff das Wort.

»Arjuni«, sagte Norkan knapp. »Sie waren schwerbewaffnet und machten keine Anstalten, sich zu verstecken, wie sie es sonst tun. Und einmal war da eine ganze Armee von Eleniern – hauptsächlich Leibeigene.« Wieder sagte die Königin etwas und diesmal weiteten Norkans Augen sich vor Erstaunen. »Das ist völlig unmöglich! Sie sind nur Legende!«

»Mein Kollege hat sich nicht ganz in der Gewalt«, warf Oscagne ein. »Die Königin hat gesagt, daß einmal die Leuchtenden gesehen wurden.«

»Wer sind sie?« erkundigte sich Stragen.

»Die Leuchtenden sind Wesen aus der Sagenwelt«, erwiderte Oscagne. »Insofern hat Norkan recht. Sie gehören zu den Ungeheuern und Sagengestalten, von denen ich euch in Chyrellos erzählt habe. Offenbar durchkämmt der Feind unser gesamtes Sagengut nach furchterregenden Kreaturen. Die Leuchtenden sind wie Vampire, Werwölfe und Oger. Majestät«, wandte er sich an Ehlana, »gestattet Ihr, daß Norkan und ich uns erst einmal ein genaueres Bild verschaffen und Euch dann eine Zusammenfassung geben?«

»Natürlich, Exzellenz«, erklärte sie sich einverstanden.

Die beiden Tamuler redeten nun schneller, und Königin Betuana antwortete mit fester Stimme. Sperber gewann den Eindruck, daß sie viel klüger und energischer als ihr Gemahl war. Noch immer hielt sie Prinzessin Danae auf dem Schoß und antwortete ernst und konzentriert.

»Unser Feind geht hier in Atan offenbar nach demselben Muster vor wie überall«, sagte Oscagne schließlich, »und er hat sich noch ein paar neue Schliche einfallen lassen. Die Armeen aus der Vergangenheit verhalten sich genauso, wie eure alten Lamorker es in Eosien getan haben, und die Cyrgai und deren cynesganische Verbündete, denen ihr im Wald westlich von Sarsos begegnet seid. Sie greifen an, es kommt zur Schlacht, und wenn ihr Führer getötet wird, verschwinden sie. Nur ihre Gefallenen bleiben zurück. Die Trolle hingegen verschwinden *nicht*. Sie müssen allesamt getötet werden.«

»Was ist mit diesen ›Leuchtenden‹?« fragte Kalten.

»Darüber weiß man nichts Näheres«, antwortete Oscagne. »Die Ataner fliehen vor ihnen.«

»Was?« entfuhr es Stragen erstaunt.

»Vor den Leuchtenden erzittern alle Völker, Durchlaucht«, erklärte Oscagne. »Was man über sie erzählt, läßt die Schauermären über Vampire und Werwölfe und Oger wie Gutenachtgeschichten erscheinen.«

»Darf ich Euch in einer Beziehung berichtigen, Exzellenz?« sagte Ulath höflich. »Ich möchte Euch ja nicht erschrecken, aber Oger gibt es *wirklich*. Sie laufen uns in Thalesien ständig über den Weg.«

»Ihr scherzt, Ritter Ulath.«

»Keineswegs.« Ulath nahm seinen gehörnten Helm ab. »Das sind Ogerhörner.« Er tippte mit dem Finger darauf.

»Vielleicht sind diese Wesen in Thalesien nur Tiere, die ihr Oger *nennt*«, sagte Oscagne zweifelnd.

»Zwölf Fuß groß? Mit Hörnern? Fängen? Krallen statt Fingern? Das ist doch ein Oger, nicht wahr?«

»Nun ...«

»So jedenfalls sehen die thalesischen ›Tiere‹ aus. Wenn es *keine* Oger sind...«, Ulath zuckte die Schultern, »warten wir, bis Ihr uns ein paar echte zeigt.«

Oscagne starrte ihn an.

»So schlimm sind sie gar nicht, Exzellenz. Mit den Trollen haben wir viel größere Schwierigkeiten – wahrscheinlich weil sie Fleischfresser sind. Oger hingegen sind Allesfresser. Sie fressen lieber einen Baum als einen Menschen. Besonders gern mögen sie Zuckerahornbäume – wahrscheinlich, weil sie süß schmecken. Es kommt sogar vor, daß ein hungriger Oger sich einen Weg mitten durch ein Haus bahnt, nur um an einen Zuckerahorn heranzukommen, der hinter dem Haus wächst.«

»Wirklich?« fragte Oscagne die anderen beinahe flehentlich. Ulath konnte einen manchmal soweit bringen.

Tynian streckte die Hand aus und klopfte mit den Knöcheln auf die Ogerhörner am Helm des Genidianers. »Sie scheinen mir ziemlich echt zu sein, Exzellenz. Und das wirft weitere Fragen auf. Wenn es wirklich Oger gibt, sollten wir die Geschichten über Vampire, Werwölfe und auch diese Leuchtenden vielleicht mit anderen Augen betrachten. Und unter diesen Umständen erscheint es mir angebracht, das Wort *unmöglich* einstweilen aus unserem Wortschatz zu streichen.«

»Aber es *ist* so, Mirtai«, beharrte Prinzessin Danae.

»Nein, Danae, das ist etwas anderes«, erklärte ihr die Atana. »In meinem Fall ist es nur symbolisch.«

»Alles ist symbolisch, Mirtai«, versicherte Danae. »Alles, was wir tun, bedeutet etwas anderes. Überall um uns herum sind Symbole. Aus welcher Sicht du es auch betrachten willst, wir haben dieselbe Mutter, und deshalb sind wir Schwestern.« Aus irgendeinem Grund schien Danae diese Feststellung sehr wichtig zu sein.

Sperber saß mit Sephrenia in einer Ecke des großen Gemachs, das König Androl ihnen in seinem Haus zur Verfügung gestellt hatte. Danae war hartnäckig darauf bedacht, ihre Verwandtschaft mit Mirtai zu bekräftigen, während Baroneß Melidere und Ehlanas Kammermaid ihr zuhörten.

Mirtai lächelte sanft. »Na gut, Danae«, gab sie nach, »wenn dein Herz so daran hängt, sind wir Schwestern.«

Danae jauchzte, sprang in Mirtais Arme und erstickte sie schier mit Küssen.

»Ist sie nicht süß?« Baroneß Melidere lachte.

»Ja, Baroneß«, murmelte Alean, dann runzelte sie die Stirn. »Ich werde es nie verstehen«, sagte sie. »So sehr ich auch auf sie aufpasse, es gelingt ihr immer wieder, sich die Füße schmutzig zu machen.« Sie deutete auf die Grasflecken an Danaes Füßen. »Manchmal glaube ich fast, sie hat eine Kiste mit Gras in ihrem Spielzeug versteckt, und wann immer ich ihr den Rücken zukehre, steigt sie hinein, nur um mich zu ärgern.«

Melidere lächelte. »Sie läuft nun mal gern barfuß, Alean. Habt Ihr denn nie das Verlangen, die Schuhe auszuziehen und durch das Gras zu rennen?«

Alean seufzte. »Ich stehe im Dienst der Königin, Baroneß«, antwortete sie. »Da steht es mir nicht zu, solchem Verlangen nachzugeben.«

»Ihr seid so schrecklich sittsam, Alean«, stellte die honigblonde Baroneß fest. »Wenn ein Mädchen nicht hin und wieder seinem Verlangen nachgibt, wird es nie Spaß haben.«

»Ich bin nicht hier, um Spaß zu haben, Baroneß. Ich bin hier, um zu dienen. Das hat meine erste Herrin mir sehr deutlich klargemacht.« Sie ging zu den beiden ›Schwestern‹ hinüber und tippte Danae auf die Schulter. »Zeit für Euer Bad, Prinzessin.«

»*Muß* das sein?«

»Ja.«

»Es ist so lästig. Ich werde ja doch bloß wieder schmutzig.«

»Um so mehr müssen wir uns anstrengen, daß wir unseren Vorsprung halten, Hoheit.«

»Tu, was sie sagt, Danae«, riet Mirtai.

»Wenn du meinst, Schwesterherz.« Danae seufzte.

»Das war eine interessante Unterhaltung, nicht wahr?« flüsterte Sperber Sephrenia zu.

»Ja«, pflichtete die niedliche Frau ihm bei. »Plaudert sie öfter so unvorsichtig?«

»Ich weiß nicht recht, was Ihr meint.«

»Sie sollte in der Gesellschaft von Heiden nicht auf diese Weise über Symbole sprechen.«

»Ich wünschte, Ihr würdet dieses Wort nicht auf uns anwenden, Sephrenia!« beklagte sich Sperber.

»Seid ihr etwa keine Heiden?«

»Das hängt vom jeweiligen Standpunkt ab. Aber was ist so bedeutsam an Symbolen, daß meine Tochter sie verbergen sollte?«

»Es sind nicht die Symbole selbst, Sperber, sondern was Danae verrät, wenn sie darüber spricht.«

»Ach? Und was ist das?«

»Die Tatsache, daß sie die Welt vollkommen anders sieht und begreift als wir. Für Danae gibt es auf der Welt Erkenntnisse, die wir nie erlangen werden.«

»Wenn Ihr es sagt, muß ich es glauben. Seid Ihr und Mirtai denn ebenfalls Schwestern? Ich meine, wenn Mirtai Danaes Schwester ist, deren Schwester Ihr ebenfalls seid, müßtet Ihr drei ja Schwestern sein, nicht wahr?«

»Alle Frauen sind Schwestern, Sperber.«

»Das ist eine Verallgemeinerung, Sephrenia.«

»Daß Ihr das bemerkt habt!«

Vanion betrat das Zimmer. »Wo ist Ehlana?« fragte er.

»Sie und Betuana haben sich zusammengesetzt«, antwortete Sperber.

»Wer dolmetscht für sie?«

»Eines von Engessas Mädchen aus Darsas. Worum geht es?«

»Ich glaube, wir werden morgen weiterreisen. Engessa, Oscagne und ich haben mit König Androl gesprochen. Oscagne meint, daß wir uns beeilen sollten, nach Matherion zu gelangen. Er möchte den Kaiser nicht warten lassen. Engessa schickt seine Legionen zurück nach Darsas; er selbst wird uns jedoch begleiten, vor allem weil er Elenisch besser spricht als die meisten Ataner.«

»Da bin ich froh«, gestand Mirtai. »Atan Engessa ist jetzt mein Vater, und wir sollten einander besser kennenlernen.«

»Und du bist glücklich über all diesen Trubel, nicht wahr, Vanion?« sagte Sephrenia ein bißchen vorwurfsvoll.

»Er hat mir gefehlt«, gestand er. »Ich war fast mein ganzes Leben mitten im Geschehen. Ich glaube nicht, daß ich dazu bestimmt war, in der hintersten Zuschauerreihe zu sitzen.«

»Warst du denn nicht glücklich, als wir beide allein waren?«

»Natürlich. Und ich wäre auch durchaus zufrieden gewesen, den Rest meines Lebens ungestört mit dir zu verbringen. Aber jetzt sind wir nicht mehr allein. Die Welt hat uns wieder eingeholt, Sephrenia, und du und ich, wir haben unsere Verpflichtungen. Trotzdem bleibt uns Zeit genug füreinander.«

»Bist du sicher, Vanion?«

»Ich werde dafür sorgen, Schatz.«

»Möchtet ihr zwei jetzt lieber allein sein?« Mirtai lächelte verschmitzt.

»Später vielleicht«, antwortete Sephrenia gelassen.

»Werden wir ohne Engessas Ataner nicht zu wenig Schutz haben?« gab Sperber zu bedenken.

»Darum kümmert sich König Androl«, versicherte Vanion ihm. »Keine Angst, Sperber, Eure Gemahlin ist uns kaum weniger wichtig als Euch. Wir werden nicht zulassen, daß ihr irgend etwas zustößt.«

»Wir können die Möglichkeit einer Übertreibung ausschließen«, sagte Sephrenia. »Sie widerspricht dem atanischen Charakter.«

»Da kann ich Euch nur beipflichten«, erklärte Sperber. »Die Ataner sind Krieger, die es gelernt haben, genau zu berichten.«

Vanion und Zalasta nickten.

Es war schon Abend, und die vier machten außerhalb der Stadt einen Spaziergang, um die Situation ohne Norkan und Oscagne zu besprechen. Nicht, daß sie den beiden Tamulern mißtrauten – sie wollten lediglich frei über gewisse Dinge reden können, die für Tamuler ihrer Kultur und ihres Glaubens wegen schwer zu begreifen waren.

»Unser Gegner ist ganz offensichtlich ein Gott«, sagte Zalasta überzeugt.

»Das hört sich sehr blasiert an«, stellte Vanion fest. »Ist der Umgang mit Göttern so alltäglich für Euch, Zalasta, daß er Euch völlig kaltläßt?«

Zalasta lächelte. »Ich nenne das Problem nur beim Namen, Hochmeister Vanion. Die Wiederbelebung ganzer Armeen übersteigt menschliche Fähigkeiten. Das dürft Ihr mir glauben. Ich habe es einmal versucht und ein Chaos hervorgerufen. Ich brauchte Wochen, bis sie alle wieder unter der Erde waren.«

»Es wäre nicht das erste Mal, daß wir Göttern gegenüberstehen.« Vanion zuckte die Schultern. »Mehr als fünfhundert Jahre hatten wir jenseits der Grenze Azash vor Augen.«

»Wer hört sich denn jetzt blasiert an?« sagte Sephrenia spitz.

»Wir müssen die Tatsachen hinnehmen wie sie sind, Schatz«, entgegnete Vanion. »Die Ritterorden wurden gegründet, damit wir Situationen wie diese bewältigen können. Aber wir müssen auf jeden Fall herausfinden, wer von den Gottheiten unser Feind ist. Götter haben Anbeter, und unser Gegner setzt zweifellos seine Anhänger ein. Und um zu erfahren, wer diese Leute sind, müssen wir erst einmal herausfinden, um welchen Gott es sich handelt. Solange wir nicht wissen, gegen wen wir etwas unternehmen sollen, sind uns die Hände gebunden. Drücke ich mich klar genug aus?«

»Ja«, bestätigte Sperber, »aber Logik besticht im ersten Augenblick immer. Ich halte es für eine gute Idee, die Anhänger dieser Gottheit anzugreifen. Gelingt uns das, wird er seine Aktionen einschränken und sich auf den Schutz seiner Anbeter konzentrieren müssen, von denen die Macht eines Gottes völlig abhängt. Wir vermindern die Macht dieses Gottes mit jedem Schwerthieb, wenn wir seine Anbeter töten.«

»Barbar!« rügte Sephrenia ihn.

»Könnt Ihr sie davon abhalten, mich zu beschimpfen, Vanion?« bat Sperber. »Allein heute hat sie mich sowohl einen Heiden wie einen Barbaren genannt.«

»Seid Ihr das etwa nicht?« warf Sephrenia ein.

»Kann sein. Aber es ist nicht nett von Euch, es mir so unverblümt ins Gesicht zu sagen.«

»Mich beschäftigt die Anwesenheit der Trolle, seit Ihr mir in Sarsos von ihnen erzählt habt«, gestand Zalasta. »Sie wurden *nicht* aus der Vergangenheit geholt. Sie sind erst vor kurzem aus der Heimat ihrer Vorväter in Thalesien in diese Gegend gekommen. Ich weiß nicht viel über Trolle, aber ich dachte immer, daß sie leidenschaftlich an ihrer Heimat hängen. Was könnte sie zu dieser Auswanderung veranlaßt haben?«

»Darauf kann auch Ulath sich keinen Reim machen«, antwortete Sperber. »Ich vermute, die Thalesier sind so glücklich, daß die Trolle ihr Land verließen, daß sie sich gar nicht so sehr für den Grund interessieren.«

»Trolle arbeiten für gewöhnlich nicht zusammen«, erklärte Sephrenia. »*Einer* hätte sich vielleicht dazu entschließen können, Thalesien zu verlassen. Aber er hätte es nie fertiggebracht, die anderen zu überreden, mit ihm zu kommen!«

»Damit bringst du eine äußerst unerfreuliche Möglichkeit in die Diskussion ein, Schatz«, sagte Vanion.

Alle blickten einander an.

»Gibt es überhaupt eine Möglichkeit, daß die Trollgötter aus dem Bhelliom herausgelangen konnten?« wollte Vanion wissen.

»Ich habe keine Ahnung«, gab ihm Sephrenia zu verstehen. »Sperber hat mir vor längerer Zeit dieselbe Frage gestellt. Woher soll ich wissen, welchen Zaubers sich Ghwerig bediente, um die Trollgötter in den Stein zu bannen? Trollzauber sind völlig anders als unsere.«

»Dann wissen wir also nicht, ob die Trollgötter sich noch im Bhelliom befinden, oder ob es ihnen auf irgendeine Weise gelang, sich daraus zu befreien?«

Sephrenia nickte düster.

»Der Umstand, daß die Trolle sich zusammengeschlossen und gleichzeitig die Heimat ihrer Ahnen verlassen haben, läßt darauf schließen, daß jemand, dessen Macht über sie groß genug ist, es ihnen *befahl*«, meinte Zalasta.

»Das könnten dann tatsächlich nur ihre Götter sein.« Vanions Gesicht war nun so düster wie Sephrenias. »Niemandem sonst würden Trolle gehorchen.« Er seufzte. »Nun, wir wollten schließlich herausfinden, wer unsere Gegner sind. Ich glaube, das ist uns soeben gelungen.«

»Ihr sprüht heute vor unerfreulichen Vermutungen, Vanion«, brummte Sperber, »aber ich hätte gern etwas Handfesteres, ehe ich den Trollen den Krieg erkläre.«

»Wie habt Ihr die Trollgötter in Zemoch in Schach gehalten, Prinz Sperber?« fragte Zalasta.

»Indem ich den Bhelliom benutzte.«

»Es sieht ganz so aus, als würdet Ihr ihn wieder einsetzen müssen. Ihr habt ihn wohl nicht dabei, oder?«

Sperber warf Sephrenia einen raschen Blick zu. »Ihr habt es ihm nicht gesagt?« fragte er ein wenig erstaunt.

»Es war nicht nötig, daß er es erfuhr, Lieber. Dolmant hat uns gebeten, es für uns zu behalten, erinnert Ihr Euch?«

»Dann habt Ihr den Bhelliom also nicht dabei, Prinz Sperber«, folgerte Zalasta, »bewahrt Ihr ihn an einem sicheren Ort in Cimmura auf?«

»Er befindet sich sehr wohl an einem sicheren Ort, Weiser«, antwortete Sperber düster, »aber nicht in Cimmura.«

»Wo dann?«

»Nachdem wir mit Bhellioms Hilfe Azash vernichtet hatten, warfen wir ihn ins Meer.«

Zalasta wurde kreidebleich.

»In den tiefsten Abgrund des tiefsten Meeres der Welt«, fügte Sephrenia hinzu.

21

»Sie halten sich entlang der Nordküste auf, Ehlana-Königin«, übersetzte Norkan Königin Betuanas Antwort. »Diese Zotteligen, die Ihr Trolle nennt, sind in den vergangenen zwei Jahren in großen Scharen über das Wintereis gekommen. Zuerst dachten unsere Leute, es seien Bären, doch dem war nicht so. Anfangs gingen sie uns aus dem Weg, und in der verschneiten und nebeligen Winterlandschaft waren sie schwer auszumachen. Als sich dann bereits viele von ihnen hier befanden, wurden sie dreister. Doch daß sie keine Bären waren, erkannten wir erst, als wir einen von ihnen töteten.«

König Androl war nicht zugegen. Seine geistigen Qualitäten waren beschränkt, und es war ihm lieber, wenn seine Gemahlin sich der Staatsgeschäfte annahm. Der atanische König sah sehr eindrucksvoll aus. Doch seine besten Auftritte hatte er bei zeremoniellen Anlässen; denn da waren keine Überraschungen zu erwarten.

»Frag sie, ob auch weiter im Süden Trolle gesichtet wurden«, murmelte Sperber seiner Gemahlin zu.

»Warum fragst du sie nicht selbst?«

»Wir wollen die Form wahren, Ehlana. Im Grunde genommen ist dies ein Gespräch zwischen euch beiden. Ich glaube nicht, daß wir anderen uns einmischen sollten. Gehen wir lieber nicht das Risiko ein, irgendeine Etikette zu verletzen, von der wir nichts wissen.«

So stellte Ehlana die Frage, und Oscagne übersetzte.

»Nein«, dolmetschte Norkan Betuanas Antwort. »Die Trolle haben sich offenbar in den Wäldern entlang der Nordhänge niedergelassen. Soweit wir wissen, sind sie nicht weiter vorgedrungen.«

»Sie sollen die Bevölkerung warnen, daß Trolle sich in Wäldern sehr gut verstecken können«, riet Ulath.

»Das können wir auch«, kam die übersetzte Entgegnung.

»Fragt sie, ob ein taktischer Rat sie kränken würde«, bat der genidianische Ritter seufzend. »Wir Thalesier haben viel Erfahrung mit Trollen – und die meisten unserer Begegnungen waren nicht gerade angenehm.«

»Wir sind stets gern bereit, auf die Stimme der Erfahrung zu hören«, antwortete die atanische Königin.

»Wenn wir in Thalesien Trolle sehen, ziehen wir uns für gewöhnlich ein Stück zurück und schießen ihnen ein paar Pfeile in den Pelz«, sagte Ulath zu Ehlana. »Töten kann man sie damit nicht, denn ihr Fell und ihre Haut sind zu dick, aber es macht sie ein wenig langsamer. Trolle sind viel, viel flinker, als man ihrem Aussehen nach schließen würde, und sie haben sehr lange Arme. Sie können einen Reiter schneller aus dem Sattel ziehen, als der Beklagenswerte blinzeln kann.«

Ehlana wahrte den förmlichen Rahmen des Gesprächs, indem sie Ulaths Worte für ihren Dolmetscher wiederholte.

»Was macht ein Troll dann?« fragte Betuana interessiert.

»Zuerst reißt er seinem Gefangenen den Kopf ab, dann verschlingt er die übrigen Körperteile. Aus irgendeinem Grund fressen Trolle keine Köpfe.«

Unwillkürlich würgte Ehlana.

»Wir benutzen Bogen nicht im Kampf«, übersetzte Norkan Betuanas fließendes Tamulisch, »nur bei der Jagd, um Tiere als Nahrung zu erlegen.«

»Nun«, meinte Ulath ein wenig zweifelnd, »man könnte einen Troll wahrscheinlich essen, wenn man möchte. Aber ich weiß nicht, ob er gut schmeckt.«

»Ich weigere mich, das zu wiederholen, Ritter Ulath!« entrüstete sich Ehlana.

»Fragt, ob in der atanischen Kultur Wurfspeere Kampfwaffen sind«, schlug Tynian vor.

»Ich glaube schon«, antwortete Norkan. »Ich habe Ataner mit Wurfspeeren üben sehen.«

Betuana sprach rasch und lange auf ihn ein.

»Ihre Majestät ersuchte mich, ihre Worte zusammenzufassen«,

sagte Norkan. »Die Sonne steht bereits hoch, und Ihre Majestät weiß, daß ihr aufbrechen wollt. Oscagne erwähnte eure Absicht, die Straße nach Lebas in Tamul zu nehmen. Die atanische Gesellschaft setzt sich aus einzelnen Clans zusammen, und jeder Clan hat sein eigenes Gebiet. Auf eurem Weg nach Osten werdet ihr von Clan zu Clan weitergeleitet. Es wäre eine Mißachtung der Etikette, würde ein Clan das Gebiet eines anderen betreten, und hier in Atan geht Etikette über alles.«

»Ich frage mich warum«, murmelte Stragen.

»Oscagne«, bat Norkan, »schick mir zwanzig Reichskuriere mit schnellen Pferden, sobald ihr wieder in die Zivilisation kommt. Ihre Majestät möchte während der Krise enge Verbindung zu Matherion halten.«

»Eine sehr gute Idee«, lobte Oscagne und versprach, ihm die Kuriere so schnell wie möglich zu senden.

Dann erhob sich Betuana. Sie umarmte Ehlana und Mirtai herzlich und gab damit zu verstehen, daß es Zeit sei, ihre Reise gen Osten fortzusetzen.

»Dieser Besuch bei Euch wird mir immer in guter Erinnerung bleiben, liebe Betuana«, versicherte Ehlana.

»Ebenso wie mir, liebe Schwesterkönigin«, entgegnete Betuana in fast akzentfreiem Elenisch.

Ehlana lächelte. »Ich fragte mich schon, wie lange Ihr uns verheimlichen würdet, daß Ihr unserer Sprache mächtig seid, Betuana.«

Die atanische Königin blickte sie überrascht an. »Ihr habt es gewußt?«

Ehlana nickte. »Es ist sehr schwierig, Gesicht und Augen so im Zaum zu halten, daß sie nichts verraten, während man auf die Übersetzung wartet. Warum macht Ihr ein Geheimnis daraus, daß Ihr Elenisch beherrscht?«

»Die Zeit, die der Dolmetscher zur Übersetzung benötigt, nutze ich, meine Antwort zu überlegen.« Betuana zuckte die Schultern.

»Das ist eine sehr nützliche Taktik«, sagte Ehlana bewundernd. »Ich wünschte, ich könnte mich ihrer in Eosien bedienen, aber dort spricht jeder Elenisch.«

»Verbindet Euch die Ohren«, riet Ulath ihr.

»Siehst du, wie wenig ernst man mich nimmt?« beklagte Ehlana sich bei Sperber.

»Es war nur ein Vorschlag, Majestät.« Ulath lächelte. »Täuscht vor, taub zu sein, und schart ein paar Leute um Euch, die sich die Finger verrenken, als würden sie für Euch übersetzen.«

Ehlana blickte ihn entrüstet an. »Das ist absurd, Ulath. Könnt Ihr Euch denn nicht vorstellen, wie hinderlich das wäre?«

»Es war ja nur ein Vorschlag, Majestät«, entgegnete er. »Aber kein besonders guter, das stimmt.«

Nach einer formellen Verabschiedung, die wieder hauptsächlich Mirtai galt, verließen die elenische Königin und ihre Begleitung Atana und begaben sich auf die Landstraße nach Lebas. Als die Stadt außer Sicht war, schlug Oscagne – der an diesem Tag darauf beharrt hatte, zu reiten – Sperber, Stragen und Vanion vor, sich an die Spitze ihres Zuges zu begeben und sich mit den übrigen Gefährten zu besprechen.

Tynian war soeben dabei, die anderen mit einer sehr ausgeschmückten Geschichte über eines seiner vermutlich erfundenen Liebesabenteuer zu unterhalten.

»Was gibt es?« erkundigte sich Kalten, als Sperber und die anderen sich zu ihnen gesellten.

»Sperber und ich haben uns gestern abend mit Sephrenia und Zalasta beraten«, antwortete Vanion. »Wir dachten, wir sollten euch einweihen – außerhalb Ehlanas Hörweite.«

»Hört sich geheimnisvoll an«, bemerkte der blonde Pandioner.

»Vielleicht geheimnisvoller, als es ist.« Vanion lächelte. »Unsere Schlußfolgerungen stehen noch nicht ganz auf festem Boden, und wir möchten die Königin nicht beunruhigen, solange wir uns nicht ganz sicher sind.«

»Dann gibt es also einen Grund zur Beunruhigung, Hochmeister Vanion?« fragte Talen.

»Dazu gibt es immer *irgendeinen* Grund«, sagte Khalad zu seinem Bruder.

»Wir sind zu der Ansicht gelangt, daß unser Gegner ein Gott ist«, erklärte Vanion den anderen. »Aber ich bin sicher, ihr vermutet das bereits.«

»Mußtest du mich diesmal wirklich mitnehmen, Sperber?« beklagte sich Kalten. »Ich leg' mich nicht gern mit Göttern an. Dieser Art von Auseinandersetzung fühle ich mich nicht ganz gewachsen.«

»Wer kann das schon von sich behaupten?«

»*Du!* Wie du in Zemoch bewiesen hast.«

»Reines Glück wahrscheinlich.«

»Unsere Überlegungen«, fuhr Vanion fort, »sind wie folgt. Ihr habt diesen Schatten und die Wolke wieder gesehen. Zumindest oberflächlich betrachtet scheinen sie göttliche Manifestationen zu sein. Und diese aus der Vergangenheit beschworenen Streitkräfte – die Lamorker und die Cyrgai – können nicht von Sterblichen erweckt worden sein. Zalasta sagte, er habe es einmal versucht, und dabei sei alles schiefgegangen. Wenn einem Mann wie Zalasta so etwas passiert, können wir ziemlich sicher sein, daß es keinem anderen Menschen gelingt.«

»Logisch.« Bevier nickte.

»Danke. Also, die Trolle haben vor einiger Zeit Thalesien verlassen und sind hier in Atan aufgetaucht. Wir waren uns einig, daß sie es nicht ohne einen Befehl getan hätten, und diesen Befehl kann ihnen nur jemand gegeben haben, dem sie gehorchen. Diese Schlußfolgerung sowie das Wiederauftauchen des Schattens deuten auf die Trollgötter hin, zumal Sephrenia nicht sicher ist, daß sie für alle Zeiten im Bhelliom gefangen sind. Also müssen wir uns damit abfinden, daß den Trollgöttern irgendwie die Flucht gelungen ist.«

»Das alles hört sich gar nicht gut an«, murmelte Talen seufzend.

»Stimmt. Es ist keine frohe Botschaft«, stimmte Tynian zu.

Vanion hob eine Hand. »Es kommt noch schlimmer. Wir sind zu der Ansicht gelangt, daß die Planung all dieser Vorfälle mit Helden aus grauer Vorzeit, Ungeheuern, gewaltsamen Aufständen und dergleichen die Fähigkeiten der Trollgötter übersteigt. Es ist nicht anzunehmen, daß sie viel von Politik verstehen, deshalb müssen wir die Möglichkeit in Betracht ziehen, daß sie sich mit jemandem zusammengetan haben. Dieser Jemand – ob nun Sterblicher oder Unsterblicher – ist der Kopf, und die Trollgötter sind die Muskeln. Sie beherrschen die Trolle, und sie können diese Krieger aus den Gräbern holen.«

»Die Trolle werden benutzt?« sagte Ulath nachdenklich.

»Es sieht so aus.«

»Das ergibt keinen Sinn, Hochmeister Vanion.« Ulath schüttelte den Kopf.

»Wieso?«

»Was gewinnen die Trolle dadurch? Welchen Sinn hätte ein Bündnis für die Trollgötter, wenn es den Trollen keinen Vorteil bringt? Sie können nicht über die Welt herrschen, weil sie nicht aus den Gebirgen herunterkommen können.«

»Warum nicht?« fragte Berit.

»Wegen ihres Pelzes und ihrer dicken Haut. Sie *müssen* in kalten Gegenden bleiben. Zwei Tage in der Sommersonne sind der Tod für jeden Troll. Ihre Körper sind dafür geschaffen, die Wärme drinnen zu halten und nicht, sie abzugeben.«

»Das bringt Eure Theorie in der Tat ernsthaft ins Wanken, Hochmeister Vanion«, meinte auch Oscagne.

»Ich hätte vielleicht eine Erklärung«, warf Stragen ein. »Unser Feind – oder Feinde – will die Welt auf den Kopf stellen, nicht wahr?«

»Nun, zumindest die Oberschicht«, berichtigte Tynian. »Ich habe noch nie gehört, daß irgend jemand so weit gehen wollte, die Bauernschaft an die Macht zu bringen.«

»Das kommt vielleicht später einmal.« Stragen lächelte. »Unser namenloser Freund da draußen will die Welt verändern, doch seine Macht ist nicht groß genug, das allein zu schaffen. Er braucht die Trollgötter für seine Pläne. Doch was kann er ihnen als Gegenleistung bieten? Auf was sind die Trolle versessen?«

»Auf Thalesien«, antwortete Ulath finster.

»Genau. Die Trollgötter würden jede Gelegenheit beim Schopfe packen, die Elenier und Styriker in Thalesien auszurotten, damit die Trolle die Halbinsel wieder für sich allein haben. Wenn jemand eine Möglichkeit gefunden hat, die Jüngeren Styrischen Götter zu vertreiben – oder es zumindest behauptet – wäre das nicht ein unwiderstehlicher Köder für die Trollgötter? Zumal die Jüngeren Götter sie verjagt haben, so daß sie sich verkriechen mußten. Nur einmal angenommen, unser unbekannter Freund hat eine Möglichkeit gefunden, die Trollgötter zu befreien. Dann bot er ihnen einen Pakt an. Als Gegenleistung für ihre Unterstützung versprach er ihnen, die Elenier und Styriker aus Thalesien und möglicherweise auch von den Nordküsten beider Kontinente zu vertreiben. Die Trolle bekommen den Norden und unser Freund die übrige Welt. Wenn *ich* ein Troll wäre, könnte ich einem solchen Angebot nicht widerstehen. Was meint ihr?«

»Er könnte den Nagel auf den Kopf getroffen haben!« gestand Ulath.

»In der Tat«, meinte auch Bevier. »Vielleicht ist das nicht *genau* die Abmachung zwischen unserem Freund und den Trollgöttern, doch eine solche Abmachung erscheint mir sehr wahrscheinlich. Was werden wir jetzt unternehmen?«

»Wir müssen die Verbündeten wieder auseinanderbringen«, antwortete Sperber.

»Das wird nicht so einfach sein, da wir eine der Parteien gar nicht kennen«, gab Kalten zu bedenken.

»Jedenfalls sind wir ziemlich sicher, wer die andere ist, und die werden wir uns vornehmen. Eure Theorie läßt mir keine große Wahl mehr, Vanion. Ich werde den Trollen wohl den Krieg erklären müssen.«

»Ich verstehe nicht ganz, weshalb«, gestand Oscagne.

»Die Götter gewinnen ihre Macht durch ihre Anhänger, Exzellenz«, erklärte Bevier. »Je mehr Anbeter, desto mächtiger der Gott. Es wird den Trollgöttern nicht entgehen, wenn Sperber Trolle zu töten beginnt. Tötet er genügend, werden sie den Pakt aufkündigen. Sie haben keine Wahl, wenn sie überleben wollen. Und in Zemoch haben wir festgestellt, daß sie sehr am Überleben interessiert sind. Als Sperber drohte, Bhelliom zu vernichten – und mit ihm die Trollgötter – wurden sie ganz kleinlaut.«

»Ja, danach waren sie recht umgänglich«, bestätigte Sperber.

»Meine Freunde«, sagte Ulath, »uns erwartet ein großes Vergnügen. Trolle zu bekämpfen ist außerordentlich unterhaltsam.«

An diesem Abend schlugen sie ihr Lager auf einer Wiese neben einem rauschenden Wildbach auf, der eine tiefe Klamm im Gebirge ausgehöhlt hatte. Unten waren die Hänge der Schlucht baumbewachsen und führten steil zu den kahlen, fast senkrechten Felswänden empor, an denen das Auge hundert Fuß und mehr himmelwärts glitt. Es war eine gute Verteidigungsstellung, erkannte Sperber, als er den Blick über das Lager schweifen ließ. Die Nacht kam in diesen Schluchten früh. Die Feuer flackerten gelb in der zunehmenden Dämmerung, und der Abendwind trug ihren dünnen blauen Rauch bachabwärts.

»Habt Ihr einen Augenblick Zeit für mich, Prinz Sperber?« Es war Zalasta, dessen weißes styrisches Gewand sich aus dem Halbdunkel abhob.

»Selbstverständlich, Weiser.«

»Ich fürchte, Eure Gemahlin kann mich nicht leiden. Sie bemüht sich, höflich zu sein, doch ihre Abneigung ist ziemlich offensichtlich. Habe ich sie ungewollt auf irgendeine Weise gekränkt?«

»Das glaube ich nicht, Zalasta.«

Die Lippen des Styrikers verzogen sich flüchtig in einem bitteren Lächeln. »Dann ist es wohl das Phänomen, das mein Volk ›das elenische Übel‹ nennt.«

»Das bezweifle ich. Ich habe Ehlana mehr oder weniger großgezogen. Von mir hat sie gelernt, daß das übliche elenische Vorurteil jeder Grundlage entbehrt. Meine Ansichten haben die ihren geformt. Und die Ordensritter mögen die Styriker. Das gilt vor allem für die Pandioner, da Sephrenia unsere Lehrerin war. Wir lieben sie sehr.«

»Ja, das habe ich bemerkt.« Der Magier lächelte. »Auch wir sind in dieser Hinsicht nicht ohne Fehl. Unsere Vorurteile gegen Elenier sind beinahe so vernunftwidrig wie die euren uns gegenüber. Die Mißbilligung Eurer Gemahlin muß dann wohl einen anderen Grund haben.«

»Vielleicht liegt es an etwas so Unbedeutendem wie Eurem Akzent, Weiser. Meine Gemahlin ist eine vielschichtige Persönlichkeit. Sie ist außerordentlich intelligent, aber mitunter dennoch ein wenig unvernünftig.«

»Dann ist es wahrscheinlich das beste, wenn ich ihr aus dem Weg gehe. Von nun an werde ich unsere Reise auf einem Pferd fortsetzen. Daß ich dauernd in der Kutsche sitze, trägt sicherlich nicht dazu bei, die Antipathie Eurer Gemahlin zu mildern. Ich hatte schon früher mit Menschen zu tun, die mich nicht mochten; aber damit kann ich leben. Mit der Zeit wird es mir sicher gelingen, die Sympathie Ihrer Hoheit zu gewinnen.« Er lächelte kurz. »Ich kann sehr liebenswürdig sein, wenn ich will.« Er blickte die Klamm entlang, wo der reißende Bach in der zunehmenden Dunkelheit weiß über aufragende Steine schäumte. »Seht Ihr irgendeine Möglichkeit, den Bhelliom zurückzuholen, Prinz Sperber?« fragte er ernst. »Ich fürchte, ohne den Stein stehen unsere Chancen nicht gut. Wir brauchen ein Rüstzeug, mit dem wir den Göttern gewachsen sind, denen wir entgegentreten wollen. Könnt Ihr mir sagen, wo Ihr den Bhelliom ins Meer geworfen habt? Vielleicht vermag ich Euch zu helfen, ihn zurückzuholen.«

»Es wurde mir nicht auferlegt, darüber zu schweigen, Weiser«, antwortete Sperber bedauernd. »Das war nicht notwendig, da ich selbst nicht die geringste Ahnung habe, wo ich den Stein ins Meer warf. Aphrael wählte die Stelle aus und achtete sorgfältig darauf, daß wir den Ort nicht zu erkennen vermochten. Ihr könnt sie fragen, aber ich glaube nicht, daß sie es Euch sagen wird.«

Zalasta lächelte. »Sie setzt gern ihren Kopf durch, nicht wahr? Aber wir lieben sie alle.«

»Stimmt. Ihr seid ja in derselben Ortschaft wie sie und Sephrenia aufgewachsen.«

»O ja. Und ich bin stolz, daß ich sie meine Freunde nennen darf. Aphrael hat jeden in Atem gehalten. Immer war sie voller Ideen. Hat sie erwähnt, weshalb sie den Ort geheimhalten wollte?«

»Sie hat es nicht direkt gesagt, aber ich glaube, sie betrachtete den Stein als ein zu großes Risiko für die Welt. Bhelliom ist ewiger als die Götter, und wahrscheinlich auch mächtiger. Die Frage nach seinem Ursprung übersteigt meine Vorstellungskraft. Offenbar ist er einer dieser Elementargeister, die an der Erschaffung des Universums beteiligt waren.« Sperber lächelte. »Es war ein ziemlicher Schock, als ich davon erfuhr. Keine sechs Zoll von meinem Herzen entfernt trug ich einen Gegenstand, der ganze Universen erschaffen kann! Insofern kann ich Aphraels Besorgnis verstehen. Sie erzählte uns einmal, daß Götter die Zukunft nur vage sehen können, und daß sie selbst nicht vorhersagen kann, was geschehen würde, wenn Bhelliom in falsche Hände geriete. Wir haben nicht weniger als den Untergang der Welt riskiert, um zu verhindern, daß Azash den Stein in die Finger bekam. Aphrael wollte Bhelliom an einen Ort bringen, wo niemand ihn je wieder finden und benutzen würde.«

»Sie denkt nicht logisch, Prinz Sperber.«

»Das würde ich *ihr* an Eurer Stelle nicht sagen. Sie könnte es als Kritik auffassen.«

Zalasta lächelte. »Sie kennt mich, deshalb nimmt sie mir Kritik nicht übel. Wenn der Bhelliom eine der Kräfte ist, die an der Erschaffung des Universums beteiligt waren, wie Ihr sagtet, dann muß ihm unbedingt die Möglichkeit gegeben werden, sein Werk fortzusetzen. Andernfalls wird das Universum Schaden nehmen.«

»Aphrael sagte, daß diese Welt nicht ewig bestehen wird.« Sperber zuckte die Schultern. »Irgendwann wird sie untergehen, und Bhelliom wird wieder frei sein. Der Verstand scheut vor dieser Vorstellung zurück, aber ich denke, daß die Zeitspanne von dem Augenblick an, da Bhelliom von unserer Welt eingefangen wurde, bis zu dem Moment, an dem sie verglühen wird, wenn unsere Sonne explodiert, für den Geist, den dieser Stein beherbergt, nicht mehr als ein Lidschlag ist.«

»Auch mir macht die Vorstellung von Ewigkeit und Unendlichkeit zu schaffen, Prinz Sperber«, gestand Zalasta.

»Ich glaube, wir werden uns damit abfinden müssen, daß Bhelliom für immer verloren ist, Weiser«, sagte Sperber. »Somit sind wir im Nachteil, aber damit müssen wir uns wohl abfinden. Ich fürchte, wir sind ganz auf uns selbst gestellt.«

Zalasta seufzte. »Vielleicht habt Ihr recht, Prinz Sperber. Aber wir brauchen den Bhelliom wirklich! Meines Erachtens hängen Erfolg oder Mißerfolg unseres Kampfes von diesem Stein ab. Ich glaube, wir sollten unsere Bemühungen auf Sephrenia konzentrieren. Sie hat großen Einfluß auf ihre Schwester.«

»Das ist mir auch aufgefallen«, pflichtete Sperber ihm bei. »Wie waren sie als Kinder?«

Zalasta blickte in die fast schon nächtliche Dunkelheit. »Nach Aphraels Geburt hatte sich unser Dorf sehr verändert. Wir wußten sofort, daß sie kein gewöhnliches Kind war. Alle Jüngeren Götter sind regelrecht vernarrt in sie. Sie ist das einzige Kind unter ihnen, und sie haben Aphrael durch die Äonen hindurch unbeschreiblich verwöhnt.« Er lächelte leicht. »Sie hat die Kunst, ein Kind zu sein, zur Vollendung geführt. Alle Kinder sind liebenswert. Doch Aphrael versteht sich so geschickt darauf, die Liebe aller zu erobern, daß sie selbst Herzen aus Stein schmelzen läßt. Die Götter bekommen immer, was sie wollen. Doch Aphrael bringt uns dazu, aus *Liebe* zu tun, was sie will.«

»Das ist mir nicht entgangen«, sagte Sperber trocken.

»Sephrenia war ungefähr neun Jahre alt, als ihre Schwester geboren wurde, und von dem Augenblick an, da sie die Kindgöttin zum erstenmal sah, hat sie ihr ganzes Leben dem Dienst an ihr geweiht.« Ein eigenartiger Schmerz schwang bei diesen Worten in der Stimme des Magiers mit.

»Das Säuglingsalter hat Aphrael gewissermaßen übersprungen«, fuhr Zalasta fort. »Vom Augenblick ihrer Geburt an konnte sie sprechen, und das Zähnekriegen und Gehenlernen übersprang sie gewissermaßen. Ich war mehrere Jahre älter als Sephrenia und hatte mein Studium längst begonnen, doch ich verfolgte Aphraels Entwicklung voller Faszination. Es kommt nicht oft vor, daß man miterleben darf, wie eine Gottheit aufwächst.«

»Sehr selten«, murmelte Sperber.

Zalasta lächelte. »Sephrenia verbrachte jede Sekunde mit ihrer Schwester. Von Anfang an war offensichtlich, daß zwischen den beiden eine ganz besondere Bindung bestand. Es gehört zu Aphraels Eigenarten, daß sie in die Rolle des hilflosen Kindes schlüpft. Sie ist eine Göttin und sollte gebieten, aber das tut sie nicht. Beinahe hat es den Anschein, als würde es ihr Spaß machen, gescholten zu werden. Sie ist gehorsam – sofern es ihr paßt –, aber dann und wann tut sie etwas ganz und gar Unmögliches – wahrscheinlich nur, um die Leute daran zu erinnern, wer sie wirklich ist.«

Sperber dachte an die Schar Elfen, die im Schloßgarten von Cimmura die Blumen bestäubt hatten.

»Sephrenia war immer ein vernünftiges Kind, das sich fast wie eine Erwachsene benahm. Ich vermute, daß Aphrael, noch ehe sie geboren war, ihre Schwester auf eine lebenslange Aufgabe vorbereitet hatte. Sephrenia wurde im wahrsten Sinne des Wortes zu Aphraels Mutter. Sie versorgte sie, fütterte sie, badete sie – obwohl das hin und wieder zu heftigem Aufbegehren führte. Aphrael haßt es, gebadet zu werden – und sie braucht es auch gar nicht, da sie jeglichen Schmutz jederzeit verschwinden lassen kann. Ich weiß nicht, ob Euch aufgefallen ist, daß sie stets Grasflecken an den Füßen hat, auch an Orten, wo kein Gras wächst. Aus irgendeinem Grund, der mir beim besten Willen nicht einfallen will, scheint sie diese Flecken zu brauchen.« Der Styriker seufzte. »Als Aphrael etwa sechs war, mußte Sephrenia wirklich zu ihrer Mutter werden. Wir drei waren im Wald, als eine Meute betrunkener Elenier unser Dorf überfiel und alle Bewohner umbrachte.«

Sperber holte bestürzt Luft. »Das erklärt einiges«, sagte er. »Allerdings wirft es andere Fragen auf, die noch schwerer zu beantworten sind. Was kann Sephrenia nach einer solchen Tragödie veranlaßt haben, die Mühe auf sich zu nehmen, Generationen von Pandionern zu unterrichten?«

»Wahrscheinlich hat Aphrael es ihr aufgetragen. Vergeßt nie, Prinz Sperber, Aphrael mag zwar vorgeben, ein Kind zu sein, aber in Wahrheit ist sie es nicht. Sie gehorcht, wenn es ihr Spaß macht, aber sie vergißt niemals, daß *sie* es ist, die letztendlich die Entscheidungen trifft. Und sie bekommt *immer*, was sie will.«

»Was geschah, nachdem euer Dorf zerstört worden war?« fragte Sperber.

»Wir hielten uns eine Zeitlang im Wald auf; dann gewährte ein anderes styrisches Dorf uns Aufnahme. Als ich sicher sein konnte, daß die beiden Mädchen gut untergebracht waren und nichts zu befürchten hatten, verließ ich sie, um wieder meinen Studien nachzugehen. Und als ich sie schließlich wiedersah, war Sephrenia die schöne Frau, die sie jetzt ist. Aphrael hingegen war noch immer ein Kind – nicht einen Tag älter als zu dem Zeitpunkt, als ich sie verlassen hatte.« Er seufzte erneut. »Die Zeit, die wir als Kinder miteinander verbracht hatten, war die glücklichste meines Lebens. Die Erinnerung daran gibt mir Kraft und tröstet mich, wenn ich Sorgen habe.«

Er blickte zum Himmel, wo die ersten Sterne blinkten. »Bitte entschuldigt mich, Prinz Sperber. Ich möchte heute nacht mit meinen Erinnerungen allein sein.«

Sperber legte dem Styriker freundschaftlich die Hand auf die Schulter. »Selbstverständlich, Zalasta.«

»Wir mögen ihn«, sagte Danae.

»Warum gibst du dich ihm dann nicht zu erkennen?«

»Ich weiß es selbst nicht recht, Vater. Vielleicht nur, weil Mädchen gern Geheimnisse haben.«

»Das ist nicht gerade eine vernünftige Antwort, weißt du.«

»Möglich, aber ich muß ja nicht vernünftig sein. Das ist das Schöne, wenn man von aller Welt verehrt wird.«

Sperber entschied sich für den direkten Weg. »Zalasta meint, daß wir Bhelliom brauchen.«

»Nein!« entgegnete Aphrael entschieden. »Ich habe zuviel Zeit und Mühe darauf verwendet, ihn an einen sicheren Ort zu bringen, als daß ich ihn jedesmal hervorhole, wenn die Situation sich ändert. Stets will Zalasta mehr Macht, als die Lage wirklich erfordert. Falls wir es nur mit den Trollgöttern zu tun haben, werden wir auch ohne Bhelliom mit ihnen fertig.« Sie hob eine Hand, als Sperber widersprechen wollte. »Mein Entschluß ist endgültig!«

»Ich könnte dich übers Knie legen, bis du ihn änderst.«

»Nur, wenn ich dich lasse.« Sie seufzte. »Die Trollgötter werden ohnehin nicht mehr lange ein Problem sein.«

»Ach?«

»Die Trolle sind dem Untergang geweiht«, sagte sie, beinahe ein wenig traurig. »Und wenn es sie nicht mehr gibt, werden ihre Götter machtlos sein.«

»Warum sind die Trolle dem Untergang geweiht?«

»Weil sie sich nicht ändern können, Sperber. Auch wenn es uns nicht immer gefällt – so ist es nun mal auf der Welt. Alle Geschöpfe müssen sich weiterentwickeln, oder sie sterben. So war es mit den Urmenschen. Sie hatten das Ende ihrer Entwicklung erreicht, und die Trolle nahmen ihre Stelle ein. Und jetzt ist es an den Trollen, den Platz zu räumen. Sie brauchen zuviel Lebensraum. Ein einzelner Troll benötigt etwa hundertfünfzig Quadratmeilen, und die teilt er mit keinem Artgenossen. Es ist auf der Welt einfach nicht mehr genügend Platz für sie, zumal es nun auch die Elenier gibt, die Wälder roden, um Häuser zu bauen und Landwirtschaft zu betreiben. Mit uns Styrikern allein hätten die Trolle vielleicht überleben können. Styriker fällen keine Bäume.« Sie lächelte. »Das liegt nicht daran, daß wir Bäume besonders lieben, sondern daß wir keine guten Äxte haben. Als ihr Elenier das Geheimnis des Stahls entdeckt habt, begann das Ende der Trolle – und das ihrer Götter.«

»Das spricht für die Annahme, daß die Trollgötter sich mit jemandem zusammengetan haben«, bemerkte Sephrenia. »Wenn sie begreifen, was geschieht, sind sie gewiß verzweifelt und zu allem entschlossen. Ihr Überleben hängt von der Erhaltung der Trolle und ihres Lebensraumes ab.«

»Das erklärt vielleicht auch eine Sache, die mich beunruhigt«, sagte Sperber.

»Ach?« Sephrenia blickte ihn an.

»Wenn außer den Trollgöttern noch jemand hinter all dem Chaos steckt, erklärt dies möglicherweise die Unterschiede, die mir aufgefallen sind. Ich habe immer wieder dieses bohrende Gefühl, daß die Dinge nicht ganz so sind wie beim letzten Mal – daß es irgendwie nicht zusammenpaßt, wenn ihr versteht, was ich meine. Das Auffälligste ist, daß dieser ausgeklügelte Plan, sich alter Volkshelden wie Fyrchtnfles und Ayachin zu bedienen, den plumpen Verstand der Trollgötter schlichtweg übersteigt.« Er verzog das Gesicht. »Aber das wirft sofort eine neue Frage auf. Wie kann sich der Urheber all dessen der Mithilfe der Trollgötter versichern, wenn er ihnen nicht begreiflich machen kann, was er tut und warum?«

»Würde es deinen Stolz verletzen, wenn ich eine ganz einfache Antwort darauf hätte?« fragte Danae.

»Nein, ich glaube nicht.«

»Die Trollgötter wissen, daß andere klüger sind als sie, und derjenige, den du ›unseren Freund‹ nennst, kann sie unter Druck setzen, indem er ihnen droht, sie Millionen Jahre lang in der Schatulle mit dem Bhelliom auf dem Meeresgrund zu versenken, falls sie nicht tun, was er ihnen befiehlt. Vielleicht sagt er ihnen nur, was sie tun sollen, ohne sich die Mühe zu machen, ihnen den Grund dafür zu nennen. Und den Rest der Zeit läßt er sie schalten und walten und Furcht und Schrecken verbreiten. Das wäre eine gute Tarnung für alles, was *er* macht, oder?«

Sperber starrte sie lange an, dann lachte er. »Ich liebe dich, Aphrael!« Er hob sie auf die Arme und küßte sie.

»Er ist ein so netter Junge«, sagte die kleine Göttin strahlend zu ihrer Schwester.

Zwei Tage später änderte sich das Wetter schlagartig. Dicke Wolken trieben vom Hunderte von Meilen entfernten Tamulischen Meer im Osten herbei, und der Himmel wurde plötzlich düster und drohend. Und die allgemein trübe Stimmung wurde noch gedrückter, als es zu einem jener für Regierungsmissionen typischen Organisationsprobleme kam. Sie erreichten gegen Mittag eine Clangrenze, die durch einen mehrere hundert Meter breiten kahlen Streifen zu erkennen war, und mußten feststellen, daß keine Ablösung ihrer Eskorte sie dort erwartete. Der Clan, der sie bis hierher geleitet hatte, durfte diesen Streifen nicht überqueren und blickte bereits unruhig zum sicheren Waldrand auf dem eigenen Territorium zurück.

»Es gibt böses Blut zwischen diesen beiden Clans, Sperber-Ritter«, sagte Engessa ernst. »Und es ist schwerster Bruch von Sitte und Anstand, sowohl für den einen wie den anderen Clan, sich dem Niemandsland zwischen ihnen auch nur auf fünfhundert Schritte zu nähern.«

»Dann schickt sie heim, Atan Engessa«, bat Sperber. »Wir sind genug Streiter, um die Königin zu schützen, und wir wollen keinen Clankrieg auslösen. Der andere Clan dürfte bald hier sein. Es besteht keine echte Gefahr.«

Engessa schien seine Zweifel zu haben, doch er sprach mit dem Führer ihrer Eskorte, und die Ataner kehrten dankbar in das Gebiet ihres Clans zurück.

»Was nun?« fragte Kalten.

»Wie wär's mit einer warmen Mahlzeit?« antwortete Sperber.

»Ich dachte schon, du würdest nie darauf kommen.«

»Sorg dafür, daß die Ritter und die Peloi um die Kutsche herum lagern, und daß etwas gekocht wird. Ich werde Ehlana Bescheid geben.« Er ritt zur Karosse zurück.

»Wo ist die Eskorte?« fragte Mirtai scharf. Jetzt, als Erwachsene, war sie noch gebieterischer.

»Ich fürchte, sie verspätet sich«, erklärte Sperber. »Während wir warten, könnten wir uns eine warme Mahlzeit gönnen.«

»Das ist eine großartige Idee, Sperber.« Emban strahlte.

»Ich wußte, daß dieser Vorschlag Euch gefällt, Eminenz. Bis wir gegessen haben, müßte die Eskorte hier sein.«

Doch das war sie nicht. Sperber stapfte verärgert hin und her, und schließlich verließ ihn die Geduld. »Jetzt reicht es!« sagte er laut. »Machen wir uns zum Weitermarsch bereit.«

»Wir sollen doch warten, Sperber«, erinnerte Ehlana ihn.

»Nicht mitten auf einer Lichtung! Ich habe nicht vor, möglicherweise zwei Tage hier herumzusitzen und darauf zu warten, bis ein atanischer Clanhäuptling aus einer offiziellen Botschaft klug wird.«

»Ich glaube, wir tun lieber, was er sagt«, wandte Ehlana sich an die anderen. »Ich kenne diese Miene. Mein Liebster wird ungeduldig.«

»...er«, fügte Talen hinzu.

»Was hast du gesagt?« fragte Ehlana.

»Ungeduldig*er*. Sperber ist immer ungeduldig. Es ist jetzt nur ein bißchen schlimmer. Man muß ihn schon sehr gut kennen, um den Unterschied zu bemerken.«

»Hat er recht, Liebling? Bist du jetzt ungeduldig*er*?« neckte sie ihn.

»Mag schon sein, Ehlana. Wir brechen auf. Die Straße ist gut markiert, wir können also kaum vom Weg abkommen.«

Die Bäume jenseits der Lichtung waren dunkle Zedern mit breiten, fast bis zum Boden reichenden Zweigen, die alles verbargen, was sich weiter als ein paar Meter waldeinwärts befand. Die Wolken, die vom Osten herantrieben, ballten sich mehr und mehr zusammen, und zwischen den Bäumen wurde es zusehends dämmriger.

Die fast unbewegte Luft war schwül, und das Summen von Mücken nahm zu, je tiefer sie in den Wald kamen.

»Wenn's so viele Mücken gibt, bin ich dankbar für den Panzer«, sagte Kalten. »Dann stelle ich mir immer vor, wie Schwärme dieser kleinen Blutsauger mit winzigen Hämmern herumsitzen und versuchen, ihre Rüssel wieder geradezuklopfen.«

»Sie werden gar nicht versuchen, Euch durch den Stahl zu stechen, Ritter Kalten«, erklärte Zalasta. »Geruch lockt sie an, und ich glaube nicht, daß irgendein Lebewesen den Gestank elenischer Rüstungen appetitanregend findet.«

»Ihr seid ein Spaßverderber, Zalasta.«

»Verzeiht, Ritter Kalten.«

Im Osten grollte Donner.

»Das perfekte Ende für einen Tag, an dem alles schiefging«, bemerkte Stragen. »Ein aufmunterndes Gewitter mit vielen Blitzen, Donner, Hagel, peitschendem Regen und heulendem Wind.«

Plötzlich erklang aus einer entfernten Schlucht tiefer im Wald der Widerhall eines heiseren Brüllens. Gleich darauf ertönte eine Antwort aus der entgegengesetzten Richtung.

Ritter Ulath fluchte.

»Was ist los?« fragte Sperber heftig.

»Erkennst du es denn nicht, Sperber?« entgegnete der Thalesier. »Du hast es schon mal gehört – am Vennesee.«

»Was ist es?« erkundigte Khalad sich besorgt.

»Ein Signal, daß es höchste Zeit ist, sich zur Verteidigung bereit zu machen. Da draußen sind Trolle!«

22

»Es ist nicht ideal, Freund Sperber«, sagte Kring skeptisch, »aber ich glaube nicht, daß die Zeit reicht, nach etwas Besserem zu suchen.«

»Da hat er recht, Sperber«, pflichtete Ulath bei. »Die Zeit ist im Augenblick das größte Problem.«

Die Peloi hatten den Wald ringsum nach einer Stelle durchkämmt, die gute Verteidigungsmöglichkeiten bot. Bei ihrem angeborenen Unbehagen in bewaldetem Terrain hatten Krings Reiter mit dieser Suche viel Mut bewiesen.

»Könnt Ihr mir Einzelheiten nennen?« fragte Sperber den kahlgeschorenen Domi.

»Es ist eine Schlucht, die nirgendwohin führt, Freund Sperber.« Kring spielte nervös mit dem Griff seines Säbels. »Ein ausgetrocknetes Bachbett verläuft in der Mitte. So wie's aussieht, würde ich sagen, daß es sich im Frühjahr füllt. Am oberen Ende scheint ein ausgetrockneter Wasserfall zu sein. An seinem Fuß fanden wir eine Höhle, die Schutz für die Damen bieten dürfte und gut zu verteidigen ist, falls die Lage verzweifelt werden sollte.«

»Ich dachte, das wäre sie bereits«, murmelte Tynian.

»Wie breit ist der Zugang zur Schlucht?« erkundigte sich Sperber.

»Der Eingang selbst ist etwa zweihundert Schritte breit«, antwortete Kring. »Aber wenn man ein Stück hindurch ist, verengt er sich bis ungefähr auf zwanzig Schritt. Dann weitet er sich wieder zu einer Art Becken, wo der jetzt ausgetrocknete Wasserfall herabkommt.«

»Das Schlimme an einer Schlucht ist, daß man unten in der Falle hockt«, sagte Kalten düster. »Die Trolle werden rasch herausfinden, daß sie uns bequem von oben mit Steinen bewerfen können.«

»Haben wir eine Wahl?« fragte ihn Tynian.

»Nein, aber ich dachte, ich sollte darauf aufmerksam machen.«

»Es gibt keinen geeigneteren Ort?« fragte Sperber den Domi.

Kring zuckte die Schultern. »Ein paar Lichtungen, zwei Buckel, über die ich spucken könnte.«

»Dann bleibt es also bei der Schlucht«, bestimmte Sperber grimmig. »Beeilen wir uns, damit wir die Schmalstelle noch einigermaßen befestigen können.«

Sie scharten sich dicht um die Karosse und bahnten sich ihren Weg durch den Wald. Die Kutsche holperte über den unebenen Boden, und hin und wieder mußten ein paar umgestürzte Baumstämme beiseite geräumt werden. Nach etwa hundert Metern begann das Gelände anzusteigen, und der Wald wurde lichter.

Sperber lenkte Faran neben die Karosse.

»Wir fahren zu einer Höhle, Ehlana«, sagte er zu seiner Gemahlin. »Krings Männer hatten keine Zeit, sie zu erforschen, deshalb wissen wir nicht, wie tief sie ist.«

»Was spielt das schon für eine Rolle?« Ehlanas Gesicht war noch bleicher als sonst. Das ferne Brüllen der Trolle im Wald hatte sie offensichtlich erschreckt.

»Es könnte sehr wichtig sein«, antwortete Sperber. »Wenn ihr dort seid, soll Talen sich gründlich in der Höhle umschauen. Falls sie tief genug in den Berg reicht oder sich verzweigt, könnt ihr euch um so besser darin verstecken. Sephrenia begleitet euch. Sie kann den Eingang versperren und Abzweigungen verbergen, damit die Trolle euch nicht finden können, falls es ihnen gelingt, an uns vorbei zu kommen.«

»Warum verstecken wir uns nicht alle in der Höhle? Du und Sephrenia, ihr könnt den Eingang mit Magie verschließen. Dann warten wir einfach ab, bis die Trolle die Lust verlieren und verschwinden.«

»Kring meint, daß die Höhle nicht groß genug ist. Seine Männer suchen nach einer anderen, doch die Zeit drängt. Falls wir ein besseres Versteck finden, ändern wir den Plan. Fürs erste ist die Höhle das Beste, was wir haben. Du begibst dich mit den anderen Damen sowie Patriarch Emban, Botschafter Oscagne und Talen hinein. Berit und acht bis zehn weitere Ritter werden den Höhleneingang bewachen. Bitte, widersprich nicht, Ehlana. Dies ist eine der Situationen, da *ich* die Entscheidungen treffe. Du hast dich in Chyrellos damit einverstanden erklärt.«

»Er hat recht, Majestät«, warf Emban ein. »Wir brauchen jetzt einen General, keine Königin.«

»Falle ich euch zur Last, meine Herren?« fragte Ehlana spitz.

»Nicht im geringsten, Majestät« entgegnete Stragen galant. »Eure Anwesenheit spornt uns an. Wir werden Euer Herz mit unserer Tüchtigkeit und unserem Heldenmut erfreuen.«

»Am meisten könnten die Trolle mein Herz erfreuen, indem sie wieder verschwinden«, sagte Ehlana besorgt.

»Wir könnten ihnen diese Botschaft zukommen lassen«, meinte Sperber, »aber Trolle sind sehr schwer zu überreden – schon gar, wenn sie Hunger haben.« Obwohl die Lage ernst war, machte Sperber sich keine allzu großen Sorgen um die Sicherheit seiner Gemahlin, denn Sephrenia war da, um sie zu beschützen. Und sollte die Situation tatsächlich bedrohlich werden, konnte auch Aphrael eingreifen. Sie würde niemals zulassen, daß ihrer Mutter etwas zustieß, selbst wenn sie dafür ihre göttliche Natur preisgeben müßte.

Die Schlucht hatte ihre Nachteile, daran bestand kein Zweifel. Der offensichtlichste war der, auf den Kalten hingewiesen hatte. Wenn die Trolle den Schluchtrand über ihnen erklommen, wurde ihre Stellung unhaltbar. Kalten betonte dies wortreich, und »ich habe es euch ja gleich gesagt« kam in seinem Redeschwall immer wieder vor.

»Ich glaube, du überschätzt die Klugheit der Trolle«, widersprach ihm Ulath. »Sie werden mit Gebrüll auf uns einstürmen; denn wir sind keine Feinde für sie, sondern Futter, und das ist ihnen wichtiger als ein militärischer Sieg.«

»Du verstehst es heute wirklich, uns aufzumuntern, Ulath«, sagte Tynian. »Was meinst du, wie viele Trolle werden es sein?«

Ulath zuckte die Schultern. »Schwer zu sagen. Ich habe zehn verschiedene Stimmen gezählt – wahrscheinlich die der Familienoberhäupter. Das dürfte bedeuten, daß sich da draußen mindestens hundert herumtreiben.«

»Könnte schlimmer sein«, meinte Kalten.

»Aber nicht viel«, widersprach Ulath. »Hundert Trolle hätten selbst Warguns Armee in ernste Schwierigkeiten bringen können.«

Bevier, ihr Fachmann für Verteidigungsstellungen, hatte sich in der Schlucht umgesehen. »Im Bachbett sind genügend Steine und Felsbrocken für eine Brustwehr, und es gibt ein wahres Dickicht von Schößlingen, die sich als Pfähle verwenden lassen. Ulath, was meinst du, wie lange es noch dauert, bis sie angreifen?«

Ulath kratzte sich am Kinn. »Daß wir angehalten haben, verschafft uns ein bißchen mehr Zeit«, überlegte er laut. »Wären wir weitergezogen, hätten sie wahrscheinlich sofort angegriffen. Aber jetzt werden sie wohl erst einmal alle zusammentrommeln, die in der Nähe sind. Übrigens solltest du deine Verteidigungsmaßnahmen überdenken, Bevier. Trolle haben keine Bogen, somit ist eine Brustwehr unnötig. Sie würde uns mehr behindern als die Trolle. Unser Vorteil sind die Pferde – und unsere Lanzen. Man soll sich einen Troll so weit wie möglich vom Leibe halten. Gut zugespitzte Pfähle allerdings sind hilfreich. Ein Troll nimmt stets den kürzesten Weg, um an etwas heranzukommen, das er haben will – in diesem Fall uns. Wenn wir den Engpaß so verbarrikadieren, daß nur ein paar Trolle auf einmal hindurchkönnen, verbessert das zweifellos unsere Lage. Je weniger von diesen haarigen Bestien wir gleichzeitig vor uns haben, desto besser.« Er seufzte. »Jetzt hätte ich gern mindestens ein Dutzend von Kuriks Armbrüsten.«

»Ich habe eine, Ritter Ulath«, rief Khalad.

»Und viele Ritter haben Langbogen«, fügte Bevier hinzu.

»Wir halten sie mit Pfählen auf, damit wir sie mit Pfeilen treffen können?« fragte Tynian.

»Das ist der beste Plan«, bestätigte Ulath. »Wann immer es geht, sollte man einen Nahkampf mit Trollen meiden.«

»Worauf warten wir dann noch?« forderte Sperber seine Freunde auf.

Die nächste Stunde arbeiteten alle fieberhaft. Die Schmalstelle wurde mit Felsblöcken aus dem Bachbett verengt, und davor errichteten sie einen Wald aus schräg nach außen ragenden, zugespitzten Pfählen. Die Seiten des Eingangs waren so dicht damit gespickt, daß ein Durchkommen unmöglich war, während auf dem Weg zum Becken des ausgetrockneten Wasserfalls erkennbar weniger standen, um die Ungeheuer zu ermutigen, diesen Weg zu nehmen. Krings Peloi fanden ein großes Dornengestrüpp. Sie entwurzelten die Dornbüsche und warfen sie zwischen die dichten Pfähle an den Eingangsseiten, um das Vorankommen der Angreifer noch mehr zu behindern.

»Was macht Khalad dort?« keuchte Kalten unter dem Gewicht des großen Felsbrockens, den er herbeischleppte.

»Er baut irgend etwas«, antwortete Sperber.

»Jetzt ist wahrhaftig nicht die richtige Zeit, sich um Annehmlichkeiten im Lager zu kümmern.«

»Er ist ein sehr vernünftiger junger Mann. Ich bin sicher, er tut etwas Nützliches.«

Am Ende der Stunde hielten sie inne, um die Früchte ihrer Plackerei zu begutachten. Die Schmalstelle war nun zu einer Höchstbreite von knapp acht Fuß verengt und zu beiden Seiten mit brusthohen Pfählen gespickt. Sie würden dafür sorgen, daß die Trolle nicht vom rechten Weg abwichen. Tynian sorgte noch für eine kleine Zugabe, indem er mehrere seiner Alzioner Pflöcke mitten in den Weg schlagen und die herausragenden Enden zuspitzen ließ.

»Trolle tragen doch keine Schuhe, oder?« fragte er Ulath.

»Man würde ein halbes Kuhfell für ein einziges Paar brauchen.« Ulath zuckte die Schultern. »Und da sie Kühe mit Haut und Haaren fressen, haben sie nie genug Leder dafür.«

»Gut. Wir möchten, daß sie in der Schluchtmitte bleiben, wollen es ihnen aber nicht *zu* leicht machen. Barfüßige Trolle werden in *diesem* Stoppelfeld nicht rennen – jedenfalls nicht mehr nach den ersten paar Metern.«

Ulath grinste. »Ich mag deine Einfälle, Tynian.«

»Würden die Herren bitte zur Seite treten?« rief Khalad. Er hatte zwei bereits ziemlich stämmige Schößlinge so abgeschnitten, daß ihre Stümpfe etwa kopfhoch waren, und einen dritten quer daran gebunden. Dann hatte er einen Strick an den Enden des waagerechten Schößlings befestigt und ihn so zusammengezogen, daß dieser einen großen Bogen bildete. Der Bogen war gespannt, die Sehne an einem weiteren Baumstumpf festgebunden, und ein zehn Fuß langer Wurfspeer war eingelegt.

Sperber und die anderen begaben sich in sicheren Abstand, und Khalad schoß den Speer ab, indem er den Strick durchschnitt, der den Bogen gespannt hielt. Der Wurfspeer schoß pfeifend durch die Luft und bohrte sich tief in einen gut hundert Meter entfernten Baum.

Kalten lächelte. »Ich mag diesen Jungen. Er ist in solchen Dingen fast schon so gut, wie sein Vater es war.«

»Ja, es ist eine sehr vielversprechende Familie«, pflichtete Sperber ihm bei. »Postieren wir jetzt unsere Schützen so, daß sie unbehindert zum Engpaß schießen können.«

Kalten nickte. »Und dann?«

»Warten wir.«

»Das mag ich am wenigsten. Wie wär's, wenn wir uns einen Bissen gönnen? Natürlich nur, damit die Zeit schneller vergeht.«

»Natürlich.«

Das Gewitter, das sich im Osten bereits seit dem Vormittag zusammenbraute, war näher gekommen. Blitze zuckten tief in der fast schwarzen Wolkenbank, begleitet von Donner, der von Horizont zu Horizont grollte und die Erde erbeben ließ.

Sie warteten. Die Luft war totenstill und schwül, und den Rittern rann der Schweiß unter den Panzerrüstungen über den ganzen Körper.

»Hat noch irgend jemand einen guten Einfall?« fragte Tynian.

»Ich habe ein paar primitive Katapulte zusammengebastelt«, antwortete Bevier. »Allerdings lediglich aus gebogenen Schößlingen. Sie können deshalb keine sehr großen Steine schleudern, und obendrein ist ihre Reichweite beschränkt.«

»Mir ist in einem Kampf gegen Trolle jede Hilfe recht«, sagte Ulath. »Jedes dieser Ungeheuer, das wir unschädlich machen können, ehe es uns erreicht, ist eines weniger, gegen das wir kämpfen müssen.«

»O Gott!« entfuhr es Tynian.

»Was ist?« fragte Kalten erschrocken.

»Ich glaube, ich habe gerade einen am Waldrand gesehen. Sind sie alle so groß?«

»Etwa neun Fuß?« fragte Ulath ruhig.

»Mindestens!«

»Das ist die durchschnittliche Größe, und sie wiegen zwischen gut zwanzig und dreißig Stein.«

»Du nimmst uns auf den Arm!« sagte Kalten ungläubig.

»Wenn du ein bißchen wartest, kannst du dir selber ein Bild davon machen.« Ulaths Blick wanderte über seine Freunde. »Trolle sind schwer zu töten«, warnte er. »Ihr Fell ist ungemein zäh, und ihre Schädelknochen sind fast einen halben Zoll dick. Die Trolle halten eine Menge aus, wenn sie erregt sind. Falls es zum Nahkampf kommt, dann versucht, sie zu verstümmeln. Ein Troll ist nicht mit ein oder zwei Hieben zu erledigen, deshalb mein Rat: Jeder Arm, den ihr abhackt, ist einer weniger, mit dem der Troll euch packen kann.«

»Haben sie Waffen irgendwelcher Art?« erkundigte sich Kalten.

»Allenfalls Prügel. Mit Speeren können sie nicht recht umgehen. Ihre Armgelenke eignen sich nicht dafür, mit einem Speer zuzustoßen.«

»Das ist doch schon mal etwas.«

»Aber nicht viel«, brummte Tynian.

Sie warteten, während das Unwetter grollend näher kam.

In den folgenden zehn Minuten sahen sie weitere Trolle am Waldrand, und das Brüllen dieser Kundschafter rief offenbar den Rest der Meute herbei. Der einzige Troll, den Sperber je zuvor gesehen hatte, war Ghwerig, und der war unter seinesgleichen ein Zwerg und stark verkrüppelt gewesen. Nun gewann Sperber rasch ein vollkommen anderes Bild von diesen Kreaturen. Sie waren, wie Ulath behauptet hatte, durchschnittlich neun Fuß groß und am ganzen Körper mit dunkelbraunem, zotteligem Fell bedeckt. Die Pranken an ihren langen Armen hingen bis unter die Knie. Ihre Gesichter waren tierisch, mit dicken Brauenwülsten, schnauzenähnlichem Mund und hervorstehenden Fängen. Ihre Augen lagen tief in den Höhlen; sie waren klein und glänzten gierig vor Hunger. Die Trolle bewegten sich am Waldrand entlang, ohne auf Deckung zu achten. Sperber sah, daß ihre langen Arme eine wichtige Rolle bei ihrer Fortbewegung spielten. Manchmal dienten sie als zusätzliche Beine, und hin und wieder dazu, sich an Ästen vorwärtszuschwingen. Ihre Bewegungen waren fließend und verrieten ungeheure Behendigkeit.

»Sind wir mehr oder weniger bereit?« fragte Ulath.

»Ich könnte durchaus noch ein bißchen warten«, antwortete Kalten.

»Wie lange?«

»Vierzig oder fünfzig Jahre würden mir genügen. Was hast du vor?«

»Ich habe etwa fünfzehn verschiedene Trolle gesehen«, antwortete der große Thalesier. »Sie kommen einer nach dem anderen an den Waldrand, um nach uns zu sehen. Das bedeutet, daß sie sich gleich dahinter zwischen den Bäumen gesammelt haben. Ich finde, wir sollten ihnen ein paar Beleidigungen an den Kopf werfen. Wenn ein Troll wütend wird, kann er nicht denken. Trolle sind ohnehin keine Geistesleuchten. Ich möchte sie zu einem unüberlegten Angriff herausfordern. Wenn ich sie so richtig wütend mache, werden sie heulen und brüllen und schließlich geifernd aus dem Wald stürmen. Und dann sind sie leichte Zielscheiben für unsere Schützen. Sollten dennoch ein paar durchkommen, können wir sie mit Pferd und Lanze aufhalten. Bevor sie wieder zur Besinnung kommen, könnten wir eine ganze Menge erlegen. Ich möchte ihre Reihen ein wenig lichten, und wütende Trolle sind wirklich gute Zielscheiben.«

»Meinst du, es gelingt uns, so viele zu töten, daß die übrigen fliehen?«

»Ich würde nicht darauf bauen, aber ich nehme an, alles ist möglich. Schließlich wäre ich vor noch gar nicht so langer Zeit jede Wette eingegangen, daß man hundert Trolle nicht dazu bringen kann, auch nur gleichzeitig in dieselbe Richtung zu stapfen. Deshalb ist die Situation hier völlig neu für mich.«

»Laß mich erst mit den anderen reden, ehe wir etwas überstürzen«, sagte Sperber. Er schritt zurück zu den Rittern und den Peloi, die mit ihren Pferden warteten. Vanion stand bei Stragen, Engessa und Kring. »Gleich geht's los«, erklärte Sperber. »Ulath will versuchen, sie zu einem unüberlegten Angriff zu reizen. Die Pfähle werden ihren Ansturm so sehr bremsen, daß unsere Schützen zum Zuge kommen. Es gilt, ihre Reihen zu lichten. Wenn sie tatsächlich durchbrechen, stürmen wir mit den Lanzen auf sie ein.« Er blickte Kring an. »Es liegt nicht in meiner Absicht, Euch zu beleidigen, Domi, aber könntet ihr hinter uns bleiben? Ulath sagt, daß Trolle schwer zu töten sind. Es ist wirklich kein erfreuliches Geschäft, aber jemand muß uns folgen, wenn wir angreifen, und die Verwundeten töten.«

Krings Gesicht verriet sein Mißfallen. »Also gut«, erklärte er sich schließlich einverstanden. »Aber nur aus Freundschaft zu euch.«

»Das weiß ich zu schätzen, Kring. Sobald Ulath die Trolle genug gereizt hat, daß sie losstürmen, werden wir aufsitzen und uns zum Angriff bereitmachen. Ach, noch etwas – nur weil eine abgebrochene Lanze aus einem Troll ragt, bedeutet das noch lange nicht, daß er kein ernstzunehmender Gegner mehr ist. Es ist sicherer, jedem ein paar Lanzen mehr in den Leib zu rammen. Ich werde jetzt den Damen Bescheid geben, und dann geht's los.«

»Ich begleite Euch«, sagte Vanion, und die beiden schritten die Schlucht hinauf zum Höhleneingang.

Berit und eine kleine Gruppe junger Ritter hielten vor dem Eingang Wache. »Kommen Sie?« fragte der gutaussehende junge Mann nervös.

»Wir haben ein paar Kundschafter gesichtet«, antwortete Sperber. »Jetzt wollen wir versuchen, die Meute zu einem Angriff anzustacheln. Wenn wir schon gegen sie kämpfen müssen, ist es mir bei Tageslicht lieber.«

»Und bevor das Gewitter losbricht«, fügte Vanion hinzu.

»Ich glaube nicht, daß sie an uns vorbeikommen«, sagte Sperber zu dem jungen Ritter, »aber seid wachsam. Wenn die Lage zu bedrohlich wird, dann zieht euch in die Höhle zurück!«

Berit nickte.

Da traten Ehlana, Talen und Sephrenia aus der Höhle.

Ehlanas Stimme klang ein wenig schrill, als sie fragte: »Kommen sie?«

»Noch nicht«, antwortete Sperber. »Aber es ist nur eine Frage der Zeit. Wir wollen versuchen, sie ein bißchen in Stimmung zu bringen. Ulath meint, er kann einen Teil von ihnen so wütend machen, daß sie angreifen, bevor die übrigen dazu bereit sind. Wir möchten nicht gegen alle gleichzeitig kämpfen müssen, wenn es sich vermeiden läßt.« Er blickte Sephrenia an. »Seid Ihr zu einem Zauber bereit, kleine Mutter?«

»Das kommt auf den Zauber an.«

»Könnt Ihr die Höhlenöffnung so verschließen, daß die Trolle nicht hinein können?«

»Wahrscheinlich. Und wenn nicht, kann ich die Höhle immer noch einstürzen lassen.«

»Das würde ich nur als letzten Ausweg empfehlen. Wartet auf jeden Fall, bis auch Berit und seine Männer in der Höhle sind.«

Talens vornehme Kleidung war ziemlich schmutzig geworden. »Und, hast du was gefunden?« fragte Sperber ihn.

»Nur eine Höhle, in der ein Bär seinen Winterschlaf gehalten hat.« Der Junge zuckte die Schultern. »Der Zugang war ziemlich schmal und niedrig. Es gibt zwei weitere Gänge, die ich mir erst noch ansehen muß.«

»Geht kein Risiko ein. Falls Sephrenia den Eingang zum Einsturz bringen muß, möchte ich gern, daß ihr alle an einem geschützten Ort seid.«

Talen nickte.

»Paß gut auf dich auf, Sperber«, sagte Ehlana und umarmte ihn heftig.

»Tu' ich doch immer, Liebling.«

Auch Sephrenia umarmte Vanion, und ihre Worte glichen denen Ehlanas. »Jetzt geht, ihr zwei«, sagte sie.

»Jawohl, kleine Mutter«, antworteten die beiden im Chor.

Sie schritten die Schlucht hinunter. »Ihr billigt mein Verhältnis zu Sephrenia nicht, Sperber, nicht wahr?« fragte Vanion ernst.

»Es geht mich nichts an, mein Freund.«

»Ich wollte nicht wissen, ob es Euch etwas angeht, sondern ob Ihr es billigt. Eine andere Möglichkeit gab es nicht, wißt Ihr. Die Gesetze unserer beiden Kulturen lassen eine Heirat nicht zu.«

»Ich glaube nicht, daß die Gesetze für euch beide Gültigkeit haben. Ihr, Vanion, und Sephrenia habt eine besondere gemeinsame Freundin, die sich nicht um Gesetze schert, falls sie ihr nicht gefallen.« Sperber lächelte seinen alten Freund an. »Ich freue mich ehrlich. Es war nicht mehr mit anzusehen, wie Euch und Sephrenia eure Situation zu schaffen machte.«

»Danke, Sperber. Ich mußte wissen, wie Ihr darüber denkt. Aber ich werde nie mehr nach Eosien zurückkehren können.«

»Ich finde, das braucht Ihr unter diesen Umständen nicht zu bedauern. Ihr und Sephrenia seid glücklich, und das allein zählt.«

»Da kann ich nur zustimmen. Wenn Ihr nach Chyrellos zurückkehrt, versucht bitte, diese Sache im besten Licht darzustellen. Ich fürchte allerdings, daß Dolmant aus der Haut fährt, wenn er davon erfährt.«

»Da wäre ich mir nicht so sicher, Vanion.«

Sperber stellte erstaunt fest, daß er sich noch an ein paar Worte aus der Trollsprache erinnerte, als Ulath in der Mitte des Engpasses stand und Beleidigungen zum Wald hinüber brüllte.

»Was ruft er?« fragte Kalten neugierig.

»Schwer zu übersetzen«, antwortete Sperber. »Trollische Beschimpfungen beschreiben so allerlei Körperfunktionen.«

»Oh, tut mir leid. Ich nehme die Frage zurück.«

»Es würde dir noch viel mehr leid tun, wenn ich es übersetzen könnte.« Sperber verzog das Gesicht bei einer besonders unflätigen Beleidigung, die Ulath den Trollen soeben entgegengeschleudert hatte.

Die Trolle reagierten heftig auf die Beschimpfungen. Offenbar waren sie nicht fähig, so etwas als rituelles Vorgeplänkel zum Kampf zu betrachten, wie es bei Menschen der Fall ist. Bei jedem neuen Schimpfwort des Genidianers heulten sie auf. Eine Schar Trolle kam aus dem Wald hervor. Sie hatten Schaum vor dem Mund und stampften vor Wut mit den Füßen.

»Wie lange warten sie noch, bis sie angreifen?« fragte Tynian seinen großen blonden Freund.

»Das läßt sich bei Trollen schwer abschätzen«, antwortete Ulath. »Ich glaube nicht, daß sie darin geübt sind, in Gruppen zu kämpfen. Natürlich kann ich es nicht mit Sicherheit sagen, aber ich vermute, einer wird schließlich so in Wut geraten, daß er einfach losstürmt. Dann kommt es darauf an, daß die anderen ihm folgen.« Wieder rief er den riesenhaften Kreaturen am Waldrand ein paar Worte entgegen.

Ein Troll kreischte vor Wut; dann rannte er watschelnd auf zwei Beinen und einem Arm los. Mit der freien Hand schwang er einen gewaltigen Prügel. Erst folgte ihm ein Artgenosse, dann weitere.

Sperber blickte sich nach seinen Schützen um. Khalad hatte seine Armbrust einem anderen jungen Pandioner überlassen und stand schußbereit hinter seiner selbstgebastelten Wurfmaschine.

Der Troll an der Spitze drosch mit seinem Prügel wild nach den gespitzten Pfählen, doch die elastischen Schößlinge bogen sich unter seinen Hieben nur und federten sogleich wieder zurück. Der tobende Troll hob die Schnauze und heulte vor Wut.

Khalad durchschnitt das Seil, das seinen gigantischen Bogen gespannt hielt. Die Arme des Bogens peitschten mit melodischem Sirren nach vorn, und der Wurfspeer flog in einem langen Bogen durch die Luft und drang mit einem dumpfen Laut in die breite, pelzige Brust des Trolls.

Der Troll ruckte heftig zurück und stierte auf den Schaft, der aus seinem Leib ragte. Er berührte ihn zögernd mit einem Krallenfinger, als würde er sich fragen, wie dieses Ding hierhergekommen war. Dann setzte er sich heftig nieder, während Blut aus seinem Maul quoll. Er legte beide Hände zittrig um den Schaft und versuchte ihn herauszuziehen. Ein gewaltiger Schwall Blut schoß aus seinem Rachen. Der Troll seufzte und kippte zur Seite.

»Guter Schuß«, rief Kalten Sperbers Knappen zu, der bereits mit Hilfe von zwei jungen Pandionern seine Maschine neu spannte.

»Gebt den anderen Schützen Bescheid, daß die Trolle stehenbleiben, wenn sie zu den Pfählen kommen«, rief Khalad nach hinten. »Offenbar wissen sie nicht, was sie davon halten sollen, und sie geben gute Zielscheiben ab, wenn sie reglos dastehen.«

»Schon unterwegs.« Kalten begab sich zu den Schützen auf einer Seite der Schlucht, Bevier zu denen auf der anderen, um sie zu informieren.

Die sechs Trolle, die dem ersten gefolgt waren, achteten gar nicht auf den Gefallenen. Ohne anzuhalten, stürmten sie auf das Feld aus spitzen Pflöcken zu.

»Das könnte gefährlich werden, Sperber«, sagte Tynian. »Die Trolle haben nie in Gruppen gekämpft, deshalb achten sie gar nicht auf Gefallene. Ulath sagt, daß es keinen natürlichen Tod für sie gibt. Darum begreifen sie nicht, was mit den Gefallenen geschehen ist, und werden sich wahrscheinlich nicht zurückziehen, ganz gleich, wie viele von ihnen wir töten. Die Trolle kann man nicht mit menschlichen Gegnern vergleichen. Sie greifen an und kämpfen, bis alle tot sind. Das sollten wir bei unserer Taktik berücksichtigen.«

Weitere Trolle brachen aus dem Wald hervor, und Ulath setzte seine Beschimpfungen fort.

Kalten und Bevier kamen zurück. »Mir ist gerade etwas durch den Kopf gegangen«, sagte Kalten zu Ulath. »Werden auch Trollinnen angreifen?«

»Wahrscheinlich.«

»Wie kann man weibliche Trolle von den männlichen unterscheiden?«

»Gelüstet dich nach einer Trollin?«

»Welch abscheulicher Gedanke! Ich möchte nur keine Frauen töten, das ist alles.«

»Frauen? Das sind Trolle, Kalten, keine Menschen. Man kann die weiblichen nicht von den männlichen unterscheiden, es sei denn, sie haben Junge bei sich oder man sieht sie sich aus nächster Nähe an. Aber letzteres ist nicht empfehlenswert. Eine Trollsau wird einem genauso den Kopf abreißen wie ein Eber.« Der Genidianer machte sich wieder daran, Obszönitäten zu brüllen.

Weitere Trolle schlossen sich dem Ansturm an, und schließlich quollen die Ungeheuer in Scharen aus dem Wald hervor und gesellten sich ohne Zögern zu dem angreifenden Haufen.

»Es ist soweit«, stellte Ulath zufrieden fest. »Die ganze Meute kommt herangestürmt. Zu den Pferden!«

Sie rannten zu den anderen zurück, während Cyriniker mit Beviers behelfsmäßigen Katapulten und Pandioner mit Khalads speerwerfendem Riesenbogen ihre Geschosse in die heranstürmende Horde schleuderten. Auch von den Schützen an den Schluchtwänden hagelten Pfeile auf die zotteligen Angreifer nieder.

Gespickt mit Pfeilen stürzten einige Trolle zu Boden, doch andere stürmten weiter, ohne auf die Schäfte zu achten, die aus ihren Körpern ragten.

»Sieht nicht so aus, als könnten wir damit rechnen, daß die Trolle durch den Tod ihrer Freunde verängstigt werden und die Flucht ergreifen«, sagte Sperber zu Vanion und den übrigen, als er sich auf Farans Rücken stemmte.

»Freunde?« meinte Stragen milde. »Trolle haben keine Freunde, Sperber. Sie haben nicht einmal für ihre Familie viel übrig.«

»Ich wollte damit nur sagen, daß die Entscheidung bei diesem einen Ansturm fallen wird«, entgegnete Sperber. »Sie rennen gegen uns an, bis sie uns haben oder tot sind.«

»So ist es auch besser, Freund Sperber.« Kring grinste wölfisch. »Endlose Kämpfe sind langweilig, findet ihr nicht?«

»Oh, das würde ich nicht sagen«, warf Tynian ein. »Was meinst du, Ulath?«

Die Ritter formierten sich mit eingelegten Lanzen und warteten.

Das erste halbe Dutzend Trolle hatte ein Pfeilhagel gefällt. Sie lagen im Sterben oder waren bereits tot. Die nachrückenden Reihen der brüllenden Meute gerieten unter neuerlichem Pfeilbeschuß ins Stocken. Die nachdrängenden Trolle stampften ohne anzuhalten über ihre tödlich getroffenen Artgenossen hinweg und stürmten mit offenen Mäulern und geifernden Fängen weiter.

Die zugespitzten Pfähle leisteten gute Dienste. Nach einigen vergeblichen Versuchen, durch diese Stachelbarriere zu brechen, quollen die Trolle dichtgedrängt in den schmalen Durchlaß, wo die vordersten – dank Tynians aus dem Boden ragenden spitzen Pflöcken – nur langsam vorankamen. Mit blutigen Füßen rennt selbst die wütendste Bestie nicht mehr so behende.

Sperber schaute sich um. Die Ritter hatten sich in Viererreihen formiert und die Lanzen halb gesenkt. Die Trolle setzten humpelnd ihren Vormarsch durch den Engpaß fort, bis die vordersten Angreifer – ebenfalls in Viererreihe – das Ende des gespickten Durchgangs erreichte, wo er sich zum Becken hin öffnete. »Es geht los«, murmelte Sperber. Er richtete sich in den Steigbügeln auf und brüllte: »Angriff!«

Die Taktik, die Sperber für die Ordensritter zurechtgelegt hatte, war einfach. Die Gefährten sollten in Viererreihen angreifen, sobald die Trolle auf das Becken zukamen, dann die vorderste Reihe der Angreifer auf die Lanzen nehmen und sogleich paarweise seitwärts ausweichen, damit die nächste Gruppe attackieren konnte. Nach dem Angriff sollte jede Viererreihe sich der Kolonne hinten anschließen, frische Lanzen aufnehmen und warten, bis sie wieder an die Reihe kam. Im Prinzip war es ein ununterbrochener Angriff. Sperber war recht stolz auf diesen Einfall. Von einem menschlichen Gegner wäre diese Taktik wahrscheinlich rasch durchschaut worden, doch bei den Trollen erwies sie sich als recht wirksam.

Vor dem Durchgang begannen sich zottige Kadaver zu häufen. Ein Troll war offenbar nicht klug genug, sich tot zu stellen. Er setzte seinen Angriff fort, bis er starb oder so schwer verwundet war, daß er sich nicht mehr rühren konnte. Nachdem mehrere Reihen der Ritter die vorderen Angriffsketten der Trolle mit Lanzen gefällt hatten, ragten aus manchen der Ungeheuer drei oder vier abgebrochene Schäfte. Das aber hielt die nachfolgenden Trolle nicht auf; sie kletterten über ihre blutenden Artgenossen hinweg.

Sperber, Vanion, Kalten und Tynian kamen bereits zum zweitenmal in die vorderste Reihe. Wieder rammten sie ihre Lanzen in anstürmende Gegner, knickten die Schäfte mit gekonnter Drehung des Arms und scherten zu beiden Seiten aus.

»Dein Plan geht offenbar recht gut auf«, beglückwünschte Kalten seinen Freund. »Zumal die Pferde zwischen den Angriffen Zeit haben, sich auszuruhen.«

»So war es gedacht«, versicherte Sperber ihm fast ein bißchen selbstgefällig, während er sich aus dem Gestell am Ende der Kolonne eine frische Lanze nahm.

Das Gewitter hatte sie nun fast erreicht. Der Wind fuhr heulend durch die Bäume, und Blitze zuckten blendend aus den blauschwarzen Wolken.

Da erschallte aus dem Wald ein ungeheuerliches Brüllen.

»Was, in Gottes Namen, war das?« rief Kalten. »Nichts kann *so* laut sein!«

Was immer es gewesen war – es mußte gewaltig sein. Es bahnte sich durch den Wald einen Weg auf sie zu. Der tobende Wind trug einen pestilenzialischen Gestank mit sich, als er gegen die geschlossenen Visiere der Ritter peitschte.

»Das stinkt ja wie in einem Beinhaus!« rief Tynian, um über das Tosen des Sturms und den Lärm der Schlacht hinweg gehört zu werden.

»Habt Ihr eine Ahnung, was das ist, Vanion?« fragte Sperber.

»Nein«, antwortete der Hochmeister. »Aber es muß gigantisch sein. Größer als alles, was mir je begegnet ist.«

Bald fiel der Regen in dichten Schleiern, hinter denen die anstürmenden Trolle nur undeutlich zu sehen waren.

»Weitermachen!« brüllte Sperber. »Nicht nachlassen!«

Der methodische Angriff wurde fortgesetzt, während die Trolle stumpfsinnig durch den Schlamm vor die Lanzen der Ritter watschelten. Die Strategie war erfolgreich, doch es hatte Verluste gegeben. Einige Pferde waren durch Prügelhiebe verwundeter und tobender Trolle niedergestreckt worden, und mehrere Ritter lagen reglos auf dem aufgeweichten Boden.

Plötzlich erstarb der Wind, und der Regen ließ nach, als die Stille im Auge des Sturms über ihnen war.

»Was ist das?« rief Tynian. Er deutete auf irgend etwas, das sich hinter den kreischenden Trollen befand.

Es war ein einzelner Funke, heller als die Sonne, und er schwebte dicht über dem Waldrand. Plötzlich schwoll er bedrohlich an, und ein Strahlenkranz aus grellem, rötlichem Licht umgab ihn.

»Da ist etwas im Innern!« rief Kalten.

Sperber blinzelte angestrengt in das grelle Pupurlicht, welches das Schlachtfeld erhellte. »Es ist lebendig«, sagte er angespannt. »Es bewegt sich!«

Die Kugel aus purpurnem Licht wuchs schneller und schneller; und lodernde, orangefarbene Flammen zuckten aus ihr hervor.

Und in der Mitte dieser flammenden Kugel stand jemand – jemand in einem Kapuzengewand, in grünes Feuer gehüllt. Der Vermummte hob eine Hand, öffnete sie weit – und ein Blitz zuckte aus der Handfläche. Ein anstürmender cyrinischer Ritter und sein Pferd wurden durch den Blitz in verkohlte Stücke gerissen.

Und dann erschien hinter diesem sengenden Licht eine gewaltige Kreatur. Es war unvorstellbar, daß etwas Lebendes so groß sein konnte. Der Schädel war der eines Reptils. Das Wesen war riesig, ohrlos, schuppengepanzert und besaß eine lippenlose krokodilähnliche Schnauze mit ungezählten Zahnreihen. Der Hals der Kreatur war kurz; sie hatte schmale Schultern und winzige Vorderpfoten. Den Rest des ungeheuren Körpers verbargen gnädigerweise die Bäume.

»*Dagegen* sind wir machtlos!« rief Kalten bestürzt.

Der Vermummte im Innern des purpurnen Feuerballs hob erneut den Arm. Und wieder schoß ein Blitz aus der offenen Handfläche – und explodierte mitten in der Luft in einem Funkenregen.

»Habt Ihr ihn abgewehrt?« brüllte Vanion Sperber zu.

»Nein, Vanion, *so* schnell bin ich nicht.«

Plötzlich hörten sie im Rücken eine tiefe, hallende Stimme in styrischer Sprache rezitieren. Sperber riß Faran herum.

Es war Zalasta. Der silberhaarige Styriker stand ein gutes Stück über der Talsohle auf dem steilen Nordhang der Klamm. Sein weißes Gewand schimmerte in der Düsternis des Unwetters. Er hatte beide Arme über den Kopf erhoben, und sein Stab, dem Sperber bisher keine Bedeutung beigemessen hatte, leuchtete grell. Zalasta senkte den Stab, dann deutete er damit auf den Vermummten in der Strahlenkugel. Ein blendender Funke schoß aus der Stabspitze, zuckte knisternd über die Köpfe der Peloi und Ordensritter hinweg, traf die feurige Kugel und explodierte in einem grellen Funkenregen.

Die Gestalt im Feuer zuckte, und wieder schoß ein Blitz aus der offenen Hand, diesmal genau auf Zalasta gerichtet. Der Styriker lenkte ihn beiläufig mit seinem Stab zur Seite und erwiderte den Angriff mit einem weiteren blendenden Funken, der wie der vorherige an der Oberfläche der Feuerkugel zerstob.

Aufs neue zuckte der Vermummte zusammen, diesmal heftiger. Die ungeheuerliche Kreatur hinter der Kugel heulte und wich in die Dunkelheit zurück.

Die Ordensritter waren beim Anblick dieser schrecklichen Erscheinung wie versteinert.

»Wir sind noch nicht fertig, meine Herren!« rief Vanion. »Angriff!«

Sperber, aus der Erstarrung gerissen, fuhr zusammen. »Danke, Vanion«, sagte er zu seinem Freund. »Für einen Moment war ich nicht bei der Sache.«

»Besser aufpassen, Sperber«, rügte Vanion in dem Tonfall, dessen er sich stets auf dem Übungsplatz bedient hatte, als Sperber und Kalten vor vielen Jahren Novizen gewesen waren.

»Jawohl, Eminenz«, erwiderte Sperber genauso kleinlaut und verlegen. Dann blickten die beiden Männer sich an und lachten.

»Genau wie in der guten alten Zeit«, sagte Kalten kichernd. »Wie wär's, wenn wir uns wieder mit den Trollen beschäftigen und die Nebensächlichkeiten Zalasta überlassen?«

Die Ritter setzten ihren Dauerangriff fort – wie auch die beiden Magier ihr feuriges Duell hoch über ihnen. Die Trolle waren so wild und ungestüm wie zuvor, doch ihre Zahl war erheblich geschrumpft, und die wachsenden Haufen ihrer Toten behinderten den Ansturm der Kreaturen.

Das blutige Gemetzel nahm seinen Fortgang, während die Luft über dem Schlachtfeld von dem furchterregenden Feuer knisterte und zischte.

»Bilde ich's mir nur ein, oder wird unser purpurner Freund da oben ein wenig blaß und schwach?« fragte Tynian, als sie sich wieder neue Lanzen aus dem Gestell nahmen.

»Sein Feuer strahlt nicht mehr so hell«, bestätigte Kalten. »Und er braucht von Mal zu Mal länger, bis er einen Blitz zustandebringt.«

»Laßt euch das nur nicht zu Kopf steigen, meine Herren!« warnte Vanion. »Wir haben immer noch mehr als genug mit den Trollen zu tun, und vermutlich ist auch noch diese zu groß geratene Echse da draußen im Wald.«

»Und ich hatte mich so bemüht, sie zu vergessen!« sagte Kalten vorwurfsvoll.

So schnell und plötzlich, wie sie angeschwollen war, schrumpfte die Kugel aus purpurnem und orangenem Feuer zusammen. Zalasta verstärkte seinen Angriff. Die Funken schossen in rascher Folge aus seinem Stab und explodierten wie feuriger Hagel an der immer kleiner werdenden Kugel.

Und dann verschwand sie.

Die Peloi stießen Jubelrufe aus, und der Angriff der Trolle stockte.

Mit seltsam entrückter Miene lud Khalad seine Schleudermaschine mit einem weiteren Speer und kappte den Strick. Als der Speer durch die Luft sirrte, schien er sich zu entzünden. Flammend beschrieb er einen höheren und weiteren Bogen als alle Speere zuvor.

Die ungeheuerliche Echse brüllte und streckte den gräßlichen Schädel hoch über die Bäume hinaus. Da bohrte der brennende Speer sich tief in ihre Brust, und die abscheuliche Kreatur röhrte ohrenbetäubend vor Schmerz und Wut. Ihre kleinen Vorderklauen tasteten vergeblich nach dem brennenden Schaft. Ein dumpfer, dröhnender Knall erklang im Innern des Körpers – eine Explosion, die den Boden erbeben ließ. Dann zerbarst die gigantische Echse in Fontänen aus blutigem Feuer, und ihre zerfetzten Überreste sanken zuckend hinab in den Wald.

Ein unsteter Schimmer erschien am Waldrand, der an die flimmernde Luft an einem heißen Sommertag erinnerte. Und dann sahen alle, wie etwas aus diesem Schimmer auftauchte: ein derbes, häßliches Gesicht, von Wut und Enttäuschung verzerrt. Es war zottig; kleine Augen, wie die eines Schweins, brannten tief in den Höhlen.

Das Wesen bleckte seine spitzen, gewaltigen Reißzähne und stieß ein Heulen aus, das die Luft zerriß – und Sperber zuckte zusammen. Die flimmernde Erscheinung brüllte in Troll! Aufs neue heulte die Kreatur und ihre donnernde Stimme bog die Bäume ringsum wie ein gewaltiger Sturm.

»Was, in Gottes Namen, ist das?« rief Bevier.

»Ghworg«, antwortete Ulath. »Der Trollgott des Tötens.«

Das unsterbliche Ungeheuer heulte noch einmal und verschwand.

23

Mit Ghworgs Verschwinden zerrissen auch die Bande, welche die Trolle zusammenhielten. Sie wurden wieder die Einzelgänger, als die Ulath sie oft genug beschrieben hatte. Ohne den auf übernatürliche Weise einigenden Einfluß ihres Gottes brach ihre gewohnte Aggressivität gegeneinander wieder hervor. Der Ansturm geriet ins Stocken, als einige Trolle geifernd aufeinander losgingen. Die Wut griff rasch auf andere über, und in kürzester Zeit herrschte vor dem Eingang zur Schlucht ein wildes Handgemenge.

»Nun?« Kalten blickte Ulath fragend an.

»Es ist vorbei.« Der genidianische Ritter zuckte die Schultern. »Zumindest für uns. Die Trolle werden sich vermutlich noch geraume Weile die Köpfe einschlagen.«

Kring war offenbar zum gleichen Schluß gekommen. Mit Säbeln und Lanzen in den Fäusten ritten er und seine Peloi auf Sperbers

Bitte hin suchend zwischen die zuhauf liegenden Trollkörper, um die noch lebenden Ungeheuer zu töten.

Noch immer stand Khalad mit entrückter Miene hinter seiner selbstgebauten Speerschleuder. Plötzlich schien er zu erwachen. Er schaute sich verwirrt um. »Was ist geschehen?«

»Du hast diese Riesenechse getötet, junger Freund«, lobte Tynian ihn. »Das war ein außergewöhnlicher Schuß.«

»*Ich?* Ich kann mich gar nicht erinnern, daß ich auf die Bestie gezielt hätte. Ich dachte, sie wäre außerhalb meiner Schußweite.«

Zalasta kam mit zufriedener Miene den Hang herab. »Es tut mir leid, ich mußte kurz über Eure Gedanken verfügen, junger Herr«, wandte er sich an Sperbers Knappen. »Ich brauchte Eure Maschine, um die Donnerbestie zu erlegen. Ich hoffe, Ihr verzeiht mir. Es blieb leider keine Zeit, Euch zuvor darum zu bitten.«

»Das ist schon recht so, Weiser. Ich wünschte nur, ich hätte diesen Schuß sehen können. Was war das für ein Tier?«

»Seine Gattung lebte vor Abermillionen Jahren auf der Erde«, erklärte der Styriker ihm, »noch vor den Menschen, ja, sogar vor den Trollen. Unser Gegner vermag offenbar selbst Wesen aus der Urzeit wiederzubeleben.«

»War er das in der Feuerkugel?« fragte Kalten. »Unser Gegner?«

»Das kann ich nicht mit Sicherheit sagen, Ritter Kalten. Es scheint, daß wir da draußen viele Ebenen verschiedener Gegner haben. Falls das Wesen in der Kugel nicht unser Hauptfeind war, gehörte er zumindest einer der höchsten Ebenen an. Er besaß sehr großes Können!«

»Sehen wir nach den Verwundeten!« bestimmte Vanion. Trotz seiner Proteste, nicht er sei jetzt der Hochmeister der Pandioner, sondern Sperber, ging Vanion das Befehlen noch immer leicht von der Hand.

»Wir sollten auch den Zugang zur Schlucht gänzlich verbarrikadieren«, schlug Ulath vor. »Schon um nachts keine unerwarteten Besuche von Trollen zu bekommen.«

»Ich werde den Damen Bescheid geben, daß das Schlimmste überstanden ist«, sagte Sperber. Er wendete Faran und ritt zur Höhle. Er war erstaunt und verärgert zugleich, als er sah, daß

Ehlana und die anderen im Freien standen. »Ich habe angeordnet, daß ihr in der Höhle bleibt!« rügte er seine Gemahlin scharf.

»Aber du hast doch nicht ernsthaft erwartet, daß ich dir gehorche, oder?«

»Doch, das habe ich!«

»Das Leben hält leider immer wieder kleine Enttäuschungen bereit, nicht wahr?« entgegnete sie herausfordernd.

»Das reicht jetzt, Kinder!« tadelte Sephrenia sie müde. »Eheliche Unstimmigkeiten sollten nicht in der Öffentlichkeit ausgetragen werden. Streitet, wenn ihr allein seid!«

»Wir haben doch gar nicht gestritten, oder, Sperber?« sagte Ehlana unschuldig.

»Wir wollten gerade loslegen.«

»Tut mir leid, Liebster«, entschuldigte Ehlana sich zerknirscht. »Ich habe es in der Höhle einfach nicht ausgehalten, während du dich in so schrecklicher Gefahr befunden hast.« Sie verzog das Gesicht. »Ich fürchte, ich muß die bittere Arznei schlucken und Zalasta Abbitte leisten. Ich habe ihm schrecklich Unrecht getan. Er hat uns alle gerettet, nicht wahr?«

»Jedenfalls hat er uns nicht geschadet«, stimmte Talen zu.

»Er war großartig« rief die Königin.

»Er ist ungemein geschickt«, bestätigte Sephrenia stolz. Sie nahm Danae auf den Arm. Vermutlich war es ihr gar nicht bewußt; nach Jahrhunderten ihrer Schwesterschaft geschah es ganz von selbst.

»Was war das für eine gräßliche Fratze am Waldrand?« fragte Berit schaudernd.

»Ulath meint, es sei Ghworg gewesen, der Trollgott des Tötens«, antwortete Sperber. »Aus dem Azashtempel in Zemoch kann ich mich schwach an diese Gottheit erinnern. Allerdings habe ich dort nicht weiter auf Ghworg geachtet, dazu war ich zu beschäftigt.« Er verzog das Gesicht. »Unsere Vermutung scheint zu stimmen. Ghwerigs Zauber war demnach nicht so wirkungsvoll, wie wir ursprünglich gedacht hatten. Die Trollgötter sind frei – Ghworg jedenfalls. Mich wundert nur, weshalb sie sich nicht schon eher befreit haben. Wenn sie Bhelliom jederzeit verlassen konnten, warum haben sie es dann nicht getan, als ich im Tempel drohte, den Stein zu zerschmettern?«

»Vielleicht, weil sie Hilfe dazu brauchten.« Sephrenia zuckte die Schultern. »Es ist durchaus möglich, daß unser Feind den Pakt mit den Trollgöttern nur deshalb schließen konnte, weil er ihnen versprach, sie aus ihrem Gefängnis zu befreien. Fragen wir Zalasta, vielleicht weiß er es.«

Der Kampf gegen die Trolle hatte mehr Opfer gefordert, als Sperber gedacht hatte. Viele Ritter waren verwundet worden, und fünfzehn waren gefallen. Als der Abend sich in die Klamm herabsenkte, kam Engessa mit grimmigem Gesicht zu Sperber. »Ich breche jetzt auf, Sperber-Ritter«, sagte er knapp.

Sperber blickte ihn erstaunt an.

»Ich habe ein Wörtchen mit dem Clan dieses Gebiets zu reden. Daß er uns nicht an seiner Grenze erwartet hat, ist unentschuldbar.«

»Es gab wahrscheinlich einen guten Grund dafür, Atan Engessa.«

»Einen solchen Grund kann es nicht geben! Ich werde am Morgen zurück sein – mit genügend Kriegern zum Schutz für Ehlana-Königin.«

»Da draußen im Wald sind Trolle, wie Ihr wißt.«

»Sie werden mich nicht aufhalten, Sperber-Ritter.«

»Seid vorsichtig, Atan Engessa. Ich bin es müde, Freunde begraben zu müssen.«

Engessa grinste plötzlich. »Das ist das Gute beim Kampf gegen Trolle, Sperber-Ritter. Man braucht tote Freunde nicht zu begraben. Die Trolle fressen sie.«

Sperber schauderte.

Zalasta war zweifellos der Held des Tages. Alle Peloi und die meisten Ordensritter blickten voll Ehrfurcht zu ihm auf. Das Bild des feurigen Zweikampfs mit dem Vermummten in der purpurnen Flammenkugel und das spektakuläre Ende der gigantischen Echse haftete jedem noch frisch im Gedächtnis. Zalasta gab sich jedoch bescheiden und tat diese unglaublichen Leistungen ab, als wären sie nichts Besonderes gewesen. Doch er freute sich sichtlich darüber, daß Ehlanas Abneigung in Herzlichkeit umgeschlagen war. Zalasta zeigte plötzlich Gefühle – Ehlana hatte diese Wirkung auf andere –, er war nicht mehr so zurückhaltend und viel menschlicher.

Engessa kehrte am nächsten Morgen mit eintausend atanischen Clansmännern zurück. Die Gesichter ihrer Führer verrieten unverkennbar, daß Engessa sie heftig zur Rede gestellt hatte, weil sie nicht zur vereinbarten Zeit an der Grenze gewesen waren.

Die verwundeten Ritter wurden auf Bahren gehoben und von atanischen Kriegern getragen, und die beträchtlich angewachsene Reisegesellschaft kehrte langsam zur Straße zurück und zog wieder ostwärts, in Richtung Lebas in Tamul.

Durch die Verwundeten behindert, kamen sie nicht sehr schnell voran – so schien es zumindest. Nach scheinbar zwei vollen Reisetagen ließ Sperber seine Tochter verstohlen wissen, daß er unbedingt mit ihr reden müsse, sobald die anderen der Wirklichkeit entrückt waren. Als die leeren Gesichter seiner Kameraden Sperber verrieten, daß Aphrael wieder den Zeitablauf beeinflußte, ritt er zur Karosse zurück.

»Bitte komm gleich zur Sache, Sperber«, bat die kleine Göttin ihn. »Es ist diesmal sehr schwierig.«

»Ist es denn jetzt anders?«

»Natürlich. Ich verlängere die Schmerzen der Verwundeten, und das ist sehr unangenehm. Natürlich sorge ich dafür, daß sie soviel wie möglich schlafen, aber es gibt Grenzen, weißt du.«

»Die Geschehnisse in der Schlucht – was war Wirklichkeit und was war Illusion?«

»Wie soll ich das wissen?«

»Willst du damit sagen, du konntest es nicht erkennen?«

»Natürlich nicht, Sperber! Wenn wir ein Trugbild schaffen, kann *niemand* den Unterschied erkennen. Was nutzt das beste Trugbild, wenn jemand es durchschauen kann?«

»Du hast ›wir‹ gesagt. Wenn es also ein Trugbild war, muß ein Gott dahinterstecken, richtig?«

»Ja. Direkt oder indirekt. War es indirekt, muß der Verantwortliche allerdings einen sehr großen Einfluß auf den betreffenden Gott gehabt haben. Wir übertragen eine solche Kraft nicht sehr oft auf andere – und auch nicht gern. Rede nicht um den heißen Brei, Sperber. Was beunruhigt dich?«

»Ich wollte, ich wüßte es, Aphrael«, gestand er. »Beim Kampf in der Schlucht hat irgend etwas mich stutzig gemacht.«

»Das ist mir zu ungenau, Sperber. Ich brauche schon einen Anhaltspunkt.«

»Das Ganze kam mir einfach übertrieben vor. Ich hatte das Gefühl, daß jemand angeben wollte. Es war – kindisch!«

Sie dachte darüber nach und verzog das Schmollmündchen ein wenig. »Vielleicht *sind* wir kindisch, Sperber. Es gibt nichts, was uns zwingt, erwachsen zu werden; deshalb steht es uns frei, in unserer Kindheit zu schwelgen. Diesen Zug habe ich sogar an mir selbst schon festgestellt.«

»An dir?«

»Ach, Vater«, rügte sie fast abwesend. Sie hatte die kleinen dunklen Brauen nachdenklich zusammengezogen. »Aber es ist nicht ganz aus der Luft gegriffen«, fügte sie hinzu. »Auch diesem Burschen in Astel, diesem Säbel, fehlte jegliche Reife. Außerdem war er nur eine Marionette. Vielleicht bist du tatsächlich auf eine unserer Schwächen gestoßen, Sperber. Es wäre mir allerdings lieb, wenn du es als einen allgemeinen göttlichen Mangel an geistiger Reife und nicht als meine persönliche Schwäche betrachten würdest. Mir selbst fällt es natürlich nicht so auf. Falls es wirklich eine unserer kleinen Unvollkommenheiten ist, bin ich ebenso davon betroffen wie die übrigen. Jeder von uns liebt es, die anderen zu beeindrucken, und es gilt bei uns als höflich, sich beeindruckt zu *zeigen*, wenn ein anderer seine Talente herausstreicht.« Sie verzog das Gesichtchen. »Das tun wir ganz unbewußt, fürchte ich. Behalte einen klaren Blick, Sperber. Daß man dir nicht so schnell etwas vormachen kann, mag sich noch als sehr nützlich erweisen. Aber schlaf jetzt bitte weiter. Ich bin wirklich sehr beschäftigt.«

Sie überquerten den Kamm des atanischen Gebirges und begaben sich über die östlichen Hänge hinunter zur Grenze zwischen Atan und Tamul, die abrupt und deutlich erkennbar war. Atan war eine Wildnis aus Bäumen und schroffen Bergen, Tamul hingegen ähnelte einem gepflegten Park. Die Felder waren ordentlich und regelmäßig angelegt, und sogar die Hügel sahen kunstvoll geformt aus, um einen Anblick zu bieten, der das Auge erfreut. Die Landbevölkerung machte einen fleißigen Eindruck, und ihre Gesichter wiesen nicht den Ausdruck hoffnungslosen Elends auf wie jene der Bauern und Leibeigenen der elenischen Königreiche.

»Organisation, mein teurer Emban«, sagte Oscagne zu dem dicken kleinen Kirchenherrn. »Unser Schlüssel zum Erfolg liegt in der Organisation. Alle Macht in Tamul kommt vom Kaiser, und alle Entscheidungen werden in Matherion getroffen. Wir schreiben unseren Bauern sogar vor, wann sie pflanzen und wann sie ernten sollen. Ich gebe zu, daß zentralisierte Planung ihre Nachteile hat, aber das Wesen der Tamuler scheint danach zu verlangen.«

»Elenier sind bedauerlicherweise viel weniger diszipliniert«, entgegnete Emban. »Mit fügsameren Schäfchen wäre die Kirche bedeutend glücklicher. Aber wir müssen nun mal mit dem zurechtkommen, was Gott uns gegeben hat.« Er lächelte. »Was soll's, es macht das Leben interessant.«

Sie erreichten Lebas an einem Spätnachmittag. Es war eine kleine, saubere Stadt mit für Elenier ausgesprochen fremdartiger Architektur, die stark zu kunstvoller Verzierung neigte. Die Häuser waren niedrig und breit, mit anmutigen Dächern, die sich am Firstende aufwärts krümmten, als hätten die Baumeister schroffe gerade Linien für unvollkommen befunden. Die mit Kopfsteinen gepflasterten Straßen waren breit und gerade, und von Bürgern in bunten Seidengewändern bevölkert.

Die Ankunft der Menschen aus dem Westen erregte beachtliches Aufsehen, da die Tamuler bisher noch nie elenische Ritter zu Gesicht bekommen hatten. Was sie jedoch am meisten beeindruckte, war die Königin von Elenien. Die Tamuler waren ein Volk mit bronzefarbener Haut und dunklem Haar, und die blasse, aschblonde Königin weckte Ehrfurcht in ihnen, als ihre Kutsche beinahe feierlich durch die Straßen rollte.

Ehlanas größte Sorge indes galt den Verwundeten. Oscagne versicherte ihnen, daß die tamulischen Ärzte zu den besten der Welt zählten. Offenbar war der Botschafter ein sehr einflußreicher Mann im Reich. Sofort wurde ein Haus für die verwundeten Ritter zur Verfügung gestellt, und auf Oscagnes Befehl hin erschienen umgehend Ärzte und Pfleger. Auch den anderen teilte man gut eingerichtete Häuser mitsamt Dienerschaft zu, die allerdings kein Wort Elenisch verstand.

»Ihr habt hier offenbar sehr großen Einfluß, Oscagne«, sagte Emban an diesem Abend nach einem exotischen Mahl, das aus Gängen um Gängen unbekannter Delikatessen von mitunter erstaunlichem Geschmack bestand.

»Es ist nicht *mein* Gewicht, das so schwer wiegt, mein Freund.« Oscagne lächelte. »Meine Bevollmächtigung ist vom Kaiser unterzeichnet, und seine Hand schrieb mit dem Gewicht des gesamten daresischen Kontinents. Er hat ganz Tamuli befohlen, alles nur Mögliche – ja, sogar Unmögliche – zu tun, um den Besuch Königin Ehlanas angenehm und erfreulich zu gestalten. Niemand widersetzt sich je des Kaisers Befehlen.«

»Dann müssen seine Anweisungen noch nicht bis zu den Trollen vorgedrungen sein«, sagte Ulath mit unbewegtem Gesicht. »Natürlich haben Trolle eine andere Weltanschauung als wir. Vielleicht dachten sie, Königin Ehlana würde sich über ihre Art der Begrüßung freuen.«

»Nimmt er denn gar nichts ernst?« beschwerte Oscagne sich bei Sperber.

»Ulath? Nein, ich glaube nicht, Exzellenz. Es ist ein thalesischer Wesenszug – schwer zu verstehen, fürchte ich, und möglicherweise abartig.«

»Sperber!« protestierte der Genidianer.

»Ist nicht persönlich gemeint, alter Freund.« Sperber grinste. »Nur ein kleiner Hinweis, daß ich dir deine Hinterlist, mich zum Kochen einzuteilen, als ich gar nicht an der Reihe war, noch nicht ganz vergeben habe.«

»Halt still!« befahl Mirtai.

»Ich hab' was davon ins Auge gekriegt!« beklagte sich Talen.

»Es wird dir nicht schaden! Also, halt endlich still!« Mirtai fuhr fort, die Mischung auf seine Wangen zu reiben.

»Was ist das, Mirtai?« erkundigte Baroneß Melidere sich neugierig.

»Safran. Wir benutzen es zum Kochen. Es ist eine Art Gewürz.«

»Was geht hier vor?« erkundigte Ehlana sich erstaunt, als sie und Sperber das Zimmer betraten und sahen, wie Mirtai das gelbe Gewürz auf Talens Gesicht verteilte.

»Wir verändern das Aussehen Eures Pagen ein wenig, Hoheit«, erklärte Stragen. »Er muß sich auf den Straßen umsehen, und da darf er nicht auffallen. Mirtai färbt seine Haut.«

»Das hättest du doch mit Magie tun können, Sperber, nicht wahr?« fragte Ehlana.

»Vermutlich«, antwortete ihr Gemahl. »Und wenn nicht, wäre es für Sephrenia kein Problem gewesen.«

»Das sagt ihr mir *jetzt*«, beschwerte Talen sich verärgert. »Mirtai würzt mich bereits seit über einer halben Stunde.«

»Du riechst jedenfalls gut«, versicherte Melidere.

»Ich habe nicht vor, in jemandes Kochtopf zu enden. Au!«

»Tut mir leid«, murmelte Alean und löste vorsichtig den Kamm aus einem Knoten in Talens Haar. »Aber ich muß das Mittel gut einkämmen, sonst färbt das Haar sich ungleich.« Alean strich schwarze Farbe ins Haar des jungen Mannes.

»Wie lange wird es dauern, das gelbe Zeug wieder abzuwaschen?« fragte Talen.

»Das weiß ich nicht genau.« Mirtai zuckte die Schultern. »Vielleicht läßt sie sich gar nicht mehr abwaschen. Aber in einem Monat ist sie sowieso nicht mehr zu sehen.«

»Das werdet Ihr mir büßen, Stragen!« drohte Talen.

»Halt still!« warnte Mirtai aufs neue und setzte die Prozedur fort.

»Wir müssen Verbindung zu den hiesigen Dieben aufnehmen«, erklärte Stragen. »Die Kollegen aus Sarsos haben uns versichert, daß wir die endgültige Antwort hier in Lebas bekommen würden.«

»Ich fürchte, Ihr habt bei Eurem Vorhaben etwas übersehen, Stragen«, gab Sperber zu bedenken. »Talen spricht kein Tamulisch.«

»Das ist kein Problem.« Stragen zuckte die Schultern. »Der hiesige Diebeskönig ist Cammorier.«

»Wie ist *das* möglich?«

»Wir sind sehr weltoffen, Sperber. Schließlich sind alle Diebe Brüder, und Können gilt mehr als Herkunft. Sobald Talen tamulisch genug aussieht, wird er sich ins Hauptquartier der hiesigen Diebe begeben und mit Caalador reden – das ist der Name des Cammoriers. Talen wird ihn hierher bringen. Dann können wir ungestört miteinander sprechen.«

»Warum begebt Ihr Euch nicht zu ihm?«

»Und lasse mir Safran ins Gesicht schmieren? Haltet Ihr mich für verrückt, Sperber?«

Caalador, der Cammorier, war ein gedrungener Mann mit rotem Gesicht, krausem schwarzem Haar und einer offenen, freundlichen Miene. Er sah eher wie ein fröhlicher Wirt denn wie der Anführer einer Bande von Dieben und Mördern aus. Caalador war auf gutmütige Weise derb, und seine Sprache war das typisch gedehnte Cammorisch mit den grammatikalischen Eigenwilligkeiten des cammorischen Hinterwäldlers. »Ihr seid also der, wo die ganzen Diebe von Daresien so verblüfft«, sagte er zu Stragen, als Talen die beiden miteinander bekannt gemacht hatte.

»In diesem Punkt muß ich mich wohl schuldig bekennen, Caalador.« Stragen lächelte.

»Tut so was lieber nie nicht, Bruder. Streitet alles ab, gebt nix zu.«

»Ich werde versuchen, das zu beachten. Was macht Ihr so fern von zu Hause, mein Freund?«

»Des gleiche wollt' ich Euch auch fragn, Stragn. 's is a weita Weg von hier noch Thalesien.«

»Und fast genauso weit von Cammorien.«

»Ah, das ist leicht erklärt, mein Freund. Hab' eigentlich als Wilderer angefangen, hab' Hasen auf Land gefangen, das mir nicht gehört hat. Aber war harte Arbeit mit viel Risiko und kaum Gewinn. Also hab' ich Hühnerhäuser ausg'nommen – Hennen rennen nicht so schnell wie Hasen, gleich gar nicht bei der Nacht. Dann bin ich zum Schafstehl'n übergegangen – aber einmal in der Nacht ist's zur Auseinandersetzung mit einer ganzen Meute Hirtenhunde gekommen, die mich trotz Bestechung verraten haben.«

»Wie besticht man einen Hund?« fragte Ehlana neugierig.

»Nix leichter als das, edle Frau. Man braucht ihm bloß ein paar Fleischbrocken zuwerfen. Na ja, die Köter sind wie wild auf mich los, da bin ich g'laufen, so schnell wie ich nur können hab'. Dummerweis' hab' ich dabei meinen Hut verloren, an dem ich sehr gehängt hab' und von dem die halbe Gemeinde gewußt hat, daß er mir gehört. Ich bin bloß ein Bauernbub und hätt' nicht gewußt, wie ich mich in der Stadt benehmen müßt', drum hab' ich auf einem Schiff angeheuert. Um's kurz zu machen, ich bin hier an dieser fremden Küste gestrandet und hab' mich landeinwärts durchgeschlagen, weil der Käpten von dem Schiff, wo ich mitgekommen war, ein Wörtchen mit mir über so einige Dinge reden wollt', die aus dem Frachtraum verschwunden waren, wißt Ihr.« Er machte eine Pause. »Hab' ich Euch gut unterhalten, Durchlaucht Stragen?« Er grinste.

»Sehr, sehr gut, Caalador«, versicherte Stragen. »Überzeugend – obwohl Ihr eine Spur zu dick aufgetragen habt.«

»Eine meiner Untugenden, Durchlaucht. Es macht soviel Spaß, daß es mich mitreißt. Ich schwindle natürlich. Ich habe festgestellt, daß es die Leute entwaffnet, wenn ich mich als unwissenden Hinterwäldler präsentiere. Keiner läßt sich leichter hereinlegen, als jemand, der sich für klüger hält.«

»Oh!« Ehlana war sichtlich enttäuscht.

»War Eure Majestät von meiner tölpelhaften Redeweise angetan gewesen?« fragte Caalador mitfühlend. »Wenn Ihr möchtet, red' ich so weiter, nur dauert es auf diese Weise verflixt lange, etwas verständlich zu machen.«

Sie lachte. »Ich glaube, Ihr könntet mit Eurem Charme die Vögel aus den Büschen locken, Caalador.«

»Danke, Majestät.« Er verbeugte sich mit erstaunlicher Eleganz. Dann wandte er sich an Stragen. »Euer Vorschlag hat unsere tamulischen Freunde verblüfft, Durchlaucht. Die Trennungslinie zwischen Bestechung und Diebstahl ist in der tamulischen Kultur klar festgelegt. Tamulische Diebe sind außerordentlich klassenbewußt und betrachten die Vorstellung, mit der Obrigkeit Hand in Hand zu arbeiten, aus irgendeinem Grund als unnatürlich. Glücklicherweise sind wir Elenier viel bestechlicher als unsere gelben Brüder, und Elenier steigen in unserer eigentümlichen Gesellschaft offenbar mühelos bis zur Spitze auf – eine Naturbegabung höchstwahrscheinlich. *Wir* haben die Vorteile Eures Vorschlags sofort erkannt. Kondrak von Darsas war in seiner Darlegung äußerst überzeugend. Ihr scheint ihn ungemein beeindruckt zu haben. Die Unruhen hier in Tamuli waren katastrophal fürs Geschäft, und als wir den Tamulern Gewinn und Verlust in Zahlen vorlegten, öffneten sie der Vernunft die Ohren. Sie erklärten sich einverstanden – wenngleich widerwillig, das dürft Ihr mir glauben. Aber sie werden euch nun helfen, Informationen zu sammeln.«

»Gott sei Dank!« Stragen seufzte erleichtert. »Ich war schon ein wenig nervös.«

»Ihr habt Eurer Königin Versprechen gegeben und wart jetzt nicht mehr sicher, ob Ihr sie halten könnt, war's das?«

»Damit trefft Ihr den Nagel so ziemlich auf den Kopf, mein Freund.«

»Ich werde Euch die Namen von einigen Leuten in Matherion geben.« Caalador schaute sich um. »Später, unter vier Augen, versteht Ihr?« Dann fügte er hinzu: »Unterstützung hin, Unterstützung her, aber in der erlauchten Gesellschaft von Königinnen und Rittern wäre es nicht recht, wenn solche Namen fielen.« Er grinste Ehlana verschmitzt an. »Was haltet Ihr davon, Majestät, wenn ich Euch eine lange, lange Geschichte über meine Abenteuer in der Unterwelt des Verbrechens erzähl'?«

»Wie aufregend, Caalador«, antwortete sie erwartungsvoll.

Ein weiterer verwundeter Ritter erlag in dieser Nacht seinen Verletzungen, doch bei den übrigen fünfundzwanzig Schwerverwundeten sah es so aus, als würden sie durchkommen. Wie Oscagne ihnen versichert hatte, waren tamulische Ärzte tatsächlich außerordentlich fähig, auch wenn einige ihrer Heilmethoden Eleniern sehr ungewöhnlich erschienen. Nach einer kurzen Besprechung beschlossen Sperber und seine Freunde, schnellstens nach Matherion weiterzureisen. Auf ihrem Weg durch den Kontinent hatten sie sehr viel in Erfahrung gebracht, das sie möglichst rasch mit den Erkenntnissen der Imperiumsregierung vergleichen wollten.

So brachen sie eines Morgens in aller Frühe auf und ritten unter einem freundlichen Sommerhimmel nach Süden. Auch die ländliche Gegend war fast pedantisch ordentlich. Getreide und andere Feldfrüchte wuchsen in schnurgeraden Reihen auf unkrautfreien Äckern, die von niedrigen Steinmauern eingezäunt waren. Sogar die Bäume der Wälder standen wie zu einer Parade aufgereiht. Offenbar durfte nichts hier ungehindert, auf natürliche Weise wachsen. Die Bauern auf den Feldern trugen weite Hosen und Hemden aus weißem Linnen und dicht geflochtene Strohhüte, die an Pilzköpfe erinnerten. Viele der Feldfrüchte – seltsame Bohnen und eigenartige Getreidearten – waren den Eleniern fremd. Sie kamen am Samasee vorbei, wo Fischer ihre Netze aus merkwürdig aussehenden Booten mit hohem Bug und Heck auswarfen, von denen Khalad ganz und gar nichts hielt. »Eine heftige Böe von der Seite, und sie kentern«, meinte er.

Sie erreichten das etwa hundertachtzig Meilen nördlich der Hauptstadt liegende Tosa mit einer Ungeduld, wie sie sich am Ende jeder langen Reise einstellt.

Das schöne Wetter hielt an. Sie brachen jeden Morgen sehr zeitig auf und schlugen erst spätabends ihr Lager auf. Die Straße verlief am Tamulischen Meer entlang, einer Gegend, wo sich niedrige Hügel von der flachen Küste hoben, und lange, sanfte Wellen warfen sich aus dem tiefblauen Meer schäumend auf breite, weiße Sandstrände.

Ungefähr acht Tagereisen von Tosa entfernt bauten sie ihr Lager des Abends in einem parkähnlichen Hain auf und waren bester Stimmung, da Oscagne ihnen versicherte, daß sie sich keine fünfzehn Meilen mehr von Matherion entfernt befanden.

»Wenn wir weiterreiten«, meinte Kalten, »könnten wir gegen Morgen dort sein.«

»Kommt nicht in Frage, Ritter Kalten«, sagte Ehlana entschieden. »Setzt Wasser aufs Feuer, meine Herren, und stellt ein Badezelt auf. Die Damen und ich beabsichtigen nicht, mit dem Schmutz von halb Daresien auf unserer Haut in Matherion einzureiten. Und spannt Wäscheleinen, damit wir unsere Gewänder zum Auslüften aufhängen können und der Wind die Knitterfalten ausweht.« Sie blickte sich um. »Und dann, meine Herren, möchte ich, daß ihr euch eures Aussehens und dem eurer Ausrüstung annehmt. Ich werde morgen eine Inspektion machen, und ich möchte nicht einen einzigen Rostflecken finden!«

Kalten seufzte abgrundtief. »Jawohl, meine Königin«, antwortete er resigniert.

Am nächsten Morgen reihten sie sich zu einer ordentlichen Kolonne auf. Die Karosse rollte nahe der Spitze. Sie bewegte sich langsam, um möglichst wenig Staub aufzuwirbeln, und Ehlana, in blauem Gewand und einer brillantenbesetzten Goldkrone auf dem aschblonden Haar, saß in so majestätischer Haltung in der Karosse, daß man hätte meinen können, alles in weitem Umkreis gehöre ihr. Allerdings hatte es vor ihrem Aufbruch eine kleine, aber heftige Meinungsverschiedenheit gegeben. Ihre Königliche Hoheit, Prinzessin Danae, hatte leidenschaftlich aufbegehrt, als sie ein ihrem Stand angemessenes Gewand anziehen und dazu ein zierliches Krönchen aufsetzen sollte. Ehlana hatte gar nicht erst versucht, ihrer Tochter gut zuzureden; statt dessen hatte sie etwas getan, was sie noch nie zuvor getan hatte. »Prinzessin Danae«, sagte sie förmlich, »ich bin die Königin. Du wirst mir gehorchen!«

Danae blinzelte überrascht. Sperber war ziemlich sicher, daß noch nie jemand so zu ihr gesprochen hatte. »Jawohl, Majestät«, antwortete sie schließlich fast untertänig.

Natürlich war ihnen die Kunde von ihrer baldigen Ankunft vorausgeeilt. Engessa hatte dafür gesorgt, und als sie am Nachmittag einen langen, schrägen Hang emporritten, sahen sie, daß sie auf der Kuppe von einer Abteilung berittener Gardetruppen in Galarüstung aus schwarzlackiertem Stahl mit Goldintarsien erwartet wurden. Die Ehrenwache war in langen Reihen zu beiden Straßenseiten aufgestellt. Noch hieß man sie nicht willkommen, doch als die Kolonne die Hügelkuppe erreichte, erkannte Sperber sogleich den Grund dafür.

»Großer Gott!« hauchte Bevier ehrfürchtig.

Eine sichelförmige Stadt umsäumte einen tiefblauen Hafen unter ihnen. Die Sonne hatte längst den Mittag überschritten und schien hinunter auf die Krone von Tamuli: Matherion. Sie war von anmutiger Architektur, und jedes Haus besaß ein kuppelähnliches Dach. Die Stadt war nicht so groß wie Chyrellos, doch war es nicht ihre Größe, die Ritter Bevier den ehrfurchtsvollen Seufzer entlockt hatte; es war die atemberaubende Schönheit Matherions. Die Pracht dieser Stadt war nicht die von Marmor, sondern erinnerte an schillernde Opale. Ein lebendiges, regenbogenfarbiges Feuer schien unter der Oberfläche eines jeden Steins zu brennen, ein Feuer, das den Betrachter mit seinem Glanz schier blendete.

»Sehet!« sprach Oscagne feierlich. »Schaut die Krone der Schönheit und Wahrheit! Schaut die Heimstatt der Weisheit und Macht! Schaut die schimmernden Kuppeln Matherions, des Mittelpunkts der Welt!«

Vierter Teil

MATHERION

24

»So sieht sie seit dem zwölften Jahrhundert aus«, erklärte Botschafter Oscagne, als sie den Berg hinab zu der schimmernden Stadt geleitet wurden.

»Durch Magie?« fragte Talen mit glänzenden Augen.

»So könnte man es nennen«, erwiderte Oscagne sarkastisch, »aber es ist die Art von Magie, die man mit grenzenlosem Reichtum und unbeschränkter Macht wirkt, nicht mit Beschwörungen. Das elfte und zwölfte Jahrhundert war eine törichte Epoche in unserer Geschichte. Es war die Zeit der Micaen-Dynastie, vermutlich die dümmste kaiserliche Familie überhaupt. Der erste micaenische Kaiser erhielt zu seinem vierzehnten Geburtstag eine Perlmuttschatulle von einem Gesandten der Insel Tega. Der Geschichtsschreibung nach betrachtete er sie oft stundenlang, gebannt von ihren schillernden Farben. Er war so verzaubert von dem Perlmutt, daß er seinen Thron damit überziehen ließ.«

»Dazu dürfte eine riesige Muschel nötig gewesen sein«, meinte Ulath.

Oscagne lächelte. »Nein, Ritter Ulath. Sie schnitten Muscheln in winzige Plättchen und fügten sie dicht aneinander. Dann polierten sie die gesamte Oberfläche etwa einen Monat lang. Es ist eine sehr mühsame und teure Verfahrensweise. Wie dem auch sei, der zweite micaenische Kaiser ging einen Schritt weiter und ließ die Säulen im Thronsaal damit umhüllen. Der dritte ließ die Wände damit täfeln, und so weiter. Sie überzogen damit das Schloß, dann alle Außenanlagen, schließlich sämtliche öffentlichen Bauten. Nach zwei Jahrhunderten war jedes Haus in Matherion mit diesen winzigen Plättchen beklebt. Im Hafenviertel gibt es Spelunken, die prächtiger aussehen als die Basilika von Chyrellos. Glücklicherweise starb die Dynastie aus, ehe sie dazu kam, die Straßen mit Perlmutt bepflastern zu lassen. Doch bis zu diesem Zeitpunkt hatten sie das ganze Imperium in die Armut gestürzt und der Insel Tega unermeßlichen Reichtum gebracht. Teganische Taucher wurden durch ihre Plünderung des Meeresbodens unglaublich reich.«

»Aber ist Perlmutt nicht sehr zerbrechlich?« fragte Khalad.

»Das ist es allerdings, junger Mann, und der Klebstoff, mit dem es an die Häuser geheftet wurde, hält nicht ewig. Nach einem Sturm sind die Straßen mit winzigen schimmernden Scherben bedeckt und die Häuser sehen aus, als hätten sie die Blattern. Unser Stolz verlangt es, daß die Plättchen ersetzt werden. Ein mittlerer Orkan kann zu einer bedenklichen Finanzkrise im Imperium führen. Aber wir haben keine Wahl. Die ›schimmernde Stadt‹ wird schon so lange in allen amtlichen Dokumenten erwähnt, daß es anders gar nicht mehr denkbar wäre. Ob wir wollen oder nicht, wir müssen diese Absurdität erhalten.«

»Aber sie ist atemberaubend!« sagte Ehlana bewundernd und nachdenklich.

»Vergiß es, Liebling!« mahnte Sperber eindringlich.

»Was?«

»Du kannst es dir nicht leisten. Lenda und ich liegen uns ohnehin schon jedes Jahr in den Haaren, wenn es um den neuen Staatshaushalt geht.«

»Ich habe es gar nicht ernsthaft in Erwägung gezogen, Sperber«, entgegnete Ehlana. »Na ja – nicht *zu* ernsthaft jedenfalls«, fügte sie hinzu.

Die breiten Prunkstraßen von Matherion waren mit jubelnden Zuschauern dicht gesäumt, die plötzlich verstummten, als Ehlanas Karosse an ihnen vorbeirollte, weil sie zu sehr damit beschäftigt waren, sich auf die Knie zu werfen und die Stirn auf die Pflastersteine zu drücken.

»Um Himmels willen, was machen sie denn?« rief Ehlana.

»Dem Befehl des Kaisers gehorchen, würde ich sagen«, antwortete Oscagne. »Das ist die übliche Respektbezeugung für Seine Majestät.«

»Sorgt dafür, daß die Leute damit aufhören!« befahl sie.

»Ich soll einen kaiserlichen Befehl widerrufen, Majestät? Das geht nicht! Verzeiht, Königin Ehlana, aber ich habe meinen Kopf gern dort, wo er ist, statt am Stadttor an einer langen Stange. Ihr müßt es als außerordentliche Ehre betrachten! Sarabian hat die Bevölkerung angewiesen, Euch als ebenbürtige Herrscherin zu huldigen. Noch nie zuvor hat ein Kaiser so etwas getan.«

»Und die Menschen, die ihre Stirn nicht auf den Boden drücken, werden bestraft?« fragte Khalad mit schneidender Stimme.

»Natürlich nicht. Sie tun es aus Liebe. Nun ja, das ist die offizielle Erklärung. In Wahrheit ist dieser Brauch vor etwa tausend Jahren entstanden. Ein betrunkener Höfling stolperte und fiel aufs Gesicht, als der Kaiser den Thronsaal betrat. Seine Majestät war ungemein beeindruckt und – wie nicht anders zu erwarten – mißverstand es völlig. Er gab dem Höfling auf der Stelle ein Herzogtum. Die Leute schlagen ihr Gesicht nicht aus Angst auf den Boden, sondern in der Hoffnung auf eine Belohnung.«

»Ihr seid ein Zyniker, Oscagne«, tadelte Emban den Botschafter.

»Nein, Emban, ich bin Realist. Ein guter Politiker sucht stets nach dem Schlimmsten im Menschen.«

»Eines Tages überraschen sie Euch vielleicht einmal«, meinte Talen.

»Bisher jedenfalls noch nicht.«

Die Schloßanlage war nur um ein Weniges kleiner als die Stadt Demos in Ostelenien. Natürlich war das schillernde Schloß der bei weitem größte Bau, doch die Anlage umfaßte mehrere Paläste – nicht minder schillernde Gebäude in unterschiedlichen Baustilen. Ritter Bevier sog laut den Atem ein. »Großer Gott!« entfuhr es ihm. »Dieses Bauwerk dort gleicht der Burg von König Dregos in Larium wie ein Ei dem anderen!«

»Diebstahl geistigen Eigentums wird offenbar nicht nur von Poeten begangen«, murmelte Stragen.

»Nur ein Zugeständnis an den Kosmopolitismus, Durchlaucht«, erklärte Oscagne. »Schließlich sind wir ein Weltreich und beschirmen viele verschiedene Völker. Elenier mögen Burgen. Also haben wir hier auch eine Burg, damit elenische Könige der westlichen Reiche sich wohl fühlen, wenn sie hierherkommen, um dem Kaiser einen Besuch abzustatten.«

»König Dregos' Burg schillert in der Sonne, aber keineswegs so wie diese hier«, bemerkte Bevier.

»Das sollte wohl auch jedermann deutlich sehen, Ritter Bevier.« Oscagne lächelte.

Sie saßen auf dem plattenbelegten Hof vor dem eigentlichen Schloß ab, wo sie von einer Schar unterwürfiger Diener erwartet wurden.

»Was will der Kerl?« Kalten hielt sich einen entschlossen wirkenden Tamuler in roter Seide vom Leib.

»Eure Schuhe, Ritter Kalten«, erklärte ihm Oscagne.

»Warum?«

»Sie sind aus Stahl, Herr Ritter.«

»Na und? Ich trage eine Rüstung. Natürlich sind auch meine Schuhe aus Stahl.«

»Es ist nicht erlaubt, das Schloß mit solchen Schuhen zu betreten. Nicht einmal Lederstiefel sind gestattet – die Böden, wißt Ihr.«

»Soll das heißen, daß sogar die Böden mit Perlmutt beklebt sind?«

»O ja. Wir Tamuler tragen in unseren Häusern traditionell keine Schuhe. Also haben die Baumeister die Böden der Gebäude innerhalb des kaiserlichen Komplexes ebenso wie die Wände und Decken gefliest. Mit dem Besuch von gepanzerten Rittern haben sie nicht gerechnet.«

»Ich kann meine Schuhe nicht ausziehen«, wehrte Kalten sich errötend.

»Wo liegt das Problem, Kalten?« fragte Ehlana.

»Ich habe ein Loch in einer Socke«, murmelte er verlegen. »Ich kann doch einem Kaiser nicht mit herausstehenden Zehen gegenübertreten.« Er blickte seine Gefährten herausfordernd an und hob eine gepanzerte Faust. »Wenn auch nur einer lacht, wird nackte Gewalt regieren!« drohte er.

»Eure Würde gerät nicht in Gefahr, Ritter Kalten«, beruhigte Oscagne ihn. »Die Dienerschaft hat daunengefütterte Hausschuhe für uns bereit.«

»Ich habe schrecklich große Füße, Exzellenz«, gab Kalten besorgt zu bedenken. »Seid Ihr sicher, daß welche in meiner Größe zur Verfügung stehen?«

»Macht Euch keine Sorgen, Kalten-Ritter«, warf Engessa ein. »Wenn sie passende für *mich* haben, dann erst recht welche, die Ihr tragen könnt.«

Sobald den Besuchern in weiche Hausschuhe geholfen war, wurden sie ins Schloß geleitet. Öllampen hingen an langen Ketten von der Decke. Ihr Licht ließ die Wände, Böden und Decken der breiten Korridore in allen Regenbogenfarben schillern. Geblendet und benommen folgten die Elenier den Dienern.

Natürlich gab es auch hier Hofleute – ein Schloß ohne Höflinge wäre undenkbar –, und wie die Bürger auf den Straßen drückten auch sie die Stirn auf den Boden, als die Königin von Elenien an ihnen vorüberschritt.

»Verlieb dich nicht zu sehr in diese Art des Grüßens, Schatz«, warnte Sperber seine Gemahlin. »Die Bürger von Cimmura würden sich nie dazu herablassen, egal was du ihnen bietest.«

»Also wirklich, Sperber!« sagte sie verärgert. »Ich würde so etwas nicht einmal im Traum in Erwägung ziehen. Im Gegenteil, ich wünschte, diese Leute würden es unterlassen. Es ist regelrecht peinlich.«

»So gefällst du mir.« Er lächelte.

Man bot ihnen Wein an und gekühltes, mit Duftstoffen versetztes Wasser, um damit das Gesicht zu betupfen. Die Ritter griffen erfreut nach dem Wein, und die Damen betupften sich das Gesicht, wie man es von ihnen erwartete.

»Du solltest auch ein wenig davon benutzen, Vater«, riet Prinzessin Danae und deutete auf die Porzellanbecken mit Duftwasser. »Vielleicht überdeckt es den Geruch deiner Rüstung.«

»Das ist eine gute Idee, Sperber«, stimmte Ehlana zu.

»Eine Rüstung *soll* stinken.« Er zuckte die Schultern. »Wenn die Augen des Feindes während eines Kampfes zu tränen beginnen, ist das von Vorteil.«

»Dachte ich mir doch, daß es einen Grund dafür gibt«, murmelte die kleine Prinzessin.

Danach wurden sie durch einen langen Korridor geführt, in dessen Wände Mosaikporträts eingelegt waren: steife, wahrscheinlich idealisierende Abbildungen längst verstorbener Kaiser. Ein breiter roter Läufer mit Goldborte schützte den Boden dieses schier endlosen Ganges.

»Sehr beeindruckend, Exzellenz«, flüsterte Stragen Oscagne

nach einiger Zeit zu. »Wie viele Meilen sind es noch bis zum Thronsaal?«

»Sehr komisch, Durchlaucht.« Oscagne lächelte flüchtig.

»Es ist sehr geschickt gemacht«, bemerkte Stragen. »Aber wird damit nicht viel Platz vergeudet?«

»Ihr seid ein guter Beobachter, Durchlaucht.«

»Worum geht es?« erkundigte sich Tynian.

»Der Korridor verläuft in einem Bogen nach links«, erklärte Stragen. »So, wie die Wände das Licht widerspiegeln, ist das nur schwer zu erkennen, aber wenn man genauer darauf achtet, kann man es sehen. Wir spazieren bereits seit einer Viertelstunde im Kreis.«

»Genauer gesagt in einer Spirale, Durchlaucht Stragen«, korrigierte Oscagne ihn. »Das soll den Eindruck von ungeheurer Länge erwecken. Tamuler sind nicht sehr hochgewachsen, und Größe beeindruckt uns. Deshalb imponieren die Ataner uns so. Wir erreichen nun die inneren Windungen der Spirale. Jetzt ist es nicht mehr weit bis zum Thronsaal.«

In den schillernd leuchtenden Korridoren erklang nun Fanfarenschmettern, als verborgene Bläser die Königin und ihr Gefolge ankündeten. Dem Fanfarenstoß folgte ein grauenvolles Kreischen, das in ein blechernes Gerassel überging.

Murr, die in den Armen ihrer kleinen Herrin kuschelte, legte die Ohren zurück und fauchte.

»Die Katze hat einen gesunden Musikgeschmack«, stellte Bevier fest, der sich bei einem besonders mißtönenden Akkord der ›Musik‹ schüttelte.

»Das hatte ich ganz vergessen, dir zu sagen«, wandte Sephrenia sich entschuldigend an Vanion. »Versuch einfach, gar nicht hinzuhören, Liebster.«

»Das tu' ich schon die ganze Zeit«, antwortete er mit gequälter Miene.

»Erinnerst du dich an die Ogerin, von der ich mal erzählt habe?« fragte Ulath Sperber. »Die sich in den armen Kerl in Thalesien verliebte?«

»Vage.«

»Wenn sie für ihn gesungen hat, klang es fast genauso.«

»Der Ärmste ging in ein Kloster, um ihr zu entkommen, wenn ich mich recht entsinne, oder?«

»Stimmt.«

»Eine kluge Entscheidung.«

»Es ist eine unserer Marotten«, erklärte Oscagne ihnen. »Tamulisch klingt sehr melodisch. Liebliche Musik wäre alltäglich, ja, überflüssig. Deshalb bemühen sich unsere Komponisten, die gegenteilige Wirkung zu erzielen.«

»Das ist ihnen über jedes vorstellbare Maß gelungen.« Baroneß Melidere schüttelte sich. »Es hört sich an, als würde jemand in einem Eisenwerk ein Dutzend Schweine foltern.«

»Ich werde Eure Beschreibung dem Tondichter übermitteln, Baroneß«, versicherte Oscagne. »Sie wird ihn sehr glücklich machen.«

»*Ich* für meinen Teil wäre über ein möglichst rasches Ende eines Werkes glücklich, Exzellenz.«

Die riesige Flügeltür am Ende des scheinbar endlosen Korridors war mit Blattgold bedeckt. Sie schwang schwerfällig auf und gab den Blick in einen riesigen Saal mit Kuppeldecke frei. Da die Kuppel höher war als die Bauten ringsum, konnte das Tageslicht durch zolldicke Kristallfenster hoch oben fallen. Die Sonne schien durch diese Fenster; es sah aus, als würde sie an die Wände und den Boden von Kaiser Sarabians Thronsaal Feuer legen. Der Saal war von angemessen überwältigender Größe, und die perlmuttweiße Weite war durch Rot und Gold aufgelockert. Schwere rote Samtbehänge schmückten in regelmäßigen Abständen die schillernden Wände, und Stützsäulen waren mit Gold eingelegt. Ein breiter roter Läufer führte von der riesigen Tür zum Fuß des Throns. Im Saal drängten sich tamulische und elenische Hofleute.

Ein Fanfarentusch meldete das Eintreffen der Besucher, und Ordensritter und Peloi formierten sich mit militärischer Präzision um Königin Ehlana und deren Gefolge. Feierlichen Schrittes marschierten sie auf dem Läufer zum Thron Seiner Kaiserlichen Majestät, Sarabian von Tamul.

Der Beherrscher der halben Welt trug eine schwere, dicht mit Brillanten besetzte goldene Krone, und sein roter, vorne offener Umhang war mit breiten Goldborten verziert. Das Gewand darunter war von makellosem Weiß und um die Taille mit einem breiten Goldgürtel gerafft. Trotz der Pracht seines Thronsaals und seiner Gewandung war Sarabian von Tamul ein eher durchschnittlich aussehender Mann. Sein Teint war im Vergleich mit dem der Ataner blaß – wahrscheinlich, schloß Sperber, weil der Kaiser sich selten im Freien aufhielt. Er war von mittlerer Größe und Statur, und sein Gesicht war nichtssagend. Sein Blick jedoch war wacher, als Sperber erwartet hatte. Als Ehlana den Thronsaal betrat, erhob er sich ein wenig zögernd.

Oscagne war sichtlich überrascht. »Das ist erstaunlich«, flüsterte er. »Der Kaiser steht zur Begrüßung von Gästen niemals auf.«

»Wer sind die Damen, die sich um ihn scharen?« erkundigte Ehlana sich ebenso flüsternd.

»Seine Gemahlinnen«, antwortete Oscagne. »Die Kaiserinnen von Tamuli. Es gibt ihrer neun.«

»Das ist ungeheuerlich!« hauchte Bevier.

»Politische Gründe, Herr Ritter«, erklärte der Botschafter. »Ein gewöhnlicher Mann hat lediglich eine Gattin, der Kaiser dagegen muß eine Gemahlin aus jedem Reich seines Imperiums erwählen. Er darf keines bevorzugen.«

»Sieht so aus, als hätte eine der Kaiserinnen vergessen, sich fertig anzukleiden«, meinte Baroneß Melidere kritisch und starrte auf eine junge Frau mit heiterem Gesicht, die bis zur Taille unbekleidet war, was sie aber offenbar nicht zu stören schien. Ihr Wickelrock war von leuchtendem Rot, und eine Blume in gleichem Farbton zierte ihr Haar.

Oscagne schmunzelte.

»Das ist unsere Elysoun. Sie stammt von der Insel Valesia, und das ist die übliche Gewandung dort. Sie ist ein völlig unkompliziertes Mädchen, und wir alle lieben sie. Die üblichen Regeln ehelicher Treue haben nie für die valesische Kaiserin gegolten. Es ist eine Vorstellung, die den Valesianern fremd ist. Den Begriff der Sünde kennen sie nicht.«

Bevier schnappte hörbar nach Luft.

»Hat denn nie jemand versucht, es ihnen beizubringen?« fragte Emban.

»Aber ja, gewiß, Eminenz.« Oscagne grinste. »Kirchenmänner aus den elenischen Landen des Tamulischen Imperiums haben sich scharenweise nach Valesia begeben, um die Insulaner zu überzeugen, daß ihre Lieblingsbeschäftigung skandalös und sündhaft ist. Anfangs sind die Kirchenherrn voller Eifer, doch er hält nie sehr lange an. Die valesischen Mädchen sind allesamt von beachtlicher Schönheit und *sehr* freundlich. Es kommt fast unweigerlich dazu, daß die *Elenier* bekehrt werden. Die valesische Religion hat nur ein Gebot – seid glücklich.«

Emban seufzte. »Es gibt Schlimmeres.«

»Eminenz!« entsetzte sich Bevier.

»Werdet endlich erwachsen, Bevier«, sagte Emban. »Manchmal glaube ich, daß unsere Heilige Mutter Kirche ein wenig zu engstirnig urteilt, was bestimmte Bereiche menschlichen Verhaltens betrifft.«

Bevier errötete, und sein Gesicht nahm einen mißbilligenden Ausdruck an.

Auch die Hofleute im Thronsaal drückten die Stirn auf den Boden, wenn Ehlana an ihnen vorbeikam. Sie hatten soviel Übung darin, sich auf die Knie zu werfen, mit der Stirn den Boden zu berühren und sich wieder aufzurichten, daß ihre Demut beinahe elegant wirkte.

Ehlana, ganz in Königsblau gewandet, gelangte an den Thron und machte einen anmutigen Knicks. Ihre Miene zeigte deutlich, daß sie diese entwürdigende Sitte auf gar keinen Fall mitmachen würde.

Der Kaiser verneigte sich, und ein erstauntes Keuchen ging durch die Menge. Die kaiserliche Verneigung war akzeptabel, wenn auch etwas steif. Sarabian hatte offenbar geübt, doch Verbeugungen waren ungewohnt für ihn. Dann räusperte er sich und redete auf tamulisch – ziemlich viel und lange. Nur hin und wieder machte er eine Pause, damit sein Dolmetscher seine Worte ins Elenische übersetzten konnte.

»Paß auf, wo du hinschaust!« murmelte Ehlana Sperber zu. Ihre Miene verriet nichts, und ihre Lippen bewegten sich kaum.

»Ich hab' sie gar nicht angesehen!« wehrte er sich.

»Erzähl' mir nichts!«

Die Kaiserin Elysoun besaß die nahezu ungeteilte Aufmerksamkeit der Ordensritter und der Peloi, und das genoß sie offensichtlich. Ihre dunklen Augen blitzten, und ihr Lächeln war eine Spur herausfordernd. Sie stand nicht weit von ihrem kaiserlichen Gemahl entfernt und atmete tief – offenbar in einer Art Entspannungsübung, wie es bei ihrem Volk üblich war. Sie erwiderte die Blicke ihrer zahllosen Bewunderer ruhig und überlegend. Den gleichen Blick kannte Sperber von Ehlana, wenn sie Schmuck oder Gewänder auswählte. Er vermutete, daß Kaiserin Elysoun höchstwahrscheinlich für ein paar Probleme sorgen würde.

Kaiser Sarabians Rede war voll förmlicher Phrasen: Sein Herz quelle über. Ihm schwänden vor Freude die Sinne. Ehlanas Schönheit raube ihm die Worte. Er sei überwältigt von der Ehre, die sie ihm mit ihrem Besuch erweise. Er fände ihr Gewand bezaubernd.

Ehlana, die unangefochtene Königin des Wortes, gab rasch die Rede auf, an der sie seit Chyrellos gefeilt hatte, und antwortete mit gleicher Münze. Sie versicherte Sarabian, wie sehr sie von der Schönheit Matherions beeindruckt sei, daß dies unbestritten der Höhepunkt in ihrem Leben sei – Ehlana schien bei jeder Rede, die sie hielt, einen neuen Höhepunkt zu erleben. Sie bewunderte die unvergleichliche Schönheit der Gemahlinnen des Kaisers, vermied allerdings, Kaiserin Elysouns unübersehbare Vorzüge zu erwähnen. Und da es hier Mode zu sein schien, erklärte Ehlana, auch ihr würden vor Freude die Sinne schwinden. Sie dankte Sarabian überschwenglich für den herzlichen Empfang. Sie verlor jedoch kein Wort über das Wetter.

Kaiser Sarabian entspannte sich sichtlich. Er hatte offenbar befürchtet, die Königin von Elenien könnte unbeabsichtigt irgend etwas von Bedeutung sagen, worauf er etwas Bedeutsames antworten müßte, ohne zuvor seine Berater konsultieren zu können.

Er bedankte sich für ihren Dank.

Sie dankte *ihm*, daß *er* sich für *ihren* Dank bedankte.

Dann blickten sie einander an, denn diese Art von Dankesdank ist auch der ehrfürchtigsten Menge nur bis zu einem bestimmten Punkt vermittelbar.

Da räusperte sich ein Hofbeamter mit übertrieben gelangweilter Miene. Er war etwas größer als der durchschnittliche Tamuler, und sein Gesicht verriet nicht im geringsten, was er dachte.

Mit großer Erleichterung stellte Kaiser Sarabian ihn als seinen Reichsverweser, Pondia Subat, vor.

»Komischer Name«, murmelte Ulath, nachdem die Worte des Kaisers übersetzt waren. »Ob seine Freunde ihn wohl ›Pondi‹ nennen?«

»Pondia ist ein Adelstitel, Ritter Ulath«, erklärte Oscagne, »in etwa mit dem eines Herzogs vergleichbar. Hütet euch vor ihm, meine Herren. Er ist *nicht* euer Freund. Er behauptet, Elenisch nicht zu verstehen; aber ich bin ziemlich sicher, daß er es sogar recht gut beherrscht. Subat hat sich heftig gegen den Vorschlag ausgesprochen, Prinz Sperber nach Matherion einzuladen. Er begründete seine Ablehnung damit, daß es eine Erniedrigung des Kaisers wäre. Ich hörte, daß ihn fast der Schlag getroffen hat, als er des Kaisers Entschluß erfuhr, Königin Ehlana als Gleichgestellte zu behandeln.«

»Ist er gefährlich?« murmelte Sperber.

»Darüber bin ich mir nicht ganz im klaren, Hoheit. Er ist dem Kaiser blind ergeben, und ich frage mich manchmal selbst, wie weit seine Loyalität ihn treiben würde.«

Pondia Subat sprach ein paar Worte.

»Er sagt, er weiß, wie müde ihr von der anstrengenden Reise sein müßt«, übersetzte Oscagne, »und rät euch, die kaiserliche Gastfreundschaft in Anspruch zu nehmen und euch auszuruhen und zu erfrischen. Das ist eine recht geschickte Ausrede, die Audienz zu beenden, ehe irgend jemand vielleicht etwas sagt, das vom Kaiser eine Stellungnahme erfordern könnte, bevor Subat eine Möglichkeit hatte, ihn dabei zu beraten.«

»Das ist möglicherweise gar keine so schlechte Idee«, meinte Ehlana. »Bis jetzt ist alles recht gut gegangen. Vielleicht sollten wir es heute dabei bewenden lassen.«

»Ich richte mich ganz nach Euren Wünschen, Majestät«, versicherte Oscagne mit einem höfischen Kratzfuß.

Nach einem weiteren überschwenglichen Austausch von Phrasen zwischen den beiden Majestäten geleitete der Reichsverweser die Besucher aus dem Thronsaal. Unmittelbar außerhalb der Tür stiegen sie eine Treppe hinauf und schritten über einen Korridor, der direkt zur gegenüberliegenden Seite des Schlosses führte. Auf diese Weise kamen sie um das Vergnügen, noch einmal den Umweg durch die schier endlose Spirale zu nehmen.

Pondia Subat, der durch einen Dolmetscher mit den Besuchern sprach, wies unterwegs auf einige Sehenswürdigkeiten hin. Aber er ließ, für alle spürbar, jede Begeisterung vermissen. Ebenso deutlich war, daß er sich vorgenommen hatte, diese elenischen Barbaren auf den ihnen zustehenden Platz zu verweisen. Er rümpfte zwar nicht offen die Nase über sie, viel aber fehlte nicht. Nachdem er sie auf einem überdachten Spazierweg zu der schimmernden elenischen Burg geführt hatte, überließ er sie der Obhut Botschafter Oscagnes.

»Ist seine Einstellung hier in Matherion weit verbreitet?« fragte Emban den Botschafter.

»Keineswegs«, versicherte Oscagne. »Subat ist der Führer einer sehr kleinen Splittergruppe hier am Hof. Es handelt sich dabei um Erzkonservative, die seit fünfhundert Jahren keine neue Idee mehr gehabt haben.«

»Wie ist er Reichsverweser geworden, wenn er einer solchen Minderheit angehört?« fragte Tynian.

»Tamulische Politik ist ziemlich undurchsichtig, Ritter Tynian. Wir dienen dem Kaiser, und er ist in keiner Weise verpflichtet, in irgendeiner Sache auf unseren Rat zu hören. Der Vater Subats war ein enger Freund von Sarabians Vater, und Subats Ernennung zum Reichsverweser war mehr eine Geste des Sohnes denn eine Anerkennung überragender Leistungen. Subat ist ein brauchbarer Mann – solange nichts Ungewöhnliches eintritt. Dann kann es nämlich geschehen, daß er den Kopf verliert. Vetternwirtschaft ist ein großer Nachteil unserer Regierungsform. Das Oberhaupt unserer Kirche hatte in seinem ganzen Leben bestimmt noch keinen einzigen frommen Gedanken. Er kennt nicht einmal die Namen unserer Götter.«

»Wie bitte?« rief Emban bestürzt. »Soll das heißen, daß kirchliche Ämter vom Kaiser verliehen werden?«

»Natürlich. Es handelt sich dabei schließlich um Posten mit Amtsgewalt, und tamulische Kaiser geben keine Macht aus den Händen.«

Sie hatten die große Halle der Burg betreten, die wie die Haupthalle jeder anderen elenischen Burg aussah, von ihrer schillernden Perlmuttoberfläche abgesehen.

»Die Dienstboten hier sind Elenier«, erklärte Oscagne. »Ihr dürftet also keine Schwierigkeiten haben, von ihnen zu bekommen, was ihr ihnen auftragt. Tja, entschuldigt mich jetzt. Ich muß Seiner Kaiserlichen Majestät Bericht erstatten.« Er verzog das Gesicht. »Um ehrlich zu sein, ich bin nicht sehr erfreut darüber. Subat wird an Seiner Majestät Seite stehen und alles herunterspielen, was ich sage.« Er verbeugte sich vor Ehlana; dann wandte er sich um und ging.

»Ich fürchte, da kommt ein Problem auf uns zu«, sagte Tynian. »Das Protokoll scheint es uns unmöglich zu machen, offen mit dem Kaiser zu reden. Und wenn wir ihm nicht erzählen können, was wir entdeckt haben, ist nicht damit zu rechnen, daß er uns die nötige Bewegungsfreiheit einräumt.«

»Und die Feindseligkeit des Reichsverwesers verschlimmert alles noch«, fügte Bevier hinzu. »Es sieht ganz so aus, als hätten wir die halbe Welt durchquert, nur um unsere Hilfe anzubieten, um dann in diesem vornehmen Gefängnis festzusitzen.«

»Werfen wir erst einmal einen Blick hinter die Kulissen, ehe wir unserer Ungeduld Ausdruck verleihen«, riet Emban. »Oscagne weiß, was er tut, und er hat fast alles gesehen, was wir sahen. Ich bin sicher, es wird ihm gelingen, Sarabian die Dringlichkeit der Lage klarzumachen.«

»Wenn Ihr uns nicht benötigt, Majestät«, wandte Stragen sich an Ehlana, »werden Talen und ich Kontakt zu den hiesigen Dieben aufnehmen. Falls wir hier mit sinnlosen Formalitäten gegängelt werden, brauchen wir Hilfe, um Informationen zu bekommen.«

»Und wie wollt ihr euch mit den Berufskollegen verständigen?« fragte Khalad.

»Matherion ist eine sehr weltoffene Stadt, Khalad. Caalador verwies mich an mehrere Elenier, die bei den Dieben hier viel zu sagen haben.«

»Tut, was sein muß, Stragen«, sagte Ehlana, »aber seht zu, daß Ihr keine diplomatischen Verwicklungen herbeiführt.«

»Verlaßt Euch auf mich, Majestät.« Er grinste.

Die königliche Gemächerflucht im Schloß befand sich hoch oben im mittleren Turm. Natürlich war die Burg nur für dekorative Zwecke erbaut worden, doch da sie die getreue Nachbildung einer elenischen Festung war, hatten ihre Erbauer unwissentlich auch Verteidigungsanlagen errichten lassen, die sie vermutlich gar nicht erkannt hatten. Bevier war sehr erfreut darüber. »Ich könnte die Burg verteidigen«, erklärte er. »Ich bräuchte nur ein paar Fässer Teer und einige Maschinen, dann ließe sie sich mehrere Jahre halten.«

»Hoffen wir, daß es nicht dazu kommt, Bevier«, entgegnete Ehlana.

Später an diesem Abend, nachdem Sperber und seine erweiterte Familie den anderen gute Nacht gewünscht und sich in die königlichen Gemächer zurückgezogen hatten, machte der Prinzgemahl es sich in einem Sessel am Fenster bequem, während die Damen all die kleinen Dinge verrichteten, die Damen tun, ehe sie zu Bett gehen, und von denen viele einen praktischen Nutzen hatten, während andere völlig unverständlich waren.

»Es tut mir leid, Sperber«, sagte Ehlana, »aber ich mache mir Gedanken. Wenn die Kaiserin Elysoun so wahllos auf Männerfang ist, wie sich aus Oscagnes Worten schließen läßt, könnte sie uns in ziemliche Verlegenheit bringen. Denk nur mal an Kalten! Könntest du dir vorstellen, daß er die Art von Angebot ausschlagen würde, das Elysoun ihm möglicherweise machen wird – vor allem in ihrer Gewandung?«

»Ich werde mit Kalten reden«, versprach Sperber.

»Mit dem nötigen Nachdruck«, riet Mirtai. »Es ist manchmal nicht leicht, sich Kaltens Aufmerksamkeit zu versichern, wenn er abgelenkt ist.«

»Elysoun ist schamlos«, warf Baroneß Melidere ein.

»Sie ist aber sehr hübsch, Baroneß«, sagte Alean, »und ich glaube, aus ihrer Sicht verhält sie sich ganz normal. Sie weiß natürlich, daß ihr Körper schön ist. Aber es macht sie vermutlich einfach nur glücklich, andere an dieser Schönheit teilhaben zu lassen. Sie ist eher großzügig als schamlos.«

»Könnten wir uns nicht über etwas anderes unterhalten?« sagte Sperber verlegen.

Auf ein leises Klopfen hin ging Mirtai zur Tür, um festzustellen, wer Einlaß begehrte. Wie immer lag eine Hand der Atana um einen Dolchgriff, als sie öffnete.

Draußen stand Oscagne. Er trug einen Kapuzenumhang und befand sich in Begleitung eines ähnlich Vermummten. Die beiden traten rasch ein. »Schließt die Tür, Atana«, drängte der Botschafter aufgeregt. Seine Miene ließ seine übliche Gelassenheit völlig vermissen.

»Was habt Ihr für ein Problem, Oscagne?« fragte Mirtai barsch.

»Bitte, Atana Mirtai, schließt die Tür. Wenn irgend jemand herausfindet, daß mein Freund und ich hier sind, wird der Palast um uns zusammenstürzen!«

Sie schloß die Tür und verriegelte sie.

Plötzlich wußte Sperber, wer Oscagnes Begleiter war. Er erhob sich. »Willkommen, Kaiserliche Majestät«, wandte er sich an den Vermummten.

Kaiser Sarabian warf seine Kapuze zurück. »Wie, zum Teufel, konntet Ihr wissen, daß ich es bin, Prinz Sperber?« fragte er erstaunt. Sein Elenisch war fast akzentfrei. »Ich weiß, daß Ihr mein Gesicht nicht sehen konntet.«

»Das stimmt, Majestät. Aber ich konnte das Gesicht Botschafter Oscagnes sehen. Er zog eine Miene, als hätte er eine lebende Schlange dabei.«

Sarabian lachte. »Man hat mich schon vieles genannt, aber als Schlange hat man mich noch nie bezeichnet.«

»Majestät, Ihr seid ungemein geschickt«, lobte Ehlana ihn mit einem anmutigen Knicks. »Keine Regung in Eurer Miene hat mir verraten, daß Ihr Elenisch versteht. Bei Königin Betuana habe ich es erkannt, doch bei Euch deutete nicht einmal ein Wimpernzucken darauf hin.«

»Betuana spricht Elenisch?« wunderte Sarabian sich. »Erstaunlich.« Er nahm seinen Umhang ab. »Es ist so, Majestät«, sagte er zu

Ehlana, »ich beherrsche alle Sprachen meines Imperiums – Tamulisch, Elenisch, Styrisch, Teganisch, Arjunisch, Valesisch und auch diese gräßliche Sprache der Cynesga. Das ist eines der bestgehüteten Staatsgeheimnisse, das ich sicherheitshalber sogar vor meinen Regierungsbeamten bewahre.« Er lächelte amüsiert. »Ich nehme an, ihr alle habt mich nicht für sonderlich klug gehalten.«

»Ihr habt uns tatsächlich geschickt getäuscht, Majestät«, versicherte Melidere.

Er strahlte sie an. »Reizendes Mädchen.« Jetzt grinste er. »Es macht mir großen Spaß, andere derart zu täuschen, und es gibt viele Gründe, diese List anzuwenden, meine Freunde. Doch sie sind hauptsächlich politischer Natur und nicht sehr erfreulich. Aber wollen wir zur Sache kommen? Ich kann meinen Gemächern nicht lange fernbleiben, ohne vermißt zu werden.«

»Liebend gern, Majestät«, versicherte Ehlana.

»Gewiß seid Ihr verwundert, Ehlana. – Ihr habt doch nichts dagegen, wenn wir uns alle beim Namen nennen, oder? Dieses ständige ›Majestät‹ ist ausgesprochen umständlich. – Wo war ich? Ach ja. In Matherion bin ich mehr oder weniger der Gefangene von Protokoll und Tradition. Das ist der Grund, mich auf diese Weise zu euch zu stehlen. Meine Rolle ist genau umrissen, und wenn ich gewisse Schranken überschreite, bebt die Erde von hier bis zum Meerbusen von Dakonien. Ich könnte diese Beben zwar unbeachtet lassen, aber ich fürchte, daß unser gemeinsamer Feind sie ebenfalls spürt, und es wäre nicht klug, ihn solcherart vorzuwarnen.«

»Allerdings«, pflichtete Sperber ihm bei.

»Hört auf, mich so anzugaffen, Oscagne«, rügte Sarabian den Botschafter. »Ihr habt nichts von meiner Maskerade gewußt, weil es mir bisher nicht notwendig erschien, Euch einzuweihen. Jetzt aber ist es erforderlich. Also reißt Euch zusammen! Der Außenminister muß so kleine Überraschungen verkraften können!«

»Es geht nur nicht so schnell, völlig umzudenken, Majestät.«

»Ihr habt mich für einen Schwachkopf gehalten, stimmt's?«

»Nun …«

»Das *solltet* Ihr auch, Oscagne – Ihr und Subat und die übrigen Minister. Das war mein wichtigster Schutz – und mein Vergnügen.

In Wirklichkeit bin ich ein wahres Genie, alter Junge.« Er lächelte Ehlana an. »Das hört sich eingebildet an, nicht wahr? Aber es stimmt. Eure Sprache habe ich in drei Wochen gelernt, Styrisch in vier Wochen. Ich kann in den abstrusesten Abhandlungen über elenische Theologie logische Fehler aufspüren, und ich habe wahrscheinlich alles gelesen – und verstanden –, was je geschrieben wurde. Meine größte Leistung bestand jedoch darin, das alles geheimzuhalten. Die Beamten, die sich meine Regierung nennen – das soll keine Beleidigung sein, Oscagne –, haben sich offenbar verschworen, alles von mir fernzuhalten. Sie sprechen nur über Dinge zu mir, von denen sie glauben, daß ich sie hören möchte. Ich muß selbst aus dem Fenster blicken, wenn ich wissen will, wie das Wetter ist. Natürlich handeln sie aus den edelsten Motiven. Sie wollen mir jede Aufregung ersparen. Doch ich halte es für besser, daß es mir jemand sagen sollte, wenn das Schiff untergeht, auf dem ich mich befinde, meint Ihr nicht auch?« Sarabian redete sehr schnell und ließ seinen Gedanken freien Lauf. Seine Augen glänzten, und er war offensichtlich sehr aufgeregt. »Aus diesem Grund«, fuhr er hastig fort, »müssen wir uns eine Möglichkeit ausdenken, wie wir uns verständigen können, ohne gleich jedermanns Nase im Schloß darauf zu stoßen, bis hinunter zum Küchenjungen. Ich muß unbedingt wissen, was *wirklich* geschieht, damit ich meine überragenden Geisteskräfte darauf ansetzen kann.« Letzteres sagte er entwaffnend ironisch. »Irgendwelche Vorschläge?«

»Was haltet Ihr von Magie, Majestät?« fragte Sperber.

»Ich habe mir noch keine Meinung darüber gebildet, Sperber.«

»Dann geht es nicht. Ihr *müßt* daran glauben, daß ein Zauber wirkt.«

»Vielleicht könnte ich mich dazu bringen, an Magie zu glauben«, sagte Sarabian, wenngleich ein wenig zweifelnd.

»Das würde wahrscheinlich nicht viel nützen, Majestät«, erklärte Sperber. »In diesem Fall würden die Zauber je nach Eurer Stimmung wirken oder nicht. Wir brauchen jedoch mehr Sicherheit. Wir werden Euch Dinge von so großer Wichtigkeit mitteilen müssen, daß wir uns nicht auf das Glück verlassen dürfen.«

»Ganz meine Meinung, Sperber. Das ist also unser Problem. Wir brauchen eine vollkommen sichere Methode, Informationen auszutauschen, von der niemand ahnt. Meine Erfahrung sagt mir, daß es sich dabei um eine Methode handeln muß, die so alltäglich ist, daß keiner ihr Beachtung schenkt.«

»Wir könnten Geschenke austauschen«, meinte Baroneß Melidere.

»Es wäre mir eine Freude, Euch Geschenke zu schicken, meine teure Baroneß.« Sarabian lächelte. »Eure Augen erfreuen mein Herz, aber ...«

Sie hob eine Hand. »Verzeiht, Majestät«, unterbrach sie ihn, »aber nichts ist unverdächtiger als der Austausch von Geschenken unter Monarchen. Ich kann kleine Aufmerksamkeiten der Königin zu Euch bringen, und der Botschafter die Euren zu ihr. Nach kurzer Zeit wird niemand mehr darauf achten. In diesen Geschenken könnten wir Nachrichten verbergen, und keiner wird es wagen, danach zu suchen.«

»Wo habt Ihr dieses wundervolle Mädchen gefunden, Ehlana?« fragte Sarabian. »Ich würde sie auf der Stelle heiraten – wenn ich nicht bereits neun Gemahlinnen hätte. Ach, übrigens möchte ich mit Euch darüber sprechen, Sperber – ganz unter uns, vielleicht?« Er blickte sich um. »Sieht irgendwer irgendwelche Schwächen im Plan der Baroneß?«

»Nur eine«, sagte Mirtai, »aber darum kann ich mich kümmern.«

»Und welche Schwäche wäre das, Atana?« fragte der Kaiser.

»Es könnte schließlich doch jemand bei diesem Austausch von Geschenken mißtrauisch werden – vor allem, wenn es häufiger geschieht. Wenn Melidere die Geschenke überbringt, werde ich sie stets begleiten und dafür sorgen, daß niemand uns anhalten wird.«

»Ausgezeichnet, Atana. Großartig! – Aber jetzt sollten wir zurückkehren, Oscagne. Subat vermißt mich schrecklich, wenn ich nicht genau dort bin, wo er es erwartet. – Noch etwas, Sperber. Habt die Güte und stellt ein paar Eurer Ritter zur Unterhaltung meiner Gemahlin Elysoun ab.«

»Wie bitte, Majestät?«

»Jung, gutaussehend und mit möglichst viel Stehvermögen – Ihr wißt schon, was ich meine.«

»Reden wir, wovon ich glaube, daß wir reden, Majestät?«

»Natürlich. Elysoun liebt es, Geschenke und kleine Freuden auszutauschen, und sie wäre bitter enttäuscht, wenn niemand sich mit ihr beschäftigen möchte.«

»Äh – wie viele Männer braucht sie in etwa, Majestät?«

»Ein gutes Dutzend dürfte wohl genügen. – Gehen wir, Oscagne?« Und schon eilte der Kaiser von Tamuli zur Tür.

25

»Das ist typisch für Menschen von hoher Intelligenz, Majestät«, erklärte Zalasta, an Ehlana gewandt. »Sie reden sehr schnell, um mit ihrem Ideenfluß Schritt halten zu können. Kaiser Sarabian ist vielleicht nicht ganz so genial, wie er meint, aber er hat einen beachtlichen Verstand. Es ist erstaunlich, daß es ihm gelang, seine Klugheit vor allen Regierungsbeamten zu verbergen. Menschen wie er sind für gewöhnlich dermaßen wankelmütig und reizbar, daß sie sich selbst ein Bein stellen.«

Sie hatten sich in den königlichen Gemächern versammelt, um über die erstaunliche Offenbarung des vergangenen Abends zu sprechen.

Botschafter Oscagne war schon vor den anderen gekommen und hatte einen Plan der Geheimgänge und verborgenen Lauschposten innerhalb der elenischen Burg mitgebracht, die ihr derzeitiges Zuhause war. Sechs Spitzel waren aufgespürt und höflich, aber mit Nachdruck ersucht worden, sich sofort zurückzuziehen. »Es ist wirklich nichts Persönliches, Majestät«, entschuldigte Oscagne sich bei Ehlana. »Alles rein politisch.«

»Ich verstehe vollkommen, Exzellenz«, versicherte sie huldvoll. Ehlana trug an diesem Morgen ein smaragdgrünes Gewand und sah besonders reizend aus.

»Habt ihr ein gut organisiertes Spitzelsystem, Exzellenz?« fragte Stragen.

»Nein, ich glaube nicht, Durchlaucht. Jedes Ministerium hat seine eigenen Spione; aber sie verbringen die meiste Zeit damit, sich gegenseitig zu bespitzeln. Wir sind viel neugieriger, was unsere Kollegen im Schilde führen, als die Absichten ausländischer Besucher zu erfahren.«

»Dann gibt es also keine spezielle Spitzelorganisation?«

»Nein, Durchlaucht.«

»Haben wir auch wirklich alle Spione aufgestöbert?« Emban blickte nervös auf die opaleszierenden Wände.

Sephrenia lächelte. »Dafür habe ich gesorgt, Eminenz.«

»Wie denn?«

»Sie hat mit den Fingern gewackelt, Patriarch Emban«, warf Talen trocken ein, »und sämtliche Spione, die wir nicht entdeckt haben, in Kröten verwandelt.«

»Na ja, ich bin nicht ganz so kraß mit ihnen verfahren«, wehrte Sephrenia ab, »aber *falls* sich noch Spitzel hinter den Wänden versteckt halten, können sie nichts mehr hören.«

»Eure Gaben sind unbezahlbar, Sephrenia«, sagte der dicke Kirchenmann.

»Das ist auch mir nicht entgangen«, bestätigte Vanion schmunzelnd.

»Kommen wir zur Sache«, mahnte Ehlana. »Wir sollten von unserem Täuschungsmanöver nicht öfter als unbedingt nötig Gebrauch machen, aber sofort beginnen, Geschenke mit Sarabian auszutauschen. Zum einen, um festzustellen, ob irgend jemand sich erdreistet, unsere Botschaften abzufangen, und zum anderen, um die Höflinge daran zu gewöhnen, Melidere mit kleinen Geschenken hin und her trotten zu sehen.«

»Ich werde nicht trotten, Majestät«, protestierte die Baroneß. »Ich werde trippeln – und mit den Hüften wackeln. Ich habe festgestellt, daß ein Mann, der ein Auge auf die Hüften einer Frau geworfen hat, kaum noch darauf achtet, was sie sonst tut.«

»Wirklich?« staunte Prinzessin Danae. »Das muß ich mir merken. Könnt Ihr mir zeigen, wie man mit den Hüften wackelt, Baroneß?«

»Dazu mußt du erst einmal Hüften haben, Prinzessin«, sagte Talen.

Danaes Augen nahmen plötzlich einen drohenden Ausdruck an.

»Nimm's nicht so ernst«, mahnte Sperber seine Tochter.

Sie beachtete ihn gar nicht. »Das werde ich dir heimzahlen, Talen!«

»Da mußt du mich aber erst einmal erwischen, Hoheit.« Er lachte. »Ich kann immer noch schneller laufen als du.«

»Wir haben noch ein anderes Problem«, meldete Stragen sich zu Wort. »Der geniale Plan, den ich vor Monaten ausgearbeitet habe, hat sich vergangene Nacht als undurchführbar erwiesen. Die hiesigen Diebe sind keine große Hilfe, fürchte ich. Sie sind sogar noch unbrauchbarer, als Caalador uns in Lebas gewarnt hatte. Hier in Tamul ist alles so starr und geregelt, daß meinen Kollegen auf den Straßen völlig der Verstand eingerostet ist. Hier brauchen Diebe keine Phantasie. Die paar, mit denen wir uns vergangene Nacht getroffen haben, stecken so tief in eingefahrenen Bahnen, daß sie nicht mehr herauskommen. Die Elenier in der hiesigen Diebesgemeinde sind einfallsreich genug, die Tamuler aber sind hoffnungslos unfähig.«

»Das stimmt leider«, bestätigte Talen. »Sie laufen nicht einmal davon, wenn man sie beim Stehlen ertappt. Sie bleiben stehen und warten darauf, daß man sie festnimmt. So etwas Idiotisches ist mir noch nie begegnet!«

»Mag sein, daß noch nicht das letzte Wort gesprochen ist«, fuhr Stragen fort. »Ich habe nach Caalador gesandt. Vielleicht kann er die Diebe zur Vernunft bringen. Am meisten macht mir Sorgen, daß sie überhaupt nicht organisiert sind. Diebe reden hier nicht mit Meuchlern, Huren nicht mit Bettlern – und niemand redet mit Betrügern. Es ist mir ein Rätsel, wie die Unterwelt hier überleben kann!«

»Das ist keine gute Neuigkeit«, murmelte Ulath. »Wir haben drauf gesetzt, die Diebe als unsere allgegenwärtigen Augen und Ohren zu benutzen.«

»Hoffen wir, daß Caalador Erfolg hat«, sagte Stragen. »Da es keine Spionageorganisation der Regierung gibt, sind die Diebe für unsere Pläne unverzichtbar.«

»Caalador wird sie schon zur Vernunft bringen«, meinte Ehlana. »Ich habe vollstes Vertrauen zu ihm.«

»Wahrscheinlich, weil du ihn gern reden hörst.« Sperber grinste.

»Wo wir gerade vom Reden sprechen«, warf Sephrenia ein, »daß die meisten von euch kein Tamulisch beherrschen, wird vieles erschweren, fürchte ich. Wir müssen etwas dagegen unternehmen.«

Kalten stöhnte.

Sephrenia lächelte ihm beruhigend zu. »So schlimm wird es diesmal nicht für Euch werden, Lieber. Die Zeit reicht nicht, daß ihr die Sprache wirklich erlernen könntet; daher werden Zalasta und ich ein wenig schwindeln müssen.«

Emban blickte sie verwirrt an. »Könntet Ihr mir das bitte erklären, Sephrenia?«

»Nur ein kleiner Zauber.« Sie zuckte die Schultern.

»Wollt Ihr damit sagen, Ihr könnt jemandem durch Magie eine Fremdsprache beibringen?«

»O ja«, versicherte Sperber. »Sephrenia hat mich in Ghwerigs Höhle in etwa fünf Sekunden die Trollsprache gelehrt, und Troll dürfte viel schwerer zu erlernen sein als Tamulisch. Tamuler sind immerhin Menschen.«

»Wir müssen allerdings vorsichtig sein«, mahnte die zierliche Styrikerin. »Ihr würdet als plötzliche Sprachgenies natürlich Verdacht erregen. Also werden wir schrittweise vorgehen – zunächst mit den wichtigsten Grundbegriffen und einer primitiven Grammatik. Dann erweitern wir das Ganze.«

»Ich könnte Euch Sprachlehrer schicken, erhabene Sephrenia«, erbot sich Oscagne.

»Lieber nicht – aber trotzdem danke, Exzellenz. Eure Lehrer würden staunen – und argwöhnisch werden –, wenn sie plötzlich eine ganze Klasse von Wunderschülern vor sich hätten. Wir kümmern uns besser selbst darum, zumal dies für die notwendige Geheimhaltung sorgt. Ich werde unseren Schülern zunächst einen grauenhaften Akzent verleihen. Aber im Lauf der Zeit verbessern wir das.«

»Sephrenia?« sagte Kalten mit vorwurfsvoller Stimme.

»Ja, Lieber?«

»Ihr könnt jemandem eine Sprache mittels Magie beibringen?«

»Ja.«

»Warum habt Ihr Euch dann so viele Jahre damit abgeplagt, mich

Styrisch zu lehren, und bei einem so hoffnungslosen Fall nicht längst eine Eurer Fingerübungen angewandt?«

»Kalten«, sagte sie geduldig, »weshalb habe ich versucht, Euch Styrisch zu lehren?«

»Damit ich im Notfall Magie anwenden könnte, nehme ich an.« Er zuckte die Schultern. »Es sei denn, es macht Euch Spaß, andere leiden zu sehen.«

»Nein, Lieber. Ich habe ebenso gelitten wie Ihr.« Sie schauderte. »Mehr, wahrscheinlich. Ihr solltet in der Tat Styrisch lernen, um Euch mit Zaubersprüchen helfen zu können – aber dazu müßtet Ihr auch imstande sein, styrisch zu *denken*. Es genügt nicht, die Worte zu sprechen und zu erwarten, daß sie den gewünschten Zauber wirken.«

»Einen Moment!« protestierte Kalten. »Soll das heißen, daß Menschen, die andere Sprachen sprechen, auf andere Weise denken als wir?«

»Sie *denken* vielleicht auf dieselbe Weise, aber nicht in denselben Worten.«

»Wollt Ihr damit sagen, wir denken tatsächlich in Worten?«

»Natürlich. Jeder Gedanke besteht aus Worten.«

»Aber wir alle sind Menschen. Müßten wir da nicht auf die gleiche Weise und in derselben Sprache denken?«

Sephrenia blinzelte. »Und welche Sprache sollte das sein, Lieber?«

»Elenisch natürlich! Das ist der Grund dafür, daß Ausländer nicht so klug sind wie wir. Sie müssen ihre Gedanken erst aus dem Elenischen in das Gebrabbel übersetzen, das sie als Sprache bezeichnen. Das tun die Leute natürlich nur, weil sie stur sind.«

Sie starrte ihn mißtrauisch an. »Ihr meint das tatsächlich ernst, nicht wahr?«

»Selbstverständlich. Jeder weiß, daß Elenier ihrer Sprache wegen die klügsten Menschen auf der Welt sind.« Sein Gesicht wirkte vollkommen offen und ehrlich.

»Wofür Ihr ein leuchtendes Beispiel seid«, seufzte Sephrenia, der Verzweiflung nahe.

Melidere schlüpfte in ein lavendelfarbenes Gewand und trippelte, mit einem blauen Satinwams über einem Arm, zu den Privatgemächern des Kaisers. Mirtai folgte ihr mit stampfenden Schritten. Melidere war ein anbetungswürdiger Anblick – großäugig, ganz von ihrer Aufgabe erfüllt, die Zähne leicht in die Unterlippe gegraben, als wäre sie in ihrer scheinbaren Einfalt atemlos vor Aufregung. Kaiser Sarabians Höflinge beobachteten die wiegenden Hüften der Baroneß mit großem Interesse. Nicht einer achtete darauf, was sie mit den Händen tat.

Sie überreichte dem Kaiser das Geschenk mit gehauchter kurzer Rede, die Mirtai übersetzte. Der Kaiser bedankte sich sehr förmlich. Melidere machte einen Knicks, dann trippelte sie zur elenischen Burg zurück.

Die Höflinge waren immer noch hingerissen von ihrem Hüftwackeln – obwohl sie inzwischen bereits reichlich Gelegenheit gehabt hatten, selbiges zu bewundern.

»Es ging alles glatt«, berichtete die Baroneß zufrieden.

»Dann hatte Euer körperlicher Einsatz die erwartete Wirkung?« fragte Stragen.

»Das kann man wohl sagen«, warf die Atana ein. »Eine Menge Höflinge sind ihr hinterhergeschlichen, weil sie nicht genug kriegen konnten. Melidere ist eine begnadete Hüftwacklerin. Es sah aus, als würden sich unter ihrem Gewand zwei Katzen in einem Rupfensack raufen.«

»Auch wir sollten uns unserer gottgegebenen Fähigkeiten bedienen, meint Ihr nicht, Eminenz?« wandte das blonde Mädchen sich scheinheilig an Emban.

»Unbedingt, mein Kind«, bestätigte er, ohne mit der Wimper zu zucken.

Botschafter Oscagne erschien etwa fünfzehn Minuten später mit einem Alabasterkästchen auf einem blauen Samtkissen. Ehlana nahm die Botschaft des Kaisers aus dem Kästchen.

»Ehlana«, las sie laut. *»Eure Nachricht hat mich unbehindert erreicht. Ich habe den Eindruck, daß meine Hofherren die Baroneß nicht nur nicht aufhalten werden, wenn sie durch die Korridore trippelt, sondern ihr Recht, dies zu tun, notfalls sogar leidenschaftlich verteidigen*

würden. Wie schafft das Mädchen es bloß, so vieles gleichzeitig zu bewegen? Unterzeichnet: *Sarabian.«*

»Nun?« fragte Stragen das honigblonde Mädchen. »Wie schafft Ihr es?«

»Begabung, Durchlaucht Stragen.«

Die elenischen Besucher ließen während der folgenden Wochen jedermann wissen, daß sie Tamulisch lernten, und Oscagne unterstützte ihren Schwindel, indem er mehreren Regierungsbeamten gegenüber beiläufig erwähnte, daß er den elenischen Besuchern während der langen Reise ein bißchen Tamulisch beigebracht hatte. Bei einem Bankett, das der Reichsverweser für die Gäste angeordnet hatte, hielt Ehlana eine kurze Ansprache auf tamulisch, damit auch jeder wußte, daß sie und ihr Gefolge sich bereits recht gut in dieser Sprache verständigen konnten.

Natürlich waren gelegentliche Peinlichkeiten unvermeidlich. Einmal beleidigte Kalten einen Höfling, als er ihm lächelnd ein wohlüberlegtes Kompliment zu machen glaubte. »Was hat er bloß?« fragte der blonde Pandioner verwirrt, als der Höfling mit finsterer Miene davonstürmte.

»Was wolltet Ihr ihm denn sagen?« fragte Mirtai und unterdrückte ihr Lachen.

»Daß ich mich über sein freundliches Lächeln freue«, antwortete Kalten.

»Das habt Ihr nicht gesagt.«

»Sondern?«

»Ihr habt gesagt: ›Mögen Euch alle Zähne ausfallen‹.«

»Uh! Da hab' ich wohl das falsche Wort für Lächeln benutzt, richtig?«

»Unter anderem.«

Der Vorwand, eine neue Sprache zu erlernen, verschaffte der Königin und ihrem Gefolge viel Muße. Die offiziellen Veranstaltungen und Unterhaltungen, an denen teilzunehmen sie sich genötigt sahen, fanden für gewöhnlich am Abend statt; dadurch hatten sie meist den Tag für sich. Sie verbrachten diese Zeit mit Geplauder, zum größten Teil in Tamulisch. Durch den Zauber, den Sephrenia und Zalasta gewirkt hatten, lernten sie rasch Vokabeln und Satzbau, doch die richtige Aussprache brauchte mehr Zeit.

Wie Oscagne vorhergesagt hatte, warf der Reichsverweser ihnen so viele Steine in den Weg, wie es unauffällig ging. Soweit er dazu imstande war, arrangierte er langweilige Veranstaltungen und Besichtigungen, um den Tag der Elenier auszufüllen. Sie besuchten die Eröffnungen von Rinderausstellungen. Sie erhielten Ehrentitel der Universität. Man zeigte ihnen landwirtschaftliche Musterbetriebe. Der Reichsverweser teilte ihnen eine riesige Eskorte zu, wann immer sie den Kaiserhof verließen – Eskorten, die für gewöhnlich Stunden brauchten, sich zu formieren. Pondia Subats Agenten nutzten diese Zeit, die Straßen von den Leuten zu räumen, denen zu begegnen die Besucher gehofft hatten. Am ärgerlichsten war jedoch, daß er ihnen kaum eine Gelegenheit gab, mit dem Kaiser zusammenzukommen. Subat machte sich so unbeliebt, wie es nur möglich war. Aber er war nicht auf elenischen Einfallsreichtum gefaßt, zumal viele Gefolgsleute Ehlanas nicht das waren, was sie zu sein schienen. Vor allem Talen verwirrte des Reichsverwesers Spitzel völlig. Wie Sperber schon vor langer Zeit festgestellt hatte, war es so gut wie unmöglich, Talen in irgendeiner Stadt der Welt auf den Fersen zu bleiben. Der junge Mann hatte seinen Spaß dabei und konnte eine Menge Informationen zusammentragen.

Eines Nachmittags befanden Ehlana und die Damen sich in den königlichen Gemächern. Der Königin Kammermaid Alean berichtete soeben etwas, als Kalten und Sperber leise eintraten.

»Das ist nicht ungewöhnlich«, sagte das Mädchen mit den sanften Rehaugen gerade. »Es ist eine der Unannehmlichkeiten, die Dienstboten auf sich nehmen müssen.« Wie üblich trug Alean einen schlichten grauen Kittel.

»Wer war er?« fragte Ehlana, und ihre Augen waren hart wie Feuerstein.

»Das ist wirklich nicht von Bedeutung, Majestät«, antwortete Alean ein wenig verlegen.

»O doch, Alean«, widersprach Ehlana.

»Es war Graf Ostril, Majestät.«

»Ich habe von ihm gehört«, sagte Ehlana kalt.

»Ich auch.« Melideres Stimme klang nicht weniger frostig.

»Ich schließe daraus, daß der Graf keinen guten Ruf hat«, warf Sephrenia ein.

»Er ist das, was man einen Lebemann nennt, erhabene Sephrenia«, erklärte Melidere. »Ein Wüstling übelster Art. Er prahlt damit, daß er Gott die Mühe erspart, ihn zu verdammen, da er ohnehin nur geboren wurde, um in der Hölle zu enden.«

»Meine Eltern waren Landleute«, fuhr Alean schüchtern fort, »deshalb wußten sie nichts vom Ruf des Grafen. Sie dachten, wenn sie mich in seine Dienste gäben, wäre ich mein Leben lang versorgt. Es ist für ein Bauernmädchen die einzige Möglichkeit zum Aufstieg. Ich war vierzehn, unschuldig und sehr naiv. Anfangs war der Graf sehr freundlich, und ich dachte, ich hätte wirklich Glück gehabt. Dann kam er eines Nachts betrunken nach Hause, und ich mußte erfahren, warum er so nett zu mir gewesen war. Ich hatte leider keine ähnliche Ausbildung wie Mirtai, darum konnte ich mich nicht wehren. Natürlich weinte ich danach; aber er hat mich bloß ausgelacht. Glücklicherweise hatte es keine Folgen. Sobald Graf Ostril erfuhr, daß Mägde schwanger waren, warf er sie aus dem Haus. Er kam noch ein paarmal zu mir; dann wurde er des Spieles müde. Er bezahlte mir den Lohn und gab mir ein gutes Zeugnis. Ich hatte Glück und konnte mich im Schloß verdingen.« Sie lächelte ein wenig schmerzlich. »Ich nehme an, da es keine Nachwirkungen hatte, war es wohl nicht allzu wichtig.«

»Für mich schon«, sagte Mirtai grimmig. »Du hast mein Wort, daß dieser Graf meine Rückkehr nach Cimmura nicht länger als eine Woche überleben wird!«

»Wenn Ihr Euch so lange Zeit mit ihm laßt, Mirtai, habt Ihr Eure Chance verpaßt«, erklärte Kalten beinahe gleichmütig. »Graf Ostril wird den Sonnenuntergang des Tages, an dem *ich* nach Cimmura zurückkehre, nicht mehr erleben, das verspreche ich!«

»Er wird nicht gegen dich kämpfen, Kalten«, gab Sperber zu bedenken.

»Es wird ihm nichts anderes übrigbleiben!« entgegnete Kalten. »Ich kenne eine Menge Beleidigungen, die kein Mann schlucken kann – und wenn sie keine Wirkung auf ihn haben, werde ich anfangen, ihn stückweise zu zersäbeln. Schneidet man einem Mann Ohren und Nase ab, bleibt ihm gar nichts anderes übrig, als nach seinem Schwert zu greifen – schon deshalb, weil er nicht weiß, was als nächstes an die Reihe kommen wird.«

»Man wird dich verhaften!«

»*Das* ist kein Problem, Sperber«, warf Ehlana grimmig ein, »ich werde ihn begnadigen.«

»Das braucht Ihr nicht zu tun, Ritter Kalten«, murmelte Alean gesenkten Blicks.

»O doch«, antwortete Kalten hart, »das muß ich. Ich werde Euch eines seiner Ohren bringen, wenn ich mit ihm fertig bin – um zu beweisen, daß ich mein Versprechen gehalten habe.«

Sperber rechnete damit, daß das sanfte Mädchen mit heftigem Abscheu reagieren würde; doch Alean lächelte seinen Freund herzlich an. »Das wäre *sehr* nett, Ritter Kalten«, murmelte sie.

»Rollt schon mal die Augen, Sephrenia«, sagte Sperber zu seiner ehemaligen Lehrerin, »diesmal würde ich Euch sogar beipflichten.«

»Warum sollte ich, Sperber?« fragte sie. »Ich finde Kaltens Vorhaben durchaus angemessen.«

»Ihr seid barbarisch, kleine Mutter!« rügte er.

»Na und?«

Am Spätnachmittag schlossen Sperber und Kalten sich den anderen Rittern in der schillernden Halle der nachgebauten elenischen Burg an. Die Ritter hatten ihre Paradepanzer abgelegt und trugen nun Wams und enges Beinkleid. »Es braucht wirklich nicht viel«, sagte Bevier gerade. »Die Mauern sind sehr stark, ein Ringgraben ist bereits vorhanden, und die Zugbrücke funktioniert. Allerdings könnte die Winde ein paar Tropfen Öl gebrauchen. Zur Abrundung müßten wir lediglich zugespitzte Pfähle in den Burggraben treiben.«

»Wie wär's mit ein paar Fässern Pech?« schlug Ulath vor. »Ich weiß doch, wie gern ihr Arzier siedendes Pech auf Belagerer gießt.«

»Meine Herren«, warf Vanion mißbilligend ein. »Wenn ihr die Burg zu befestigen anfangt, könnten unsere Gastgeber das in den falschen Hals bekommen.« Er dachte kurz darüber nach. »Es kann allerdings nicht schaden, wenn wir einen Vorrat an Pfählen bereitlegen«, fügte er hinzu, »und auch einige Fässer Lampenöl. Das ist zwar nicht so gut wie Pech, wird jedoch längst nicht soviel Aufmerksamkeit erregen, wenn wir es in die Burg schaffen. Ich finde, wir sollten auch unauffällig Proviant zu lagern beginnen. Wir sind eine große Zahl. Da dürfte es nicht schwerfallen, zu verbergen, daß wir Vorräte hamstern. Wir dürfen es aber nicht übertreiben.«

»Woran denkt Ihr, Vanion?« fragte Emban.

»Oh, nur ein paar einfache Vorsichtsmaßnahmen, Eminenz. Die Lage hier in Tamuli ist ziemlich unsicher, und wir wissen nicht, was sich zusammenbrauen könnte. Da uns eine wirklich gute Burg zur Verfügung steht, sollten wir sie auch nutzen – nur für den Fall des Falles.«

»Bilde ich's mir nur ein, oder hat noch jemand das Gefühl, daß wir einen ungewöhnlich langen Sommer haben?« fragte Tynian plötzlich.

Sperber erstarrte. Irgendwann *mußte* es jemandem auffallen, und wenn die Gefährten der Sache nun ernsthaft nachgingen und die Tage zählten, würde nicht verborgen bleiben, daß jemand die Zeit beeinflußt hatte. »Wir befinden uns hier in einem anderen Teil der Welt, Tynian«, sagte Sperber, »da ist natürlich auch das Klima anders.«

»Sommer ist Sommer, Sperber, und kein Sommer dauert ewig.«

»Mit dem Klima ist es so eine Sache«, widersprach Ulath, »erst recht an einer Küste. Entlang der Westküste von Thalesien verläuft eine warme Strömung. In Yosut an der Ostküste kann eisiger Winter herrschen, in Horset dagegen mildes Herbstwetter.«

Guter alter Ulath, dachte Sperber erleichtert.

»Ich finde es trotzdem ein wenig merkwürdig«, brummte Tynian zweifelnd.

»Dir kommt vieles merkwürdig vor, alter Freund.« Ulath lächelte. »Ich habe dich schon sehr oft eingeladen, mit mir auf Ogerjagd zu gehen, und jedesmal hast du abgelehnt.«

»Warum Oger töten, wenn man sie nicht essen kann?« Tynian zuckte die Schultern.

»Die Zemocher, die du getötet hast, sind ja auch nicht im Topf gelandet.«

»Weil ich kein gutes Rezept hatte, sie zuzubereiten.«

Alle lachten, und Sperber war erleichtert, daß niemand mehr über den seltsam langen Sommer nachzudenken schien.

In diesem Augenblick kam Talen in die Halle. Wie üblich hatte er die Spitzel des Reichsverwesers gleich am Morgen abgehängt und sich unbeobachtet in der Stadt umgesehen.

»Überraschung!« sagte er trocken. »Krager hat es endlich nach Matherion geschafft. Ich hab' mir schon Sorgen um ihn gemacht.«

»Jetzt reicht's!« Sperber schlug die Faust auf die Armlehne seines Sessels. »Ich habe allmählich die Nase voll von ihm!«

»Wir hatten bisher wirklich keine Zeit, uns um ihn zu kümmern, Ritter Sperber«, erinnerte Khalad.

»Vielleicht hätten wir uns diese Zeit nehmen sollen. Das wollte ich eigentlich schon, als wir ihn in Sarsos gesehen haben. Jetzt, da wir uns hier für eine Weile niedergelassen haben, könnten wir ein wenig Zeit und Energie aufwenden, um seiner habhaft zu werden. Zeichne ein paar Bilder von ihm, Talen, verteile sie und versprich eine Belohnung für brauchbare Hinweise.«

»Ich weiß, wie man das anpackt, Sperber.«

»Worauf wartest du dann noch? Ich möchte dieses besoffene Wiesel endlich in die Hände kriegen. Er weiß ein paar Dinge, die auch ich wissen möchte. Ich werde die schnapsgetränkte Haut dieses Kerls bis auf den letzten Tropfen auswinden!«

»Unser Freund ist ziemlich gereizt heute, nicht wahr?« sagte Tynian zu Kalten.

»Er hat einen schlechten Tag.« Kalten zuckte die Schultern. »Bei seinen Begleiterinnen mußte er einen unerwarteten Hang zur Grausamkeit entdecken, und das macht ihm zu schaffen.«

»Ach?«

»In Cimmura gibt es einen Grafen, der den Tod verdient hat. Wenn ich erst wieder daheim bin, werde ich ihm seinen Schniedel absäbeln, bevor ich ihn in kleine Stücke schneide. Die Damen hielten das für eine großartige Idee – und Sperber war um ein paar Illusionen ärmer.«

»Was hat der Kerl denn getan?«

»Das ist eine sehr private Angelegenheit.«

»Oh. Aber zumindest Sephrenia war doch gleicher Meinung wie unser berühmter Führer?«

»Eben nicht! Sie war sogar noch blutrünstiger als die anderen. Sie hat später noch einige Vorschläge zur Behandlung des Grafen geäußert, die sogar Mirtai erblassen ließen.«

»Der Kerl muß ja wirklich etwas Furchtbares getan haben!«

»Das hat er, mein Freund, und ich werde ihm viele Stunden Zeit lassen, es zu bedauern.« Kaltens blaue Augen erinnerten plötzlich an Gletschereis, seine Nasenflügel waren weiß, und die Lippen verkniffen vor unterdrücktem Zorn.

»Ich hab' nichts getan, Kalten«, versicherte Tynian, »also guck nicht *mich* so an!«

»Verzeih«, entschuldigte sich Kalten. »Ich kann mich kaum beherrschen, wenn ich nur daran denke.«

»Dann laß es lieber.«

Die Aussprache der Sprachschüler ließ immer noch zu wünschen übrig – dafür hatte Sephrenia gesorgt –, aber sie hatten kaum noch Schwierigkeiten, Tamulisch zu verstehen. »Sind wir soweit?« fragte Sperber seine Lehrerin eines Abends.

»Sofern Ihr nicht beabsichtigt, öffentliche Reden zu halten, Prinz Sperber«, warf Kaiser Sarabian ein, der ihnen wieder einmal einen seiner Wirbelwindbesuche abstattete. »Euer Akzent ist einfach schauderhaft!«

»Ich will hinaus, um zu lauschen, Majestät«, erklärte Sperber, »nicht, um mich zu unterhalten. Sephrenia und Zalasta tarnen unseren ungewöhnlichen Fortschritt mit dem Akzent.«

»Ich wollte, Ihr hättet mir verraten, daß Ihr das könnt, Zalasta«, sagte Sarabian fast ein wenig wehmütig. »Ihr hättet mir Monate angestrengten Studiums ersparen können, als ich Fremdsprachen erlernte.«

»Majestät, Ihr habt dieses Studium geheimgehalten«, erinnerte Zalasta ihn. »Ich wußte ja gar nicht, daß Ihr Fremdsprachen lernen wolltet.«

»Das hab' ich nun von meiner Klugheit.« Sarabian zuckte die Schultern. »Was soll's? Was planen wir jetzt eigentlich genau?«

»Wir werden uns auf Eurem Hof umsehen, Majestät«, antwortete Vanion. »Eure Regierung ist gespalten, und Eure Minister haben Geheimnisse voreinander. Das bedeutet, daß niemand einen völligen Überblick hat. Wir verteilen uns auf die verschiedenen Ministerien und sammeln so viele Informationen wie möglich; dann können wir vielleicht ein Muster erkennen.«

Sarabian verzog das Gesicht. »Es ist meine eigene Schuld«, gestand er.

»Sprecht nicht in Rätseln, Sarabian«, bat Ehlana. Die beiden Monarchen waren inzwischen gute Freunde geworden – hauptsächlich wohl deshalb, weil der Kaiser alle Förmlichkeit abgestreift hatte. Er hatte offen und direkt gesprochen und darauf bestanden, daß Ehlana es ebenfalls tat.

»Ich habe es falsch gemacht, Ehlana«, sagte er zerknirscht. »Tamuli hat sich noch nie einer echten Krise gegenübergesehen. Unsere Bürokraten sind klüger als die regierten Völker, und sie haben die Ataner, um ihre Anordnungen durchzusetzen. Die Kaiserfamilie hatte schon von jeher mehr Angst vor der eigenen Regierung als vor Fremden. Wir ermutigen keine Zusammenarbeit der einzelnen Ministerien. Jetzt ernte ich offenbar die Früchte einer fehlgeleiteten Politik. Wenn das alles vorbei ist, werde ich einiges umorganisieren!«

»*Meine* Regierung hat keine Geheimnisse vor mir«, sagte Ehlana selbstgefällig.

»Reitet bitte nicht darauf herum.« Sarabian wandte sich an Vanion. »Wonach halten wir eigentlich Ausschau?«

»Unterwegs nach Matherion wurden wir Zeugen gewisser Phänomene. Wir vermuten, daß wir es mit verbündeten Gegnern zu tun haben, und wir wissen – oder sind uns zumindest ziemlich sicher –, wer *einer* davon ist. Jetzt müssen wir uns auf den anderen konzentrieren. Solange wir nicht wissen, um wen es sich handelt, befinden wir uns zweifellos im Nachteil. Wenn Ihr nichts dagegen habt, Majestät, werden Königin Ehlana und Prinz Sperber viel Zeit mit Euch verbringen. Das bedeutet, daß Ihr ein ernstes Wort mit Eurem Reichsverweser reden müßt, fürchte ich. Pondia Subat wird ziemlich lästig.«

Sarabian zog fragend eine Braue hoch.

»Er hat alles nur mögliche getan, uns nicht zu Euch vorzulassen, Sarabian«, erklärte Ehlana.

»Er hatte eine gegenteilige Anweisung!« erwiderte Sarabian düster.

»Offenbar hat er Euch nicht zugehört, Majestät«, sagte Sperber. »Wir müssen uns regelrecht einen Weg durch seine Leute bahnen, wann immer wir auch nur in die Nähe Eures Schlosses kommen. Und jedesmal, wenn einer von uns bloß den Kopf aus einem Fenster streckt, formieren sich ganze Abteilungen von Spitzeln, um uns zu folgen, falls wir die Burg verlassen. Es hat ganz den Anschein, als wäre unsere Anwesenheit Eurem Reichsverweser ein Dorn im Auge.«

»Ich fürchte, ich werde dem ehrenwerten Pondia Subat ein paar Dinge erklären müssen«, entgegnete Sarabian. »Ich glaube, er hat vergessen, daß seine Stellung nicht erblich ist – und sein Kopf nicht so fest auf den Schultern sitzt, daß ich ihn nicht davon trennen könnte, wenn er uns Ungelegenheiten bereitet.«

»Welche Anklage würdet Ihr gegen ihn erheben, Sarabian?« erkundigte Ehlana sich neugierig.

»Anklage? Wovon in aller Welt redet Ihr, Ehlana? Wir sind hier in Tamuli. Ich brauche keinen Grund zu nennen, wenn ich ihm den Kopf abschlagen lassen möchte, weil mir beispielsweise seine Haartracht nicht gefällt. Ich kümmere mich um Pondia Subat, meine Freunde. Von jetzt an kann ich euch völlige Zusammenarbeit garantieren – entweder mit ihm oder mit seinem Nachfolger. Bitte fahrt fort, Hochmeister Vanion.«

»Patriarch Emban«, erklärte Vanion, »wird sich auf den Reichsverweser konzentrieren – wer immer es auch sein wird. Ritter Bevier wird sich mit dem Lehrkörper der Universität befassen. Gelehrte erfahren viel, und Regierungen neigen dazu, nicht auf sie zu hören – bis es zu spät ist. Ulath, Kring und Tynian werden den Generalstab der Armee im Auge behalten – das tamulische Oberkommando, wohlgemerkt. Um das der Ataner kümmert sich Atan Engessa. Durchlaucht Stragen und Talen werden als Verbindungsmänner zu den Dieben von Matherion dienen, und Alean und Khalad werden sich unter den Schloßdienstboten umhören. Sephrenia und Zalasta werden mit der hiesigen styrischen Gemeinde reden, und Melidere sowie Berit werden sämtlichen Hofleuten den Kopf verdrehen.«

»Ist Ritter Berit nicht ein wenig zu jung?« fragte Sarabian. »Meine Höflinge sind ein sehr abgeklärter Haufen.«

»Ritter Berit hat einige ganz besondere Qualifikationen, Majestät.« Melidere lächelte. »Die jüngeren Damen an Eurem Hof – und einige nicht mehr ganz so junge – würden fast alles für ihn tun. Berit wird vielleicht einige Male seine Tugend opfern müssen, aber er ist ein sehr entschlossener junger Mann. Deshalb bin ich sicher, daß wir mit ihm rechnen können.«

Berit errötete. »Warum müßt Ihr immer solche Dinge sagen, Baroneß?« beklagte er sich.

»Ich mache ja nur Spaß, Berit«, versicherte sie ihm voller Zuneigung.

»Es gibt da etwas, das Männer nicht verstehen, Majestät«, sagte Kalten. »Berit hat aus mir unverständlichen Gründen eine ganz besondere Wirkung auf junge Frauen.«

»Kalten und Mirtai werden zu Sperbers und der Königin Verfügung stehen«, fuhr Vanion fort. »Wir wissen nicht genau, wie weit unsere Gegner möglicherweise zu gehen bereit sind. So werden sie euch zusätzlichen Schutz bieten.«

»Und Ihr, Hochmeister Vanion?« fragte der Kaiser.

»Vanion und Oscagne werden versuchen, das Mosaik zusammenzufügen, Sarabian«, erklärte Ehlana. »Alles, was wir erfahren, teilen wir den beiden umgehend mit. Sie werden die Informationen prüfen und die Lücken feststellen, damit wir wissen, worauf wir unsere weiteren Bemühungen konzentrieren müssen.«

»Ihr Elenier seid sehr methodisch«, lobte Sarabian.

»Das ist ein Auswuchs ihrer Logikabhängigkeit, Majestät«, sagte Sephrenia. »Ihre anstrengende Suche nach Fakten ist manchmal nicht zum Aushalten; aber sie führt tatsächlich zum Erfolg. Ein fähiger Elenier verbringt einen halben Tag mit Beobachtung, bevor er sich einzugestehen erlaubt, daß es regnet.«

»Stimmt«, entgegnete Emban, »aber wenn ein Elenier sagt, *daß* es regnet, kann man sich vollkommen darauf verlassen.«

»Und was ist mit Euch, kleine Hoheit?« Sarabian blickte lächelnd zu Prinzessin Danae hinunter, die auf seinem Schoß saß. »Welche Rolle werdet Ihr in diesem großen Plan spielen?«

»Ich soll Euch ablenken, damit Ihr nicht zu viele Fragen stellt, Sarabian«, antwortete sie mit großem Ernst. »Eure neuen Freunde werden Dinge tun, die vielleicht nicht anständig sind. Da ist es besser, wenn Ihr Euch mit mir beschäftigt und sie nicht bemerkt.«

»*Danae!*« rief ihre Mutter entrüstet.

»Stimmt das etwa nicht? Ihr werdet Leute belügen, sie bespitzeln und vermutlich jeden töten, der sich euch in den Weg stellt. Oder meint ihr das alles etwa nicht, wenn ihr von *Politik* sprecht?«

Sarabian lachte. »Jetzt hat sie es Euch aber gegeben, Ehlana!« Er schmunzelte. »Ihre Definition von Politik ist zwar ein wenig drastisch, trifft aber ins Schwarze. Eure Tochter wird einmal eine großartige Königin.«

»Danke, Sarabian.« Danae küßte ihn erfreut auf die Wange.

Da spürte Sperber die plötzliche Eiseskälte, und obwohl er wußte, daß es sinnlos war, legte seine Hand sich um den Schwertgriff, als die Schwärze sich am Rand seines Blickfelds zeigte. Er fing zu fluchen an – halb auf elenisch, halb auf tamulisch –, als ihm bewußt wurde, daß die schattenhafte Wesenheit, die sie seit Monaten hartnäckig verfolgte, alles mit angehört hatte, was hier gesprochen worden war.

26

»Ihr dürft mir glauben, Majestät«, versicherte Zalasta dem skeptischen Sarabian, »es war ganz bestimmt *kein* normales Phänomen.«

»Ihr seid der Fachmann, Zalasta«, sagte Sarabian, in dessen Stimme immer noch leichter Zweifel lag. »Aber alle meine Instinkte raten mir, zuerst nach einer natürlichen Erklärung zu suchen. Vielleicht war es eine Wolke, die sich kurz vor die Sonne geschoben hat.«

»Es ist Abend, Sarabian«, erinnerte Ehlana. »Die Sonne ist bereits untergegangen.«

»Ja, das spricht nicht gerade für diese Theorie. Ihr habt das alles schon einmal gesehen?«

»Die meisten von uns, Majestät«, antwortete Oscagne. »Sogar ich, an Bord eines Schiffes. Und da war nichts zwischen mir und der Sonne. Ich glaube, wir werden die Erklärungen unserer elenischen Freunde akzeptieren müssen. Sie haben schon einige Erfahrung mit dieser seltsamen Erscheinung.«

»In der Tat?« sagte der Kaiser.

»Was für ein Dummkopf«, murmelte Sperber.

»Wie bitte?« fragte Sarabian freundlich.

»Verzeiht, Majestät«, entschuldigte sich Sperber. »Ich habe natürlich nicht Euch gemeint. Unser seltsamer Besucher ist alles andere als intelligent. Wenn man jemand heimlich belauschen oder beobachten will, verkündet man seine Anwesenheit nicht mit Trommelwirbel und Fanfarenschmettern.«

»Er hat sich auch in Erzmandrit Monsels Gemach in Darsas sehen lassen«, warf Patriarch Emban ein. »Ihr erinnert Euch gewiß.«

»Vielleicht weiß er gar nicht, was er tut«, meinte Kalten. »Als Adus für Martel zu arbeiten anfing, hat er auch versucht, andere zu bespitzeln. Deshalb mußte Martel schließlich Krager für diese Arbeit anstellen.«

»Wer ist Adus?« erkundigte sich Sarabian.

»Jemand, den wir kannten, Majestät. Er war allerdings als Spion nicht zu gebrauchen. Jeder in einem Umkreis von hundert Metern wußte, wann Adus in der Nähe war. Er hielt nichts vom Baden und hatte deshalb einen unverkennbaren Geruch.«

»Wäre es denn möglich?« fragte Vanion Sephrenia. »Könnte Kalten ausnahmsweise auf die richtige Erklärung gestoßen sein?«

»Vanion!« rief Kalten gekränkt.

»Verzeiht, Kalten. Das ist mir so herausgerutscht. – Aber mal ernsthaft, Sephrenia. Könnte es sein, daß unser Besucher sich des Schattens, den er wirft, gar nicht bewußt ist?«

»Alles ist möglich, Lieber.«

»Ein sichtbarer Gestank?« brummte Ulath ungläubig.

»Ich weiß nicht, ob ich es so nennen würde, aber ...« Sephrenia blickte Zalasta an. »Ist es möglich?«

»Es wäre eine Erklärung«, antwortete der Magier, nachdem er einen Augenblick darüber nachgedacht hatte. »Es ist bemerkenswert, wie begrenzt die Allwissenheit der Götter im Grunde ist. Daß unser Besucher nicht weiß, daß wir ihn riechen können, wie Ritter Ulath es nannte, ist gar nicht so abwegig. Vielleicht glaubt er wirklich, daß er vollkommen unsichtbar für uns ist – daß sein Spionieren unbemerkt bleibt.«

Bevier schüttelte den Kopf. »Sobald er verschwunden ist, reden wir immer gleich darüber«, sagte er. »Er hätte es bestimmt gehört und müßte folglich wissen, daß er sich verrät.«

»Nicht unbedingt, Bevier«, widersprach Kalten. »Adus wußte nicht, daß er wie eine Jauchegrube stank. So etwas gesteht sich auch kaum jemand gern selber ein. Vielleicht ist dieser Schatten etwas Ähnliches – eine Art gesellschaftlich verpönte Eigenheit wie Mundgeruch oder schlechte Tischmanieren.«

»Eine faszinierende Vorstellung.« Patriarch Emban lachte. »Daraus ließe sich Stoff für ein ganzes Buch über göttliche Manieren schöpfen.«

»Zu welchem Zweck, Eminenz?« fragte Oscagne.

»Zu dem edelsten, Exzellenz – Gott noch besser zu begreifen. Sind wir nicht deshalb auf der Welt?«

»Ich weiß nicht, ob eine Studie über die Tischmanieren der Götter das menschliche Wissen wirklich bereichern würde, Emban«, gab Vanion zu bedenken und wechselte das Thema. »Dürften wir Euch bitten, Majestät, uns den Weg in die inneren Kreise Eurer Regierung zu ebnen?«

Sarabian grinste. »Eben oder steinig, Hochmeister Vanion, ich bringe Euch in die Ministerien. Nachdem ich Pondia Subat zurechtgestutzt habe, nehme ich mir die übrigen Minister vor – einen nach dem anderen, oder reihenweise. Ich finde ohnehin, es ist an der Zeit, daß ihnen klar wird, wer hier das Sagen hat.« Er lächelte plötzlich. »Euer Besuch bereitet mir die allergrößte Freude, Ehlana. Ihr und Eure Gefährten haben mir deutlich gemacht, daß ich all die Jahre die absolute Macht besaß, ohne daß mir je in den Sinn gekommen wäre, sie zu nutzen. Jetzt werde ich sie hervorholen, abstauben und ein wenig demonstrieren.«

»O je!« hauchte Oscagne mit bestürztem Gesicht. »Was habe ich da angerichtet?«

»Wir haben da ein Problem, Stragen«, sagte Caalador. »Unseren gelben Brüdern gefällt die Vorstellung gar nicht, irgendwelche gesellschaftlichen Grenzen zu übertreten.«

»Bitte, Caalador, erspart mir eine langatmige Vorrede. Kommt zur Sache!«

»Das ist aber nicht üblich, Stragen.«

»Trotzdem!«

Stragen, Talen und Caalador hielten ihre Besprechung in einem Kellerraum am Hafen ab. Es war Vormittag, und die einheimischen Diebe wachten nach und nach auf. »Wie Ihr selbst festgestellt habt, leidet die Bruderschaft hier in Matherion unter einem Kastensystem«, fuhr Caalador fort. »Die Diebesgilde will nichts mit den Betrügern zu tun haben, die Bettlergilde nichts mit den Huren – außer wenn es ums Geschäft geht natürlich – und die Meuchlergilde ist völlig verfemt.«

»Weshalb sind die Meuchler verfemt?« fragte Stragen.

Caalador zuckte die Schultern. »Weil sie gegen eine der Grundregeln der tamulischen Kultur verstoßen. Sie sind im Grunde genommen bezahlte Assassinen, die vor ihren Opfern nicht katzbuckeln, ehe sie ihnen die Kehle durchschneiden. Höflichkeit ist das oberste tamulische Gebot. Es stört die Tamuler nicht, daß jemand im Auftrag Edelleute ermordet, aber daß es auf so unkultivierte Weise geschieht, geht ihnen gegen den Strich.« Caalador schüttelte den Kopf. »Das ist auch einer der Gründe, weshalb so viele tamulische Diebe geschnappt und einen Kopf kürzer gemacht werden – weil es unhöflich ist, davonzulaufen.«

»Unglaublich!« staunte Talen. »Das ist ja noch schlimmer, als wir dachten, Stragen. Wenn diese Burschen nicht miteinander reden, können wir auch nichts von ihnen erfahren.«

»Ich habe euch gewarnt, daß ihr hier in Matherion nicht zuviel erwarten dürft, meine Freunde«, erinnerte Caalador.

»Haben die anderen Gilden Angst vor den Meuchlern?« fragte Stragen.

»O ja!« erwiderte Caalador.

»Dann setzen wir bei ihnen den Hebel an. Was empfindet man für den Kaiser?«

»Ehrfurcht, hauptsächlich. Und eine Verehrung, die manchmal regelrechter Anbetung nahekommt.«

»Gut. Setzt Euch mit der Meuchlergilde in Verbindung. Sobald Talen Euch Bescheid gibt, sollen die Mörder die Häupter der übrigen Gilden aufstöbern und zum Schloß bringen.«

»Was habt Ihr vor, mein Freund?«

»Ich werde mit dem Kaiser sprechen und versuchen, ihn zu überreden, ein paar Worte zu unseren Brüdern zu sagen«, antwortete Stragen.

»Habt Ihr den Verstand verloren?«

»Keineswegs. Tamuler sind sehr traditionsgebunden. Und es ist eine Tradition, daß der Kaiser Traditionen beenden kann.«

»Hast du das begriffen?« fragte Caalador, an Talen gewandt.

»Ich bin mir nicht ganz sicher.«

»Dann wollen wir mal sehen, ob ich es recht verstanden habe«, wandte Caalador sich an den blonden Thalesier. »Ihr wollt jede Regel der kriminellen Kultur hier in Matherion verletzen, indem Ihr die Führer der anderen Gilden von Mördern entführen laßt.«

»Stimmt«, bestätigte Stragen.

»Dann laßt Ihr sie zur Schloßanlage bringen, dessen Betreten ihnen unter Todesstrafe verboten ist.«

»Ja.«

»Danach wollt Ihr den Kaiser bitten, einer Personengruppe, von deren Existenz er eigentlich gar nichts wissen sollte, eine Rede zu halten.«

»Ja, so habe ich es mir vorgestellt.«

»Und der Kaiser wird ihnen befehlen, uralte Sitten und Traditionen aufzugeben und von jetzt an zusammenzuarbeiten?«

»Seht Ihr dabei ein Problem?«

»Nein, eigentlich nicht. Ich wollt' mich nur vergewissern, daß ich auch alles richtig mitbekommen hab'.«

»Also, kümmert Euch darum, alter Junge«, bat Stragen ihn. »Ich rede jetzt wohl am besten mit dem Kaiser.«

Sephrenia seufzte. »Ihr benehmt Euch kindisch, das ist Euch doch klar?«

Sallas Augen drohten aus dem Gesicht zu quellen. »Wie könnt Ihr es *wagen*?« Er schrie es beinahe. Das Gesicht des styrischen Ältesten war kreidebleich geworden.

»Ihr vergeßt Euch, Ältester Salla!« rügte Zalasta den Entrüsteten. »Ratsherrin Sephrenia spricht für die Tausend. Wollt Ihr Euch gegen sie und die Götter auflehnen, deren Vertreter sie sind?«

»Die Tausend sind fehlgeleitet!« tobte Salla. »Es kann keine Verständigung zwischen Styrikum und den Schweineessern geben!«

»Das entscheiden die Tausend«, entgegnete Zalasta schroff.

»Aber überlegt doch, was die elenischen Barbaren uns angetan haben!« stieß Salla empört hervor.

»Ihr habt Euer ganzes Leben hier in der styrischen Enklave in Matherion verbracht, Ältester Salla«, sagte Zalasta. »Wahrscheinlich habt Ihr noch nie einen Elenier gesehen!«

»Ich kann lesen, Zalasta.«

»Das freut mich. Wir sind jedoch nicht hier, um zu diskutieren. Die Hohepriesterin Aphraels übermittelt lediglich die Anweisungen der Tausend. Ob es Euch gefällt oder nicht, Ihr seid verpflichtet, sie auszuführen!«

Sallas Augen füllten sich mit Tränen. »Sie haben uns gemordet!« quetschte er hervor.

»Für jemanden, der ermordet wurde, seid Ihr in recht guter Verfassung, Salla«, sagte Sephrenia. »Verratet mir, hat es sehr weh getan?«

»Ihr wißt, was ich meine, Priesterin!«

»Ah, ja. Dieser lästige styrische Zwang, jeden Schmerz zum eigenen zu machen. Jemand ersticht am anderen Ende der Welt einen Styriker, und Ihr fangt zu bluten an. Ihr tut mir so leid, daß Ihr sicher und in Luxus und Selbstmitleid hier in Matherion leben müßt, von Neid gepeinigt, daß Euch das Martyrium versagt ist. Nun, wenn Ihr so versessen darauf seid, Märtyrer zu werden, Salla, kann ich das schon für Euch in die Wege leiten.« Kalter Zorn erfüllte Sephrenia ob dieses brabbelnden Narren. »Die Tausend haben ihre Entscheidung getroffen«, sagte sie. »Ich bin nicht verpflichtet, sie Euch zu erklären, aber ich werde es trotzdem tun, damit Ihr die Entscheidung Euren Leuten klarmachen könnt – und Ihr werdet sie ihnen klarmachen, Salla, und dabei sehr überzeugend sein, oder ich werde Euch Eures Amtes entbinden.«

»Es ist mir auf Lebenszeit übertragen«, erklärte er herausfordernd.

»Da wäre ich mir nicht so sicher!« sagte Sephrenia drohend.

Salla starrte sie an. »Das wagt Ihr nicht!« krächzte er.

»Legt Euch lieber nicht mit mir an, Salla!« erwiderte sie mit tiefer Befriedigung. »Die Sache sieht so aus – unterbrecht mich, falls Ihr mir nicht folgen könnt. Die Elenier sind Wilde, die nur nach einem Grund suchen, jeden Styriker zu töten, der ihnen über den Weg läuft. Wenn wir sie in der gegenwärtigen Krise *nicht* unterstützen, servieren wir ihnen einen solchen Vorwand auf dem Präsentierteller. Also *werden* wir ihnen helfen, damit sie nicht jeden Styriker auf dem eosischen Kontinent umbringen. Das möchten wir doch nicht, oder?«

»Aber ...«

»Salla, wenn Ihr noch ein einziges Mal ›aber‹ zu mir sagt, vernichte ich Euch!« Erstaunt stellte sie fest, welches Vergnügen es ihr bereitete, sich wie ein Elenier zu benehmen. »Ich habe Euch die Anweisungen der Tausend überbracht, und die Tausend sprechen für die Götter. Es gibt in dieser Angelegenheit keine Wenn und Aber, also hört auf, Euch herauszuwinden. Ihr werdet gehorchen oder sterben; eine andere Wahl habt Ihr nicht. Entscheidet Euch rasch, ich bin ziemlich in Eile!«

Selbst Zalasta schien erschrocken über ihren Tonfall.

»Eure Göttin ist grausam, Ratsherrin Sephrenia«, sagte Salla anklagend.

Sephrenia schlug ihn, ohne zu überlegen. Hand und Arm bewegten sich scheinbar von selbst. Sie hatte viele Generationen unter den pandionischen Rittern verbracht und wußte, wie man die Wucht der Schulter in den Schlag legte. Sie traf Salla mit der Faust hart auf die Kinnspitze, und er taumelte benommen rückwärts.

Sephrenia begann mit dem Todesspruch, und ihre Hände begleiteten die Worte unmißverständlich mit den erforderlichen Gesten.

Das werde ich nicht tun, Sephrenia! hallte Aphraels Stimme heftig in ihrem Kopf.

Das weiß ich, versicherten die Gedanken der zierlichen Styrikerin, *ich will ihn nur aufrütteln, weiter nichts.*

Salla keuchte erschrocken, als ihm bewußt wurde, was Sephrenia tat. Dann schrie er, warf sich auf die Knie und bettelte um Gnade.

»Werdet Ihr tun, was ich Euch befohlen habe?« fragte sie scharf.

»Ja, Priesterin! Ja! Bitte, tötet mich nicht!«

»Ich habe den Zauber nur unterbrochen, ich kann ihn jederzeit zu Ende führen. Ich halte Euer Herz in meiner Faust, Salla. Merkt Euch das gut und denkt daran, falls Ihr das nächste Mal das Bedürfnis haben solltet, meine Göttin zu beleidigen! Und jetzt steht auf und tut, was Euch befohlen wurde! – Kommt, Zalasta, gehen wir. Es stinkt hier nach Selbstmitleid, daß sich mir der Magen umdreht.«

»Ihr seid sehr hart geworden, Sephrenia«, sagte Zalasta mißbilligend, nachdem sie die engen Straßen der styrischen Enklave verlassen hatten.

»Ich habe ihm nur etwas vorgespielt, alter Freund«, versicherte Sephrenia ihm. »Aphrael hätte niemals auf meinen Spruch reagiert!« Sie betastete behutsam ihren Unterarm. »Wißt Ihr zufällig, wo es hier einen guten Arzt gibt? Ich glaube, ich habe mir das Handgelenk verstaucht.«

»Nicht sehr beeindruckend, die Herren«, stellte Ulath fest, als er mit Tynian und Kring über den fast peinlich sauberen Innenhof der Schloßanlage zur elenischen Burg zurückkehrte.

»Ganz meine Meinung«, bestätigte Kring. »Sie haben wahrscheinlich nichts anderes im Kopf als ihre Paraden.« Die drei kehrten von ihrer Besprechung mit dem Stab des imperialen Oberkommandos zurück. »Nur hohle Fassade, jeder einzelne«, fuhr der Domi fort. »Weder Saft noch Kraft.«

»Uniformierte Höflinge«, tat Ulath den tamulischen Generalstab verächtlich ab.

»Ich kann euch nicht widersprechen«, pflichtete Tynian ihnen bei. »Die Ataner sind das wirkliche Militär in Tamuli. Entscheidungen werden von der Regierung getroffen, und der Generalstab übermittelt sie lediglich an die atanischen Befehlshaber. Die ersten Zweifel über die Schlagkraft der imperialen Armee kamen mir bereits, als wir hörten, daß bei ihnen militärische Ränge erblich sind. In einem Notfall möchte ich mich wirklich nicht auf sie verlassen müssen!«

Kring nickte. »Ja, wer sich auf sie verlassen muß, ist verlassen. Ihr Kavalleriegeneral hat mich zu den Stallungen geführt und mir stolz die armseligen Klepper gezeigt, die sie hier als Pferde bezeichnen.« Er schüttelte sich.

»So schlimm?« fragte Ulath.

»Noch schlimmer, Freund Ulath. Diese Zossen würden nicht einmal gute Ackergäule abgeben. Ich hätte es nie für möglich gehalten, daß Pferde so fett werden können. Jede schnellere Gangart als Schritt würde den bedauernswerten Kleppern einen Herzschlag bescheren.«

»Dann sind wir also alle einer Meinung«, stellte Tynian fest. »Die imperiale Armee ist völlig unbrauchbar, stimmt's?«

»Das ist noch sehr schmeichelhaft ausgedrückt, Tynian«, meinte Ulath.

»Wir müssen unseren Bericht allerdings vorsichtig formulieren, wenn wir den Kaiser nicht kränken wollen«, gab der alzionische Ritter zu bedenken. »Sollten wir es ›unzureichend ausgebildet‹ nennen?«

»Das ist zweifellos die Wahrheit«, brummte Kring.

»Wie wär's mit ›unerfahren in moderner Strategie und Taktik‹?«

»Keine Einwände«, antwortete Ulath.

»›Schlecht ausgerüstet‹?«

»Nein, das würde es nicht treffen, Freund Tynian«, widersprach Kring. »Ihre Ausrüstung ist sogar von sehr guter Qualität. Wahrscheinlich von der besten, die das zwölfte Jahrhundert hervorgebracht hat.«

Tynian lachte. »Na gut. Wie wär's mit ›veraltete Ausrüstung‹?«

»So könnte man es nennen«, befand der Domi.

»Ich vermute, wir sollten die Worte ›fett, faul, dumm und unfähig‹ lieber für uns behalten, was meint ihr?« fragte Ulath.

»Ja, sie wären ein wenig undiplomatisch, Ulath.«

»Aber wahr«, murmelte Ulath bedauernd.

Pondia Subat gefiel es gar nicht. Emban und Vanion spürten es, obgleich sowohl die Miene wie das Benehmen des Reichsverwesers diplomatisch freundlich blieben. Kaiser Sarabian hatte, wie versprochen, eingehend mit seinem höchsten Minister gesprochen, und Pondia Subat tat alles, hilfsbereit zu erscheinen und seine wahren Gefühle zu verbergen. »Es sind völlig nebensächliche Details, meine Herren«, sagte er wegwerfend, »aber das ist der tagtägliche Kleinkram der Regierungsführung wohl immer, nicht wahr?«

»Natürlich, Pondia.« Emban zuckte die Schultern. »Aber in seiner Summe ergibt der tagtägliche Kleinkram Auskunft über die Qualität der Regierungsführung, meint Ihr nicht? Nach allem, was ich heute vormittag gesehen habe, konnte ich bereits gewisse Schlüsse ziehen.«

»Ach?« Subats Stimme verriet nichts.

»Das oberste Prinzip scheint der Schutz des Kaisers zu sein«, erklärte Emban. »Dieses Prinzip ist mir wohl vertraut, da unser Denken in Chyrellos ähnlich geprägt ist. Die Kirchenobrigkeit besteht fast ausschließlich zu dem Zweck, den Erzprälaten vor allem Ungemach zu bewahren.«

»Möglich, Eminenz. Aber Ihr müßt zugeben, daß es da Unterschiede gibt.«

»Natürlich. Aber die Tatsache, daß Kaiser Sarabian nicht so mächtig wie Erzprälat Dolmant ist, spielt keine große Rolle.«

Subats Augen weiteten sich, doch er faßte sich rasch wieder.

»Es ist mir klar, daß Euch diese Vorstellung befremdet, Pondia«, fuhr Emban geschmeidig fort, »aber der Erzprälat spricht für Gott, und das macht ihn zum mächtigsten Menschen auf Erden. Natürlich ist das eine elenische Ansicht, die vielleicht nur wenig oder auch nichts mit der Wirklichkeit zu tun hat. Doch solange wir alle daran glauben, *ist* sie wahr. Und wir Kirchenoberen verwenden sehr viel Zeit und Mühe darauf, daß alle Elenier auch weiterhin daran glauben, daß Dolmant für Gott spricht. Solange sie davon überzeugt sind, ist der Erzprälat sicher.« Der dicke kleine Mann überlegte.

»Wenn Ihr mir eine Bemerkung gestattet, Pondia Subat? Euer Hauptproblem hier in Matherion besteht darin, daß ihr Tamuler zu weltlich denkt. Eure Kirche hat keine Bedeutung mehr – wahrscheinlich deshalb nicht, weil ihr euch nicht mit der Vorstellung einer Autorität anfreunden könnt, die jener des Kaisers gleichkommt oder sie gar übertrifft. Ihr habt jedes Fünkchen von Glauben in eurem nationalen Charakter zum Erlöschen gebracht. Skepsis ist ja schön und gut, doch sie gerät einem leicht aus der Hand. Nachdem ihr praktisch den Glauben an Gott – oder eure Götter – aufgegeben habt, hat die Skepsis sich verselbständigt, und die Menschen beginnen, auch andere Dinge in Frage zu stellen – zum Beispiel die Richtigkeit der Regierung, die kaiserliche Weisheit, die Gerechtigkeit des Steuersystems, und dergleichen mehr. In der vollkommensten Welt würde der Kaiser als Gott verehrt, und Kirche und Staat würden zur Einheit.« Er lachte ein wenig verlegen. »Verzeiht, Pondia Subat, ich hatte nicht vor, eine Predigt zu halten. Berufsgewohnheit vermutlich. Die Sache ist die, daß sowohl Tamuler wie Elenier den gleichen Fehler begangen haben. Ihr habt euren Kaiser nicht zum Gott gemacht, und wir unseren Erzprälaten nicht zum Kaiser. Beide haben wir das Volk betrogen, indem wir ihm eine unvollständige Autorität vorgesetzt haben, obwohl die Menschen Besseres von uns verdient hätten. Aber ich sehe, daß Ihr beschäftigt seid, und mein Magen sagt mir ziemlich eindringlich, daß es Zeit zum Mittagessen ist. Wir unterhalten uns bei nächster Gelegenheit wieder. Kommt Ihr Hochmeister Vanion?«

»Ihr glaubt doch nicht im Ernst, was Ihr gerade gesagt habt, Emban, oder?« murmelte Vanion, als die beiden Elenier die Amtsräume des Reichsverwesers verließen.

»Wahrscheinlich nicht.« Emban zuckte die Schultern. »Aber wir müssen etwas tun, um den Riß in dieser steinernen Mauer um Subats Verstand zu verbreitern. Ich bin sicher, daß des Kaisers Drohung, ihn um einen Kopf kürzer zu machen, seine Augen ein bißchen geöffnet hat. Doch bevor er nicht anfängt, tatsächlich zu denken, statt weiter stur auf den festgetretenen Pfaden seiner vorgefaßten Meinung dahinzustapfen, ist er uns von keinem Nutzen. Er ist der wichtigste Mann in der Regierung, und mir wäre lieber, er würde mit uns arbeiten, statt gegen uns. – Könnten wir etwas schneller gehen, Vanion? Ich bin wirklich sehr hungrig.«

»Es sollte allerdings blau sein«, sagte Danae. Sie saß mit Murr auf Kaiser Sarabians Schoß und blickte ihm direkt in die Augen.

»Für einen Elenier, ja, aber …« Zweifel klang aus der Stimme des Kaisers.

»Stimmt«, bestätigte sie. »Zur tamulischen Hautfarbe würde besser …«

»Doch nicht knallrot. Ein wenig mehr ins Scharlachrot, vielleicht sogar …«

»Nein. Weinrot ist zu dunkel. Es ist ein Ball, keine …«

»Wir tragen bei Bestattungen keine dunkle Gewandung, sondern …«

»Wirklich? Das ist eine sehr interessante Überlegung. Warum tut ihr …«

»Es gilt als beleidigend für …«

»Den Toten ist das doch piepegal, Sarabian. Sie sind mit ganz anderen Sachen beschäftigt.«

»Bekommst du noch mit, was die beiden reden?« flüsterte Ehlana Sperber zu.

»In etwa. Sie denken an dasselbe, deshalb brauchen sie die Sätze nicht zu beenden.«

Kaiser Sarabian lachte vergnügt. »Du bist die anregendste Gesprächspartnerin, die mir je das Vergnügen machte, sich mit mir zu unterhalten, Königliche Hoheit«, sagte er zu dem kleinen Mädchen auf seinem Schoß.

»Danke, Kaiserliche Majestät. Du bist auch gar nicht übel, weißt du.«

»Danae!« wies Ehlana sie zurecht.

»Oh, Mutter. Sarabian und ich lernen uns gerade ein bißchen besser kennen.«

»Ich nehme nicht an …«, überlegte Sarabian.

»Ich fürchte nein, Majestät«, antwortete Danae. »Das soll wirklich keine Beleidigung sein, aber der Kronprinz ist viel zu jung für mich. Die Leute zerreißen sich die Mäuler, wenn die Gattin älter ist als der Gatte. Er ist wirklich ein ganz liebes Kleinkind. Aber ich habe mich bereits entschieden, wen ich ...«

»Schon? Du bist doch noch so jung.«

»Auf diese Weise vermeidet man spätere Dummheiten. Mädchen werden töricht, wenn sie ins heiratsfähige Alter kommen. Es ist besser, man hat seine Entscheidung getroffen, solange man noch alle Sinne beisammen hat – nicht wahr, Mutter?«

Ehlana errötete.

»Mutter hat meinem Vater die ersten Fallen gestellt, als sie etwa in meinem Alter war«, vertraute Danae dem Kaiser von Tamuli an.

»Habt Ihr das wirklich, Ehlana?« fragte Sarabian.

»Nun ... ja. Aber das ist doch wohl kaum ein öffentliches Gesprächsthema!«

»Es hat Sperber nichts ausgemacht, von dir eingefangen zu werden, Mutter«, versicherte Danae. »Zumindest nicht mehr, nachdem er sich an den Gedanken gewöhnt hatte. Im großen ganzen sind sie recht gute Eltern – es sei denn, Mutter kehrt die Königin heraus.«

»Das reicht, Prinzessin Danae!« rügte Ehlana sie in ihrem königlichsten Tonfall.

»Siehst du, was ich meine?« Danae grinste den Kaiser an.

»Eure Tochter wird eine begnadete Königin«, sagte Sarabian als ernst gemeintes Kompliment. »Und Elenien bleibt ein so glückliches Königreich, wie's jetzt schon ist. Das Problem bei der Erbfolge waren anderswo stets diese tragischen Perioden beklagenswert unfähiger Monarchen. Nach einem großen König oder Kaiser folgte beinahe unausbleiblich ein hoffnungslos unfähiger Trottel.«

»Wie ist die Erbfolge hier in Tamul geregelt, Sarabian?« fragte Ehlana. »Ich weiß, daß Ihr neun Gemahlinnen habt. Wird Euer Erstgeborener zum Kronprinzen – egal von welcher Rasse seine Mutter ist?«

»O nein! Natürlich nicht. Thronfolger ist stets der Erstgeborene der ersten Gemahlin, und da der Kronprinz sich als erstes ohne Ausnahme mit einer tamulischen Prinzessin vermählt ... Ich wurde bereits vermählt, als ich kaum zwei war. Meine anderen Gemahlinnen habe ich gleich nach meiner Kaiserkrönung geheiratet. Es war eine Gruppenzeremonie – acht Bräute und ein Bräutigam. Dadurch werden Eifersüchteleien und Rangstreitigkeiten von vornherein vermieden. Ich war am nächsten Morgen völlig erschöpft.«

»Soll das heißen …«

»O ja. Das ist unumgänglich. Es ist eine weitere Methode, diese Eifersüchteleien zu vermeiden, von denen ich sprach. Und alles muß vor Sonnenaufgang geschehen sein.«

»Wie wird entschieden, welche die erste ist?« fragte Ehlana sichtlich interessiert.

»Ich habe keine Ahnung. Vielleicht würfeln sie es aus. Es gab zu beiden Seiten des endlosen Korridors vier königliche Schlafgemächer, und ich mußte jede meiner neuen Bräute aufsuchen. Meinen Großvater hat es umgebracht. Er war kein junger Mann mehr, als er den Thron bestieg, und die Anstrengung war zuviel für ihn.«

»Könnten wir nicht das Thema wechseln?« fragte Sperber.

»Sei nicht so prüde«, rügte Ehlana ihn lächelnd.

»Ob Dolmant mir wohl mehr als einen Gemahl gestatten würde?« überlegte Danae laut.

»Jetzt reicht's!« wies Sperber sie zurecht.

Als auch die anderen sich eingefunden hatten, setzten sich alle um einen großen Tisch, der an Stelle eines warmen Mittagessens mit fremdartigen Delikatessen gedeckt war.

»Wie habt Ihr Subat gefunden, Eminenz?« fragte Sarabian den Primas von Uzera.

»Wir gingen in seine Amtsstube, und da saß er, Majestät.«

»Emban!« rügte Sephrenia den fetten kleinen Kirchenherrn, der mißtrauisch ein undefinierbares Fleischgericht beäugte.

»Verzeiht, Majestät«, entschuldigte sich Emban. »Euer Reichsverweser scheint in seinen Ansichten immer noch ein wenig festgefahren zu sein.«

»Ihr habt es also bemerkt«, sagte Sarabian trocken.

»Und ob, Majestät«, antwortete Vanion. »Emban hat seine Denkweise jedoch gewissermaßen auf den Kopf gestellt. Er sagte ihm, daß die Welt am vordringlichsten einen göttlichen Kaiser oder einen kaiserlichen Erzprälaten benötige. So, wie sie jetzt sind, ließen beide Ämter zu wünschen übrig.«

»Ich? Ein Gott? Das ist ja lächerlich, Emban. Ich habe schon mit *einer* Regierung Probleme genug. Bürdet mir nicht auch noch eine Priesterschaft auf!«

»Ich hab's doch gar nicht ernst gemeint, Majestät«, beruhigte Emban ihn. »Ich wollte in Eures Reichsverwesers Kopf nur ein paar Dinge in Gang bringen. Das Gespräch, das Ihr mit ihm geführt habt, hat ihm die Augen geöffnet; jetzt müssen wir aber auch in seinen *Verstand* eine Bresche schlagen.«

»Was ist mit deinem Arm passiert?« fragte Vanion seine Liebste. Sephrenia hatte den Ärmel ein wenig hochgeschoben, so daß der Verband um ihr Handgelenk zu sehen war.

»Ich habe ihn mir verstaucht«, antwortete sie.

»An einem sturen Styrikerschädel«, fügte Zalasta lächelnd hinzu.

»*Sephrenia!*« Vanion starrte sie ungläubig an.

»Ich habe mich meiner pandionischen Ausbildung bedient, Liebster.« Sie lächelte. »Die sich allerdings für einen Kinnhaken als ein wenig unvollkommen erwies.«

»*Ihr* habt jemandem einen Kinnhaken verpaßt, kleine Mutter?« fragte Kalten zweifelnd.

»Und was für einen!« Jetzt grinste Zalasta. »Sie hat ihn halb durch das Zimmer katapultiert und ihm einen gräßlichen Tod angedroht. Sie ging sogar so weit, mit dem Todeszauber zu beginnen. Von da an wurde der Mann sehr hilfsbereit.«

Alle starrten Sephrenia ungläubig an.

»Oh, hört auf damit!« Sie lachte leise. »Das hat vielleicht Spaß gemacht, kann ich euch sagen! Noch nie zuvor habe ich jemanden eingeschüchtert. Es ist sehr befriedigend, nicht wahr?«

»Keine Frage.« Ulath grinste.

»Die Styriker sind zur Zusammenarbeit bereit«, erklärte sie.

»Was war mit der Armee?« wandte Emban sich an Tynian.

»Ich fürchte, da sollten wir nicht zuviel erwarten, Eminenz«, antwortete Tynian vorsichtig mit einem Blick auf den Kaiser. »Ihre Funktion ist hauptsächlich zeremonieller Natur.«

»Sie kommen aus den allerbesten Familien, Herr Ritter«, nahm Sarabian seine Armee in Schutz.

»Das ist möglicherweise Teil des Problems, Majestät – das und die Tatsache, daß die Soldaten noch nie gegen irgend jemanden kämpfen mußten. Aber wir verlassen uns ohnehin auf die Ataner und brauchen die imperiale Armee im Grunde nicht.« Er blickte Engessa an. »Ist die hiesige Garnison einsatzbereit, Atan Engessa?«

»Die Burschen sind ein wenig verweichlicht, Tynian-Ritter. Ich habe sie heute morgen auf einen Eilmarsch geschickt, und sie haben schon nach zwanzig Meilen schlappgemacht. Aber bis zum Ende der Woche werden sie kampfbereit sein.«

»Langsam kommt alles in Schwung«, sagte Vanion überzeugt.

»Die Dienstboten im Schloß unterscheiden sich nicht von anderen, Hochmeister Vanion«, meldete Khalad. »Über andere zu klatschen ist ihnen ein Bedürfnis. Allerdings erfährt Alean von ihnen viel mehr als ich – wahrscheinlich, weil sie hübscher ist.«

»Danke«, murmelte das Mädchen und senkte die Wimpern.

»Das ist kein großes Kompliment, Alean«, warf Talen ein, »wenn man das Aussehen meines Bruders bedenkt.«

»Bis zum Ende der Woche dürften wir das Vertrauen der Dienerschaft so weit gewonnen haben, daß sie uns auch in Geheimnisse einweihen«, meinte Khalad.

»Ihr Elenier überrascht mich«, sagte Sarabian erstaunt. »Ihr seid offenbar allesamt geniale Intriganten.«

»Nun, wir sind eine ausgewählte Gruppe«, erklärte Emban. »Noch ehe wir Chyrellos verließen, war uns klar, daß unsere Hauptaufgabe das Sammeln von Informationen sein würde. Deshalb wählten wir Mitarbeiter aus, die auf diesem Gebiet sehr talentiert sind.«

»An der Universität bin ich auf einen Professor für politische Wissenschaften gestoßen«, sagte Bevier. »Die meisten seiner Kollegen haben sich bereits einen Namen mit der Erforschung dieses oder jenes geschichtlichen Ereignisses gemacht und ruhen sich nun auf ihren Lorbeeren aus. Sie leben quasi Jahrzehnte lang von einer einzigen Abhandlung. Wie auch immer, dieser Professor, den ich erwähnte, ist jung und muß sich erst noch Anerkennung verschaffen. Jetzt hat er eine Theorie aufgestellt, die er mit allen Kräften verfolgt. Er ist fest davon überzeugt, daß die derzeitigen Unruhen von Arjuna ausgehen – vielleicht, weil noch keiner seiner Kollegen sich mit diesem Gebiet beschäftigt hat. Er zweifelt nicht im geringsten daran, daß Scarpa der Kopf der gesamten Verschwörung ist.«

»Wer ist Scarpa?« fragte Kalten.

»Zalasta hat uns von ihm erzählt«, erinnerte Ulath. »Er hat in Arjuna die gleiche Funktion wie Säbel in Astel und Gerrich in Lamorkand.«

»Ach ja, jetzt fällt es mir wieder ein.«

»Jedenfalls«, fuhr Bevier fort, »trug unser Professor eine gewaltige Menge angeblicher Beweise für seine Theorie zusammen, wenngleich einige ziemlich wacklig waren. Es scheint ihm ein Bedürfnis zu sein, jedem, der die Bereitschaft zeigt, ihm zuzuhören, stundenlang seine Theorie zu erläutern.«

»Arbeitet noch jemand an der Universität an einem ähnlichen Projekt?« fragte Emban.

»Nicht in aller Offenheit, Eminenz. Die Professoren haben Angst, ihren Ruf zu gefährden, wenn sie zweifelhaften Forschungen nachgehen. Die akademische Vorsicht zwingt sie abzuwarten. Mein junger Enthusiast hat noch keinen wissenschaftlichen Ruf; darum ist er bereit, Risiken einzugehen.«

»Haltet Euch an ihn, Bevier«, riet Vanion. »Selbst negative Schlußfolgerungen können helfen, die Suche einzugrenzen.«

»Ganz meine Meinung, Hochmeister Vanion.«

»Dürfte ich Euch mit einer bestimmten Sache belästigen, Majestät?« fragte Stragen.

»Dafür ist ein Gastgeber da, Durchlaucht.« Sarabian lächelte. »Belästigt mich nach Herzenslust.«

»Ihr habt doch gewußt, daß es in Matherion Verbrecher gibt, Majestät, nicht wahr?«

»Ihr meint, von den Angehörigen meiner Regierung abgesehen?«

Stragen lachte. »Der Punkt geht an Euch, Majestät. Im Untergrund einer jeden Großstadt gibt es eine eigene Welt«, erklärte er. »Die Welt der Diebe, Einbrecher, Straßenräuber, Bettler, Huren, Betrüger und Meuchler. Sie leben schlecht und recht davon, sich an der übrigen Gesellschaft zu bedienen.«

»Natürlich wissen wir, daß es solche Leute gibt«, versicherte Sarabian ihm. »Deshalb haben wir schließlich Stadtwachen und Gefängnisse.«

»Ja, Majestät, das sind einige der unbedeutenden Ungelegenheiten im Leben Krimineller. Weitgehend unbekannt ist jedoch für gewöhnlich die Tatsache, daß die Verbrecher der ganzen Welt in bestimmtem Maße zusammenarbeiten.«

»Fahrt fort.«

Stragen wählte seine Worte mit Bedacht. »Ich hatte bereits vor einiger Zeit Verbindung zu diesen Leuten, Majestät. Sie können sehr nützlich sein. Es gibt in einer Stadt so gut wie nichts, das nicht jemandem zu Ohren kommt, der zur Unterwelt gehört. Wenn man diesen Leuten klarmachen kann, daß man sich nicht für ihre Machenschaften interessiert, sind sie normalerweise bereit, einem die Information zu verkaufen, an die sie gekommen sind, auf welche Weise auch immer.«

»Eine geschäftliche Vereinbarung also?«

»Genau. Ähnlich wie der Ankauf gestohlener Ware. Es ist nicht gerade moralisch, aber keineswegs unüblich.«

»Ja, natürlich.«

»Nun, diese Bereitschaft zur Zusammenarbeit, die ich erwähnte, gibt es hier in Matherion nicht. Aus irgendeinem Grund arbeiten die tamulischen Gauner nicht zusammen. Jeder Berufszweig bleibt strikt für sich – Diebe, Betrüger, Meuchler und so weiter. Sie haben hier sogar eigene Gilden gebildet, und jede hat nur Verachtung und Mißtrauen für alle anderen übrig. Wir müssen diese Mauern niederreißen, wenn uns die tamulischen Halsabschneider von Nutzen sein sollen.«

»Das leuchtet mir ein, Durchlaucht.«

Stragen war sichtlich erleichtert. »Ich habe gewisse Vorbereitungen getroffen, Majestät«, gestand er. »Die Führer der verschiedenen Unterwelt-Gilden werden hierherkommen. Sie haben gewaltige Ehrfurcht vor Euch und werden gehorchen, wenn Ihr ihnen etwas befehlt.« Er machte eine Pause. »Natürlich nur, solange Ihr ihnen nicht befehlt, ehrliche Menschen zu werden.«

»Natürlich. Schließlich kann man von niemandem verlangen, daß er seinen Beruf aufgibt.«

»Eben. Aber Ihr könnt ihnen befehlen, Majestät, diese Kastenschranken niederzureißen und endlich miteinander zu reden. Wenn die Gauner von Nutzen sein sollen, müssen sie bereitwillig Informationen an eine zentrale Sammelstelle liefern. Wenn wir mit jedem Gildenführer getrennt Verbindung aufnehmen müßten, wäre die Information überholt, bevor sie uns erreicht.«

»Ja, gewiß. Verbessert mich, falls ich etwas falsch verstanden habe, Durchlaucht Stragen. Ihr wollt also, daß ich die Verbrecher von Matherion organisiere, so daß sie im Austausch gegen nicht näher bestimmte Informationen, die sie vielleicht auf der Straße aufschnappen – oder auch nicht –, ehrliche Bürger wirkungsvoller ausbeuten können. Habe ich das richtig verstanden?«

Stragen wand sich. »Ich hatte befürchtet, daß Ihr es so sehen würdet.«

»Keine Angst, Durchlaucht Stragen. Ich bin durchaus bereit, mit diesen loyalen Ganoven zu reden. Der Ernst der gegenwärtigen Krise ist größer als meine natürliche Abscheu vor Geschäften mit Gaunern und Halunken. Verratet mir, Durchlaucht, seid Ihr ein guter Dieb?«

»Ich glaube, ich habe Euch unterschätzt, Majestät.« Stragen seufzte. »Ja, ich bin sogar ein sehr guter Dieb. Ich möchte wirklich nicht, daß Ihr mich für unbescheiden haltet, aber ich bin vermutlich der beste Dieb der Welt.«

»Wie läuft das Geschäft?«

»In letzter Zeit nicht so gut, Kaiser Sarabian. Unruhige Zeiten sind schlecht fürs Verbrechen. Ehrliche Menschen werden nervös und schützen ihre Wertsachen besser. Ach, noch etwas, Majestät. Die Kriminellen, zu denen Ihr sprechen werdet, werden allesamt Masken tragen. Sie haben außerordentliche Hochachtung vor Euch, möchten ihre Gesichter jedoch lieber vor Euch verbergen.«

»Ich glaube, das kann ich verstehen. Ehrlich gesagt, freue ich mich darauf, mit Euren Kollegen zu sprechen, Stragen. Wir werden unsere Köpfe zusammenstecken und nach Möglichkeiten suchen, die Behörden zu umgehen.«

»Das ist keine so gute Idee, Majestät«, warf Talen ein. »Laßt einen Dieb nie näher als zehn Schritte an Euch heran.« Er hob die Hand und zeigte Sarabian ein edelsteinbesetztes Armband.

Der verdutzte Kaiser blickte rasch auf sein rechtes Handgelenk.

»Nur eine kleine Demonstration, Majestät.« Talen grinste. »Ich hatte nicht vor, das Armband zu behalten.«

»Gib ihm auch das übrige zurück, Talen!« wies Stragen den Jungen an.

Talen seufzte. »Eure Augen sind widerwärtig scharf, Stragen.« Er griff in sein Wams und zog ein paar weitere Kleinodien hervor. »Das beste ist, Ihr habt gar nicht erst irgendwelche Wertsachen bei Euch, Majestät, wenn Ihr mit Dieben redet«, riet er ihm.

»Ihr seid sehr geschickt, Talen«, sagte Sarabian.

Talen zuckte bescheiden die Schultern. »Ist alles nur Fingerfertigkeit.«

»Ich mag euch Elenier wirklich«, gestand Sarabian. »Tamuler sind humorlose, langweilige Leute, ihr dagegen steckt voller Überraschungen.« Er lächelte Melidere an. »Und welche erstaunlichen Enthüllungen habt Ihr für mich, Baroneß?«

Sie erwiderte sein Lächeln. »Nichts wirklich Überraschendes, Majestät. Mein häufiges Hin- und Hertrippeln hat mir einige ziemlich vorhersehbare Anträge eingebracht, sowie mehrere blaue Flecken am Gesäß. Tamuler zwicken offenbar viel mehr als Elenier. Ich achte jetzt immer darauf, meinen Rücken dicht an der Wand zu halten. Ich persönlich habe nichts dagegen einzuwenden, von einem hübschen jungen Burschen in seiner Begeisterung ein wenig gekniffen zu werden, aber es dauert ziemlich lange, bis die Blutergüsse verblassen.«

Nun blickten alle auf Berit. Der junge Pandioner errötete heftig. »Ich kann leider nichts berichten, meine Damen und Herren«, murmelte er.

»Berit«, sagte Ehlana sanft. »Es ist nicht schön, wenn Ihr uns anlügt.«

»Es war wirklich nichts von Bedeutung, Majestät. Bestimmt nur ein Mißverständnis, Majestät – wahrscheinlich, weil ich nicht gut genug Tamulisch spreche.«

»Was ist denn geschehen, mein junger Freund?« fragte Sarabian.

»Na ja, Majestät, es war Eure Gemahlin, die Kaiserin Elysoun – die mit der ungewöhnlichen Gewandung.«

»Ja, ich kenne sie.«

»Nun, Majestät, sie sprach mich auf einem Korridor an und bemerkte, daß ich müde aussähe – vermutlich, weil ich die Augen geschlossen hielt.«

»Warum habt Ihr das getan?«

»Äh ... nun, ihre Gewandung ist..., Ihr versteht schon, Majestät. Ich hielt es für unhöflich, sie anzuschauen.«

»In Elysouns Fall ist es unhöflich, es nicht zu tun. Sie ist sehr stolz auf ihre Schönheit und mag es, wenn die Leute Anteil daran nehmen.«

Berit errötete noch tiefer. »Wie ... wie auch immer«, fuhr er fort, »sie sagte, ich sähe müde aus, und dann machte sie mich darauf aufmerksam, daß sie ein sehr bequemes Bett in ihrem Gemach habe, das ich benutzen dürfe, um mich auszuruhen.«

Kalten hörte dem jugendlichen Ritter mit offenem Munde neidvoll zu. »Was hast du zu ihr gesagt?« fragte er atemlos.

»Nun, ich habe ihr natürlich gedankt und ihr versichert, daß ich ... eigentlich gar nicht müde sei.«

Kalten vergrub das Gesicht in den Händen und ächzte.

»Na, na.« Ulath schlug ihm tröstend auf die Schulter.

27

»Wißt Ihr, Majestät, dieses Zeug ist ja recht hübsch, daran besteht kein Zweifel, aber es hat überhaupt keinen praktischen Wert.« Caalador überreichte Ehlana ein Paar Elfenbeinfigürchen.

»Sie sind wunderschön, Caalador!« sagte sie strahlend.

»Ist der Gardist endlich weg?« flüsterte Caalador Sperber zu.

Sperber nickte. »Mirtai hat ihn soeben durch die Tür geschoben.«

»Ich hatte schon befürchtet, wir hätten ihn den ganzen Tag auf dem Hals.«

»Habt Ihr Schwierigkeiten gehabt, hereinzukommen?« fragte Ehlana den Diebeskönig.

»Nicht die geringsten, Majestät.«

»Das will ich auch hoffen – nach allem, was ich in Bewegung gesetzt habe!« Sie betrachtete die Figürchen genauer. »Sie sind wirklich wunderschön, Caalador«, wiederholte sie. »Woher habt Ihr sie?«

»Ich ließ sie aus dem Universitätsmuseum stehlen.« Er zuckte die Schultern. »Es sind Tegans aus dem neunten Jahrhundert – sehr selten und sehr wertvoll.« Er grinste Ehlana spitzbübisch an. »Da Ihr eine Vorliebe für Antiquitäten habt, Majestät, muß es schon was Echtes sein.«

Baroneß Melidere führte die Gefährten in die königliche Gemächerflucht.

»Irgendwelche Probleme?« fragte Stragen seinen Kollegen.

»Bin leichter hier hereingekommen als ein Wiesel in ein Hühnerhaus.«

Caalador arbeitete offiziell als ›Beschaffer von Antiquitäten‹ für Königin Ehlana und sollte auf ihren Befehl hin jederzeit zu ihr vorgelassen werden. Der eine oder andere Ordensritter hatte ihn während der vergangenen Wochen mehrmals am Schloßtor abgeholt und zur Königin geführt, um die Torwachen mit seinem Gesicht vertraut zu machen, doch heute hatte Caalador zum erstenmal versucht, sich allein Zutritt zu verschaffen. »Habt Ihr etwas Interessantes für uns, Meister Caalador?« fragte Zalasta.

Caalador runzelte die Stirn. »Ich bin mir nicht ganz sicher, Weiser. Wir hören immer wieder etwas recht Merkwürdiges.«

»Ach?«

»Alle möglichen Leute reden von einem geheimnisvollen ›Verborgenen Land‹. Da es die Leute sind, die wir beobachten, dachten wir, es könnte möglicherweise etwas Wichtiges sein.«

»Das ist höchst ungewöhnlich«, murmelte Zalasta. »Man sollte eigentlich nicht erwarten, auf der Straße davon zu hören.«

»Dann bedeutet es tatsächlich etwas?«

Zalasta nickte. »Es ist ein alter tamulischer Ausspruch, der etwas mit dem Leben des Geistes zu tun hat. ›Der Weg zum Verborgenen Land ist weit, aber der Lohn für die Mühe sind Schätze von unbezahlbarem Wert.‹«

»Ganz genau, Weiser. Wenn sich zwei auf der Straße treffen, zitiert einer den ersten Teil und der andere den zweiten.«

Zalasta nickte. »Ja, das ist der alte tamulische Ausspruch. Mit den Schätzen sind die des Wissens und der Erkenntnis gemeint. In diesem Fall schließe ich jedoch auf eine andere Bedeutung. Habt Ihr es auch schon von Nichttamulern gehört?«

Caalador nickte. »Zwei elenische Kaufleute haben sich gestern an einer Straßenecke mit diesem Spruch begrüßt.«

»Das hört sich ganz wie eine Losung an«, sagte Vanion nachdenklich.

»Es wäre nicht ratsam, sich jetzt ganz auf eine solche Sache zu konzentrieren und alles andere außer acht zu lassen«, mahnte Zalasta vorsichtig.

»Oh, so viel Aufwand ist's auch wieder nicht«, beruhigte Caalador ihn. »Ich hab' keinen Mangel an Bettlern und Huren und Taschendieben. Ein Überangebot an Fachkräften, wenn Ihr so wollt.«

Ulath zog die Brauen zusammen. »Ich bin mir nicht sicher«, sagte er, »aber mir ist, als hätte ich vor ein paar Tagen zwei Schloßwachen über das ›Verborgene Land‹ sprechen hören. Da sind möglicherweise mehr Leute in die Sache verwickelt, als wir dachten.«

Vanion nickte. »Vielleicht bringt es uns nicht weiter, aber schaden kann es auch nicht, wenn wir die Ohren offenhalten. Falls Caalador über die Losung der anderen Seite gestolpert sein sollte, könnte es uns helfen, Verschwörer zu erkennen, die wir ansonsten übersehen würden. Stellen wir eine Liste auf. Tragen wir die Namen all dieser Leute zusammen, die nach dem ›Verborgenen Land des Geistes‹ hungern und dürsten. Falls das wirklich die Parole sein sollte und irgendeine Verbindung zu dem erkennbar ist, wonach wir suchen, wird diese Namensliste sehr hilfreich sein.«

»Ihr hört Euch fast schon wie ein Scherge an, Hochmeister Vanion«, sagte Talen ein wenig vorwurfsvoll.

»Kannst du mir je verzeihen?«

»Ach, übrigens, ich habe an der Universität einen alten Freund gesehen.« Bevier lächelte leicht. »Baron Kotyks Schwager ist nach Matherion gekommen, um die Studenten zeitgenössischer Literatur mit seinen schauderhaften Machwerken zu berieseln.«

»Wäre ›quälen‹ nicht das passendere Wort dafür, Bevier?« warf Ulath ein. »Ich habe einige von Elrons ›Gedichten‹ gehört.«

»Wer ist Elron?« erkundigte sich Sephrenia.

Sperber wechselte einen langen Blick mit Emban. Sie waren noch durch das Versprechen gebunden, das sie Erzmandrit Monsel gegeben hatten. »Äh ...«, begann Sperber, ohne recht zu wissen, was er sagen sollte. »Er ist ein Asteler – eine Art Halbedelmann, der sich einbildet, ein begnadeter Poet zu sein. Wir wissen nicht, inwieweit er mit den Unruhen in Astel zu tun hat, aber seine Meinung und seine Sympathien deuten darauf hin, daß er ein tatkräftiger Anhänger des als Säbel bekannten Aufrührers ist.«

»Ist es nicht ein merkwürdiger Zufall, daß er die Reise nach Matherion zur selben Zeit gemacht hat, als wir das Gefühl bekamen, daß auf den Straßen etwas faul ist?« fragte Tynian. »Warum reist er ausgerechnet zum kulturellen Zentrum der gottlosen gelben Teufel, die er angeblich so verabscheut?«

»Ungewöhnlich«, bestätigte Ulath.

»Alles Ungewöhnliche ist verdächtig«, warf Kalten ein.

»Das ist eine krasse Verallgemeinerung«, meinte Sperber.

»Stimmt es etwa nicht?«

»In diesem Fall hast du möglicherweise recht. Wir sollten besser ein Auge auf Elron haben. Talen, hol deinen Zeichenblock wieder hervor.«

»Wißt Ihr, Sperber«, wandte der Junge ein, »ich könnte mit Bilderzeichnen eine Menge Geld verdienen, wenn Ihr nicht so versessen darauf wärt, mich zu einem Pandioner zu machen und mir all diese hehren Ideale aufzubürden.«

»Zu dienen ist Lohn genug, Talen«, versicherte Sperber ihm salbungsvoll.

»Caalador«, sagte Sephrenia nachdenklich.

»Ja, hohe Zauberin?«

»Bitte, nennt mich nicht so«, wehrte sie ab. »Es treiben sich, wie mir scheint, eine Menge von diesen Unruhestiftern in Tamuli herum. Haltet Ihr es für möglich, daß die hiesigen Diebe welche davon gesehen haben?«

»Ich werde mich umhören, erhabene Sephrenia, auch in den anderen Königreichen, falls Ihr es für erforderlich haltet. Ich bin mir allerdings nicht sicher, ob Beschreibungen viel nutzen. Wenn Ihr sagt, der Mann ist mittelgroß, trifft das auf die halbe Bevölkerung zu.«

»Die Erhabene kann für mehr als nur eine Beschreibung des Äußeren sorgen, Caalador«, versicherte Talen ihm. »Sie wackelt mit den Fingern und zaubert ein Abbild der Person, die Ihr gesehen habt, in eine Schüssel voll Wasser. Danach kann ich eine Zeichnung anfertigen.«

»Es wäre wahrscheinlich keine schlechte Idee, Bilder dieser verschiedenen Patrioten in Umlauf zu bringen«, murmelte Sephrenia. »Wenn Elron und Krager hier sind, entschließen sich vielleicht noch andere, Matherion zu besuchen. Falls sie hier eine Zusammenkunft planen, wäre es gut, wenn wir davon wüßten.«

»Solltet ihr nicht auch ein Bild von Graf Gerrich zeichnen?« schlug Danae vor.

»Aber er befindet sich die halbe Welt entfernt in Lamorkand, Prinzessin«, gab Kalten zu bedenken.

»*Trotzdem* gehört er zu den Leuten, die in diese Sache verwickelt sind. Wenn ihr etwas tun wollt, dann tut es gleich richtig. Was kostet es schon? Ein paar Blatt Papier, Talens Bleistift und für eine halbe Stunde seine Mühe?«

»Na gut. Ich glaube zwar nicht, daß Gerrich je hier auftauchen wird, aber laß sein Bild von Talen zeichnen, wenn du möchtest.«

»O danke, Kalten. Danke, danke, danke.«

»Ist es nicht Zeit, daß sie ins Bettchen kommt?« brummte Kalten verärgert.

»Weil wir gerade von Krager sprachen«, sagte Sperber, »ist er inzwischen wieder gesehen worden?«

»Nur die zwei Kerle, die ich nannte«, antwortete Caalador. »Gehört dieser Krager zu denen, die sich gern verkriechen?«

Kalten nickte heftig. »Das kann man wohl sagen. Sogar bei den Kanalratten fühlt er sich wohl – weil er selbst schon fast eine ist. Solange er jemanden hat, der ihm Wein holt, ist er's zufrieden, sein Loch nicht zu verlassen, und kriecht sechs Monate nicht heraus.«

»Ich will ihn haben, Caalador«, knirschte Sperber. »Alle meine Freunde haben es besser gewußt, und das muß ich mir nun lange genug anhören!«

Caalador blickte ihn verwirrt an. »Ich fürchte, ich hab' Euch nicht verstanden.«

»Sie sind alle der Meinung, daß ich Krager hätte töten sollen. Sogar Sephrenia dürstet nach seinem Blut.«

»Also, ich weiß nicht. Ich finde es gut, daß Ihr ihn nicht getötet habt. Ihr und Eure Freunde kennt diesen Kragerhalunken«, gab Caalador zu bedenken, »und wißt, daß er bei den andern so was wie ein hohes Tier ist. Das wär' aber nicht der Fall, wenn Ihr ihm die Kehle durchgeschnitten hättet, nicht wahr? Diesen Krager *kennen* wir, und irgendwann finden wir ihn schon und bringen ihn zum Reden. Das könnten wir aber nicht, wenn wir nicht wüßten, nach wem wir Ausschau halten müssen, oder?«

Sperber lächelte seine Freunde selig an. »Seht ihr«, sagte er. »Ich hab' euch damals gleich gesagt, daß ich weiß, was ich tue!«

Später an diesem Tag trafen sich Sperber und Ehlana mit Kaiser Sarabian und Außenminister Oscagne zu einer Besprechung. »Könnte jemand in der Regierung schon von dieser Losung Notiz genommen haben, Exzellenz?« fragte Sperber Oscagne.

»Durchaus, Prinz Sperber. Der Innenminister hat seine Spione überall. Aber ihre Berichte werden frühestens in sechs Monaten, vielleicht erst in einem Jahr eintreffen. Im Innenministerium irren Berichte endlos herum.«

»Subat hat seine eigenen Spitzel«, sagte Sarabian düster, »aber er würde mir nicht sagen, ob er auf irgend etwas gestoßen ist. Ich glaube, er würde mich nicht einmal informieren, wenn jemand die Insel Tega vom Meeresboden losgemacht und fortgeschafft hätte.«

»Alle Traditionen seines Amtes verlangen, daß er Euch vor sämtlichen Ungelegenheiten bewahrt, Kaiserliche Majestät«, sagte Oscagne. »Trotz des kleinen Gespräches, das Ihr mit ihm hattet, werdet Ihr ihm jede Information wahrscheinlich einzeln aus der Nase ziehen müssen. Er hält es immer noch für seine oberste Pflicht, Euch den Schmerz schlechter Neuigkeiten zu ersparen.«

»Wenn mein Haus brennt, wüßte ich über diesen schmerzlichen Umstand aber lieber Bescheid!« sagte Sarabian heftig.

»Ich habe Informanten in den anderen Ministerien, Majestät. Ich werde sie darauf ansetzen. Übrigens, da wir gerade dabei sind – im Innenministerium gehen eine Menge Meldungen über Zwischenfälle ein. Die Zahl dieser Berichte steigt dramatisch. Kolata ist mit seiner Weisheit am Ende.«

»Kolata?« fragte Sperber.

»Der Innenminister«, erklärte Sarabian. »Der Polizeioberste des Reichs. Ihm gelingt es fast so gut wie Subat, mich im dunkeln zu lassen. Was macht ihm so zu schaffen, Oscagne?«

»Die Leichenäcker haben ihre Toten ausgespien, Majestät! Jemand hat kürzlich Verstorbene ausgegraben und wiederbelebt. Sie schlurfen stöhnend und mit leerem Blick umher. Ganze Ortschaften in Edom wurden ihretwegen verlassen. In Dakonien streunen Werwölfe in Rudeln umher; in den Urwäldern von Arjuna schwärmen Vampire herum wie Zugvögel; und die Leuchtenden terrorisieren die Gegend um Dasan. Nimmt man hinzu, daß in Nordatan die Trolle auf dem Marsch sind, und die Stadt Sarna bereits zweimal von Angreifern gestürmt wurde, bei denen es sich um Cyrgai zu handeln scheint, dann können wir daraus nur eines schließen: die Dinge spitzen sich zu. Bisher waren diese Unruhen sporadisch und örtlich begrenzt. Jetzt gibt es sie überall.«

»Großartig«, brummte Sarabian mißmutig. »Ich glaube, ich werde mich irgendwohin ins Exil begeben.«

»Dann würdet Ihr den ganzen Spaß versäumen, Majestät«, sagte Sperber.

»Welchen Spaß?«

»Wir haben noch gar nicht angefangen, Gegenmaßnahmen zu ergreifen. Vielleicht können wir nicht allzuviel gegen Vampire und dergleichen ausrichten, sehr wohl aber gegen die Trolle und die Cyrgai. Engessa bildet die hiesigen Ataner in einigen elenischen Taktiken aus. Ich glaube, dann könnten sie durchaus mit den Trollen und den Cyrgai fertig werden.«

Sarabian wirkte erstaunt. »Atan Engessa ist der Kommandant der Canaer Garnison in Astel. Er hat hier in Matherion keine Befehlsgewalt.«

»O doch, die hat er durchaus, Majestät«, widersprach Sperber. »Soviel ich weiß, besitzt er eine Sondervollmacht von König Androl –

oder wohl eher von Königin Betuana. Andere atanische Befehlshaber wurden angewiesen, Engessas Empfehlungen zu folgen.«

»Warum erfahre ich diese Dinge nie?«

»Imperiale Politik, Majestät.« Oscagne lächelte. »Wenn Ihr zu viel wüßtet, würdet Ihr Euch vielleicht in die Regierungsgeschäfte einmischen.«

»Jedenfalls«, fuhr Sperber fort, »war Engessa sehr beeindruckt von unseren Taktiken bei den Kämpfen auf dem Weg hierher. Wir haben einige seiner Ataner in westlichen Techniken ausgebildet.«

»Das überrascht mich«, gestand Sarabian. »Ich hätte nicht gedacht, daß Ataner auf irgend jemanden hören, wenn es um militärische Dinge geht.«

»Engessa ist Berufssoldatin, Majestät«, erklärte Sperber. »Berufssoldaten sind immer an Fortschritten in Waffentechnik und Taktik interessiert. Es ist uns gelungen, ein paar sehr kräftige Pferde für einige seiner Ataner zu beschaffen, und Kalten und Tynian haben ihnen Unterricht im Gebrauch der Lanze erteilt. Das ist die sicherste Kampfesweise gegen Trolle. Bevier bildet einen anderen Trupp im Bau und der Bedienung von Belagerungsmaschinen aus. Als wir vor Sarsos auf diese Cyrgai stießen, haben Beviers Katapulte ihre Phalanx zerschmettert. Es ist sehr schwierig, eine militärische Formation aufrechtzuerhalten, wenn es Felsbrocken auf einen herabhagelt. Ach, da ist noch etwas, das Ihr wissen solltet. Khalad hat vor der Stadt einen Baum entdeckt, der mit Stahlbolzen gespickt war. Da hat jemand mit einer Armbrust geübt.«

»Was ist eine Armbrust?« fragte Sarabian.

»Eine lamorkische Waffe, Majestät.« Sperber zeichnete eine grobe Skizze. »Sie sieht etwa so aus. Die Arme dieser Waffe sind viel stärker als die eines gewöhnlichen Langbogens, deshalb hat sie eine größere Reichweite und Durchschlagskraft. Eine Armbrust ist eine ernste Bedrohung für einen gepanzerten Ritter. Jemand hier in Matherion versucht den Vorteil wettzumachen, den uns unsere Rüstung bietet.«

»Allmählich habe ich das Gefühl, daß ich nur noch mit den Fingerspitzen an meinem Thron hänge«, sagte Sarabian. »Darf ich Euch um politisches Asyl bitten, Ehlana?«

»Es wäre mir eine große Freude, Euch bei uns aufnehmen zu dürfen, Sarabian«, versicherte sie ihm. »Aber so schnell sollten wir die Klinge nicht ins Korn werfen. Sperber ist erstaunlich einfallsreich.«

»Wie ich schon sagte«, fuhr Sperber fort, »können wir nicht allzuviel gegen Ghuls, Werwölfe, Leuchtende und Vampire unternehmen, aber für die Trolle und Cyrgai haben wir ein paar Überraschungen bereit. Ich möchte, daß die Ataner noch ein wenig mehr Übung auf ihren Pferden und mit Beviers Maschinen bekommen. Dann werden wir unserem Gegner klarmachen, daß er keinen Spaziergang vor sich hat. Vor allem möchte ich die Zahl der Trolle dezimieren. Unser Feind stützt sich ziemlich stark auf die Unterstützung der Trollgötter, die jedoch sehr schnell aus dem Bündnis ausscheiden werden, falls zu viele ihrer Anhänger ihr Leben lassen. Ich glaube, Anfang nächster Woche sind wir soweit, daß wir zwei Expeditionen ausschicken können – eine hinauf ins Trollgebiet, die andere hinunter nach Sarna. Es wird Zeit, daß sie Wunden zu lecken bekommen.«

»Und was geschieht hier?« fragte Oscagne. »Mit all den Hinweisen auf das Verborgene Land des Geistes?«

»Caalador wird sich darum kümmern. Wir haben jetzt ihre Losung, und das kann uns alle möglichen Türen öffnen. Vanion stellt eine Namensliste auf. Es wird nicht lange dauern, und er kennt jeden in Matherion, der von dem Verborgenen Land gesprochen hat.« Er blickte Sarabian an. »Habe ich Eure Erlaubnis, Majestät, diese Personen festzunehmen, falls es sich als nötig erweist? Wenn wir zuschlagen und sie alle in Verwahrung haben, ehe sie ihr Komplott ausführen können, zerschlagen wir es am gründlichsten.«

»Nehmt nach Herzenslust fest, Sperber.« Sarabian grinste. »Wir haben eine Menge Gebäude, die sich in Gefängnisse umwandeln lassen.«

»Also gut, meine junge Dame«, sagte Sperber ein paar Tage später zu seiner Tochter. »Einer von Caaladors Bettlern hat Graf Gerrich auf einer Straße ganz in der Nähe gesehen. Woher hast du gewußt, daß er nach Matherion kommen würde?«

»Ich habe es nicht *gewußt*, Sperber, nur vermutet.« Danae saß ruhig in einem großen Sessel und kraulte ihre Katze hinter den Ohren. Murr schnurrte zufrieden.

»Eine Vermutung?«

»Eingebung, wenn dir das besser gefällt. Es kam mir einfach seltsam vor, daß Krager und Elron hierherkommen sollten, ohne daß auch die anderen kämen. Was Gerrich logischerweise einschloß, meinst du nicht auch?«

»Bringe die Dinge nicht durcheinander, indem du *Logik* und *Intuition* in einem Atemzug nennst.«

»Oh, Sperber! Wann wirst du endlich erwachsen? Logik ist doch nur ein Wort, mit dem du deine Eingebungen rechtfertigst. Oder ist dir schon mal jemand begegnet, der Logik benutzt hat, um etwas zu widerlegen, an das er längst glaubte?«

»Na ja, nicht persönlich. Aber ich bin sicher, daß es ein paar gab.«

»Ich warte, bis du einen gefunden hast. Ich bin unsterblich, also spielt die Zeit keine große Rolle für mich.«

»Legst du es auf einen Streit an, Aphrael?«

»Verzeih, Vater«, sagte sie, aber es klang nicht besonders reumütig. »Dein Verstand erhält auf hunderterlei Weise Informationen – was du hörst, was du siehst, was du anfaßt und auch, was du riechst. Er verarbeitet all diese Informationen und zieht daraus Schlüsse. Das sind die Eingebungen. Intuition ist ebenso präzise wie Logik, nur kann sie das langweilige, anstrengende Verfahren überspringen, alles Schritt für Schritt zu beweisen, da die Intuition sofort vom Offensichtlichen zur Schlußfolgerung gelangt. Sephrenia mag Logik nicht, weil sie so langweilig ist. Sie kennt die Antworten bereits, die du so mühsam zu beweisen versuchst – und du ebenfalls, wenn du ehrlich zu dir bist.«

»Aber es gibt eine Vielzahl überlieferter Weisheiten, die nicht auf Logik beruhen – und sie sind für gewöhnlich falsch. Was ist beispielsweise mit der alten Annahme, daß von einem Gewitter die Milch sauer wird?«

»Das ist ein logischer Fehler, Sperber, und kein Fehler der Intuition.«

»Würdest du das bitte erklären?«

»Man könnte genausogut sagen, daß saure Milch Gewitter verursacht.«

»Das ist verrückt.«

»Natürlich ist es verrückt. Gewitter und saure Milch sind beides Wirkungen, nicht Ursachen.«

»Du solltest mit Dolmant reden. Ich möchte sehr gern zuhören, wenn du ihm erklärst, daß er all die Jahre seine Zeit mit Logik vergeudet hat.«

»Das weiß er längst.« Sie zuckte die Schultern. »Dolmant ist viel intuitiver, als du glaubst. Als er mich sah, wußte er sofort, wer ich bin – ganz im Unterschied zu dir, Vater! Eine Zeitlang dachte ich schon, ich müßte fliegen, um dir die Augen zu öffnen!«

»Jetzt übertreibst du. Sei brav.«

»Bin ich doch. Ich weiß nämlich viel mehr über dich, als ich dir gesagt habe. Was brütet Krager aus?«

»Das weiß niemand.«

»Wir müssen ihn unbedingt finden, Sperber!«

»Ich *weiß*. Ich bin sogar noch versessener darauf als du! Es wird mir eine Wonne sein, ihm den Hals auszuwringen wie eine nasse Socke!«

»Klopf keine Sprüche, Sperber. Du kennst Krager. Er erzählt dir seine ganze Lebensgeschichte, wenn du ihn nur schief ansiehst!«

Er seufzte. »Du hast wahrscheinlich recht, aber das verdirbt einem den ganzen Spaß an der Sache!«

»Du bist ja auch nicht hier, um Spaß zu haben, Sperber. Was ist dir lieber – Information oder Rache?«

»Gibt es denn keine Möglichkeit, beides zu haben?«

Sie rollte die Augen himmelwärts. »Elenier!«

Anfang der folgenden Woche zog Bevier mit einer Einheit frisch ausgebildeter atanischer Pioniere nach Westen in Richtung Sarna. Am nächsten Tag führten Kalten, Tynian und Engessa zweihundert berittene Ataner gen Norden zu den Landen, die von den Trollen verwüstet wurden. Auf Vanions dringenden Rat hin verließen die Truppen Matherion in winzigen Gruppen von zwei oder drei Personen, die sich dann außerhalb der Stadt sammelten. »Es wäre unklug, jemandes Nase auf unser Vorhaben zu stoßen«, sagte er.

Ein paar Tage nach dem Abmarsch der beiden Expeditionen reiste Zalasta nach Sarsos. »Ich werde nicht lange fortbleiben«, versicherte er den Gefährten. »Wir haben eine verbindliche Zusage der Tausend; aber ich möchte mich trotzdem gern vergewissern, daß sie ihr Versprechen auch einhalten. Worte sind schön und gut, doch wir möchten auch Taten sehen – als Beweis, daß wir uns auf den Rat verlassen können! Ich kenne meine Brüder! Nichts wäre ihnen lieber, als die Vorteile zu genießen, die ihnen ein Bündnis bringt, das nur auf dem Papier besteht – ohne die Ungelegenheit, *tatsächlich* verpflichtet zu sein, etwas für uns zu tun. Am besten eignen die Tausend sich dazu, sich dieser übernatürlichen Manifestationen anzunehmen. Also werde ich sie aus ihren weichen Sesseln in Sarsos holen und auf diese Unruheherde verteilen.« Er bedachte Vanion mit einem dünnen Lächeln. »Zudem werden ausgedehnte Reisen zu ihrer körperlichen Ertüchtigung beitragen, Eminenz«, fügte er hinzu. »Wenn Ihr ihnen beweisen wollt, wie schlapp und faul sie sind, braucht Ihr dann nicht mehr Eure Knöchel in Gefahr zu bringen.«

Vanion lachte. »Das weiß ich zu würdigen, Zalasta.«

Stets war mehr zu tun, als es Zeit gab. Die Zeremonien und mehr oder weniger offiziellen Anlässe rund um den Staatsbesuch Königin Ehlanas kosteten die Gefährten die Nachmittage und Abende; so blieb Sperber und den anderen nichts übrig, als bis spät in die Nacht zu arbeiten und schon früh aufzustehen, um ihre heimlichen Unternehmungen in der Stadt und der Schloßanlage durchzuführen.

Bald machte der Mangel an Schlaf sich bemerkbar. Mirtai beklagte sich bei Sperber wegen des Gesundheitszustands seiner Gemahlin. Tatsächlich waren dunkle Ringe unter Ehlanas Augen zu erkennen, und wie alle anderen reagierte sie mit zunehmender Gereiztheit.

Der Durchbruch kam ungefähr zehn Tage nach dem Aufbruch der Expedition nach Sarna und den von den Trollen neu besetzten Landen. Eines Morgens traf Caalador in aller Frühe ein – mit kaum verhohlener Begeisterung und einem großen Segeltuchbeutel in der Hand. »Es war reines Glück, Sperber«, frohlockte er, als die beiden sich in der königlichen Gemächerflucht trafen.

»Davon können wir auch ein wenig brauchen!« antwortete Sperber. »Was habt Ihr herausgefunden?«

»Würdet Ihr gern den genauen Zeitpunkt – Tag und Stunde – erfahren, wann diese Geheimbündler des ›Verborgenen Landes‹ loslegen?«

»Ich kann nicht leugnen, daß es mich interessieren würde. Euer selbstzufriedenes Gesicht verrät, daß Ihr so allerlei erfahren habt.«

»Und ob, Sperber! Noch dazu ist es mir wie ein überreifer Pfirsich in den Schoß gefallen. Diese Burschen von der anderen Seite gehen recht sorglos mit ihren schriftlichen Anweisungen um. Einer meiner Taschendiebe hat einem feisten dazitischen Kaufmann den Beutel aufgeschlitzt, und da ist außer einer Handvoll Münzen noch dieser Zettel mit der geheimen Nachricht herausgefallen, den ihm einer seiner Mitverschworenen verstohlen zugesteckt hatte. ›Der Tag der Offenbarung des Verborgenen Landes steht bevor! Es ist alles bereit. Wir treffen uns um die zweite Stunde nach Sonnenuntergang, zehn Tage von heute, in Eurem Lagerhaus.‹ Ist das nicht interessant?«

»Allerdings, Caalador. Aber die Nachricht könnte eine Woche alt sein.«

»Ist sie nicht. Der Idiot, der sie schrieb, hat sie datiert!«

»Das kann doch nicht wahr sein!«

»Möge meine Zunge sich grün färben, wenn ich lüge.«

»Kennt Euer Taschendieb diesen dazitischen Kaufmann? Ich möchte dieses Lagerhaus gern aufsuchen und feststellen, welche Art von Waffen dort bereitliegen.«

»Da bin ich Euch weit voraus, Sperber.« Caalador grinste. »Wir haben diesen Daziter aufgespürt, und ich habe meine große Erfahrung als Hühnerdieb genutzt, um in das Lager zu gelangen.« Er öffnete den großen Segeltuchbeutel und zog eine nagelneue Armbrust heraus. »Davon gab es Hunderte, und dazu eine riesige Menge billige Schwerter, vermutlich alles in Lebros in Cammorien hergestellt – die Stadt ist berüchtigt für ihre Ramschware, die sie an Hinterwäldler liefert.«

Sperber drehte die Armbrust in den Händen. »Wirklich primitiv gemacht«, stellte er fest.

»Aber schießen wird man trotzdem damit können – einmal wenigstens.«

»Das erklärt den Baum mit den vielen Armbrustbolzen, den Khalad entdeckte. Hat ganz den Anschein, als erwarte man uns. Unser Freund würde keine Armbrüste brauchen, wenn er nicht wüßte, daß der Gegner Rüstung trägt. Gegen ungerüstete Krieger ist der Langbogen wesentlich wirkungsvoller. Man kann schneller damit schießen.«

»Eines können wir jetzt mit Sicherheit annehmen, Sperber«, sagte Caalador ernst. »Mehrere hundert Armbrüste bedeutet mehrere hundert Verschwörer – ganz von jenen zu schweigen, welche die Schwerter benutzen werden. Das läßt auf äußerst unfreundliche Zeiten sowohl hier in Matherion wie im Hinterland schließen. Ich glaube, wir sollten auf Pöbelhaufe und Straßenkämpfe vorbereitet sein.«

»Da könntet Ihr nur allzu recht haben, mein Freund. Laßt uns überlegen, wie wir diesem Mob die Zähne ziehen.«

Sperber trat an die Tür und öffnete. Wie üblich saß Mirtai unmittelbar davor, mit ihrem Schwert auf dem Schoß. »Würdet Ihr so nett sein und Khalad zu mir schicken, Atana?« ersuchte Sperber sie höflich.

»Und wer bewacht die Tür, während ich fort bin?« fragte sie.

»Ich kümmere mich darum.«

»Warum holt Ihr Khalad dann nicht gleich selbst? Ich werde hier bleiben und für Ehlanas Sicherheit sorgen.«

Sperber seufzte. »Bitte, Mirtai – tut mir den Gefallen.«

»Falls Ehlana irgend etwas zustößt, während ich nicht hier bin, werde ich Euch zur Rechenschaft ziehen, Sperber!«

»Ich werde es mir merken.«

»Hübsches Mädchen, nicht wahr?« sagte Caalador, nachdem die Riesin sich auf die Suche nach Sperbers Knappen gemacht hatte.

»Solche Bemerkungen würde ich vorsichtshalber unterlassen,

wenn Kring in der Nähe ist, mein Freund. Er ist mit Mirtai verlobt und *sehr* eifersüchtig.«

»Sollte ich denn lieber sagen, daß sie häßlich ist?«

»Das wäre auch keine so gute Idee! Dann könnte es nämlich sein, daß *sie* Euch umbringt.«

»Ein bißchen empfindlich die beiden, nicht wahr?«

»O ja! Ihre Ehe dürfte alles andere als langweilig werden.«

Mirtai kehrte bereits wenige Minuten später mit Khalad zurück. »Ihr habt nach mir gerufen, Ritter Sperber?« fragte Kuriks Sohn.

»Wie würdest du diese Armbrust unbrauchbar machen, ohne daß gleich auffällt, daß jemand sich daran zu schaffen gemacht hat?« Sperber reichte dem jungen Mann die Waffe, die Caalador mitgebracht hatte.

Khalad untersuchte sie. »Ich würde die Sehne fast ganz durchschneiden – hier oben, wo sie angebracht ist«, riet er. »Sie wird reißen, sobald jemand sie zu spannen versucht.«

Sperber schüttelte den Kopf. »Die Gegner laden die Waffen vielleicht schon zuvor. Wie es aussieht, wird jemand damit auf uns schießen wollen, und er soll nichts merken, ehe es zu spät ist.«

»Ich könnte den Abzugsmechanismus unbrauchbar machen«, meinte Khalad. »Der Schütze könnte die Armbrust aufziehen und laden, aber nicht damit schießen – jedenfalls nicht gezielt.«

»Bleibt sie gespannt, bis er abdrückt?«

»Wahrscheinlich. Es ist eine billige Waffe, also erwartet der Schütze vermutlich gar nicht, daß sie sonderlich gut funktioniert. Ihr müßt lediglich diesen langen Stift entfernen, der den Abzug hält, und an seiner Stelle kurze Stifte in die Löcher stecken; dann fällt nicht auf, daß der durchgehende Stift nicht mehr da ist. Die Sehne wird von einer Feder gespannt, ohne den Stift gibt der Abzug die Feder nicht frei. Der Schütze wird die Waffe zwar spannen, aber nicht schießen können.«

»Ich verlasse mich ganz auf dich. Wie lange würdest du brauchen, das Ding auf diese Weise unbrauchbar zu machen?«

»Zwei Minuten.«

»Dann hast du eine lange Nacht vor dir, mein Freund. Es gibt mehrere Hundert dieser Armbrüste, an denen eine solche Änderung vorzunehmen ist – und du wirst es leise und bei schlechtem Licht tun müssen. – Caalador, könnt Ihr meinen Freund in das Lagerhaus dieses dazitischen Kaufmanns schmuggeln?«

»Wenn er leise ist.«

»Da macht Euch keine Sorgen. Khalad stammt vom Lande, genau wie Ihr, und ich vermute, daß er auch genauso geschickt ist, wenn es darum geht, Hasenfallen anzufertigen und Hühner zu stehlen.«

»Sperber!« rief Khalad entrüstet.

»Diese Fähigkeiten sind zu wertvoll, als daß wir sie bei deiner Ausbildung vernachlässigen könnten, Khalad. Und ich habe deinen Vater gekannt, wie du weißt.«

»Sie wußten, daß wir kamen, Sperber«, sagte Kalten verärgert. »Wir haben uns in kleine Gruppen aufgeteilt und uns von den Städten und Dörfern ferngehalten – und trotzdem wußten sie es! Sie haben uns am Westufer des Samasees mit einem Hinterhalt erwartet.«

»Trolle?« fragte Sperber angespannt.

»Schlimmer. Eine ziemlich große Schar übler Burschen, alle mit Armbrüsten bewaffnet. Sie haben lediglich den Fehler gemacht, alle gleichzeitig zu schießen. Hätten sie das nicht getan, wäre vermutlich keiner von uns zurückgekommen, euch davon zu berichten. Unter Engessas berittenen Atanern hat der Feind allerdings tüchtig aufgeräumt. Das machte Engessa so wütend, daß er ein paar von den heimtückischen Kerlen mit den bloßen Händen zerrissen hat.«

Kalte Angst drückte plötzlich auf Sperbers Bauch. »Wo ist Tynian?«

»Er wird gerade von einem Arzt versorgt. Er hat einen Bolzen in die Schulter abgekriegt.«

»Kommt er wieder in Ordnung?«

»Wahrscheinlich. Seine Laune hat es allerdings nicht gerade gebessert. Er kann sein Schwert mit der Linken fast so gut führen wie mit der Rechten. Wir mußten ihn zurückhalten, als die Schurken die Flucht ergriffen. Er wollte jeden einzelnen zur Strecke bringen, obwohl er wie ein abgestochenes Schwein geblutet hat. Ich glaube, wir haben Spitzel hier in dieser nachgebauten Burg, Sperber. Die

Kerle hätten den Hinterhalt nicht ohne genaue Informationen über unseren Weg und unser Ziel vorbereiten können!«

»Wir werden die möglichen Verstecke noch einmal sorgfältig durchsuchen.«

»Und wenn wir wieder einen Spitzel erwischen, sollten wir ihn nicht bloß rügen. Mit zwei gebrochenen Beinen beispielsweise kann ein Spion schlecht durch Geheimgänge kriechen.« Das Gesicht des blonden Pandioners wirkte grimmig. »Und ich persönlich werde ihm die Beine brechen!« fügte er hinzu. »Ich möchte nicht, daß es gleich zu wundersamen Heilungen kommt. Ein gebrochenes Schienbein heilt in ungefähr zwei Monaten. Aber wenn man jemandes Knie mit einen Vorschlaghammer bearbeitet, setzt man ihn viel länger außer Gefecht.«

Bevier, der die Überlebenden *seiner* Truppe zwei Tage später nach Matherion zurückbrachte, ging mit seinem Vorschlag sogar noch weiter. Er hielt es für angebrachter, aufgestöberten Spitzeln die Beine an den Hüften zu amputieren. Der fromme cyrinische Ritter war *sehr* wütend über den Hinterhalt, den man ihm gestellt hatte, und er kleidete seinen Zorn in Worte, wie Sperber sie bisher noch nie von ihm gehört hatte. Als Bevier sich schließlich beruhigt hatte, suchte er zerknirscht Absolution bei Patriarch Emban. Emban vergab ihm nicht nur, er gewährte ihm sogar Ablaß – für den Fall, daß er es mit weiteren solcher Halunken zu tun bekäme.

Eine gründliche Durchsuchung der opaleszierenden Burg deckte keine versteckten Lauscher auf, und am Tag nach Beviers Rückkehr fanden sich alle zu einer Besprechung mit Kaiser Sarabian und Außenminister Oscagne ein. Um der Sicherheit willen trafen sie sich hoch oben im mittleren Turm, und Sephrenia sprach zusätzlich noch einen styrischen Zauber, der jeden Lauscher zum Scheitern verurteilen würde.

»Ich beschuldige niemanden«, sagte Vanion, »also nehmt das bitte nicht persönlich. Doch auf irgendeine Weise dringt etwas über unsere Pläne nach außen. Daher bin ich der Meinung, wir alle sollten schwören, daß wir nichts, was wir hier besprechen, außerhalb dieses Raums erwähnen.«

»Ein Schweigeeid, Hochmeister Vanion?« fragte Kalten sichtlich überrascht. Diese pandionische Tradition war im vergangenen Jahrhundert abgeschafft worden.

»Nun, jedenfalls etwas Ähnliches. Schließlich sind wir nicht alle Pandioner.« Er blickte in die Runde. »Also gut, fassen wir die Situation zusammen. Hier in Matherion ist zweifellos weit mehr im Spiel als nur Spionage. Ich glaube, wir müssen uns auf einen Angriff auf das Schloß gefaßt machen. Unser Feind wird offenbar ungeduldig.«

»Oder hat Angst«, meinte Oscagne. »Die Anwesenheit der Ordensritter – *und* Prinz Sperbers – hier in Matherion stellt eine Bedrohung für ihn dar. Mit Terror, Unruhen und Aufständen in den einzelnen Königreichen des Imperiums ist er bisher recht erfolgreich gewesen, doch nun scheint sich etwas ergeben zu haben, was raschere Fortschritte erfordert. Jetzt muß er gegen das Zentrum imperialer Macht losschlagen.«

»Und direkt gegen *mich*, nehme ich an«, fügte Kaiser Sarabian hinzu.

»Das ist ganz und gar unvorstellbar, Majestät«, widersprach Oscagne. »In der langen Geschichte des Imperiums hat noch *nie* jemand die Person des Kaiser bedroht.«

»Bitte, Oscagne«, sagte Sarabian ein wenig ungehalten, »behandelt mich nicht wie einen Idioten. Mehr als einer meiner Vorgänger hatte einen ›Unfall‹ oder starb an einer eigenartigen ›Krankheit‹. Man hat sich auch in früheren Zeiten schon des öfteren unbequemer Kaiser entledigt.«

»Doch nie so offen, Majestät. Das ist *schrecklich* unhöflich.«

Sarabian lachte. »Ich bin sicher, daß die drei Reichsminister, die meinen Ururgroßvater vom höchsten Turm des Schlosses warfen, es dabei nicht an allergrößter Höflichkeit mangeln ließen, Oscagne. – Diesmal müssen wir also mit bewaffneten Pöbelhaufen auf den Straßen rechnen, die alle lautstark nach meinem Blut schreien?«

»Ich würde die Möglichkeit nicht von der Hand weisen, Majestät«, warf Vanion ein.

»Ich hasse es!« brummte Ulath verärgert.

»Was haßt du?« fragte Kalten.

»Ist das nicht offensichtlich? Wir haben hier eine elenische Burg.

Sie ist vielleicht nicht *ganz* so gut wie eine Burg, die Bevier hätte erbauen lassen, dennoch ist sie eines der bestbefestigten Gebäude Matherions. Uns bleiben drei Tage, bis die Straßen sich mit bewaffneten Bürgern füllen. Das läßt uns keine große Wahl. Wir müssen uns in diesen Mauern verschanzen, bis die Ataner wieder Ruhe und Ordnung herstellen können. Ich *verabscheue* Belagerungen!«

»Ich glaube, so weit wird es nicht kommen, Ritter Ulath«, widersprach Oscagne. »Als ich von der Nachricht erfuhr, die Meister Caalador entdeckt hat, sandte ich einen Kurier nach Norkan in Atana. Dort sind, keine sechzig Meilen von hier, zehntausend Ataner stationiert. Die Verschwörer werden an dem bestimmten Tag vor Einbruch der Dunkelheit nichts unternehmen. Ich kann die Straßen noch vor Mittag dieses Tages mit sieben Fuß großen Atanern überschwemmen. Der beabsichtigte Überraschungsschlag ist praktisch schon gescheitert, bevor er richtig begonnen hat.«

»Und damit ist die Chance vertan, alle Gegner zu fassen?« protestierte Ulath. »Das ist militärisch nicht gut durchdacht, Exzellenz. Diese Burg läßt sich ausgezeichnet verteidigen. Bevier könnte sie mindestens zwei Jahre halten.«

»Fünf!« berichtigte Bevier. »Innerhalb der Mauern gibt es einen Brunnen, so daß wir drei Jahre länger durchhalten könnten.«

»Um so besser. – Wir werden so unauffällig wie möglich, hauptsächlich des Nachts, an der Befestigung arbeiten«, fuhr Ulath fort. »Wir schaffen Fässer mit Pech und Naphta herbei. Bevier baut die Maschinen. Dann, kurz ehe die Sonne untergeht, schaffen wir die gesamte Regierung und die reguläre atanische Garnison in die Burg. Der Mob wird die Schloßanlage stürmen und durch die Reichsgebäude wüten. Er wird auf keinen Widerstand stoßen – bis er hierherkommt. Er wird gegen unsere Mauern anrennen, siegessicher, weil sich ihm in den anderen Gebäuden niemand in den Weg gestellt hat. Bestimmt wird der Pöbel keinen Hagel großer Steine und keinen Regen aus siedendem Pech erwarten. Nimmt man die Tatsache hinzu, daß die Armbrüste des Feindes nicht funktionieren werden, weil Khalad sie während der letzten zwei Nächte im dazitischen Lagerhaus unbrauchbar gemacht hat, werden wir es mit einer großen Menschenmasse zu tun bekommen, die wütend und verwirrt um unsere Mauern herumtobt, bis schließlich, etwa gegen Mitternacht, die neue atanische Einheit das Schloß erreicht und den Pöbel in den Boden stampft.«

»Ja!« rief Engessa begeistert.

»Das ist ein brillanter Plan, Ritter Ulath«, lobte Sarabian den riesenhaften Thalesier. »Was gefällt Euch daran nicht?«

»Ich kann mich für Belagerungen nicht erwärmen, Majestät.«

»Ulath«, Tynian zuckte leicht zusammen, als er seine gebrochene Schulter bewegte, »meinst du nicht, daß du mit diesen Sprüchen Schluß machen solltest? Wenn die Lage es erfordert, bist du so schnell wie jeder andere von uns bereit, Befestigungen zu errichten.«

»Von Thalesieren *erwartet* man, daß sie Belagerungen hassen, Tynian. Das gehört zu unserem Volkscharakter. Angeblich sind wir aufbrausend und ungeduldig und neigen eher zu roher Gewalt als zu wohlüberlegtem Durchhalten.«

Bevier lächelte leicht. »Ulath, König Warguns Vater stand eine siebzehn Jahre währende Belagerung durch, ohne daß es ihm irgendwie geschadet hätte.«

»Schon, aber es gefiel ihm nicht, Bevier. Darum geht es!«

»Ich glaube, wir übersehen eine Möglichkeit, meine Freunde«, warf Kring ein. »Der Mob wird zum Schloß kommen, richtig?«

»Ja, wenn wir mit unserer Einschätzung recht haben«, bestätigte Tynian.

»*Einige* werden politische Fanatiker sein – aber nicht sehr viele, glaube ich. Der Großteil interessiert sich hauptsächlich für die Plünderung des Schlosses und der anderen Gebäude.«

Sarabian erbleichte. »Hölle und Verdammnis!« fluchte er. »Daran hatte ich überhaupt nicht gedacht!«

»Macht Euch deshalb keine übergroßen Sorgen, Freund Kaiser«, beruhigte der Domi ihn. »Ob nun Politik oder Gier die Meute hierher führt, spielt keine Rolle. Die Mauern rundum sind hoch, und das Tor ist unüberwindlich. Wie wär's, wenn wir sie alle hereinließen – und dann dafür sorgen, daß sie nicht mehr hinaus können? Ich kann Männer in der Nähe des Wachthauses am Tor verstecken. Nachdem der Mob durchs Tor ist, schließen wir es einfach. Dann haben wir die Kerle allesamt auf einem Haufen, wenn die Ataner eintreffen. Die Beute wird den Mob hereinlocken, und die Tore werden ihn einsperren. Natürlich werden diese Leute plündern – aber die Beute gehört einem erst, wenn man damit entkommen kann. Auf diese Weise schnappen wir sie alle und brauchen sie später nicht aus verborgenen Schlupflöchern zu holen.«

»Das hat eine Menge für sich, Kring«, lobte Kalten.

»Ich habe nichts anderes von ihm erwartet«, bemerkte Mirtai. »Er *ist* ja ein brillanter Krieger – *und* mein Verlobter!«

Kring strahlte.

»Noch etwas«, fügte Stragen hinzu. »Ich bin sicher, wir alle verspüren eine brennende Neugier, was gewisse Dinge betrifft, und wir haben diese Liste von Personen aufgestellt, die möglicherweise Antworten auf einige unserer dringendsten Fragen geben können. Schlachten sind riskant, und mitunter lassen dabei wichtige Leute ihr Leben. Da draußen in Matherion gibt es einige Herrschaften, die in Sicherheit gebracht werden sollten, ehe der Kampf ausbricht.«

»Gute Idee, Durchlaucht Stragen«, pflichtete Sarabian ihm bei. »Ich werde am Morgen des großen Tages ein paar Einheiten ausschicken, um jene Personen in Gewahrsam zu nehmen, die am Leben bleiben sollen.«

»Äh – vielleicht gibt es eine bessere Methode, Majestät. Überlassen wir das doch Caalador. Als Gruppe sind Ordnungshüter zu auffällig, wenn sie Leute festnehmen – Uniformen, Ketten, Gleichschritt und dergleichen mehr. Berufsmörder sind viel unauffälliger. Man muß niemandem Ketten anlegen, wenn man ihn verhaftet. Eine Dolchspitze, unbemerkt an empfindlicher Stelle angesetzt, ist ebenso wirkungsvoll, wie ich weiß.«

»Ihr sprecht aus Erfahrung, nehme ich an?« fragte Sarabian mit forschendem Blick.

»Mord ist ein Verbrechen, Majestät«, erwiderte Stragen. »Und als Anführer von Verbrechern muß ich Erfahrung in allen Sparten dieses Berufs besitzen. Man muß schließlich wissen, wovon geredet wird.«

28

»Sperber, es war ohne jeden Zweifel Scarpa!« versicherte Caalador dem großen Pandioner. »Wir brauchten uns nicht nur auf die Zeichnung zu verlassen. Eine der hiesigen Huren stammt aus Arjuna und hatte früher manchmal geschäftlich mit Scarpa zu tun. Sie hat ihn sofort erkannt.« Die beiden Männer standen auf der Burgmauer, wo sie sich ungestört unterhalten konnten.

»Dann sind alle hier, außer Baron Parok von Dakonien«, stellte Sperber fest. »Wir haben Krager gesehen, und Gerrich, und Rebal von Edom, diesen Scarpa aus Arjuna und Elron aus Astel.«

»Ich dachte, der Verschwörer aus Astel heißt Säbel«, sagte Caalador verwundert.

Sperber verfluchte im stillen seine Unbedachtheit. »Säbel hält sich im Hintergrund«, erklärte er. »Elron ist ein Mitläufer – wahrscheinlich sogar mehr als das.«

Caalador nickte. »Ich kenne einige Asteler – auch einige Daziter – und halte es für sehr wahrscheinlich, daß Baron Parok irgendwo in Matherion lauert. Ganz sicher sammeln sie sich alle hier in der Stadt.« Er blickte nachdenklich über die perlmuttschillernde Wehrmauer in den Graben hinunter. »Wird dieser Burggraben denn überhaupt von Nutzen sein? Die Seiten sind so flach, daß Gras darauf wächst.«

»Von großem Nutzen«, versicherte Sperber, »wenn er erst mit spitzen Pfählen gespickt ist. Aber damit warten wir bis zum letzten Augenblick. Sind in den vergangenen paar Tagen viele Fremde nach Matherion gekommen? Alle unsere Gegner von außerhalb haben ihre Anhänger. Ein Mob von der Straße ist eine Sache – doch eine aus ganz Tamuli herangeschaffte Horde ist etwas ganz anderes.«

»Uns sind nicht ungewöhnlich viele Fremde in der Stadt aufgefallen«, antwortete Caalador, »und auf dem Lande gibt es auch keine größeren Ansammlungen Fremder – jedenfalls nicht in einem Umkreis von fünfzehn Meilen.«

»Sie könnten sich weiter außerhalb sammeln«, meinte Sperber. »Wenn *ich* irgendwo da draußen heimlich eine Armee hätte, würde ich sie erst im letzten Moment heranmarschieren lassen.«

Caalador wandte sich um und blickte auf den Hafen. »Dort ist unsere schwache Stelle, Sperber«, sagte er mit Nachdruck. »In den Buchten entlang der Küste könnte sich eine ganze Flotte versteckt halten. Wir würden sie erst bemerken, wenn sie am Horizont auftaucht. Ich lasse die Küste zwar von Piraten und Schmugglern absuchen, aber ... « Er spreizte die Hände.

»Ich fürchte, dagegen läßt sich nicht viel tun. Wir haben eine ganze Armee Ataner einsatzbereit, die sofort nach Ausbruch des Aufstands in die Stadt kommen werden. Kennen Eure Leute die Schlupfwinkel dieser ausgewählten Besucher? Wenn alles wie geplant läuft, möchte ich diese Burschen möglichst alle gleichzeitig festnehmen.«

»Die Besucher, wie Ihr sie nennt, sind noch nirgendwo gemeinsam aufgetaucht. Sie alle sind ziemlich viel unterwegs, aber sie werden beschattet. Wir könnten sie uns schon jetzt schnappen, wenn Ihr möchtet.«

»Damit würden wir nur Aufmerksamkeit auf unsere Vorbereitungen lenken. Wenn wir sie am Tag des Aufstands verhaften können, gut. Wenn nicht, verfolgen wir sie später. Ich möchte unseren Plan nicht gefährden. Eure Leute machen ihre Sache sehr gut, Caalador.«

»Nicht ganz ohne Zwang, mein Freund«, gestand Caalador bedauernd. »Ich mußte eine beachtliche Schar von Schlägern zur Einschüchterung einsetzen, um die tamulischen Verbrecher immer wieder daran zu erinnern, daß wir jetzt alle zusammenarbeiten.«

»Der Zweck heiligt die Mittel.«

»Der Vorschlag Ihrer Majestät hat gewisse Vorteile, Hochmeister Vanion«, sagte Bevier nach einiger Überlegung. »Dafür ist ein Burggraben schließlich vorgesehen. Er soll mit Wasser gefüllt sein, nicht mit Gras bewachsen.«

»Aber es würde offenkundig, daß wir Vorbereitungen zur Verteidigung der Burg treffen, Bevier«, wandte Vanion ein. »Wenn wir Wasser einzulassen beginnen, wird es binnen einer Stunde ganz Matherion wissen.«

»Ihr habt nicht den ganzen Plan gehört, Vanion«, sagte Ehlana geduldig. »Wir haben an Bällen und Banketten und verschiedenen anderen Vergnügungen teilgenommen, seit wir hier eingetroffen sind. Es ist nur recht, daß ich mich für diese Freundlichkeiten revanchiere. Ich möchte ein Galabankett geben, um meinen gesellschaftlichen Verpflichtungen Genüge zu tun. Purer Zufall, daß dieses Bankett ausgerechnet am Abend des Aufstands stattfindet. Wir haben hier eine elenische Burg, also geben wir eine elenische Gesellschaft. Wir werden eine Kapelle auf dem Wehrgang spielen lassen, bunte Lampions und Girlanden an den Wänden, und festlich geschmückte Barken im Burggraben – komplett mit Baldachinen und Bankettafeln. Ich lade den Kaiser und seinen ganzen Hof ein.«

»Das wäre wirklich außerordentlich praktisch, Hochmeister Vanion«, warf Tynian ein. »Auf diese Weise hätten wir alle, die wir schützen wollen, in unserer Nähe. Wir bräuchten nicht erst nach ihnen zu suchen und müßten nicht fürchten, Verdacht zu erregen, wenn wir im Schloßgarten hinter Kabinettsministern herjagen.«

Sperbers Knappe schüttelte den Kopf.

»Was gefällt dir nicht, Khalad?« fragte Ehlana.

»Dieser Graben ist bestimmt nicht für Wasser angelegt worden, Majestät. Wir wissen nicht, wie durchlässig der Boden ist. Es könnte sein, daß das Wasser versickert, das wir hineinpumpen. In ein paar Stunden könnte der Graben bereits wieder trocken sein.«

»Zu dumm!« sagte Ehlana enttäuscht. »Daran hab ich nicht gedacht.«

»Das übernehme ich, Ehlana.« Sephrenia lächelte. »Ein guter Plan sollte nicht an ein paar Naturgesetzen scheitern.«

»Tut Ihr es, *bevor* wir den Graben füllen, Sephrenia?« fragte Stragen.

»Das wäre am einfachsten.«

Er runzelte die Stirn.

Sie blickte ihn fragend an. »Was spricht dagegen?«

»Unter dem Burggraben führen drei Tunnels zu Geheimgängen und Lauschposten in der Burg.«

»Das sind die drei, von denen wir wissen«, warf Ulath ein.

»Eben. Würden wir uns nicht alle sicherer fühlen, wenn diese Gänge – auch die, von denen wir nichts wissen – voll Wasser wären, ehe der Kampf beginnt?«

»Ausgezeichnete Idee«, lobte Sperber.

»Ich kann mit der Abdichtung des Grabens warten, bis ihr die Gänge geflutet habt«, versicherte Sephrenia ihnen.

»Was meint Ihr, Vanion?« fragte Emban.

»Die Vorbereitungen für das Fest der Königin würden in der Tat von unseren Befestigungsarbeiten ablenken«, gab Vanion zu. »Es ist ein sehr guter Plan.«

»Mir gefällt er auch – bis auf die Sache mit den Barken«, sagte Sperber. »Tut mir leid, Ehlana, aber diese Barken könnten dem Mob Zugang zu unseren Mauern verschaffen. Das würde die Sperrwirkung des Grabens zunichte machen.«

»Darauf wollte ich gerade kommen, Sperber. Naphta schwimmt doch an der Wasseroberfläche, nicht wahr?«

»Ja. Aber was hat das damit zu tun?«

»Eine Barke ist nicht nur eine schwimmende Plattform. Sie hat ein Unterdeck. Angenommen, wir füllen es mit Fässern voller Erdöl. Dann, wenn es ernst wird, werfen wir Steine vom Wehrgang hinunter. Sie werden die Barken wie Eierschalen zertrümmern. Das Naphta wird sich über das Wasser im Burggraben verteilen. Dann zünden wir es an und umgeben die Burg auf diese Weise mit einem Feuerwall. Das würde den Angreifern sehr zu schaffen machen.«

»Ihr seid ein Genie, meine Königin!« rief Kalten.

»Wie schön, daß Euch das endlich aufgefallen ist, Ritter Kalten«, antwortete sie selbstgefällig. »Das Schöne an der Sache ist, daß wir sämtliche Vorbereitungen in aller Öffentlichkeit treffen können, ohne des Nachts herumschleichen und Schlaf opfern zu müssen. Dieses Galabankett bietet uns die perfekte Ausrede, in der Burg praktisch alles zu tun, was nach Dekoration ausschaut.«

Mirtai umarmte plötzlich ihre Besitzerin und küßte sie. »Ich bin so stolz auf Euch, meine Mutter!«

»Ich freue mich, daß du es billigst, meine Tochter«, erwiderte Ehlana mit ungewohnter Bescheidenheit. »Aber du solltest vielleicht etwas mehr Zurückhaltung walten lassen. Du hast doch nicht vergessen, was du mir von Mädchen erzählt hast, die andere Mädchen küssen.«

»Wir haben zwei weitere Gänge gefunden, Sperber«, berichtete Khalad, als sein Ritter sich im Wehrgang zu ihm gesellte. Khalad trug einen schwarzen Linnenkittel über der schwarzen Lederweste.

Sperber blickte hinunter auf den Burggraben, wo ein Trupp Arbeiter lange Stahlstäbe in die weiche Erde am Boden des Grabens trieb. »Ist das nicht zu auffällig?« fragte er.

»Nein, wir müssen Pflöcke einschlagen, an denen man die Barken vertäuen kann. Die Gänge befinden sich allesamt ungefähr fünf Fuß unter der Oberfläche. Die meisten Arbeiter mit den Vorschlaghämmern wissen gar nicht, wonach sie wirklich suchen, doch ich habe genügend Ritter unten im Graben bei ihnen. Wenn wir den Graben füllen, werden die Decken dieser Gänge nicht mehr dicht sein.« Khalad blickte hinüber zum Rasen; dann legte er die Hände als Trichter vor den Mund und brüllte auf tamulisch: »Vorsichtiger mit der Barke! Wenn ihr die Fugen beschädigt, wird sie leck!«

Der Vorarbeiter der tamulischen Arbeitermannschaft, der die rundbugige Barke mühsam auf Rollen über den Rasen zog, blickte auf. »Sie ist sehr schwer, ehrenwerter Herr!« rief er zurück. »Was habt Ihr da drin?«

»Ballast, Idiot!« brüllte Khalad. »Morgen werden sehr viele Leute auf Deck sein. Wenn die Barke kentert und der Kaiser in den Burggraben fällt, haben wir alle nichts zu lachen!«

Sperber blickte seinen Knappen fragend an.

»Wir laden die Naphtafässer in den Bauhütten auf die Barken«, erklärte Khalad. »Dort können wir's mehr oder weniger unbeobachtet.« Er blickte seinen Herrn an. »Es ist wahrscheinlich besser, wenn Ihr Eurer Gemahlin nicht erzählt, daß ich das gesagt habe, Sperber, doch ihr Plan hat ein paar Lücken. Das mit dem Naphta war eine gute Idee; aber wir haben zusätzlich Pech geladen, um dafür zu sorgen, daß das Naphta zu brennen anfängt, wann wir es wollen. Naphtafässer sind sehr dicht. Das Zeug nutzt uns gar nichts, wenn die Fässer auf den Grabenboden sinken, nachdem wir die Barken bombardiert haben. Außerdem möchte ich im Laderaum jeder Barke zwei von Krings Peloi unterbringen. Sie werden die Fässer im letzten Moment mit Äxten aufbrechen.«

»Du denkst an alles, Khalad.«

»Das muß in dieser Gruppe ja auch irgend jemand.«

»Jetzt hörst du dich genau wie dein Vater an!«

»Da ist noch etwas sehr Wichtiges, Sperber. Die Feiernden müssen äußerst vorsichtig sein! Auf den Barken gibt es Lampions, und vermutlich auch Kerzenleuchter. Schon ein kleines Versehen könnte den Brand viel früher auslösen als geplant. Und – äh, wir waren ein bißchen schneller, als wir dachten, Hoheit«, sagte er auf tamulisch, da sechs Arbeiter einen zweirädrigen Karren den Wehrgang entlangzogen. Der Karren war mit Lampions beladen, die jetzt von Arbeitern an der Brustwehr aufgehängt wurden. »Nein, nein, nein!« rügte Khalad. »Man hängt nicht zwei grüne nebeneinander. Ich habe es euch schon tausendmal gesagt: weiß, grün, rot, blau. Haltet euch daran! Zu Hause könnt ihr es machen, wie ihr wollt, aber nicht hier!« Er seufzte übertrieben. »Es ist wirklich nicht einfach, heutzutage gute Helfer zu bekommen, Hoheit.«

»Du übertreibst, Khalad«, murmelte Sperber.

»Ich weiß. Aber ich will sichergehen, daß sie kapieren.«

Kring kam, sich den Kopf reibend, über den Wehrgang auf sie zu. »Ich brauche eine Rasur«, sagte er abwesend, »aber Mirtai ist heute zu beschäftigt.«

»Ist das Sitte bei den Peloi, Domi?« fragte Sperber. »Ich meine, gehört es da zu den Pflichten einer Ehefrau, ihrem Mann den Kopf zu rasieren?«

»Nein. Ehrlich gesagt, war das Mirtais Einfall. Es ist schwierig, den eigenen Hinterkopf zu sehen, und für gewöhnlich sind mir ein paar Stellen entgangen. Kurz nach unserer Verlobung nahm sie mir das Rasiermesser weg und sagte, von nun an würde sie mich rasieren. Sie macht es wirklich sehr gut – sofern sie nicht anderweitig beschäftigt ist.« Er straffte die Schultern. »Meine Männer weigern sich hartnäckig, Sperber. Natürlich war mir das von vornherein klar; dennoch habe ich versucht, sie zu überzeugen, so wie Ihr mich gebeten hattet. Auf gar keinen Fall wollen sie während der Schlacht in der Burg festsitzen. Wenn Ihr es recht bedenkt, müßt Ihr zugeben, daß sie ohnehin viel nützlicher sind, wenn sie draußen zu Pferde kämpfen. Ein paar Dutzend berittene Peloi werden den Mob umrühren wie kochende Suppe im Kessel. Wenn Ihr morgen abend da draußen Verwirrung wollt, können wir reichlich dafür sorgen. Jemand, der jederzeit befürchten muß, Bekanntschaft mit einem Säbel zu machen, ist ein unkonzentrierter Angreifer.«

»Besonders wenn er auch noch herausfinden muß, daß seine Waffe nicht funktioniert«, fügte Khalad hinzu.

Sperber brummte: »Wir wissen natürlich nicht, ob das Waffenlager mit den Armbrüsten, das Caalador entdeckte, wirklich das einzige war.«

»Ich fürchte, das werden wir nicht vor morgen abend feststellen«, entgegnete Khalad. »Ich habe etwa sechshundert dieser Dinger unbrauchbar gemacht. Falls zwölfhundert Armbrustschützen in den Schloßkomplex kommen, wissen wir zumindest, daß die Hälfte ihrer Waffen funktionieren wird. Dann sollten wir lieber in Deckung gehen.« Er blickte plötzlich nach oben. »He, du!« brüllte er. »Du sollst die Girlande *drapieren*, nicht straff spannen!« Er schüttelte die Faust, während er den Arbeiter anfunkelte, der sich lebensgefährlich weit aus einem Fenster hoch oben in einem Turm beugte.

Der Gelehrte, den Bevier zu Ehlana geleitete, war noch sehr jung, aber schon fast völlig kahlköpfig. Seine Augen verrieten seine Nervosität, zugleich aber auch brennenden Fanatismus. Er warf sich vor Ehlanas thronähnlichem Sessel auf den Boden und klopfte regelrecht mit der Stirn darauf.

»Laßt das sein, Mann!« grollte Ulath. »Die Königin mag das nicht. Ganz abgesehen davon ruiniert Ihr die Perlmuttfliesen.«

Der Gelehrte richtete sich hastig und sehr verängstigt auf.

»Das ist Emuda«, stellte Bevier vor. »Er ist der Gelehrte, von dem ich Euch erzählt habe – jener mit der interessanten Theorie über Scarpa von Arjuna.«

»O ja«, sagte Ehlana auf tamulisch. »Willkommen, Meister Emuda. Ritter Bevier hat voller Anerkennung von Euch gesprochen.« Das hatte Bevier zwar nicht, doch Königinnen dürfen sich, der Höflichkeit halber, einige Freiheiten mit der Wahrheit erlauben.

Emuda gestattete sich einen schmelzenden Blick. Als Sperber es bemerkte, beeilte er sich, eine langatmige Schmeichelei zu unterbinden. »Verbessert mich, falls ich mich täusche, Meister Emuda.

Nach Eurer Theorie steckt ein gewisser Scarpa hinter all diesen Unruhen in Tamuli.«

»So einfach ist es leider nicht, Herr ...?« Er blickte den großen Pandioner fragend an.

»Sperber«, warf Ulath ein.

Emuda erbleichte und begann heftig zu zittern.

»Ich habe es gern klar und einfach, Nachbar«, sagte Sperber. »Verwirrt mich nicht mit komplizierten Erklärungen. Welche Beweise habt Ihr, daß Scarpa der Drahtzieher ist?«

»Es ist außerordentlich verwickelt, Ritter Sperber«, entschuldigte sich Emuda.

»Dann entwirrt es. Faßt es zusammen, Mann. Ich bin sehr beschäftigt.«

Emuda schluckte. »Wir – äh ... « Er stockte. »Wir wissen – das heißt, wir sind ziemlich sicher –, daß Scarpa der erste Sprecher für diese sogenannten ›Helden aus der Vergangenheit‹ war.«

»Warum sagt Ihr ›sogenannten‹, Meister Emuda?« fragte Tynian, der den rechten Arm immer noch in einer Schlinge trug.

»Ist das nicht offensichtlich, Herr Ritter?« erwiderte Emuda eine Spur herablassend. »Allein die Vorstellung, Tote aus dem Grab zu rufen, ist absurd. Das alles ist ganz offensichtlich ein Schwindel. Irgendein Verschwörer in altertümlicher Gewandung erscheint in einem grellen Licht – wie es jeder Jahrmarktscharlatan zustande bringt – und brabbelt etwas Unverständliches, das der ›Ankündiger‹ als alte Sprache ausgibt. Ja, es ist ohne Zweifel ein Schwindel!«

»Wie klug Ihr seid, daß Ihr das durchschaut«, murmelte Sephrenia. »Wir hielten es für irgendeine Magie.«

»So etwas wie Magie gibt es nicht, werte Dame.«

»Ach, wirklich?« sagte sie leichthin. »Erstaunlich.«

»Ich würde meinen Ruf darauf setzen.«

»Wie mutig von Euch!«

»Ihr sagt, Scarpa sei der erste dieser Revolutionäre gewesen, der auf sich aufmerksam machte?« fragte Vanion.

»Ein Jahr eher als die anderen, Herr Ritter. Sein Erscheinen wurde vor gut vier Jahren in diplomatischen Meldungen aus Arjunas Hauptstadt erwähnt. Der nächste, von dem man hörte, war Baron Parok von Dakonien. Und ich habe eine eidesstattliche Bestätigung eines Kapitäns, daß Scarpa auf seinem Schiff von Kaftal in Südwestarjuna nach Ahat in Süddakonien reiste. Baron Parok ist in Ahat zu Hause. Er macht etwa seit drei Jahren von sich reden. Die Verbindung ist offensichtlich.«

»Ja, es sieht ganz so aus«, murmelte Sperber nachdenklich.

»Aus Ahat habe ich schriftliche Hinweise auf die Reisen der beiden. Parok begab sich nach Edom, wo er sich in der Vaterstadt von Rebal aufhielt – diese Verbindung bereitete mir einiges Kopfzerbrechen, da Rebal sich nicht seines richtigen Namens bedient. Wir konnten jedoch sein Heimatgebiet feststellen, und die Stadt, die Parok besuchte, ist die Hauptstadt des Bezirks. Ich bin ziemlich sicher, daß es bei Paroks Besuch zu einer Besprechung kam. Während Parok sich in Edom aufhielt, unternahm Scarpa die weite Reise nach Astel. Ich konnte nicht genau feststellen, wohin er sich dort begab; aber ich weiß, daß er viel in der Gegend nördlich der Marschen an der edomisch-astelischen Grenze herumkam, wo Säbel sein Hauptquartier hat. Die Unruhen in Edom und Astel begannen kurze Zeit, nachdem Scarpa und Parok diese beiden Königreiche besucht hatten. Eine Verbindung zwischen diesen vier Männern ist offensichtlich.«

»Was ist an diesen Berichten über unerklärliche, übernatürliche Geschehnisse?«

»Alles nur Schwindel, Herr Ritter.« Emudas Miene wirkte geradezu beleidigend überheblich. »Reine Scharlatanerie. Vielleicht ist auch euch aufgefallen, daß diese Vorfälle sich nur in ländlichen Gegenden ereignet haben, wo die einzigen Beobachter abergläubische Landleute und Leibeigene waren. Kultivierte Menschen würden sich von so billigen Zauberkunststücken nicht täuschen lassen.«

»Erzählt mir mehr über den zeitlichen Ablauf«, verlangte Sperber. »Wie sicher seid Ihr, daß Scarpa tatsächlich der erste Aufrührer war?«

»Ganz sicher, Ritter Sperber.«

»Dann nahm Scarpa Verbindung zu den anderen auf und zog sie auf seine Seite? Etwa anderthalb Jahre später?«

Emuda nickte.

»Wohin ging er, nachdem er Säbel in Astel für seine Sache gewonnen hatte?«

»Da verlor ich ihn leider eine Zeitlang aus den Augen, Ritter Sperber. Vor ungefähr zweieinhalb Jahren begab er sich in die elenischen Königreiche und kehrte erst acht oder zehn Monate später zurück. Bedauerlicherweise habe ich keine Hinweise, wo er sich in der Zwischenzeit aufgehalten hat. Oh, noch etwas! Die sogenannten Vampire sind fast genau zur selben Zeit in Arjuna aufgetaucht, als Scarpa den Arjuni weismachte, er käme von Sheguan, ihrem Nationalhelden. Die sagenhaften Ungeheuer der anderen Königreiche sind ebenfalls genau zu dem Zeitpunkt erschienen, als die jeweiligen Revolutionäre auftraten. Glaubt mir, Majestät«, wandte er sich ernst an Ehlana, »wenn Ihr nach einem Leitwolf sucht, dann ist Scarpa Euer Mann.«

»Wir danken Euch für diese Information, Meister Emuda«, sagte sie freundlich. »Hättet Ihr die Güte, Ritter Bevier Eure hilfreichen Informationen zu geben und sie ihm in allen Einzelheiten zu beschreiben? Leider können wir aufgrund unaufschiebbarer Angelegenheiten nur wenig Zeit für Euch erübrigen, so faszinierend wir Eure Folgerungen auch finden.«

»Es ist mir eine große Ehre, die gesamten Ergebnisse meiner Forschung Ritter Bevier zur Verfügung zu stellen, Majestät.«

Bevier rollte die Augen zum Himmel und seufzte.

Sie schauten zu, wie der begeisterte Emuda den bedauernswerten Bevier aus dem Gemach führte.

»Das ist ein ziemlich hoffnungsloser Fall«, schnaubte Emban.

»Ja, es ist alles ziemlich dürftig«, meinte auch Stragen.

»Das einzige, was mich wirklich aufhorchen ließ, sind seine Zeitangaben«, meinte Sperber. »Dolmant hat mich im vergangenen Spätwinter nach Lamorkand geschickt, um Genaueres über Graf Gerrichs Umtriebe in Erfahrung zu bringen. Während ich dort war, hörte ich diese wilden Geschichten über Fyrchtnfles. Es hat ganz den Anschein, als wäre der alte Sagenheld genau zu dem Zeitpunkt aufgetaucht, als unser gelehrter Freund Scarpa aus den Augen verlor. Emuda ist ein solcher Schwachkopf, daß ich es ungern zugebe, aber er könnte ins Schwarze getroffen haben.«

»Doch aus den falschen Gründen, Sperber«, wandte Emban ein.

»Ich bin nur an seinen Antworten interessiert, Eminenz«, erklärte Sperber. »Solange sie stimmen, ist es mir egal, *wie* sie zustande kamen.«

»Es wäre ungünstig, früher einzugreifen, Sperber«, sagte Stragen später an diesem Tag.

»Ihr zwei geht ein zu großes Risiko ein«, warnte Sperber.

»Früher einzugreifen, ist viel zu riskant, Sperber. Wenn wir zuschlagen, bevor sie den Mob bewaffnen können, wäre es möglich, daß sie das Unternehmen abbrechen. Dann werden sie abwarten, neu planen und es an einem anderen Tag, den wir erst wieder herausfinden müßten, erneut versuchen. Wenn sie andererseits die Waffen bereits verteilt haben, wird es dafür zu spät sein. Dann werden sich Tausende auf den Straßen drängen – die meisten halbbetrunken. Und sie werden ebensowenig aufzuhalten sein, wie eine Flutwelle. Die entfesselten Kräfte werden für *uns* arbeiten, statt für unsere Schattenfreunde.«

»Und wenn diese Schattenfreunde sich absetzen und den Mob einfach in sein Verderben stürmen lassen?«

Caalador schüttelte den Kopf. »Die tamulische Justiz ist schnell bei der Hand, und einen Anschlag auf den Kaiser würde man als die schlimmste Art schlechter Manieren betrachten. Mehrere hundert Personen würden auf dem Richtblock enden. Danach wären Neurekrutierungen so gut wie unmöglich. Sie haben keine Wahl. Wenn sie anfangen, gibt es kein Zurück mehr.«

»Das läßt euch keinen großen Spielraum, das ist euch doch klar, oder?«

Caalador grinste. »Halb so wild, Sperber. In der Stadtmitte gibt es einen Tempel, der von den Priestern mehr für feuchtfröhliche Feiern genutzt wird als zur Andacht, da unsere gelben Brüder ja, wie Euch bekannt ist, ihre Religion nicht sehr ernst nehmen. Sind die Priester, die dort saufen, angeheitert, kommen sie für gewöhnlich auf die Idee, einen Gottesdienst zu halten. Im Tempel ist eine Glocke, die bestimmt zwanzig Tonnen oder mehr wiegt. Wenn es soweit ist, taumelt einer der betrunkenen Priester zu ihr, greift nach dem Vorschlaghammer, der stets dort bereitliegt, und schlägt damit ein paarmal auf die Glocke. Sie macht den gräßlichsten Lärm, den man sich nur vorstellen kann. Seeleute erzählen, daß sie die Glocke bis zu dreißig Meilen vor der Küste gehört haben. Da es einem betrunkenen Priester jederzeit einfallen kann, auf die Glocke einzuhämmern, achten die Matherioner längst nicht mehr darauf; sie wissen dann schon, daß die Priester sich wieder mal einen Spaß machen. Morgen aber wird das ganz anders sein. Sobald das Lagerhaus sich öffnet, wird die Glocke ihre Botschaft von Hoffnung und Freude hinausschallen. Die Meuchler, die jenen Leuten, mit denen wir ein Wörtchen reden wollen, fast schon an der Kehle sind, werden das Läuten als Aufforderung nehmen, sich an die Arbeit zu machen. Binnen einer Minute werden wir die gesamte Meute in sicherem Gewahrsam haben.«

»Was ist, wenn sie sich wehren?«

»Oh, es wird natürlich ein paar Verluste geben.« Caalador zuckte die Schultern. »Man kann kein Omelette machen, ohne Eier zu zerschlagen. Es sind mehrere Dutzend Personen, die wir festnehmen wollen; da können wir es uns doch leisten, ein paar zu verlieren, nicht wahr.«

»Der Glockenschlag ist auch das Zeichen für Euch, Sperber«, fiel Stragen ein. »Sobald Ihr ihn hört, ist es Zeit, die Bankettgäste Eurer Gemahlin in die Burg zu bringen.«

»Aber das könnt Ihr nicht tun, Majestät!« protestierte der Innenminister am nächsten Morgen schrill, als Tonnen von Wasser aus riesigen, über den Rasen der Schloßanlage verteilten Rohren in den Burggraben zu fließen begannen.

»Ach?« fragte Ehlana unschuldsvoll. »Und warum nicht, Minister Kolata?«

»Äh – nun – äh – der Graben hat keinen dichten Untergrund, Majestät. Das Wasser wird versickern.«

»Aber das macht doch nichts, Minister Kolata. Es ist ja nur für eine Nacht. Ich bin sicher, daß der Wasserstand im Graben bis zum Ende des Festes hoch genug bleibt.«

Kolatas Augen weiteten sich bestürzt, als in der Mitte des Grabens plötzlich Luft und schlammiges Wasser in die Höhe sprudelten.

»Meine Güte!« rief Ehlana und blickte auf den gurgelnden Strudel, der sich an der Stelle bildete. »Dort unten muß es einen alten, vergessenen Keller gegeben haben.« Sie lachte silberhell. »Das wird die Ratten, die dort unten hausen, ziemlich überrascht haben, meint Ihr nicht auch, Exzellenz?«

Kolatas Gesicht war kreidebleich geworden. »Äh – würdet Ihr mich bitte entschuldigen, Majestät?« bat er. Ohne auf die Antwort zu warten, drehte er sich um und eilte über den Rasen davon.

»Laß ihn nicht entkommen, Sperber«, sagte Ehlana kühl. »Ich fürchte, Vanions Liste war nicht so vollständig, wie wir gehofft hatten. Wie wär's, wenn du den Innenminister in die Burg bittest, damit du ihm unsere anderen Vorbereitungen zeigen kannst?« Sie tippte sich nachdenklich mit dem Zeigefinger aufs Kinn. »Und du könntest Ritter Kalten und Ritter Ulath bitten, sich euch anzuschließen, wenn du Seiner Exzellenz die Folterkammer zeigst. Kaiser Sarabians exzellenter Innenminister möchte Vanions Liste vielleicht noch ein paar Namen hinzufügen.«

Es war der kühle Gleichmut in ihrer Stimme, der Sperber einen Schauder über den Rücken sandte.

»Er fühlt sich allmählich gekränkter, als er sich anmerken läßt, Sperber«, sagte Vanion ernst, als die beiden Männer zuschauten, wie Khalads Arbeiter das riesige Tor der Schloßmauer ›dekorierten‹. »Er ist nicht dumm, und er weiß, daß wir ihm nicht alles sagen.«

»Das läßt sich nicht ändern, Vanion. Er ist zu unberechenbar, als daß wir ihn in alle Einzelheiten einweihen dürften.«

»Vielseitig wäre eine diplomatischere Formulierung.«

»Mag sein. Aber wir kennen ihn nicht gut genug, Vanion, und wir sind Fremde hier in Tamuli. Vielleicht führt er ein Tagebuch, dem er alles anvertraut. Das könnte eine tamulische Sitte sein. Es wäre auch durchaus möglich, daß die Kammermaid, die jeden Morgen sein Bett macht, ungehindert Zugang zu dem ganzen Plan hat.«

»Reine Mutmaßungen, Sperber.«

»Diese Hinterhalte auf dem Land waren keine Mutmaßungen.«

»Ihr verdächtigt doch nicht etwa den Kaiser?«

»Von irgend jemandem muß der Feind von unseren Expeditionen erfahren haben! Wir können uns beim Kaiser entschuldigen, sobald die bevorstehende Abendunterhaltung vorüber ist.«

»Aber das ist wirklich *zu* auffällig, Sperber!« platzte Vanion heraus und deutete auf das schwere Stahlgitter, das Khalads Arbeiter an der Innenseite des Tors befestigten.

»Es wird nicht zu sehen sein, wenn das Tor ganz geöffnet ist, Vanion, und Khalad läßt Girlanden an das Gitter hängen, die es verbergen. Konnte Sephrenia sich mit Zalasta in Verbindung setzen?«

»Nein. Er ist offenbar noch zu weit weg.«

»Ich würde mich viel wohler fühlen, wenn er hier wäre. Falls die Trollgötter sich heute nacht zu einem Auftritt entschließen, könnten wir in sehr ernste Schwierigkeiten geraten.«

»Aphrael kann sich der Trollgötter annehmen.«

»Nicht, ohne ihre wahre Identität preiszugeben. Und wenn die bekannt wird, würde meine teure Gemahlin noch so allerlei herausfinden, was sie besser nicht wüßte. Ich werde nicht das Risiko eingehen, daß Ehlana den Verstand verliert, nur um Sarabian den Thron zu erhalten.«

Die Sonne wanderte stetig gen Westen und näherte sich langsam, aber unaufhaltsam dem Horizont. Obwohl Sperber natürlich wußte, wie absurd es war, hatte er das Gefühl, daß die brennende Scheibe wie eine Sternschnuppe auf die Erde herabstürzte. Es gab noch so viel – so viele große und kleine Dinge – zu erledigen! Und das Schlimme war, daß sie mit einem Großteil der Arbeiten erst nach Sonnenuntergang anfangen konnten, sobald die hereinbrechende Dunkelheit sie vor den gewiß Hunderten beobachtender Augen verbarg.

Am frühen Abend kam Kalten in die königlichen Gemächer und meldete, daß alles erledigt war, was vor Einbruch der Nacht getan werden konnte. Sperber war erleichtert, daß sie ihren Zeitplan wenigstens soweit eingehalten hatten.

»War der Innenminister überhaupt von Nutzen?« fragte Ehlana. Sie saß in ihrem Sessel am Fenster und ließ die aufwendige Prozedur über sich ergehen, sich von Alean und Melidere ›das Haar richten‹ zu lassen.

»O ja, Majestät«, versicherte Kalten ihr mit einem breiten Grinsen. »Er war sogar noch bereitwilliger und gesprächiger als Euer Vetter Lycheas seinerzeit. Ulath verfügt über erstaunliche Überredungskünste, wenn er es darauf anlegt. Bei Kolata haben die Blutegel anscheinend den Ausschlag gegeben.«

»Blutegel?«

Kalten nickte. »Gleich nachdem Ulath sich erboten hatte, Kolata kopfüber in ein Faß voll Blutegel zu stecken, entwickelte der Innenminister dieses geradezu unstillbare Verlangen, uns alles mitzuteilen.«

»Großer Gott!« Die Königin schauderte.

Alle Gäste an diesem Abend waren einmütig der Ansicht, das Fest der Königin von Elenien sei das krönende Ereignis der Saison. Die bunten Lampions, welche die Perlmuttmauern beleuchteten, waren bezaubernd, die Tausende von Metern *sehr* teurer Seidengirlanden wirkten ungemein festlich, und das Orchester auf dem Wehrgang, das alte elenische Weisen spielte – nicht die mißtönenden Klänge, wie sie an Sarabians Hof üblich waren und die man nur als Kakophonie, nicht als Musik bezeichnen konnte –, verhalfen dem festlichen Ereignis zu einer angenehmen, harmonischen Stimmung. Die größte Begeisterung weckten allerdings die im Burggraben vertäuten Barken. Im Freien zu dinieren war Tamulern nie in den Sinn gekommen, und schwimmende Bankettträume, von zahllosen Kerzen erhellt und dicht mit bunten Seidengirlanden behangen, gingen weit über die Phantasie der meisten Hofleute des Kaisers hinaus.

Die Kerzen bereiteten den Rittern größte Sorgen. Schon der Gedanke an offene Flammen, die den verborgenen Barkenladungen so nahe waren, ließ die stärksten Männer erbleichen.

Da das Fest vor den Mauern der elenischen Burg stattfand und die Gastgeberin Elenierin war, hatten die Damen des Kaiserhofs die schöpferischen Gaben jedes Schneiders in Matherion mit ihren Wünschen nach ›elenischer‹ Kleidung aufs höchste gefordert. Die

Schöpfungen waren allerdings in den meisten Fällen nicht sehr geglückt, da die tamulischen Schneider sich ihre Anregungen aus Büchern holen mußten, die aus der Universitätsbibliothek stammten. Die in diesen nicht selten mehrere hundert Jahre alten Werken abgebildeten Gewänder waren geradezu schauderhaft altmodisch.

Ehlana und Melidere hingegen waren modisch gewandet und der bewunderte Mittelpunkt der Gesellschaft. Ehlana prunkte in einem königsblauen Gewand und einer mit Brillanten und Rubinen besetzten Tiara im kunstvoll frisierten aschblonden Haar; Melidere prangte in einem lavendelfarbenen Gewand – Lavendel war offenbar ihre Lieblingsfarbe. Mirtai hatte sich mit voller Absicht nicht modisch gekleidet. Sie trug das ärmellose blaue Gewand, das sie sich für die Hochzeit ihrer Besitzerin angeschafft hatte, und *diesmal* verbarg sie ihre Waffen nicht. Erstaunlicherweise hatte Sephrenia sich zu diesem Anlaß für ein elenisches Gewand entschieden – ein schneeweißes natürlich –, und Vanion war offensichtlich ganz hingerissen von ihr. Die Ritter im Gefolge der Königin mußten, trotz Sperbers Einwände, auf ihr Geheiß Wams und enges Beinkleid tragen. Aber sie hatten ihre Rüstungen in Griffweite.

Nachdem die Angehörigen des Kaiserhofs erschienen waren und sich auf den Barken umschauten, erfolgte eine Pause und schließlich ein elenischer Fanfarentusch. »Ich mußte den Musikern drohen, bevor sie sich bereit erklärt haben, den Kaiser auf anständige Weise zu begrüßen«, flüsterte der elegant gekleidete Stragen Sperber zu.

»So?«

»Sie beharrten eigensinnig darauf, daß der Kaiser mit diesem grauenvollen Getöse begrüßt werden müsse, das sie hier als Musik bezeichnen. Sie wurden erst einsichtiger, nachdem ich einem Trompeter das Wams ein bißchen mit meinem Degen aufgeschlitzt hatte.« Plötzlich riß Stragen erschrocken die Augen weit auf. »Um Gottes willen, Mann!« fuhr er einen Lakai an, der eine Platte mit dampfendem Rinderbraten auf einen Tisch stellte. »Paß auf die Kerzen auf!«

»Er ist Tamuler, Stragen«, erklärte Sperber, als der Mann den Thalesier verständnislos anstarrte. »Ihr habt elenisch zu ihm gesprochen!«

»Trichtert ihm Vorsicht ein, Sperber! Eine einzelne kleine Flamme an der falschen Stelle auf einer dieser Barken, und wir alle brutzeln bei lebendigem Leibe!«

In diesem Augenblick erschienen der Kaiser und seine neun Gemahlinnen auf der Zugbrücke und schritten die mit einem roten Läufer belegten Stufen zur vordersten Barke herunter.

Alle verbeugten sich vor dem Kaiser, doch keiner blickte ihn an. Unwillkürlich hatten sich aller Augen auf die strahlend lächelnde Kaiserin Elysoun von Valesien gerichtet. Sie hatte das elenische Kostüm ihrem kulturellen Geschmack angepaßt und das wirklich schöne scharlachrote Gewand derart ändern lassen, daß jene Reize, die Elenierinnen gewöhnlich sittsam verbargen und Valesianerinnen stolz zur Schau trugen, auf zwei Rüschenkissen aus schneeweißer Spitze gebettet, so daß sie in ihrer ganzen Fülle, beinahe herausfordernd, zu sehen waren.

»Also das nenne ich wirklich modische Freiheit«, murmelte Stragen.

»Allerdings.« Sperber schmunzelte und strich den Kragen seines schwarzen Samtwamses glatt. »Und alle starren sie an. Der arme Emban ist einem Schlaganfall nahe.«

In einer formellen kleinen Zeremonie geleitete Königin Ehlana den Kaiser und seine Gemahlinnen über die Stege, welche die Barken miteinander verbanden. Kaiserin Elysoun hielt offensichtlich Ausschau nach jemandem, und als sie Berit ein Stück abseits auf der zweiten Barke stehen sah, änderte sie ihren Kurs und steuerte mit vollen Segeln – bildlich gesprochen natürlich – auf ihn zu. Ritter Berit wirkte zuerst besorgt, dann regelrecht verzweifelt, als Elysoun ihn an der Reling in die Enge trieb, ohne ihn auch nur mit einem Finger zu berühren.

»Armer Berit«, murmelte Sperber mitfühlend. »Paßt auf ihn auf, Stragen. Ich bin nicht sicher, ob er schwimmen kann. Rettet ihn, falls er sich nicht mehr zu helfen weiß und in den Burggraben springt.«

Nachdem der Kaiser herumgeführt worden war und alles begutachtet hatte, begann das Bankett. Sperber hatte die Ordensritter umsichtig unter die Gäste verteilt. Sie erwiesen sich jedoch nicht gerade als unterhaltsame Gesprächspartner, da sie sich fast ausschließlich auf die Kerzen und Lampions konzentrierten. »Gott helfe uns, wenn Wind aufkommt!« flüsterte Kalten Sperber zu.

»Allerdings!« entgegnete der große Pandioner inbrünstig. »Äh – Kalten, alter Freund.«

»Ja?«

»Du sollst auf die Kerzen achten, nicht auf das Oberteil von Kaiserin Elysouns Gewand!«

»Welches Oberteil?«

»Was für eine unfeine Bemerkung! Konzentriere dich lieber auf deine Aufgaben!«

»Wie sollen wir diese Herde aufgetakelter Schafe in die Burg treiben, wenn die Glocke schlägt?« Kalten rutschte unbehaglich auf seinem Sitz. Sein grünes Satinwams saß über seinem Bauch etwas eng.

»Wenn wir es richtig berechnet haben, dürfte der Hauptgang des Mahles bereits verzehrt sein, wenn unsere Freunde in der Stadt die Waffen verteilen. Wenn die Glocke ertönt, wird Ehlana alle Gäste zur Nachspeise in die Burg bitten.«

»Sehr schlau, Sperber!« sagte Kalten bewundernd.

»Lob meine Frau, Kalten. Es war ihre Idee.«

»Sie ist wirklich großartig in solchen Dingen. Ich bin froh, daß sie sich entschlossen hat, mitzukommen!«

»Darüber bin ich geteilter Ansicht«, brummte Sperber.

Das Bankett nahm seinen Lauf. Dutzende von Trinksprüchen hallten über das Wasser, und die Gäste häuften Lob auf die Königin von Elenien. Da die Geladenen nicht die geringste Ahnung von dem bevorstehenden Höhepunkt des Abends hatten, mangelte es den Komplimenten nicht an unbeabsichtigter Ironie.

Sperber stocherte nur in seinem Essen herum und kostete es kaum. Seine Augen waren unentwegt auf die Kerzen gerichtet, und seine Ohren gespitzt, um ja den ersten Laut der Glocke zu vernehmen, die den Aufbruch der Feinde ankündigen würde.

Kaltens Appetit hingegen war ungebrochen.

»Wie kannst du dich bloß so vollstopfen?« fragte Sperber seinen Freund gereizt.

»Ich muß schließlich bei Kräften bleiben, Sperber. Bis die

Nacht um ist, werde ich bestimmt eine Menge Kraft brauchen. Wenn du nicht zu beschäftigt bist, alter Junge, dann reich mir doch die Soße.«

Da begann von irgendwo in der Mitte der schimmernden, mondbeschienenen Stadt Matherion ein erster tiefer Glockenschlag die zweite Hälfte der Abendunterhaltung einzuläuten.

29

»Warum habt Ihr mich nicht eingeweiht, Ehlana?« fragte Sarabian zornig. Mühsam unterdrückte Wut lag auf des Kaisers Gesicht, und seine schwere goldene Krone saß schief auf dem Kopf.

»Beruhigt Euch, Sarabian«, bat ihn die blonde Königin. »Wir haben es selbst erst heute vormittag herausgefunden und hatten keine Möglichkeit, Euch die Information zuzuspielen, ohne zu riskieren, daß man sie abfängt.«

»Eure hüftenschwingende Baroneß hätte mir eine Nachricht bringen können!« sagte er vorwurfsvoll und hieb die Faust auf die Brustwehr. Sie standen auf dem Wehrgang und bewunderten scheinbar die Aussicht.

»Das geht auf meine Kappe, Majestät«, entschuldigte sich Sperber. »Ich habe die Verantwortung für die Sicherheit übernommen, und Minister Kolata ist das Oberhaupt der Polizei in Tamuli – sowohl der öffentlichen wie der, die hinter den Büschen lauscht. Wir konnten nicht sicher sein, daß unsere List mit der Baroneß nicht durchschaut worden war. Die Information war viel zu wichtig, als daß wir auch nur das geringste Risiko eingehen durften. Wir hatten erfahren, daß der Minister an der Verschwörung beteiligt ist. Dieser Anschlag auf das Schloß muß heute nacht wie geplant stattfinden. Wenn der Feind auch nur den geringsten Verdacht schöpft, daß wir von seinem Vorhaben wissen, wird er das Ganze auf einen anderen Tag verlegen – und wir würden nicht wissen, auf welchen.«

»Ich bin immer noch sehr verärgert über Euch«, beschwerte sich Sarabian. »Ich verstehe Eure Gründe, aber ich nehm's Euch übel.«

»Wir sind hier oben, um das Spiel der Lichter auf dem Wasser des Burggrabens zu bewundern, Sarabian«, erinnerte Ehlana den Kaiser. »Blickt doch wenigstens ab und zu über die Brustwehr.« Sie waren hier nicht nur ungestört, sondern hatten auch einen weiten Ausblick, so daß sie den heranstürmenden Mob früh erkennen würden.

»Kolatas Beteiligung ist wirklich außerordentlich beunruhigend«, meinte Sarabian sorgenvoll. »Er hat die Leitung über die Polizei, den Sicherheitsdienst des Schlosses und den gesamten Spitzeldienst des Imperiums! Und schlimmer noch, er hat auch eine gewisse Befehlsgewalt über die Ataner. Wenn wir ihre Unterstützung verlieren, haben wir ernste Probleme!«

»Engessa ist dabei, diese Verbindung zu kappen, Majestät«, erklärte Sperber. »Er hat Kuriere zu den atanischen Truppen vor der Stadt geschickt, um den Offizieren mitzuteilen, daß die Agenten des Innenministeriums keine Befugnisse mehr haben. Die Befehlshaber werden diese Botschaft an Androl und Betuana weiterleiten.«

»Sind wir hier denn sicher, falls Atan Engessas Kuriere abgefangen werden?«

»Ritter Bevier hat uns versichert, daß er diese Burg fünf Jahre halten kann«, beruhigte Ehlana den Kaiser, »und Bevier ist unser Fachmann für Belagerungen.«

»Und wenn die fünf Jahre zu Ende gehen?«

»Bis dahin werden längst die Ordensritter hier sein, Majestät«, versicherte Sperber. »Caalador hat seine Anweisungen. Sollte die Sache schiefgehen, wird er Dolmant in Chyrellos verständigen.«

»Ihr Elenier macht mich immer noch sehr, sehr nervös!«

»Vertraut mir, Majestät«, bat Sperber.

Kalten hastete schnaufend die Treppe herauf. »Wir werden mehr Wein brauchen, Sperber«, keuchte er. »Ich glaube, wir haben einen Fehler gemacht, als wir die Weinfässer auf den Burghof stellten. Die Gäste der Königin gießen den arzischen Roten wie Wasser in sich hinein!«

»Darf ich mich aus Eurem Weinkeller bedienen, Sarabian?« fragte Ehlana schmeichlerisch.

Sarabian verzog das Gesicht. »Warum füllt Ihr diese Leute so voll?« fragte er. »Arzischer Roter ist hier sehr teuer!«

»Betrunkene sind leichter zu lenken als Nüchterne, Majestät.« Kalten zuckte die Schultern. »Wir lassen sie unten auf dem Hof und in der Burg weitersaufen, bis es zum Kampf kommt. Dann drängen wir auch die restlichen Gäste in die Burg und sorgen dafür, daß sie weitertrinken. Wenn sie morgen aufwachen, werden die meisten überhaupt nicht wissen, daß eine Schlacht geschlagen wurde.«

Auf dem Hof ging es immer lauter zu. Tamulische Weine waren bei weitem nicht so kräftig wie elenische, und die Feiernden waren inzwischen mehr als beschwipst. Sie lachten und alberten und schwankten mit dümmlichem Grinsen und auf unsicheren Beinen auf dem Hof herum. Königin Ehlana blickte nachdenklich von der Brustwehr auf sie hinunter. »Was meinst du, Sperber«, fragte sie, »wie lange wird es noch dauern, bis sie sich bewußtlos gesoffen haben?«

»Bestimmt nicht mehr lange.« Er zuckte die Schultern, drehte sich um und blickte zur Stadt. »Es ist nicht böse gemeint, Kaiser Sarabian, aber ich muß schon sagen, daß Eure Bürger ziemlich einfallslos sind. Die Rebellen da draußen tragen Fackeln!«

»Und?«

»Das ist ein Klischee, Majestät. In jedem schlechten arzischen Roman trägt der Pöbel Fackeln.«

»Wie könnt Ihr so ruhig sein, Mann?« fragte Sarabian gereizt. »Jedes Geräusch hinter mir läßt mich zusammenfahren.«

»Berufliche Abhärtung, wahrscheinlich. Ich mache mir viel mehr Sorgen, daß unsere Gegner *nicht* zum Schloß kommen könnten, als darüber, daß sie es tun, Majestät.«

»Solltet Ihr jetzt nicht die Zugbrücke aufziehen?«

»Dazu ist es noch zu früh«, gab Sperber zu verstehen. »Nicht nur auf den Straßen sind Verschwörer, sondern auch innerhalb der Schloßmauern. Sie dürfen nicht zu früh darauf aufmerksam werden, daß wir sie erwarten.«

Khalad streckte den Kopf aus dem Türmchen an der Ecke des Wehrgangs und winkte Sperber zu.

»Würdet Ihr mich bitte entschuldigen, Majestäten?« sagte Sperber höflich. »Ich muß in meine Arbeitskleidung schlüpfen. Ach,

Ehlana, sei so lieb und signalisiere Kalten, daß er die Nachzügler hereinbringt und sie zu den anderen in die Banketthalle sperrt.«

»Wozu denn das?« Sarabian starrte ihn an.

»Wir wollen nicht, daß sie im Weg sind, wenn der Kampf beginnt, Sarabian.« Die Königin lächelte. »Dank des Weins werden sie gar nicht bemerken, daß sie eingesperrt sind.«

»Ihr Elenier seid die kaltblütigsten Menschen auf der Welt!« sagte Sarabian anklagend, als Sperber zu dem Türmchen ging, wo Khalad mit seiner schwarzen Panzerrüstung auf ihn wartete.

Als Sperber etwa zehn Minuten später zurückkehrte, war er ganz in Stahl gehüllt. Ehlana redete soeben ernst auf Sarabian ein. »Könnt Ihr denn nicht mit ihr sprechen?« fragte sie. »Der arme junge Mann ist der Verzweiflung nahe.«

»Warum tut er nicht einfach, was sie von ihm möchte? Sobald sie ihren Willen bekommen hat, wird ihr Interesse an ihm erlahmen.«

»Berit ist ein sehr junger Ritter, Sarabian. Seine Ideale strahlen noch in vollem Glanz. Warum ist sie nicht hinter Kalten oder Ulath her? Sie würden ihr liebend gern den Gefallen tun.«

»Ritter Berit ist eine Herausforderung für Elysoun. Noch nie zuvor hat jemand sie abgewiesen.«

»Stört Euch ihre ständige Untreue denn nicht?«

»Nicht im geringsten. In ihrer Kultur ist es auch völlig belanglos. Ihr Volk betrachtet es als angenehmen, aber unwichtigen Zeitvertreib. Ich habe manchmal das Gefühl, daß Ihr Elenier dieser Sache viel zuviel Bedeutung beimeßt.«

»Könnt Ihr sie nicht wenigstens veranlassen, sich ganz anzuziehen?«

»Warum? Sie schämt sich ihres Körpers nicht und teilt ihn gern mit anderen. Seid ehrlich, Ehlana, findet Ihr sie nicht sehr anziehend?«

»Diese Frage solltet Ihr lieber meinem Gemahl stellen.«

»Du erwartest doch nicht ernsthaft, daß ich auf so eine Frage antworten würde, oder?« Sperber blickte über die Brustwehr. »Unsere Freunde da draußen sind nun offenbar an den Mauern angelangt«, stellte er fest, als die ersten fackeltragenden Rebellen durch das Tor in die Schloßanlagen strömten.

»Die Wachen müßten sie aufhalten!« rief Sarabian zornig.

»Die Wachen haben ihre Befehle von Minister Kolata erhalten, nehme ich an.« Ehlana zuckte die Schultern.

»Und wo ist die atanische Garnison?«

»Wir haben sie in die Burg gebracht, Majestät«, erklärte Sperber. »Ich glaube, Ihr überseht immer wieder, daß wir diese Leute innerhalb der Mauern haben wollen! Es wäre unsinnig, sie am Betreten zu hindern.«

»Müßtet Ihr die Brücke nicht endlich hochziehen?« Es schien Sarabian nervös zu machen.

»Noch nicht, Majestät«, antwortete Sperber kühl. »Erst wenn sie *alle* innerhalb der Schloßmauern sind. Wenn es soweit ist, wird Kring das Tor schließen. *Dann* ziehen wir die Brücke hoch. Sie sollen erst nach dem Köder schnappen, bevor wir die Falle schließen.«

»Ihr scheint sehr vom Erfolg Eures Plans überzeugt zu sein, Sperber.«

»Alle Vorteile sind auf unserer Seite, Majestät.«

Der Mob aus den Straßen Matherions strömte unbehindert durch das Haupttor und verteilte sich rasch. Aufgeregtes Geschrei erhob sich, als die Eindringlinge in die verschiedenen Schlösser und Regierungsgebäude stürmten. Wie Kring vorhergesehen hatte, kamen viele Rebellen schwerbeladen mit Beute wieder zum Vorschein, die sie im Innern der Gebäude zusammengerafft hatten.

Es kam zu einem kurzen Handgemenge, als eine Meute Plünderer die Zugbrücke erreichte und auf einen Trupp Berittener unter Ulaths Befehl stieß. Die Ritter hatten hier Stellung bezogen, um den Peloi Deckung zu geben, die sich zu Beginn des Festes in den Laderäumen der Barken versteckt und inzwischen – seit die Feiernden in der Burg verschwunden waren – angefangen hatten, die Naphtafässer mit Äxten zu öffnen. Ein dunkel glänzender Ausfluß an den Seiten der Barken verriet, daß die Axtschwinger, die sich über die Decks der festlichen Barken der Zugbrücke näherten, gute Arbeit getan hatten. Als der Mob das äußere Ende der Zugbrücke erreichte, machte Ulath den Aufständlern unmißverständlich klar, daß er nicht in Stimmung war, Besuch zu empfangen. Die Überlebenden beschlossen, anderswo zu plündern.

Der Innenhof war nun geräumt, und Bevier schaffte mit seinen Männern die Katapulte an ihre Positionen auf dem Wehrgang, wo Engessas Ataner und die Cyriniker inzwischen Stellung bezogen hatten und nun hinter der Brustwehr kauerten. Sperber schaute sich um. Alles schien bereit zu sein. Dann blickte er zum Tor des Schloßgartens. Die einzigen Rebellen, die jetzt noch hereinkamen, waren Lahme und andere Krüppel. Auf Krücken gestützt humpelten sie energisch, doch weit abgeschlagen hinter ihren Kumpanen her. Sperber beugte sich über die Brustwehr. »Es ist soweit, Ulath«, rief er zu seinem Freund hinab. »Bitte Kring, jetzt das Tor zu schließen. Dann kommt ihr am besten auch herein.«

»Wird gemacht!« Ulath grinste übers ganze Gesicht. Er hob sein gewundenes Ogerhorn an die Lippen und blies einen hohlklingenden Ton. Dann wandte er sich um und führte seine Ritter über die Zugbrücke in die Burg.

Das riesige Tor des Haupteingangs bewegte sich schwerfällig und schmetterte mit geradezu schrecklicher Unerbittlichkeit zu. Sperber merkte, daß einige der Rebellen, die draußen auf ihren Krücken herbeihinkten, noch verzweifelt versuchten, hineinzuschlüpfen, ehe das Tor sich schloß. »Kalten«, rief er hinunter auf den Hof.

»Was ist?« rief Kalten gereizt zurück.

»Möchtest du diesen Leuten da draußen nicht klarmachen, daß wir heute abend keine weiteren Besucher empfangen?«

»Na gut. Warum nicht.« Der blonde Pandioner blickte feixend zu seinem Freund hinauf, und seine Männer machten sich daran, die Winde zu drehen, welche die Brücke hochzog.

»Witzbold«, murmelte Sperber.

Welche Bedeutung das gleichzeitige Schließen des Tors und das Hochziehen der Brücke hatte, wurde dem Mob erst viel später klar. Bald jedoch erklang vereinzeltes Klirren von Waffen aus den Schloßbauten. Dies zumindest deutete darauf hin, daß einigen der Rebellen die Lage allmählich dämmerte.

Langsam, vorsichtig schloß der Mob sich zusammen und näherte sich der elenischen Burg, wo die bunten Seidengirlanden im Nachtwind flatterten und die mit Kerzen und Lampions beleuchteten Barken friedlich im Burggraben schaukelten.

»Hallo, ihr in der Burg!« brüllte ein Kerl in der vordersten Reihe mit mächtiger Stimme in grauenvollem Elenisch. »Laßt die Zugbrücke runter, oder wir stürmen eure Mauern!«

»Gib ihm bitte eine klare Antwort, Bevier!« rief Sperber seinem cyrinischen Freund zu.

Bevier grinste und rückte vorsichtig eines seiner Katapulte zurecht. Er visierte bedächtig das Ziel an und wählte einen fast senkrechten Schußwinkel; dann hielt er die Fackel an die Mischung aus Pech und Naphta in dem löffelähnlichen Behälter am Ende des Katapultarms. Sie fing sofort zu brennen an.

»Ich befehle euch, die Zugbrücke herunterzulassen!« schrie der bartstoppelige Bursche herausfordernd.

Bevier durchtrennte den Haltestrick am Katapultarm. Der Klumpen tropfenden Feuers schoß zischend senkrecht in den Himmel. Dann wurde er langsamer und schien einen Augenblick reglos zu schweben, ehe er zu fallen begann.

Der Kerl, der großmäulig Einlaß gefordert hatte, stierte empor, als Beviers Antwort majestätisch in den Nachthimmel stieg und wie ein Komet auf ihn herabstürzte. Der Meuterer verschwand in hoch auflodernden Flammen.

»Guter Schuß!« lobte Sperber.

»Na ja, es geht«, bedankte Bevier sich bescheiden. »So nahe an der Mauer war es allerdings ziemlich riskant.«

»Das ist mir nicht entgangen.«

Kaiser Sarabian war käsebleich und sichtlich erschüttert. »War das wirklich nötig?« fragte er gepreßt, während der Mob in Panik aus der Reichweite von Ritter Beviers Schleuder floh oder geeignete Deckung suchte.

»Ja, Majestät«, antwortete Sperber ruhig. »Wir müssen Zeit gewinnen. Die Glocke, die vor etwa einer Stunde zu schlagen begann, war eine Art Generalsignal. Caaladors Meuchler haben zu dem Zeitpunkt die Anführer festgenommen, Ehlana hat die Festlichkeiten ins Innere der Burg verlegt, und die atanischen Legionen vor der Stadt sind losmarschiert. Das Großmaul, dessen Überreste zur Zeit am Rand des Burggrabens schwelen, ist ein anschauliches Beispiel dafür, wie unangenehm die Dinge werden können, falls der Mob sich entschließen sollte, nochmals Einlaß zu fordern. Aber ich glaube, es wäre schon sehr nachdrückliche Überredung nötig, den Pöbel noch einmal dazu zu bringen.«

»Habt Ihr nicht gesagt, daß ihr die Gegner abwehren könnt?«

»Das können wir auch. Aber warum Leben in Gefahr bringen, wenn es nicht nötig ist? Vielleicht ist Euch aufgefallen, daß anfeuernde Rufe und Beifallsbekundungen ausblieben, als Bevier sein Katapult abfeuerte. Die Aufrührer da draußen starren auf eine vollkommen stille, scheinbar unbemannte Burg, die wie Gottes strafende Hand ein Großmaul aus ihrer Mitte niedergestreckt hat. Eine bestürzende Vorstellung. Das ist jener Teil der Belagerung, der häufig Jahre andauert.« Sperber blickte über die Brustwehr in die Tiefe. »Ich glaube, wir sollten uns jetzt in das Türmchen dort zurückziehen, Majestäten«, riet er. »Wir können nicht sicher sein, daß Khalad wirklich alle Armbrüste unbrauchbar machen konnte. Vielleicht hat auch irgend jemand aus dem Pöbelhaufen ein paar reparieren können. Es wäre mir äußerst unangenehm, erklären zu müssen, weshalb ich nicht besser dafür gesorgt habe, daß keiner von euch erschossen werden konnte. Wir werden auch aus dem Türmchen überschauen können, was sich tut. Und ich würde mich viel wohler fühlen, wenn ihr schöne dicke Steinwände um euch hättet.«

»Wäre es nicht an der Zeit, jetzt die Barken zu zerstören, Liebster?« fragte Ehlana.

»Noch nicht. Sie sind das letzte Mittel, die Belagerer wirklich fertigzumachen, wenn sie nicht anders zu entmutigen sind. Diesen Vorteil möchte ich nicht vorschnell aus der Hand geben.«

Tatsächlich funktionierten einige der Armbrüste, doch es waren nicht viele. Dafür wurde um so mehr geflucht.

Ein ernsthafter Versuch, das Tor der Schloßmauer wieder zu öffnen, scheiterte, als die Peloi mit blitzenden Säbeln und schrillem Kriegsgeheul, das von den Wänden der nahen schimmernden Bauten widerhallte, über den gepflegten Rasen zum Mob am Tor galoppierten.

Da die Peloi, wenn erst einmal losgelassen, kaum mehr zu zügeln waren, wüteten die Stammesbrüder aus den Marschen von Ostpelosien schrecklich unter den im Gras zusammengekauerten Massen. Die Schloßwachen, die sich dem Mob angeschlossen hatten, versuchten zwar, sich ihnen entgegenzustellen, doch die Peloi ritten sie kurzerhand nieder.

Sephrenia und Vanion betraten das Türmchen. Das weiße Gewand der zierlichen Styrikerin schimmerte im Mondschein, der durch die Tür fiel.

»Was soll das, Sperber?« fragte sie verärgert. »Das ist doch kein sicherer Ort für Ehlana und Sarabian!«

»Er ist der sicherste Ort, der hier oben zu finden ist, kleine Mutter. Ehlana, was würdest du davon halten, wenn ich dich hineinschicke?«

»Ich würde sagen, das kommt gar nicht in Frage. In einem sicheren Raum, wo ich nicht sehen könnte, was vor sich geht, würde ich aus der Haut fahren!«

»Das habe ich mir gedacht. Und Ihr, Kaiser Sarabian?«

»Eure Gemahlin läßt mir gar keine andere Wahl, Sperber. Wie könnte ich davonlaufen und mich verkriechen, während sie hier oben steht wie die Galionsfigur eines Schlachtschiffs?« Der Kaiser blickte Sephrenia an. »Ist diese verrückte Tollkühnheit ein Rassemerkmal dieser Barbaren?« fragte er.

Sie seufzte. »Ihr würdet nicht glauben, wozu diese Menschen fähig sind, Sarabian.« Sie bedachte Vanion mit einem knappen Lächeln.

»Irgend jemand in diesem Pöbelhaufen scheint noch genug Verstand zu haben, einen Plan zu fassen, Sperber«, sagte Vanion zu seinem Freund. »Offenbar hat er einige unerfreuliche Schlüsse aus dem Umstand gezogen, daß sie weder hier herein noch wieder aus dem Schloß hinaus können. Jetzt versucht er, die Meute aufzupeitschen, indem er den Kerlen klarmacht, daß sie verloren sind, wenn sie diese Burg nicht einnehmen.«

»Ich hoffe, er vergißt nicht, sie darauf aufmerksam zu machen, daß sie ebenso verloren sind, wenn sie es versuchen«, entgegnete Sperber.

»Das wird er wohl lieber für sich behalten. Ich muß gestehen, daß ich einige Bedenken hatte, als Ihr noch Novize wart, mein Freund. Ihr und Kalten wart wie wilde Fohlen. Aber jetzt, da man Euch als einigermaßen gereift bezeichnen kann, muß ich zugeben, daß Ihr ziemlich tüchtig seid. Eure Strategie ist wirklich brillant. Ihr habt mich diesmal kaum in Verlegenheit gebracht.«

»Danke, Vanion«, sagte Sperber trocken.

»Nichts zu danken.«

Die Rebellen näherten sich vorsichtig und sichtlich furchterfüllt dem Burggraben. Sie hatten den Blick auf den Nachthimmel gerichtet und hielten Ausschau nach dem ersten Funken, der Ritter Beviers Gruß ankündigen würde. Eine zufällige Sternschnuppe führte zu Schreckensrufen, denen nervöses Lachen folgte.

Die schillernde, hell beleuchtete Burg blieb jedoch still. Keine Soldaten reihten sich an der Brustwehr auf. Kein flüssiges Feuer schoß aus dem Innern des Gemäuers in den Nachthimmel.

Die Verteidiger kauerten stumm auf dem Wehrgang und warteten.

»Gut«, murmelte Vanion nach einem raschen Blick durch eine Schießscharte des Türmchens. »Jemand hat die Möglichkeiten erkannt, welche die Barken bieten. Die Meuterer basteln an ein paar Sturmleitern.«

»Wir *müssen* die Barken jetzt zerstören, Vanion!« drängte Ehlana.

»Ihr habt sie nicht eingeweiht?« fragte Vanion Sperber.

»Nein. Schon die Vorstellung hätte ihr nicht gefallen.«

»Dann bringt sie lieber in die Burg, mein Freund. Was als nächstes geschieht, wird sie ziemlich mitnehmen.«

»Würdet ihr endlich aufhören, so zu reden, als wäre ich gar nicht hier?« brauste Ehlana verärgert auf. »Was habt ihr vor?«

»Vielleicht solltet Ihr es ihr doch besser sagen«, brummte Vanion düster.

»Wir können das Feuer jederzeit anzünden, Ehlana«, erklärte Sperber, so behutsam er konnte. »In einer Lage wie dieser ist Feuer eine Waffe. Es wäre taktisch unklug, diese Waffe einzusetzen, ehe der Feind nahe genug ist, um voll und ganz in den Genuß ihrer Wirkung zu kommen.«

Ehlana starrte ihn an und wurde kreidebleich. »Das habe ich

nicht gewollt, Sperber!« sagte sie heftig. »Das Feuer sollte die Angreifer vom Graben fernhalten. Ich wollte nicht, daß ihr sie bei lebendigem Leibe röstet.«

»Es tut mir leid, Ehlana. Es ist eine militärische Entscheidung. Eine Waffe ist nutzlos, wenn man nicht seine Bereitschaft demonstriert, sie auch einzusetzen. Ich weiß, es ist eine harte Entscheidung. Aber wenn wir deinen Plan zur vollen Wirkung bringen, rettet er letztendlich Leben. Vergiß nicht, wir sind hier in Tamuli stark in der Minderzahl, und falls wir nicht von Anfang klarmachen, daß wir notfalls über Leichen gehen, werden wir beim nächsten Angriff überrannt.«

»Du bist ein Ungeheuer!«

»Nein, Schatz. Ich bin Soldat!«

Sie brach plötzlich in Tränen aus.

»Würdet Ihr sie jetzt bitte hineinbringen, kleine Mutter?« bat Sperber Sephrenia. »Es ist uns allen lieber, wenn sie das nicht sieht.«

Sephrenia nickte und geleitete die weinende Königin zur Treppe, die vom Türmchen hinunterführte.

»Möchtet Ihr nicht lieber auch gehen, Majestät?« wandte Vanion sich an Sarabian. »Sperber und ich sind solche Unerfreulichkeiten mehr oder weniger gewöhnt. Aber Ihr braucht nicht zuzusehen.«

»Nein, ich bleibe!« erwiderte Sarabian fest.

»Wie Ihr wollt, Majestät.«

Armbrustbolzen ratterten wie Hagel gegen die Brustwehr. Es sah ganz so aus, als hätten die Aufständischen Khalads Arbeit wieder zunichte gemacht.

Dann sprangen einige Rebellen in den Burggraben und schwammen mit angstbeflügelten heftigen Stößen zu den Barken, um die Vertäuung zu lösen. Sie zogen die Barken ans Ufer, und die Aufrührer, die ihre behelfsmäßigen Sturmleitern schon bereitgehalten hatten, drängten sich an Bord und begannen, die Barken rasch durch den Graben zu den steilen Burgwänden zu staken.

Sperber streckte den Kopf durch die Tür des Türmchens. »Kalten!« flüsterte er seinem Freund zu, der in der Nähe auf dem Wehrgang kauerte. »Gib weiter, daß die Ataner sich bereit halten sollen.«

»Mach' ich.«

»Aber sie sollen nichts unternehmen, ehe sie nicht das Signal hören.«

»Ich weiß schon, was ich tue, Sperber! Hör auf, mich wie einen Trottel zu behandeln!«

»Tut mir leid.«

Der geflüsterte Befehl machte seine schnelle Runde auf dem Wehrgang.

»Euer Zeitplan ist perfekt, Sperber«, sagte Vanion leise. »Soeben habe ich Krings Signal von der Schloßmauer gesehen. Die Ataner sind vor dem Tor.« Er machte eine Pause. »Ihr habt eine unglaubliche Glückssträhne, das ist offensichtlich. Niemand hätte vorhersehen können, daß die Ataner genau in dem Augenblick ans Tor gelangen würden, da der Mob sich anschickt, die Burg zu erstürmen.«

»Wahrscheinlich nicht«, pflichtete Sperber ihm bei. »Ich glaube, wir sollten etwas besonders Nettes für Aphrael tun, wenn wir sie wiedersehen.«

Im Graben unter ihnen stießen die Barken gegen die Burgwand, und die Rebellen begannen unsicher, ihre Sturmleitern zum beängstigend stillen Wehrgang hinaufzuklettern.

Wieder machte ein Flüstern entlang der Brustwehr die Runde.

»Die Barken sind jetzt alle an der Burgwand, Sperber«, wisperte Kalten heiser.

»Also gut.« Sperber holte tief Atem. »Bitte Ulath, das Signal zu geben.«

»Ulath!« brüllte Kalten, nun, da er keine Notwendigkeit mehr sah, leise zu sein. »Puste in dein Horn!«

»Pusten?« entrüstete sich Ulath. Dann verkündete sein Ogerhorn schallend Schmerz und Tod.

Rundum auf dem Wehrgang wurden schwere Felsbrocken auf die Brustwehr gehoben, wo sie kurz schwankten, ehe sie auf die dichtbesetzten Barkendecks hinabstürzten. Die Barken brachen auseinander und begannen zu sinken. Die klebrige Mischung aus Naphta und Pech breitete sich im ganzen Burggraben über die Wasseroberfläche aus. Das teuflische Gemisch schillerte in allen Regenbogenfarben und paßte, wie es Sperber beiläufig durch den Kopf ging, zum Perlmuttschimmer der Mauern.

Die riesenhaften Ataner erhoben sich aus ihren Verstecken, griffen nach den Lampions, die von der Brustwehr hingen, und schleuderten sie wie hundert blitzende Sternschnuppen in den Burggraben hinunter.

Die Aufständischen, die von ihren sinkenden Barken gesprungen waren und sich mühten, in dem öligen Wasser zu schwimmen, schrien entsetzt, als sie den flammenden Tod auf sich herabregnen sahen.

Der Burggraben explodierte. Eine Schicht blauen Feuers schoß über das erdölbedeckte Wasser, und sofort quollen Wolken aus rußig orangenen Flammen und dichtem, schwarzem Rauch hoch empor. Vulkanartige Eruptionen folgten von den sinkenden Barken, als das noch nicht ausgeflossene, tödliche Naphta in ihren Laderäumen Feuer fing. Flammen loderten himmelwärts und leckten nach den Rebellen, die sich an ihre Sturmleitern klammerten. Die Angreifer fielen oder sprangen von den brennenden Leitern und zogen Flammenschweife hinter sich her, als sie in das Inferno stürzten.

Die Schreie waren grauenvoll. Einige der Brennenden erreichten das Ufer, wo sie brüllend und Feuer spritzend blind über den gepflegten Rasen rannten.

Die Aufrührer, die ungeduldig am Ufer gewartet hatten, bis sie an die Reihe kämen, den Graben zu überqueren, um die Burgwände zu erklimmen, wichen grauenerfüllt vor der plötzlichen Feuersbrunst zurück, welche die schillernde elenische Burg auf der anderen Seite des Grabens unerreichbar für sie machte.

»Ulath!« donnerte Sperber. »Gib Kring das Signal zum Öffnen des Tores!«

Und wieder schallte das Ogerhorn.

Die schweren Torflügel schwangen langsam auf, und die goldenen atanischen Riesen donnerten in perfektem Gleichschritt wie eine Lawine in den Schloßgarten.

30

»Ich weiß einfach nicht, wie sie es gemacht haben, Sperber«, sagte Caalador mit finsterem Gesicht. »Krager wurde schon seit Tagen nicht mehr gesehen. Er ist glatt wie ein Aal, nicht wahr?« Caalador hatte sich zu Sperber auf den Wehrgang gesellt.

»Das ist er allerdings. Was ist mit den anderen? Elron zum Beispiel. Ihm hätte ich so etwas gar nicht zugetraut.«

»Ich auch nicht! Hat nur noch gefehlt, daß er sich ›Verschwörer‹ auf die Stirn schrieb. All dieses auffällige Umhanggeflattere und das theatralische Umherschleichen durch dunkle Gassen.« Caalador schüttelte den Kopf. »Wie dem auch sei, er hat im Haus dieses hiesigen edomischen Edlen gewohnt. Wir wußten, daß er sich in dem Haus aufhielt, denn wir hatten beobachtet, wie er es durch die Vordertür betrat. Dann haben wir pausenlos jede Tür und jedes Fenster im Auge behalten; deshalb wußten wir, daß Elron das Haus nicht verlassen hatte. Aber er war nicht darin, als wir eindrangen, um ihn festzunehmen!«

Von einem nahen Gebäude erklang ein Krachen, als die Ataner die Tür einbrachen, um an die Rebellen heranzukommen, die sich in dem Bau verkrochen hatten.

»Haben Eure Leute in dem Haus nach geheimen Gängen und Räumen gesucht?« fragte Sperber.

Caalador schüttelte den Kopf. »Nein. Statt dessen haben sie den edomischen Edlen barfuß in ein Becken mit glühenden Kohlen gestellt. Das beschleunigte die Sache. Tut mir leid, Sperber, es gab kein Versteck in diesem Haus. Wir konnten alle Helfer mühelos festnehmen, aber die Anführer ... « Er spreizte hilflos die Hände.

»Wahrscheinlich hat sich jemand der Magie bedient. Das wäre nicht das erste Mal.«

»Kann man so was wirklich mit Magie tun?«

»*Ich* nicht. Aber ich bin sicher, daß Sephrenia die entsprechenden Zauber kennt.«

Caalador blickte über die Brustwehr. »Nun, zumindest ist es uns gelungen, diesen Anschlag auf die Regierung zu verhindern. Das ist die Hauptsache.«

»Da bin ich mir nicht so sicher«, widersprach Sperber.

»Es lag mir wirklich ziemlich am Herzen, Sperber. Hätten die Rebellen Erfolg gehabt, wäre das Tamulische Imperium auseinandergebrochen. Sobald die Ataner mit den Aufräumarbeiten fertig sind, können wir damit beginnen, die Überlebenden zu befragen – und jene Unterführer, die wir schnappen konnten. Vielleicht können sie uns zu den eigentlichen Verschwörern bringen.«

»Das bezweifle ich. Krager ist in solchen Dingen sehr geschickt. Ich fürchte, wir werden feststellen, daß die Helfershelfer kaum etwas wissen. Es ist zu schade! Ich hatte wirklich gehofft, mich ein wenig mit Krager unterhalten zu können!«

»Eure Stimme hat immer diesen seltsamen Tonfall, wenn Ihr von ihm sprecht«, bemerkte Caalador. »Ist da etwas Persönliches zwischen euch beiden?«

»O ja! Und es liegt schon sehr lange zurück. Ich habe viele Gelegenheiten versäumt, Krager zu töten – meistens, weil er lebend von größerem Nutzen war. Ich war immer mehr an dem Mann interessiert, für den er arbeitete, und das war möglicherweise ein Fehler. Krager hat stets dafür gesorgt, daß er ausreichend Informationen hat, so daß er mir lebend nützlicher war. Aber wenn ich ihm das nächste Mal begegne, wird das keine Rolle spielen.«

Die Ataner leisteten ganze Arbeit. Wenn sie eine Gruppe bewaffneter Aufständischer umzingelt hatten, boten sie ihnen eine Gelegenheit, sich zu ergeben, aber keine zweite.

Zwei Stunden nach Mitternacht war es in der Schloßanlage wieder völlig ruhig. Einige atanische Streifen durchkämmten die Höfe, Gärten und Gebäude nach versteckten Rebellen, aber sie wurden kaum noch fündig.

Sperber war todmüde. Obwohl er nicht mit dem Schwert in der Faust an der Niederschlagung des Aufstands beteiligt gewesen war, hatte die nervliche Anspannung ihn mehr erschöpft, als eine zweistündige Schlacht es vermocht hätte. Er stand auf dem Wehrgang, blickte müde über die Brustwehr hinunter und beobachtete ohne großes Interesse, wie die Gärtner und Hausmeister, die man für diese unangenehme Arbeit eingesetzt hatte, widerstrebend die auf dem öligen Wasser des Grabens treibenden Toten herausfischten.

»Warum legt Ihr Euch nicht nieder, Sperber?« fragte Khalad. Seine breiten, nackten Schultern glänzten im Fackellicht. In seiner Stimme und seinem Aussehen, ja, selbst in seinem Auftreten glich er so sehr seinem Vater, daß Sperber einen schmerzhaften Stich in der Brust verspürte.

»Ich wollte nur sichergehen, daß keine Leichen mehr im Graben schwimmen, wenn meine Gemahlin am Morgen aufwacht. Verbrannte Menschen sind kein schöner Anblick.«

»Ich kümmere mich darum. Gehen wir jetzt ins Badehaus. Ich werde Euch aus der Rüstung helfen, und Ihr könnt Euch eine Weile in der Wanne aalen.«

»Ich habe mich heute nacht wirklich nicht sonderlich angestrengt, Khalad. Ich bin nicht mal ins Schwitzen gekommen.«

»Darum geht es gar nicht. Der Geruch steckt in Eurem Panzer, so daß Ihr darin schon nach fünf Minuten riecht, als hättet Ihr einen Monat lang nicht gebadet.«

»Das ist eine der Mißlichkeiten unseres Berufs. Bist du sicher, daß du Ritter werden willst?«

»Die Idee stammt nicht von mir!«

»Wenn das alles hier vorüber ist, wird die Welt vielleicht so friedlich, daß Ritter in Rüstung überflüssig sind.«

»Ja, sicher. Und vielleicht lernen die Fische dann fliegen!«

»Du bist ein Zyniker, Khalad!«

»Was *macht* er da oben?« fragte Khalad gereizt, während er zu den hoch über die anderen Bauten ragenden Türmen hinaufspähte.

»Wer macht was wo?«

»Ganz oben im Südturm ist jemand! Jetzt ist mir schon zum viertenmal das Flackern einer Kerze hinter dem Fenster dort aufgefallen!«

Sperber zuckte die Schultern. »Vielleicht haben Tynian oder Bevier einen ihrer Ritter dort oben Stellung beziehen lassen.«

»Ohne es Euch – oder Hochmeister Vanion – mitzuteilen?«

»Wenn es dir so viel Kopfzerbrechen bereitet, dann sehen wir doch nach.«

»Es scheint Euch gar nicht zu beunruhigen.«

»Warum auch? Diese Burg ist vollkommen sicher, Khalad.«

»Ich werde trotzdem dort oben nachsehen, bevor ich zu Bett gehe.«

»Nein, lieber gleich. Ich komme mit.«

»Ich dachte, Ihr seid überzeugt, daß die Burg sicher ist.«

»Vorsicht schadet nie. Ich möchte deinen Müttern nicht mitteilen müssen, daß du getötet worden bist, weil ich mich geirrt habe.«

Sie stiegen vom Wehrgang hinunter, überquerten den Innenhof und betraten das Hauptgebäude.

Lautes Schnarchen klang durch die verschlossene Tür der Bankethalle. »Ich nehme an, daß es in der Früh gewaltiges Schädelbrummen geben wird.« Khalad lachte.

»Wir haben unsere Gäste nicht gezwungen, soviel zu trinken.«

»Aber sie werden uns die Schuld daran geben.«

Rasch stiegen sie die Treppe zum Turmzimmer des Südturms hinauf. Der Hauptturm und der Nordturm waren auf die übliche Weise erbaut, mit übereinanderliegenden Räumen; doch der Südturm war kaum mehr als eine leere Hülle mit einer Holztreppe, die durch ein knarrendes Gerüst in die Höhe führte. Der Baumeister hatte diesen Turm offenbar nur der Symmetrie halber errichtet. Das einzige Zimmer befand sich ganz oben und besaß einen Fußboden aus dicken, grob geglätteten Holzbalken.

»Ich werde zu alt für solche Treppen«, keuchte Sperber, als sie etwa die Hälfte hinter sich hatten.

»Ihr habt keine Kondition mehr, Sperber«, rügte Khalad seinen Herrn unverblümt. »Ihr verbringt zuviel Zeit auf Eurer Kehrseite, mit Politik und Diplomatie.«

»Das gehört zu meinen Aufgaben, Khalad.«

Sie erreichten die Tür am Ende der Treppe. »Laß lieber mich zuerst hineinsehen«, murmelte Sperber und zog sein Schwert aus der Scheide. Dann streckte er die Hand aus und schob die Tür auf.

Ein schäbiger Mann saß an einem Holztisch in der Mitte des Zimmers. Der Schein einer Kerze fiel auf sein Gesicht. Sperber kannte ihn. Die Jahre übermäßigen Trinkens waren Krager nicht sehr bekommen. Sein Haar hatte sich in den sechs Jahren seit ihrer letzten Begegnung beträchtlich gelichtet, und die Tränensäcke waren noch stärker angeschwollen. Die wäßrigen, kurzsichtigen

Augen wirkten farblos und schienen mit einer dünnen gelblichen Schicht überzogen zu sein. Die Hand, in der er seinen Weinbecher hielt, zitterte, und seine rechte Wange zuckte fast ununterbrochen.

Sperber handelte, ohne einen Augenblick zu überlegen. Er richtete das Schwert auf Martels heruntergekommenen Knecht und stieß zu.

Es war keinerlei Widerstand zu spüren, als die Klinge in Kragers Brust drang und die Spitze aus dem Rücken wieder herauskam.

Krager fuhr heftig zusammen; dann lachte er mit seiner krächzenden, vom Alkohol zerfressenen Stimme. »Bei den Göttern, das ist ein irres Erlebnis!« stellte er fest. »Ich hab' sie fast gespürt. Steckt Eure Klinge wieder ein, Sperber. Ihr könnt mir damit nichts anhaben.«

Sperber zog das Schwert aus Kragers erschreckend real scheinendem Körper und hieb mehrfach durch den Hals des Trunkenbolds.

»Bitte hört auf damit, Sperber.« Krager kniff die Augen zusammen. »Es ist wirklich ein ziemlich unerfreuliches Gefühl.«

»Mein Kompliment an Euren Magier, Krager«, knirschte Sperber. »Das ist eine sehr überzeugende Illusion. Ihr seht so echt aus, daß ich Euch fast riechen kann.«

»Ich sehe, daß wir uns wie kultivierte Menschen benehmen werden.« Krager nahm einen Schluck Wein. »Gut. Ihr werdet reifer, Sperber. Noch vor zehn Jahren hättet Ihr dieses Zimmer zu Kleinholz zerhackt, ehe Ihr endlich bereit gewesen wärt, auf die Vernunft zu hören.«

»Ist das ein Zauber?« fragte Khalad leise.

Sperber nickte. »Ein sehr geschickter sogar. In Wirklichkeit sitzt Krager irgendwo in einem Raum, eine Meile oder weiter von hier entfernt, und jemand überträgt sein Abbild in diesen Turm. Wir können ihn sehen und hören, aber nicht berühren.«

»Wie schade!« murmelte Khalad und strich über den Griff seines schweren Dolches.

»Ihr wart diesmal wirklich verdammt schlau, Sperber«, sagte Krager. »Das Alter scheint Euch zu bekommen – wie gutem Wein.«

»Da seid Ihr der Experte, Krager.«

»Ein billiger Seitenhieb, Sperber.« Krager feixte. »Ehe Ihr Euch jedoch allzu begeistert auf die Schulter klopft, sollt Ihr wissen, daß dies nur eine weitere jener Prüfungen war, die einer meiner Freunde Euch gegenüber vor kurzem erwähnte. Ich habe meinen Freunden von Euch vorgeschwärmt, aber sie wollten sich selbst überzeugen. Deshalb haben wir dafür gesorgt, daß Ihr ein wenig Unterhaltung bekommt, wobei Ihr Eure Tüchtigkeit beweisen könnt – und Eure Schwächen. Die Katapulte haben den Cyrgai ziemlich zugesetzt, und Euer Einsatz von Berittenen gegen die Trolle war fast schon brillant. Ihr habt Euch auch hier in Matherion erstaunlich gut geschlagen. Das hat mich ehrlich überrascht, Sperber. Ihr habt unsere Parole viel schneller herausgefunden, als ich erwartet hatte, und die Nachricht über das Waffenlager in erstaunlich kurzer Zeit abgefangen. Unser dazitischer Kaufmann brauchte nur dreimal durch die Stadt zu spazieren, ehe Euer Spitzel sie ihm stahl. Ich muß gestehen, ich hatte damit gerechnet, daß Ihr kläglich versagt, wenn Ihr es statt mit einer Armee mit einer Verschwörung zu tun bekommt. Meinen Glückwunsch.«

»Ihr trinkt schon zu lange, Krager. Da ist es wohl kein Wunder, daß Euer Gedächtnis nachläßt. Ihr habt offenbar vergessen, was während der Wahl in Chyrellos geschehen ist. Wenn ich mich recht entsinne, haben wir auch dort alle Pläne zum Scheitern gebracht, die Martel und Annias ausgebrütet hatten.«

»Das war ja nun keine große Leistung, Sperber. Martel und Annias haben sich wahrhaftig nicht als sonderlich schlaue Gegner ausgezeichnet. Ich tat mein Bestes, ihnen klarzumachen, daß ihre Pläne zu primitiv waren; aber sie wollten es nicht einsehen. Martel war zu sehr damit beschäftigt, von den Schatzkammern unter der Basilika zu träumen, und Annias sah nichts anderes mehr als die Mitra des Erzprälaten. Ihr habt damals Eure Chance wirklich verpaßt, Sperber. Ihr habt mich immer unterschätzt. Ihr hattet mich in der Hand und habt mich für ein paar dürftige Informationen und eine übertriebene Aussage vor der Hierokratie laufen lassen. Wirklich nicht sehr klug, alter Junge.«

»Dann war der ganze Rummel heute nacht also gar nicht auf Erfolg ausgelegt?«

»Natürlich nicht, Sperber. Falls wir es wirklich auf Matherion abgesehen hätten, wären wir mit ein paar Armeen angerückt.«

»Wenn es einen guten Grund für das alles gibt«, sagte Sperber zu dem Trugbild, »warum rückt Ihr dann nicht damit heraus? Ich habe einen anstrengenden Tag hinter mir.«

»Die Prüfungen dienten dazu, Euch zu zwingen, alle Eure Mittel einzusetzen, Sperber. Wir wollten uns ein Bild davon machen.«

»Ihr habt noch längst nicht alle gesehen, Krager – nicht einmal die Hälfte!«

»Khalad – so heißt Ihr doch, oder? Sagt Eurem Herrn, daß er noch ein wenig üben sollte, bevor er zu lügen versucht. Er hört sich alles andere als überzeugend an. Ach ja – und grüßt Eure Mutter von mir. Sie und ich haben uns immer gut verstanden.«

»Das bezweifle ich«, antwortete Khalad.

»Seid vernünftig, Sperber«, wandte Krager sich wieder an seinen Erzfeind. »Eure Gemahlin und Eure Tochter sind hier. Und da soll ich Euch *wirklich* glauben, daß Ihr nicht alle Eure Mittel eingesetzt habt, sie zu schützen?«

»Wir haben eingesetzt, was wir für erforderlich hielten, Krager. Man schickt doch nicht ein ganzes Regiment aus, um einen Mistkäfer zu zertreten.«

»Ihr seid genauso, wie Martel es war, Sperber«, bemerkte Krager. »Ihr hättet beinahe Brüder sein können. Angesichts Martels ritterlicher Erziehung bin ich schier verzweifelt. Er war ein hoffnungsloses Unschuldslamm, als er bei mir anfing, müßt Ihr wissen. Das einzige, was mir ein wenig half, war sein übermächtiger Haß – hauptsächlich auf Euch und Vanion – und auf Sephrenia, wenngleich in geringerem Maße. Bei Martel mußte ich ganz von vorn anfangen. Ihr könnt Euch nicht vorstellen, wie viele Stunden ich geduldig damit zubrachte, ihm diese ritterlichen Tugenden auszutreiben.«

»Schwelgt ein andermal in Erinnerungen, Krager, und stehlt mir damit nicht die Zeit! Kommt zur Sache! Martel gehört der Vergangenheit an. Das hier ist eine neue Situation. Martel gibt es nicht mehr.«

»Ich wollte mich nur in Erinnerung bringen, Sperber. Und ein wenig über die guten alten Zeiten plaudern. Wie Euch nicht entgangen sein kann, habe ich einen neuen Arbeitgeber gefunden.«

»Das dachte ich mir bereits.«

»Als ich für Martel arbeitete, hatte ich sehr wenig direkten Kontakt zu Otha, und fast gar keinen zu Azash. Das Ganze hätte einen ganz anderen Ausgang nehmen können, hätte ich selbst Zugang zu dem zemochischen Gott gehabt. Martel war zu sehr von seiner Rache besessen, und Otha mit seinen Ausschweifungen beschäftigt. Sie waren beide nicht besonders klug – denkbar unfähige Berater für Azash. Von mir hätte er eine wesentlich realistischere Einschätzung der Lage haben können.«

»Vorausgesetzt, Ihr wärt mal nüchtern genug gewesen, um zu reden.«

»Das ist unter Eurem Niveau, Sperber! Oh, ich gebe zu, daß ich dann und wann einen Schluck nehme. Aber ich trinke nie soviel, daß ich den Überblick oder das Ziel aus den Augen verliere. Im Grunde war es auf längere Sicht besser für mich. Hätte ich Azash beraten, hätte es euer aller Ende bedeutet. Dann wäre ich untrennbar mit ihm verbunden gewesen und hätte die Auseinandersetzung mit Cyrgon nicht überlebt – das ist übrigens mein neuer Arbeitgeber. Ich nehme an, Ihr habt von ihm gehört?«

»Ein paarmal.« Sperber zwang sich zu einem gleichmütigen Tonfall.

»Gut, das erspart uns viel Zeit. Hört jetzt gut zu, Sperber, wir kommen nun zum wesentlichen Teil unseres Gesprächs. Cyrgon will, daß Ihr nach Hause zurückkehrt. Er betrachtet Eure Anwesenheit hier auf dem daresischen Kontinent als ein wenig unbequem – nicht viel mehr, das dürft Ihr mir glauben. Hättet Ihr den Bhelliom noch, würden wir Euch vielleicht ernst nehmen. Aber Ihr habt ihn nicht mehr. Ihr seid ganz allein hier, mein alter Freund. Ihr habt weder den Bhelliom, noch die Ordensritter – nur den Rest von Ehlanas Leibgarde und hundert dieser berittenen Affen aus Pelosien. Ihr seid kaum der Beachtung wert. Wenn Ihr nach Hause zurückkehrt, verspricht Euch Cyrgon, den eosischen Kontinent die nächsten hundert Jahre in Ruhe zu lassen. Bis dahin seid Ihr längst tot, genau wie alle anderen, die Euch am Herzen liegen. Es ist wirklich kein schlechtes Angebot. Hundert Jahre Frieden nur dafür, daß ihr an Bord eines Schiffes geht und nach Cimmura zurückkehrt.«

»Und wenn ich es nicht tue?«

»Töten wir Euch – aber zuerst Eure Gemahlin, Eure Tochter und alle, die Euch etwas bedeuten. Sie werden nirgends auf der Welt sicher sein. Es gibt natürlich noch eine andere Möglichkeit. Ihr schließt Euch uns an. Cyrgon hätte Euch ein langes Leben zu bieten, länger als selbst Otha lebte. Er hat mich ausdrücklich ersucht, Euch dieses Angebot zu unterbreiten.«

»Übermittelt ihm meinen heißesten Dank – wenn Ihr ihm wieder einmal begegnet.«

»Ich schließe daraus, daß Ihr ablehnt?«

»Allerdings. Ich habe noch längst nicht soviel von Daresien gesehen, wie ich kennenlernen möchte. Ich werde also noch eine Weile bleiben. Aber ich lege nicht den geringsten Wert auf Eure Gesellschaft oder auf die anderer Knechte Cyrgons.«

»Genau das habe ich Cyrgon vorausgesagt, aber er bestand darauf, daß ich Euch sein Angebot unterbreite.«

»Wenn er so mächtig ist, warum versucht er dann, mich zu bestechen?«

»Aus Respekt, Sperber. Glaubt mir. Er respektiert Euch, weil Ihr Anakha seid. Dies verwirrt und fasziniert ihn gleichermaßen. Ich glaube, er möchte Euch wirklich gern kennenlernen. Ihr wißt ja, wie kindisch Götter manchmal sein können.«

»Da wir von Göttern sprechen – was steckt hinter dem Bündnis, das Cyrgon mit den Trollgöttern geschlossen hat?« Plötzlich dämmerte es Sperber. »Schon gut, Krager. Es ist mir jetzt selber klargeworden. Die Macht eines Gottes hängt von der Zahl seiner Anhänger ab. Die Cyrgai sind ausgestorben; deshalb ist Cyrgon nicht mehr als ein piepsiges Stimmchen, das in irgendeiner Ruine in Zentralcynesga hohle Töne spuckt – nur Lärm und nichts dahinter.«

»Da hat Euch jemand einen Bären aufgebunden, Sperber. Die Cyrgai sind alles andere als ausgestorben – wie Ihr am eigenen Leibe erfahren werdet, wenn Ihr darauf beharrt, in Tamuli zu bleiben. Cyrgon hat das Bündnis mit den Trollgöttern geschlossen, um die Trolle nach Daresien zu bringen. Eure Ataner sind ja recht beeindruckend, aber für Trolle keine gleichwertigen Gegner. Cygron ist äußerst sentimental, wenn es um sein erwähltes Volk geht. Er möchte keinen seiner Leute unnötigerweise in Scharmützeln mit einer Rasse von Monstrositäten verlieren. Deshalb hat er die Vereinbarung mit den Trollgöttern getroffen. Die Trolle sollen das Vergnügen haben, die Ataner zu töten – und zu fressen.« Krager trank den Weinbecher leer. »Allmählich langweilt mich unser Gespräch, Sperber, und mein Becher ist leer. Ich habe Cyrgon versprochen, Euch sein Angebot zu unterbreiten. Er bietet Euch die Chance, den Rest Eures Lebens in Frieden zu genießen. Ich rate Euch, packt diese Gelegenheit beim Schopf! Er wird Euch dieses Angebot kein zweites Mal machen. Also wirklich, alter Junge, es kann Euch doch völlig egal sein, was aus den Tamulern wird. Schließlich sind sie nichts weiter als gelbe Affen!«

»Kirchenpolitik, Krager. Unsere Heilige Mutter ist vorausschauend. Sagt Cyrgon, er soll sich sein Angebot an den Hut stecken, falls er einen trägt. Wir bleiben!«

»Es ist *Eure* Beerdigung, Sperber.« Krager lachte. »Vielleicht schicke ich sogar Blumen. Immerhin hatte ich das Vergnügen, mich mit zwei Anachronismen herumzuschlagen – Euch und Martel. Ich werde hin und wieder auf euer Andenken trinken – falls ich mich noch an euch erinnere.«

Und damit schwand das Trugbild des schäbigen Halunken.

»Das also ist Krager«, sagte Khalad eisig. »Ich bin froh, daß ich die Gelegenheit hatte, ihn kennenzulernen.«

»Was geht dir denn durch den Kopf?«

»Daß ich ihn liebend gern töten würde. Das wäre nur gerecht, Sperber. Ihr habt Martel bekommen, und Talen Adus. Also steht Krager eigentlich mir zu.«

»Ich habe nichts dagegen einzuwenden«, erklärte Sperber.

»War er betrunken?« fragte Kalten.

»Krager ist nie ganz nüchtern«, antwortete Sperber. »Aber er war nicht so blau, daß er unvorsichtig geworden wäre.« Er blickte sich um. »Wenn mich alle gleich hier und jetzt erinnern würden: ›ich hab's dir ja gesagt!‹, hätten wir es hinter uns. Ja, es wäre wahrscheinlich besser gewesen, wenn ich Krager getötet hätte, als wir ihn das letztemal in den Händen hatten. Aber wenn er bei der Wahl nicht vor der Hierokratie ausgesagt hätte, wäre Dolmant wahrscheinlich nicht Erzprälat geworden.«

»Ich glaube, damit könnte ich leben«, murmelte Ehlana.

»Majestät!« rügte Emban.

»Es war nicht ernstgemeint, Eminenz.«

»Seid Ihr sicher, daß Ihr wortgetreu wiedergegeben habt, was Krager sagte?« fragte Sephrenia.

»Ziemlich genau, kleine Mutter«, versicherte Khalad.

Sie runzelte die Stirn. »Es war eine List. Darüber sind wir uns doch einig? Krager hat uns nichts verraten, was wir nicht ohnedies gewußt oder zumindest geahnt haben.«

»Der Name Cyrgon ist bisher nicht gefallen, Sephrenia«, widersprach Vanion.

»Wahrscheinlich aus gutem Grund«, antwortete sie. »Ich brauche schon einiges mehr als Kragers unbewiesene Behauptung, ehe ich glaube, daß Cyrgon der Drahtzieher ist.«

»Irgend jemand muß es sein«, warf Tynian ein. »Jemand, der Einfluß genug hat, daß die Trollgötter auf ihn hören. Und das würde auf Krager gewiß nicht zutreffen.«

»Abgesehen davon, daß Krager *Magie* nicht einmal buchstabieren könnte, geschweige denn, sie zu wirken«, fügte Kalten hinzu. »Könnte irgendein Styriker diesen Zauber zuwege gebracht haben, kleine Mutter?«

Sephrenia schüttelte den Kopf. »Er ist äußerst schwierig«, gab sie zu. »Ein kleiner Fehler, und Sperbers Klinge hätte den echten Krager durchbohren können. Der Stoß der Klinge hätte im Turmzimmer begonnen und etwa eine Meile entfernt in Kragers Herz geendet.«

»Also gut.« Emban hatte die fleischigen Hände im Rücken verschränkt und stapfte in dem Gemach auf und ab. »Jetzt wissen wir, daß dieser scheinbare Aufstand heute nacht nur eine Täuschung war.«

Sperber schüttelte den Kopf. »Nein, Eminenz, das wissen wir nicht mit Sicherheit. Krager hat viel von Martel gelernt. Und den

Mißerfolg eines Plans damit zu erklären, daß er von vornherein nicht ernstgemeint war, hört sich ganz nach Martel an.«

»Ihr habt ihn besser gekannt als ich.« Emban verzog das Gesicht. »Können wir denn überhaupt sicher sein, daß Krager und die anderen in Diensten eines Gottes stehen?«

»Nein, das können wir nicht, Emban«, antwortete Sephrenia. »Die Trollgötter sind in die Sache verwickelt. *Sie* könnten jene Phänomene bewirkt haben, die ein menschlicher Zauberer nicht zustande bringen kann. Wir haben es gewiß mit einem Zauberer zu tun; aber ob auch ein Gott daran beteiligt ist – von den Trollgöttern abgesehen natürlich –, läßt sich nicht mit Sicherheit sagen.«

Emban ließ nicht locker. »Aber es *könnte* ein Gott sein?«

»Alles ist möglich, Eminenz.« Sie zuckte die Schultern.

Der kleine dicke Kirchenherr nickte. »Das wollte ich wissen. Jetzt sieht es ganz so aus, als müßte ich rasch nach Chyrellos zurück.«

»Ich fürchte, ich kann Euch nicht ganz folgen, Eminenz«, gestand Kalten.

»Wir werden die Ordensritter brauchen, Kalten«, erklärte Emban. »Allesamt.«

»Sie sind in Rendor im Einsatz, Eminenz«, gab Bevier zu bedenken.

»Rendor kann warten.«

»Da ist der Erzprälat aber möglicherweise anderer Ansicht«, warf Vanion ein. »Die Versöhnung mit den Rendorern ist seit über einem halben Jahrtausend ein Ziel unserer Heiligen Mutter Kirche.«

»Sie ist geduldig und wird warten. Sie wird warten müssen. Es handelt sich hier um eine ernste Krise, Vanion.«

»Ich werde Euch begleiten, Eminenz«, erbot sich Tynian. »Solange meine Schulter nicht ausgeheilt ist, bin ich hier ohnehin von keinem großen Nutzen. Und ich werde Sarathi die militärische Situation viel besser erklären können, als Ihr es vermöchtet. Dolmant hat eine pandionische Ausbildung, folglich wird er meine militärischen Ausführungen verstehen. Zur Zeit stehen wir mit heruntergelassenen Hosen im Freien – verzeiht meinen etwas derben Vergleich, Majestät«, wandte er sich entschuldigend an Ehlana.

»Es ist eine interessante Metapher, Ritter Tynian.« Sie lächelte. »Und sie beschwört ein faszinierendes Bild herauf.«

»Ich pflichte dem Patriarchen von Uzera bei«, fuhr Tynian fort. »Wir brauchen die Ordensritter unbedingt in Tamuli. Wenn wir sie nicht so schnell wie möglich hierherbringen, wächst uns die Situation über den Kopf.«

»Ich sende einen Kurier zu Tikume«, erbot sich Kring. »Er wird uns mehrere tausend berittene Peloi schicken. Wir tragen zwar keine Rüstung und verstehen nichts von Magie, aber viel vom Kämpfen!«

»Werdet ihr hier durchhalten können, bis die Ordensritter eintreffen, Vanion?« erkundigte sich Emban.

»Fragt Sperber, Emban. Er hat die Führung.«

»Könntet Ihr Euch das nicht verkneifen, Vanion?« wehrte Sperber ab. Er überlegte kurz. »Atan Engessa«, fragte er schließlich, »war es sehr schwierig, Eure Krieger zu überzeugen, daß es nicht widernatürlich ist, beritten zu kämpfen? Können wir vielleicht noch weitere Ataner dazu überreden?«

»Wenn ich ihnen erzähle, daß dieser Krager-Trunkenbold sie eine Rasse von Monstrositäten schimpfte, werden sie auf mich hören, Sperber-Ritter.«

»Gut. Dann hat Krager uns vielleicht mehr geholfen, als er ahnt. Seid *Ihr* davon überzeugt, daß Trolle am besten vom Rücken eines Pferdes anzugreifen sind, mein Freund?«

»Es war außerordentlich wirkungsvoll, Sperber-Ritter. Wir sind nie zuvor solchen Trollbestien begegnet. Sie sind größer als wir. Diejenigen, die noch keine Trolle gesehen haben, werden dies schwerlich glauben. Aber wenn ich sie erst überzeugt habe, sind sie gewiß bereit, auf Pferden zu kämpfen – falls Ihr genug von diesen großen Tiere auftreiben könnt.«

»Hat Krager irgendeine Bemerkung darüber gemacht, daß wir Diebe und Bettler als unsere Augen und Ohren einsetzen?« fragte Stragen.

»Jedenfalls nicht direkt, Durchlaucht«, antwortete Khalad.

»Damit haben wir eine Unbekannte in unserer Gleichung«, überlegte Stragen laut.

Kalten verzog das Gesicht. »Bitte laßt die Mathematik aus dem Spiel, Stragen! Ich *hasse* Mathematik!«

»Verzeihung. Wir können also nicht mit Sicherheit sagen, ob Krager davon weiß, daß wir die Gauner von Matherion als Spitzel einsetzen. Aber falls er es weiß, könnte er dieses Wissen nutzen, uns falsche Informationen zuzuspielen.«

»Daß der Gegner sich der Zauberei bedient hat, läßt leider darauf schließen, Stragen«, warf Caalador ein. »Zauberei könnte bewirkt haben, daß wir die Führer der Verschwörung zwar ins Haus gehen, aber nicht mehr herauskommen sahen. Unsere Feinde haben sich magischer Täuschungen bedient, weil sie wußten, daß wir sie beobachten!«

Stragen winkte zweifelnd ab. »Das steht noch nicht fest, Caalador«, meinte er. »Der Feind weiß vielleicht gar nicht, *wie* gut wir organisiert sind.«

Bevier machte ein sehr verärgertes Gesicht. »Wir sind hereingelegt worden, meine Freunde. Es war alles eine einzige große List – Armeen aus der Vergangenheit, wiedererweckte Helden, Vampire, Ghule und was sonst noch alles. Es diente alles nur dem Zweck, uns hierherzulocken – ohne die Ordensritter als Rückendeckung.«

»Warum haben unsere Gegner dann ihre Meinung geändert und uns aufgefordert, nach Hause zurückzukehren, Ritter Bevier?« fragte Talen.

»Vielleicht weil sie gemerkt haben, daß sie sich immer noch die Zähne an uns ausbeißen«, brummte Ulath. »Sie hatten bestimmt nicht damit gerechnet, daß wir den Angriff der Cyrgai so kraftvoll zurückschlagen oder hundert Trolle erlegen oder gar diesen Aufstand so vollkommen niederwerfen würden. Es ist durchaus möglich, daß wir unsere Feinde überrascht haben, sie vielleicht sogar ein wenig das Fürchten lehrten. Kragers Erscheinung könnte nichts als leeres Geprahle gewesen sein. Wir sollten vielleicht nicht übertrieben selbstsicher sein, aber auch nicht an uns zweifeln. Schließlich sind wir alle erfahrene Krieger, und wir haben bisher jeden Kampf gewonnen. Wir wollen doch das Spiel nicht wegen ein paar windiger Drohungen eines Trunkenbolds aufgeben.«

»Gut gebrüllt, Löwe«, lobte Tynian.

»Wir haben keine Wahl, Aphrael«, sagte Sperber zu seiner Tochter, als sie sich mit Sephrenia und Vanion allein in einer Kammer befanden, mehrere Etagen über der königlichen Gemächerflucht. »Emban und Tynian werden mindestens drei Monate für die Rückreise nach Chyrellos brauchen, und dann dauert es gute neun Monate, bevor die Ordensritter auf dem Landweg nach Daresien kommen können. Und selbst dann werden sie erst in den westlichen Königreichen sein.«

»Warum fahren sie nicht mit dem Schiff?« fragte die Prinzessin schmollend und drückte Rollo an die Brust.

»Es sind hunderttausend Ordensritter, Aphrael«, erinnerte Vanion, »fünfundzwanzigtausend in jedem der vier Orden. Ich glaube, daß es auf der ganzen Welt nicht genug Schiffe gäbe, so viele Männer und Pferde zu transportieren. Wir können ein paar tausend Ritter mit Schiffen hierherbringen lassen, aber die große Mehrzahl wird den Landweg nehmen müssen. Doch selbst mit diesen paar tausend Streitern können wir frühestens in einem halben Jahr rechnen. Und bis sie eintreffen, sind wir hier allein.«

»Mit heruntergelassenen Hosen«, fügte Aphrael hinzu.

»Hüte deine Zunge, junge Dame!« wies Sperber sie zurecht.

Sie tat es mit einem Schulterzucken ab. »Meine Instinkte sagen mir, daß es eine sehr schlechte Idee ist. Ich gab mir sehr viel Mühe, einen sicheren Platz für Bhelliom zu finden. Und nun, da es einige kleinere Schwierigkeiten gibt, wollt ihr ihn alle gleich wieder zurückholen! Seid ihr *sicher*, daß ihr die Gefahr nicht überschätzt? Ulath könnte recht haben, wißt ihr. Vielleicht war alles, was Krager zu dir sagte, Sperber, nichts als Prahlerei gewesen sein. Ich bin nach wie vor der Meinung, daß du durchaus ohne Bhelliom zurechtkommen wirst.«

»Da muß ich widersprechen«, warf Sephrenia ein. »Ich kenne die Elenier besser als du, Aphrael. Es ist wider ihre Natur, Gefahrensituationen zu übertreiben. Eher ist das Gegenteil der Fall.«

»Es geht darum, daß deine Mutter in Gefahr geraten könnte«, erklärte Sperber seiner Tochter. »Bis Tynian und Emban die Ordensritter nach Tamuli bringen, sind wir ernsthaft im Nachteil. Die Trollgötter mögen dumm sein, aber beim letzten Mal konnten wir sie nur mit Bhellioms Hilfe besiegen. Wenn ich mich mich recht entsinne, warst sogar du machtlos gegen sie.«

»Das ist gemein, Sperber!« brauste sie auf.

»Ich möchte nur, daß du die Dinge siehst, wie sie sind, Aphrael. Ohne den Bhelliom befinden wir alle uns hier in ernster Gefahr – und ich meine damit nicht nur deine Mutter und unsere Freunde. Wenn Krager die Wahrheit gesagt hat und wir es tatsächlich mit Cygon zu tun haben, mußt du wissen, daß er mindestens ebenso gefährlich ist, wie es Azash war.«

»Bist du ganz sicher, daß du dir diese fadenscheinigen Ausreden nicht nur deshalb einfallen läßt, weil du Bhelliom wiederhaben möchtest, Sperber?« fragte sie. »Niemand kann sich seiner Verlockung wirklich entziehen. Unbegrenzte Macht kann ein gewaltiger Anreiz sein!«

»Du solltest mich besser kennen, Aphrael«, erwiderte Sperber gekränkt. »So versessen bin ich nun wirklich nicht auf Macht!«

»Wenn unser Feind tatsächlich Cyrgon ist, würde er als erstes die Styriker vernichten«, mahnte Sephrenia die kleine Göttin. »Er haßt uns, weil wir gegen seine Cyrgai vorgegangen sind.«

»Warum rottet ihr euch alle gegen mich zusammen?« fragte Aphrael heftig.

»Weil du starrköpfig bist«, antwortete Sperber. »Bhelliom ins Meer zu werfen, war zum damaligen Zeitpunkt eine gute Idee. Aber inzwischen hat die Lage sich geändert. Ich weiß, daß du Fehler nicht zugeben willst, aber das war einer!«

»Hüte deine Zunge!«

»Wir stehen vor einer ganz neuen Situation, Aphrael«, sagte Sephrenia geduldig. »Du hast mir oft genug gestanden, daß du die Zukunft nicht deutlich sehen kannst. Also hast du auch nicht vorhersehen können, was hier in Tamuli geschehen würde. Demnach hast du im Grunde gar keinen Fehler gemacht, Schwesterlein. Aber du mußt umdenken können! Man kann nicht alles zu Bruch gehen lassen, nur um seinen Ruf der Unfehlbarkeit zu wahren!«

Aphrael gab nach. »Oh, na gut!« Sie warf sich in einen Sessel und lutschte am Daumen, während sie Sperber und Sephrenia anfunkelte.

»Hör auf damit!« befahlen ihr die beiden im Chor.

Aphrael beachtete sie nicht. »Ich will euch dreien nur sagen, daß ich sehr verärgert über euch bin. Ihr wart unhöflich und habt keinerlei Rücksicht auf meine Gefühle genommen. Ich schäme mich euer. Tut, was ihr nicht lassen könnt! Holt euch den Bhelliom, wenn ihr euch einbildet, daß ihr ihn unbedingt braucht!«

»Äh – Aphrael«, sagte Sperber behutsam. »Wir haben keine Ahnung, wo er ist, wie du weißt?«

»Das ist nicht meine Schuld«, schmollte sie.

»O doch. Du hast sehr erfolgreich dafür gesorgt, daß wir alle nicht wußten, wo wir uns befanden, als du den Stein ins Meer geworfen hast.«

»Du bist wirklich gemein, Vater!«

Plötzlich kam Sperber ein schrecklicher Gedanke. »Du weißt doch hoffentlich, wo er ist, oder?« fragte er mit einer Spur Panik.

»Also *wirklich*« Sperber. Natürlich weiß ich, wo Bhelliom ist. Oder hast du wirklich gedacht, ich würde zulassen, daß ihr ihn irgendwohin werft, wo ich ihn nicht mehr finden kann?«

Hier endet das erste Buch der

TAMULI-TRILOGIE

Das zweite Buch

DAS LEUCHTENDE VOLK

erzählt von dem Versuch,
Bhelliom aus der Tiefe zurückzuholen,
und von den Kämpfen gegen das Böse in seltsamer Form
in einem sehr fernen Land.

David Eddings

DER GROSSE MAGIER DER FANTASY

Von David Eddings sind im
Bastei-Lübbe-Taschenbuchprogramm erschienen:

DIE BELGARIAD-SAGA

Der junge Garion wächst behütet in den Landen des Westens auf. Er weiß nicht, daß seine Beschützer mächtige Zauberer sind und daß er dazu vorherbestimmt ist, dem dunklen Gott Torak entgegenzutreten.

Band 1:	*Kind der Prophezeiung*	(20 189)
Band 2:	*Zauber der Schlange*	(20 196)
Band 3:	*Spiel der Magier*	(20 203)
Band 4:	*Turm der Hexer*	(20 209)
Band 5:	*Duell der Zauberer*	(20 215)

DIE MALLOREON-SAGA

Garion, der junge Kaiser des Westens, jagt die dunkle Zauberin Zandramas, um seinen entführten Sohn zu retten und die dunkle Prophezeiung zu besiegen, die das Gute in der Welt bedroht.

Band 1:	*Herren des Westens*	(20 125)
Band 2:	*König der Murgos*	(20 129)
Band 3:	*Dämon von Karanda*	(20 134)
Band 4:	*Zauberin von Darshiva*	(20 143)
Band 5:	*Seherin von Kell*	(20 170)

DIE ELENIUM-SAGA

Sperber, der edle Ritter, auf der Suche nach dem magischen Saphir, um seine Königin zu retten, die in einem Kristallsarg gefangen ist.

Band 1:	*Der Thron im Diamant*	(20 268)
Band 2:	*Der Ritter vom Rubin*	(20 240)
Band 3:	*Die Rose aus Saphir*	(20 250)